國家古籍整理出版專項經費資助項目

中國典籍日本古寫本の研究；中國典籍日本古寫本研究の精密化と國際的情報発信；國際協働による東アジア古典學の次世代展開——文字世界のフロンティアを視點として；思考のための注釈：東アジア古典學の創新に向けて

日藏王勃集彙校彙考

〔日〕道坂昭廣——撰

鳳凰出版社

圖書在版編目（CIP）數據
日藏王勃集彙校彙考 /（日）道坂昭廣撰. -- 南京 :
鳳凰出版社, 2025. 3. -- ISBN 978-7-5506-4393-2
Ⅰ. I214.212
中國國家版本館CIP數據核字第20254DG417號

書　　名	日藏王勃集彙校彙考
撰　　者	〔日〕道坂昭廣
責任編輯	樊　昕
书籍設計	姜　嵩
責任監製	程明嬌
出版發行	鳳凰出版社(原江蘇古籍出版社) 發行部電話025-83223462
出版社地址	江蘇省南京市中央路165號,郵編:210009
照　　排	南京凱建文化發展有限公司
印　　刷	金壇古籍印刷廠有限公司 江蘇省金壇市晨風路186號,郵編:213200
開　　本	652毫米×960毫米　1/16
印　　張	52
字　　數	570千字
版　　次	2025年3月第1版
印　　次	2025年3月第1次印刷
標準書號	ISBN 978-7-5506-4393-2
定　　價	288.00圓(全二册)

(本書凡印裝錯誤可向承印廠調换,電話:0519-82338389)

目次

〔一〕原卷正文作唐故度支員外郎達奚公（并序）。
〔二〕原卷正文作歸仁縣主墓誌（并序）。
〔三〕原卷正文作唐故河東處士衛某夫人賀拔氏墓誌（并序）。

前言

王勃與楊炯、盧照鄰、駱賓王並稱爲「四傑」，如杜甫在《戲爲六絶句》其二中所詠「楊王（一作王楊）盧駱當時體」（《杜詩詳注》卷一一），王勃是代表初唐的文學者。而日本傳存的王勃的文集，反映了王勃文學在中國盛行的情況。

王勃未滿三十歲即已離世，其短暫的一生，可分爲幾個時期。筆者在《舊唐書》卷一九〇上《文苑上·王勃傳一四〇上》、《新唐書》卷二〇一《文藝上·王勃傳一二六》和楊炯《王勃集序》的基礎上，參考近代學者的研究〔一〕，對王勃的生平作如下簡單的介紹。

一般認爲王勃生於唐高宗永徽元年（六五〇）。麟德元年（六六四），王勃給被朝廷派遣到關内巡迴的劉祥道的上書，王勃的名字纔爲世人廣知。此後，他被任命爲沛王（李賢）府修撰。另，雖其傳記并没有記載，但是他在任沛王府修撰之前可能在江南地區旅遊。年輕的王勃對自己的將來滿懷期待，但是在總章

〔一〕近代人編纂的王勃年譜有清姚大榮《王子安年譜》（《惜道味齋集》），鈴木虎雄《王勃年譜》（《東方學報　京都》，一九四四年），田宗堯《王勃年譜》（《大陸雜誌》第三十卷第十二期，一九六五年），劉汝霖補訂《王子安年譜》（上海古籍出版社《王子安集注》附録三，一九九五年），張志烈《初唐四傑年譜》（成都：巴蜀書社，一九九二年），傅璇琮、陶敏《新編唐五代文學編年史·初盛唐卷》（瀋陽：遼海出版社，二〇一二年）六種。

二年（六六九），他却被逐出了王府，隨後前往蜀地。咸亨二年（六七一），王勃從蜀地返回京城參加科舉考試，被任命爲虢州參軍。後因罪被判死刑但又逢大赦，返回故鄉。爲了照顧任交阯縣令的父親，上元二年（六七五）王勃又從故鄉奔赴洛陽。他經由運河、長江等水路，途經南昌，最後到達了廣州，後於上元三年（六七六）死於南方。由此，他的一生可以分爲四個階段，即沛王府時期、蜀地滯留時期、虢州參軍時期、南行時期。

日本傳存的王勃作品，有些無法判定其創作時間，但這些作品却横跨了王勃一生各個時期。

一、日本傳存的王勃集

現在日本流傳的王勃文集有以下兩種。

第一種是兩卷卷子本，其中一卷爲《王勃集》卷廿八，另一卷則爲黏連而成的《王勃集》卷廿九、卅卷。前者收藏在上野家，後者收藏在東京國立博物館。該鈔本的抄寫字體均爲楷書，每行字數不定，但基本上爲十六字，或十五字到十七字（部分爲十八字），所用紙張爲楮紙。紙縫、卷頭及卷尾等幾個地方蓋有「興福傳法」方印。從這些共同特點來看，可判斷這兩個卷子屬於同時抄寫，且應該源於同一帙的《王勃集》。以内藤湖南爲首的大多數研究者指出，該卷子是在中國抄寫的鈔本，即「唐鈔本」〔一〕。根據卷頭目録來看，本來卷廿八抄寫的應爲四篇墓誌，但是第一篇墓誌《達奚員外墓誌》銘文的第四行後黏連的却是第三篇墓誌《歸

〔一〕據大阪市立博物館編《唐鈔本》（京都：同朋舍出版，一九八一年）等。

仁縣主墓誌》的部分，而《達奚員外墓誌》銘文第四行開始至第二篇《陸録事墓誌》〔一〕的部分則被裁剪了。據目録來看，卷廿九應有一篇行狀和六篇祭文，但是行狀後半部分被裁去了。祭文中的最後一篇作品《祭高祖文》也被裁去了〔二〕，該作品後來在京都神田家被發現（現在爲東京國立博物館所藏）。

關於卷廿八的《陸録事墓誌》，分别在二〇一一年、二〇一八年、二〇一九年各發現了其被裁剪下來的部分。二〇一一年發現的一張有三行文字，二〇一八年發現的兩張各有三行文字，二〇一九年又發現的一張有十二行文字。發現的四張中，兩張是墓誌的序文部分，但從内容來看，兩張部分的内容並不是連貫的；而剩下的兩張爲銘文的前半部分。可以推測，包括這四張在内，《陸録事墓誌》至少被分割成了八個部分。而《陸録事墓誌》的剩餘部分，以及另外一些被裁剪下來的部分迄今尚未被發現。

第二種是僅抄寫了王勃詩序作品的，被稱爲《（王勃）詩序》，一直保存於奈良正倉院。卷末寫有「慶雲四年（七〇七）」這一日本年號，因此該卷子應屬於日本人抄寫的。該卷子是由染成白、茶、黄、紅、縹等顔色的三十張麻紙黏連而成。麻紙在當時是最高級的紙張。該寫本的抄寫文字在字體上模仿了當時中國流行的歐陽詢書法，有行書和草書的特色〔三〕。每行字數不定，行間有些地方的文字是補寫上去的，這些

〔一〕「録事」二字由於蟲損而無法判讀。内藤湖南解讀爲「録事」。如後所述，湖南的解讀是正確的。

〔二〕不可思議的是，《王勃集》卷廿九中的六篇祭文似乎每一篇都在被裁剪下來後又被重新黏貼起來。關於這個問題，我已在《中國典籍日本古寫本の研究》（Newsletter No.Ⅱ 二〇一五年七月）、《戻りそこねた一篇——「王勃集巻二十九」の祭文と神田家舊藏「祭高祖文」》中介紹過。

〔三〕以上介紹《詩序》部分，參考《平成七年正倉院展》（奈良：奈良國立博物館，一九九五年）、《正倉院寶物特別調查紙（第2次）》、赤尾栄慶《聖語藏經卷管見——調查報告にかえて》（均《正倉院紀要》第三二號，奈良：正倉院事務所，二〇一〇年）。

文字並非後世所補寫，而是抄寫者在抄寫過程中有意識地添加上去的。由此可知，該寫本的目的並非是試圖複製一個與原本一模一樣的作品。

二、關於《王勃集》的内容

《王勃集》卷廿八和卷廿九的卷頭有作品目録，但是黏連在卷廿九之後的卷卅則因爲卷頭部分被裁剪了，所以没有作品目録。卷卅並不是王勃的作品，而是王勃死後由他的友人彭執古、孟獻忠聯名寫的書信，以及自稱爲王勃同族的王承烈寄給王勃和王勃兄弟的書信和祭文。包括卷卅在内的這三卷的作品在中國已經散佚。

《王勃集》卷廿八從「墓誌下」三字開始。從卷廿九的卷頭形式來看，原來應有一行「集卷第廿八」的文字，但是這一行文字已不存在，可能是因紙張劣化而缺失了。而「墓誌下」三字後寫有四篇墓誌的題目。

第一篇作品《達奚員外墓誌》的墓主達奚員外是隋末唐初的官僚，其夫人在唐朝某年去世，而僅從這些信息難以得知這對夫妻逝世的具體時間，更無從得知該墓誌的創作時間。但是委托王勃撰寫這篇墓誌的是墓主的孩子，即蜀地普州安居縣令達奚孝貞，因此可推斷該墓誌創作於王勃在蜀地的時期。

第二篇作品《陸録事墓誌》，據近年發現的斷簡的全二十一行内容來看，可知墓主在總章二年（或一年）因爲服喪而辭去揚州録事一職，其後不久即逝世。雖然無法得知這篇墓誌的具體創作時間，但是王勃在墓誌中表達了對墓主的仕途及其生涯的深刻同情；而王勃自己則是被逐出沛王府以後纔在作品中强烈地表達了懷才不遇之感，因此該墓誌的創作或許是在虢州時期。

第三篇作品《歸仁縣主墓誌》是唐朝開國皇帝李淵第四子李元吉的女兒的墓誌。武德九年（六二六），李元吉於玄武門之變中與其兄李建成都被李世民所殺。據墓誌，墓主於總章二年（六六九）四十四歲去世。這篇墓誌雖然篇幅較長，但是全篇均爲工整的駢文。王勃也許想通過該文來顯示自己的文學才能，因此我們可以推測其創作時期應該是在被逐出沛王府之前。

第四篇作品《賀拔夫人墓誌》是爲寡婦而寫的墓誌，而墓主的孩子則是蜀梓州郪縣縣令衛玄。衛玄的名字也在《王子安集注》卷十七《梓州郪縣兜率寺浮圖寺碑文》中出現過，他應該是王勃蜀地滯留期的後援者之一，這篇墓誌也是他委托王勃寫的。

在收束了流傳在中國的王勃所有作品，並爲其作注的蔣清翊《王子安集注》二十卷中[一]，卷十五到卷二十收録的是爲紀念廟堂和寺院等建築物而創作的十一篇碑文。其中，除《廣州寶莊嚴寺舍利塔碑》外的十篇作品的創作地點都是蜀地。此外，《達奚員外墓誌》、《賀拔氏墓誌》這兩篇墓誌也能作爲補充資料，以便我們更深刻地了解王勃在蜀地時期的文學創作和生活情況。

卷廿九收録了一篇行狀和六篇祭文。其中《張公行狀》的内容祇剩下記述到貞觀二十一年的部分，之後的部分（包括一部分貞觀二十一年的内容）被裁掉了，所以無法知道該《行狀》的創作時期。該《行狀》叙述了八十歲過世的張某作爲李世民的部下參與唐王朝的統一戰爭，並在貞觀年間爲官的生平經歷，同時也叙述了其對唐王朝的忠誠。張某與王勃兩人的關係尚且無從得知。或許王勃是因爲受到張某子孫的委托纔撰寫這篇行狀的。

[一] 光緒九年吴縣蔣氏雙唐碑館刊《王子安集注》，一九九五年由上海古籍出版社排印。不過其中蔣清翊并未對卷十《釋迦如來成道記》這篇作品作注。

六篇祭文中，《祭石堤山神文》、《祭石堤女郎神文》這兩篇作品是王勃受命於虢州長史王嶷而作的，屬於王勃在虢州參軍時期的作品。兩篇作品都爲祈雨的四字韻文，採用的是傳統祭文的形式。《祭白鹿山神文》是王勃在蜀地滯留時期，受柳明獻之命而創作的一篇祭文。九隴縣令柳明獻，是王勃的重要庇護者，也和盧照鄰有過交往。該篇祭文用駢文的形式記述了柳明獻向當地的白鹿山神祈雨一事。如内藤湖南在《富岡氏藏唐鈔本王勃集殘卷跋》中所述，正倉院本《夏日仙居觀宴序》即是在此次祈雨後舉行的宴席上創作的。

以上三篇作品爲向土地神祈雨的祭文，而接下來的兩篇作品是爲死者而撰寫的文章。

卷廿九卷頭的作品目録中顯示該卷作品中有《爲虔霍王諸官祭故長史一首》一文，而實際上該作品正文前的題目却是《爲虔州諸官祭故長史文》，可能是抄寫者將該篇祭文與緊接其後的一篇祭文的題目搞混了。該祭文是王勃在趕往交阯途中，從滕王閣所在的南昌出發并經過虔州時，受當地官員所托而撰寫的。全文是由四字句和六字句寫成的韻文。

第五篇作品《爲霍王祭徐王文》是一篇駢文。徐王元禮死於咸亨二年或三年[一]，因此其撰寫時間大致爲王勃由蜀地歸還而赴任虢州參軍的前後。我們從王勃傳記中找不到他和徐王及霍王交往的相關記録，那麽王勃爲什麽創作了這篇祭文呢？王勃在蜀地創作的詩序正倉院本《宇文德陽宅秋夜山亭宴序》中，列舉了「友人河南宇文嶠，清虚君子，中山郎餘令，風流名士」這兩個人物。而《舊唐書》卷一八九下《列傳第一三九

[一] 《舊唐書》卷六四《列傳第十四・高祖二十二子・徐王》載「咸亨三年薨」，《新唐書》卷三《本紀第三・高宗》載「(咸亨)二年九月……丙申，徐王元禮薨」。

下・儒學下》中有郎餘令的傳記。傳記中寫道：「餘令少以博學知名，舉進士。初授霍王元軌府參軍，數上詞賦，元軌深禮之。」〔一〕由此筆者認爲郎餘令可能是連接王勃和霍王的關鍵人物。順便一提，盧照鄰《樂府雜詩序》中寫有「爰有中山郎餘令，雅好著書，時稱博物。探亡篇於古壁，徵逸簡於道人。撰而集之，命余爲序。時褫巾三蜀，歸卧一丘，散髮書林，狂歌學市」，其中也出現了郎餘令的名字。郎餘令從蜀地歸來，委托正在養病的盧照鄰爲賈言忠文集撰寫序文〔二〕。因爲郎餘令也許是在蜀地認識了王勃和盧照鄰，并認可了他們的文學才能。正如委托盧照鄰撰寫《樂府雜詩序》一樣，他把王勃推薦給霍王，并讓王勃撰寫了祭文。在此可以認爲，該祭文是初唐文學者們相互交流以及同時代朋僚對王勃評價的具體證據。

最後一篇祭文《祭高祖文》收藏在神田家（上文已介紹）。該祭文是王勃受命於正前往交州交阯縣的父親而撰寫的。《祭高祖文》雖然爲篇幅較長的騷賦，使用了多種字數不同的對句，但總體上使用的是同一韻。由於該祭文開頭寫有「上元二年乙亥八月」的創作日期，因此其從王勃傳記資料的角度來看也有非常重要的價值。

卷廿九所收録的文章中，雖然我們無法知道行狀的具體創作時間，但是可以推定祭文是王勃在一生不同時期，受人之托而撰寫的。

〔一〕又《新唐書》卷一九九《列傳第一二四・儒學中・郎餘令》載「餘令博于學，擢進士第，授霍王元軌府參軍事」。

〔二〕祝尚書《盧照鄰集箋注》（上海：上海古籍出版社，一九九四年）卷六中作「咸亨二年或以後卧病太白山下時」。李雲逸《盧照鄰集校注》（北京：中華書局，一九九八年）中認爲應是咸亨五年時。傅璇琮、陶敏《新編唐五代文學編年史・初盛唐卷》中認爲在咸亨四年。

三、從文學角度來看卷廿八、卷廿九的作品

包括《陸録事墓誌》在内，卷廿八所收録的墓誌多使用隔句對，且基本遵循了平仄搭配的原則，與南北朝時期的駢文作品相比顯得更加精練，由此可明顯看出王勃繼承了南北朝文學的創作手法。但是若仔細分析其作品内容的話，會發現王勃的文學並非衹停留在繼承的層面。

南北朝末期的文學家中，對初唐文學影響極大的庾信（五一三—五八一）在北朝創作了很多墓誌、神道碑。這些墓誌、神道碑文記述了墓主的門第，並列舉了他們的功績。此外，庾信爲女性撰寫的十篇墓誌、神道碑也流傳至今[一]。這些作品交代了女性的出身以及婚嫁的門第，並一一列舉封建時代女性應具備的德目。而與此相對應的，王勃墓誌更注重描繪墓主的人格而不是仕途。其爲女性所寫的墓誌則以墓主遺屬（墓誌的委托者）的視角來描寫墓主在家庭裏的具體形象，並表達了遺屬的悲傷之情[二]。

以下筆者將具體介紹王勃的墓誌作品的特色。《達奚員外墓誌》是一位在仕途上尚未有成就便去世的官員與其夫人的墓誌。但是王勃在墓誌中對其描寫道：「惟公青金皋載嚮，赤野騰靈。生蒭一束，寒松

[一] 倪璠《庾子山集注》，北京：中華書局，一九八〇年。

[二] 關於這個問題，筆者撰有《「王勃集」佚文中の女性墓誌と出土墓誌——王勃作品流行の痕跡》（《立命館文學》六六四，京都：立命館大學人文學會，二〇一九年）。漢語版《〈王勃集〉佚文中的女性墓誌與出土墓誌——王勃作品流行的痕迹》（北京大學《國際漢學研究通訊》二十一輯，北京：北京大學出版社，二〇二〇年），又在第六屆中國駢文學會年會暨國際學術研討會（西安：陝西師範大學，二〇一九年）上發表過。

千丈。」塑造了墓主高潔的人格形象。其在後文中又寫道：「加以賞兼朝野，趣入煙霞。故人接袂，新知投轄。」由此可見達奚員外受到了人們的仰慕。直到隋末纔成爲官僚的達奚員外比王勃要年長許多，所以讓人不禁懷疑王勃本人是否真的認識這個人。而在表現手法上，包括後文中一段描寫墓主夫人品德優良且夫妻關係和睦的「夫人河東柳氏，濟州府君邯鄲公之女也。星津降彩，月甸垂芬。清雅韻於椒花，奉柔規於荇菜。仙琴[　]奏，早□和鳳之音；寶劍雙沈，晚合乘龍之契」等句子在內，王勃都是以達奚員外的兒子（即委托王勃撰寫墓誌的普州安居縣令達奚孝貞）看待雙親的視角來撰寫整篇墓誌的。

達奚員外是比王勃年長一代的人，而在總章二年或一年棄官的陸録事雖與王勃在年齡上或有一定差距，但毫無疑問，他和王勃是同一時期的人。王勃在《陸録事墓誌》中寫道：「君靜能應物，仕以易農。」指出陸録事的出仕並非以榮華富貴爲目的。一方面，王勃用「徘徊下列」一詞直接表達了陸録事作爲官僚的懷才不遇之感，另一方面，又通過「楊子雲之澹泊，未屑浮沈；趙元淑之才名，獨勞州郡」的對句表現了陸録事所得到的地位與他的才能並不相符。後續的「百年清尚，混纓紱於人間」則表現了擁有高潔人格的陸録事在世俗中是非常痛苦的。上述墓誌中表現的内容已經超過了陸録事遺屬應有的情感表達，可以説，這是王勃自身代入陸録事的情感而流露出來的同情。而後文中「入[　]臺而考秩，位屈於參卿；踐嚴衛而論班，塗窮於武職」這一對句總結了陸録事的仕官履歷，它與王勃在虢州時期的作品《倬彼我系》（卷三）中所寫的「其位雖屈，其言則傳……今我不養，歲月其慆。僶俛從役，豈敢告勞。從役伊何，薄求卑位。告勞伊何，來參卿事。名存實爽，負信愆義」一樣，表達了對仕途的疲倦。由此可知，《陸録事墓誌》中也表現了王勃自身的懷才不遇之情。

庾信在墓誌、神道碑中對墓主歷任的職位一一介紹，並表達了墓主作爲官僚（武將），具有與這些職位相符的較高的才能。而王勃則將墓主的官職與個人才能分開叙述，表現的是對墓主個人才能的贊賞。王勃把官位視爲一種世俗價值，他更注重的是墓主的人格，這種價值基準是與以官位爲主的價值觀不同的。王勃在墓誌的寫作中，更進一步表達了這兩種價值觀的對立和矛盾，也更深入地描寫墓主的精神世界。

《歸仁縣主墓誌》的墓主雖然是皇族，但其父親被誅殺了。王勃將墓主這種複雜的立場以及心情用「懼盈譏於鴆毒，慮不憑榮；懷賤業於殷憂，神無忤色」暗示出來。另一方面亦寫道：「閑居問禮，長筵輕戚里之娱；相宅依仁，大被穆慈庭之曲。」描繪了她身上具備的作爲妻子和母親的優秀品德。這應該是基於墓主的丈夫（姜府君）和孩子這些遺屬的心情而使用的表達手法。

《賀拔夫人墓誌》則描繪了墓主身爲寡婦却能妥善處理家政的一生。這篇墓誌中寫道：「攜撫孤幼，綏緝宗鄰，州閭欽歲暮之風，親黨被日新之化。故能使珠胎遂〔　〕，映樹長滋，袟累千鍾，堂崇九仞。」表現了身爲寡婦的墓主善於管理家事以及教育孩子。這種表達手法使得這篇墓誌比《歸仁縣主墓誌》更能强烈地表達其對母親的哀悼之情。這兩篇爲女性撰寫的墓誌，均表現了墓主在家庭中所起到的作用以及對家庭的貢獻。

與此相對，庾信爲女性撰寫的墓誌、神道碑文，則詳細介紹了女性具備的封建時期女性應有的道德以及其夫家的門第。雖然通過碑文我們祇知道優秀的女性嫁入富貴之家這一事實，但是由於這太過於抽象，反而讓人難以想象這些女性的具體形象。如王勃在其墓誌中所描述的兩位人物，一是作爲女兒在父親被誅殺後內心留下的陰影的同時，又用其品德感化周圍人，並以妻子和母親的身份度過一生的歸仁縣主；二是守護家庭並養育了一個失去父親的孩子的賀拔氏。庾信的墓誌中並没有像王勃墓誌作品中所描述的有具體形象的女性。

庾信的墓誌、神道碑的寫作重點放在描述墓主在社會上的一面，如作爲官僚武將所立下的功績，作爲女性應具備的封建道德之美等。因此，庾信站在撰文者的立場上以冷靜的筆觸來描寫墓主。與此相對，王勃所作的墓誌則轉移了表達重點，他試圖走進墓主的精神世界，且從遺屬的視角來描繪墓主的形象。庾信在墓誌、神道碑中介紹了墓主對國家所起的作用，以及女性對夫家所應具備的美德。而王勃的墓誌與庾信的不同，他在墓誌中描述了在墓主人物形象中起根本作用的事物，即描述了墓主是如何應對社會以及建立能應對這樣的社會的家庭的情況。這些表達手法不見於庾信的碑文，我們可以把這看作是王勃獨到的視點。那麽，爲何會産生這樣的差異呢？

庾信和王勃均是受墓主遺屬的委托而創作了這些墓誌、神道碑。當然墓誌、神道碑的表達方式是庾信和王勃他們自己決定的，但是其中應該也反映了委托者的要求。王勃所作的墓誌中，除了《歸仁縣主墓誌》，包括委托者不明的《陸録事墓誌》在內的墓誌的墓主和委托者的地位都不太高〔二〕。而委托庾信寫墓

〔二〕　卷廿八既然寫有「墓誌下」，應該也有「墓誌上」，或者也存在「墓誌中」的可能性。假如《王勃集》墓誌是按照官位由高到低、男先女後的順序來排列的話，《王勃集》中可能有爲高官創作的墓誌，其中可能有模仿庾信的表達方式和文章結構的作品。楊炯所作的墓誌也與庾信的作品有些相近。筆者無法斷言王勃所作的墓誌與庾信的作品不相似，但這一點目前尚未能驗證。二〇一九年出土了王勃撰寫的《唐故使持節都督豐州諸軍事豐州刺史上柱國南康郡開國公趙君墓誌銘》。該墓誌的墓主地位比卷廿八所收的兩篇男性墓誌的墓主高，雖然其中也有部分表達手法像庾信那樣，修飾墓主履歷的，但是還可見深入到關於墓主在不遇時期心情的表達，還是可以認爲王勃創作墓誌和庾信墓誌的表達重點不一致的。該墓誌的注釋可參照《日本伝存〈王勃集〉研究》。

誌的人和墓主均屬顯貴，在這一點上王勃和庾信不一樣〔一〕。因此，王勃和庾信創作的墓誌中所顯示出來的不同，當在於這種階級上的差異。但是，從庾信到王勃，前者在作品中表現了墓主的官位和家庭出身、社會地位，後者則表現了人如何應對社會以及女性在家庭中的樣貌。二者在表達上出現的變化，不就正好可以證明，墓誌作品中對死者（墓主）的感情開始發生變化了嗎？

王勃創作的墓誌中表現的對人與社會的關聯方式與在社會中人的存在方式的感慨。這體現的並非祇是王勃個人的想法，也不僅僅是墓誌委托者的想法。例如，出土唐代墓誌中就有完全模仿《賀拔氏墓誌》的作品〔二〕。另，《唐故處士上柱國夏侯君墓□銘》（開元九年十一月，《隋唐五代墓誌彙編》北京大學卷第一册）也在很大程度上模仿了《達奚員外墓誌》中的表達手法。除此之外，《達奚員外墓誌》中寫有「清雅韻於椒花，奉柔規於荇菜」，描寫了作爲妻子的姿態優美，而王勃自身也將該句中「椒花」和「荇菜」對偶的詞用於《歸仁縣主墓誌》中。《唐故并州壽陽縣主簿杜君墓誌銘》（垂拱元年十月十三日，《河洛墓刻拾零》一〇〇）「咸陽縣令之女也。星津降彩，月甸垂芬，清雅韻於椒花，奉柔儀於荇菜。仙琴並奏，早呈和鳳之音；□劍雙沈，晚合乘龍之契」等詞句中的對偶表達手法，也在以後的墓誌中成爲被模仿的對象。如上所述，卷廿八收録的四篇墓誌都被後來的墓誌模仿了其表達手法。這些墓誌的存在，正好能説明王勃創造了能引起那些唐代晚於王勃的人共鳴的表達手法。唐代的人之所以記住王勃是代表初唐的文學者，也許

〔一〕《周書》卷四十一《庾信傳三十三》有「群公碑誌，多相請托。唯王褒與信相埒，自餘文人，莫有逮者」的記録，又《庾子山集注》卷十三到卷十五收録了墓誌、神道碑作品，一看其作品題目就可明白。

〔二〕請參看拙文《〈王勃集〉佚文中的女性墓誌與出土墓誌——王勃作品流行的痕迹》。

是因爲他能給初唐時期懷有新的感情和對人生有新的價值觀的人（其中也應包括上文所述的郎餘令）提供有價值的表達手法。對於尚未尋找到適合自己感情的表達方式的人來説，王勃把駢文這種文體變得更加精練，而且讓人能更好地將他們的感慨融進作品中。因此，王勃的文學被唐代前半期的人定位爲「當時體」。《王勃集》卷廿八的佚文和出土唐代墓誌的關聯性是證明王勃在文學史中佔有重要地位的寶貴資料。

那麽，是哪些人對王勃撰寫墓誌的表達手法産生了共鳴呢？在闡明這一點之前，我們先分析一下卷廿九中的作品。

卷廿九的祭文中，《祭石堤山神文》、《祭石堤女郎神文》、《祭白鹿山神文》這三篇作品是以向當地土地神祈雨爲内容的。這些祭文在贊美了土地神後也表達了作爲祭主的縣令自身的反省以及責任，並在此基礎上祈求神靈降雨。王勃所寫的祭文描述了縣令作爲當地統治者的自覺意識，還强烈地表達了民衆因爲乾旱吃苦受難，且爲農作物受災而感到恐懼。其中《祭白鹿山神文》則特别詳細地贊揚了白鹿山這個地方，描繪了該地的風景，並稱頌了白鹿山神的靈驗，然後表達了向白鹿山神祈雨的目的，即被皇帝任命爲九隴縣令的柳明獻，希望讓當地民衆過上安穩的生活。這三篇作品都强烈地表明了祭祀是縣令由於本身的責任和自我意識而採取的行動。

悼念死者的兩篇祭文中有一篇題爲《爲虔州諸官祭故長史文》的作品，是王勃受虔州的官僚們委托而撰寫的。這篇祭文贊賞了長史是一位有能力的官僚，並表達了對其逝去而感到遺憾。另外，還表達了能與長史交往的榮幸，以及哀歎由於他的死今後再也無法繼續與其交往。《爲霍王祭徐王文》則表達了對作爲皇族頂梁柱而備受期待的徐王的離世而感到哀痛，也表達了自己無法參加哀悼會的悲傷之情。該祭文稱贊徐王作爲皇族，是一位很有分量的人物，還叙述了祭文委托者霍王對徐王的仰慕之情，以及對其離世的悲傷之情。

《祭高祖文》是王勃受命於其父而撰寫的作品。王勃在經過淮陰時，將該文上奉給漢高祖廟。該祭文在稱頌漢高祖生涯的同時又感歎了其廟宇的狹小，接着還流露出對自己前途的不安，這一點與另外五篇祭文稍顯不同。但是，他抑制住了這種不安，作爲交阯縣令，發誓要實施仁政。和祈雨祭文一樣，該祭文也表達了作爲縣令的意識和責任。

這三篇祈雨祭文和《祭高祖文》的共同點在於均表明了作爲縣令的自覺並承擔起相應的責任。而祭祀死者的兩篇文章則描述了死者作爲官僚所實施的仁政，以及作爲皇族維護王朝統治的生前所履行的職責。而收録在卷廿八中的兩篇墓誌則是爲男性墓主寫的，其中表達了雖身爲官吏却不特意去追求高官顯位，或者抒發了其在仕途上的懷才不遇之感。這些作品在内容上看起來似乎與祭文完全相反。但是，特别是對與其同時期的陸録事，王勃在墓誌中表達了陸録事由於没有獲得與其能力相配的地位從而對此心懷怨恨，這其實也是王勃自負的另一種體現。這篇墓誌的内容在根本出發點上與祭文一樣，都是立志要承擔起社會責任。

王勃受委托撰寫了卷廿八中的墓誌、卷廿九中的祭文，其在文章中所表達的是委托他寫這些人想承擔社會責任的意識和狀態。王勃在文中表達了地方官僚的感慨，即他們雖自負且懷有自覺意識，但在現實社會中，這些意識却無法得以實現。這種感慨源於所謂的唐代新興知識分子的倫理觀，即欲依靠自己的能力出仕，並通過自身的教養來應對社會的觀念。他們纔是對王勃文學産生共鳴並支持王勃文學的群體。因此，同時代以及其後的人纔會沿用王勃文學的表達手法。王勃並没有很高的官職及耀眼的履歷，也没有像庾信和徐陵他們那樣作爲文壇領袖備受敬仰的經驗；而王勃文學的表達手法被模仿，純粹是因爲人們對其産生了共鳴。

王勃創作的墓誌和祭文在中國已失傳。而模仿王勃墓誌的表達手法的墓誌連《文苑英華》這樣的大型類書中都没收録，更不用説《全唐文》了。但是模仿王勃表達手法的墓誌的存在，體現了王勃文學的流行。而更重要的是，其明確體現了在王勃作品的背後存在着對王勃文學産生共鳴的一些人。王勃所表達的新興知識分子的精神和作品中所蘊含的感情，直至盛唐以降通過「詩」的形式纔被表現出來。王勃創作的墓誌和祭文標誌了唐代文學的萌芽，這些作品體現了王勃對唐代文學作出的貢獻，在文學史上有着重要的意義。

正倉院本的詩序便能如實地體現——王勃成功地在作品中表達了該時期新興知識分子的感情，在此之前先簡單介紹卷卅的作品。

卷廿九末尾的作品《祭高祖文一首》被裁剪後直接和卷卅黏連在一起了。從卷廿八和卷廿九的體例來看，卷卅的卷頭應該也有「集卷第卅」和該卷的作品目録，但是這部分也因被裁剪而直接與卷廿九的作品拼接在了一起。該卷的卷頭寫有「集卷第廿九」，和卷廿八一樣，也有該卷的作品目録，目録中没有由友人等所創作的作品名，但該卷子本的最後却寫有「集卷第卅」，由此可知卷廿九是直接與卷卅黏連在了一起。在此可推測這種處理是爲了隱藏兩卷被拼接的事實。

卷卅收録的是王勃友人所作的追悼王勃的書信類作品，這令人聯想到唐代別集的構造。

第一篇作品《君没後，彭執古孟獻忠與諸弟書》是在王勃死後，由彭執古和孟獻忠聯名撰寫的追悼信，但關於他們二人的資料已不存〔一〕。而從書信的内容來看，他們知道王勃辭去虢州參軍一職後回到故鄉，但是似乎並不知道王勃前往交阯一事，也不知道他已亡故。

其次收録的是一篇題爲《族翁承烈舊一首》的書信，作者是與王勃等同屬王氏一族的王承烈。書信開頭是王勃兄弟寫的引言。據引言，王勃之兄王勮爲了編撰《王勃集》，到王承烈處尋求王勃的書信，應其要求，王承烈寫的三封書信被一起寄到了王勮處。可能當時王承烈給王勮寄送的書信中，也包含了王勃寫給王承烈的書信，但該書信現已失傳。王承烈寫的三封書信分別是寫給誰的呢？針對這一點，内藤湖南和陳尚君氏（《全唐文補編》）的意見不一（羅振玉將這三封書信誤解爲兩封），筆者對此有如下見解。

第一封信是王承烈在得知前往交阯的王勃途經揚州後寫的，可將其視爲王承烈寫給王勃的一封邀請函〔二〕。但是，王勃却在經過揚州之後纔收到該信。因此可推論王勃應該曾經給王承烈寄了道歉信之類的書信。

第二封信是王承烈收到王勃的道歉信後寫的回信，衹是没能成功寄到王勃手裏，而引言中提到的「書竟未達」應該指的正是這第二封信。

第三封信是王承烈寫給王勮的回信。王勮此時爲了編撰《王勃集》，正在收集王勃的作品。在此信中，王承烈詢問了《王勃集》的編纂情況，又表達了對王勃的遺骸無法被送回故鄉的悲傷，並記述了將祭文

〔一〕陳尚君《全唐文補編》上卷二十九（北京：中華書局，二〇〇五年）採録了孟獻忠《金剛般若經集驗記序》，經考證他是唐玄宗開元初的人。又日藏《遊仙窟》注中有：「孟獻忠《文場集句》曰云云。」不知是否爲同一人。

〔二〕從這封信的内容來看，主張王勃陪同父親去了南方。但學界對此有不同的看法，具體可參看拙文。

送到南方王勃的埋葬地的情况。

其後是一篇題爲《族翁承烈致祭文》的祭文，該祭文以撫慰王勃的亡靈爲目的。其開篇寫有年號的文字有一部分已遭污損，該部分應該是「文明元年八月廿四日」。這篇祭文的創作時期是流傳在中國和日本的《王勃集》所有作品中紀年最晚的一篇，因此它是考察《王勃集》的編纂時期的重要資料。

接在《族翁承烈致祭文》之後有《族翁承烈領乾坤注報助書》，這封信是王承烈爲表達謝意而寫給王勮的回信，因爲他收到了自己期待的王勃撰《周易注》（該書在第三封信中有提及）。這是《王勃集》最後一篇作品，其後寫有「集卷第卅」。通過王承烈的書信和祭文，我們能考察到《王勃集》編纂的過程，而作品中的紀年正是推測《王勃集》編纂時期的一條重要綫索。

《王勃集》卷廿八到卷卅的作品在中國已全部失傳。王勃的作品除了四篇祭文是韻文，其餘作品均使用了駢文文體。如上所述，至唐代前半期，存有一些沿用了王勃作品的表達手法的墓誌。這體現了王勃文學在同時代非常流行，又體現了王勃的文學得到了同時代人的共鳴與支持，而産生共鳴並給予支持的是登上唐代文學舞臺的新興知識分子。正倉院藏《王勃詩序》正好體現了王勃文學是他們感情和感慨的代言。

四、關於正倉院本

正倉院藏《王勃詩序》（以下略稱「正倉院本」）是一卷彙集了四十一篇詩序的抄本。詩序是附在遊宴、送别宴參加者所創作的詩群前的散文。但是該卷没有收録這些參加宴會者們的詩。

這四十一篇詩序中，二十一篇在中國流傳，另外二十篇却已失傳。毋庸置疑，這些佚文是有着重要價值的。另，流傳在中國的詩序與正倉院本之間也存在着諸多文字差異。這些差異包括由於日本抄寫者的疏忽而産生的誤字、脱字、文字顛倒等情況，但是從典據以及句子的構造等方面來考察的話，其中也有許多能證明正倉院本的文字是有根據的例子。以下將舉幾個例子以作説明。蔣清翊《王子安集注》二十卷收録了流傳在中國的王勃的全部作品，並附上了詳細的注釋。他在注釋中對某些文字表示了懷疑，認爲這些文字有寫錯的可能性。比如卷九《山亭興序》（正倉院本作《山家興序》）「山腰半折」一句，蔣清翊注釋爲「折，是拆字之訛」；而正倉院本正作「山腰半拆」。還有卷七《上巳浮江宴序》「雲開勝地」一句，蔣清翊注釋爲「雲開未詳，疑是靈關之訛」，而此處正倉院本也正作「靈關勝地」[一]。

正倉院本也可修正連蔣清翊都没能注意到的王勃作品在中國傳寫過程中出現的錯字。王勃在蜀地創作的《秋夜於綿州群官席別薛昇華序》（卷九）中有「故僕射群公，相知非不深也」句，蔣清翊對「僕射」一詞附了以下注解：「《舊唐書·職官志》，尚書都省左右僕射各一員。注：從二品。」這句注完全没錯，衹是「僕射」這樣的高官會參加蜀地綿州地方官吏們的宴席嗎？而正倉院本這部分則作「故僕於群公，相知非不深也」。若作此文字的話，即表現了參加該宴席的當地官僚們和王勃交往程度之深，在文意上是通順的。

此外，還有一些例子能證明確實存在過與正倉院本相同的文本。譬如，《秋晚入洛於畢公宅別道王宴序》（卷八）有「下官才曠，俗寵不動，時充皇王之萬姓」的句子，句中「俗寵」在正倉院本中作「俗識」。張燮《王子安集》、項家達《王子安集》跟正倉院本一樣作「俗識」；《文苑英華》則作「俗寵」，但是《文苑英華》「寵」字下附注「一作識」。還有在中國諸本都作「皇王」，而正倉院本作「帝王」，但《文苑英華》注記爲「皇

[一] 此點羅振玉在《王子安集佚文》序中已指出。

（一作帝）」。由此可知正倉院本所依據的文本曾在中國存在過。另外，還有幾處正倉院本中的文字和傅增湘《文苑英華校記》（北京：北京圖書館出版社，二〇〇六年影印）中記録的文字相一致。例如正倉院本《上巳浮江讌（中國諸本作宴）序》有「方欲披襟朗詠」一句，中國諸本皆闕「欲」字，但是傅增湘《校記》中記録：「方下有欲。」上述例子都能證明《文苑英華》編纂時期和正倉院本有着相同或相近的文獻的存在。

在介紹《王勃集》卷廿八時已提到，當時王勃創作的墓誌流傳範圍較廣，給同時代的文學帶來了影響。接下來舉幾個足以證明《王勃詩序》流傳廣泛的例子。如正倉院本《山家（中國諸本作亭）興序》抄寫了「神崖智宇，崩騰觸日月之輝；度廣（廣度）冲衿，磊落壓乾坤之氣」的對仗。第一句「神崖」，中國諸本作「仁崖」；第二句「崩騰觸」，中國諸本作「照臨明」；第三句「度廣」，中國諸本作「廣度」，這兩個字顛倒了順序，爲正倉院本之誤。但是關於第一句和第二句的差異，有紀年爲聖曆三年（七〇〇）正月十一日的出土墓誌《大周田府君墓誌銘并序》（《隋唐五代墓誌銘彙編》洛陽卷第七册）中有「父志，母朝並神崖智宇，崩騰觸日月之輝，廣度襟懷，磊珂壓乾坤之氣」的對仗，這些句子不僅文字，而且連隔句對本身都與正倉院本極其相似。正倉院本《秋日楚州郝司户宅遇餞霍使君序》中「霍使君」，中國諸本則作「崔使君」。雖然很難判斷「霍」、「崔」哪個字是正確的，但是包括這個字的「欽霍公之盛德，果遇攀輪；慕郝氏之高風，還逢解榻」的對仗中「欽霍」二字，中國諸本作「飲崔」。對此，傅增湘《校記》中記録：《文苑英華》舊鈔本將「飲」作「欽」。不僅如此，顔真卿《博陵崔孝公宅陋室銘記》（《顔魯公文集》卷五）有「某夙仰名教，實欽孝公之盛德；晚聯臺閣，竊慕中丞之象賢」，這一隔句對與正倉院本是相似的，這裏也作「欽」。我們暫且不論顔真卿是否下意識模仿了王勃這個對句，至少可以認爲存在作正倉院本文字的可能性。以上例子均可證明作正倉院本文字的文本曾在中國流傳過。

此外，關於正倉院本和中國諸本之間的差異，在有些文字有作正倉院本文字的可能性以及由此歷來的解釋會發生改變的可能性這兩個問題上，我曾做過幾次研究報告。其中關於《秋日登洪府滕王閣餞別序》（卷八）中的著名對句「落霞與孤鶩齊飛，秋水共長天一色」和「勃三尺微命，一介書生」一句的解釋，歷來爭論不休，衆説紛紜，而正倉院本分別作「落霞與孤霧齊飛」和「勃五尺微命」，這或許能幫助研究者找到解決方案〔一〕。

前文中以《秋晚入洛於畢公宅別道王宴序》爲例考察了收録在《文苑英華》中的王勃詩序，發現其中有幾篇作品中都附上了「一作某字」的注釋。這種「某字」跟正倉院本的文字相同的情況比較多，這表示在《文苑英華》刊行之前存在着幾種《王勃集》鈔本，而正倉院本是以這些鈔本之中某一本爲底本的。以蔣清翊《王子安集注》爲首的中國諸本，基本是彙集了《文苑英華》收録的王勃作品而編纂的。中國諸本是在《文苑英華》刊行之後，也就是説，幾種《王勃集》鈔本被淘汰散佚後編纂了。日本的《王勃詩序》當然保留了《文苑英華》編纂以前的王勃作品的文字。而從其抄寫時期爲慶雲四年（七〇七）這一點來考慮的話，正倉院本所依據的文本應該是時期較早的王勃作品集。

如上所述，通過對正倉院本和流傳在中國的王勃作品的校勘，可知正倉院本的大多數文字是有存在根據的。因此，可以説佚文在抄寫時也是忠實於原本的，確實從佚文中也可以發現很多句子的表達和結

〔一〕請參看《テキストとしての正倉院藏「王勃詩序」》、《王勃「滕王閣序」中の「勃三尺微命，一介書生」句の解釈》、《正倉院藏「王勃詩序」中の「秋日登洪府滕王閣餞別序」》，該篇論文均收録在《「王勃集」と王勃文學研究》中。相關内容有漢語版，請參看《作爲文本的正倉院藏〈王勃詩序〉》（《文學與文化》二〇一一年第一期）、《〈滕王閣序〉「勃三尺微命，一介書生」新解——以正倉院藏王勃詩序爲綫索》（《古典文學知識》二〇一二年第六期）。

構是有依據的。

雖然我們無法判斷有些詩序的創作時期，但是正倉院本所收詩序以及流傳在中國的詩序是王勃一生不停地創作的文學體裁，因此通過這些詩序，我們能了解王勃的生涯以及他交友的情況。

例如，從正倉院本《九月九日採石館宴序》的內容來看，王勃在任沛王府修撰以前，有段時期曾遊覽過長江流域。文中寫道「俗物去而竹林清，高人聚而蘭筵肅」、「俯烟霞而道意，捨窮達而論心」，表現了他與志同道合的朋友相遇時激動高昂的情緒。這樣表現高昂情緒的手法，常見於王勃年輕時期所寫的詩序中。另外，因時期不同，作品所傳達的氣氛亦有所差異，但如正倉院本《張八宅別序》中「則知聚散恒事，憂歡共惑」、「排旅思而銜盃，捨離襟而命筆」等句子所寫的一樣，王勃的詩序一直表達了這種他在異鄉與新朋舊友相聚的喜悦，以及他們離別時的悲傷。那麼，與王勃相聚和離別的是哪些人呢？

正倉院本《秋日送王贊府兄弟赴任別序》這一作品從題目即可明確知道其主要內容，又從「一則顯光輝於楚甸，一則奮明略於趙郊」句可知，這篇詩序是在送分別奔赴各地去任職的兄弟的宴席上創作的。另，正倉院本没收録的《冬日羈游汾陰送韋少府入洛序》（卷八）中寫道「考績三年，指蘭臺而赴還」，這描寫了爲送別以晉升爲目的上京的人而舉辦的宴席。正倉院所藏詩序創作於隨着唐王朝社會的安定和官僚制度的完備，人們移動頻率高和移動距離大這一社會變化背景下産生的送別宴，這種宴會中雖然存在着少數地位較高的如「畢公」和《滕王閣序》中的「閻公」這類人物，但大多數詩序作品都是創作於如九隴縣令柳明獻這些地方官僚主辦的在地方舉行的宴席上。參加這些宴席的人是低級官僚或者是想當官的人。他們像王勃一樣，都是離開故鄉和京城去外地旅遊的人，有作爲地方官僚奔赴任職地點的人，甚至還有些以當官爲目標，或者爲追求更高官位前往長安、洛陽的人。王勃詩序的創作場合是宴席，而這些宴席的參加者與卷廿八、卷廿九中的墓誌、祭文的委托者屬於同一群人。

那麽，人們爲什麽要撰寫詩序呢？而日本人又爲什麽要抄寫這些詩序呢？

五、詩序的意義

關於當時日本人抄寫的《王勃詩序》的底本，有以下兩種可能性。一種可能是從舶來的《王勃集》三十卷中僅僅抄寫詩序的部分。另一種可能是中國曾經存在一部僅收録王勃的詩序作品的文集。也就是説，當時《王勃集》和另外一本《王勃詩序集》（也有可能原本存在着收録了包括王勃詩序在内的題爲「詩序作品集」這樣的文集，日本人從中選擇了王勃的作品來抄寫）傳至日本。我認爲後者的可能性更大。因爲正倉院本《山家興序》和《春日序》的末尾都用小字寫着「末闕」二字。《春日序》是佚文，無法考證，但是《山家興序》在中國也有流傳（《王子安集注》卷九），該詩序確實保留有正倉院本後面繼續寫有的一百二十八個字。考慮到日本人當時非常尊重中國典籍，抄寫者在抄寫中應該不會隨意增加字，而作爲底本的中國本應該已經寫有「末闕」二字，正倉院本應該是根據有此二字的鈔本來直接抄寫的。也就是説，抄寫底本的人是知道其後還有文字存在的。如後文所述，王勮等兄弟編纂《王勃集》時，儘量搜集了王勃作品，應該没採録這些有闕字的文本，而是另外找了内容上更完整的作品。另，蔣清翊《王子安集注》卷六到卷九收録了四十五篇詩序，其中四十篇和正倉院本詩序一樣，都是附在創作於宴席上的詩群上的㈠。正倉院本詩

㈠　除了《入蜀紀行詩序》、《黄帝八十一難經序》、《續書序》、《四分律宗記序》、《檗鑑圖銘序》，還加了卷三《聖泉宴》序後的總數。

序中的二十一篇也在中國流傳，也就是説在中國有流傳而正倉院本没有抄寫的詩序有十九篇。由上可知，正倉院本應該不可能是從王勃作品的全集即《王勃集》中選録抄寫出來的。

此外，還有一點能證明正倉院本所收的詩序作品至少不會是從傳至日本的《王勃集》中選録的。即正倉院本使用了「華」字闕筆和則天文字（武則天創製的字）。當然可知其底本應該是使用則天文字的，但是日本保存下來的《王勃集》中没有使用則天文字，而僅有闕筆的「華」字。也就是説兩者的抄寫時期不同。關於這一點，後文將詳細闡述。傳到日本的是《王勃集》和《王勃詩序集》（正倉院本底本）的兩種文集。

那麽，爲什麽中國人特意編纂王勃的詩序作品集，而日本人則將王勃詩序傳至日本並特意抄寫了呢？在此我先下結論：這是因爲這本詩序集是一本由當時在中國享有盛名的文學者王勃使用詩序這一流行的文學體裁而創作的作品集。如字面意思一樣，因爲「王勃詩序」就是王勃創作的詩序作品。

在此，我們先對「詩序」這種文學體裁進行考察。正倉院本的詩序都是附在宴席參加者們創作詩群上的序文〔一〕。在王勃以前，早期有著名的王羲之《蘭亭序》，但是其後並没有太多這種序文流傳下來。《文選》卷四十六中有顔延之和王融的《三月三日曲水詩序》，但是這兩篇是受命於皇帝而創作的，其内容與其説是爲了紀念宴席，不如説是爲了稱贊皇帝的政績，在内容和創作目的上與王羲之《蘭亭序》乃至王勃等初唐時期的詩序大相徑庭。在王羲之前後，宴席的參加者們也作了詩，在彙總這些詩時應該也有附上序

〔一〕 關於中國文學史上的詩序的問題，筆者在《王勃の序》、《初唐の序》（都收録在《〈王勃集〉と王勃文學研究》）中介紹過。

文，但是流傳至今的這種序文的數量却極少。到了唐代，人們突然大量創作詩序，王勃就是其中的代表。

到了唐代，人們爲什麽會創作序文並附在宴席上創作的詩群前的呢？從王勃的詩序來看，詩序的末尾多有寫明「各賦一言」、「人探一字」等作詩的條件。不僅正倉院本，流傳在中國的王勃詩序以及創作於初唐時期的詩序中也幾乎都有這種相同的記載。也就是説，這個時期宴席上要遵循給定的條件作詩。遵循給定的條件即興創作詩歌，這繼承了南朝文學的傳統。進一步思考宴席這一文學創作的場合，這其實也是繼承了南北朝文學的創作傳統的。如何順利地應對這些條件則是文學評價的標準。王勃等參加的初唐宴席繼承了南朝以來的文學創作場合、文學創作習慣以及文學評價標準。但是，宴席舉辦的狀況及其參加者和南北朝是不一樣的。王勃是在送别和遊宴場合創作詩序的，這些場合基本上是縣令等官僚舉辦的宴席。譬如，南朝時期南齊竟陵王的西邸和梁簡文帝（晉王）乃至陳後主的宴席，這些場合在場所和人員上是基本固定的，但是上述初唐宴席的參加者王勃等人與這些南北朝宴席的參加者不一樣。而且，王勃他們參加的宴席中的送别宴，即使是遊宴，如正倉院本《江浦觀魚宴序》「群公以十旬芳暇，候風景而延情」中所描述的公務期間的假日，又如《王子安集注》卷六、正倉院本《梓潼南江泛舟序》「鎮静流俗，境内無事」，還有縣令王某主辦的郊遊宴席的正倉院本《春日序》「孟嘗君之愛客，珠履交音；宓子賤之調風，絃歌在聽。則有蜀城僚佐，倍騁望於春郊；青溪逸人，奉淹留於芳閣」等，這些都是在公務之餘或節假日而舉行的臨時的宴席。這些宴席和王羲之等在蘭亭舉行的遊宴一樣，都是爲了紀念某一特殊時間，且僅舉行一次的宴席。而參加者也並非固定，大家都衹是偶然相聚在一起，他們大多都很自負，但才能却不被認可，即所謂的懷才不遇，或者是爲了尋找發揮自己才能之地而四處奔走。王勃創作詩序時的宴席是無法期待其被重現的，參加者是偶爾滯留在當地的人，一旦分别就很難再次相會。作爲南北朝文學創作場合的宴席是日常生活的一種延伸，而王勃參加的文學創作場合則是非日常的。

王勃參加的宴席是南北朝的文學評價標準依然佔着主導地位的文學創作的場合，衹是聚集在宴席上的人及他們心中的感情已經不同於南北朝了。憤懣的自負，仕途上的懷才不遇之情，與同道友朋相遇的喜悦及與其分别的悲傷，這些感情都是南北朝以來的遊戲性宴席賦詩所無法表達的㈡。反過來説，主要的文學形式「詩」有着非常强大的束縛力，束縛了唐代新興知識分子的文學觀念；而爲了表達用帶遊戲性質的即興性的賦詩方法所無法表達的感情，人們創作了附在宴會參加者的詩群上的序文，即創造了「詩序」這種文學體裁。上述的這種包含友情、不遇之情的高昂悲憤的情感也在後來成了唐詩的一種特色。而引導唐詩走向興盛的，是聚集在王勃詩序創作的場合——宴席上的官僚們和想當官的人。從王勃詩序中可以發現，其後主導唐朝文學的新興知識分子的感情是通過詩序表達出來的。或可這樣説，唐代文學的帷幕不是由詩而是由詩序開啓的。詩序受到尋求抒發這些感情的初唐人的歡迎，纔開始盛行，由此詩序登上了文學史的舞臺并確定了其地位。

正倉院本的詩序表明了初唐時期詩序創作的盛行。這不僅表明了一種文學體裁的流行，而且還展示了初唐這個時期的文學狀況。詩序不僅是一種在將宴席上創作的詩彙總成文集時附上的序文，還是集中體現了宴席參加者們的感情的文章。而王勃《詩序集》的編成這一事實證明，不僅引起宴席參加者的共鳴，而且引起同時代的新興士大夫階層廣泛的共鳴。作爲遣唐使來到中國的日本人目睹了王勃文學和詩

㈡ 包括王勃所作的詩序在内的初唐時期的許多詩序作品流傳到今，而與詩序同時創作的大多數詩歌却在時代過程中即已消失，這種情况或許正好能體現出詩序和詩歌在文學史上的意義的差異。

序的流行，他們把最新的文學作品集即王勃《詩序集》帶回了日本。

《王勃詩序》和《王勃集》卷廿八、卷廿九都表明了王勃是當時的「流行作家」，這裏的「流行」是指王勃是即將成爲唐代文學主導的新興知識分子的新的感情的表達者。

六、《王勃集》和正倉院本反映出的王勃文學的特色和支持者

如上所述，正倉院本和《王勃集》是體現王勃的一生及其文學特色的作品集。與此同時，這些作品還彰顯了王勃這位文學者在文學史上的地位。王勃的文學既遵循了南北朝時期的文學習慣和文學評價標準，又給新興知識分子抒發感情提供了新的表達形式，這是南北朝的遊戲文學所無法實現的。王勃作品的背後，存在一大批無法找到合適文體表達自我感情，而又想表達自我感情的人群。從盲目地尊重南北朝文學觀的同時代人的視角來看，或許王勃未必會被視爲代表自己時代的文學者。但是，從文學史的觀點來分析的話，王勃是代表了初唐這個時期的文學者。除了正倉院本《詩序》，幸運地被保存下來的《王勃集》也展現了代表初唐的文學者王勃的文學活動，這兩者都是具有極爲重要價值的文本。

日本迅速地對中國的文學流行情況作出了反應。日本最初的漢詩集《懷風藻》中收録有四篇這樣的宴席序文。如以山田史三方的《五言秋日於長王宅宴新羅客一首并序》爲首，全篇均用工整的駢文撰寫，而且在新羅使者參加的宴會上也創作了這類序文。這一事實暗示了不僅日本，連朝鮮半島也受到了最新的中國文學流行情況的影響。此外，不僅是漢詩集，《萬葉集》卷五中也有用漢文創作的名爲《梅花歌卅二首并序》的和歌序，此序文被附在宴席中所創作的和歌群前。二〇一九年開始使用的日本年號「令和」即源於該序文。一般認爲，這篇序文是以《蘭亭序》爲典範而創作的，但是，該文採用的是工整的駢文形式，

從這一點考慮，對當時日本人來説，更爲直接的範文肯定是以王勃爲首創作的初唐詩序。衹是當時日本人是否理解存在於作品深層的與南北朝文學不同的社會階層的人的新感情因素呢？這個問題有待今後的研究來解決〔一〕。

七、《王勃集》與正倉院本的傳入和被發現

關於流傳在中國的《王勃集》，汪賢度先生在《王子安集注》（上海古籍出版社，一九九五年）的《前言》中有詳細介紹，可參看，在此僅作簡單叙述。

《四庫全書總目》卷一四九《集部二·别集類二》記載如下：

《王子安集》十六卷，唐王勃撰。《唐書·文苑傳》稱其文集三十卷，而楊炯《集序》則謂分爲二十卷，具諸篇目。洪邁《容齋隨筆》亦稱今存者二十卷，蓋猶舊本。明以來其集已佚，原目遂不可考。世所傳初唐十二家集僅載勃詩賦二卷，闕略殊甚。故皇甫汸作楊炯《集序》，稱王詩賦之餘，未睹他製。此本乃明崇禎中閩人張燮搜輯《文苑英華》諸書編爲一十六卷，雖非唐宋之舊，而以視别本，則較爲完善矣。

如上所述，因爲唐代編纂的《王勃集》已經失傳，所以關於其卷數，尚且不能判明楊炯《王勃集序》中「二

〔一〕 關於日本奈良時代是如何受到以王勃、駱賓王爲代表的中國初唐時期文學的影響，有以小島憲之《上代文學と中國文學》（東京：塙書房，一九六四年）爲首的諸多研究。

十卷」與新舊《唐書》中「三十卷」的記載哪一種是正確的。但是既然留存在日本的《王勃集》有卷廿八和卷廿九、卷卅，那麽，《王勃集》當編爲三十卷。楊炯《王勃集序》中的「二」被誤寫爲「三」字，後來這個錯誤一直延續了下來。另，《四庫全書總目》引用的洪邁《容齋隨筆》是指《容齋四筆》卷五「王勃文章」一條，其中寫道「勃之文，今存者二十七卷云」，但無論如何應該不是足本。關於明末張燮《王子安集》十六卷本以降編纂的王勃文集，如汪賢度先生所介紹的一樣，均是在《文苑英華》的基礎上輯録王勃的作品。

《王勃集》和正倉院本是什麽時候被帶到日本的呢？因爲没有相關記録，所以我們無法得知其確切的傳入時間。正倉院本卷末有「慶雲四年」的紀年，由此可知是七〇七年之前傳到日本的。日本最早的漢籍目録《日本國見在書目録》（八九一年前後撰成）著録有「王勃集卅」，由此可知《王勃集》確實在當時便傳到了日本〔二〕。

雖然不知道《王勃集》傳到日本的具體時間，但是我們可以確定《王勃集》抄寫的時間範圍。《王勃集》不寫「華」字的最後一筆，即闕筆。另外，不使用則天文字。而正倉院本則存在着「華」字闕筆的情况，而且還使用了則天文字。如《新唐書》卷四《則天皇后本紀第四》「（光宅元年九月）己巳，追尊武氏五代祖克己爲魯國公……祖華爲大尉太原郡王……」所述，武后祖父名字中有「華」字，因此需要避諱。據筆者調查到的出土墓誌，「華」字避諱的情况是從垂拱二年（六八六）開始出現的。而另一方面，則天文字的製定始於載初元年（六九〇）。日本保存的《王勃集》，在使用「華」字闕筆而尚未使用則天文字之間，

〔二〕藏中進在《正倉院本「王勃詩序」について》（日中文化交流史研究會編《正倉院本王勃詩序訳注》〔東京：翰林書房，二〇一四年〕）中，認爲七〇七年回國的遣唐使帶來了正倉院本。

即它被抄寫的時間是六八六年到六九〇年。武后退位後不久的神龍元年（七〇五），則天文字被停止使用。日本人抄寫的正倉院本是六九〇年到七〇五年之間的文本，該時期爲使用則天文字的時期（當然，「華」字也闕筆）。前文主張正倉院本抄寫所用的底本和《王勃集》不是同一種文本，是否使用則天文字這一點對上述觀點的成立起着重要的支撑作用。

蔣清翊《王子安集注》以及傳至日本的《王勃集》、正倉院本中最晚的紀年是收録在卷三十中王承烈《王勃祭文》的文明元年（六八四）。傅璇琮、陶敏著《新編唐五代文學編年史·初盛唐卷》根據該紀年和《王勃集序》作者楊炯的履歷，推斷《王勃集》編纂時期應爲文明元年之後到垂拱元年（六八五）左右。筆者亦贊同此説。如按此説，六九〇年之前抄寫的日本藏《王勃集》是在編纂後的五年之内完成的抄本[一]，這足以説明這個卷子的價值。以往人們介紹正倉院本時，經常以王勃死後三十年左右即在日本被抄寫爲依據，來證明當時王勃作品很受重視。但是現在，我們應該要修正這種説法。日本保存了編纂後五年内即被抄寫的《王勃集》。這個事實當然反映了當時王勃作品的流行。

那麽，正倉院本和《王勃集》是怎樣被保存和被發現的呢？

[一] 詳細考證見《日本に傳わる「王勃集」殘卷——その書寫の形式と「華」字欠筆が意味すること》、《「王勃集」の編纂時期——卷三十所收「族翁承烈致祭文」を中心に》（都收録在《「王勃集」と王勃文學研究》。漢語版《關於日本傳存的〈王勃集〉殘卷——其書寫形式以及「華」字缺筆的意義》（《縞紵風雅：第二届南京大學域外漢籍研究國際學術研討會論文集》，北京：中華書局，二〇一二年）、《〈王勃集〉的編纂時期——以日本傳存〈王勃集〉卷三十所收〈族翁承烈致祭文〉爲中心》（香港浸會大學《人文中國學報》第二十九期，上海：上海古籍出版社，二〇二〇年）。

根據藏中進的考證，正倉院本是在文武天皇（六八三—七〇七年在位）駕崩時的追悼活動中被奉納進東大寺的〔一〕。但是，正倉院的目録《（東大寺）獻物帳》却無此相關記録，因此我們無法知道確切的情況。之後，正倉院開展過數次調查，記録了所收藏的物品，但是其中也没有《王勃詩序》的記録〔二〕。

另一方面，前文已介紹過，《王勃集》出現在《日本國見在書目録》中，其中記録有「王勃新注十四卷」（中國無此記録）、「王勃集卅」。這是關於日本所藏《王勃集》的最早記録。從卷廿八到卷卅的卷頭、卷末以及紙縫都蓋有「興福傳法」的印章來看，《王勃集》曾藏於奈良興福寺。而其後却不知是如何散佚、如何被保存的。筆者找到的祇是平安時代（七九四—一一九二）末期作爲藏書家被世人所知的藤原通憲（一一〇六—一一六〇）藏書目録《通憲入道藏書目録》中「第百十二櫃・王勃集一帖五卷」（流傳至今的該目録有數種，其中有缺「五卷」的抄本）。從卷數上看，該《王勃集》應並非足本。平安前期（九世紀）日本人的漢文中有些作品受到了王勃文學的影響〔三〕，由此可以推測《王勃集》一直被保存到平安前期。由於《王勃

〔一〕藏中進《正倉院本「王勃詩序」について》，日中文化交流史研究會編《正倉院本王勃詩序訳注》（東京：翰林書房，二〇一四年）。

〔二〕建久四年（一一九三）的正倉院開庫記録中寫有「詩序書一卷」（《東大寺續要録》），但不知其中一卷是否是《王勃詩序》。

〔三〕後藤昭雄在《（講演記録）菅原是善の願文と王勃の文章》（《成城國文學》三四，二〇一八年）中有相關介紹。菅原是善是九世紀的文人。

集》的紙背上有平安時代末期僧侶抄寫的與佛典相關的記録〔一〕，所以大約在十二世紀末人們忘了該鈔本是《王勃集》，而將其分散了。

《王勃集》和《王勃詩序》被發現的契機是明治維新（一八六八）。明治維新給日本社會的結構和文化價值帶來了很大的變化。不衹是貴族大名（江户時代的諸侯）的文物，連寺院和神社保存的寶貴文物也有流出。對此懷有危機感的明治政府於明治四年（一八七一）頒佈了《古器舊物保存方》公告。明治五年（一八七二），對京都和奈良（還有現在的愛知縣、三重縣）的神社寺院等所藏文物開展了調查。這項調查取名於該年的干支，被稱爲「壬申檢查」。調查負責人是東京國立博物館的前身即博物局的初代局長町田久成（一八三八—一八九七）。同時，他讓擅長文物鑑定的京都人蜷川式胤（一八三五—一八八二）和攝影師横山松三郎與其同行，爲了摹寫需要也令畫家柏木政矩等人陪同調查。這項調查的主要目的之一是啓封正倉院文物的調查。

在此調查中，與衆多貴重文物一起被發現的是《王勃詩序》和《杜家立成（雜書要略）》等典籍。

壬申檢查時製作的文物典籍等的摹寫圖片以《壬申檢查寺社寶物圖集》爲名被保存在東京國立博物館，現在可以在網絡上閲覽。《王勃詩序》屬於其中第九册「光明皇后御書卷跋」的部分，其卷末的「慶雲四

〔一〕據大阪市立美術館編《唐鈔本》（京都：同朋舍出版，一九八一年）的記載，卷廿八紙背寫的是《大乘戒作法》，卷廿九、卷卅紙背是《四分戒本略》，《祭高祖文》紙背是《三十尼薩耆波逸提法》，都是有關佛教戒律的記録。關於卷廿八的紙背，筆者在《傳橘逸勢筆〈詩序切〉と上野本〈王勃集〉の関係》（《王勃集》と王勃文學研究）所收）中已經介紹過，該文漢語版爲《論傳橘逸勢筆「詩序切」與上野本〈王勃集〉的關係》（《域外漢籍研究集刊》第八輯，北京：中華書局，二〇一二年）。

年」到「用紙貳拾玖帳」的一行字是以雙鈎技法所寫的。此外，注記着「右（道坂注：即指《王勃詩序》）背面合縫所捺朱印文積善藤家」（道坂注：「積善藤家」印作爲藤原氏出身的光明皇后所使用的印章被世人所知。《杜家立成》也鈐有此印），又有摹寫的「積善藤家」印文。現在無法確認其紙背，但是當時調查人員認定《樂毅論》（《寶物圖集》中題爲「光明皇后御書樂毅論之跋」）、《杜家立成雜書要略一卷》（《寶物圖集》中題爲「光明皇后御書」）和《王勃詩序》是聖武天皇妃光明皇后親手抄寫的。

此外，壬申檢查的調查記録《古器物目録》也被保存了下來〔一〕。《古器物目録》中有如下記録：

八月十三日

ひ（道坂注：編號）　長持入

一黑漆文庫

内

一詩序　一卷

卷首　王勃於州永興県李明府送蕭三還齊州序

卷尾　慶雲四年七月廿六日

〔一〕東京國立博物館官網 e-國寶中公開了《古器物目録》，但是衹是含封面在内的三張，記録《王勃詩序》的部分并没有公開。樋口秀雄《MUSEUM（東京國立博物館美術誌）》No. 255（一九七二年）到 No. 257 中以《史料公刊壬申検查「古器物目録」——正倉院の部》爲名對其進行了翻刻和收録。本文引用部分在 No. 255 中。

用紙貳拾玖帳　五色紙継合セ

（朱）継目　積善

裏　藤家　有此印

一杜家立成雜書要略　一巻

巻首　雪寒喚知故飲酒　（朱）詩序卜同書

一樂毅論　一巻　紫薇中台書

巻末　天平十六年十月三日　藤三娘

……

壬申檢查時陪同調查的蜷川式胤也留下了一本名爲《奈良の筋道》的日記〔一〕，上述目録與日記的描述相吻合。

〔一〕米崎清實翻刻《蜷川式胤〈奈良の筋道〉》（東京：中央公論美術出版）。有關部分是：

「ひ印箱　南四號…………

黑漆文庫　ひ筥入

詩序一巻　慶雲四年七月廿六日　積善藤家ノ印有　五色紙二十玖張

杜家立成雜書要書　一巻　右と同筆

樂毅論　一巻　天平十六年十月三日　藤三娘……」

在此次調查中，博物局使用了當時最新的西洋式石印技術影印了新發現的一部分古鈔本。據《東京國立博物館百年史》（東京：東京國立博物館，一九七三年）記載，《東大寺獻物帳》是明治十四年（一八八一）被影印的，《杜家立成雜書要略》是明治十六年（一八八三）被影印的，其中並沒有影印《王勃詩序》的相關記載。但是，遼寧省圖書館（羅振玉舊藏）和東京國立博物館却保存了博物局影印的《王勃詩序》。筆者調查後發現，博物局所影印的《王勃詩序》是完全按照《王勃詩序》原本中一張紙的尺寸來影印的，共影印了全三十張中的十九張。

最先將《王勃詩序》廣泛地介紹給中日學界的是楊守敬的《日本訪書志》（一八九六）。據其中《王子安文一卷古鈔卷子本》記述，巖谷修（號一六）將《王勃詩序》的影印本（《日本訪書志》中寫作「影照」）贈送給楊守敬，楊守敬將該作品的目録記録下來，並對佚文進行了翻刻。巖谷贈給楊守敬的《王勃詩序》影印本現在下落不明，但是將楊守敬的記録和博物局石印本作對比，可發現兩者基本一致。

博物局石印本在紙張的左端記録道：

明治十七年三月十七日出版届　博物局藏版

詩序　唐人書　東大寺正倉院御物

楊守敬在明治十七年（一八八四）五月二十九日回國〔一〕，由此可判定楊守敬收到巖谷贈送的《王勃詩序》應當爲博物局的石印影印本。而上文介紹的遼寧省圖書館藏本和東京國立博物館藏本均將其所藏地點明確標爲「東大寺正倉院御物」，楊守敬却在《日本訪書志》中稱《王勃詩序》所藏地點不明。對此，筆者試作以下推測：博物局影印本數量並不多，更何況是天皇家所藏（御物），巖谷也許是囑托了楊守敬，不要將該詩序藏於正倉院這一信息公佈於世。

接在博物局調查之後的，是印刷局（現在的財務省印刷局）局長得能良介（一八二五——一八八三）在明治十二年（一八七九）五月到九月，對據當時行政劃分的一府十縣的寺院神社、有淵源的名家的文物展開的調查。他在其日記——《巡回日記》中記録了調查詳情。在返東京後的十二月寫的日記緒言中，對本次巡回調查的目的，他寫道：

今茲明治十二年命ヲ奉シテ各縣ヲ巡歷シ寶庫秘府神祠佛刹及士庶所藏ノ書畫器物ヲ一覽シ往聖古哲ノ遺愛名工鉅匠ノ製作及山川ノ景勝社寺ノ莊嚴等、苟モ我工場製品ノ模範トナスニ足ル者ハ、或ハ之ヲ寫真ニ付シ或ハ模寫シ而シテ石版ニ上セ、或ハ寫真石版トナシ以テ之ヲ保存ス。（大意：今茲明治十二年奉命巡歷各縣，一覽寶庫秘府神祠佛刹及士庶所藏書畫器物。往聖古哲遺愛、名工鉅匠製作及山川景勝、社寺莊嚴等，苟足爲我印刷局工廠製品模範者，或付之照片，或摹寫而

〔一〕《觀光紀遊》是岡千仞在中國的旅遊日記。五月二十九日，他從橫浜坐船出發，日記中寫到楊守敬坐的也是同一艘船。

上石版，或作照片石版以保存之。）

得能良介從最初就計劃影印刊出的。另外，他特別重視對正倉院調查，説道：「向キニ奈良正倉院御物拜觀ノ事を宮内省ニ内願セシニ特別ヲ以テ勅許ノ旨、宮内卿ヨリ大藏卿ニ伝達ヲ拜承。」（大意：正將奈良正倉院御物拜觀之事内願於宮内省，自宮内卿至大藏卿傳達而拜承，以特別恩典勅許之消息。）該調查也是正倉院的重要目的之一。

據日記可知，正倉院調查的時間是六月四日到十六日，但遺憾的是得能良介並未提及王勃詩序，只是最後一天九月十六日日記中寫道：「此の間所見ノ古書畫器物ノ目ハ總テ集メテ附録トナシ……模寫スルモノ二百二十種ヲ撰定シ三種ノ版式ヲ以テココレヲ影模ス……二ハ書畫古器物ノ類、先ツ寫真ニ付シ、後ニ石版ニ上ス。」（大意：此間所調查的古典籍古圖畫古器物之名目已經全部整理，並已作附録……撰定模寫之物二百二十種，用三種方法影模……第二爲書畫古器物之類，先拍照片，後上石版。）此處再次明確提到了影印。

得能良介爲了提高紙幣印刷的技術，招聘了意大利人愛德華多・基奧索内（Edoardo Chiossone）〔一〕，並讓他陪同參加此次的調查旅行。而關於通過該調查將所得知的文物典籍用精密的石印技術將其付諸刊行的計劃，他説道：「之（道坂注：古書畫古器物）を模寫して，工場技術進歩の參考に資し，之に據り

〔一〕　關於 Chiossone 在印刷局、日本美術所留下的功績和他的生平，請參考明治美術學會、財團法人印刷局朝陽會《お雇い外國人キヨッソ——ネ研究》，東京：中央公論美術出版，一九九九年。

て，精巧優美なる古器物古錦繡の圖譜，及び數多の法帖等を得るに至れる。此業明治十三年に着手，明治十六年に成就す。」（大意：摹寫古書畫古器物等，以資工廠技術進步之參考，可見獲得了精巧優美的古器物、古錦繡的圖譜及許多法帖等。此事於明治十三年開始着手，明治十六年完成。）他又提道「《國華餘芳》三帖、《朝陽閣鑑賞》一帖、《朝陽閣帖》十六帖、《朝陽閣集古》十四帖，即是」〔二〕爲其調查成果。京都和奈良的寺社保存的古鈔本類以《朝陽閣集古》爲名，用石印廣泛影印。《朝陽閣集古》的一部分現存於東京大學史料編纂所、關西大學圖書館内藤文庫以及國會圖書館等。屬於《朝陽閣集古》系列並命名爲《東大寺所傳詩序》的即是《王勃詩序》。

博物局影印本以正倉院本的紙張爲準，但是印刷局却用二十五張紙影印了一整卷。筆者調查到的《朝陽閣集古》各古鈔本影印本是在明治十六年至十七年間刊行的。遺憾的是，我們不能確定《王勃詩序》的影印時期。印刷局的《正倉院王勃詩序》可能是明治十七年五月即楊守敬回國之後影印的。而《朝陽閣集古》系列於大正七年（一九一八）再次被廣泛影印〔三〕。羅振玉在《王子安集佚文》序中寫道：「乃今年（道坂注：戊午，一九一八年）秋，有神田君喜者……嘗來予家，一日白予，近得正倉院王子安集印本二十

〔二〕據池田敬八編《得能良介君傳》（東京：印刷局，一九二一年）。筆者看到的是二〇〇〇年財團法人印刷局朝陽會的複刻版，引用部分是第五編《紙幣局長及び印刷局長時代》第八章《本邦美術品の蒐集と寫真石版摺刊行二・刊行》。

〔三〕據關西大學圖書館内藤文庫藏池田敬八《印刷局出版朝陽閣之説》。詳細情況請參考《日・中における正倉院藏〈王勃詩序〉の「発見」》（《〈王勃集〉と王勃文學研究》所收）。漢語版爲《關於正倉院藏〈王勃詩序〉的發現》（《國際中國文學研究叢刊》第八集，上海：上海古籍出版社，二〇二〇年）。

餘紙。予亟請觀。則爲四十一篇。」由此可知，神田喜一郎給羅振玉提供的應該是印刷局的再刊本。羅振玉以蔣清翊《王子安集注》爲底本進行校勘並對佚文進行了録文。

楊守敬從巖谷修處獲得了博物局影印本，並在《日本訪書志》一書中介紹了《王勃詩序》。羅振玉從神田喜一郎處借來印刷局影印本，編纂了《王子安集佚文》並對《王勃詩序》的佚文進行了録文和校勘〔一〕。

如後文所述，一九二二年羅振玉增補改訂了《王子安集佚文》。幾乎同一時期，日本方面在佐佐木信綱的主導下刊行了正倉院的貴重典籍。此次刊行使用了珂羅版印刷技術，並在用紙、紙張顏色以及卷軸的使用上做了完全的復原。其出版物即爲《南都秘笈》系列叢刊。而《王勃詩序》便是作爲該叢刊的一種被刊行的〔二〕。由此《王勃詩序》被抄寫時的面貌纔第一次爲人所知，即其字體上的書法特色（模仿了歐陽詢書法的風格），抄寫紙張的使用（使用精美的有色麻紙）、卷軸的裝飾等。

一九四六年以來，正倉院每年都舉行「正倉院展」，每次都發行展覽目録，其中《平成七年第四十七回正倉院展目録》（奈良：奈良國立博物館，一九九五年）刊登了彩色的《王勃詩序》。此外，現在正倉院的網站上公開了其文物的影像資料，因此可以通過網絡一睹其風采。

《王勃集》卷廿九中的《祭高祖文》的部分保存於神田家，而其後被發現的則是卷廿八。内藤湖南對朝

〔一〕 請參看《羅振玉舊藏〈王子安集注〉と〈王子安集佚文〉稿本》（《中國典籍日本古寫本の研究》Newsletter No. V，二〇一九年）。

〔二〕 《南都秘笈》中《王勃詩序》的刊記是一九二一年，但是佐佐木信綱《〈南都秘笈〉第一集解説》記爲一九二二年二月，内藤湖南《正倉院藏王勃詩序殘卷序跋》記爲一九二二年八月。

日新聞社社主上野理一手中的名爲《集卷》的卷子（該卷子是從灘〔現在兵庫縣神户市〕吉田聆濤閣獲得的）進行了調查，發現《祭高祖文》在書法風格、用紙以及有「興福傳法」印章方面與《集卷》相類似，由此他斷定該卷子即《王勃集》卷廿八。

其實，在江户時代末期就有一部分人已經知道了《集卷》（《王勃集》卷廿八）的存在。吉田家三代（道可〔一七三四—一八〇三〕、道圓〔一七八六—一八三二〕、渚翁〔一八〇二—一八六九〕）對收集的古典籍以及出土文物等進行了摹刻、摹寫並刊行。名爲《聆濤閣集古帖》的這本刊物中，吉田家摹刻了《集卷》卷頭十一行。森立之等人所著《經籍訪古志》（一八五六年序）中記載道：「（道坂注：塙）忠寶云，攝津國（道坂注：吉田）喜平次（道坂注：道圓）家亦藏是書殘本一卷（墓誌下）。卷端數行，模入於《聆濤閣帖》中者是也。憾未得覩某全軸。」當時的書誌學者是知道這卷子的存在的。衹是通過上述記述可以清楚知道，能親眼目睹過該卷子的人其實並不多。森立之等也推測這是《翰林學士集》的一部分，但卻没能發現它其實就是《王勃集》的一部分。楊守敬將其摹刻并收録進《留真譜》，可能是因爲他從森立之那裏得到相關信息，知道它是從吉田家《聆濤閣集古帖》中採録過來的。當然，楊守敬也没注意到該卷子就是《王勃集》的一部分。

一九一〇年，内藤湖南發現該古鈔本爲《王勃集》卷廿八。同年，上野理一用當時最新的珂羅版印刷技術影印了這一古鈔本。同時也影印了神田家所收藏的《祭高祖文》。湖南寫了《上野氏藏唐鈔王勃集殘卷跋》，在跋文中對該古鈔本做了介紹。得到了《王勃集》卷廿八（附上《祭高祖文》）影印版的羅振玉，看到印刷局石版《正倉院詩序》，過録詩序佚文，將其與中國見存的作品作了校勘，并對卷廿八中的三篇墓誌和《祭高祖文》進行録文，一九一八年鉛印刊行了《王子安集佚文》。

明治時代的實業家赤星彌之助（一八五三—一九〇四）是茶道愛好者之一，茶道在當時的實業家之間是很流行的。他們爭相收集江户時代大名家和有淵源的名家所收藏的茶器，以及作爲茶室裝飾品的繪畫與古人的書跡。彌之助死後，其子赤星鐵馬對茶道不感興趣，於是拍賣了這些器物、書畫。他在一九一七年舉行了三次大規模的拍賣，這三次拍賣的拍品數量多、質量高、内容豐富，其中在第二次（十月八日）的拍賣中拍出了名爲《橘逸勢集一卷》的古鈔本。技術極高的審美書院印刷的拍賣目録中印有《橘逸勢集》的相片。擔任京都帝國大學文學部講師的富岡謙藏（一八七三—一九一八）發現這就是《王勃集》中的一卷，并以高價拍得。這就是卷廿九、卷卅黏連在一起的一卷《王勃集》。

富岡謙藏是京都著名畫家、學者富岡鐵齋（一八三七—一九二四）的兒子，而謙藏本身也是中國古鏡方面的研究者，但讓人遺憾的是他在拍賣會後的第二年便去世了。

從一九一一年就開始滯留在京都的羅振玉於一九一九年回國。他賣掉了位於京都大學附近神樂岡的邸宅後，把這部分資金委托給京都帝國大學文學部教授狩野直喜、内藤湖南，并委托他們把這些資金用來影印刊行保存在日本的中國古鈔本，最終刊行的出版物就是《京都帝國大學文學部景印舊鈔本》系列。其第一集是《毛詩唐風殘卷》、《毛詩秦風正義殘卷》、《翰苑卷卅》和《王勃集卷第廿九卷第卅》，這些是一九二二年六月由珂羅版印刷技術影印的。

羅振玉在《王勃集卷第廿九卷第卅》的基礎上，於一九二二年增補改訂了《王子安集佚文》（壬戌十月序）（《永豐鄉人雜著續編》第九卷《雜著》）。比起一九一九年的《王子安集佚文》，該版《王子安佚文》不僅增加了卷廿九、卷卅作品的録文，而且訂正了一九一九年版詩序中的一部分文字和校記，還把《祭高祖文》移到了卷廿九作品之後。也就是説，一九二二年版是《王子安集佚文》的改訂完成版。祇是上海古籍出版社《王子安集注》排印、臺灣大化書局《王子安集注》影印本附録《王子安集佚文》都是一九一九年版的。這對羅振玉及對王勃研究而言都令人感到非常遺憾。

而富岡家所藏的《王勃集》卷廿九、卷卅在鐵齋去世後，與其他衆多藏書一起被拍賣了。這也是一次大規模的典籍拍賣〔二〕，其中長尾欽彌拍得了《王勃集》（一九四三年，長尾再次影印了包括湖南跋文在内的這個卷子本〔國會圖書館藏〕），現在收藏在東京國立博物館。神田家所藏《祭高祖文》也藏於東京國立博物館，我們都可以通過博物館網頁進行閲覽。

八、斷簡的發現

如上文所述，在赤星家拍賣會上，《王勃集》以題爲《橘逸勢集》的古籍而被拍賣。該卷子本是王勃的文集這一事實被遺忘了，然後出現了另外一種新的傳説，認爲該卷子本是橘逸勢（？—八四二）的文集或者是他抄寫的文集。我們不清楚這種傳説出現的具體時期。《王勃集》的紙背被用來做筆記，記録了平安時代末期（十二世紀末）佛教典籍的相關内容。橘逸勢是和空海（七七四—八三五）等並稱的著名書法家，若早期有這種傳説的話，就不會出現紙背被使用的情況了。因此，該傳説應該是平安時代以後出現的。

如前文所述，《王勃集》卷廿九的《張公行狀》後半部分被裁剪了，這一部分現尚未被發現。《王勃集》卷卅恐怕也是卷頭的目録部分被裁剪了。《王勃集》卷廿八《達奚員外墓誌》從銘文第四行以後被裁剪，其目録有《陸録事墓誌》，但正文中却没有該墓誌的内容，而直接與第三篇《歸仁縣主墓誌》黏接在一起。從

〔二〕 據反町茂雄《一古書肆の思い出二》（東京：平凡社，一九八六年）中《Ⅲ大入札會の諸相・昭和最大の賣立》。又千代田區立圖書館特別展二〇一一年《古書販売目録にみる昭和期最大の入札會——富岡鐵齋・謙藏のコレクション》。

用紙情況來看，《達奚員外墓誌》的部分似乎是由於紙張的劣化而自然斷裂的，但是《歸仁縣主墓誌》之前的部分則是被人爲裁剪掉的。由此可以推測，在卷廿八由於紙質劣化的自然裂開，進行修補時，《陸録事墓誌》就被裁剪掉了。

在日本和中國，傑出書法家的文字一直很受尊重，而日本在十六世紀中葉以降，隨着茶道文化的盛行，在書迹方面也增加了新的鑑賞方法。茶道不僅是品茶，而且還需要有裝飾茶室的器具，例如繪畫和文字的掛軸等各種文物。爲了把古人寫的文字做成掛軸，有時會把作品中的幾行字裁剪下來，這被稱爲「古筆切」。此外，即使不做成掛軸，也會把一些「古筆切」黏貼成册子來鑒賞，這被稱爲「手鑑」。這些手鑑在十六世紀到十七世紀十分流行，並被人們大量製作出來。這些手鑑當中還有些被指定成了國寶，其中之一是被命名爲《翰墨城》的古筆手鑑。據説這是江户時代專門以古筆鑒定爲職業的古筆家中的一個家族——古筆了仲（一六五六—一七三六）所傳，從題簽文字等可推測其完成時期爲十七世紀初期〔一〕。據古筆了仲鑒定，其中有一張三行的古筆切是橘逸勢書寫的。二〇一一年，研究證明該古筆切是從《王勃集》卷廿八上裁剪下來的《陸録事墓誌》銘文的一部分〔二〕。《陸録事墓誌》被當成古筆切裁剪成了幾個部分，但是被剪斷的原因不是因爲它是《王勃集》，而是因爲它是橘逸勢書寫的文字。

〔一〕關於「古筆切」、「手鑑」和《翰墨城》的記述，均參考小松茂美《國寶手鑑翰墨城附録總説・解題》（東京：中央公論社，一九七九年），在此對其致以謝意。

〔二〕請參考《傳橘逸勢筆「詩序切」と上野本「王勃集」の關係》（《〈王勃集〉と王勃文學研究》），漢語版《論傳橘逸勢筆「詩序切」與上野本〈王勃集〉的關係》（《域外漢籍研究集刊》第八輯，北京：中華書局，二〇一二年）。

其後，二〇一八年又發現了兩張各三行的《陸録事墓誌》斷簡（佐藤道生博士藏）〔一〕。其中一張有橘逸勢書寫的鑒定短札（被稱爲「極札」），另一張紙背上鈐有「聆濤閣鑑藏印」印章，由此可知這一張曾經保存在收藏了《王勃集》卷廿八的吉田聆濤閣。此外，二〇一九年西泠印社拍賣會上還出現了《王勃集》的一張十二行的斷簡，該斷簡也有橘逸勢書寫的「極札」。因此，二十一世紀來已被發現的斷簡共有四張合二十一行。據内容來看，這四張都是從《王勃集》中裁剪出來的《陸録事墓誌》的一部分〔二〕。而四張中的三張附有可認定爲橘逸勢書寫的「極札」。橘逸勢與同時代的空海（弘法大師）、嵯峨天皇（七八六—八四二）被並稱爲「日本三筆」。但實際上，能確切斷定爲橘逸勢書寫的作品却没有傳世。也許，被裁剪之前的卷子（實際上爲《王勃集》）就已經有了橘逸勢書寫的傳説，所以纔會出現這三張被認定爲橘逸勢的書迹的斷簡。

赤星家收藏的由《王勃集》卷廿九、卷卅合成的一卷也被稱爲《橘逸勢集》。但其實《陸録事墓誌》是收録在卷廿八中的作品。前文已介紹，收藏了《王勃集》卷廿八的吉田聆濤閣刊行了《聆濤閣集古帖》。據筆者調查，《聆濤閣集古帖》現收藏在國會圖書館、筑波大學圖書館。但是將其與明治時代正木直彦在調查《聆濤閣集古帖》後，記録下來的該帖所藏内容〔三〕相比較的話，筆者所看到的這兩家圖書館所藏《聆濤閣集古帖》的採録内容要少得多。筆者在得知國立歷史民俗博物館收藏有彩色版《聆濤閣集古帖》後，於二

〔一〕佐藤道生《日本漢學研究に於ける古筆切の利用》，《慶應義塾中國文學會報》三，二〇一九年三月。

〔二〕關於《陸録事墓誌》，筆者著有題爲《王勃〈陸録事墓誌〉の斷簡について》（《敦煌寫本研究年報》十五，二〇二一年）的報告。

〔三〕《聆濤閣古文書と集古帖》，《美術研究》四，一九三二年四月。

○一八年才有機會去閱覽該帖。與國會圖書館等藏本不同的是，該博物館藏本是彩色的大型本。《聆濤閣集古帖》有單色（一部二色）簡略版和彩色完全版兩種版本，而國會圖書館藏本、筑波大學藏本以及楊守敬看到的都是簡略版。

國立歷史民俗博物館本所藏的《王勃集》（《集卷》）卷頭十一行所用的紙張，爲了反映其材質特色而使用了較淺的彩色。簡略版在紙寫着「集卷」的文字下方補寫了「聆濤閣藏　橘逸勢筆」。雖然不知道是什麼時候補寫上去的，但是由此可確定《王勃集》卷廿八也曾有過認爲它是橘逸勢書寫的傳説。不僅是卷廿九、卷卅，《王勃集》整體都是王勃的文集這一事實被忘記之後，或許開始流傳另外一種傳説，即認爲它是橘逸勢書寫的文集。而《陸録事墓誌》是在《王勃集》是橘逸勢書寫的文集這種傳説出現之後（或者同時）被裁剪了的。

不知道吉田家是否相信這個卷子就是橘逸勢的文集或者他書寫的文集，但吉田家對這個卷子的關注度很高。如上所述，吉田家收藏了一張《陸録事墓誌》斷簡（古筆切）也證明了這一點。但是，更能體現吉田家對此卷子關心程度的依據，則在於國立歷史民俗博物館所藏《聆濤閣集古帖》中。該館藏本在《集卷》（《王勃集》）的次葉附上了簡略版所没有的摹寫《祭高祖文》。雖然無法得知吉田家是否意識到該古鈔本就是《王勃集》，但是其應當是意識到了聆濤閣所藏卷子本可能與其他藏家所藏的《祭高祖文》（目前並不知道是否爲神田家所藏鈔本，但很可能神田家尚未收藏）相似。吉田家與湖南的「發現」非常相近〔一〕，這

〔一〕　參見《吉田聆濤閣と「王勃集」》，《中國典籍日本古寫本の研究》Newsletter　No.Ⅵ，二〇二〇年十一月。

也體現了江户末期的學術水準之高。

雖然我們不能確認是由誰在何時創造的《王勃集》是橘逸勢書寫的文集這種傳説，但出現這種傳説的時期應該是在《王勃集》散逸之前，至少是卷廿八、卷廿九和卷卅被保存在同一個地方的時候〔一〕。從人們尊重橘逸勢書法這一點來考慮的話，在江户時代收藏家編纂的古筆手鑑中，可能會發現以《陸録事墓誌》剩餘部分爲首的《王勃集》中裁剪下來的其他部分。筆者對此十分期待。

以上，筆者對傳存在日本的《王勃集》卷廿八到卷卅和正倉院藏《王勃詩序》作爲文學作品所具有的意義、作爲文本的重要性，及其古寫本傳到日本和其被發現的經過等作了介紹。

這本在王勃集編纂後數年内即公元七〇〇年左右抄寫的文集能流傳至今，已經是一種奇跡。此外，筆者認爲十九世紀末至二十世紀前半期《王勃集》的發現與研究中，中日研究者的合作也可作爲近代中日學術交流與合作的象徵，這是一件值得記録的事情。

日本從明治維新以後，秘藏在舊家寺社、大名家（諸侯）的文物開始出現在世人面前，其中也有中國典

〔一〕我根據二〇二三年三月在國立歷史民俗博物館（日本：千葉縣）舉辦的特别展的信息，調查了保存在東京大學史料編纂所的《史料蒐集目録》，發現在明治二十一年（一八八八）兵庫縣那部分記載「同（道坂注：菟原郡）住吉村　吉田龜之助藏」的一項。繼續記録著「一集卷（第廿九）　一　墓誌下」。原來吉田聆濤閣不僅僅收藏了《王勃集》卷廿八，而且還收藏了卷廿九（卷卅）。或許從吉田家收藏時就已經有了關於《王勃集》是橘逸勢抄寫的傳承。無論如何，從保存《王勃集》這一點來説，吉田家所起到的貢獻是很大的。

籍。儘管已經流失的文物很多，但博物局長町田久成等人也在致力於保存與收集這些文物。從楊守敬《日本訪書志》的記録中，我們能了解到該時期中國典籍古寫本、古刊本的發現、保存情況。另外，衆所周知，《日本訪書志》在編纂過程中得到了森立之等日本書誌學者的協助。而町田久成、森立之和楊守敬等人的交流和學術活動，也堪稱爲近代日藏中國典籍研究的第一時期。

二十世紀初期，茶道開始在日本實業界的人士間流行。他們根據自己的財力收集了茶器等一些傳世的文物，其收集的對象也包括了繪畫和古筆切。此外，鑒賞和學書法的人也致力於拓本和古寫本的影印本的收集。而在中國學方面，由於認識到傳至日本的中國典籍的重要性，學界對保存下來的古鈔本、古刊本的關注也日益高漲。由此，實業界、書法界、學術界之間開展了相互交流活動，隨着關注日益高漲，中國典籍開始被不斷發現和影印，而以内藤湖南、狩野直喜等京都帝國大學教授和羅振玉、王國維爲代表的中日學者也掀起了新一輪的研究熱潮。例如，由日本印刷局再次頒行的《朝陽閣集古》和利用羅振玉捐款刊行的《京都帝國大學文學部景印舊鈔本》便是在這種對中國典籍高度關注下出現的成果。這個時期是近代日藏中國典籍研究的第二時期。

在近代日藏中國典籍研究的第一、第二時期中，對中國典籍的發現、影印以及介紹的研究，當然不僅限於《王勃詩序》和《王勃集》，而楊守敬、羅振玉、森立之、内藤湖南等關於日本傳存中國典籍的研究並不僅限於王勃的文集。但是無論在第一時期還是第二時期，王勃的文集都是重要鈔本之一。《王勃集》和《王勃詩序》從被發現到被影印刊行而爲世人所知，又經楊守敬、羅振玉對其進行佚文翻刻，此外湖南也通過寫跋文等形式對其進行介紹與研究。這一系列研究活動象徵了在二十世紀前半期，中日學界圍繞着日本傳存中國典籍開展的合作。

一九二二年，以完全複製正倉院《王勃詩序》爲目標的《南都秘笈》得以刊行，而羅振玉得到富岡家所藏的《王勃集》卷廿九、卷卅從而完成了《王子安集佚文》的改訂，距今已過百年。筆者承繼優秀先人之志以著成此書，而其書在中國的刊行，也是爲了繼承一百年前中日學者在學術上合作交流的優良傳統。

令人感到遺憾的是，我的學識遠遠不及先人，因而書中可能存在不少對王勃作品解讀上的錯誤，或對作品中所用典據的錯解、失查。若能得到來自中日或者更多超越國家和地域限制的學界同仁的寶貴意見，以補訂本書不完備之處，便能在一百年前的成果基礎上更上一層樓，從而使得本書能成爲二十一世紀國際學術交流的成果。在此，敬請方家雅正。

凡例

本書對以下流傳到日本的所有王勃作品進行録校并注釋，包括正倉院藏《王勃詩序》四十一篇、上野家所藏《王勃集》卷廿八、東京國立博物館藏卷廿九、卷卅，裁剪自卷廿九的《祭高祖文》，以及二〇一一年到二〇一九年發現的裁剪自卷廿八的《陸録事墓誌》的一部（四張共二十一行）。

承蒙宫内廳書陵部正倉院事務所、上野家、東京國立博物館、MOA美術館、佐藤道生博士、楊崇和先生的好意，他們爲本書提供了清晰的圖版。對以上允許本書刊登各種貴重收藏品的諸位，筆者表示真誠的感謝。

另外，本書的最後附有楊守敬、内藤湖南、羅振玉所撰日本藏王勃集相關的序文和跋文，僅供參考。

一、關於日本傳存王勃作品的影印

正倉院藏《王勃詩序》，本書稱爲正倉院本。

《詩序》，博物局，一八八四年石版景印。

《東大寺所伝詩序》（《朝陽閣集古》之一）印刷局，一八八四年石版景印，一九一八年再印。

佐佐木信綱編《正倉院本王勃集殘卷》（《南都秘笈》第一集），一九二二年珂羅版彩色景印。附有内藤湖南跋。

跋文轉載自《内藤湖南全集》(東京：筑摩書房，一九七一年)卷十四《寶左盦文》所載《正倉院本王勃集殘卷跋》。

《昭和五十八年正倉院展目録》，一九八三年奈良國立博物館所攝黑白相片。

《平成七年第四十七回正倉院展》，一九九五年奈良國立博物館所攝彩色相片。

由正倉院事務所上傳並公開在網上。

＊本書附載的圖版是由正倉院事務所提供，并經事務所許可刊登(二〇二〇年三月四日)。

二、《王勃集》卷廿八

一九一〇年上野家珂羅版黑白色景印。附載神田家藏《祭高祖文》。

附有内藤湖南跋文，轉載自《内藤湖南全集》卷十四《寶左盦文》所載《上野氏藏唐鈔王勃集殘卷跋》。

大阪市立美術館編《唐鈔本》(京都：同朋舍出版，一九八一年)所刊載圖片。

本書已獲得收藏該鈔本的上野家的許可，在此刊登《王勃集》卷廿八的彩色照片。上野家在一九一〇年珂羅版刊行以降，直至現在(二〇二一年九月三十日)爲止，除了大阪市立美術館編《唐鈔本》以外，不允許對外公開整個鈔本的圖像。而此次彩色圖片的公開尚屬首次。在此向將此貴重卷子本代代相傳的上野家表示敬意，并感謝其允許刊登該卷子本的彩色圖片。

此外，内藤湖南的跋文（手跡影印）附録於一九一〇年珂羅影印《王勃集》卷廿八之後。該跋文手跡現藏於京都大學文學部圖書室，本書已獲得文學部的許可刊登該文手跡影印的圖片，在此表示感謝。

三、《王勃集》卷廿九卷卅

《京都帝國大學文學部景舊鈔本第一集·王勃集卷廿九卷卅》，一九二二年珂羅版黑白色景印。

附有内藤湖南《舊鈔本王勃集殘卷跋》，轉載自《内藤湖南全集》卷十四《寶左盦文》所載《富岡氏藏唐鈔王勃集殘卷跋》。

長尾欽彌複製，一九四三年。

又大阪市立美術館編《唐鈔本》。

登載於東京國立博物館官方網站的e-國寶網頁上。

《唐鈔本王勃集》（《書跡名品叢刊》之二）附載有《祭高祖文》圖像，東京：二玄社，一九七〇年。

四、《祭高祖文》

神田信暢編《容安軒舊書四種》，一九一九年珂羅版景印。

附有内藤湖南《容安軒舊書四種序》，轉載自《内藤湖南全集》卷十四《寶左盦文》。

登載於東京國立博物館官方網站的 e-國寶網頁上。

又附載《王勃集》卷廿八。

又大阪市立美術館編《唐鈔本》。

登載於東京國立博物館官方網站的 e-國寶網頁上。

本書的《王勃集》卷廿九、卷卅、《祭高祖文》圖像都由東京國立博物館提供，并徵得博物館的刊登許可（二〇二一年七月二八日）。

五、《陸録事墓誌》斷簡　四張共二十一行

古筆手鑑《翰墨城》（MOA 美術館藏）傳橘逸勢筆　三行

又《翰墨城》一九七九年　中央公論社複製。

另，道坂昭廣《王勃集と王勃文學研究》（東京：研文出版，二〇一六年）第三一八頁有黑白圖像。

佐藤道生博士所藏　二張各三行

佐藤道生《日本漢學に於ける古筆切の利用》（東京：《慶應義塾中國文學會報》第三號，二〇一九年三月）刊載了其録文以及黑白圖像。

楊崇和先生所藏斷簡　一張十二行

登載於西泠印社拍賣網頁上。

以上四張斷簡的圖像由 MOA 美術館（二〇二一年八月十三日）、佐藤道生博士（二〇二一年九月十三日）、中國楊崇和先生提供，并已獲得上述機構及個人的刊載許可。

六、關於録文

羅振玉《王子安集佚文》一九二二年序版（《永豐鄉人雜著續編》所收），對正倉院藏王勃詩序中的佚文二十篇進行了録文，而關於王勃在中國流傳的作品，筆者則將其與蔣清翊《王子安集注》進行了校勘。此外，對《王勃集》卷廿八、卷廿九、卷卅及《祭高祖文》也進行了録文。即對《陸録事墓誌》以外的所有作品都已録文。陳尚君《全唐文補編》上（北京：中華書局，二〇〇五年）亦對正倉院本中的佚文、卷廿八、卷廿九、卷卅、《祭高祖文》進行了録文，本書也參考了該書，這裏表示衷心的感謝。雖有部分文字並未完全遵循上述二書，本書不特意標注。

關於正倉院藏《詩序》，有日中文化交流史研究會編《正倉院本王勃詩序譯注》（日本：翰林書房，二〇一四年）對詩序全文進行了録文，并附有日語翻譯以及簡單的注釋。其録文有很大的參考價值，但是譯文和注釋很多處與筆者的見解不一。

另，二玄社《唐鈔本王勃集》也對卷廿九、卷卅、《祭高祖文》進行了録文。

七、關於校記以及考證

正倉院本四十一篇作品中，有二十一篇流傳在中國。本書對這些作品進行了校勘，校勘的對象爲以下四種文集。

宋・李昉等奉敕輯《文苑英華》（中華書局一九六六年影印明隆慶刊本），標爲「《英華》」。

明・張燮輯《王子安集》（《四部叢刊》影印明崇禎刊本），標爲「張本」。

清・項家達輯《王子安集》（《初唐四傑集》所收，乾隆四十六年星渚項家達校刊），標爲「項本」。

清・蔣清翊撰《王子安集注》（光緒九年吴縣蔣氏雙唐碑館刊本），標爲「蔣本」。

此外，傅增湘撰《文苑英華校記》（北京圖書館出版社二〇〇六年影印）是《文苑英華》古鈔本等的校勘記録，本書轉引了正倉院本的相應部分，標爲「傅校」。

正倉院本和中國傳存本之間的校勘，見於道坂昭廣《正倉院藏〈正倉院詩序〉校勘》（香港：香港大學饒宗頤學術館，二〇一一年），但是其中有部分根據諸位專家的意見作了相應的訂正。

「張本」、「項本」、「蔣本」所收王勃作品均主要輯自《文苑英華》。因此，有時這四本的文字相一致，而僅正倉院本的文字與其他版本不同。本書將該四本文字均相同的情况標記爲「諸本」。由於在《文苑英華》的編纂時期，能看到幾種《王勃集》的鈔本，因此其文字下面可以見到寫爲「某字（一作某字）」的注，而本書在校勘時也採用了這些注記。

對於正倉院本、《王勃集》各作品，本書進行了録文、校記、考證。

關於録文，除了「華」字闕筆（正倉院本、《王勃集》）、則天文字（正倉院本）的情況，正倉院本、《王勃集》中還有很多的異體字、俗體字，本書儘量將其改爲規範正體字。並且是對象於正倉院本中的中國傳存作品與四種文本的校勘記録。將正倉院本、《王勃集》作品中可認爲是誤字、脱落、顛倒等明顯屬於誤寫的部分，按照以下標記方法加以標注説明。可判斷爲明顯的誤字時，標記爲「A（B）」，表示正倉院本、《王勃集》的文字（A字）應該寫成别的字（B字），并用括號括起來，置於A字之後。雖有文字但無法判讀時則寫成□，可以類推的文字標爲[A]。可推測存在文字脱落的部分則用［ ］來表示。

關於考證，蔣清翊《王子安集注》對流傳在中國的王勃所有作品均作了詳細的注釋。關於正倉院本中傳到中國的二十一篇作品，筆者雖然使用了蔣清翊的注釋，但是蔣清翊的注釋中多將作品題目等進行了簡化。因此，筆者對詩文題目、作品名等典據進行了確認，並作了必要的補充。此外，若引用詩文出現簡化的情況，也進行了確認和補充。

對於這二十一篇在内的作品，本書按以下方式進行了考證。

一、「以王勃注王勃」。若王勃的其他作品中存在類似句（對仗）的情況，則將該類似句注出來。

二、從駢文作品這一角度考慮，基本上以對仗爲單位進行考證。

三、對於同時期及至盛唐時期的可以認爲是下意識模仿了王勃作品的表現的作品，也在本書中予以注出。

關於方式一、二，由於傳到日本的所有王勃作品，除了四篇祭文，均屬駢文，因此以對句或隔句對爲單位進行考證。按蔣清翊的注釋方法，比如若在王勃的其他作品中也能見到該詞彙的時候，則標注爲「某某，見《某某》」。但是，王勃不僅僅在詞彙方面，在句、對句構成中也經常使用類似的表達手法。本書儘量指出這些表達手法，因爲這樣能更明確地闡明王勃的文學構思。

關於方式三，從注釋方法的角度來看不具有普遍性。如上述所言，通觀王勃所有作品，能發現他常常使用類似的對句。此外，有時在以盧照鄰爲代表的同時期的文學者的作品中，也能發現與王勃的表達手法相似的句、對句。而且，比王勃稍晚的文學者如陳子昂等人的作品中，亦能發現一些明顯模仿了王勃作品中的表達手法。本書儘量在注釋中指出屬於上述情況的句子。另外，關於《王勃集》卷廿八所收墓誌，筆者特別關注出土唐代墓誌，若其中存在模仿了王勃墓誌的表達手法的情況，儘管這些墓誌的創作時期晚於王勃時期，也在考證中指出。除了正倉院本的二十一篇詩序，流傳至日本的王勃作品在中國都已失傳。因此，通過以上調查，能明確王勃的作品在其同時代及唐代前期的中國十分流行，且極具影響力，也能證明王勃是該時期具有代表性的文學家。

關於方式三，在對王勃這位文學家在創作過程中的摸索、初唐時期其作品的接受和流通，及其文學對後來時期的影響等問題的探討上，能提供新的視點。在整個初唐文學中，雖然王勃的佚文不過是個很小的點，但正是通過這個小點，纔可以折射出初盛唐即唐代前半期的文學的整體面貌。

對與王勃同時期或時期稍晚的作品，則以「參」字表示後出。

正倉院本王勃詩序

王勃於①越州永興縣②李明府[宅]③送蕭三還齊州序〔一〕

《文苑英華》卷七一八　張本卷七　項本卷七　蔣本卷八

嗟乎，不遊天下者，安知四海之交；不涉河梁者，豈識別離之恨〔二〕。蔭松披薜④，琴樽⑤爲得意之親；臨遠登高，烟霞是賞心之事〔三〕。亦當將軍塞上，詠蘇武之秋風；隱士山前，歌王孫之春草〔四〕。故⑥有梁孝王之下客，僕是南河⑦之南；孟嘗君之上賓，子在北山之北〔五〕。幸屬一人作寰中之主，四⑧皓爲方外之臣，俱遊萬物之間，相遇三江之表〔六〕。許玄度之清風朗月，時慰相⑨思；王逸少之脩竹茂林，屢陪驩⑩宴〔七〕。加以惠而好我，攜手同行。或登吴會而聽嵇（越）⑪吟，或下宛委而觀禹穴⑫〔八〕。良談落落，金石絲竹之音暉（徽）⑬；雅智⑭飄飄，松竹⑮風雲之氣狀〔九〕。當此時也，嘗謂連城⑯無他⑰鄉之别，斷金有同好之親〔一〇〕。契⑱生平於張范之年，齊物我⑲於惠莊之歲〔一一〕。雖⑳三光迴薄，未殫投分之情；四序脩（循）㉑環，詎盡忘言之道〔一二〕。豈期我留子往，樂去悲來。橫溝㉒水而東西，斷浮㉓雲於南北〔一三〕。況乎泣窮途於白首，白首非離㉔別之秋；歎㉕岐路於他鄉，他鄉豈送歸之地〔一四〕。蓐收戒節㉖，少昊伺辰㉗，清風起而城闕寒，白露下而江山晚㉘〔一五〕。俳佪㉙去鶴，將別蓋而同飛；悽斷㉚來鴻，共離舟而俱泛〔一六〕。古人道別，動尚㉛經年；今我言離，會當何日〔一七〕。山巨源之風猷令望，善佐朝廷；嵇㉜叔夜之孝（潦）㉝倒麤踈，甘從草澤〔一八〕。行當山中攀桂，往往思仁；野外紐㉞蘭，時時佩德〔一九〕。人非李徑（桃李）㉟，豈得無言；子既㊱簫㊲韶，當須振響〔二〇〕。既㊳酌傷離之酒，宜㊴陳感別之詞㊵。各賦一言，俱題六韻〔二一〕。

【校記】

① 王勃於：諸本皆無此三字。

② 縣：諸本皆無縣字。

③ 府：諸本作府宅，據此補。

④ 蔭松披薜：《英華》作松枝（一作秋）薜衣，張本作薜衣松枝，項本、蔣本作薜衣松杖。

⑤ 樽：《英華》、張本、項本作罇，蔣本作尊。

⑥ 亦當將軍塞上，詠蘇武之秋風；隱士山前，歌王孫之春草。故：諸本皆無此二十三字。

⑦ 南河：項本、蔣本同，《英華》、張本作河南。

⑧ 主四：《英華》作主倏（疑作翛）然四，張本、項本、蔣本作主翛然四。

⑨ 相：張本、項本、蔣本同，《英華》作想。傅校：舊鈔本想作相。

⑩驢：諸本皆作驩。
⑪嵇：諸本皆作越。
⑫穴：張本、項本、蔣本同，《英華》作冗。傅校：冗作穴。
⑬暉：《英華》、張本作輝，項本、蔣本作徽。
⑭智：《英華》、張本同，項本、蔣本作致。
⑮竹：諸本皆作柏。
⑯城：諸本皆作璧。
⑰他：諸本皆作異。
⑱同好之親契：諸本皆作好親之契。
⑲我：諸本皆無我字。
⑳雖：諸本皆無雖字。
㉑脩：諸本皆作循。
㉒溝：諸本皆作咽。
㉓斷浮：諸本皆作緒愁。
㉔離：諸本皆作臨。
㉕秋歎：《英華》作秋（一作愁）嗟。張本、項本、蔣本作秋嗟。
㉖節：諸本皆作序。
㉗伺辰：項本作司晨。《英華》、張本、蔣本作司辰。
㉘晚：諸本皆作遠。

㉙徘徊：諸本皆作徘徊。

㉚悽斷：諸本皆作斷續。

㉛尚：諸本皆作便。

㉜嵇：張本、項本、蔣本同。《英華》作稽。

㉝孝：諸本皆作潦。

㉞紐：諸本皆作紉。

㉟李徑：諸本皆作桃李。

㊱既：《英華》作免(疑)，張本、項本作是，蔣本作免。

㊲簫：張本、項本、蔣本同。《英華》作蕭。傅校：蕭作簫。

㊳既：諸本皆作勉。

㊴宜：諸本皆作具。

㊵詞：《英華》同。張本、項本、蔣本作辭。

【考證】

〔一〕「王勃」句

《舊唐書》卷四十《志第二十・地理三・江南道・江南東道》：「越州中都督府……蕭山，儀鳳二年，分會稽、諸暨，置永興縣。天寶元年，改爲蕭山。」

《嘉泰會稽志》卷一《歷代屬縣》：「(吴)改餘暨曰永興縣……隋平陳，廢山陰、永興、上虞、始寧爲會稽縣……唐儀鳳二年復置永興縣。」

《元和郡縣志》卷十一《河南道六》：「齊州，齊郡。上……西南至上都二千一百五十里。」蔣注：「題首永興，或沿隋以前名。若儀鳳置縣，則子安已歿。」

李明府、蕭三，未詳。《容齋隨筆》卷一《贊公少公》：「唐人呼縣令爲明府，丞爲贊府，尉爲少府。」

〔二〕「嗟乎」四句

「天下」，屢見。

正倉院本《三月上巳祓禊序》〔二〕：「觀夫天下四海，以宇宙爲城池。」

蔣本卷八《送李十五序》：「夫人生百齡，促膝是忘言之契；丈夫四海，交頤非贈別之資。」

《文選》卷二十九李陵《與蘇武詩三首》其三：「攜手上河梁，遊子暮何之。徘徊蹊路側，悢悢不得辭。」

蔣本卷三《對酒》詩：「投簪下山閣，攜酒對河梁。」

蔣本卷八《秋日餞別序》：「悠哉天地，含靈有喜愠之容；丘也東西，悵望積別離之恨。」

〔三〕「蔭松」四句

李善注：「《楚辭·九歌·山鬼》：山中人兮芳杜若，飲石泉兮蔭松柏。」《文選》卷五十九王巾《頭陀寺碑文》：「班荆蔭松者久之。」

《楚辭》屈原《九歌·山鬼》：「若有人兮山之阿，被薜荔兮帶女蘿。」王逸注：「被薜荔之衣，以兔絲爲帶也。」正倉院本《三月上巳祓禊序》〔三〕：「莫不擁冠蓋於煙霞，披薜蘿於山水。」

「琴樽」，屢見。謝朓《謝宣城集》卷四《和宋記室省中》：「無歎阻琴樽，相從伊水側。」

《莊子·外物篇》：「言者所以在意，得意而忘言。」蔣本卷五《上絳州上官司馬書》：「此蓋莊周有言，所以得意而忘象，得象而忘言。」

《文選》卷十八成公綏《嘯賦》：「若乃登高臺以臨遠。」蔣本卷二《採蓮賦》：「非登高可以賦者，惟採蓮而已矣。」《韓詩外傳》卷七：「孔子曰：君子登高必賦。」

《文選》卷三十謝靈運《擬魏太子鄴中集詩序》：「天下良辰美景，賞心樂事，四者難并。」

〔四〕「亦當」四句

《漢書》卷五十四《李廣蘇建傳第二十四·蘇武》：「(蘇)武字子卿……以天漢元年……昭帝即位。數年，匈奴與漢和親。漢求武等……於是李陵置酒賀武曰：……異域之人，壹別長絶。陵起舞，歌曰：徑萬里兮度沙幕，爲君將兮奮匈奴。路窮絶兮矢刃催，士衆滅兮名已隤。老母已死，雖欲報恩將安歸。陵泣下數行，因與武決。」《集注》卷一庾信《小園賦》：「荆軻有寒水之悲，蘇武有秋風之别。」又卷三《擬詠懷詩二十七首》其二十六：「秋風蘇武别，寒水送荆軻。」

《藝文類聚》卷三十六《人部二十·隱逸上》張華《招隱詩》：「隱士託山林，遁世以保真。」

《楚辭》淮南小山《招隱士》：「王孫遊兮不歸，春草生兮萋萋。」

〔五〕「故有」四句

《漢書》卷四十七《文三王傳第十七·梁孝王劉武》：「招延四方豪桀，自山東游士莫不至：齊人羊勝、公孫詭、鄒陽之屬。」

《北史》卷三十九《列傳第二十七·房法壽》：「及歷城、梁鄒降，法壽、崇吉等與崔道固、劉休賓俱至京師，以法壽爲上客，崇吉爲次客，崔、劉爲下客。」

《孟子·萬章上》：「舜避堯之子於南河之南。」趙注：「南河之南，遠地南夷也。」孫疏：「案裴駰云，劉熙曰南河之南，九州之最南者是也。」

《史記》卷七十五《孟嘗君列傳第十五》：「孟嘗君在薛，招致諸侯賓客及亡人有罪者，皆歸孟嘗君。孟嘗君舍業厚遇之，以故傾天下之士。」

蔣本卷五《上劉右相書》：「不然則荷裳桂楫，拂衣於東海之東；菌閣松楹，高枕於北山之北。」「待之以上賓，期之以國士。」

〔六〕「幸屬」四句

《穀梁傳·隱公元年》：「寰内諸侯，非有天子之命，不得出。」

《高士傳》中：「四皓者，皆河内軹人，或在汲。一曰東園公，二曰甪里先生，三曰綺里季，四曰夏黄公。皆修道潔己，非義不動。秦始皇時，見秦政虐，乃退入藍田山……共入商雒，隱地肺山，以待天下定。及秦敗，漢高聞而徵之，不至。深自匿終南山，不能屈己。」

蔣本卷一《遊廟山賦》：「驅逸思於方外，蹈高情於天下。」

《周易·乾》：「大哉乾元，萬物資始。」

正倉院本《秋日登洪府滕王閣餞別序》〔三〕：「襟三江而帶五湖，控蠻荆而引甌越。」

《文選》卷四十二阮瑀《爲曹公作書與孫權一首》：「豈勢少力乏，不能遠舉，割江之表，宴安而已哉，甚未然也。」

〔七〕「許玄度」四句

《世説新語・言語第二》：「劉尹云：清風朗月，輒思玄度。」蔣本卷六《秋日游蓮池序》：「琳瑯觸目，朗月清風之俊人；珠玉在傍，鸞鳳虬龍之君子。」

《晉書》卷八十《列傳第十五・王羲之》：「王羲之，字逸少……嘗與同志宴集於會稽山陰之蘭亭。羲之自爲之序，以申其志曰……此地有崇山峻嶺，茂林修竹。」又：「與吏部郎謝萬書曰：……欲與親知，時共歡讌。」

正倉院本《三月上巳祓禊序》四：「况乎山陰舊地，王逸少之池亭；永興新交，許玄度之風月。」蔣注：「此非子安所作。」

〔八〕「加以」四句

《毛詩・邶風・北風》：「惠而好我，攜手同行。」毛傳：「惠，愛；行，道也。」

《文選》卷二十九魏文帝《雜詩二首》其二：「惜哉時不遇，適與飄風會。吹我東南行，南行至吴會。」正倉院本《秋日登洪府滕王閣餞别序》〔二二〕：「望長安於日下，目吴會於雲間。」《困學紀聞》十八《評詩》：「吴會，謂吴、會稽二郡也。」

《元和郡縣志》卷二十六《江南道二・越州・會稽》：「會稽山，在州東南一十里。」

蔣本卷二《採蓮賦》：「叩舷擊榜，吴歈越吟。」

《吴越春秋・越王無余外傳第六》：「乃案《黄帝中經曆》，蓋聖人所記曰：在於九山東南天柱，號曰宛委，赤帝左闕。其巖之巔，承以文玉，覆以磐石。其書金簡，青玉爲字，編以白銀，皆瑑其文。禹乃東巡，登衡嶽，血白馬以祭，不幸所求，禹乃登山，仰天而嘯。忽然而卧。因夢見赤繡衣男子，自稱玄夷蒼水使者，聞帝使文命於斯，故來候之，非厥歲月，將告以期，無爲戲吟，故倚歌覆釜之山。東顧謂禹曰：欲得我山神書者，齋於黄帝嶽巖之下。三月庚子，登山發石，金簡之書存矣。禹退，又齋。三月庚子，登宛委山，發金簡之書。案金簡玉字，得通水之理。」

正倉院本《秋日登冶城北樓望白下序》〔三〕：「禹穴東尋，悲子長之興狹。」

〔九〕「良談」四句

正倉院本《三月上巳祓禊序》〔一三〕：「良談吐玉，長江與斜漢爭流；清歌繞梁，白雲將紅塵並落。」

《集注》卷八庾信《謝趙王示新詩啓》：「落落詞高，飄飄意遠。」

《禮記·樂記》：「金石絲竹，樂之器也。」

《文選》卷三十陸機《擬古詩十二首·擬行行重行行》：「此思亦何思，思君徽與音。音徽日夜離，緬邈若飛沈。」《藝文類聚》卷七十六《内典上》梁元帝《曠野寺碑》：「月殿朗而相暉，雪宮穆以華壯。」

《世説新語·言語第二》：「裴僕射善談名理，混混有雅致。」

《集注》卷三庾信《擬詠懷二十七首》其一：「風雲能變色，松竹且悲吟。」

《史記》卷一一七《司馬相如列傳第五十七》：「飄飄有凌雲之氣，似游天地之間意。」

〔一〇〕「當此時也」四句

正倉院本《夏日喜沈大虞三等重相遇序》〔一一〕：「既當此時，其可默已。」

《史記》卷一一二《平津侯主父列傳第五十二》：「今諸侯或連城數十，地方千里。」《世説新語·容止第十四》：「潘安仁、夏侯湛並有美容，喜同行，時人謂之連璧。」

《文選》卷二十八鮑照《東門行》：「一息不相知，何況異鄉別。」

《周易·繫辭上》：「二人同心，其利斷金。」正倉院本《樂五席宴群公序》〔一一〕：「諸公等利斷秋金，嘯風煙於勝友。」

《文選》卷五十八蔡邕《郭有道林宗碑》：「凡我四方同好之人，永懷哀悼。」

〔一二〕「契生平」二句

《後漢書》卷八十一《獨行列傳第七十一·范式》：「字巨卿，山陽金鄉人也。一名氾。少游太學，爲諸生，與汝南張劭爲友。劭字元伯。二人並告歸鄉里……式仕爲郡功曹。後元伯寢疾篤……臨盡，歎曰：恨不見吾死友……山陽范巨卿，所謂死友也。」

《初學記》卷十六《樂部下·琴》蕭慤《聽琴詩》：「至人齊物我，持此説高情。」

《莊子·齊物論》郭象注：「夫自是而非彼，美己而惡人，物莫不皆然。然故是非雖異，而彼我均也。」又《逍遥游篇》《釋文》：「惠子，司馬云，姓惠名施，爲梁相。」

〔一三〕「雖三光」四句

《禮記·鄉飲酒義》：「三賓，象三光也。」鄭注：「三光，三大辰也。」《淮南子·原道訓》：「紘宇宙而章三光。」高誘注：「三光，日月星。」

《拾遺記》卷一《少昊》：「皇娥倚瑟而清歌曰：天清地曠浩茫茫，萬象迴薄化無方。」《鶡冠子·世兵篇》：「精神回薄，振盪相轉。」

楊炯《王勃集序》：「蓋以投分相期，非宏辭説。」

《文選》卷二十潘岳《金谷集作詩》：「投分寄石友，白首同所歸。」李善注：「阮瑀《爲武與劉備書》曰：披懷解帶，投分寄意。」

《禮記・孔子閒居》：「天有四時，春秋冬夏。」《莊子・天道篇》：「春夏先，秋冬後，四時之序也。」蔣本卷七《守歲序》：「春秋冬夏，錯四序之涼炎；甲乙丙丁，紀三朝之曆數。」

《莊子・外物篇》：「言者所以在意，得意而忘言。」蔣本卷五《上絳州上官司馬書》：「此蓋莊周有言，所以得意而忘象，得象而忘言。」

〔一三〕「豈期」四句

《樂府詩集》卷三十七《相和歌辭十二》沈約《却東西門行》：「樂去哀鏡（境）滿，悲來壯心歇。」

《宋書》卷二十一《志第十一・樂三》古詞《白頭吟》：「躞蹀御溝上，溝水東西流。」

《藝文類聚》卷二十九《人部十三・別上》沈約《送友人別詩》：「君東我亦西，銜悲涕如霰。浮雲一南北，何由展言宴。」

〔一四〕「况乎」四句

《吴越春秋・王僚使公子光傳第三》：「子胥曰：夫人賑窮途少飯，亦何嫌哉？」《論衡・逢遇篇》：「昔周人有仕數不遇，年老白首，泣涕於塗者。人或問之：何爲泣乎。對曰：吾仕數不遇，自傷年老失時，是以泣也。」蔣本卷一《春思賦》：「雖弱植一介，窮途千里。」

《玉臺新詠》卷六張率《遠期》：「秋風息團扇，誰能少離別。他鄉且異縣，浮雲蔽重山。」

《文選》卷四十三孔稚珪《北山移文》：「慟朱公之哭。」李善注：「《淮南子》曰：楊子見歧路而哭之，爲其可以南可以北。」蔣本卷三《送杜少府之任蜀州》：「無爲在歧路，兒女共霑巾。」

「他鄉」，屢見。

蔣本卷八《送李十五序》：「然乃想山川之遽違，送歸將遠；惜歲年（《英華》作華）之不待，行樂無時。」

〔一五〕「蓐收」四句

《文選》卷十三禰衡《鸚鵡賦》：「若乃少昊司辰，蓐收整轡。」

《文館詞林》卷六六四後周武帝《伐北齊詔二首》其一：「白藏在辰，凉風戒節。」

《禮記·月令》：「孟秋之月……其帝少皞，其神蓐收。」

《後漢書》卷二《顯宗明帝紀第二》：「十二月甲寅，詔曰：方春戒節，人以耕桑。」

《文苑英華》卷六〇〇徐陵《勸進梁元帝表》：「蓂莢伺辰，無勞銀箭。」

《文選》卷三張衡《東京賦》：「肅肅習習，隱隱轔轔，殿未出乎城闕，旆已返乎郊畛。」

《楚辭》宋玉《九辯》：「白露既下百草兮，奄離披此梧楸。」蔣本卷七《秋日宴洛陽序》：「三塗鎮而九派分，白露下而清風肅。」

正倉院本《秋日登洪府滕王閣餞别序》（一八）：「遥矜甫暢，逸興遄飛，爽籟發而清風起，纖歌凝而白雲遏。」

正倉院本《秋日宴山庭序》（九）：「金風生而景物清，白露下而光陰晚。」

《文苑英華》卷二八九李百藥《晚渡江津》：「寂寂江山晚，蒼蒼原野暮。」

〔一六〕「徘徊」四句

《搜神後記》卷一：「丁令威，本遼東人，學道於靈虚山。後化鶴歸遼，集城門華表柱。時有少年舉弓欲射之，鶴乃飛，徘徊空中而言曰：有鳥有鳥丁令威，去家千年今始歸。城郭如故人民非，何不學仙冢纍纍。遂高上沖天。」正倉院本《三月上巳祓禊序》〔六〕：「羽蓋參差，似遼東之鶴舉。」蔣本卷三《八仙徑》：「代北鸞驂至，遼西鶴騎旋。」

江淹《江文通集》卷三《無錫舅相送御帝（銜啼）别》：「曾風漂别蓋，北雲竦征人。」《藝文類聚》卷九十《鳥部上·玄鵠》阮卓《賦得黄鵠一遠别詩》：「月下徘徊顧别影，風前悽斷送離聲。離聲一去斷復續，别響時來竦復促。」蔣本卷三《别薛華》：「悲凉千里道，悽斷百年身。」《禮記·月令》：「季秋之月……鴻雁來賓，爵入大水爲蛤。」何遜《何水部集》《贈江長史别》：「離舟譊未極，别至悲無語。」蔣本卷三《秋江送别二首》其一：「已覺逝川傷别念，復看津樹隱離舟。」

〔一七〕「古人」四句

正倉院本《九月九日採石館宴序》〔一七〕：「使古人恨不見吾徒，無使吾徒不見故人也。」《文選》卷二十九《古詩一十九首》其九：「此物何足貢（貴），但感别經時。」《玉臺新詠》卷三謝惠連《代古》：「别來經年歲，歡心不可凌。」

正倉院本《春日送吕三儲學士序》〔一八〕：「不期而會，甘申羈旅之心；握手言離，更切依然之思。」《孔叢子》卷四《儒服篇》：「彼有戀戀之心，未知後會何期，悽愴流涕。」

〔一八〕「山巨源」四句

《晉書》卷四十三《列傳第十三·山濤》：「字巨源，河内懷人……除尚書僕射，加侍中，領吏部……中詔瓘曰：濤以德素，爲朝之望。……後拜司徒……以太康四年薨。」

《宋書》卷六十七《列傳第二十七·謝靈運》：「奉使慰勞高祖於彭城，作《撰征賦》……降俊明以鏡鑒，迴風猷以昭宣。」蔣本卷四《上許左丞啓》：「朝野既殊，風猷遂隔。」

《毛詩·大雅·卷阿》：「如圭如璋，令聞令望。」

《文選》卷四十三嵇康《與山巨源絶交書》：「足下舊知，吾潦倒麤疎，不切事情。」

《文選》卷二十一左思《詠史詩八首》其七：「何世無奇才，遺之在草澤。」

〔一九〕「行當」四句

《楚辭》劉安《招隱士》：「攀援桂枝兮聊淹留……山中兮不可以久留。」

《文選》卷一班固《西都賦》：「神池靈沼，往往而在。」

《大戴禮·衛將軍文子篇》：「獨居思仁。」

正倉院本《秋日宴山庭序》〔一〇〕：「庭前柳葉，纔聽鳴蟬；野外蘆花，行看江上。」

《楚辭》屈原《離騷》：「紉秋蘭以爲佩。」王逸注：「紉，索也。」

〔二〇〕「人非」四句

正倉院本《張八宅别序》〔七〕：「人非庶蒙，道在江湖。」

《史記》卷一一九《李將軍列傳第四十九》：「太史公曰：……諺曰：桃李不言，下自成蹊。」

《尚書・益稷》：「簫韶九成，鳳凰來儀。」孔傳：「韶，舜樂名。言簫，見細器之備。」
《文選》卷十一孫綽《游天台山賦》：「法鼓琅以振響，衆香馥以揚烟。」
參：《文苑英華》卷五四四王泠然《登城判對》：「雖云李徑無言，故犯難容。」

〔二〕「既酌」四句

《藝文類聚》卷六十五《産業部上・蠶》楊泉《蠶賦》：「東愛日景，西望餘陽，既酌以酒，又挹以漿。」
《藝文類聚》卷二十九《人部十三・別上》梁簡文帝《傷離新體詩》：「傷離復傷離，別後情鬱紆。」
《文選》卷二十四陸機《於承明作與士龍》：「感別慘舒翮，思歸樂遵渚。」

山家①興序

《文苑英華》卷七三五　張本卷四　項本卷四　蔣本卷九

仁者樂山，智②者樂水〔一〕。即深③山大澤，龍蛇爲得性之場；廣漢巨川，珠貝有藏輝④之地〔二〕。豈徒茂林脩竹，王右軍山陰之蘭亭；流水長堤⑤，石季倫河陽之梓澤〔三〕。下官天性任真，直言敦⑥朴〔四〕。拙客漏(容陋)⑦質，乃⑧眇小⑨之丈夫；蹇步窮途，即⑩坎壈之君子〔五〕。文史足用，不讀非道之書；氣調不羈，未被可人之目〔六〕。穎(潁)⑪川人物，有荀家兄弟之風；漢代英奇，守陳氏門宗之德〔七〕。樂天知命，一十九年；負笈從師，二千餘里〔八〕。有弘農楊⑫公者，日下無雙，風流第一〔九〕。神⑬崖智⑭宇，崩騰觸⑮日月之輝；度廣（廣度）⑯冲衿⑰，磊落壓乾坤之氣〔一〇〕。王夷甫之瑶林瓊樹，直出風塵；嵇⑱叔夜之龍章鳳姿，混同人野〔一一〕。雄談逸辯，吐滿腹之精神；達學奇才，抱填胸之文籍〔一二〕。簪裾見屈，輕脱屣⑲於西陽；而⑳山水來遊，重横琴於南澗〔一三〕。百年奇表，開壯志於高明；千里心期，得神交於下走〔一四〕。山人對興，即是桃花之源；隱士相逢，不異昌㉑蒲之水㉒〔一五〕。青㉓精野饌，赤石神脂〔一六〕。玉案金盤，徵石髓於蛟龍之穴㉔；山樽野酌，求玉液於蓬萊之府㉕〔一七〕。溪横燕尾，巖竪㉖龍頭〔一八〕。鍛野老之真珠，挂㉗幽人之明鏡〔一九〕。山腰半坼㉘，溜王列（烈）㉙之香梗㉚；洞口横開，滴巖遵之芳乳〔二〇〕。藤牽赤絮，南方之物産可知；核㉛漬青田，西㉜域之風謡㉝在即〔二一〕。人高調遠，地爽氣清〔二二〕。把㉞玉策而登高，出瓊林而望㉟遠〔二三〕。漢家二百年㊱之都郭，宫殿平看；秦氏卌㊲郡之封畿，山河坐見〔二四〕。班孟堅騁兩京雄筆，以爲天地之奥區；張平子奮一代之㊳宏才，以爲帝王之神麗〔二五〕。朱㊴城隱隱，闌干象北斗之宫；清渭澄澄，滉瀁㊵即天河之水〔二六〕。長松勁㊶栢，鑽宇宙而頓風雲；大壑横溪，吐江河而懸日月〔二七〕。鳳皇㊷神岳，起烟霧而當軒；鸚鵡春泉，親（雜）㊸風花而滿谷〔二八〕。（末闕）㊹

【校記】

① 家：諸本皆作亭。

② 智：《英華》、張本同。項本、蔣本作知。

③即：《英華》即下有去字。張本、項本無即字。蔣本即下有云字。
④有藏輝：諸本作是有殊。
⑤堤：《英華》、張本、項本同。蔣本作隄。
⑥敦：諸本皆作淳。
⑦客漏：諸本作容陋。
⑧乃：諸本無乃字。
⑨眇小：項本、蔣本同。《英華》、張本作眇少。
⑩即：諸本皆無即字。
⑪穎：《英華》、張本同。傅校：景宋鈔本，穎作潁。項本、蔣本作潁。
⑫楊：諸本皆無楊字。
⑬神：諸本皆作仁。
⑭智：張本、項本、蔣本同。《英華》作知。
⑮崩騰觸：諸本皆作照臨明。
⑯度廣：諸本作廣度。
⑰衿：諸本皆作襟。
⑱嵇：張本、項本、蔣本同。《英華》作稽。
⑲屣：諸本皆作屨。蔣清翊注：屨是屣字之訛。
⑳而：諸本皆無而字。
㉑昌：諸本皆作菖。

㉒水：諸本皆作澗。
㉓青：諸本皆作黄。
㉔穴：諸本皆作窟。
㉕府：諸本皆作峰。
㉖竪：《英華》、張本、項本同。蔣本作豎。
㉗挂：蔣本同。《英華》、張本、項本作掛。
㉘拆：諸本皆作折。蔣注：折是坼字之訛。
㉙列：諸本皆作烈。
㉚梗：諸本皆作膏。
㉛核：諸本皆作粉。蔣注：粉義未詳。
㉜西：諸本皆作外。
㉝風謡：諸本皆作謡風。
㉞把：諸本皆作抱。
㉟望：諸本皆作更。
㊱年：諸本皆作所。
㊲氏卌：《英華》、張本作樹四十。項本、蔣本作氏四十。
㊳之：諸本皆無之字。
㊴朱：諸本皆作珠。蔣注：珠疑朱字之訛。
㊵瀁：諸本皆作漾。

㊶ 勁：諸本皆作茂。

㊷ 皇：諸本皆作凰。

㊸ 親：諸本皆作雜。

㊹（末闕）：諸本有「望平原，蔭叢薄。山情放曠，即滄浪之水清；野氣蕭條，即崆峒之人智。揺頭坐唱，頓足起舞。風塵灑落，直上天池九萬里；丘墟雄壯，傍吞少華五千仞。裁二儀爲輿蓋，倚八荒爲户牖。榮者吾不知其榮，美者吾不知其美。下官以詞峰直上，振筆札而前驅；高明以翰苑横開，列文章於後殿。情興未已，即令樽中酒空；彩筆未窮，須使山中兔盡」。

【考證】

〔一〕「仁者」三句

《論語·雍也》：「知者樂水，仁者樂山。」何注：「包氏曰：知者樂運其才知以治世，如水流而不知已。仁者樂如山之安固，自然不動而萬物生焉。」

〔二〕「即深山」四句

《左傳·襄公二十一年》：「深山大澤，實生龍蛇。」

《毛詩·小雅·魚藻》：「魚在在藻，有頒其首。」毛傳：「魚以依蒲藻爲得其性。」正倉院本《秋日宴山庭序》〔三〕：「雖語嘿非一，物我不同，逍遥皆得性之場，動息並自然之地。」

《毛詩·周南·漢廣》：「漢之廣矣，不可泳思。」

《尚書·説命上》：「若濟巨川，用汝作舟楫。」

《管子·侈靡篇》：「若江湖之大也，求珠貝者不令也。」

《藝文類聚》卷七十八《靈異部上·仙道》牽秀《老子頌》：「抱質懷素，藴寶藏輝。」

〔三〕「豈徒」四句

正倉院本《王勃於越州永興縣李明府宅送蕭三還齊州序》〔七〕：「王逸少之脩竹茂林。」

《文選》卷四十五石崇《思歸引序》：「遂肥遁於河陽別業，其制宅也。却阻長堤，前臨清渠，百木幾於萬株，流水周於捨下。」《晉書》卷三十三《列傳第三·石苞子崇》：「崇有別館在河陽之金谷，一名梓澤，送者傾都，帳飲於此焉。」

蔣本卷七《游冀州韓家園序》：「王羲之之蘭亭五百餘年，直至今人之賞；石季倫之梓澤二十四友，始得吾徒之遊。」

〔四〕「下官」二句

陶潛《陶淵明集》卷二《連雨獨飲》：「天豈去此哉，任真無所先。」

《左傳·成公十五年》：「子好直言，必及於難。」

《莊子·繕性篇》：「德又下衰，及唐虞，始爲天下。興治化之流，澆淳散朴，離道以善，險德以行。」《漢書》卷八十六《何武王嘉師丹傳第五十六·王嘉》：「鴻嘉中，舉敦朴能直言，召見宣室。」

〔五〕「拙容」四句

《晉書》卷九十六《列女傳第六十六·王廣女》：「王廣女者，不知何許人也。容質甚美，慷慨有丈夫之節。」《藝文類聚》卷三十《人部十四·別下》曹植《出婦賦》：「以才薄之質陋（一作陋質），奉君子之清塵。」

《史記》卷七十五《孟嘗君列傳第十五》：「孟嘗君過趙，趙平原君客之。趙人聞孟嘗君賢，出觀之皆笑曰：始以薛公爲魁然也。今視之，乃眇小丈夫耳。」

《藝文類聚》卷四十八《職官部四・尚書》沈約《讓五兵尚書表》：「鴛足蹇步，終取躓於鹽車。」

蔣本卷一《春思賦》序：「雖弱植一介，窮途千里，未嘗下情於公侯，屈色於流俗。」

《楚辭》宋玉《九辯》：「坎廩兮貧士，失職而志不平。」蔣本卷一《春思賦》序：「殷憂明時，坎壈聖代。」

〔六〕「文史」四句

《漢書》卷六十五《東方朔傳第三十五》：「年十三，學書。三冬文史足用。」注：「如淳曰：貧子冬日乃得學書，言文史之事，足可用也。」蔣本卷四《上明員外啓》：「三冬文史，先兆跡於青衿；百里絃歌，即馳芳於墨綬。」

《後漢書》卷五十三《周黄徐姜申屠列傳第四十三・周燮》：「及長專精《禮》、《易》。不讀非聖之書，不脩賀問之好。」

《隋書》卷三十九《列傳第四・豆盧勣》：「詔曰：勣器識優長，氣調英遠。」

《文選》卷三十九鄒陽《於獄中上書自明》：「使不羈之士，與牛驥同皂。」李善注：「不羈，謂才行高遠，不可羈系也。」

《禮記・雜記下》：「管仲遇盜取二人焉。上以爲公臣曰：其所與遊辟也。可人也。」孔疏：「謂其人性行，是堪可之人也。」《三國志》卷四十四《蜀書十四・蔣琬費禕姜維傳第十四・費禕》：「魏軍次於興勢，假禕節，率衆往禦之。光禄大夫來敏至禕許別，求共圍棊。于時羽檄交馳，人馬擐甲，嚴駕已訖，禕與敏留意對戲，色無厭倦。敏曰：向聊觀試君耳。君信可人，必能辦賊者也。禕至，敵遂退。」

〔七〕「潁川」四句

《後漢書》卷六十二《荀韓鍾陳列傳第五十二·荀淑》：「字季和，潁川潁陰人……有子八人，儉、緄、靖、燾、汪、爽、肅、專，並有名稱，時人謂之八龍。」

《初學記》卷十四《禮部下·饗讌》阮瑀《詩》：「布惠綏人物，降愛常所親。」蔣本卷八《秋日餞別序》：「琴書人物，冀北關西。」

《文選》卷二十六范雲《古意贈王中書詩》：「岱山饒靈異，沂水富英奇。」正倉院本《初春於權大宅宴序》〔九〕：「物外英奇，劉真長之體道。」蔣本卷六《秋日游蓮池序》：「人間齷齪，抱風雲者幾人；庶俗紛紜，得英奇者何有。」

《後漢書》卷六十二《荀韓鍾陳列傳第五十二·陳寔》：「字仲弓，潁川許人……謚爲文範先生。有六子，紀、諶最賢……父子並著高名，時號三君。」

《三國志》卷三十六《蜀書六·關張馬黃趙傳第六·馬超》：「臨沒上疏曰：臣門宗二百餘口，爲孟德所誅略盡。」

〔八〕「樂天」四句

《周易·繫辭上》：「樂天知命，故不憂。」韓注：「順天之化，故曰樂也。」

《後漢書》卷六十三《李杜列傳第五十三·李固》：「少好學，常步行尋師，不遠千里。」注：「《謝承書》曰：（李）固……杖策驅驢，負笈追師三輔，學五經。」

《莊子·則陽篇》：「從師而不囿，得其隨成。」

〔九〕「有弘農」四句

蔣注：「弘農，楊氏族望。」

《南史》卷七十一《列傳第六十一·伏挺》：「任昉深相歎異，常曰：此子日下無雙。」蔣本卷四《上明員外啓》：「江東第一，家傳正始之音；日下無雙，譽重史流之首。」

《三國志》卷四十《蜀書十·劉彭廖李劉魏楊傳第十·劉琰》：「以其宗姓，有風流善談論，厚親侍之。」

《晉書》卷三十六《列傳第六·衛瓘孫玠》：「於時中興名士，唯王承及玠，爲當時第一云。」

〔一〇〕「神崖」四句

《文館詞林》卷一五七謝安《與王胡之》：「思樂神崖，悟言機峰。」

《抱朴子外篇·刺驕》：「何有便當崩騰，競逐其闒茸之徒。」正倉院本《秋夜於緜州群官席別薛昇華序》〔四〕：「山川崩騰以作氣，星象磊落以降精。」

《尚書·泰誓下》：「惟我文考，若日月之照臨，先于四方，顯于西土。」楊炯《王勃集序》：「乾坤日月張其文，山河鬼神走其思。」

《文選》卷四十三嵇康《與山巨源絶交書》：「然使長才廣度，無所不淹，而能不營，乃可貴耳。」蔣本卷五《上絳州上官司馬書》：「加以雄材廣度，散琬琰於胸懷；逸氣遒文，運風霜於掌握。」

《藝文類聚》卷三十七《人部二十一·隱逸下》任昉《爲庾杲之與劉居士虯書》：「冲明在襟，履候無爽。」蔣本卷一《七夕賦》：「矜雅範而霜厲，穆冲襟而煙眇。」

《晉書》卷一〇五《載記五·石勒下》：「勒曰：……大丈夫行事，當礌礌落落，如日月皎然。」《文選》卷四十八班固《典引》：「至於經緯乾坤，出入三光。」參：《大周田府君墓誌銘并序》聖曆三年正月（《唐代墓誌銘彙編附考》一三—一二六七）：「父志，母朝並神崖智宇，崩騰觸日月之輝；廣度襟懷，磊珂壓乾坤之氣。」

〔一二〕「王夷甫」四句

《晉書》卷四十三《列傳第十三·王衍》：「字夷甫……遷太尉。」《世説新語·賞譽第八》：「王戎云：太尉神姿高徹，如瑶林瓊樹，自然是風塵外物。」注：「《名士傳》曰：夷甫天形奇特，明秀若神。」蔣本卷四《上明員外啓》：「加以文場武庫，發揮廊廟之師；瓊樹瑶林，寥廓風塵之表。」

《晉書》卷四十九《列傳第十九·嵇康》：「字叔夜。」《世説新語·容止第十四》：「嵇康身長七尺八寸，風姿特秀。」劉峻注：「《康别傳》曰：康長七尺八寸，偉容色，土木形骸，不知飾厲，而龍章鳳姿，天質自然。正爾在群形之中，便自知非常之器。」

《後漢書》卷十下《皇后紀第十下·論》：「賢愚優劣，混同一貫。」

《藝文類聚》卷三十七《人部二十一·隱逸下》任昉《爲庾杲之與劉居士虯書》：「從容乎人野之間，以窮二者之致。」蔣本卷六《秋日游蓮池序》：「汀洲地遠，波濤濺日月之輝；人野路殊，原隰擁神仙之氣。」

〔一二〕「雄談」四句

《三國志》卷二十八《魏書二十八·王毋丘諸葛鄧鍾傳二十八·王弼》：「初，會弱冠與山陽王弼並知名。弼好論儒道，辭才逸辯。」

《晉書》卷六十七《列傳第三十七·温嶠》：「甚爲王敦所忌，因請爲左司馬……（嶠）深結錢鳳，爲之聲譽，每曰：錢世儀精神滿腹。」蔣本卷四《上明員外啓》：「情源九派，士流欣滿腹之期；德宇千門，詞人有庇身之望。」

《後漢書》卷四十上《班彪列傳三十上·班固》：「弘農功曹史殷肅，達學洽聞，才能絶倫。」

《史記》卷九十六《張丞相傳第三十六》：「君之史趙堯，年雖少，然奇才也。」蔣本卷七《游冀州韓家園序》：「高情壯思，有抑揚天地之心；雄筆奇才，有鼓怒風雲之氣。」

《藝文類聚》卷二十八《人部十二·遊覽》石崇《思歸歎》：「登城隅兮臨長江，極望無涯兮思填胸。」

〔一三〕「簪裾」四句

蔣本卷七《夏日宴張二林亭序》：「引簪裾之勝侶，狎丘壑之神交。」正倉院本《秋夜於綿州群官席别薛昇華序》〔七〕：「或簪裾其迹，或雲漢其志。」

《世説新語·言語第二》：「摯瞻曾作四郡太守。」注：「摯氏《世本》曰：瞻字景游……起家著作郎。中朝亂，依王敦爲户曹參軍，歷安豐、新蔡、西陽太守。見敦以故壞裘賜老病外部都督，瞻諫曰：尊裘雖故，不宜與小吏。敦曰：何謂不可？瞻時因醉，曰：若上服皆可用賜，貂蟬亦可賜下乎？敦曰：非喻所引，如此不堪二千石。瞻曰：瞻視去西陽，如脱屣耳。敦反，乃左還隨郡内史。」

正倉院本蔣本卷七《上巳浮江讌序》〔四〕：「况廼偃泊山水，遨遊風月。」

《集注》卷四庾信《詠畫屏風詩二十四首》其三：「定知歡未足，横琴坐石根。」正倉院本《秋晚入洛於畢公宅別道王宴序》〔一三〕：「先生負局，惓城市之塵埃；遊子横琴，憶嵩山（蔣本作汀洲）之杜若。」

《毛詩·召南·采蘋》：「于以采蘋，南澗之濱。」《文選》卷二十二陸機《招隱詩》：「朝采南澗藻，夕息西山足。」正倉院本《宇文德陽宅秋夜山亭宴序》〔一〇〕：「東山之賞在焉，南澗之情不遠。」

〔一四〕「百年」四句

蔣本卷三《別薛華詩》：「悲涼千里道，悽斷百年身。」《列子·楊朱篇》：「百年，壽之大齊，得百年者，千無一焉。」

《三國志》卷八《魏書八·二公孫陶四張傳第八·陶謙》：「陶謙，字恭祖，丹楊人。」注：「《吴書》曰：……故蒼梧太守，同縣甘公出遇之塗，見其容貌，異而呼之，住車與語，甚悦，因許妻以女……公曰：彼有奇表，長必大成。」

《文選》卷四十二曹植《與吴季重書》：「左顧右眄，謂若無人，豈非吾子壯志哉。」蔣本卷一《遊廟山賦》：「仙師不在（《英華》作存），壯志徒爾。」

正倉院本《別盧主簿序》〔一〇〕：「惟高明之捧檄，屬吾人之解帶。」

《文選》卷二十孫楚《征西官屬送於陟陽候作詩》：「傾城遠追送，餞我千里道。」

《文選》卷二十六任昉《贈郭桐廬，出溪口見候，余既未至。郭仍進村，維舟久之，郭生方至》：「客心幸自弭，中道遇心期。」

《列子·周穆王篇》：「夢有六候……此六者，神所交也。」《文選》卷四十五班固《答賓戲》：「皆俟命而神交，匪詞言之所信。」蔣本卷四《上武侍極啓二》：「神交道合，君侯昭片善之榮；千載一時，下走得長鳴之所。」楊炯《王勃集序》：「經籍爲心，得王何於逸契；風雲入思，叶張左於神交。」

《漢書》卷七十八《蕭望之傳第四十八》：「若管晏而休，則下走將歸延陵之皐。」注：「應劭曰：下走，僕也。師古曰：下走者，自謙言趨走之役也。」

〔一五〕「山人」四句

《楚辭》屈原《九歌·山鬼》：「山中人兮芳杜若，飲石泉兮蔭松栢。」蔣本卷三《李十四詩四首》其一：「野客思茅宇，山人愛竹林。」

陶潛《陶淵明集》卷六《桃花源記》：「晉太元中，武陵人捕魚爲業，緣溪行，忘路之遠近。忽逢桃花林……林盡水源，得一山，山有小口，髣髴若有光，便捨船，從口入……行數十步，豁然開朗，土地平曠，屋舍儼然，有良田美池桑竹之屬……其中往來種作，男女衣著，悉如外人……見漁人乃大驚，問所從來，便要還家，設酒殺雞作食……停數日，辭去……既出，得其船，便扶向道，處處誌之。及郡下，詣太守，説如此。太守即遣人隨其往，尋向所誌，遂迷不復得路。」

蔣本卷六《秋日游蓮池序》：「隱士泥清，仙人水緑。」

《初學記》卷八《州郡部·嶺南道第十一》：「《南越志》曰：熙安縣東北有昌蒲澗，咸安中，姚成甫嘗澗側遇一丈夫，曰：此昌蒲，安期先生所餌，可以忘老。」

〔一六〕「青精」二句

《真誥》卷十四《稽神樞第四》：「霍山中有學道者鄧伯元、王元甫，受服青精石飯，吞日丹景之法，用思洞房已來，積三十四年，乃内見五藏，冥中夜書。」

《文苑英華》卷九十七王績《游北山賦》：「亦有山羞野饌，蘭漿木（一作水）麨，杞葉煎羹，松根溜醥。」

《越絶書》卷第二《越絶外傳記吴地傳第三》：「由鍾窮隆山者，古赤松子所取赤石脂也。」

〔一七〕「玉案」四句

《藝文類聚》卷六十九《服飾部上·案》：「《楚漢春秋》曰：……（韓）信曰：……乃去項歸漢。漢王賜臣玉案之食，玉具之劍。」

《玉臺新詠》卷一辛延年《羽林郎詩》：「就我求珍肴，金盤膾鯉魚。」

《搜神後記》卷一：「嵩高山北有大穴，莫測其深。百姓歲時遊觀。晉初嘗有一人誤墮穴中，同輩冀其儻不死，投食於穴中，墜者得之，爲尋穴而行，計可十餘日，忽然見明。又有草屋，中有二人對坐圍碁。局下有一杯白飲。墜者告以飢渴，碁者曰：可飲此。遂飲之，氣力十倍。棊者曰：汝欲停此否？墜者不願停。碁者曰：從此西行，有天井，其中多蛟龍。但投身入井，自當出。若餓，取井中物食。墜者如言，半年許，乃出蜀中。歸洛下，問張華。華曰：此仙館大夫。所飲者，玉漿也。所食者，龍穴石髓也。」蔣本卷九《還冀州别洛下知己序》：「芳筵交映，旁徵豹象之胎；華饌重開，直報蛟龍之髓。」

《周禮·司尊彝》：「其再獻，用兩山尊。」鄭注：「山尊，山罍也……刻而畫之，爲山雲之形。」

《文選》卷六十王僧達《祭顔光禄文》：「王君以山羞野酌，敬祭顔君之靈。」

《楚辭》王逸《九思·疾世》：「吮玉液兮止渴，齧芝華兮療飢。」《海内十洲記》：「瀛洲在東海中……上生神芝仙草，又有玉石，高且千丈，出泉如酒，味甘，名之爲玉醴泉。飲之數升輒醉，令人長生。」《山海經·海内北經》：「蓬萊山在海中。」

〔一八〕「**溪橫**」二句

《藝文類聚》卷九十六《鱗介部上·龍》：「《辛氏三秦記》……龍首山長六十里，頭入渭水，尾達樊川。頭高二十丈，尾漸下，高五六丈。云昔有黑龍，從山南出，飲渭水，其行道成土山，故因以爲名。」《元和郡縣志》卷第一《關内道一·京兆府上》：「長安縣……龍首山，在縣北一十里。」

〔一九〕「**鍛野老**」二句

《文心雕龍·時序篇》：「野老吐何力之談，郊童含不識之歌。」

《莊子·列御寇》：「河上有家貧恃緯蕭而食者，其子没於淵，得千金之珠。其父謂其子曰：取石來鍛之。夫千金之珠，必在九重之淵而驪龍頷下。子能得珠者，必遭其睡也。使驪龍而寤，子尚奚微之有哉！」《釋文》：「驪龍，黑龍也。」

《周易·履卦》：「幽人貞吉。」蔣本卷一《游廟山賦》：「蓋幽人之别府也。」

《抱朴子内篇·登涉》：「是以古之入山道士，皆以明鏡徑九寸已上懸於背後，則老魅不敢近。」

〔二〇〕「**山腰**」四句

《神仙傳》卷六《王烈》：「字長休，邯鄲人。常服黄精并鍊鉛，年二百三十八歲，有少容，登山如飛。少爲書生，嵇叔夜與之游。烈嘗入太行山，聞山裂聲，往視之，山斷數百丈，有青泥出如髓，取摶之，須臾成石，如熱臘之狀，食之味如粳米。《仙經》云：神仙五百歲輒一開，其中有髓得服之者，舉天地齊畢。」正倉院本《餞宇文明府序》〔二〕：「昔者王列（烈）登山，林泉動色。」

《集注》卷一庾信《枯樹賦》：「橫洞口而欹臥，頓山腰而半折。」

《集注》卷五庾信《道士步虛詞十首》其三：「石髓香如飯，芝房脆似蓮。」

蔣本卷三《觀内懷仙》：「瓊漿猶類乳，石髓尚如泥。」

嚴遵，未詳。蔣注：「《漢書・王貢兩龔鮑傳》：蜀有嚴君平，修身自保。注：師古曰：《地理志》謂君平爲嚴導。《後漢書・嚴光傳》：字子陵，一名遵，會稽餘姚人。少有高名。清翊曰：漢兩嚴遵，皆不聞有芳乳事。」

參：《全唐文》卷九十七武皇后《夏日遊石淙詩序》：「洞口全開，溜千年之芳髓；山腰半坼，吐十里之香粳。」

〔三〕「藤牽」四句

《藝文類聚》卷九十七《蟲豸部・蟻》：「《吴録》曰，九真移風縣有土，赤如膠，人視土知蟻，因墾，以木枝其中，則蟻緣而生漆，堅凝如螳蜋子蜱蛸，折漆以染堅凝絮，其色正赤，所謂赤絮，則此膠也。」

《文選》卷五左思《吴都賦》：「徒以江湖嶮陂，物産殷充。」

《初學記》卷二十六《器物部・酒十一》：「青田玄酏：《古今注》曰：烏孫國有青田核，得水則有酒味，甚淳美，如好酒。飲盡隨更注水，隨盡隨成，不可久。久則苦不可飲，名曰青田酒。」

《漢書》卷九十六上《西域傳六十六上》：「西域以孝武時始通，本三十六國，其後稍分至五十餘，皆在匈奴之西，烏孫之南。」
《後漢書》卷三十一《郭杜孔張廉王蘇羊賈陸列傳第二十一・羊續》：「乃羸服閒行，侍童子一人，觀歷縣邑，採問風謡。」蔣本卷二《採蓮賦》：「豈所謂究厥艷態，窮其風謡哉。」
參：《文苑英華》卷七一五楊炯《登秘書省閣詩序》：「平看日月，唐都之物候可知；坐望山川，裴秀之輿圖在即。」

〔二二〕「人高」二句

《文心雕龍・體性》：「嗣宗俶儻，故響逸而調遠；叔夜俊俠，故興高而采烈。」
《楚辭》宋玉《九辯》：「泬寥兮天高而氣清，寂漻兮收潦而水清。」

〔二三〕「把玉策」二句

《抱朴子內篇・登涉》：「其次執八威之節，佩老子玉策，則山神可使。」
《禮記・曲禮上》：「不登高，不臨深，不苟呰，不苟笑。」
《藝文類聚》卷九十《鳥部上・鳳》：「《莊子》曰……老子歎曰：吾聞南方有鳥，其名爲鳳，所居積石千里，天爲生食。其樹名瓊枝，高百仞，以璆琳琅玕爲實。」蔣本卷一《七夕賦》：「玉關控鶴，瓊林飛鳥。」
蔣本卷八《送白七序》：「青山高而望遠，白雲深而路遥。」

〔二四〕「漢家」四句

《史記》卷一百三十《太史公自序第七十》：「是歲，天子始建漢家之封。」
《文選》卷二張衡《西京賦》：「高祖創業，繼體承基……多歷年所，二百餘期。」薛綜注：「從高祖至于王莽二百餘年。」

「平看」，見注〔二二〕楊炯《登秘書省閣詩序》。

《初學記》卷八《州郡部·總叙州郡第一》：「《輿地志》曰……秦始皇并天下，分置三十六郡……平百越，又置四郡，合四十郡。」

《文選》卷一班固《西都賦》：「封畿之内，厥土千里。」

《史記》卷六十九《蘇秦列傳》第九：「秦四塞之國，被山帶渭。」

〔二五〕**「班孟堅」四句**

《後漢書》卷四十上《班彪列傳第三十上·班固》：「字孟堅……時京師修起宫室，濬繕城隍，而關中耆老猶望朝廷西顧。固感前世相如、壽王、東方之徒，造搆文辭，終以諷勸，乃上《兩都賦》，盛稱洛邑制度之美，以折西賓淫侈之論。」《文選》卷一班固《西都賦》：「防禦之阻，則天地之隩區焉。」李善注：「《説文》曰：隩，西方之土可定居者也。」

《後漢書》卷五十九《張衡列傳第四十九》：「字平子，南陽西鄂人也……衡少善屬文，游於三輔。因入京師，觀太學，遂通五經，貫六蓺……時天下承平日久，自王侯以下，莫不踰侈。衡乃擬班固《兩都》，作《二京賦》，因以諷諫。精思傅會，十年乃成。」《文選》卷二張衡《西京賦》：「惟帝王之神麗，懼尊卑之不殊；雖斯宇之既坦，心猶憑而未攄。」

〔二六〕**「朱城」四句**

參：《文苑英華》卷二〇五盧照鄰《長安古意》：「隱隱朱城臨玉道，遥遥翠幰没金堤。」

《文選》卷五左思《吴都賦》：「珠琲闌干。」劉逵注：「闌幹，猶縱横也。」

《三輔黄圖》卷一《漢長安故城》：「初置長安城，本狹小，至惠帝更築之……周回六十五里，城南爲南斗形，北爲北斗形。至今人呼漢京城爲斗城，是也。」

《三輔黄圖》卷一《咸陽故城》：「始皇窮極奢侈，築咸陽宫，因北陵營殿，端門四達，以則紫宫，象帝居。引渭水灌都，以象天漢。横橋南渡，以法牽牛。」

《文選》卷十潘岳《西征賦》：「北有清渭濁涇，蘭池周曲……其池則湯湯汗汗，滉瀁彌漫，浩如河漢。」

《藝文類聚》卷四《歲月中・三月三》阮修《上巳會詩》：「澄澄緑水，澹澹其波。」

《文選》卷八司馬相如《上林賦》：「然後灝溔潢漾。」郭璞曰：「皆水無涯際貌也。」

《毛詩・太雅・雲漢》：「倬彼雲漢，昭回于天。」鄭箋：「雲漢，謂天河也。」

〔二七〕「長松」四句

《戰國策・宋衛策》：「荆有長松、文、梓、楩、柟、豫樟。」《水經注》卷二十七《沔水》：「惟深松茂柏，攢蔚川阜。」蔣本卷八《送白七序》：「幽桂一叢，賞古人之明月；長松百尺，對君子之清風。」

《藝文類聚》卷二十一《人部五・交友》周祗《執友箴》：「霜雪既至，勁柏冬青。」

宇宙、風雲，屢見。

《山海經・大荒東經》：「東海之外大壑。」郭璞注：「《詩含神霧》曰：東注無底之谷，謂此壑也。」《文選》卷四十七王褒《聖主得賢臣頌》：「沛乎若巨魚縱大壑。」蔣本卷四《上明員外啓》：「徒以牛蹄已倦，臨大壑而驤鱗；羊角可逢，想高衢而撫翼。」

蔣本卷九《山亭思友人序》：「文章可以經緯天地，器局可以蓄洩江河，七星可以氣衡，八風可以調合。」

《文苑英華》卷七〇〇盧照鄰《南陽公集序》：「懸日月於胸懷，挫風雲於毫翰。」

〔二八〕「鳳皇」四句

《長安志》卷十五《臨潼縣》：「鳳皇原，後漢延光二年，鳳皇集新豐，即此原也……鸚鵡谷，有重崖洞壑，飛流瀑水。」

《文選》卷一班固《西都賦》：「前唐中而後太液，覽滄海之湯湯。揚波濤於碣石，激神岳之嶈嶈。濫瀛洲與方壺，蓬萊起乎中央。」

《集注》卷四庾信《詠畫屏風詩二十四首》其二：「水紋恒獨轉，風花直亂迴。」又其二十四：「水流平澗下，山花滿谷開。」《集注》卷五庾信《忝在司水看治渭橋》：「春洲鸚鵡邑，流水桃花香。」蔣本卷九《還冀州別洛下知己序》：「何年風月，三山滄海之春；何處風花，一曲青溪之路。」

秋日宴山庭①序〔一〕

《文苑英華》卷七〇八　張本卷六　項本卷六　蔣本卷六

若夫②爭名於朝廷者，則冠蓋相趨；遁迹於丘③園者，則林泉見託〔二〕。雖語嘿非一，物我不同④，逍遥皆得性之場，動息並⑤自然之地〔三〕。故有李⑥處士者，遠辭濠上，來遊鏡⑦中〔四〕。披白雲以開筵，府（俯）⑧青溪而命酌〔五〕。昔時西北，則我地之琳瑯⑨；今日東南，乃他鄉之竹箭〔六〕。又此夜乘查⑩之客，由⑪對仙家；坐菊之賓，尚臨清賞〔七〕。既而依稀舊識，款⑫吴鄭之班荆；樂莫新交，申孔郯⑬之傾蓋〔八〕。向時朱夏，俄涉素秋，金風生而景物清，白露下而光陰晚〔九〕。廷（庭）⑭前柳葉，纔聽鳴蟬⑮；野外蘆花，行看江⑯上〔一〇〕。數人之内，幾度琴罇⑰；百年之中，少時風月〔一一〕。故⑱蘭亭有昔時之會，竹林無今日之歡〔一二〕。丈夫⑲不縱志於生平，何屈節於名利〔一三〕。人之情矣，豈不⑳然乎㉑〔一四〕。人賦一言，各述㉒其志〔一五〕。使夫千載之下，四海之中，後之視今，訪懷抱㉓於兹日〔一六〕。

【校記】

①山庭：諸本皆作季處士宅。

②夫：項本、蔣本同。《英華》、張本作人。

③丘：項本、張本、蔣本同。《英華》作立，傅校：舊鈔本，立作丘。

④同：諸本同下有而字。

⑤並：諸本皆作匪。

⑥李：諸本皆作季。

⑦鏡：蔣本同。《英華》、張本作境，項本作鏡（一作境）。

⑧府：諸本皆作俯。

⑨琳瑯：張本、項本同。《英華》、蔣本作琳琅。
⑩查：諸本皆作槎。
⑪由：諸本皆作猶。
⑫款：諸本皆作歡。
⑬孔郯：諸本皆作孔程。
⑭廷：諸本皆作庭。
⑮鳴蟬：《英華》同。張本、項本、蔣本作蟬鳴。
⑯江：《英華》同。張本、項本作鷗。蔣本作漚。
⑰罇：諸本皆作樽。
⑱故：諸本皆無故字。
⑲丈夫：張本、項本、蔣本同。《英華》作大（一作丈）夫。
⑳豈不：諸本豈下有曰字。
㉑乎：諸本皆無乎字。
㉒述：諸本皆作申。
㉓訪懷抱：諸本皆作知我詠懷抱。

【考證】

〔一〕秋日宴山庭序

《文選》卷四十三孔稚珪《北山移文》：「馳烟驛路，勒移山庭。」

〔二〕「若夫」四句

《戰國策·秦策一》：「臣聞：爭名者於朝，爭利者於市。」

《史記》卷三十《平準書第八》：「假予産業，使者分部護之，冠蓋相望。」蔣本卷五《上絳州司馬書》：「鍾鼎輝其顧盼，冠蓋生其籍甚。」

鮑照《鮑明遠集》卷五《秋夜詩二首》其二：「遁跡避紛喧，貨農棲寂寞。」

《周易·賁卦》：「賁于丘園，束帛戔戔。」蔣本卷八《冬日羈游汾陰送韋少府入洛序》：「朝廷無立錐之處，丘園有括囊之所。」

《魏書》卷九十《列傳第七十八逸士·馮亮》：「遂造閑居佛寺，林泉既奇，營製又美，曲盡山居之妙。」蔣本卷一《九成宮東臺山池賦》：「保林泉而肆賞，混簪紱而同塵。」

〔三〕「雖語嘿」四句

《周易·繫辭上》：「子曰：君子之道，或出或處，或默或語。」正倉院本《秋晚入洛於畢公宅别道王宴序》〔一三〕：「賓主由其莫辨，語默於是同歸。」

《水經注》卷八《濟水》：「可謂濠梁之性，物我無違矣。」

《毛詩·小雅·白駒》：「所謂伊人，於焉逍遥。」蔣本卷五《上絳州上官司馬書》：「揚子雲之澹泊，心竊慕之；嵇叔夜之逍遥，真其好也。」

《孟子·滕文公上》：「使自得之，又從而振德之。」趙注：「使自得其本善性。」《藝文類聚》卷六十四《居處四·宅舍》沈約《郊居賦》：「自中智以下愚，咸得性以爲場。」正倉院本《山家興序》〔二〕：「即深山大澤，龍蛇爲得性之場；廣漢巨川，珠貝是藏輝之地。」

《文選》卷三十謝朓《觀朝雨》：「動息無兼遂，歧路多徘徊。」蔣本卷一《江曲孤鳧賦》：「知動息而多方，屢沿洄而自省。」

正倉院本《秋晚入洛於畢公宅別道王宴序》〔一八〕：「是非雙遣，自然天地之間；榮賤兩忘，何必山林之下。」

〔四〕「故有李處士者」三句

《莊子・秋水篇》：「莊子與惠子游於濠梁之上。」《釋文》：「司馬云：濠，水名也。石絕水曰梁。」

《毛詩・大雅・卷阿》：「豈弟君子，來游來歌。」

《初學記》卷八《州郡部・江南道十》：「《與地志》曰：山陰南湖，縈帶郊郭。白水翠巖，互相映發，若鏡若圖。故王逸少云：山陰上路行，如在鏡中游。」

〔五〕「披白雲」二句

蔣本卷三《上巳浮江宴韻得阯字》：「松吟白雲際，桂馥青(《英華》作清)谿裏。」

蕭統《昭明太子集》卷二《同泰僧正講詩》：「舒金起祇苑，開筵慕肅成。」

《文選》卷二十一郭璞《游仙詩七首》其二：「青谿千餘仞，中有一道士。」

《禮記・投壺》：「命酌曰：請行觴。」

〔六〕「昔時」四句

正倉院本《江寧縣白下驛吴少府見餞序》〔六〕：「昔時地險，爲建鄴之雄都；今日天平，即江寧之小邑。」

《爾雅・釋地・九府》：「東南之美者，有會稽之竹箭焉……西北之美者，有崑崙虛之璆琳琅玕焉。」
正倉院本《三月上巳祓禊序》〔一八〕：「使夫會稽竹箭，則唯我於東南；崑阜琳瑯，亦歸余於西北。」

〔七〕「又此夜」四句

《初學記》卷六《地部中・海第二》：「張華《博物志》曰：舊説，天河與海相通。近世有人居海渚者，年年八月有浮槎來，甚大，往反不失期。此人乃立於槎上，多齎糧，乘槎去。忽不覺晝夜，奄至一處，有城郭，舍屋望室中多織婦。見一丈夫牽牛渚次飲之，驚問此人，何由至此？此人即問此爲何處。答曰：君可詣蜀問嚴君平。此人還問君平。君平曰：某年月日，有客星犯斗牛即此人到天河也。」

《海内十洲記》：「有山川池澤及神藥百種，亦多仙家。」蔣本卷三《懷仙詩》：「鶴岑有奇徑，麟洲富仙家。」

《宋書》卷九十三《列傳第五十三隱逸・陶潛》：「嘗九月九日無酒，出宅邊菊叢中坐久，值（王）弘送酒至，即便就酌，醉而後歸。」蔣本卷三《九日詩》：「九日重陽節，開門有菊花。不知來送酒，若箇是陶家。」

謝朓《謝宣城詩集》卷四《和何議曹郊游二首》其一：「江垂得清賞，山際果幽尋。」

〔八〕「既而」四句

蔣本卷十六《梓州飛烏縣白鶴寺碑》：「禪姿曉映，依稀同雞岫之前；梵唄晨臨，彷彿像魚山之曲。」

《左傳・襄公二十九年》：「（吴公子札）聘於鄭，見子産，如舊相識，與之縞帶，子産獻紵衣焉。」

《左傳・襄公二十六年》：「伍舉奔鄭，將遂奔晉。聲子將如晉，遇之於鄭郊，班荊相與食，而言復故。」

正倉院本《三月上巳祓禊序》〔四〕：「况乎山陰舊地，王逸少之池亭；永興新交，許玄度之風月。」

《孔子家語》卷二《致思》：「孔子之郯，遭程子於塗，傾蓋而語終日，甚相親。」正倉院本《夏日喜沈大虞三等重相遇序》〔四〕：「遂得更申傾蓋，重展披雲。」

〔九〕「向時」四句

《藝文類聚》卷三《歲時部上・秋》江逌《詩》：「……高風催節變，凝露督物化。長林悲素秋，茂草思朱夏。鳴雁薄雲嶺，蟋蟀吟深樹。寒蟬向夕號，驚飆激中夜。」

《初學記》卷三《歲時部上・秋》梁元帝《纂要》：「秋曰白藏，亦曰收成，亦曰三秋、九秋、素秋、素商、高商。」

《文選》卷二十九張協《雜詩十首》其三：「金風扇素節，丹霞啓陰期。」李善注：「西方爲秋而主金，故秋風曰金風也。」

《文選》卷十四鮑照《舞鶴賦》：「既而氛昏夜歇，景物澄廓。」

正倉院本《王勃於越州永興縣李明府宅送蕭三還齊州序》〔一五〕：「清風起而城闕寒，白露下而江山晚。」

〔一〇〕「庭前」四句

《藝文類聚》卷六十五《産業部上・園》謝莊《懷園引》：「風肅幌兮露濡庭，漢水初緑柳葉青。」蔣本卷一《春思賦》：「霜前柳葉銜霜翠，雪裏梅花犯雪妍。」

《禮記・月令》：「孟秋之月……寒蟬鳴。」《藝文類聚》卷九十七《蟲豸部・蟬》盧思道《聽鳴蟬》：「此聽悲無極，群嘶玉樹裏。」

正倉院本《王勃於越州永興縣李明府宅送蕭三還齊州序》〔一九〕：「行當山中攀桂，往往思仁；野外紉蘭，時時佩德。」

《文苑英華》卷二四七江總《贈賀左丞蕭舍人》：「蘆花霜外白，楓葉水前丹。」

蔣本卷三《蜀中九日》蔣注：「宋計敏夫《唐詩紀事》八：邵大震《九日，登玄武山旅眺云》：……遊人幾度菊花叢。」

〔一一〕**「數人」四句**

正倉院本《秋夜於緜州群官席别薛昇華序》〔一〇・一一〕：「然僕之區區，當以爲人生（之）百年，逝如一瞬。非不知風月不足懷也，琴樽不中戀也。」

《列子・楊朱篇》：「楊朱曰：百年壽之大齊，得百年者，千無一焉。」《文選》卷二十二鮑照《行樂至城東橋詩》：「爭先萬里塗，各事百年身。」蔣本卷三《别薛華》：「悲涼千里道，悽斷百年身。」

正倉院本《楊五席宴序》〔四〕：「故有百年風月，浪形丘壑之間；四海山川，投跡江湖之外。」

〔一二〕**「故蘭亭」二句**

正倉院本《山家興序》〔三〕：「豈徒茂林脩竹，王右軍山陰之蘭亭。」

《世説新語・任誕第二十三》：「陳留阮籍、譙國嵇康、河内山濤，三人年皆相比，康年少亞之。預此契者，沛國劉伶、陳留阮咸、河内向秀、琅邪王戎，七人常集於竹林之下，肆意酣暢。故世謂竹林七賢。」

《漢書》卷五十四《李廣蘇建傳第二十四・蘇武》：「王必欲降武，請畢今日之驩，效死於前。」

〔一三〕**「丈夫」二句**

正倉院本《初春於權大宅宴序》〔七〕：「丈夫之風雲暗相許，國士之懷抱深相知。」蔣本卷八《感興奉送王少府序》：「僕一代丈夫，四海男子。」

《淮南子·原道訓》：「縱志舒節，以馳大區。」

正倉院本《王勃於越州永興縣李明府宅送蕭三還齊州序》〔一一〕：「契生平於張范之年，齊物我於惠莊之歲。」

《孔子家語·屈節解》：「子路問於孔子曰：由聞丈夫居世，富貴不能有益於物。處貧賤之地而不能屈節以求伸，則不足以論乎人之域矣。」

蔣本卷四《上吏部裴侍郎啓》：「知忠孝爲九德之源，故造次必於是；審名利爲五常之賊，故顛沛而思遠。」《管子·白心篇》：「故曰：思索精者明益衰，德行脩者王道狹，卧名利者寫生危。」

〔一四〕「**人之情**」二句

《文選》卷四十三丘遲《與陳伯之書》：「人之情也，將軍獨無情哉。」蔣本卷六《爲人與蜀城父老書一》：「豈人之情也，能無報乎。」

《文選》卷四十一司馬遷《報任少卿書》：「僕行事，豈不然乎。」

〔一五〕「**人賦**」二句

《楚辭》王逸《九辯序》：「宋玉者，屈原弟子也。閔惜其師忠而放逐，故作《九辯》以述其志。」

〔一六〕「**使夫**」四句

《後漢書》卷三《肅宗孝章帝紀第三》：「有司奏言：……功烈光於四海，仁風行於千載。」

《晉書》卷八十《列傳第五十·王羲之》：「《蘭亭序》……或取諸懷抱，悟言一室之內……後之視今，亦猶今之視昔，悲夫。」

正倉院本《三月上巳祓禊序》〔一七〕：「宜題姓字，以傾懷抱。」

正倉院本《夏日喜沈大虞三等重相遇序》〔七〕：「喜莫喜於此時，樂莫樂於兹日。」

三月上巳祓禊序〔一〕

《文苑英華》卷七〇八　張本卷四　項本卷四　蔣本卷七

又宋孔延之編《會稽掇英總集》卷二十有王勃《修禊於雲門王獻之山亭序》，與本序同文。以下稱《會稽集》。

觀夫天下四海①，以宇宙爲城池；人生百年，用林泉爲窟宅〔二〕。雖朝野殊智②，出處異途，莫不擁冠蓋於烟霞，披薜蘿於山水〔三〕。况乎山陰舊地，王逸少之池亭；永興新交③，許玄度之風月〔四〕。琴臺遼④落，猶停隱遁⑤之賓；釀渚荒涼，尚有過逢⑥之客〔五〕。仙舟容裔⑦，若海上之查⑧來；羽蓋參差，似遼東之鶴舉⑨〔六〕。昂昂騁⑩驥，或泛⑪飛鳧。俱安名利之場，各得逍遥之地〔七〕。既⑫而上屬無爲之道，下栖玄邈之風〔八〕。永淳二年，暮春三月⑬，遲遲麗⑭景，出没媚⑮郊原；片片仙雲，遠近生⑯林薄〔九〕。雜花爭發，非止桃蹊；群⑰鳥亂飛，有餘鸎⑱谷〔一〇〕。王孫春草，處處皆青⑲；仲統⑳芳園，家家並翠〔一一〕。於是攜旨酒，列芳筵。先祓禊於長洲，却申交㉑於促席〔一二〕。良談吐玉，長江與斜漢爭流；清歌遶㉒梁，白雲將紅塵競㉓落〔一三〕。他鄉易感，自悽恨㉔於茲晨㉕；羈客何情，更歡娛於此日〔一四〕。加㉖以今之視昔，亡（已）㉗非昔日之歡㉘；後之視今，豈復㉙今時㉚之會〔一五〕。人之情也，能別應㉛乎〔一六〕。宜㉜題姓家（字）㉝，以傾懷抱㉞〔一七〕。使夫會稽竹箭，則唯㉟我於東南；崑阜琳瑯㊱，亦歸余㊲於西北㊳〔一八〕。

【校記】

① 海：諸本皆作方。《會稽集》作海。
② 智：諸本、《會稽集》皆作致。
③ 永興新交：張本、項本、蔣本同。《英華》作水興新交。傅校：舊抄本，水作永。
④ 遼：諸本皆作寥。《會稽集》作寂。
⑤ 遁：《英華》、《會稽集》同。張本、項本、蔣本作遯。
⑥ 有過逢：《會稽集》同。諸本作過逢迎。
⑦ 容裔：蔣本同。張本、項本作溶裔。《英華》作溶（一作曳）裔。《會稽集》作蕩漾。
⑧ 查：《會稽集》同。諸本作槎。傅校：舊抄本，槎作查。
⑨ 舉：諸本同。《會稽集》作起。
⑩ 昂昂騁：《會稽集》作或昂昂騁。諸本皆作或昂騏。
⑪ 或泛：諸本同。《會稽集》作或泛泛。
⑫ 既：諸本、《會稽集》皆無既字。

⑬三月：諸本皆同。《會稽集》下有修袚禊於獻之山亭也九字。
⑭麗：諸本、《會稽集》皆作風。
⑮媚：諸本、《會稽集》皆下有於字。
⑯生：諸本、《會稽集》皆下有於字。
⑰群：諸本皆同。《會稽集》作遲。
⑱餘鶯：《會稽集》同。蔣本作踰鶯。《英華》、張本、項本作踰鸎。傅校：古鈔本，鸎作鶯。
⑲皆青：《會稽集》同。諸本皆作爭鮮。
⑳統：《會稽集》、蔣本同。《英華》、張本、項本作阮。
㉑交：諸本同。《會稽集》作文。
㉒遶：《英華》、張本、項本、《會稽集》同。蔣本作繞。
㉓競：諸本、《會稽集》皆作並。
㉔自悽恨：《英華》、蔣本作增悽恨。張本、項本作增悽愴。《會稽集》作自凄恨。
㉕晨：《會稽集》同。諸本皆作辰。
㉖加：《英華》、《會稽集》、張本、項本同。蔣本加下有之字。
㉗亡：諸本、《會稽集》皆作已。
㉘歡：諸本同。《會稽集》作驩。
㉙豈復：《會稽集》同。諸本作亦是。
㉚時：《英華》、項本、蔣本、《會稽集》同。張本作日。
㉛別應：《英華》、張本作不應，項本、《會稽集》作不悲，蔣本作無悲。

㉜宜：《會稽集》同。諸本作且。
㉝家：諸本、《會稽集》皆作字。
㉞傾懷抱：《會稽集》同。諸本作表襟懷。
㉟唯：諸本皆作推。《會稽集》作雄。
㊱瑯：蔣本、《會稽集》同。《英華》、張本、項本作琅。
㊲余：諸本、《會稽集》作予。傅校：古抄本，予作子。
㊳西北：諸本皆同。《會稽集》下有太原王勃序。

【考證】

〔一〕三月上巳祓禊序

蔣注：此非子安所作，篇内有永淳二年句，計其時子安歿已數年。然自北宋沿訛迄今。故著其謬，仍存其文。

《後漢書》卷九十四《志第四禮儀上・祓禊》：「明帝永平二年三月……是月上巳，官民皆契於東流水上，曰洗濯祓除去宿垢疢爲大絜。」

〔二〕「觀夫」四句

正倉院本《王勃於越州永興縣李明府送蕭三還齊州序》〔二〕：「嗟乎，不遊天下者，安知四海之交；不涉河梁者，豈識別離之恨。」

《列子・周穆王篇》：「人生百年，晝夜各分。」正倉院本《秋夜於綿州群官席别薛昇華序》〔一〇〕：「然漢（僕）之區區，當以爲人生[之]百年，猶如一瞬。」

「宇宙」、「林泉」，屢見。

《文選》卷十一孫綽《遊天台山賦》：「皆玄聖之所遊化，靈仙之所窟宅。」

〔三〕**「雖朝野」四句**

蔣本卷四《上許左丞啓》：「朝野既殊，風猷遂隔。」《王勃集》卷二十八《唐故度支員外郎達奚公墓誌》〔二二〕：「加以賞兼朝野，趣入煙霞。」

《文選》卷十三禰衡《鸚鵡賦》：「雖同族於羽毛，固殊智而異心。」

《周易・繫辭上》：「君子之道，或出或處，或默或語。」蔣本卷七《秋日宴洛陽序》：「或出或處，人多朝野之歡；以嬉以遊，時極登臨之所。」

《史記》卷三十《平準書第八》：「數歲，假予産業，使者分部護之，冠蓋相望。」蔣本卷五《上絳州上官司馬書》：「鍾鼎輝其顧盼，冠蓋生其籍甚。」

正倉院本《張八宅別序》〔三〕：「悼夫烟霞遠尚，猶嬰俗網之悲；山水幽情，無救窮途之哭。」

正倉院本《王勃於越州永興縣李明府宅送蕭三還齊州序》〔三〕：「蔭松披薜，琴樽爲得意之親。」

〔四〕**「况乎」四句**

正倉院本《王勃於越州永興縣李明府宅送蕭三還齊州序》〔七〕：「許玄度之清風朗月，時慰相思；王逸少之脩竹茂林，屢陪驩宴。」

《太平寰宇記》卷九十六《江南東道八・越州・山陰縣》：「蘭亭，在縣西南二十七里。《輿地志》云：

山陰郭西有蘭渚，渚有蘭亭，王羲之所謂曲水之勝境，製序於此。」《元和郡縣志》卷二十六《江南道二・越州・會稽》：「會稽縣（望，郭下）……秦立以爲會稽山陰……隋平陳，改山陰爲會稽縣。皇朝因之……蘭亭山，在州西南一十一里。」

正倉院本《冬日送儲三宴序》〔一五〕：「是時也，池亭積雪，草樹凝寒。」

正倉院本《秋日宴山庭序》〔八〕：「既而依稀舊識，欵吴鄭之班荆；樂莫新交，申孔郯之傾蓋。」《世説新語・棲逸第十八》：「許玄度，隱在永興南幽穴中，每致四方諸侯之遺。」又《言語第二》：「劉尹云：清風朗月，輒思玄度。」

〔五〕「琴臺」四句

庾信《集注》卷八《爲梁上黄侯世子與婦書》：「未有龍飛劍匣，鶴别琴臺。」注：「《益州記》曰：司馬相如宅在州西笮橋北百步許。李膺曰：市橋西二百里，得相如舊宅。今梅安寺南有琴臺。」蔣本卷七《緜州北亭群公宴序》：「惆悵北梁，揖琴臺而澌間；排徊東道，思錦署以行遥。」

《文選》卷六左思《魏都賦》：「臨菑牢落，鄢郢丘墟。」李善注：「牢落，猶遼落也。」正倉院本《秋日送王贊府兄弟赴任别序》〔一三〕：「行子傷慘悽，居人苦遼落。」又蔣本卷十六《梓州飛烏縣白鶴寺碑》：「山川牢落，榛莽丘墟。」

《世説新語・排調第二十五》：「頭責秦子羽云。」劉峻注：「《張敏集》載《頭責子羽文》曰……子欲爲隱遁也。」

《古今注》卷下《草木篇》：「沈釀者，漢鄭弘爲靈文鄉嗇夫，行官京洛。未至，宿一埭，埭名沈釀。於埭逢故舊友人，四顧荒郊，村落絶遠，酤酒無處。情抱不伸，乃以錢投水中，依口而飲，飲盡酣暢，皆得大醉。因更爲沈釀川。明旦乃分首而去。」《嘉泰會稽志》卷十《水・會稽縣》：「沈釀埭，在縣南二十五里若邪溪東。《十道志》云：鄭弘舉送赴洛親友，餞於此，以錢投水，依價量水飲之，各醉而去。一名沈釀川。」

《文選》卷四十三孔稚珪《北山移文》：「澗石摧絶無與歸，石徑荒凉徒延佇。」

《漢書》卷二十七下之上《五行志第七下之上》：「哀帝建平四年正月，民驚走，持稾或棷一枚，傳相付與，曰行詔籌，道中相過逢多至千數。」

參：《杜詩詳注》卷十杜甫《贈虞十五司馬》：「過逢連客位，日夜倒芳樽。」

〔六〕「仙舟」四句

正倉院本《秋日楚州郝司户宅遇餞霍使君序》〔一二〕：「艤仙舟於石岸，薦綺席於沙〔濱〕。」《後漢書》卷六十八《郭符許列傳第五十八・郭太》：「字林宗……乃游於洛陽。始見河南尹李膺。膺大奇之，遂相友善。於是名震京師。後歸鄉里，衣冠諸儒，送至河上，車數千兩。林宗唯與李膺同舟而濟。衆賓望之，以爲神仙焉。」

《楚辭》王褒《九懷・尊嘉》：「雲旗兮電騖，儵忽兮容裔。」《文選》卷三張衡《東京賦》：「紛焱悠以容裔。」薛綜注：「容裔，高低之貌。」

正倉院本《秋日宴山庭序》〔七〕：「又此夜乘查之客，猶對仙家。」

《淮南子・齊俗訓》：「故有大路龍旂，羽蓋垂緌。」《文選》卷三張衡《東京賦》：「羽蓋威蕤，葩瑵曲莖。」薛綜注：「羽蓋以翠羽，覆車蓋也。」

《搜神後記》卷一：「丁令威，本遼東人，學道於靈虚山。後化鶴歸遼，集城門華表柱。時有少年舉弓欲射之，鶴乃飛，徘徊空中而言曰：有鳥有鳥丁令威，去家千年今始歸。城郭如故人民非，何不學仙冢纍纍。遂高上沖天。」蔣本卷三《八仙逕詩》：「代北鸞驂至，遼西鶴騎旋。」

〔七〕「昂昂」四句

《楚辭》屈原《卜居》：「寧昂昂若千里之駒乎。將汜汜若水中之鳧，與波上下，偷以全吾軀乎。寧與騏驥亢軛乎，將隨駑馬之迹乎？」《楚辭》劉向《九歎・怨思》：「經營原野，杳冥冥兮；乘騏騁驥，舒吾情兮。」

《荆楚歲時記》：「五月五日……是日競渡採雜藥。」注：「舸舟取其輕利，謂之飛鳧。」

《古詩紀》卷二十九《魏九》阮籍《詠懷詩》：「繫累名利場，駑駿同一輈。」正倉院本《秋日宴山庭序》〔一三〕：「大夫不縱志於生平，何屈節於名利。」

正倉院本《秋日宴山庭序》〔三〕：「逍遥皆得性之場，動息並自然之地。」

〔八〕「既而」三句

《論語・衛靈公》：「無爲而治者，其舜也與。」《吕氏春秋・季春紀第三・先已》：「無爲之道曰：勝天。」蔣本卷十五《益州夫子廟碑》：「湛無爲之迹，而衆務同并；馳不言之化，而群方取則。」

《文選》卷三十八桓温《薦譙元彦表》：「故有洗耳投淵，以振玄邈之風。」

〔九〕「永淳二年」五句

《毛詩・周頌・臣工》：「嗟嗟保介，維莫之春。」鄭箋：「莫，晚也。」

《毛詩・豳風・七月》：「春日遲遲，采蘩祁祁。」毛傳：「遲遲，舒緩也。」

《藝文類聚》卷四《歲時部中·三月三日》謝朓《爲人作三日侍光華殿曲水宴詩》：「麗景則春，儀方在震。」

《藝文類聚》卷二十八《人部十二·遊覽》蕭子範《東亭極望詩》：「郊原共超遠，林野雜依菲。」蔣本卷三《九日懷封元寂》：「九日郊原望，平野遍霜威。」

《集注》卷五庾信《昭君辭應詔》：「片片紅顔落，雙雙淚眼生。」

《文選》卷二張衡《西京賦》：「蕩川瀆，簸林薄。」薛綜注：「林薄，草木叢生也。」

〔一〇〕「雜花」四句

《文選》卷四十三丘遲《與陳伯之書》：「暮春三月，江南草長，雜花生樹，群鶯亂飛。」《搜神後記》卷一《桃花源》：「晉太元中，武陵人捕魚爲業。緣溪行，忘路之遠近，忽逢桃花林，夾岸數百步，中無雜樹，芳草鮮美，落英繽紛。」

《毛詩·小雅·伐木》：「伐木丁丁，鳥鳴嚶嚶。出自幽谷，遷于喬木。」

蕭統《昭明太子集》卷三《錦帶書十二月啓·姑洗三月》：「啼鶯出谷，爭傳求友之音。」

〔一一〕「王孫」四句

《楚辭》劉安《招隱士》：「王孫遊兮不歸，春草生兮萋萋。」蔣本卷七《夏日諸公見尋訪詩序》：「席門蓬巷，佇高士之來游；叢桂幽蘭，喜王孫之相對。」

《後漢書》卷七《孝桓帝紀第七》：「郡縣阡陌，處處有之。」

《後漢書》卷四十九《王充王符仲長統列傳第三十九仲長統》：「每州郡命召，輒稱疾不就。常以爲凡遊帝王者，欲以立身揚名耳，而名不常存，人生易滅，優遊偃仰，可以自娱，欲卜居清曠，以樂其志，論之曰：使居有良田廣宅，背山臨流，溝池環帀，竹木周布，場圃築前，果園樹後。」正倉院本《與邵鹿官宴序》〔二〕：「邵少鹿少以休沐乘春，開仲長之别館；下走以旅遊多暇，累安邑之餘風。」正倉院本《仲家園宴序》〔五〕：「豈知夫司馬卿之車騎，上客盈門；仲長統之園林，群英在席。」

《漢書》卷八十七下《揚雄傳下五十七下》《解嘲》：「家家自以爲稷契，人人自以爲咎繇。」

〔三〕「於是」四句

《禮記・投壺》：「賓曰：子有旨酒嘉肴，某既賜矣。」正倉院本《梓潼南江泛舟序》〔八〕：「亦有嘉餚旨酒，清絃朗笛。」

謝脁《謝宣城集》卷五《閑坐聯句》：「預藉芳筵賞，沾生信昭悉。」蔣本卷九《春夜桑泉别王少府序》：「王公以傾餞百壺，别芳筵而促興。」

《楚辭》屈原《九章・思美人》：「擥大薄之芳茝兮，搴長洲之宿莽。」

《文選》卷四左思《蜀都賦》：「合樽促席，引滿相罰，樂飲今夕，一醉累月。」李善注：「東方朔《六言詩》：合樽促席相娱。」

〔三〕「良談」四句

正倉院本《王勃於越州永興縣李明府宅送蕭三還齊州序》〔九〕：「良談落落，金石絲竹之音徽；雅智飄飄，松竹風雲之氣狀。」

《荀子・非相篇》：「故贈人以言，重於金石珠玉。」《尚書大傳・雒誥》：「諸侯……皆莫不磬折、玉音，金聲玉色。」鄭玄注：「玉音金聲，言宏殺之調也。」《抱朴子外篇・嘉遯》：「積篇章爲敖庾，寶玄談爲金玉。」

《藝文類聚》卷三十五《人部十九・愁》曹植《九愁賦》：「俾予濟乎長江。」

《文選》卷十三謝莊《月賦》：「于時斜漢左界，北陸南躔。」

《世説新語・賞譽第八》：「王太尉云：郭子玄語議如懸河寫水，注而不竭。」

《世説新語・言語第二》：「千巖競秀，萬壑爭流。」蔣本卷七《入蜀紀行詩序》：「丹壑爭流，青峰雜起。」

《文選》卷十五張衡《思玄賦》：「雙材悲於不納兮，並詠詩而清歌。」

《列子・湯問篇》：「薛譚學謳於秦青，未窮青之技，自謂盡之，遂辭歸。秦青弗止，餞於郊衢，撫節悲歌，聲振林木，響遏行雲。薛譚乃謝求反，終身不敢言歸。秦青顧謂其友曰：昔韓娥東之齊，匱糧，過雍門，鬻歌假食。既去，而餘音繞梁欐，三日不絶。」

《文選》卷十八成公綏《嘯賦》：「虞公輟聲而止歌，寧子檢手而歎息。」李善注：「《七略》曰：漢興善歌者，魯人虞公，發聲動梁上塵。」

正倉院本《秋日登洪府滕王閣餞別序》〔一八〕：「爽籟發而清風起，纖歌凝而白雲遏。」

〔一四〕「他鄉」四句

「他鄉」，屢見。正倉院本《初春於權大宅宴序》〔四〕：「羇心易斷，惜風景於他鄉；勝友難遭，盡歡娱於此席。」

《樂府詩集》卷三十《相和歌辭五》魏明帝《長歌行》：「余情偏易感，懷往增憤盈。」蔣本卷八《送白七序》：「中情易感，下調多愁。」

《洛陽伽藍記》卷三《城南·大統寺》：「老翁送元寶出云：後會難期，以爲悽恨。别甚殷勤。」

《藝文類聚》卷二十七《人部十一·行旅》湛方生《還都帆詩》：「寤言賦新詩，忽忘羈客情。」

《文選》卷二十九蘇武《詩四首》其三：「歡娱在今夕，嬿婉及良時。」蔣本卷二《採蓮賦》：「非鄴地之宴語，異睢苑之懽娱。」

〔一五〕「加以」四句

正倉院本《上巳浮江讌序》〔二五〕：「俾後之視今，亦猶今之視昔。」

〔一六〕「人之」二句

正倉院本《秋日宴山庭序》〔一四〕：「人之情矣，豈不然乎。」

〔一七〕「宜題」二句

《藝文類聚》卷四十一《樂部一·論樂》謝靈運《相逢行》：「邂逅賞心人，與我傾懷抱。」

正倉院本《秋日宴山庭序》〔一六〕：「使夫千載之下，四海之中，後之視今，訪懷抱於兹日。」

〔一八〕「使夫」四句

正倉院本《秋日宴山庭序》〔六〕：「昔時西北，則我地之琳瑯；今日東南，乃他鄉之竹箭。」

春日序〔一〕

夫五城高映，飛碧玉之仙居；三山洞開，秀黃金之神闕〔二〕。斯則旁稽鳳册，聞禮制而空存；俯視人間，竟寂寥而無覩〔三〕。况乎華陽舊壤，井絡名都，城邑千仞，峰巒四絶〔四〕。山開鴈塔，還如玉名之臺，水架螺宫，則似銅人之井〔五〕。嚴君平之卜肆，里閈依然；揚子雲之書臺，烟霞猶在〔六〕。雖英靈不嗣，何山川之壯麗焉〔七〕。王明府氣挺龍津，名高鳳舉〔八〕。文詞泉涌，秀天下之珪璋；儒雅風流，作人倫之師範〔九〕。孟嘗君之愛客，珠履交音；密（宓）①子賤之調風，絃歌在聽〔一〇〕。則有蜀城僚佐，倍（陪）②騁望於春郊；青溪逸人，奉淹留於芳閣〔一一〕。明明上宰，肅肅英賢，還起穎（潁）③川之駕，重集華陰之市〔一二〕。于時歲遊青道，景霽丹空，桃李明而野徑春，藤蘿暗而山門古〔一三〕。横琴對酒，陶[　]④彭澤之遊；美貌多才，潘岳河陽之令〔一四〕。下官寒鄉劍士，燕國書生，憐風月之氣高，愛林泉之道長〔一五〕。（末闕）

【校記】

① 密：當作宓字。

② 倍：當作陪字。

③ 穎：當作潁字。
④ 陶：陶字下當缺一字，似當作「潛」。

【考證】

〔一〕春日序

《毛詩·豳風·七月》：「春日載陽，有鳴倉庚……春日遲遲，采蘩祁祁。」蔣本卷一《春思賦》：「春風春日自相逢，石鏡巖前花屢密。」

〔二〕「夫五城」四句

《藝文類聚》卷七《山部上·崑崙山》：「《河圖》曰：崑崙之墟，五城十二樓，河水出焉。」蔣本卷十六《益州縣竹縣武都山淨慧寺碑》：「五城韜海，接崑閬於大都；八洞藏雲，冠瀛洲於巨闕。」《集注》卷一庾信《象戲賦》：「白鳳遥臨，黄雲高映。可以變俗移風，可以莅官行政。」《海内十洲記》：「崐崘號曰：崐崚……有墉城，金臺玉樓相鮮，如流精之闕，光碧之堂，瓊華之室，紫翠丹房，錦雲燭日，朱霞九光，西王母之所治也。」蔣本卷十七《益州德陽縣善寂寺碑》：「天童潤色，黄珉碧玉之壇；海聖彌縫，師子龍王之會。」

蔣本卷一《九成宫東臺山池賦》：「若夫金臺妙境，玉署仙居。酌丹墀之曉暇，候青禁之宵餘。」《史記》卷二十八《封禪書第六》：「自威、宣、燕昭，使人入海求蓬萊、方丈、瀛洲，此三神山者，其傳在渤海中……其物禽獸盡白，而黄金銀爲宫闕。」蔣本卷三《尋道觀》：「玉笈三山記，金箱五嶽圖。」

《文選》卷一班固《西都賦》：「於是左城右平，重軒三階，閨房周通，門闥洞開。」蔣本卷十七《益州德陽縣善寂寺碑》：「若夫玉繩高曜，分寶曆於皇階；金牓洞開，道瓌暉於帝幄。」參：《文苑英華》卷八四九盧照鄰《益州至真觀主黎君碑》：「紫宸高映，丹宮洞開。」

蔣本卷十七《梓州郪縣兜率寺浮圖碑》：「若夫仙樓白玉，窈冥崑閬之墟；神闕黄金，寂寞蓬瀛之浦。」參：《文苑英華》卷七一五盧照鄰《樂府雜詩序》：「五城既遠，得崑閬於神京；三山已沈，見蓬萊於右輔。」

〔三〕「斯則」四句

《藝文類聚》卷九十九《瑞祥部下·鳳皇》：「《春秋元命苞》曰：火離爲鳳皇，銜書遊文王之都，故武王受鳳書之紀。」蔣本卷十七《梓州郪縣兜率寺浮圖碑》：「斯則罔巒彷彿，稽鳳册而空存；島嶼憑陵，艤龍舟而罕迨。」

《禮記·樂記》：「天高地下，萬物散殊，而禮制行矣。」孔疏：「禮者，别尊卑，定萬物，是禮之法制行矣。」

蔣本卷四《上皇甫常伯啓》：「然則知音罕嗣，流水空存。」

《文選》卷十九宋玉《高唐賦》：「俯視崝嶸，窐寥窈冥。」

《文選》卷四十三嵇康《與山巨源絶交書》：「以促中小心之性，統此九患，不有外難，當有内病，寧可久處人間邪。」正倉院本《秋晚入洛於畢公宅别道王宴序》〔九〕：「交情獨放，已厭人間。」

《拾遺記》卷五：「漢武帝……因賦《落葉哀蟬之曲》曰：……虚房冷而寂寞，落葉依於重扃。」蔣本卷二《採蓮賦》：「傷鳳臺之寂寞，厭鸞（《英華》一作雁）扃之閒處。」

《文選》卷四十一李陵《答蘇武書》：「自從初降，至今日身之窮困，獨坐愁苦，終日無睹，但見異類。」蔣本卷二《釋迦佛賦》：「群機而不覩靈蹤，萬世而空留聖迹。」

〔四〕「况乎」四句

正倉院本《江寧縣白下驛吴少府見餞序》〔四〕：「遺墟舊壤，百萬户之王城；武據龍盤，三百年之帝國。」

《唐大詔令集》卷三十七《册趙王福梁州都督文》：「維總章三年歲次庚午二月甲辰朔九日……若乃華陽舊壤，山抗西傾；導漾名區，地分南鄭。」

《續高僧傳》卷二十一《明律上・釋智詵》：「公華陽甲族，井絡名家。」《文選》卷四左思《蜀都賦》：「遠則岷山之精，上爲井絡。」劉逵注：「《河圖括地象》曰：岷山之地，上爲井絡，帝以會昌，神以建福，上爲天井。」蔣本卷十六《梓州飛烏縣白鶴寺碑》：「香城福地之舊，三巴五蜀之湊，裂岷山之奥域，分井絡之榮光。」

《史記》卷四十五《韓世家第十五》：「韓氏急，公仲謂韓王曰：……王不如因張儀爲和於秦，賂以一名都，具甲，與之南伐楚，此以一易二之計也。」蔣本卷八《冬日羈游汾陰送韋少府入洛序》：「游汾勝壤，樓船高漢帝之詞；卜洛名都，城邑辨周公之跡。」

《列子・周穆王》：「穆王乃爲之改築，土木之功，赭堊之色，无遺巧焉。五府爲虚，而臺始成，其高千仞，臨終南之上，號曰中天之臺。」蔣本卷一《七夕賦》：「緑臺兮千仞，赩樓兮百常。」

蔣本卷十九《梓州玄武縣福會寺碑》：「爾其峰巒霧列，東分井絡之光。」

《水經注》卷三十七《沅水》：「沅南縣西有夷望山，孤竦中流，浮嶮四絕。」蔣本卷十七《梓州郪縣兜率寺浮圖碑》：「抽紫巖而四絕，疊丹峰而萬變。」

〔五〕**「山開」四句**

蔣本卷十六《益州緜竹縣武都山淨惠寺碑》：「邑動香城，山開淨國。」

蔣本卷十六《益州緜竹縣武都山淨惠寺碑》：「銀龕佛影，遥承雁塔之化；石壁經文，下映龍宫之化。」《駢字類編》卷二〇五《鳥獸門二・鴈》：「鴈塔。《西域記》：昔有比丘，見雙雁飛翔，思曰：若得此雁，可充飢食。忽有一雁，投下自殞。衆曰：此雁垂戒，宜旌彼德。於是瘗雁建塔。」

《太平御覽》卷四十八《地部十三・南楚諸山・盤固山》：「《南康記》曰：盤固山有石井，井側有大銅人，常守之。按此石井，五百年水一湧起，高數丈。銅人以手掩之，其水即止。其山盤紆峻嶒，因號爲盤固山焉。」

參：《唐文續拾遺》卷十二闕名《大唐□□□□氏浮圖頌》：「頌曰：爰開鴈塔，式樹螺宫。雙林隱霧，獨苑迎風。嬪儀永固，母訓長終。黄泉有□，白日無窮。」

參：《文苑英華》卷六六一張文成《滄州弓高縣實性寺釋迦像碑》：「天花競落，螺宫映水。」

〔六〕**「嚴君平」四句**

《漢書》卷七十二《王貢兩龔鮑傳第四十二》序：「……其後谷口有鄭子真，蜀有嚴君平……君平卜筮於成都市。……裁日閲數人，得百錢足自養，則閉肆下簾而授《老子》。博覽亡不通。依老子、嚴周之指，著書十餘萬言。楊雄少時從遊學，以而仕京師顯名，數爲朝廷在位賢者稱君平德。」《藝文類聚》卷六十二《居處部二・臺》：「《益州記》曰：鴈橋東有嚴君平卜處，土臺高數丈也。」蔣本卷二十《梓州慧義寺碑銘》：「禪居遯迹，嚴君平之出塵；梵肆延賓，揚季卿之好事。」參：《文苑英華》卷三五四盧照鄰《五悲・悲昔遊》：「嚴君平之卜肆，戴安道之貧家。」

《文選》卷四左思《蜀都賦》：「外則軌躅八達，里閈對出。比屋連甍，千廡萬室。」劉逵注：「閈，里門也。」蔣本卷十七《益州德陽縣善寂寺碑》：「封畿四會，龍坰舍衛之壇；里閈三分，鹿野經行之地。」

《文選》卷十六江淹《别賦》：「惟世間兮重别，謝主人兮依然。」蔣本卷一《春思賦》：「於時春也，風光依然。」

《太平寰宇記》卷七十二《劍南西道一・益州》：「讀書臺，在縣一里，諸葛亮相蜀，築此臺以集諸儒，兼以待四方賢士，號曰讀書臺。在章城門路西，今爲乘烟觀。嚴君平宅，在州西一里，《耆舊傳》曰：卜肆之井猶存，今爲普賢寺。子雲宅，在少城西南角，一名草玄堂。」

正倉院本《新都縣楊乾嘉池亭夜宴序》〔五〕：「况乎揚子雲之舊地，巖壑依然；宓子賤之芳猷，絃歌在屬。」

《藝文類聚》卷三十七《人部二十一・隱逸下》孔稚珪《褚先生伯玉碑》：「泉石依情，煙霞入抱。」蔣本卷三《懷仙詩序》：「起予以林壑之事，而煙霞在焉。」

蔣本卷二《慈竹賦》：「氣凜凜而猶在，色蒼蒼而未離。」

〔七〕「雖英靈」二句

《文選》卷四左思《蜀都賦》：「近則江漢炳靈，世載其英，蔚若相如，皭若君平。王褒韡曄而秀髮，楊雄含章而挺生。幽思絢道德，摛藻掞天庭，考四海而爲儁，當中葉而擅名。」《藝文類聚》卷四十二《樂部二・樂府》劉孝威《蜀道難篇》：「君平子雲寂不嗣，江漢英靈已信稀。」蔣本卷六《爲人與蜀城父老書二》：「景貺有期，英靈間出。」

正倉院本《與員四等宴序》〔二〕：「高筵不嗣，中宵誰賞。」

《毛詩・小雅・漸漸之石》：「山川悠遠，維其勞矣。」蔣本卷九《山亭思友人序》：「得宮商之正律，受山川之傑氣。」

正倉院本《秋晚入洛於畢公宅別道王宴序》〔七〕：「驚帝室之威靈，偉皇居之壯麗。」參：《文苑英華》卷八四五楊炯《遂州長江縣先聖孔子廟堂碑》：「山川壯麗於區宇，人物繁多於海内。」

〔八〕「王明府」二句

王明府，未詳。明府，見正倉院本《王勃於越州永興縣李明府宅送蕭三還齊州序》〔一〕李明府注。

《後漢書》卷六十七《黨錮列傳第五十七・李膺》：「李膺，字元禮……膺獨持風裁，以聲名自高。士有被其容接者，名爲登龍門。」注：「以魚爲喻也。龍門，河水所下之口，在今絳州龍門縣。辛氏《三秦記》曰：河津一名龍門。水險不通，魚鼈之屬莫能上，江海大魚薄集龍門下數千，不得上，上則爲龍也。」又參看正倉院本《秋日登洪府滕王閣餞別序》〔三五〕「龍門」注。

《藝文類聚》卷三十一《人部十五·贈答》任昉《答陸倕感知己賦》：「過龍津而一息，望鳳條而載翔。」正倉院本《宇文德陽宅秋夜山亭宴序》〔二〕：「若夫龍津宴喜，地切登仙；鳳閣虚玄，門稱好事。」《文苑英華》卷六八八隋齊王暕《與逸人王真書》：「卿道冠鷹揚，聲高鳳舉。儒墨泉海，詞章苑囿。」

〔九〕「文詞」四句

《箋注》卷四庾信《上益州上柱國趙王二首》其一：「風流盛儒雅，泉湧富文詞。」注：「《韻書》：齊王儉曰：風流宰相，惟有謝安。晉陸機《文賦》：思風發於胸臆，言泉流於脣吻。魏曹植《王仲宣誄》：文若春華，思若湧泉。」

蔣本卷八《冬日羈游汾陰送韋少府入洛序》：「子雲筆札，擁鸞鳳於行間；孫楚文辭，列宫商於調下。」《毛詩·大雅·卷阿》：「如圭如璋，令聞令望。」《後漢書》卷六十七《黨錮列傳第五十七·劉儒》：「郭林宗嘗謂（劉）儒口訥心辯，有珪璋之質。」《文選》卷五十四劉孝標《辯命論》：「臣觀管輅天才英偉，珪璋特秀。」李善注：「《禮記·聘義》：珪璋特達，德也；天下莫不貴者，道也。」

《後漢書》卷五十六《張王種陳列傳第四十六·王暢》：「士女沾教化，黔首仰風流。」正倉院本《宇文德陽宅秋夜山亭宴序》〔八〕：「友人河南宇文嶠，清虚君子；中山郎餘令，風流名士。」

《世説新語·賞譽第八》：「太傅東海王鎮許昌，以王安期爲記室參軍，雅相知重。敕世子毗曰：夫學之所益者淺，體之所安者深。閑習禮度，不如式瞻儀形；諷味遺言，不如親承音旨。王參軍人倫之表，汝其師之。」正倉院本《送劼赴太學序》〔一四〕：「然後可以託教義，編人倫，彰風聲。」

〔一〇〕「孟嘗君」四句

正倉院本《王勃於越州永興縣李明府宅送蕭三還齊州序》〔五〕：「僕是南河之南，孟嘗君之上賓。」

《史記》卷七十八《春申君列傳第十八》：「春申君客三千餘人，其上客皆躡珠履以見趙使。」

《孔子家語・七十二弟子解》：「宓不齊，魯人，字子賤。少孔子四十九歲，仕爲單父宰。」《吕氏春秋・察賢》：「宓子賤治單父。彈鳴琴，身不下堂，而單父治。」正倉院本《新都縣楊乾嘉池亭夜宴序》〔五〕：「况乎揚子雲之故地，巖壑依然；宓子賤之芳猷，絃歌在屬。」

《論語・陽貨》：「子之武城，聞絃歌之聲。」

〔一一〕「則有蜀城」四句

蜀城，見蔣本卷六《爲人與蜀城父老書》。

《世説新語・規箴第十》：「小庾在荆州，公朝大會，問諸僚佐曰：我欲爲漢高魏武，何如？」

《楚辭》屈原《九歌・湘夫人》：「登白薠兮騁望，與佳期兮夕張。」《藝文類聚》卷五十六《雜文部二・賦》張纘《擬古有人兮》：「臨春風兮聊騁望，日已暮兮夕雲飛。」

《藝文類聚》卷三《歲時部上・春》張協《雜詩》：「大昊啓東節，春郊禮青祇。」

《文選》卷二十一郭璞《游仙詩七首》其二：「青谿千餘仞，中有一道士。」李善曰：「庾仲雍《荆州記》曰：臨沮縣有青溪山。山東有泉，泉側有道士精舍。郭景純嘗作臨沮縣，故《遊仙詩》嗟青溪之美。」正倉院本《秋晚入洛於畢公宅別道王宴序》〔二九〕：「青溪數曲，幽人長往。」

《論語・微子》：「逸民，伯夷、叔齊、虞仲、夷逸、朱張、柳下惠、少連。」何晏《集解》：「逸民者，節行超逸也。」正倉院本《新都縣楊乾嘉池亭夜宴序》〔二二〕：「王子敬瑯邪之名士，長懷習氏之園；阮嗣宗陳留［之］逸人，直至山陽之座。」

《楚辭》宋玉《九辯》：「時亹亹而過中兮，蹇淹留而無成。」蔣本卷一《江曲孤鳧賦》：「反覆幽谿，淹留勝地。」

江淹《江文通集》卷十《山中楚辭五首》其二：「日華粲於芳閣，月金披於翠樓。」

〔三〕「明明上宰」四句

《藝文類聚》卷六十五《産業上·園》潘尼《後園頌》：「明明天子，肅肅庶官。文士濟濟，武夫桓桓。」《尚書·呂刑》：「穆穆在上，明明在下。」蔣本卷五《上劉右相書》：「可謂明明穆穆，盡天子之容貌矣。」

《文選》卷二十九棗據《雜詩》：「吴寇未殄滅，亂象侵邊疆，天子命上宰，作藩于漢陽。」蔣本卷十五《益州夫子廟碑》：「雖秋禮冬詩之化，已洽於齊人；而宣風觀俗之規，實歸於上宰。」

《爾雅·釋訓》：「穆穆肅肅，敬也。」蔣本卷十二《拜南郊頌》：「鏘鏘盛服，肅肅珪簪。」

《文選》卷二十九嵇康《雜詩》：「孰克英賢，與爾剖符。」李善曰：「言詠贊妙道，遊心恬漠，誰能以英賢之德，與爾分符而仕乎？」

正倉院本《山家興序》〔七〕：「潁川人物，有荀家兄弟之風；漢代英奇，守陳氏門宗之德。」

《世説新語·德行第一》：「陳太丘詣荀朗陵，貧儉無僕役。乃使元方將車，季方持杖後從。長文尚小，載箸車中。既至，荀使叔慈應門，慈明行酒，餘六龍下食。文若亦小，坐箸膝前。于時太史奏：真人東行。」注：「檀道鸞《續晉陽秋》：「陳仲弓從諸子姪造荀父子，于時德星聚，太史奏：五百里賢人聚。」

《後漢書》卷三十六《鄭范陳賈張列傳第二十六・張楷》：「隱居弘農山中，學者隨之，所居成市。後華陰山南遂有公超市。」

《藝文類聚》卷五十五《雜文一・談講》梁元帝《皇太子講學碑》：「承華之闥，更似通德之門；博望之園，反類華陰之市。」

參：楊炯《盈川集》卷四《大唐益州大都督府新都縣學先聖廟堂碑文并序》：「泮宮之上，更聞通德之門；小學之前，復見華陰之市。」

〔一三〕「于時」四句

《漢書》卷二十六《天文志第六》：「青道二，出黄道東。立春、春分，月東從青道。」

蔣本卷十三《九成宮頌》：「至若氣清乾步，景霽山維。」

參：《大唐大慈恩寺三藏法師傳》卷八唐高宗《隆國寺碑銘》：「丹空曉烏，焕日宮而泛彩；素天初兔，鑒月殿而澄輝。」

《毛詩・周南・何彼農矣》：「何彼農矣，華如桃李。」蔣本卷二《青苔賦》：「恥桃李之暫芳，笑蘭桂之非永。」

蔣本卷三《山亭夜宴詩》：「森沈野徑寒，肅穆巖扉靜。」

蔣本卷三《三月曲水宴得煙字》：「松石偏宜古，藤蘿不記年。」蔣本卷十九《彭州九隴縣龍懷寺碑》：「巖莊轉梵，杳冥松桂之墟；磵户栖橰，寂寞藤蘿之院。」

〔一四〕「横琴」四句

正倉院本《秋晚入洛於畢公宅别道王宴序》〔一三〕：「遊子横琴，憶嵩山之杜若。」

蔣本卷九《山亭思友人序》：「惜乎此山有月，此地無人。清風入琴，黄雲對酒。」

正倉院本《宇文德陽宅秋夜山亭宴序》〔一〇〕：「彭澤陶潛之菊，影泛仙罇；河陽潘岳之花，光懸妙理。」《宋書》卷九十三《列傳第五十三・隱逸・陶潛傳》：「以爲彭澤令……郡遣督郵至，縣吏白應束帶見之。潛嘆曰：我不能爲五斗米折腰向鄉里小人。即日解印綬，去職。……潛不解音聲，而畜素琴一張無絃，每有酒適，輒撫弄以寄其意。」

正倉院本《新都縣楊乾嘉池夜宴序》〔三〕：「則知東扉可望，林泉生謝客之文；南國多才，江山助屈平之氣。」

《世説新語・容止第十四》：「潘岳妙有姿容，好神情（《岳别傳》曰：岳姿容甚美，風儀閑暢）。少時挾彈出洛陽道，婦人遇者，莫不連手共縈之。」又《晉書》卷五十五《列傳第二十五・潘岳》：「岳才名冠世，爲衆所疾，遂栖遲十年。出爲河陽令，負其才而鬱鬱不得志。」

〔一五〕「下官」四句

《漢書》卷四十八《賈誼傳第十八》：「下官不職。」蔣本卷四《上吏部裴侍郎啓》：「誠恐下官冒輕進之譏。」

《文選》卷二十八鮑照《東武吟》：「僕本寒鄉士，出身蒙漢恩。」

《莊子・説劍》：「昔趙文王喜劍，劍士夾門而客，三千餘人。」

《三國志》卷十二《魏書十二崔毛徐何邢鮑司馬傳第十二・司馬芝》：「少爲書生，避亂荆州。」蔣本卷四《上郎都督啓》：「今某東鄙之一書生耳。」

《文苑英華》卷四十五徐彦伯《登長城賦》：「徐樂則燕北書生，開偉詞而喻漢；賈誼則洛陽才子，飛雄論以過秦。」

《文心雕龍・明詩篇》：「暨建安之初，五言騰踊，文帝陳思，縱轡以騁節；王徐應劉，望路而爭驅。並憐風月，狎憐池苑。」正倉院本《新都縣楊乾嘉池夜宴序》〔三〕：「豈非以琴罇遠契，必兆朕於佳晨；風月高情，每留連於勝地。」

《洛陽伽藍記》卷四《城西・法雲寺》：「（淮南王）彧，性愛林泉，又重賓客。」蔣本卷七《入蜀紀行詩序》：「煙霞爲朝夕之資，風月得林泉之助。」

《周易・泰》：「君子道長，小人道消也。」正倉院本《秋夜於緜州群官席别薛昇華序》〔九〕：「豈英靈之道長，而造化之功倍乎。」

秋日送沈大虞三入洛詩序〔一〕

夫鳥散背飛，尚有悲鳴之思；獸分馳騖，猶懷狂顧之心〔二〕。況在於人，能無别恨者也〔三〕。虞公沈子，道合姻連，同濟巨川，俱欣利涉〔四〕。天門大道，子則翻[　]①而入帝鄉；

地泉下流，余乃漂泊而沈水國〔五〕。昇降之儀有異，去留之路不同〔六〕。嗟控地之微軀，仰冲天之逸翮〔七〕。相與隔千里，阻九關。後會不可期，倚伏安能測〔八〕。是時也，赤熛云謝，白道爰開。潘子陳哀感之辰，宋生動悲傷之日〔九〕。萬物迴薄，四野蒼茫。雲異色而傷遠離，風雜響而飄別路〔一〇〕。月來日往，澄晚氣於幽巖；景淨天高，引秋陰於爽籟〔一一〕。此時握手，共對離樽，將以釋慰於行前，用宴安於別後〔一二〕。命篇舉酌，咸可賦詩。一字用探，四韻成作〔一三〕。

【校記】

① 翻：翻字下當缺一字。

【考證】

〔一〕秋日送沈大虞三入洛詩序

《文選》卷二十三劉楨《贈五官中郎將四首》其三：「秋日多悲懷，感慨以長歎。」

沈大虞三，未詳。

入洛詩序，參蔣本卷八《冬日羈游汾陰送韋少府入洛序》。

〔二〕「夫鳥散」四句

《文選》卷二十二謝朓《遊東田》：「魚戲新荷動，鳥散餘花落。」

何遜《何水部集》《送褚都曹聯句》：「本願同棲息，今成相背飛。」

《藝文類聚》卷二十九《人部十三・别上》李陵《贈蘇武别詩》：「轅馬顧悲鳴，五步一彷徨。雙梟相背飛，相違日已長。」

《史記》卷八十七《李斯列傳第二十七》：「今秦王欲吞天下，稱帝而治，此布衣馳騖之時，而游説者之秋也。」蔣本卷十九《梓州玄武縣福會寺碑》：「遂令衆情馳騖，空懷經始之圖；靈座端嚴，未得安居之地。」

《文選》卷十一王粲《登樓賦》：「獸狂顧以求群兮，鳥相鳴而舉翼。」李善注：「《楚辭》曰：狂顧南行。王逸曰：狂，猶遽也。」

〔三〕「况在」二句

《禮記・三年問》：「凡生天地之間者，有血氣之屬必有知，有知之屬，莫不知愛其類。今是大鳥獸則失喪其群匹，越月踰時焉，則必反巡，過其故鄉，翔回焉，鳴號焉，蹢躅焉，踟蹰焉，然後乃能去之。小者至於燕雀，猶有啁噍之頃焉，然後乃能去之。故有血氣之屬者，莫知於人，故人於其親也，至死不窮。」正義：「此一經明天地之間，血氣之類，皆有所知，至於鳥獸大小，各能思其種類，况在於人。何有窮已也。」

《莊子・德充符》：「惠子謂莊子曰：人故無情乎。」蔣本卷六《秋日游蓮池序》：「我之懷矣，能無情乎。」

《古詩紀》卷一〇九《陳二》陰鏗《秋閨怨》：「誰能無别恨，唯守一空樓。」

〔四〕「虞公」四句

《禮記・内則》：「道合則服從，不可則去。」蔣本卷四《上武侍極啓二》：「神交道合，君侯昭片善之榮；千載一時，下走得長鳴之所。」

參：《文苑英華》卷三〇二盧照鄰《哭明堂裴簿》：「締歡三十載，通家數百年。潘楊稱代穆，秦晉忝姻連。」又卷九七一楊炯《中書令汾陰公薛振行狀》：「公地藉膏腴，姻連戚里。」

《尚書·説命上》：「若濟巨川，用汝作舟楫。」蔣本卷六《爲人與蜀城父老書》一：「功可以濟巨川，藏身版築之下。」

《周易·需卦》：「貞吉，利涉大川。」《藝文類聚》卷六十四《居處部四·道路》徐陵《丹陽上庸路碑》：「莫不欣斯利涉，玩此修渠。」

〔五〕「天門」四句

《楚辭》屈原《九歌·大司命》：「廣開兮天門，紛吾乘兮玄雲。」王逸注：「天門，上帝所居，紫微宮門。」正倉院本《冬日送閭丘序》〔二〕：「天門大道，揔萬國以來王。」

《藝文類聚》卷三十二《人部十六·閨情》江總《閨怨篇》：「寂寂青樓大道邊，紛紛白雪綺窗前。」蔣本卷三《臨高臺》：「復有青樓大道中，繡户文窗雕綺櫳。」

《文選》卷二十一謝瞻《張子房詩》：「肇允契幽叟，翻飛指帝鄉。」正倉院本《秋晚入洛於畢公宅別道王宴序》〔二九〕：「青溪數曲，幽人長往；白雲萬里，帝鄉難見。」

《尚書·禹貢》：「淮海惟揚州。……厥土惟塗泥，厥田惟下下，厥賦下上。」傳：「地泉濕。」

《論語·子張》：「是以君子惡居下流，天下之惡皆歸焉。」正倉院本《送劼赴太學序》〔一七〕：「終見棄於高人，自溺於下流矣。」

《集注》卷二庾信《哀江南賦》：「下亭漂泊，高橋羈旅，楚歌非取樂之方，魯酒無忘憂之用。追爲此賦，聊以記言。」蔣本卷三《別薛華詩》：「心事同漂泊，生涯共苦辛。」

《文選》卷二十四陸機《答張士然》：「余固水鄉士，總轡臨清淵。」李善注：「水鄉，謂吴也。」又《文選》卷二十七顔延之《始安郡還都與張湘州登巴陵城樓作》：「水國周地嶮，河山信重複。」

〔六〕**「昇降」二句**

《禮記·樂記》：「升降上下，周還裼襲，禮之文也。」《晉書》卷六十九《列傳第三十九·戴邈》：「邈上疏曰：……今末進後生，目不覩揖讓升降之儀，耳不聞鐘鼓管絃之音。」蔣本卷五《上劉右相書》：「君侯足下，出納王命，升降天衢。」

《文選》卷十八嵇康《琴賦》：「齊萬物兮超自得，委性命兮任去留。」正倉院本《秋日送王贊府兄弟赴任別序》〔一一〕：「夫別也者，咸軫思於去留。」

〔七〕**「嗟控地」二句**

《莊子·逍遥遊》：「鵬之徙於南冥，水擊三千里，摶扶摇而上者九萬里，去以六月息者也……蜩與學鳩笑之曰：我決起而飛，槍榆枋，時則不至而控於地而已矣。奚以之九萬里而南爲。」

《藝文類聚》卷三十五《人部十九·愁》曹植《叙愁賦》：「委微軀於帝室，充末列於椒房。」

《藝文類聚》卷九十《鳥部上·玄鵠》湛方生《弔鶴文》：「資冲天之儁翮，曾不殊於鳥雀。」

〔八〕**「相與」四句**

正倉院本《遊廟山序》〔八〕：「粤以勝友良暇，相與遊於玄武西之廟山。」

《文選》卷二十九蘇武《詩四首》其二：「黄鵠一遠別，千里顧徘徊。」《文選》卷十三謝莊《月賦》：「歌曰，美人邁兮音塵闕，隔千里兮共明月。」蔣本卷七《緜州北亭群公宴序》：「半面十年，一別千里。」

《楚辭》宋玉《招魂》：「魂兮歸來，君無上天些。虎豹九關，啄害下人些。」王逸注：「言天門九重，使神虎豹執其關閉。」

《孔叢子・儒服》：「彼有戀戀之心，未知後會何期。」

《文選》卷四十五陶潛《歸去來》：「富貴非吾願，帝鄉不可期。」

《老子》五十八章：「禍兮福之所倚，福兮禍之所伏，孰知其極。」《文選》卷十四班固《幽通賦》：「叛迴穴其若兹兮，北叟頗識其倚伏。」

參：《箋注》卷一駱賓王《上吏部侍郎帝京篇》：「古來榮利若浮雲，人生倚伏信難分。」

《文選》卷五十五劉孝標《廣絶交論》：「巧歷所不知，心計莫能測。」

〔九〕「是時也」五句

《晉書》卷八十《列傳第五十・王羲之》《蘭亭序》：「……是日也，天朗氣清，惠風和暢。」

《周禮・大宗伯》：「以禋祀，祀昊天。」賈疏：「案《春秋緯運斗樞》云：大微宫有五帝座星。即《春秋緯文耀鉤》云：春起青受制，其名靈威仰；夏起赤受制，其名赤熛怒；秋起白受制，其名白招拒；冬起黑受制，其名汁光紀。」

參：《箋注》卷二駱賓王《秋日餞陸道士陳文林得風字序》：「於是赤熛沈節，青女司辰。」

《漢書》卷二十六《天文志第六》：「日有中道，月有九行。中道者，黄道，一曰光道……月有九行者，黑道二，出黄道北。赤道二，出黄道南。白道二，出黄道西。青道二，出黄道東。立春、春分，月東從青道，立秋、秋分，西從白道。」

《文選》卷十三潘岳《秋興賦》：「嗟秋日之可哀兮，諒無愁而不盡。」

《晉書》卷三十一《列傳第一・后妃上・武悼楊皇后附左貴嬪》：「因爲《離思賦》曰：……惟屈原之哀感兮，嗟悲傷于離別。彼城闕之作詩兮，亦以日而喻月。」

《楚辭》宋玉《九辯》：「悲哉秋之爲氣也，蕭瑟兮草木摇落而變衰。」

〔一〇〕「萬物」四句

《文選》卷十三賈誼《鵩鳥賦》：「萬物迴薄兮，振盪相轉。」

《穆天子傳》卷二：「天子北升于舂山之上，以望四野。」蔣本卷一《遊廟山賦》：「既而露昏千嶂，煙浮四野。」

《拾遺記》卷一《少昊》：「處璇宫而夜織，或乘桴木而晝遊，經歷窮桑滄茫之浦。」蔣本卷八《秋日餞別序》：「極野蒼茫，白露涼風之八月；窮途蕭瑟，青山白雲之萬里。」

參：《文苑英華》卷七一五楊炯《登秘書省閣詩序》：「林野蒼茫，青天高而九州迥。登山臨水，無非宋玉之詞；高閣連雲，有似安仁之興。」

謝朓《謝宣城詩集》卷四《和宋記室省中詩》：「行樹澄遠陰，雲霞成異色。」

正倉院本《王勃於越州永興縣李明府送蕭三還齊州序》〔二一〕：「既酌傷離之酒，宜陳感别之詞。」

《梁書》卷十三《列傳第七・沈約》：「《郊居賦》……楚雀多名，流嚶雜響。」

《文選》卷二十孫楚《征西官屬送於陟陽候作》：「晨風飄岐路，零雨被秋草。」

《藝文類聚》卷二十九《人部十三·別上》張正見《秋日別庾正員》：「青雀離帆遠，朱鳶別路遥。」

〔二〕「月來」四句

《文選》卷五十七潘岳《夏侯常侍誄》：「日往月來，暑退寒襲。零露沾凝，勁風淒急。」李善注：「《周易·繫辭傳下》曰，日往則月來，月往則日來。寒往則暑來，暑往則寒來。」

《藝文類聚》卷六十五《産業部上·園》謝莊《北宅秘園》：「夕天霽晚氣，輕霞澄暮陰。」《集注》卷四庾信《和何儀同講竟述懷》：「秋雲低晚氣，短景側餘輝。」

《文選》卷十一孫綽《遊天台山賦》：「凝思幽巖，朗詠長川。」

《楚辭》宋玉《九辯》：「泬寥兮天高而氣清，㵿漻兮收潦而水清。」蔣本卷六《爲人與蜀父老書》一：「方今白藏紹序，朱律謝期，天高而林野疏，候肅而江山靜。」

《文選》卷五十七顔延之《陶徵士誄》：「晨烟暮靄，春煦秋陰。」蔣本卷一《遊廟山賦》：「俄而泉石移景，秋陰方積。」

正倉院本《秋日登洪府滕王閣餞別序》〔一八〕：「爽籟發而清風起，纖歌凝而白雲遏。」

〔三〕「此時」四句

蔣本卷三《深灣夜宿》：「此時故鄉遠，寧知遊子心。」

《文選》卷二十九蘇武《詩四首》其三：「握手一長歎，淚爲生別滋。」蔣本卷九《春夜桑泉別王少府序》：「他鄉握手，自傷關塞之春；異縣分襟，意切悽惶之路。」正倉院本《張八宅別序》〔八〕：「何必復心語默之間，握手去留之際。」

《文苑英華》卷二六六王冑《別周記室》：「何言俱失路，相對泣離樽。」

《古詩紀》卷四十四《晉十四》陶潛《答龐參軍詩序》：「輒依周禮往復之義，已爲別後相思之資。」蔣本卷七《緜州北亭群公宴序》：「請命離前之筆，爲題別後之資。」

參：《箋注》卷二駱賓王《秋日餞陸道士陳文林序》：「既而嗟別路之難駐，惜離樽之易傾。」

〔一三〕「命篇」四句

《文選》卷十三潘岳《秋興賦序》：「于時秋也，故以秋興命篇。」

《文選》四十六王融《三月三日曲水詩序》：「有詔曰：今日嘉會，咸可賦詩。」

秋日送王贊府兄弟赴任別序〔一〕

夫別也者，咸軫思於去留；將行矣夫，有懷情於憂喜〔二〕。王贊府伯兄仲弟，如壎若篪。匪二陸之可嘉，即三王之繼體〔三〕。長衢騁足，拔萃揚眉。道泰官高，成榮厚禄〔四〕。一則顯光輝於楚甸，一則奮明略於趙郊。溝水東西，恭惟南北〔五〕。遂以離亭仙宅，異望香山。羽翼於此背飛，花萼由其拚影〔六〕。所謂鸞翔鳳舉，終以悽愴；鶴顧鵬騫，能無戀恨〔七〕。諸寮友等祖道秋原，遲迴晚景〔八〕。菊散芳於樽酒，則花彩疊重〔九〕；蘭吐氣於仁賢，則徽陰委積〔一〇〕。加以煙雲異狀，凜凜四郊之荒；草木變衰，蕭蕭百籟之響〔一一〕。臨別浦，對離舟，行子傷慘悽，居人苦遼落〔一二〕。去矣遠矣，綿日月而何期；黯然寂然，涉歲寒而詎展〔一三〕。宜其奮藻，即事含毫。各贈一言，俱裁四韻〔一四〕。

【考證】

〔一〕秋日送王贊府兄弟赴任別序

王贊府兄弟，未詳。《容齋隨筆》卷一《贊公少公》：「唐人呼縣令爲明府，丞爲贊府，尉爲少府。」

〔二〕「夫別」四句

《楚辭》屈原《九章·哀郢》：「出國門而軫懷兮，甲之鼂吾以行。」王逸注：「軫，痛也，懷，恩也。」蔣本卷二《採蓮賦》：「茱萸歌兮軫妾思，芍藥曲兮傷人心。」

正倉院本《秋日送沈大虞三入洛詩序》〔六〕：「昇降之儀有異，去留之路不同。」

《戰國策》卷二十《趙策三》：「應侯曰：公子將行矣，獨無以教之乎。」

《文選》卷二十一顏延年《五君詠·劉參軍》：「劉靈善閉關，懷情滅聞見。」

《鶡冠子》卷下《世兵篇》：「憂喜聚門，吉凶同域。」蔣本卷四《上吏部裴侍郎啓》：「進退維谷，憂喜聚門。」

〔三〕「王贊府」四句

《尚書·吕刑》：「伯父伯兄、仲叔季弟、幼子童孫，皆聽朕言，庶有格命。」

《毛詩·小雅·何人斯》：「伯氏吹壎，仲氏吹篪。」毛傳：「土曰壎，竹曰篪。」鄭玄箋：「伯仲，喻兄弟也。我與女恩如兄弟，其相應和如壎篪，以言俱爲王臣，宜相親愛。」

《晉書》卷五十五《列傳第二十五・張載》：「時人謂(張)載、協、亢，陸機、雲曰二陸三張。」《三國志》卷五十八《吴書十三・陸遜傳第十三》注：「《機雲别傳》曰：晉太康末，俱入洛，造司空張華。華一見而奇之曰：伐吴之役，利在獲二俊。遂爲之延譽，薦之諸公。」蔣本卷一《春思賦》：「司空令尹之博物，二陸三張之文雅。」

《文選》卷四十八司馬相如《封禪文》：「白質黑章，其儀可嘉。」

《漢書》卷七十二《王貢兩龔鮑傳第四十二・王駿》：「(子駿)……先是京兆有趙廣漢、張敞、王尊、王章，至駿皆有能名，故京師稱曰：前有趙、張，後有三王。」《文選》卷十潘岳《西征賦》：「趙張三王之尹京，定國釋之之聽理。」

《史記》卷四十九《外戚世家第十九》：「自古受命帝王及繼體守文之君，非獨内德茂也，蓋亦有外戚之助焉。」

〔四〕「長衢」四句

《文選》卷二十九《古詩十九首・青青陵上栢》：「長衢羅夾巷，王侯多第宅。」

《藝文類聚》卷二十一《人部五・友悌》梁簡文帝《叙南康簡王薨上東宫啓》：「方當逸足長衢，克固藩屏。」

《孟子・公孫丑上》：「出於其類，拔乎其萃。」蔣本卷六《與契苾將軍書》：「但恐位卑先達，才非拔萃。」

《文選》卷五十五劉孝標《廣絶交論》：「見一善則盱衡扼腕，遇一才則揚眉抵掌。」

《藝文類聚》卷二十一《人部五・交友》陸倕《贈京邑僚友》：「余本水鄉士，閈門江海隅。時逢世道泰，蹇足出高衢。」蔣本卷十三《九成宫頌》：「詠時和於帝壤，動植咸驩；歌道泰於華封，昆蟲自樂。」

《韓非子・八經・主威》：「明主之道，臣不得以行義成榮，不得以家利爲功。」

《韓非子・八姦》：「賢材者，處厚禄任大官。」蔣本卷四《爲原州趙長史請爲亡父度人表》：「高班厚禄，已極於生前。」

〔五〕「一則」四句

《毛詩・大雅・大明》：「造舟爲梁，不顯其光。」傳：「言受命之宜，王基乃始於是也。天子造舟，諸侯維舟，大夫方舟，士特舟，造舟然後可以顯其光輝。」《後漢書》卷四十上《班彪列傳第三十上・班固》：「（班固）奏記説蒼曰：……蓋清廟之光暉，當世之俊彦也。」

《文選》卷三十謝朓《和伏武昌登孫權故城》：「鵲起登吴山，鳳翔陵楚甸。」

《文選》十五張衡《歸田賦》：「遊都邑以永久，無明略以佐時。」

《北堂書鈔》卷六十八《設官部二十・掾》：「投劍潛歸（《汝南先賢傳》：許嘉，字德珍……到京師，會黨事，李杜受誅。嘉歎曰：仲尼遊於趙郊，不入危國）。」

正倉院本《王勃於越州永興縣李明府送蕭三還齊州序》〔一三〕：「橫溝水而東西，斷浮雲於南北。」

《文選》卷四十七王褒《聖主得賢臣頌》：「記曰：恭惟《春秋》法五始之要，在乎審己正統而已。」

〔六〕「遂以」四句

《述異記》卷上：「灌漑之間離別亭，古送別處。」蔣本卷七《緜州北亭群公宴序》：「離亭北望，煙霞生故國之悲；別館南開，風雨積他鄉之思。」

蔣本卷一《九成宮東臺山池賦》：「若夫金臺妙境，玉署仙居。」《海内十洲記》：「有山川池澤，及神藥百種，亦多仙家。」

《箋注》卷七庾信《陝州弘農郡五張寺經藏碑》：「法水津梁，得無砥柱之難；香山轍迹，非復終南之險。」注：「《瑞應經》：白淨王令師相占太子……王心自思維，香山途路險絶，非人能到，當以何方，請來至此。」

蔣本卷一《春思賦》：「春蝶參差命儔侶，春鶯緜蠻思羽翼。」《管子・霸形》：「今彼鴻鵠……有時而往，有時而來，四方無遠，所欲至而至焉，非唯有羽翼之故。」

正倉院本《秋日送沈大虞三入洛詩序》〔一〕：「夫鳥散背飛，尚有悲鳴之思。」

《毛詩・小雅・常棣》：「常棣之華，鄂不韡韡。凡今之人，莫如兄弟。」箋：「……萼足得華之光明，則韡韡然盛。興者，喻弟以敬事兄，兄以榮覆弟，恩義之顯，亦韡韡然也。」《文選》卷二十五謝瞻《於安城答靈運》：「華萼相光飾，嚶嚶悦同響。」

參：《全唐文》卷九五九《唐故處士吴興施府君墓誌銘》元和四年十二月：「頃因天寶喪亂，遂羽翼分飛，花萼隨風，枝葉離散。」

〔七〕「所謂」四句

《藝文類聚》卷二十六《人部十・言志》傅咸《申懷賦》：「鸞翔鳳集，羽儀上京。芬芳並發，我穢其馨。」

《文選》卷五十六曹植《王仲宣誄》：「翕然鳳舉，遠竄荆蠻。」李善注：「崔瑋《七蠲》曰：飄然鳳舉，軒爾龍騰。」

參：《箋注》卷九駱賓王《秋日餞麴録事使西州序》：「麴録事務切皇華，指輪臺而鳳舉。」

《禮記・祭儀》：「霜露既降，君子履之，必有悽愴之心。」疏曰：「言孝子於秋霜露既降，有悽愴之心者，非是寒之，謂有此悽愴者，爲感時念親也。」《楚辭》王褒《九懷・昭世》：「魂悽愴兮感哀，腸回回兮盤紆。」王逸注：「精神惆悵而思歸也。」蔣本卷二《採蓮賦》：「徘徊郢調，悽慘燕歌。」

《藝文類聚》卷九十六《鱗介部上・龜》曹植《神龜賦》：「步容趾以俯仰，時鸞迴而鶴顧。」

《文選》卷二張衡《西京賦》：「鳳騫翥於甍標，咸泝風而欲翔。」注：「《楚辭》曰：鳳騫而飛。」

《文選》卷六《爲人與蜀城父老書一》：「豈人之情也，能無報乎。」

《文選》卷四十三趙至《與嵇茂齊書》：「夫以嘉遯之舉，猶懷戀恨，況乎不得已者哉。」

〔八〕「諸寮友」二句

《文選》卷四十七夏侯湛《東方朔畫贊》：「戲萬乘若寮友，視儔列如草芥。」

《漢書》卷七十一《雋疏于薛平彭傳第四十一・疏廣疏受》：「公卿大夫故人邑子，設祖道，供張東都門外。」

《文選》卷二十八鮑照《放歌行》：「今君有何疾，臨路獨遲迴。」蔣本卷四《上吏部裴侍郎啓》：「所以戰懼盈旬，遲迴改朔。」

《廣弘明集》卷十五王僧孺《初夜文》：「壅夏河之長瀉，撲秋原之猛燎。」

《集注》卷四庾信《晚秋詩》：「淒清臨晚景，疏索望寒階。」

〔九〕**「菊散」二句**

《文選》卷四十五漢武帝《秋風辭》：「蘭有秀兮菊有芳，攜佳人兮不能忘。」《文選》卷十三謝莊《月賦》：「菊散芳於山椒，雁流哀於江瀨。」蔣本卷三《秋夜長》：「北風受節南雁翔，崇蘭委質時菊芳。」

《周易・坎》：「六四，樽酒簋，貳用缶。」正倉院本《上巳浮江讌序》〔四〕：「罇酒於其外，文墨於其間哉。」

《玉臺新詠》卷七梁武帝《芳樹》：「色雜亂參差，衆花紛重疊。重疊不可思，思此誰能愜。」蔣本卷三《採蓮曲》：「蓮花復蓮花，花葉何稠疊（《英華》作重疊）。葉翠本羞眉，花紅强似頰。」

〔一〇〕**「蘭吐」二句**

《藝文類聚》卷二十八《人部十二・遊覽》王粲《詩》：「幽蘭吐芳烈，芙蓉發紅暉。」

《孟子・盡心下》：「孟子曰：不信仁賢則國空虛。無禮義則上下亂。」

《毛詩・小雅・角弓》：「君子有徽猷，小人與屬。」毛傳：「徽，美也。」

《文館詞林》卷一五七《詩十七》曹攄《贈石崇》：「託根清流，委積重陰。」

〔一一〕**「加以」四句**

蔣本卷四《上明員外啓》：「加以文場武庫。」

《文選》卷一班固《西都賦》：「紅塵四合，烟雲相連。」

《藝文類聚》卷八十九《木部下・竹》虞羲《見江邊竹詩》：「金明無異狀，玉洞良在斯。」

《文選》卷十六潘岳《寡婦賦》：「夜漫漫以悠悠兮，寒淒淒以凜凜。」蔣本卷二《慈竹賦》：「氣凜凜而猶在，色蒼蒼而未離。」

《藝文類聚》卷二《天部下・霽》梁簡文帝《開霽詩》：「景落商飈靖，烟開四郊謐。」

《楚辭》宋玉《九辯》：「悲哉秋之爲氣也，蕭瑟兮草木摇落而變衰。」蔣本卷十八《梓州郪縣靈瑞寺浮圖碑》：「若乃巖泉銑石之什，風煙草木之狀。傾九圍而得儁，環四時而競爽。」

《藝文類聚》卷三十四《人部十八・哀傷》丁廙妻《寡婦賦》：「風蕭蕭而增勁，寒凜凜而彌切。」蔣本卷三《出境遊山二首》其二：「蕭蕭離俗影，擾擾望鄉心。」

《文選》卷五十五陸機《演連珠五十首》其六引劉孝標注：「猶靈耀覯而品物納光，清風流而百籟含響也。」

〔三〕「臨别浦」四句

《藝文類聚》卷七《山部上・總載山》謝莊《山夜憂》：「凌别浦兮值泉躍，經喬林兮遇猨驚。」《初學記》卷六《地部中・總載水》：「大水有小口，别通曰浦。」正倉院本《江寧縣白下驛吴少府宅見餞序》〔九〕：「臨别浦，枕離亭。」

何遜《何水部集》卷一《贈江長史别詩》：「離舟懽未極，别至悲無語。」蔣本卷三《秋江送别二首》其一：「已覺逝川傷别念，復看津樹隱離舟。」

《文選》卷十六江淹《别賦》：「是以行子腸斷，百感凄惻。……居人愁卧，怳若有亡。」《禮記・祭義》：「霜露既降，君子履之，必有悽愴之心。」蔣本卷二《採蓮賦》：「徘徊郢調，悽慘燕歌。」《文選》卷二十八鮑照《東門行》：「居人掩閨卧，行子夜中飯。野風吹秋木，行子心腸斷。」蔣本卷二《青苔賦》：「苔之生於林塘也，爲幽客之賞；苔之生於軒庭也，爲居人之怨。」

正倉院本《三月上巳祓禊序》〔五〕：「琴臺遼落，猶停隱遁之賓。」

〔一三〕「去矣」四句

《文選》卷四十三趙至《與嵇茂齊書》：「去矣，嵇生，永離隔矣。」蔣本卷七《緜州北亭群公宴序》：「嗟乎人事乖矣，江山遠矣。」《文選》卷十五張衡《思玄賦》：「潛服膺以永靚兮，緜日月而不衰。」《藝文類聚》卷十六《儲宮部・儲宮》王融《皇太子哀策文》：「山荒凉而遂晚，城闕緬而何期。平原忽而超遠，情有望而弗追。」《文選》卷十六江淹《别賦》：「黯然銷魂者，惟别而已矣。」蔣本卷八《秋日餞别序》：「黯然别之銷魂，悲哉秋之爲氣。」《文選》卷五十三嵇康《養生論》：「曠然無憂患，寂然無思慮。」《論語・子罕》：「歲寒，然後知松栢之後彫也。」《文苑英華》卷九四八魏徵《唐故邢國公李密墓誌銘》：「陰陵失道，詎展拔山之力；騅馬不逝，徒切虞兮之歌。」

〔一四〕「宜其」四句

《文選》卷十五張衡《歸田賦》：「揮翰墨以奮藻，陳三皇之軌模。」

蔣本卷六《夏日登龍門樓寓望序》：「興酣情逸，其敦行役之期；摛管含毫，獨對當仁之序。」

參：《箋注》卷八駱賓王《上瑕丘韋明府啓》：「實含毫振藻之際，離經析理之期。」

夏日喜沈大虞三等重相遇序〔一〕

地毘天邊，言爲兩絶；川長道遠，謂作參分〔二〕。不期往而復來，別而還叙〔三〕，遂得更申傾蓋，重展披雲〔四〕。若涉芝蘭，如臨水鏡〔五〕。攄懷款舊，心開目明〔六〕。喜莫喜於此時，樂莫樂於茲日〔七〕。又柳明府遠赴酇城，衝劍氣於牛斗，［　］①〔八〕。遇會高郵之讌，引蘭酌之鸚杯［　］②〔九〕。對水臨亭，得逍遥之雅致；披襟避暑，暢慇懃之所懷〔一〇〕。既當此時，其可默已。人探一字，四韻裁成〔一一〕。

【校記】

① 牛斗：案牛斗句後，當脱二句十字。

② 鸚杯：案遇會句上，或鸚杯句下，當脱二句十二字。

【考證】

〔一〕**夏日喜沈大虞三等重相遇序**

正倉院本有《秋日送沈大虞三入洛詩序》。

〔二〕**「地岊」四句**

《文選》卷五左思《吴都賦》：「夤緣山嶽之岊，冪歷江海之流。」蔣本卷一《七夕賦》：「於是光清地岊，氣斂天標。」《説文解字》第九下：「岊，陬隅，高山之節。」《繫傳》卷十八：「臣鍇曰：按山之陬隅，高處曰岊。」

參：《箋注》卷五駱賓王《久客臨海有懷》：「天涯非日觀，地岊望星樓。」

何遜《何水部集》卷二《曉發》：「水底見行雲，天邊看遠樹。」

《文選》卷十三禰衡《鸚鵡賦》：「感平生之遊處，若壎篪之相須；何今日之兩絶，若胡越之異區。」

《古詩紀》卷七十《齊五》謝朓《奉和隨王殿下十六首》其四：「川長別管思，地迥飜旗回。」蔣本卷十八《梓州郪縣靈瑞寺浮圖碑》：「樹濃鶯亂，川長雁舉。」

《莊子·山木》：「君曰：彼其道遠而險，又有江山，我無舟車，奈何。」

《文選》卷四十七袁宏《三國名臣序贊》：「三光參分，宇宙暫隔。」

〔三〕**「不期」二句**

《國語·越語下》：「使者往而復來，辭愈卑，禮愈尊。」

《文選》卷二十三任昉《出郡傳舍哭范僕射》：「何時見范侯，還叙平生。」

〔四〕「遂得」二句

正倉院本《秋日宴山庭序》〔八〕：「樂莫新交，申孔郯之傾蓋。」

《世説新語・賞譽第八》：「衛伯玉爲尚書令，見樂廣與中朝名士談議，奇之曰：自昔諸人没已來，常恐微言將絶，今乃復聞斯言於君矣。命子弟造之曰：此人，人之水鏡也，見之若披雲霧睹青天。」

〔五〕「若涉」二句

《尚書・微子》：「今殷其淪喪，若涉大水，其無津涯。」

《藝文類聚》卷五十七《雜文部三・連珠》梁武帝《連珠》：「蓋聞水鏡不以妍蚩殊照，芝蘭寧爲貴賤異芳。」

《孔子家語・六本》：「與善人居，如入芝蘭之室，久而不聞其香，即與之化矣。」蔣本卷四《上許左丞啓》：「望芝蘭之漸遠，覺鄙吝之都生。」

《左傳・僖公二十二年》：「詩曰：戰戰兢兢，如臨深淵，如履薄冰。」

《世説新語・賞譽第八》：「衛伯玉爲尚書令，見樂廣與中朝名士談議，奇之……命子弟造之，曰：此人，人之水鏡也，見之若披雲霧覩青天。」

正倉院本《冬日送儲三宴序》〔八〕：「口若雌黄，人同水鏡。」

〔六〕「攄懷」二句

《文選》卷一班固《西都賦》：「願賓攄懷舊之蓄念，發思古之幽情。博我以皇道，弘我以漢京。」

《魏書》卷七十七《列傳第六十五・高謙之》：「(高)謙之與袁翻、常景、酈道元、温子昇之徒，咸申款舊。」

《後漢書》卷十五《李王鄧來列傳第五・王常》：「（王）常頓首謝曰……以爲天下復失綱紀，聞陛下即位河北，心開目明，今得見闕庭，死無遺恨。」

〔七〕「**喜莫喜**」二句

《楚辭》屈原《九歌・少司命》：「悲莫悲兮生別離，樂莫樂兮新相知。」

正倉院本《秋日宴山庭序》〔一六〕：「後之視今，知我咏懷抱於兹日。」

〔八〕「**又柳明府**」二句

蔣本卷一《春思賦序》：「咸亨二年，余春秋二十有二，旅寓巴蜀。浮游歲序，殷憂明時，坎壈聖代。九隴縣令，河東柳太易，英達君子也，僕從遊焉。」

《晉書》卷三十六《列傳第六・張華》：「初，吴之未滅也，斗牛之間常有紫氣……及吴平之後，紫氣愈明。華聞豫章人雷焕妙達緯象，乃要焕宿，屏人曰：可共尋天文，知將來吉凶。因登樓仰觀。焕曰：僕察之久矣，惟斗牛之間頗有異氣。華曰：是何祥也？焕曰：寶劍之精，上徹於天耳。華曰：君言得之。吾少時有相者言，吾年出六十，位登三事，當得寶劍佩之。斯言豈效與。因問曰：在何郡？焕曰：在豫章豐城。華曰：欲屈君爲宰，密共尋之，可乎？焕許之。華大喜，即補焕爲豐城令。焕到縣，掘獄屋基，入地四丈餘，得一石函，光氣非常，中有雙劍，並刻題，一曰龍泉，一曰太阿，其夕，斗牛間氣不復見焉。」正倉院本《秋日登洪府滕王閣餞別序》〔四〕：「物華天寶，龍光射牛斗之墟；人傑地靈，徐孺下陳蕃之榻。」

〔九〕「遇會」二句

高郵之讌，未詳。

《通典》卷一八一《州郡十一·古揚州上》：「廣陵郡，今之揚州……領縣七……高郵。」

《漢書》卷二十二《禮樂志第二》：「《郊祀歌十九章·景星十二》：百末旨酒布蘭生，泰尊柘漿析朝醒。」注：「晉灼曰：百日之末酒也，芬香布列，若蘭之生也。」蔣本卷三《九日懷封元寂詩》：「蘭氣添新酌，花香染別衣。」又蔣本卷三《聖泉宴詩》：「蘭氣薰山酌，松聲韻野絃。」

《藝文類聚》卷九十七《鱗介部下·螺》：「《南州異物志》曰：鸚鵡螺，狀如覆杯。頭如鳥頭，向其腹，視似鸚鵡，故以爲名。肉離殼出食，飽則還殼中，若爲魚所食，殼乃浮出，人所得，質白而紫，文如鳥形，與觴無異，故因其象鳥，爲作兩目兩翼也。」

《文苑英華》卷二八六吴均《贈別新林詩》：「去去歸去來，還傾鸚鵡杯。」蔣本卷六《春日孫學士宅宴序》：「俠客時有，且傾鸚鵡之杯；文人代輕，聊舉麒麟之筆。」

〔一〇〕「對水」四句

《北齊書》卷四十五《列傳第三十七·文苑·祖鴻勳》：「後去官歸鄉里，與陽休之書曰……孤坐危石，撫琴對水，獨詠山阿，舉酒望月。」

正倉院本《秋日宴山庭序》〔三〕：「逍遥皆得性之場，動息並自然之地。」

正倉院本《王勃於越州永興縣李明府送蕭三還齊州序》〔九〕：「良談落落，金石絲竹之音徽；雅智飄飄，松竹風雲之氣狀。」

《世説新語·文學第四》：「王（逸少）遂披襟解帶，留連不能已。」正倉院本《别盧主簿序》〔七〕：「此僕所以望風投款，披襟請益，展轉於寤寐，殷勤於左右。」

《藝文類聚》卷三十九《禮部中·燕會》王僧孺《侍宴詩》：「迴輿避暑宫，下輦迎風館。」蔣本卷十三《九成宫頌》：「咸以珍臺靚穆，陽靈開避暑之宫；清序鈞調，景福制追凉之殿。」

《文選》卷四十一司馬遷《報任少卿書》：「未嘗銜盃酒，接慇懃之餘懽。」

《文選》卷四十一李陵《答蘇武書》：「嗟乎子卿，人之相知，貴相知心。前書倉卒，未盡所懷。」

〔一一〕「既當」四句

《世説新語·雅量第六》：「謝安南免吏部尚書還東，謝太傅赴桓公司馬出西，相遇破岡。既當遠别，遂停三日共語。」

正倉院本《王勃於越州永興李明府送蕭三還齊州序》〔一〇〕：「當此時也，嘗謂連城無異鄉之别。」

《魏書》卷九十《列傳第七十八·逸士李謐》：「况（孔）璠等，或服議下風，或親承音旨，師儒之義，其可默乎。」

冬日送閭丘序〔一〕

夫鼇山巨壑，集百川而委輸；天門大道，揔萬國以來王〔二〕。莫不偃仰於薰風，沐浴於膏澤〔三〕。閭丘學士，雅調高徽，沽（清）①詞麗藻〔四〕。冀搏風於萬里，泛羽翮於三江〔五〕。背下土之淮湖，泝上京之河洛〔六〕。不謂同舟共濟，直指山陽〔七〕。我北君西，分岐臨水〔八〕。于時寒雲悽愴，更足心愁；咽溜清泠，翻增氣哽〔九〕。聽孤鳴而動思，怨別怨兮傷去人；聞唳鶴而驚魂，悲莫悲兮愴離緒〔一〇〕。風煙冥寞，林薄蒼芒〔一一〕。舉目潸然，能無鬱悒。人探一字，四韻成篇〔一二〕。

【校記】

① 沽：當作清字。

【考證】

〔一〕冬日送閭丘序

閭丘，未詳。

〔二〕「夫鼇山」四句

《列子·湯問》：「然則天地亦物也。物有不足，故昔者女媧氏練五色石以補其闕，斷鼇之足以立四極。其後共工氏與顓頊爭爲帝，怒而觸不周之山，折天柱，絶地維，故天傾西北，日月星辰就焉。地不滿東南，故百川水潦歸焉。」蔣本卷十四《乾元殿頌》：「天街五裂，截鯨浦而飛芒；地紐三分，觸鼇山而按節。」

蔣本卷十八《梓州郪縣靈瑞寺浮圖碑》：「若夫神州括地，寰中分五嶽之圖；巨壑浮天，海上擢三山之秀。」

蔣本卷十九《梓州玄武縣福會寺碑》：「滄海爲陵，百川有横流之勢。」

《文選》卷十二木華《海賦》：「於廓靈海，長爲委輸。」正倉院本《江浦觀魚宴序》〔八〕：「綿玉甸而横流，指金臺而委輸。」

正倉院本《秋日送沈大虞三入洛詩序》〔五〕：「天門大道，子則翻〔　〕而入帝鄉；地泉下流，余乃漂泊而沈水國。」

《周易・乾》：「首出庶物，萬國咸寧。」蔣本卷十二《拜南郊頌》：「於是俯臨睿極，趨四荒於鳳闕之前；端委廟堂，調萬國於龍軒之下。」

《尚書・大禹謨》：「無怠無荒，四夷來王。」蔣本卷十三《九成宮頌》：「宸扉既闢，一宇宙而來王；聖籙潛躋，貳乾坤而作帝。」

〔三〕**「莫不」二句**

《毛詩・小雅・北山》：「或棲遲偃仰，或王事鞅掌。」蔣本卷十五《益州夫子廟碑》：「豈徒偃仰聽事，風教一同而已哉。」

《孔子家語・辨樂解》：「昔者舜彈五絃之琴，造南風之詩。其詩曰：南風之薰兮，可以解吾民之慍兮。南風之時兮，可以阜吾民之財兮。」《文心雕龍・時序》：「有虞繼作，政阜民暇。薰風詩於元后，爛雲歌於列臣。」

《文選》卷一班固《東都賦》：「於是聖上覩萬方之歡娛，又沐浴於膏澤。」

〔四〕「閭丘」三句

《舊唐書》卷四十三《志第二十三職官二》：「集賢殿書院（……北齊有文林館學士，後周有麟趾殿學士，皆掌著述……及太宗在藩府時，有秦府學士十八人，其後弘文、崇文二館皆有）。」《藝文類聚》卷三十一《人部十五·贈答》傅咸《答欒弘詩》：「未附雅調，以和韶音。」參：《箋注》卷七駱賓王《上齊州張司馬啓》：「雖雅調（一作調叶）清歌，誠寡和於郢路；而庸音濫吹，竊混奏於齊竽。」《文選》卷三十陸機《擬古詩十二首·擬東城一何高》：「長歌赴促節，哀響逐高徽。」蔣本卷七《夏日宴張二林亭序》：「香杯濁醴，是河朔之平生；雄筆清詞，得高陽之意氣。」郭璞《爾雅》序：「英儒贍聞之士，洪筆麗藻之客，靡不欽玩耽味。」蔣本卷六《爲人與蜀城父老書》一：「沖襟渺識，人多江漢之靈；麗藻華文，代有雲泉之氣。」

〔五〕「冀搏風」二句

《莊子·逍遥遊》：「鵬之徙於南冥也，水擊三千里，摶扶摇而上者九萬里，去以六月息者也。」《史記》卷五十五《留侯世家第二十五》：「鴻鵠高飛，一舉千里。羽翮已就，橫絶四海。」《周禮·職方氏》：「東南曰揚州……其川三江，其浸五湖。」賈疏：「按《禹貢》云：九江，今在廬江、尋陽南，皆東合爲大江。揚州所以得有三江者，江至尋陽南合爲一，東行至揚州，入彭蠡，復分爲三道而入海，故得有三江也。」蔣本卷六《上百里昌言疏》：「出三江而浮五湖，越東甌而渡南海。」

〔六〕「背下土」二句

《尚書·禹貢》：「荆河惟豫州……厥土惟壤，下土墳壚。」

《文選》卷一班固《西都賦》：「東郊則有通溝大漕，潰渭洞河，汎舟山東，控引淮湖，與海通波。」

《文選》卷十四班固《幽通賦》：「皇十紀而鴻漸兮，有羽儀於上京。」

《文選》卷一班固《西都賦》：「蓋聞皇漢之初經營也，嘗有意乎都河洛矣。」

參：《全唐文》卷八七八徐鉉《木蘭賦》：「於是辭下土之卑濕，歷上京之繁華。」

〔七〕「不謂」二句

《後漢書》卷六十八《郭符許列傳第五十八·郭太》：「郭太，字林宗……後歸鄉里，衣冠諸儒送至河上，車數千兩，林宗唯與李膺同舟而濟，衆賓望之，以爲神仙焉。」

正倉院本《九月九日採石館宴序》〔二〕：「王仲宣山陽俊人，直至中郎之席。」

〔八〕「我北」二句

《藝文類聚》卷二十九《人部十三·别上》江總《别賓化侯詩》：「分岐泣世道，念别傷邊秋。」

正倉院本《宇文德陽宅秋夜山亭宴序》〔三〕：「亦有依山臨水，長想巨源；秋風明月，每思玄度。」

〔九〕「于時」四句

正倉院本《晚秋遊武擔山寺序》〔一四〕：「朔風四面，寒雲千里。」陶潛《陶淵明集》卷二《歲暮和張常侍》：「向夕長風起，寒雲没西山。」

正倉院本《秋日送王贊府兄弟赴任别序》〔七〕：「所謂鸞翔鳳舉，終以悽愴；鶴顧鵬騫，能無戀恨。」

《文選》卷二十七王粲《從軍詩五首》其五：「悠悠涉荒路，靡靡我心愁。」

《文選》卷十七王褒《洞簫賦》：「朝露清泠而隕其側兮，玉液浸潤而承其根。」蔣本卷一《遊廟山賦》：「俯泉石之清泠，臨風飈之瑟颸。」

〔一〇〕「聽孤鳴」四句

《箋注》卷一庾信《鏡賦》：「山雞看而獨舞，海鳥見而孤鳴。」注：「范泰《鸞鳥詩序》云：昔罽賓王得鸞鳥甚愛之，欲其鳴而不得。夫人曰：聞鳥得類而後鳴，何不懸鏡以照之？王從其言，鸞睹影而鳴，一奮而絕。」

《藝文類聚》卷九十《鳥部上・玄鵠》劉那《賦得獨鶴凌雲去詩》：「孤鳴思滄海，矯翮避虞機。怨別淒琴曲，凌風散舞衣。」

《玉臺新詠》卷二傳玄《樂府七首・青青河邊草篇》：「悲風動思心，悠悠誰知者。」

《文選》卷二十二謝靈運《於南山往北山經湖中瞻眺》：「不惜去人遠，但恨莫與同。」

《毛詩・小雅・鶴鳴》：「鶴鳴于九臯，聲聞于野。」

參：《文苑英華》卷三一九盧照鄰《山莊休沐》：「亭幽聞唳鶴，窗曉聽鳴雞。」

《拾遺記》卷三《周靈王》：「竊窺者，莫不動心驚魂。」蔣本卷十九《梓州玄武縣福會寺碑》：「眷香城而惻念，披道肆而驚魂。」

蔣本卷一《春思賦》：「春望年年絕，幽閨離緒切。春色朝朝異，邊庭羽書至。」

〔二〕「風煙」二句

《文選》卷三十謝朓《和王著作八公山》：「風煙四時犯，霜雨朝夜沐。」蔣本卷一《春思賦》：「帝鄉迢遞關河裏，神皋欲暮風煙起。」

《楚辭》屈原《九章·涉江》：「深林杳以冥冥兮，猨狖之所居。」王逸注：「山林草木茂盛，一云杳杳以冥冥，杳一作晦，冥冥一作冥寞。」

正倉院本《三月上巳祓禊序》〔九〕：「遲遲麗景，出没媚郊原；片片仙雲，遠近生林薄。」參：《箋注》卷四駱賓王《從軍中行路難》：「杳杳丘陵出，蒼蒼林薄遠。」

〔三〕「舉目」四句

《世説新語·言語第二》：「過江諸人，每至美日，輒相邀新亭，藉卉飲宴。周侯中坐而歎曰：風景不殊，正自有山河之異。皆相視流淚。」蔣本卷一《春思賦》序：「古人云：風景未殊，舉目有山河之異。」

《漢書》卷五十三《景十三王傳第二十三·中山靖王劉勝》：「紛驚逢羅，潸然出涕。」顔師古注：「潸，垂涕貌。」蔣本卷三《秋日别王長史詩》：「終知難再奉，懷德自潸然。」

《楚辭》屈原《離騷》：「忳鬱邑（《文選》作悒）余侘傺兮，吾獨窮困乎此時也。」

秋晚什邡西池宴餞九隴柳明府序〔一〕

若夫春江千里，長減（成）①楚客之詞；秋水百川，獨肆馮夷之賞〔二〕。亦有拔蘭花於溱洧，採蓮葉於湘湖〔三〕。亭皋丹桂之津，源水紅桃之徑〔四〕。斯則龍堂貝闕，興偶於琴罇；菌欟荷裳，事編於江漢〔五〕。未有一同高選，神怡吏隱之間；三蜀良游，道勝浮沈之際〔六〕。歷秋風之極浦，下明月之幽潭〔七〕。別錦帆於迴汀，艤瓊橈於曲嶼〔八〕。柳明府籍（藉）②銅章之暇景，訪道鄰郊；賓明府〔　〕③錦化之餘閑，追驩妙境〔九〕。司馬少以陽池可作，具仙舟於南浦之前；下官以溝水難留，攀桂席於西津之曲〔一〇〕。同聲相應，共駐絃歌；同氣相求，自欣蘭蕙〔一一〕。瓊巵列湛，玉俎騈芳〔一二〕。烟霞舉而原野晴，鴻鴈起而汀洲夕〔一三〕。蒼蒼葭菼，傷白露之遷時；淡淡波瀾，喜青天之在矚〔一四〕。既而雲生歧路，霧黯他鄉〔一五〕。空林暮景，連山寒色〔一六〕。轉離舟於複溆，嘶旅騎於巖坰〔一七〕。故人易失，幽期難再〔一八〕。乘查可興，與筆海而連濤；結網非遥，共詞河而接浪〔一九〕。盍申文雅，式序良游。人賦一言，同裁四韻〔二〇〕。

【校記】

① 減：當作成。

② 籍：當作藉。

③ 府：府下當缺一字。

【考證】

〔一〕秋晚什邡西池宴餞九隴柳明府序

《藝文類聚》卷三《歲時部上・秋》梁簡文帝《秋晚詩》。

《舊唐書》卷四十一《志第二十一・地理四》：「劍南道。成都府……九隴……什邡……」

《元和郡縣志》卷三十二《劍南道一》：「彭州……管……九隴縣（望，郭下西至州二里）。」九隴柳明府，見蔣本卷一《春思賦》：「九隴縣令河東柳太易，英達君子也。僕從游焉，高談胸懷，頗洩憤懣。」蔣本卷十五《益州夫子廟碑》：「縣令柳公，諱明，字太易，河東人也。」又蔣本卷十九《彭州九隴縣龍懷寺碑》：「縣令柳公，諱明獻，字太初，河東人也。」又《王勃集》卷二十九《祭白鹿山神文》：「九隴縣令柳明獻。」

明府，參看正倉院本《王勃於越州永興縣李明府送蕭三還齊州序》〔一〕。

〔二〕「若夫」四句

《文選》卷二十二顏延之《車駕幸京口侍遊蒜山作》：「春江壯風濤，蘭野茂稊英。」蔣本卷一《春思賦》：「春江澹容與，春期無處所。春水春魚樂，春汀春雁舉。」

《楚辭》宋玉《招魂》：「皋蘭被徑兮斯路漸，湛湛江水兮上有楓。目極千里兮傷春心，魂兮歸來哀江南。」蔣本卷一《春思賦》：「屈平有言：目極千里傷春心。」

江淹《江文通集》卷三《還故國》：「漢臣泣長沙，楚客悲辰陽。」

正倉院本《秋日登洪府滕王閣餞別序》〔一六〕：「落霞與孤霧齊飛，秋水共長天一色。」

《莊子・秋水》：「秋水時至，百川灌河，涇流之大，兩涘渚崖之間，不辯牛馬。於是焉，河伯欣然自喜，以天下之美爲盡在己，順流而東行，至於北海，東面而視，不見水端。於是焉，河伯始旋其面目，望洋向若而歎曰。」釋文：「河伯，姓馮名夷。」

〔三〕「亦有」二句

《藝文類聚》卷四《歲時中・三月三日》：「《韓詩(外傳)》曰：三月桃花水之時，鄭國之俗，三月上巳，溱、洧兩水之上，招魂續魄，秉蘭草，拂除不祥。」

《毛詩・鄭風・溱洧》：「溱與洧，方渙渙兮，士與女，方秉蕑兮。」蔣本卷二《採蓮賦》：「溱與洧兮葉覆水，淮南濟兮花冒潯。」

《宋書》卷二十一《志第十一・樂三》：「江南・古詞：江南可採蓮，蓮葉何田田。」蔣本卷二《採蓮賦》：「水淡淡兮蓮葉紫，風颯颯兮荷葉丹。」

《古列女傳》卷一《母儀傳・有虞二妃》：「舜陟方，死於蒼梧。號曰重華，二妃死於江湘之間，俗謂之湘君。」蔣本卷十七《益州德陽縣善寂寺碑》：「雖復蒼梧北望，湖湘盈舜后之歌；綠荇西浮，江漢積文妃之頌。」

〔四〕「亭皋」二句

《文選》卷八司馬相如《上林賦》：「亭皋千里，靡不被築。」服虔曰：「皋，澤也，隄上十里一亭。」蔣本卷一《春思賦》：「解宇宙之嚴氣，起亭皋之春色。」

《文選》卷五左思《吴都賦》：「洪桃屈盤，丹桂灌叢。」劉逵注：「桂生蒼梧、交趾、合浦以南山中，所在叢聚，無他雜木也。其枝葉皆辛。」李善注：「朱稱《鬱金賦》曰：丹桂植其東。」蔣本卷十八《廣州寶莊嚴寺舍利塔碑》：「或代道篁竹，氣推丹桂之城；家擅芝蘭，名動蒼梧之野。」

正倉院本《秋晚入洛於畢公宅別道王宴序》〔三四〕：「雖源水桃花，時時失路；而幽山桂樹，往往逢人。」

〔五〕「斯則」四句

《楚辭》屈原《九歌・河伯》：「魚鱗屋兮龍堂，紫貝闕兮朱宫。」王逸注：「言河伯所居，以魚鱗蓋屋，堂畫蛟龍之文。紫貝作闕，朱丹其宫，形容異制，甚鮮好也。」

正倉院本《王勃於越州永興縣李明府宅送蕭三還齊州序》〔三〕：「蔭松披薜，琴樽爲得意之親。」

《楚辭》屈原《離騷》：「製芰荷以爲衣兮。集芙蓉以爲裳。」蔣本卷五《上劉右相書》：「不然則荷裳桂楫，拂衣於東海之東；菌閣松楹，高枕於北山之北。」

《莊子・讓王》：「中山公子牟謂瞻子曰：身在江海之上，心居乎魏闕之下。」正倉院本《登綿州西北樓走等詩序》〔六〕：「取樂罇酒，相忘江漢。」

〔六〕「未有」四句

《左傳・襄二十五年》：「且昔天子之地一圻，列國一同。」杜注：「方百里。」正倉院本《宇文德陽宅秋夜山亭宴序》〔一三〕：「俾夫一同詩酒，不撓於牽絲；千載巖泉，無慙於景燭云爾。」又蔣本卷十五《益州夫子廟碑》：「豈徒偃仰聽事，風教一同而已哉。」

《箋注》卷十庾信《周大將軍義興公蕭公墓誌銘》：「公子出身，非郎官而同品；中朝洗馬，異式道而前驅。以公居之，誠爲高選。」吴兆誼注：「《晉起居注》云：東宫洗馬，一時之高選。」

《後漢書》卷六十七《黨錮列傳第五十七・李膺》：「(荀爽)爲書貽曰：……願怡神無事，偃息衡門，任其飛沈，與時抑揚。」蔣本卷十八《廣州寶莊嚴寺舍利塔碑》：「山濤天骨，無情吏隱之間；王衍風神，自出塵埃之表。」

《晉書》卷五十六《列傳第二十六・孫綽》：「嘗鄙山濤，而謂人曰：山濤吾所不解，吏非吏，隱非隱，若以元禮門爲龍津，則當點額暴鱗矣。」

《文選》卷四左思《蜀都賦》：「三蜀之豪，時來時往；養交都邑，結儔附黨。」劉逵曰：「三蜀，蜀都、廣漢、犍爲也。本一蜀國，漢高祖分置廣漢，漢武帝分置犍爲。」正倉院本《晚秋遊武擔山寺序》〔一八〕：「渺渺焉，洋洋焉，信三蜀之奇觀也。」

《文選》卷二十四陸機《答賈長淵詩》：「念昔良游，兹焉永歎。」李善注：「劉楨《黎陽山賦》曰：良遊未厭，白日潛輝。」正倉院本《宇文德陽宅秋夜山亭宴序》〔六〕：「琴樽重賞，始詣臨邛；口腹良游，未辭安邑。」

《淮南子・原道訓》：「是故聖人，將養其神，和弱其氣，平夷其形，而與道沈浮俛仰。」高誘注：「沈浮猶盛衰，俛仰猶升降。」蔣本卷二《馴鳶賦》：「未若兹禽，猶融泛想，慚丹丘之麗質，謝青田之逸響，與道浮沈，因時俯仰。」

〔七〕**「歷秋風」二句**

蔣本卷三《重別薛華詩》：「明月沈珠浦，秋風濯錦川。」

《楚辭》屈原《九歌・湘君》：「望涔陽兮極浦，橫大江兮揚靈。」王逸注：「極，遠也。浦，水涯也。」

《箋注》卷一庾信《邛竹杖賦》：「夫寄根江南，淼淼幽潭；傳節大夏，悠悠廣野。」蔣本卷二《採蓮賦》：「問子何去，幽潭（《英華》作澤）採蓮。」

〔八〕**「別錦帆」二句**

《藝文類聚》卷九《水部下・湖》陰鏗《渡青草湖詩》：「洞庭春溜滿，平湖錦帆張。」《釋名》卷七《釋船二十五》：「隨風張幔曰帆。使舟疾，汎汎然也。」蔣本卷二《採蓮賦》：「錦帆映浦，羅衣塞川。」

參：《文苑英華》卷一六五陳子昂《於長史山池三日曲水》：「摘蘭藉芳月，祓宴坐迴汀。」

《抱朴子外篇・博喻》：「瓊艘瑤楫，無涉川之用。金弧玉絃，無激矢之能。」蔣本卷十九《彭州九隴縣龍懷寺碑》：「慧路翹車，禪河艤楫。」

《江文通集》卷五江淹《雜三言五首・悅曲池》：「竟長洲兮匝東島，縈曲嶼兮繞西山。」

〔九〕**「柳明府」四句**

《漢書》卷十九上《百官公卿表第七上》：「縣令、長，皆秦官，掌治其縣。萬户以上爲令……凡吏秩比二千石以上，皆銀印青綬，光禄大夫無。秩比六百石以上，皆銅印黑綬。」師古曰：「《漢舊儀》云：銀印背龜鈕，其文曰章，謂刻曰某官之章也。」蔣本卷十七《梓州通泉縣惠普寺碑》：「銅章墨綬，任切臨人；鐵印黃簪，功宣漸陸。」

蔣本卷二《採蓮賦》序：「頃乘暇景，歷覩衆製。」

《集注》卷六庾信《燕射歌辭・商調曲四首》其一：「有能爲政，訪道於容成。」蔣本卷十三《九成宮頌》：「時既貞矣，襄城辭訪道之游；功既成矣，玄輔頓尋仙之駕。」

實明府，未詳。

正倉院本《晚秋遊武擔山寺序》〔一一〕：「群公以玉律豐暇，俵林壑而延情；錦署多閑，想巖泉而結興。」

《漢書》卷五十七上《司馬相如傳第二十七上》：「《上林賦》……朕以覽聽餘閑，無事棄日。」

《華陽國志》卷三《蜀志》：「郡更於夷里橋南岸道東邊起文學，有女墻。其道西城，故錦官也。錦工織錦，濯其中則鮮明，濯他江則不好。故命曰錦里也。」《元和郡縣志》卷三十二《劍南道一》：「成都府。管……成都縣……錦城在縣南十里，故錦官城也。」

《弘明集》卷十王僧孺《答釋法雲啓》：「洞茲妙境，曾靡榛蹊。」蔣本卷一《九成宮東臺山池賦》：「若夫金臺妙境，玉署仙居，酌丹墀之曉暇，候青禁之宵餘。」

〔一〇〕「司馬少」四句

司馬少，未詳。

《世説新語・任誕第二十三》：「山季倫爲荆州，時出酣暢，人爲之歌曰：山公時一醉，徑造高陽池。日莫倒載歸，茗艼無所知。復能乘駿馬，倒著白接䍠。舉手問葛彊，何如并州兒。高陽池在襄陽，彊是其愛將，并州人也。」注：「《襄陽記》曰：漢侍中習郁於峴山南，依范蠡養魚法作魚池。池邊有高隄，種竹及長楸、芙蓉、菱茨覆水，是遊燕名處也。山簡每臨此池，未嘗不大醉而還，曰：此是我高陽池也。襄陽小兒歌之。」

《禮記・檀弓下》：「趙文子與叔譽觀乎九原，文子曰：死者如可作也，吾誰與歸。」鄭注：「作，起也。」蔣本卷一《九成宫東臺山池賦》：「偉沉用之兼濟，想神功之可作。」

正倉院本《秋日楚州郝司户宅遇餞霍使君序》〔一二〕：「雜芝蘭而涵曉液，艤仙舟於石岸。」

《楚辭》屈原《九歌・河伯》：「子交手兮東行，送美人兮南浦。」蔣本卷三《别人四首》其二：「送君南浦外，還望將如何。」

正倉院本《王勃於越州永興縣李明府送蕭三還齊州序》〔一三〕：「横溝水而東西，斷浮雲於南北。」

《藝文類聚》卷七十六《内典部上・内典》張綰《龍樓寺碑》：「輕毛易轉，花水難留。」

謝朓《謝宣城集》卷二《鼓吹曲・送遠曲》：「瓊筵妙舞絶，桂席羽觴陳。」蔣本卷一《七夕賦》：「嘯陳客於金牀，命淮仙於桂席。」

《文選》卷三十一江淹《雜體詩三十首・陸平原羈宦》：「流念辭南澨，銜怨别西津。」蔣本卷三《採蓮曲》：「不惜西津交佩解，還羞北海雁書遲。」

〔二〕「同聲」四句

《周易・乾》：「子曰：同聲相應，同氣相求。」

《論語・陽貨》：「子之武城，聞絃歌之聲。」蔣本卷四《上明員外啓》：「三冬文史，先兆跡於青衿；百里絃歌，即馳芳於墨綬。」

正倉院本《别盧王簿序》〔五〕：「夫靈芝既秀，蘭蕙同薰。」

〔一二〕「瓊卮」二句

《藝文類聚》卷四《歲時部中·三月三日》謝朓《爲人作三日侍華光殿曲水宴詩》：「金觴摇蕩，玉俎推移。筵浮水豹，席擾雲螭。」又邢子才《三日華林園公宴詩》：「方筵羅玉俎，激水漾金卮。」正倉院本《江浦觀魚宴序》〔一四〕：「瑶觴間動，玉俎駢羅。」

〔一三〕「烟霞」二句

《藝文類聚》卷三十七《人部二十一·隱逸下》孔稚珪《褚先生伯玉碑》：「泉石依情，煙霞入抱。」正倉院本《餞宇文明府序》〔六〕：「烟霞用足，江海情多。」

《禮記·月令》：「周視原野，脩利隄防。」鄭注：「廣平曰原。」蔣本卷一《春思賦》：「見原野之秀芳，憶山河之邃古。」

《禮記·月令》：「季秋之月……鴻雁來賓。」蔣本卷三《寒夜思友三首》其二：「鴻雁西南飛，如何故人别。」

《楚辭》屈原《九歌·湘君》：「搴汀洲兮杜若，將以遺兮遠者。」王逸注：「汀，平也。」蔣本卷六《秋日游蓮池序》：「汀洲地遠，波濤濺日月之輝；人野路殊，原隰擁神仙之氣。」

〔一四〕「蒼蒼」四句

《毛詩·秦風·蒹葭》：「蒹葭蒼蒼，白露爲霜。」鄭箋：「蒹蘼，葭蘆也。蒼蒼，盛也。白露凝戾爲霜。」蔣本卷十三《九成宮頌》：「蒼蒼八桂，白露爲霜；落落千松，玄陰昧景。」

《毛詩・衛風・碩人》：「施罛濊濊，鱣鮪發發，葭菼揭揭。」鄭箋：「葭蘆，菼薍也。」

《文選》卷十九宋玉《高唐賦》：「水澹澹而盤紆兮，洪波淫淫之溶潏。」李善注：「《説文》曰：澹澹，水摇也。」蔣本卷二《採蓮賦》：「水淡淡兮蓮葉紫，風颯颯兮荷葉丹。」

蔣本卷五《上絳州上官司馬書》：「迫青霄而搆舍，煙霞之涯涘莫尋；振滄渤以流謙，江海之波瀾未測。」

《樂府詩集》卷十七《鼓吹曲辭二》王融《巫山高》：「彼美如可期，寤言紛在矚。」

參：楊炯《盈川集》卷四《大唐益州大都督府新都縣學先聖廟堂碑文并序》：「納流雲於上棟，白日非遥；披濁霧於中階，青天在矚。」

〔一五〕「既而」二句

蔣本卷三《送杜少府之任蜀州》：「無爲在岐路，兒女共霑巾。」

他鄉，屢見。正倉院本《王勃於越州永興縣李明府送蕭三還齊州序》〔一四〕：「況乎泣窮途於白首，白首非離別之秋；歎岐路於他鄉，他鄉豈送歸之地。」

《文苑英華》卷三十五唐太宗《小池賦》：「於時景落池濱，霧黯踈筠。」蔣本卷十九《梓州玄武縣福會寺碑》：「雲屯勝邑，霧啓禪壇。」

〔一六〕「空林」二句

《文選》卷二十二謝靈運《登池上樓》：「徇禄反窮海，卧痾對空林。」

《初學記》卷六《地部中・渭水》薛道衡《奉和臨渭源應詔詩》：「微臣惜暮景，願駐魯陽戈。」

《藝文類聚》卷二《天部下・霽》王筠《夕霽詩》：「連山卷族雲，長林息衆籟。」

《藝文類聚》卷四十二《樂部二・樂府》謝朓《臨高臺行》：「纔見孤鳥還，未辨連山極。四面動清風，朝夜起寒色。」

參：《詳注》卷十杜甫《一室》：「一室他鄉遠（一作老），空林暮景懸。」

〔一七〕「轉離舟」二句

正倉院本《王勃於越州永興縣李明府宅送蕭三還齊州序》：「徘徊去鶴，將別蓋而同飛；悽斷來鴻，共離舟而俱泛。」

《重修玉篇》卷十九《水部第二百八十五》：「漵，浦也。」蔣本卷一《九成宮東臺山池賦》：「激坳堂於別漵，引膚寸於危巒。」

《藝文類聚》卷二十八《人部十二・遊覽》宗懍《和歲首寒望詩》：「旅騎出平原，鉦鐃遍野喧。」

《毛詩・魯頌・駉之什》《魯頌譜》：「坰，遠野也。」《廣弘明集》卷三十下盧思道《從駕大慈照寺詩序》：「乃睠參墟，實唯唐舊。山川周衛，襟帶巖坰。」

〔一八〕「故人」二句

故人，屢見。蔣本卷一《春思賦》：「亦有當春逢遠客，亦有當春別故人。」

《史記》卷九十二《淮陰侯列傳三十二》：「夫功者難成而易敗，時者難得而易失也。」正倉院本《別盧王簿序》〔一〇〕：「王事靡盬，良時易失。」

《文選》卷二十六謝靈運《富春渚》：「平生協幽期，淪躓困微弱。」正倉院本《上巳浮江讌序》〔二四〕：

「盍遵清轍，共抒幽期。」

正倉院本《秋日登洪府滕王閣餞別序》〔三七〕：「嗚呼勝地不常，盛筵難再。」

〔一九〕「乘查」四句

正倉院本《秋日宴山庭序》〔七〕：「又此夜乘查之客，由對仙家；坐菊之賓，尚臨清賞。」

蔣本卷六《上武侍極啓一》：「吞九溟於筆海，若控牛涔；抗五嶽於詞峰，如臨蟻垤。」

《魏書》卷五十六《列傳第四十四・崔辯傳附楷》：「楷上疏曰……洪波汩流，川陸連濤。」

《魏書》卷六十五《列傳第五十三・李平》：「奬弟諧……《述身賦》……扇風師之猛氣，張天罼之層網。」

蔣本卷十八《廣州寶莊嚴寺舍利塔碑》：「散華瑠於月徑，璧合非遥；撥罾網於星潯，珠連可驗。」蔣注：「罾似層字之訛。星有河，故曰潯。」

〔二〇〕「盍申」四句

蔣本卷八《送李十五序》：「雖相思爲贈，終結想於華滋；而素賞無睽，盍申情於麗藻。」

《孔子家語・子路初見》：「宰我有文雅之辭，而智不克其辯。」蔣本卷一《春思賦》：「二陸三張之文雅，新年柏葉之樽。」

《毛詩・周頌・時邁》：「明昭有周，式序在位。」正倉院本《登綿州西北樓走筆詩序》〔七〕：「思題勝引，式序幽筵。」

《文選》卷二十四陸機《答賈長淵》：「念昔良游，兹焉永歎。」李善注：「劉楨《黎陽山賦》曰：良游求厭，白日潛輝。」正倉院本《秋日楚州郝司户宅遇餞霍使君序》〔一八〕：「請揚文筆，共記良遊。」

上巳浮江讌①序〔一〕

《文苑英華》卷七〇八　張本卷五　項本卷五　蔣本卷七

吾之生也有極，時之過也多緒〔二〕。若夫遭主后之聖明②，屬天地之貞觀，得畎畝相③保，以農桑爲業，而託④形於⑤宇宙者幸矣〔三〕。況迺⑥偃泊山水，遨遊風月，罇⑦酒於其外，文墨於其間哉⑧〔四〕，則造化之生⑨我得矣，太平之縱我多矣〔五〕。粵⑩以上巳芳節，靈關⑪勝地〔六〕。大江浩曠，群山⑫紛糺。出重城而振策，下長浦而方舟〔七〕。林壑清其顧眄⑬，風雲蕩其懷抱〔八〕。于時序躔⑭青⑮律，運逼⑯朱明〔九〕。輕荑秀而郊戍青，落花盡而亭皋晚〔一〇〕。丹鶯紫蝶，候芳晷而騰姿；早鷰歸鴻，傃遲⑰風而弄影〔一一〕。巖暄蕙密，墅⑱淑蘭滋。弱荷抽紫，踈萍泛緑〔一二〕。於是儼松舲於石磯⑲，停桂楫於堤⑳潭；指林岸而長懷，出汀洲㉑而極睇〔一三〕。妍莊（妝）㉒袨服，香驚北渚之風；翠幙玄帷，彩綴南津之霧〔一四〕。若乃尋曲岪㉓，歷迴溪。榜謳齊引，漁弄㉔互起〔一五〕。飛砂㉕濺石，湍流百勢；翠嶮丹峯，危崗㉖萬色〔一六〕。亦有銀釣（鉤）㉗犯浪，挂㉘頳翼於文竿；瓊轄㉙乘波，躍青㉚鱗於畫網〔一七〕。鍾㉛期在聽，玄雲白雪之琴㉜；阮籍同歸，紫桂㉝蒼梧之酎㉞〔一八〕。既而情㉟盤興遽㊱，景促時淹。野昭開㊲晴，山煙送晚〔一九〕。方欲㊳披襟朗詠，餞斜光於碧岫之前；散髮長㊴吟，佇㊵明月於青溪之下〔二〇〕。高㊶懷已㊷暢，旅㊸思遄亡（征）㊹〔二一〕。赴㊺泉石而如歸，仰㊻雲霞而自負㊼〔二二〕。昔周川故事，初傳曲洛之盃㊽；江甸名流，始命山陰之筆〔二三〕。盍遵清轍，共抑（抒）㊾幽期㊿〔二四〕。俾後之視今，亦猶今之視昔。一言均賦，六韻齊疏〔二五〕。雖復(51)來者難誣(52)，輒以先成爲次〔二六〕。

【校記】

① 讌：諸本皆作宴。

② 聖明：《英華》、蔣本同。張本、項本作明聖。

③ 畝相：諸本皆作畎畝之相。

④ 託：《英華》、張本、項本同。項本作托。

⑤ 於：諸本皆無於字。

⑥ 廼：諸本皆作乃。

⑦ 罇：諸本皆作樽。

⑧ 哉：諸本無哉字。

⑨ 生：諸本皆作於。

⑩ 粵：《英華》作無（疑），張本、項本、蔣本作茲。

⑪ 靈關：諸本皆作雲開。蔣注：「雲開未詳。疑是靈關之訛。」

⑫山：蔣本同，《英華》作小，張本、項本作卉。

⑬昑：《英華》、張本同。傅校：舊抄本，昑作昞。項本、蔣本作盼。

⑭躔：《英華》、張本同。項本、蔣本作纏。

⑮青：《英華》、張本、蔣本同。項本作清。

⑯逼：諸本皆作啓。

⑰傢遲：諸本皆作俟迅。

⑱墅：諸本皆作野。

⑲磦：諸本皆作嶼。

⑳瑅：諸本皆作璇。傅校：舊抄本，璇作琁。

㉑汀洲：《英華》作河州。傅校：州作洲。張本、項本、蔣本作河洲。

㉒莊：蔣本作糚。《英華》作粧，張本、項本作妝。

㉓岪：諸本皆作渚。

㉔弄：諸本皆作歌。

㉕砂：諸本皆作沙。傅校：沙作砂。

㉖峯危崗：《英華》、張本、蔣本作崖岡巒，項本作崖危巒。

㉗釣：諸本皆作鉤。

㉘挂：蔣本同。《英華》、張本、項本作掛。

㉙轄：《英華》作轄（疑）。張本、項本、蔣本作舸。

㉚躍青：諸本皆作耀錦。

㉛鍾：張本、項本、蔣本同。《英華》作鐘。傅校：鐘作鍾。
㉜琴：《英華》、張本、項本同。蔣本作吟。
㉝桂：張本、項本、蔣本同。《英華》作柱。
㉞酎：蔣本同。《英華》作酧。傅校：酧作酌。張本、項本作醴。
㉟情：諸本皆作遊。
㊱遽：諸本皆作遠。
㊲昭開：諸本皆作日照。
㊳欲：諸本皆無欲字。傅校：方下有欲。
㊴長：諸本皆作高。
㊵佇：諸本皆作對。
㊶高：諸本皆作客。
㊷已：諸本皆作既。
㊸旅：諸本皆作遊。
㊹亡：諸本皆作征。
㊺赴：諸本皆作視。
㊻仰：諸本皆作佇。
㊼而自負：《英華》、張本、蔣本作而有自，項本作之有自。
㊽洛之盃：諸本皆作路之悲。蔣注：「路蓋洛字之訛，悲是杯之訛。」
㊾抑：張本、項本、蔣本作抒。《英華》作杼。傅校：杼作抒。

⑩ 期：諸本皆作襟。

⑪ 雖復：諸本皆作誰知後。

⑫ 誣：諸本皆無誣字。

【考證】

〔一〕「上巳浮江讌序」

正倉院本《三月上巳祓禊序》。

〔二〕「吾之生」二句

《莊子・養生主》：「吾生也有涯，而知也無涯。」

《文選》卷五十二魏文帝《典論論文》：「夫然則古人賤尺璧而重寸陰，懼乎時之過已。」

《藝文類聚》卷五十四《刑法部・刑法》任昉《爲梁公請刊改律令表》：「生殺多緒，誰其適從。」正倉院本《秋日登洪府滕王閣餞別序》〔二五〕：「大運不齊，命塗多緒。」

〔三〕「若夫」五句

《文選》卷五十三李康《運命論》：「故運之所隆，必生聖明之君。」李善注：「《春秋河圖揆命篇》曰：倉、戲、農、黄，三陽翼天，德聖明。」

《周易・繫辭下》：「天地之道，貞觀者也。日月之道，貞明者也。」

《莊子・讓王》：「異哉，后之爲人也。居於畎畝之中，而遊堯之門。」釋文：「司馬云：壟上曰畝，壟中曰眣。」

《左傳・昭公十六年》：「故能相保，以至于今。」

蔣本卷五《上劉右相書》：「是知發揮地利，農桑啓其業；振蕩天功，泉貝流其用。」

《藝文類聚》卷三十七《人部二十一・隱逸下》陶弘景《答虞中書書》：「野人幸得託形崇皁，息影長林。」

宇宙，屢見。

〔四〕「況迺」四句

《晉書》卷九《帝紀第九・簡文帝》：「二年三月丁酉詔曰：……孰與自足山水，棲遲丘壑，徇匹夫之潔，而忘兼濟之大邪。」正倉院本《秋晚入洛於畢公宅别道王宴序》：「惟恐一丘風月，侶山水而窮年；三徑蓬蒿，待公卿而未日。」

《毛詩・邶風・柏舟》：「微我無酒，以敖以遊。」鄭箋：「敖，本亦作遨。」

《周易》坎：「六四，樽酒簋貳，用缶。」正倉院本《與邵鹿官宴序》〔五〕：「罇酒相逢，何暇邊城之思。」

《鶡冠子・近迭》：「蒼頡不道，然非蒼頡，文墨不起。」

〔五〕「則造化」二句

《莊子・大宗師》：「倚其户與之語曰：偉哉造化。又將奚以汝爲，將奚以汝適。」《淮南子・原道訓》：「乘雲陵霄，與造化者俱。」高誘注：「造化天地，一曰道也。」蔣本卷一《江曲孤鳧賦》：「嗟乎，宇宙之容我多矣，造化之資我厚矣。」

《史記》卷六十二《管晏列傳第二》：「生我者父母，知我者鮑子也。」

《漢書》卷二十四上《食貨志第四上》：「三考黜陟，餘三年食，進業曰登，再登曰平，餘六年食，三登曰秦平。」

〔六〕「粤以」二句

正倉院本《遊廟山序》〔八〕：「粤以勝友良暇。」

《初學記》卷三《歲時部・春》：「梁元帝《纂要》……節曰華節、芳節。」

《文選》卷四左思《蜀都賦》：「廓靈關以爲門。」劉逵注：「靈關山名，在成都西南漢嘉界，在前，故曰門也。」蔣本卷十七《益州德陽縣善寂寺碑》：「追勝迹於靈關，事良緣於福地。」

正倉院本《新都縣乾嘉池亭夜宴序》〔三〕：「豈非以琴罇遠契，必兆朕於佳晨；風月高情，每留連於勝地。」

〔七〕「大江」四句

正倉院本《仲家園宴序》〔六〕：「暮江浩曠，晴山紛積。」

《文選》卷五左思《吴都賦》：「郛郭周匝，重城結隅。」

《文選》卷五十一賈誼《過秦論》：「振長策而御宇内，吞二周而亡諸侯。」

《宋書》卷六十七《列傳第二十七・謝靈運》：「《山居賦》……椹梅流芬於回巒，椑柿被實於長浦。」蔣本卷三《採蓮曲》：「桂櫂蘭橈下長浦，羅裙玉腕輕摇櫓。」

《爾雅》卷七《釋水十二》：「大夫方舟。」郭注：「併兩船。」

〔八〕「林壑」二句

《文選》卷二十二謝靈運《石壁精舍還湖中作》：「林壑斂暝色，雲霞收夕霏。」正倉院本《晚秋遊武擔山寺序》〔一一〕：「群公以玉律豐暇，傃林壑而延情。」

蔣本卷五《上絳州上官司馬書》：「鍾鼎輝其顧盼，冠蓋生其籍甚。」

正倉院本《初春於權大宅宴序》〔七〕：「丈夫之風雲暗相許，國士之懷抱深相知。」

〔九〕「于時」二句

《爾雅·釋天》：「四時……春爲青陽，夏爲朱明。」郭注：「氣青而温陽，氣赤而光明。」蔣本卷六《春日孫學士宅宴序》：「白衣送酒，青陽在節。」

〔一〇〕「輕荑秀」二句

《文選》卷二十丘遲《侍宴樂游苑送張徐州應詔詩》：「輕荑承玉輦，細草藉龍騎。」李善注：「《毛詩·邶風·靜女》曰：自牧歸荑。毛萇曰：荑，茅始生也。」

蔣本卷一《春思賦》：「游絲生罥合歡枝，落花自遶相思樹。」

正倉院本《秋晚什邡西池宴餞九隴柳明府序》〔四〕：「亭皋丹桂之津。」

〔一一〕「丹鶯」四句

正倉院本《衛大宅宴序》〔一〇〕：「素蝶翻容，転雲姿於舞席；紫鶯抽韻，赴塵影於歌軒。」

《宋書》卷二十二《志第十二·樂四》何承天《君馬篇》：「君馬麗且閑，揚鑣騰逸姿。」

參：《文苑英華》卷一七八武三思《春日幸龍門應制》：「碧澗長虹下，雕梁早燕歸。」

《文選》卷二十四嵇康《贈秀才入軍詩五首》其四：「目送歸鴻，手揮五絃。」

蔣本卷四《上武侍極啓》一：「攀翰苑而思齊，傃文風而立至。」

《文選》卷十四鮑照《舞鶴賦》：「叠霜毛而弄影，振玉羽而臨霞。」

〔一二〕「巖暄」四句

謝朓《謝宣城集》卷五《閑坐聯句》：「霡霂微雨散，葳甤蕙草密。」

《説文解字》弟十一上：「淑，清湛也。」

《楚辭》屈原《離騷》：「余既滋蘭之九畹兮，又樹蕙之百畝。」王逸注：「滋，蒔也。」

《玉臺新詠》卷五沈約《有所思》：「關樹抽（一作搯）紫葉，塞草發青芽。」

《藝文類聚》卷四十一《樂部一・論樂》魏文帝《秋胡行》：「汎汎渌池，中有浮萍。」

〔一三〕「於是」四句

《毛詩・衛風・竹竿》：「淇水滺滺，檜楫松舟。」《淮南子・俶真訓》：「越舲蜀艇，不能無水而浮。」高誘注：「舲，小船也。」

《藝文類聚》卷八《水部上・海水》劉峻《登郁洲山望海詩》：「雲錦曜石嶼，羅綾文水色。」正倉院本《江浦觀魚宴序》〔一一〕：「沙牀石嶼，環臨翡翠之竿；瓊轄銀鉤，下映茱萸之網。」

《玉臺新詠》卷九梁昭明太子《採蓮曲》：「桂楫蘭橈浮碧水，江花玉面兩相似。」正倉院本《江浦觀魚宴序》〔一〇〕：「於是分桂檝，動蘭橈。」卷五《上劉右相書》：「不然則荷裳桂楫，拂衣於東海之東；菌閣松楹，高枕於北山之北。」

《初學記》卷二十四《居處部·道路十四》沈約《循役朱方道路詩》：「江移林岸微，巖深煙岫複。」

《楚辭》劉向《九歎·遠逝》：「情慨慨而長懷兮，信上皇而質正。」正倉院本《梓潼南江泛舟序》〔四〕：「遂長懷悠想，周覽極睇。」蔣本卷一《七夕賦》：「君王乃馭風殿而長懷，俯雲臺而自矯。」

《楚辭》屈原《九歌·湘夫人》：「搴汀洲兮杜若，將以遺兮遠者。」王逸注：「汀，平也。」蔣本卷六《秋日游蓮池序》：「汀洲地遠，波濤濺日月之輝；人野路殊，原隰擁神仙之氣。」

《藝文類聚》卷七十六《内典上·内典》沈約《法王寺碑》：「複殿重起，連房極睇。」參：《文苑英華》卷一四七楊炯《幽蘭賦》：「汀洲兮極目，芳菲兮襲予。」

〔一四〕「妍妝」四句

鮑照《鮑明遠集》卷三《代北風凉行》：「北風凉，雨雪雱，京洛女兒多嚴（《古詩紀》作妍）粧。」

《文選》卷三十九鄒陽《上書吴王》：「武力鼎士，袨服叢臺之下者。」李善注：「服虔曰：袨服大盛，玄黄服也。」

《楚辭》屈原《九歌·湘夫人》：「帝子降兮北渚，目眇眇兮愁予。」正倉院本《江浦觀魚宴序》〔一八〕：「脩篁結靄，斜連北渚之煙；垂柳低風，下拂西津之影。」蔣本卷一《春思賦》：「羅衣乘北渚，錦袖出東鄰。」

《藝文類聚》卷四《歲時部中·三月三日》潘尼《三日洛水作詩》：「朱軒蔭蘭皋，翠幙映洛湄。」

《抱朴子内篇·釋滯》：「子房出玄帷而反閭巷，信布釋甲冑而修魚釣。」

正倉院本《衛大宅宴序》〔七〕：「葉岫籠烟，彩綴九衢之握；花源泛日，香浮四照之蹊。」

《文選》卷二十六陸機《赴洛道中作詩二首》其一：「永歎遵北渚，遺思結南津。」蔣本卷一《春思賦》：

「復有西墉春霧寡，更值南津春望寫。」

〔一五〕「若乃」四句

《文選》卷三十三劉安《招隱士》：「坱兮軋，山曲岪，心淹留兮洞荒忽。」

《文選》卷二十潘岳《金谷集作詩》：「迴谿縈曲阻，峻阪路威夷。」

《漢書》卷五十七上《司馬相如列傳二十七上》：「《子虛賦》：……摐金鼓，吹鳴籟，榜人歌，聲流喝。」張揖曰：「榜，船也。《月令》云，命榜人，榜人，船長也，主倡聲而歌者也。」蔣本卷二《採蓮賦》：「和橈姬之衛吹，接榜女之齊謳。」

《樂府詩集》卷五十《清商曲辭七・江南弄・鳳笙曲》：「弄嬌響，間清謳。」蔣本卷三有《江南弄》。

〔一六〕「飛砂」四句

《藝文類聚》卷七《山部上・總載山》潘尼《西道賦》：「迴波激浪，飛沙飄瓦。」

《藝文類聚》卷四十二《樂部二・樂府》梁元帝《巫山高》：「灘聲下濺石，猿鳥上逐風。」

《楚辭》屈原《九章・抽思》：「亂曰：長瀨湍流，泝江潭兮。」王逸注：「湍亦瀨也。」

《文苑英華》卷九十七王績《遊北山賦》：「歷丹危而尋絕徑，攀翠險而覓修塗。」

《文選》卷十八嵇康《琴賦》：「丹崖嶮巇，青壁萬尋。」《古詩紀》卷五十七《宋三》謝靈運《行田登海口盤嶼山詩》：「遨遊碧沙渚，游衍丹山峰。」蔣本卷十七《梓州郪縣兜率寺浮圖碑》：「抽紫巖而四絕，疊丹峰而萬變。」

蔣本卷一《九成宮東臺山池賦》：「金石千聲，雲霞萬色。」

〔一七〕「亦有」四句

《後漢書》卷四十上《班彪列傳第三十上・班固》：「《西都賦》……招白間，下雙鵠，揄文竿，出比目。」注：「文竿，以翠羽爲文飾也。《闞子》曰：魯人有好釣者，以桂爲餌，鍛黄金之鉤，錯以銀碧，垂翡翠之綸。」

《文選》卷三十五張協《七命》其二：「然後縱棹隨風，弭楫乘波。」

《隋書》卷五十八《列傳第二十三・許善心》：「《神雀頌》……山祇吐秘，河靈孕寶，黑羽升壇，青鱗伏阜。丹鳥流火，白雉從風。」

正倉院本《江浦觀魚宴序》〔一一二〕：「沙牀石磧，環臨翡翠之竿；瓊轄銀鉤，下映茱萸之網。」

〔一八〕「鍾期」四句

《吕氏春秋・本味》：「伯牙鼓琴，鍾子期聽之。方鼓琴而志在太山，鍾子期曰：善哉乎鼓琴，巍巍乎若太山。少選之閒，而志在流水。鍾子期又曰：善哉乎鼓琴，湯湯乎若流水。鍾子期死，伯牙破琴絶絃，終身不復鼓琴，以爲世無足復爲鼓琴者。」蔣本卷六《夏日登龍門樓寓望序》：「榴花浮酌，對文舉而無憂；葛蔓調絃，撫鍾期而有遇。」

謝朓《謝宣城詩集》卷一《酬德賦》：「若笙簧之在聽，雖舒憂而可假。」

《藝文類聚》卷四十三《樂部三・歌》：「《漢武内傳》曰：西王母命侍女安法嬰歌《玄雲曲》。」

《淮南子・覽冥訓》：「昔者師曠奏《白雪》之音，而神物爲之下降。」高誘注：「《白雪》，太乙五十絃，琴瑟樂名也。」

《晉書》卷四十九《列傳第十九・阮籍》：「由是不與世事，酣飲爲常。」

蔣本卷一《九成宫東臺山池賦》：「美仁智之同歸，信高深之縱託。」《周易・繫辭下》：「天下同歸而殊途，一致而百慮。」

《拾遺記》卷一《顓頊》：「闇河之北，有紫桂成林，其實如棗，群仙餌焉。」《楚辭》屈原《九歌・東皇太一》：「蕙肴蒸兮蘭藉，奠桂酒兮椒漿。」王逸注：「桂酒，切桂置酒中也。」

《釋名・釋飲食》：「韓羊、韓兔、韓鷄，本法出韓國所爲也。猶酒言宜成醪，蒼梧清之屬也。」

《説文解字》第十四下：「酎，三重醇酒也。」

〔一九〕**「既而」四句**

《文選》卷四十六顔延之《三月三日曲水詩序》：「情盤景遽，歡洽日斜。」《尚書・五子之歌》：「乃盤遊無度。」孔傳：「盤樂遊逸，無法度。」正倉院本《江寧縣白下驛吴少府宅見餞序》〔一三〕：「情槃興洽，樂極悲來。」

《宋書》卷六十七《列傳第二十七・謝靈運》：「《山居賦》……山野昭曠，聚落羶腥。」

《文選》卷二十三顔延之《拜陵廟作詩》：「松風遵路急，山煙冒壟生。」蔣本卷三《春日還郊》：「魚牀侵岸水，鳥路入山烟。」

〔二〇〕**「方欲」四句**

《文選》卷十三宋玉《風賦》：「王乃披襟而當之曰：快哉。」蔣本卷三《聖泉宴詩》：「披襟乘石磴，列籍俯春泉。」

《文選》卷十一孫綽《遊天台山賦》：「凝思幽巖，朗詠長川。」

《尚書・堯典》：「寅餞納日，平秩西成。」孔傳：「餞，送也。」

《玉臺新詠》卷六王僧孺《秋閨怨詩》：「斜光隱西壁，暮雀上南枝。」

王勃集卷二十八《歸仁縣主墓誌》〔一〕：「地紀流禎，婉至〔　〕於碧岫。」

《文選》卷二十三嵇康《幽憤詩》：「采薇山阿，散髮巖岫。永嘯長吟，頤性養壽。」

《文選》卷二十一郭璞《遊仙詩七首》其二：「青谿千餘仞，中有一道士。」蔣本卷三《上巳浮江宴韻得阯字》：「松吟白雲際，桂馥青（《英華》作清）谿裏。」

〔二一〕「高懷」二句

正倉院本《聖泉宴序》〔一一〕：「盍題芳什，共寫高懷。」

《文選》卷二十曹植《應詔詩》：「弭節長騖，指日遄征。」

〔二二〕「赴泉」二句

蔣本卷六《夏日宴宋五官宅觀畫幛序》：「魚鳥泠而相親，泉石紛而在翫。」

《左傳・閔公二年》：「齊桓公遷邢于夷儀。二年，封衛于楚丘，邢遷如歸，衛國忘亡。」《後漢書》卷十六《鄧寇列傳第六・鄧禹》論：「關河響動，懷赴如歸。」

正倉院本《秋晚入洛於畢公宅別道王宴序》〔二六〕：「仰雲霞而道意，捨塵事而論心。」

《漢書》卷一上《高祖本紀一上》：「高祖乃心獨喜，自負。」

〔三三〕「昔周川」四句

《藝文類聚》卷四《歲時部中·三月三日》庾肩吾《三日侍蘭亭曲水宴詩》：「禊川分曲洛，帳殿掩芳洲。」《太平寰宇記》卷五《河南道五·西京三、河南府偃師》：「曲洛，《穆天子傳》曰：天子東遊於黃澤，宿於曲洛。今縣東洛北有曲河驛，以洛水之曲爲名，洛經其南。《續齊諧記》云：晉武帝問尚書郎摯虞曰：三日曲水，其義何指。……尚書郎束皙曰……昔召公成洛邑，因流水以泛酒。故逸詩曰羽觴隨波。」

《史記》卷一三〇《太史公自序第七十》：「余所謂述故事，整齊其世傳，非所謂作也。」

《宋書》卷七十八《列傳第三十八·蕭思話》：「牋曰……仗順沿流，席卷江甸。」

《世説新語·品藻第九》：「孫興公、許玄度，皆一時名流。」蔣本卷四《上吏部裴侍郎啓》：「談人主者，以宮室苑囿爲雄。叙名流者，以沈酗驕奢爲達。」

《太平御覽》卷七百四十八《工藝部五·書中》何延之《蘭亭記》：「蘭亭者，晉右軍將軍會稽内史琅耶王羲之，字逸少，所書之詩序也……以晉穆帝永和九年暮春三月三日，嘗遊山陰，與太原孫綽興公、廣漢王彬之并逸少、凝、徽、操之等四十有一人，修祓禊之禮，揮毫製序，興樂而書。」正倉院本《聖泉宴詩序》〔一〇〕：「嗟乎古今同遊，方深川上之悲；少長齊遊，且盡山陰之樂。」

〔三四〕「盍遵」二句

《宋書》卷八十四《列傳四十四孔覬》：「（孝建三年世祖）詔曰：……而頃常侍，陵遲未允，宜簡授時良，永置清轍。」

正倉院本《秋晚什邡西池宴餞九隴柳明府序》〔一八〕：「故人易失，幽期難再。」

〔三五〕「俾後」四句

《漢書》卷七十五《眭兩夏侯京翼李傳第四十五・京房》：「臣恐後之視今，猶今之視前也。」正倉院本《秋日宴山庭序》〔一六〕：「使夫千載之下，四海之中，後之視今，訪懷抱於兹日。」

〔三六〕「雖復來者」二句

《文選》卷四十二魏文帝《與吴質書》：「今之存者，已不逮矣。後生可畏，來者難誣。然恐吾與足下，不及見也。」

正倉院本《樂五席宴群公序》〔一一〕：「成者先書。」又蔣本卷七《秋日宴洛陽序》：「人採古韻，成者先呈。」

聖泉宴序〔一〕

《文苑英華》無載序。張本卷三、項本卷三、蔣本卷三、《全唐文》署駱賓王作。《駱臨海集箋注》卷九《聖泉詩序》。陳熙晉注：「檢《王子安集》，有《聖泉宴詩》一首，序即此篇也。且子安在梓州所作詩文尚多。恐非駱文。」

玄武山趾①，有聖泉焉。浸淫滴②瀝③，數百年矣④〔二〕。乘⑤巖泌涌，接磴分流。砂堤⑥石岸，成⑦古人之⑧遺跡也〔三〕。若⑨乃青蘋緑芰，紫苔蒼廨⑩，亦無乏焉〔四〕。群公九牘務閑⑪，江湖思遠〔五〕，寤寐奇⑫託，淹留勝地⑬〔六〕。既而崗⑭巒却峙⑮，荒⑯壑前縈，丹崿萬尋，碧潭千仞⑰〔七〕。松風唱晚⑱，竹霧曛⑲空，蕭蕭⑳乎人間之難遇也〔八〕。方欲以林壑爲天屬，以㉑琴罇㉒爲日用〔九〕。嗟乎古今同遊㉓，方深川上之悲；少長齊㉔遊，且盡山陰之樂〔一〇〕。盍題芳什，共寫高懷㉕〔一一〕。

【校記】

① 趾：諸本皆無趾字。

② 適：諸本皆無適字。

③ 瀝：諸本皆作歷。

④ 百年矣：諸本皆作百千年。

⑤ 乘：張本同。項本、蔣本作垂。

⑥ 流砂堤：張本、項本作流下瞰長江沙堤，蔣本作流下瞰長江沙隄。

⑦ 成：諸本皆作咸。

⑧ 之：諸本皆無之字。

⑨ 若：諸本皆作茲。

⑩ 廨：諸本皆作蘚遂使。

⑪ 亦……閑：諸本皆無亦以下至閑十字。

⑫奇：諸本皆作寄。

⑬淹留勝地：諸本皆無此四字。

⑭崗：諸本皆作崇。

⑮却峙：諸本皆作左岥。蔣注：「岥，平聲不叶，疑訛字。」

⑯荒：諸本皆作石。

⑰仞：諸本皆作頃。

⑱晚：諸本皆作響。

⑲霧曛：諸本皆作露薰。

⑳蕭蕭：諸本皆作瀟瀟。

㉑以：諸本皆無以字。

㉒罇：諸本皆作樽。

㉓同遊：諸本皆作代謝。

㉔齊：諸本皆作同。

㉕懷：諸本皆作情，又下有詩得泉字四字。

【考證】

〔一〕聖泉宴序

蔣注：「按諸本俱無序，據項家達刊本補。按《全唐文》，則以此序入駱賓王卷。」

〔二〕「玄武山趾」四句

蔣本卷一《遊廟山賦》：「玄武山西有廟山，東有道君廟。」《元和郡縣志》卷三十三《劍南道下》：「梓州……管縣九……玄武縣……玄武山，在縣東二里。」

《文選》二十三阮籍《詠懷詩十七首》其三：「驅馬舍之去，去上西山趾。」

《楚辭》東方朔《七諫・沈江》：「賢俊慕而自附兮，日浸淫而合同。」

《水經注》卷三十一《淯水》：「穴中多鍾乳，凝膏下垂，望齊冰雪，微津細液，滴瀝不斷。」

《水經注》卷四十《漸江水》：「山上有霜木，皆是數百年樹，謂之翔鳳林。」

〔三〕「乘巖」四句

《水經注》卷九《清水》：「瀑布乘巖，懸河注壑，二十餘丈。」

《文選》卷六左思《魏都賦》：「温泉毖涌而自浪，華清蕩邪而難老。」李善注：「《説文》曰：泌，水駛流也。泌與毖同，音秘。」

蔣本卷十六《益州緜竹縣武都山淨惠寺碑》：「分林搆址，接磴開廛。」

《楚辭》屈原《九章・懷沙》：「浩浩沅湘，分流汩兮。」

《集注》卷三庾信《忝在司水看治渭橋》：「平隄石岸直，高堰柳陰長。」蔣本卷二《採蓮賦》：「稅龍馬於金隄，命鳧舟於石岸。」

《文選》卷十六向秀《思舊賦》：「踐二子之遺跡兮，歷窮巷之空廬。」

〔四〕「若乃」三句

《文選》卷十三宋玉《風賦》：「夫風生於地，起於青蘋之末。」正倉院本《秋日楚州郝司户宅遇餞霍使君序》〔一二〕：「青蘋布葉，亂荷芰而動秋風；朱草垂榮，雜芝蘭而涵曉液。」

《文選》卷六左思《魏都賦》：「丹藕淩波而的皪，緑芰泛濤而浸潭。」

《文選》卷三十沈約《冬節後至丞相第詣世子車中詩》：「賓階緑錢滿，客位紫苔生。」蔣本卷一《七夕賦》：「娃館疏兮緑草積，歡房寂兮紫苔生。」

《魏書》卷八十二《列傳第七〇・祖瑩》：「瑩之筆札，亦無乏天才。」

〔五〕「群公」二句

《集注》卷十三庾信《周上柱國齊王憲神道碑》：「時以白露涼風，務閑農隙。」

江湖，屢見。蔣本卷七《入蜀紀行詩序》：「蓋登培塿者，起衡霍之心；游涓澮者，發江湖之思。」

〔六〕「寤寐」二句

《毛詩・周南・關雎》：「窈窕淑女，寤寐求之。」毛傳：「寤覺，寐寢也。」蔣本卷三《忽夢游仙》：「寤寐霄漢間，居然有靈對。」

《藝文類聚》卷八《山部下・太平山》孫綽《太平山銘》：「有士冥遊，默往奇託。」正倉院本《宇文德陽宅秋夜山亭宴序》〔一三〕：「亹亹焉，蕭蕭焉，信天下之奇託也。」

《楚辭》宋玉《九辯》：「時亹亹而過中兮，蹇淹留而無成。」《世説新語・任誕第二十三》：「王衛軍云：酒，正自引人著勝地。」《洛陽伽藍記》卷四《城西》：「大覺寺……禪阜顯敞，實爲勝地。」蔣本卷一《江曲孤凫賦》：「反覆幽谿，淹留勝地。」正倉院本《新都縣乾嘉池亭夜宴序》〔三〕：「豈非以琴罇遠契，必兆朕於佳晨；風月高情，每留連於勝地。」

〔七〕「既而」四句

《文選》卷四左思《蜀都賦》：「崗巒糾紛，觸石吐雲。」

蔣本卷十九《梓州玄武縣福會寺碑》：「右縈層雉，左控崇巒。」

蔣本卷十七《梓州通泉縣惠普寺碑》：「崇墉却峙之勢，庭衢四會；勝里九曲之分，閭閻萬積。」蔣注：「却峙二字，疑有訛，且與九曲不對。」

《文選》卷十八嵇康《琴賦》：「丹崖嶮巇，青壁萬尋。」

《劉子·殊好》：「懸瀨碧潭，瀾波洶涌。」

參：張鷟《遊仙窟》卷一：「行至一所，險峻非常，向上則有青壁萬尋，直下則有碧潭千仞。」

〔八〕「松風」三句

《梁書》卷五十一《列傳第四十五處士·陶弘景》：「特愛松風，每聞其響，欣然爲樂。」

正倉院本《秋日登洪府滕王閣餞別序》〔一七〕：「漁舟唱晚，響窮彭蠡之濱；雁陣驚寒，聲斷衡陽之浦。」

陶潛《陶淵明集》卷七《祭程氏妹文》：「黯黯高雲，蕭蕭冬月。」

《列子·楊朱》：「凡生之難遇，而死之易及。」蔣本卷十九《梓州玄武縣福會寺碑》：「則有妙音難遇，瞻雪嶺而投軀；真諦希聲，仰雲山而破骨。」

〔九〕**「方欲」二句**

正倉院本《上巳浮江讌序》〔八〕：「林壑清其顧眄，風雲蕩其懷抱。」

《莊子·山木》：「林回棄千金之璧，負赤子而趨，何也，林回曰：彼以利合，此以天屬也。」蔣本卷二《慈竹賦》：「何美名之天屬，而和氣之冥受。」

《陳書》卷三十四《列傳第二十八·文學·陸琰弟瑜》：「（陳後主）與詹事江總書曰：……頗用譚笑娛情，琴樽間作；雅篇豔什，迭互鋒起。」

《周易·繫辭上》：「百姓日用而不知，故君子之道鮮矣。」蔣本卷十七《益州德陽縣善寂寺碑》：「縣令蕭君道弘，理鉤繩於日用，憑藻績於天成。」

〔一〇〕**「嗟乎」四句**

《文選》卷十潘岳《西征賦》：「古往今來，邈矣悠哉。」

《國語·齊語》：「人與人相疇，家與家相疇，世同居，少同遊。」

《論語·子罕》：「子在川上曰：逝者如斯夫，不舍晝夜。」

《晉書》卷八十《列傳第五十·王羲之》：「《蘭亭集序》……永和九年歲在癸丑，暮春之初，會于會稽山陰之蘭亭，修禊事也。群賢畢至，少長咸集。」

按：第一句、第三句末共遊字。或係誤寫。

〔一一〕**「盍題」二句**

蔣本卷二《採蓮賦》：「發交扃之麗什，動幽幌之情詩。」《毛詩·小雅·鹿鳴之什》。《釋文》：「篇數既多，故以十篇編爲一卷，名之爲什。」

正倉院本《上巳浮江讌序》〔二一〕：「高懷已暢，旅思遄征。」

江浦觀魚宴序〔一〕

若夫辯輕連璽，澮洲爲獨往之賓；道寄虚舟，河洛有神仙之契〔二〕。雖復勝遊長逝，陵谷終移〔三〕，而高範可追，波流未遠〔四〕。群公以十旬芳暇，候風景而延情；下官以千里薄遊，歷山川而綴賞〔五〕。桃花引騎，還尋源水之蹊；桂葉浮舟，即在江潭之上〔六〕。爾其崇瀾帶地，巨浸浮天〔七〕，綿玉甸而横流，指金臺而委輸〔八〕。飛湍驟激，猶驚白鷺之濤；踧浪奔迴，若赴黄牛之峽〔九〕。於是分桂檝，動蘭橈〔一〇〕，嘯漁子於平溪，引鮫人於洞穴〔一一〕。沙牀石磧，環臨翡翠之竿；瓊轄銀釣（鉤）①，下映茱萸之網〔一二〕。玄魴曷尾，登鳳几而霜離；素鯽縈鱗，掛鸞刀而雪泛〔一三〕。瑶觴間動，玉俎駢羅〔一四〕。興促神融，時淹景遽〔一五〕。于時平皋春返，林野晴歸〔一六〕；曾浦波恬，長崖霧息〔一七〕。脩篁結靄，斜連北渚之煙；垂柳低風，下拂西津之影〔一八〕。俯汀洲而目極，楚客疑存；想濠水而神交，蒙莊不死〔一九〕。道之存矣，超然四海之〔　〕間②；言可傳乎，〔　〕〔　〕千載③之不朽〔二〇〕。請抽文律，共抒情機。人賦一言，四韻成作〔二一〕。

【校記】

① 鈞：當作鉤。
② 間：前當缺一字。
③ 千載：前當缺二字。

【考證】

〔一〕江浦觀魚宴序

《呂氏春秋·本味》：「江浦之橘，雲夢之柚。」高誘注：「浦，濱也。」
《文選》卷五左思《吴都賦》：「觀魚乎三江，泛舟航于彭蠡。」

〔二〕「若夫」四句

《文選》卷二十一左思《詠史詩八首》其三：「吾慕魯仲連，談笑却秦軍……連璽曜前庭，比之猶浮雲。」李善注：「後仲連爲書遺燕將，燕將自殺。田單欲爵之，仲連逃海上。再封，故言連璽。」《史記》卷八十三《魯仲連鄒陽列傳第二十三·魯仲連》：「田單遂屠聊城，歸而言魯連，欲爵之。魯連隱於海上，曰：吾與富貴而詘於人，寧貧賤而輕世肆志焉。」

滄洲，未詳。按，或「滄州」之誤字。參：《王右丞集箋注》卷八王維《送崔三往密州覲省》：「魯連功未報，且莫蹈滄洲。」

《文選》卷六十任昉《齊竟陵文宣王行狀》：「衛將軍王儉綴而序之，山宇初構，超然獨往。」李善注：「淮南王《莊子略要》曰：江海之土，山谷之人也。輕天下，細萬物，而獨往者也。司馬彪注曰：獨往自然，不復顧世。」蔣本卷五《上絳州上官司馬書》：「不然則秋風明月，西江留獨往之因；桂嶠松巖，南山有不群之地。」

蔣本卷十九《彭州九隴縣龍懷寺碑》：「雖業定人境，照已極於無方；而道寄生成，功遂覃於有相。」《莊子・列禦寇》：「無能者無所求，飽食而遨遊，汎若不繫之舟，虚而遨遊者也。」蔣本卷十五《益州夫子廟碑》：「勃幼乏逸才，少有奇志，虚舟獨泛，乘學海之波瀾；直轡高驅，踐詞場之閫閾。」

正倉院本《冬日送閭丘序》〔六〕〔七〕：「背下土之淮湖，泝上京之河洛。不謂同舟共濟，直指山陽。」《後漢書》卷六十八《郭符許列傳第五十八・郭太》：「後歸鄉里，衣冠諸儒送至河上，車數千兩，林宗唯與李膺同舟而濟，衆賓望之，以爲神仙焉。」蔣本卷六《秋日游蓮池序》：「汀洲地遠，波濤濺日月之輝；人野路殊，原隰擁神仙之氣。」

〔三〕「雖復」二句

參：《文苑英華》卷七一九張説《景龍觀山亭集送密縣高贊府序》：「其後嘗有好事，以爲勝遊。」《文選》卷四十二魏文帝《與吴質書》：「元瑜長逝，化爲異物。」

參：韓愈《昌黎先生文集》卷十《秋字》：「莫以宜春遠，江山多勝遊。」

《毛詩・小雅・十月之交》：「高岸爲谷，深谷爲陵。」蔣本卷五《上劉右相書》：「豈知夫尺波易謝，寸晷難留；陵谷好遷，乾坤忌滿。」

〔四〕「而高範」二句

《藝文類聚》卷三十六《人部二十・隱逸上》孫綽《聘士徐君墓頌》：「雖玉質幽潛，而目想令儀；雅音永寂，而心存高範。」

《論語・微子》：「往者不可諫，來者猶可追。」

《續齊諧記》：「晉武帝問尚書郎摯虞仲治，三月三日曲水其義何旨，答曰……尚書郎束皙進曰……昔周公成洛邑，因流水泛酒。故逸詩云羽觴隨波流。又秦昭王三月上巳，置酒河曲。見金人自河而出，奉水心劍，曰：令君制有西夏。及秦霸諸侯，乃因此處立爲曲水。二漢相緣皆爲盛集。」

正倉院本《晚秋遊武擔山寺序》〔一九〕：「昔者登高能賦，勝事仍存；登岳長謠，清標未遠。」

〔五〕「群公」四句

《資治通鑑》卷二四四《唐紀六十・文宗太和五年》：「是日，旬休。」胡注：「一月三旬，遇旬則下直而休沐，謂之旬休。今謂之旬假是也。」正倉院本《秋日登洪府滕王閣餞別序》〔七〕：「十旬休沐，勝友如雲；千里逢迎，高朋滿席。」

正倉院本《江寧縣白下驛吴少府見餞序》：「憶風景於新亭，俄傷萬古。」

《藝文類聚》卷七十九《靈異部下・神》謝靈運《江妃賦》：「況分岫湘岸，延情蒼陰，隔山川之表裏，判天地之浮沈。」正倉院本《晚秋遊武擔山寺序》〔一一〕：「群公以玉律豐暇，傃林壑而延情；錦署多閑，想巖泉而結興。」

《文選》卷四十七夏侯湛《東方朔畫贊》：「以爲濁世不可以富貴樂也，故薄游以取位。」蔣本卷六《爲人與蜀城父老書》一：「下官薄游緜載，飄寓淹時。」

蔣本卷十八《廣州寶莊嚴寺舍利塔碑》：「立誠斯應，瞻庭廡而時逢；非德不鄰，歷山川而罕致。」

《文選》卷四十六任昉《王文憲集序》：「若乃統體必善，綴賞無地，雖楚趙群才，漢魏衆作，曾何足云。」

〔六〕「桃花」四句

正倉院本《秋晚什邡西池宴餞九隴柳明府序》〔四〕：「亭皋丹桂之津，源水紅桃之徑。」正倉院本《秋晚入洛於畢公宅別道王宴序》〔三四〕：「雖源水桃花，時時失路；而幽山桂樹，往往逢人。」

《漢書》卷六十六《公孫劉田王楊蔡陳鄭傳第三十六·劉屈氂》：「遂斬如侯，引騎入長安。」

蔣本卷十六《梓州飛烏縣白鶴寺碑》：「鏘鏘簷鐸，聲傳桂葉之風；餤餤山鑪，氣結松陰之靄。」

正倉院本《宇文德陽宅秋夜山亭宴序》〔六〕：「王子猷之獨興，不覺浮舟。」

《楚辭》屈原《漁父》：「屈原既放，游於江潭，行吟澤畔。」正倉院本《梓潼南江泛舟序》〔三〕：「艤舟於江潭，縱觀於丘壑。」

〔七〕「爾其」二句

蔣本卷一《九成宮東臺山池賦》：「爾其松峰桂壑，紅泉碧磴。」

《釋藏物》卷六釋慧愷《攝大乘論序》：「崇瀾内湛，清輝外溢。」

《後漢書》卷二十八上《桓譚馮衍列傳第十八上·馮衍》：「日月經天，河海帶地。」

《莊子·逍遥遊》：「大浸稽天而不溺，大旱金石流，土山焦而不熱。」蔣本卷十二《拜南郊頌》：「遼河巨浸，碣石危峰。」

《藝文類聚》卷八《水部上·總載水》：「《玄中記》曰，天下之多者水焉，浮天載地，高下無不至，萬物無不潤。」蔣本卷十八《梓州郪縣靈瑞寺浮圖碑》：「若夫神州括地，寰中分五嶽之圖；巨壑浮天，海上擢三山之秀。」

〔八〕「綿玉甸」二句

玉甸，未詳。

《孟子·滕文公上》：「洪水横流，氾濫於天下。」蔣本卷五《上劉右相書》：「而長城在界，秦漢所以失全昌；巨海横流，天地所以限殊俗。」

《列子·湯問》：「名曰歸墟。八紘九野之水，天漢之流，莫不注之，而无增无減焉。其中有五山焉，一曰岱輿，二曰員嶠，三曰方壺，四曰瀛洲，五曰蓬萊……其上臺觀皆金玉。」蔣本卷一《九成宫東臺山池賦》：「若夫金臺妙境，玉署仙居。」

正倉院本《冬日送閭丘序》〔二〕：「夫鼇山巨壑，集百川而委輸；天門大道，總萬國以來王。」

〔九〕「飛湍」四句

《水經注》卷九《清水》：「晉太康中，立城西北，有石夾水，飛湍濬急，人亦謂之礌溪。」

《藝文類聚》卷七《山部上·總載山》潘尼《西道賦》：「迴波激浪，飛沙飄瓦。」

《文選》卷三十四枚乘《七發》：「山出内雲，日夜不止，衍溢漂疾，波涌而濤起。其始起也，洪淋淋焉，若白鷺之下翔。」《太平御覽》卷六十九《地部三十四·洲》：「《丹陽記》曰：白鷺洲，在縣西三里，隔江中心，南邊新林浦，西對白鷺洲。洲在大江中，多聚白鷺，因名之。」

《藝文類聚》卷八《水部上·海水》張融《海賦》：「若乃山横蹙浪，風倒摧波，磊若驚山。」鮑照《鮑明遠集》卷五《還都道中三首》其三：「時涼籟爭吹，流溶浪奔趣。」

《水經注》卷三十四《江水》：「江水又東逕黃牛山，下有灘，名曰黃牛灘。南岸重嶺疊起，最外高崖間有石，色如人負刀牽牛，人黑牛黃，成就分明。既人迹所絶，莫得究焉。此巖既高，加以江湍紆迴。」蔣本卷十七《梓州通泉縣惠普寺碑》：「西馳峭崿，山連白雉之郊；東赴長川，江走黃牛之峽。」

參：陸游《劍南詩稿》卷十《登賞心亭》：「蜀棧秦關歲月遒，今年乘興却東遊。全家穩下黃牛峽，半醉來尋白鷺洲。」

〔一〇〕「於是」二句

正倉院本《上巳浮江讌序》〔一三〕：「於是儼松舲於石嶼，停桂楫於瑅潭；指林岸而長懷，出汀洲而極睇。」

《楚辭》屈原《九歌·湘君》：「桂櫂兮蘭枻，斲冰兮積雪。」王逸注：「櫂，楫也。」蔣本卷三《採蓮曲》：「桂櫂蘭橈下長浦，羅裙玉腕輕摇櫓。」

《玉臺新詠》卷九梁昭明太子《採蓮曲》：「桂楫蘭橈浮碧水，江花玉面兩相似。」

〔一一〕「嘯漁子」二句

《文選》卷十二木華《海賦》：「於是舟人漁子，徂南極東，或屑没於黿鼉之穴。」

《水經注》卷三《河水三》：「歷長城東，出于赤翟白翟之中，又有平水，出西北平谿，東南入奢延水。」

《文選》卷十二木華《海賦》：「其垠則有天琛水怪，鮫人之室，瑕石詭暉，鱗甲異質。」李善注：「曹子建《七啓》曰：鮫人。劉淵林《吴都賦》注曰：鮫人，水底居。」

參：《唐百家詩選》卷十四李涉《六歎》：「海中洞穴尋難極，水底鮫人半相識。」

〔一二〕「沙牀」四句

石嶼，見注〔一〇〕。正倉院本《上巳浮江讌序》〔一三〕。

正倉院本《新都縣楊乾嘉池亭夜宴序》〔六〕：「紅蘭翠菊，俯暎沙亭；黛栢蒼松，環臨玉嶼。」

《藝文類聚》卷四十一《樂部一·論樂》劉孝威《釣竿篇》：「金轄茱萸網，銀鉤翡翠竿。」正倉院本《上巳浮江讌序》〔一七〕：「亦有銀鉤犯浪，掛頳翼於文竿；瓊轄乘波，躍青鱗於畫網。」

〔一三〕「玄魴」四句

《文選》卷十潘岳《西征賦》：「華魴躍鱗，素鱮揚鬐。雍人縷切，鸞刀若飛。應刃落俎，靃靃霏霏。」呂延濟注：「魴、鱮，皆魚名。」

《毛詩·周南·汝墳》：「魴魚赬尾，王室如燬。」

蔣本卷十三《九成宫頌》：「鸞軒湛粹，鳳几裁尊（其八）。」

《抱朴子外篇·博喻》：「吴是以垂耳吴阪者，騁千里之逸軌；縈鱗九淵者，凌虹霓以高蹈。」

《毛詩·小雅·信南山》：「執其鸞刀，以啓其毛。」

〔一四〕「瑶觴」二句

正倉院本《新都縣乾嘉池亭夜宴序》〔八〕：「既而星移漢轉，露下風高；銀燭掩華，瑶觴佇興。」

正倉院本《秋晚什邡西池宴餞九隴柳明府序》〔一二〕：「瓊巵列湛，玉俎駢芳。」

《藝文類聚》卷四《歲時部中·三月三日》謝脁《爲人作三日侍光華殿曲水宴詩》：「金觴摇蕩，玉俎推移。箳浮水豹，席擾雲螭。」又邢子才《三日華林園公宴詩》：「方箳羅玉俎，激水漾金卮。」

《楚辭》王逸《九思・哀歲》：「群行兮上下，駢羅兮列陳。」正倉院本《秋日楚州郝司户宅遇餞霍使君序》：「琴歌代起，俎豆駢羅。」

〔一五〕「興促」二句

正倉院本《秋晚入洛於畢公宅别道王宴序》〔二〇〕：「既而神融象外，宴洽寰中。」

正倉院本《上巳浮江讌序》〔一九〕：「既而情盤興遽，景促時淹，野昭開晴，山煙送晚。」

《藝文類聚》卷四十四《樂部四・箏》梁簡文帝《箏賦》：「白日蹉跎，時淹樂久。」

《文選》卷四十六顔延之《三月三日曲水詩序》：「情盤景遽，歡洽日斜。」

〔一六〕「于時」二句

《藝文類聚》卷九《水部下・湖》范雲《治西湖詩》：「擁鍤勸年首，提爵勞春朝。平皋草色嫩，通林鳥聲嬌。」

蔣本卷十八《梓州郪縣靈瑞寺浮圖碑》：「每至兩江春返，四野晴初。」

《文選》卷二十六任昉《贈郭桐廬出谿口見候余既未至郭仍進村維舟久之，郭生方至》：「涿令行春返，冠蓋溢川坻。」

〔一七〕「曾浦」二句

正倉院本《宇文德陽宅秋夜山亭宴序》〔一五〕：「風高而林野秋，露下而江山静。」

曾浦，未詳。

蔣本卷十二《拜南郊頌》：「波恬四海，明宣七政。」

《藝文類聚》卷七《山部上·廬山》鮑照《登廬山望石門》：「高岑隔半天，長崖斷千里。」正倉院本《晚秋遊武擔山寺序》（七）：「引星垣於沓障，下布金沙；栖日觀於長崖，傍臨石鏡。」

〔一八〕「脩篁」四句

《文選》卷二十二徐悱《古意酬到長史溉登琅邪城》：「脩篁壯下屬，危樓峻上干。」

《文選》卷二十八陸機《挽歌三首》其三：「悲風徽行軌，傾雲結流藹。」李善注：「《文字集略》曰：靄，雲雨狀也。藹與靄，古字同。」

《文選》卷二十五陸雲《答兄機》：「南津有絶濟，北渚無河梁。」正倉院本《上巳浮江讌序》（一四）：「妍妝袨服，香驚北渚之風；翠幙玄帷，彩綴南津之霧。」

蔣本卷一《春思賦》：「章臺接建章，垂柳復垂楊。」

《藝文類聚》卷二十九《人部十三·别上》劉繪《送别詩》：「春滿方解籜，弱柳向低風。」

正倉院本《秋晚什邡西池宴餞九隴柳明府序》（一〇）：「司馬少以陽池可作，具仙舟於南浦之前；下官以溝水難留，攀桂席於西津之曲。」

〔一九〕「俯汀洲」四句

《楚辭》屈原《九歌·湘夫人》：「搴汀洲兮杜若，將以遺兮遠者。」王逸注：「汀，平也。」

正倉院本《上巳浮江讌序》（一三）：「指林岸而長懷，出汀洲而極睇。」

《楚辭》宋玉《招魂》：「湛湛江水兮，上有楓；目極千里兮，傷心悲。」蔣本卷一《春思賦》序：「屈平有言：目極千里傷春心。」

《古詩紀》卷八十二《梁十二》江淹《還故國》：「漢臣泣長沙，楚客悲辰陽。」《集注》卷十六庾信《彭城公夫人爾朱氏墓誌銘》：「淮仙致雨，仍攀桂樹之山；楚客臨風，更入芙蓉之水。」注：「楚客，屈原、宋玉也。屈、宋楚人，故云楚客。」

蔣本卷十六《梓州飛烏縣白鶴寺碑》：「耀丹青於菌璧，妙迹疑存；炳銑鋈於蓮龕，神輝自燭。」

《莊子・秋水》：「莊子與惠子遊於濠梁之上。莊子曰：儵魚出游從容，是魚樂也。惠子曰：子非魚，安知魚之樂。莊子曰：子非我，安知我不知魚之樂。」司馬云：「濠，水名也。石絶水曰梁。」正倉院本《秋日楚州郝司户宅遇餞霍使君序》〔一六〕：「且欣風物，共悦濠梁。」

《文選》卷四十五班固《答賓戲》：「皆俟命而神交，匪詞言之所信。」蔣本卷四《上郎都督啓》：「某聞古元君子，重神交而貴道合者，以其得披心胸而盡志義也。」

《文選》卷二十三潘岳《悼亡詩三首》其二：「上慙東門吴，下愧蒙莊子。」李善曰：「莊子，蒙縣人。故云蒙莊子。」《世説新語・文學第四》：「初注《莊子》者數十家。」注：「《秀别傳》曰……（嵇）康曰：爾故復勝不。（吕）安乃驚曰：莊周不死矣。」

蔣本卷九《别盧主簿序》〔五〕：「可謂賢人師古，老氏不死矣。」

〔二〇〕「道之存矣」四句

《莊子・田子方》：「子路曰：吾子欲見温伯雪子久矣，見之而不言，何邪。仲尼曰：若夫人者，目擊而道存矣，亦不可以容聲矣。」蔣本卷十七《益州德陽縣善寂寺碑》：「群公以道之存矣，思傳記德之書。」

《韓詩外傳》卷四：「夫文王非無便辟親比己者，超然乃舉太公於舟人而用之。」蔣本卷五《上劉右相書》：「三靈叶贊，超然奉天下之圖；四海承平，高步取寰中之託。」

正倉院本《秋日宴山庭序》〔一六〕：「使夫千載之下，四海之中，後之視今，訪懷抱於兹日。」

《左傳・襄公二十四年》：「古人有言曰：死而不朽，何謂也……穆叔曰：以豹所聞，此之謂世禄，非不朽也。魯有先大夫曰臧文仲。既没，其言立。其是之謂乎……雖久不廢，此之謂不朽。」蔣本卷三《倬彼我系》：「其位雖屈，其言則傳。」

《陶淵明集》卷七陶潛《卿大夫孝傳贊・孔子》：「遺文不朽，揚名千載。」蔣本卷十一《平臺祕略論十首・善政五》：「使黄河如帶，垂芳不朽。」

〔三二〕「請抽」四句

正倉院本《餞宇文明府序》〔八〕：「同抽藻思，共寫離襟。」

《文選》卷十七陸機《文賦》：「普辭條與文律，良余膺之所服。」蔣本卷七《入蜀紀行詩序》：「爰成文律，用宣行唱，編爲三十首，投諸好事焉。」

正倉院本《上巳浮江讌序》〔二四〕：「盍遵清轍，共抒幽期。」

《人物志・八觀》：「六曰：觀其情機，以辨恕惑。」蔣本卷十六《梓州飛烏縣白鶴寺碑》：「爰有上座法師等，情機藻瑩，戒律圓明。」

與邵鹿官宴序[一]

邵少鹿少以休沐乘春，開仲長之別館；下走以旅遊多暇，累安邑之餘風[二]。開蘭砌而行吟，敞茅齊（齋）①而坐嘯[三]。草齊幽徑，花明高牖[四]。山川長望，雖傷異國之懷；罇酒相逢，何暇邊城之思[五]。盍飄芳翰，共寫良遊[六]。振嵇阮之頹交，紐泉雲之絶綵[七]。心乎愛矣，夫豈然乎。人賦一言，俱[　]四韻②云爾[八]。

【校記】

① 齊：當作齋。

② 俱：俱後當缺一字。

【考證】

〔一〕**與邵鹿官宴序**

正倉院本《遊廟山序》[一五]：「時預乎斯者，濟陰鹿弘胤，安陽邵令遠耳。」

〔二〕「邵少」四句

正倉院本《江浦觀魚宴序》〔五〕：「群公以十旬芳暇，候風景而延情。」

《藝文類聚》卷六十四《居處部四・宅舍》江總《南還尋草市宅詩》：「乘春還故里，徐步採芳蓀。」

《晉書》卷九十四《列傳第六十四・隱逸・戴逵》：「吳國内史王珣有別館在武丘山，逵潛詣之。」

《藝文類聚》卷四十二《樂部二・論樂》沈約《悲哉行》：「旅遊媚年春，年春媚遊人。」蔣本卷二《澗底寒松賦》：「歲八月壬子旅遊於蜀。」

《荀子・脩身》：「其爲人也，多暇日者，其出入不遠矣。」蔣本卷十七《益州德陽縣善寂寺碑》：「下官弱植少徒，薄遊多暇。」

《東觀漢記》卷十六《閔貢傳十二》：「字仲叔，太原人。恬靜養神，弗役於物……客居安邑，老病家貧，不能得錢買肉，日買一片豬肝，屠或不肯爲斷。安邑令候之，問諸子何飯食。對曰：但食豬肝，屠者或不肯與之。令出敕市吏，後買輒得。仲叔怪問之，其子道狀，乃歎曰：閔仲叔豈以口腹累安邑耶！遂去之沛。」正倉院本《九月九日採石館宴序》〔六〕：「琳瑯謝安邑之賓，罇酒值臨邛之令。」

《尚書・畢命》：「商俗靡靡，利口惟賢，餘風未殄，公其念哉。」孔傳：「餘風未絶，公其念絶之。」

〔三〕「開蘭砌」二句

參：《文苑英華》卷一三五盧照鄰《馴鳶賦》：「狎蘭砌之高低，翫荆扉之新故。」

《楚辭》屈原《漁父》：「屈原既放，游於江潭，行吟澤畔。」蔣本卷二十《常州刺史平原郡開國公行狀》：「分宣演化，卧理切於宸襟；易俗遷訛，行吟佇於人望。」

《藝文類聚》卷五《歲时部下・熱》徐陵《内園逐涼》：「狹徑長無跡，茅齋本自空。」蔣本卷三《贈李十四四首》其一：「野客思茅宇，山人愛竹林。」蔣本卷六《爲人與蜀城父老書》一：「北齋開敞，南館虚間。」

《後漢書》卷六十七《黨錮列傳第五十七》：「汝南太守宗資任功曹范滂，南陽太守成瑨亦委功曹岑晊，二郡又爲謡曰：汝南太守范孟博，南陽宗資主畫諾。南陽太守岑公孝，弘農成瑨但坐嘯。」蔣本卷十八《廣州寶莊嚴寺舍利塔碑》：「然則野老行歌，雖致功於露冕；藩君坐嘯，固藉美於題輿。」

〔四〕「草齊」二句

《集注》卷四庾信《幽居值春》：「山人久陸沉，幽徑忽春臨。」

蔣本卷十六《梓州飛烏縣白鶴寺碑》：「花明柳砌，葉暗朱闌。」

〔五〕「山川」四句

《毛詩・小雅・漸漸之石》：「漸漸之石，維其高矣。山川悠遠，維其勞矣。」

《楚辭》劉向《九歎・憂苦》：「歎曰：登山長望，中心悲兮。」正倉院本《晚秋遊武擔山寺序》〔一六〕：「碧雞靈宇，山川極望，石兕長江，河洲在目。」

蔣本卷一《春思賦》：「况風景兮同序，復江山之異國。」

《藝文類聚》卷三十《人部十四・别下》李陵《重報書》：「遠託異國，昔人所悲。望風懷想，能不依依。」

正倉院本《上巳浮江讌序》〔四〕：「況廼偃泊山水，遨遊風月，罇酒於其外，文墨於其間哉。」

蔣本卷三《田家三首》一：「阮籍生年懶，嵇康意氣疎。相逢一飽醉，獨坐數行書。」

蔣本卷六《爲人與蜀城父老書》一：「陟梁鴻之峻岳，何暇長謡；臨阮籍之長途，惟知慟哭。」何遜《何水部集》《邊城思》：「柳黄未吐葉，水緑半含苔。春色邊城動，客思故鄉來。」蔣本卷三《他鄉叙興》：「邊城琴酒處，俱是越鄉人。」

〔六〕「盍飄」二句

正倉院本《秋日楚州郝司户宅遇餞霍使君序》〔一八〕：「請揚文律，共記良遊。」

參：《金石萃編》卷六十三則天武后《昇仙太子碑》：「紀盛德於芳翰，勒鴻名於貞石。」

〔七〕「振嵇阮」二句

《晉書》卷四十九《列傳第十九・嵇康》：「所與神交者，惟陳留阮籍、河内山濤……遂爲竹林之游，世所謂竹林七賢也。」蔣本卷六《爲人與蜀城父老書》一：「忘機得意，恥嵇阮之交疎；虚席延賓，恨原嘗之客少。」

《藝文類聚》卷六十四《居處部四・宅舍》習鑿齒《諸葛武侯宅銘》：「達人有作，振此頹風。」

《文選》卷四左思《蜀都賦》：「王褒韡曄而秀髮，揚雄含章而挺生。」劉逵注：「王褒，字子淵。揚雄，字子雲。皆蜀人。」蔣本卷六《爲人與蜀城父老書》一：「冲襟渺識，人多江漢之靈；麗藻華文，代有雲泉之氣。」蔣注：「唐諱淵作泉。」

〔八〕「心乎」四句

《毛詩・小雅・隰桑》：「心乎愛矣，遐不謂矣。中心藏之，何日忘之。」

蔣本卷三《倬彼我系》：「欲及時也，夫豈願焉。」

仲家園①宴序〔一〕

《文苑英華》卷七〇八　張本卷六　項本卷六　蔣本卷七

僕不幸，在流俗而嗜煙霞〔二〕。常②恨林泉不比德，而嵇③阮不同時〔三〕。而④處懷⑤良辰而鬱鬱⑥，仰高風而杼軸⑦者多矣〔四〕。豈知⑧夫司馬卿之車騎，上客盈門；仲長統之園林，群英在席〔五〕。坐卧南廊，簫（郭，蕭）⑨條東野。暮江⑩浩曠，晴山紛積〔六〕。喜鵷⑪鸞之棲曜，逢江映（接翼，曜江漢）⑫之多材⑬〔七〕。顧斜景而危心，瞻大⑭雲而變色〔八〕。思傳勝踐⑮，敢振文鋒，蓋同席者高人薛曜等取（耳）⑯〔九〕。盍各賦詩，放懷叙志。俾山川獲申於知己，烟霞受制於吾徒也〔一〇〕。

【校記】

① 仲家園：諸本皆作仲氏宅。

② 常：諸本無常字。傅校：古鈔本，恨作上有常。

③ 嵇：項本、蔣本同。《英華》、張本作稽。

④ 而：諸本皆無而字。

⑤懷：諸本皆無懷字。
⑥鬱鬱：諸本皆作鬱怏。
⑦軸：張本、項本、蔣本同。《英華》作柚。
⑧知：諸本無知字。傅校：豈下有□。
⑨廊，簫：諸本皆作郭蕭。
⑩暮江：諸本皆作江波。
⑪喜鵶：《英華》、張本作嘉鴛，項本、蔣本作喜鴛。
⑫樓曜，逢江映：諸本皆作接翼，曜江漢。
⑬材：諸本皆作才。
⑭大：諸本皆作火。
⑮踐：諸本皆作餞。
⑯取：諸本皆作耳。

【考證】

〔一〕仲家園

仲家，未詳。

〔二〕「僕不幸」二句

《漢書》卷六十二《司馬遷傳第三十二》：「《報任少卿書》……今僕不幸，蚤失二親，無兄弟之親，獨身孤立。」

《禮記・射義》：「幼壯孝弟，耆耋好禮，不從流俗，脩身以俟死者不。」蔣本卷一《春思賦》：「未嘗下情於公侯，屈色於流俗。」

《藝文類聚》卷三十七《人部二十一・隱逸下》孔稚珪《褚先生伯玉碑》：「泉石依情，煙霞入抱。」正倉院本《登綿州西北樓走筆詩序》〔四〕：「視烟霞之浩曠，覺城肆之喧卑。」

〔三〕「常恨」二句

蔣本卷五《上絳州上官司馬書》：「常恨霜松列澗，萬尋無罩月之期；露草滋山，寸莖有梢雲之望。」

《尚書・洪範》：「凡厥庶民無有淫朋，人無有比德。惟皇作極。」孔傳：「民有安中之善，則無淫過朋黨之惡、比周之德，爲天下皆大爲中正。」蔣本卷十九《彭州九隴縣龍懷寺碑》：「比德山藪，重規泉石。」正倉院本《與邵鹿官宴序》〔七〕：「振嵇阮之頹交，紐泉雲之絶綵。」

《史記》卷一一七《司馬相如列傳第五十七》：「上讀《子虛賦》而善之曰：朕獨不得與此人同時哉。」

〔四〕「而處」二句

《文選》卷四十五陶淵明《歸去來》：「懷良辰以孤往，或植杖而耘耔。」

《初學記》卷三《歲時部上・春》：「梁元帝《纂要》曰……春……辰曰良辰。」蔣本卷三《上巳浮江宴韻得阯字》：「逸興懷九仙，良辰傾四美。」

《楚辭》屈原《九章・哀郢》：「慘鬱鬱而不通兮，蹇侘傺而含戚。」

《藝文類聚》卷五十《職官部六・刺史》蔡邕《荆州刺史庾侯碑》：「温温然弘裕虚引，落落然高風起世。」蔣本卷六《爲人與蜀父老書》一：「閔仲叔之高風，不以口腹累安邑。」

《文選》卷十七陸機《文賦》：「雖杼軸於予懷，怵他人之我先。」李善注：「杼軸以織喻也。」參：楊炯《王勃集序》：「君又以幽贊神明，非杼軸於人事；經營訓導，迺優游於聖作。」

〔五〕「豈知」四句

蔣本卷五《上劉右相書》：「豈知夫尺波易謝，寸晷難留。」

《史記》卷一一七《司馬相如列傳第五十七》：「相如之臨邛，從車騎，雍容閒雅甚都。」

《後漢書》卷七〇《鄭孔荀列傳第六〇・孔融》：「及退閑職，賓客日盈其門。」

蔣本卷二《採蓮賦》：「上客喧兮樂未已，美人醉兮顔將酡。」

正倉院本《三月上巳祓禊序》〔一一〕：「仲統芳園，家家並翠。」又正倉院本《與邵鹿官宴序》〔二〕：「邵少鹿少以休沐乘春，開仲長之别館；下走以旅遊多暇，累安邑之餘風。」

《文選》卷四十阮籍《詣蔣公》：「群英翹首，俊賢抗足。」正倉院本《至真觀夜宴序》〔三〕：「非流俗所詣，而群英在焉。」

〔六〕「坐卧」四句

《大般涅槃經》卷十五：「所謂食飲衣藥，行住坐卧，睡寤語默，是知知足。」

《莊子・齊物論》：「南郭子綦隱几而坐，仰天而嘘，嗒焉似喪其耦。」《釋文》：「南郭子綦，音其。司馬云：居南郭，因爲號。」

《淮南子・齊俗訓》：「故蕭條者形之君，而寂漠者音之主也。」高誘注：「蕭條，深静也。」正倉院本《秋日登冶城北樓望白下序》〔一三〕：「井邑蕭條，覺衣冠之氣盡。」

《後漢書》卷五十七《杜欒劉李劉謝列傳第四十七·劉陶》：「臣東野狂闇，不達大義。」正倉院本《登綿州西北樓走筆詩序》〔四〕：「視烟霞之浩曠，覺城肆之喧卑。」

《水經注》卷三十八《湘水》：「屈原懷沙，自沈於此，故淵潭以屈爲名。昔賈誼、史遷，皆嘗逕此，弭楫江波，投弔於淵。」

參：《文苑英華》卷七一〇李白《李太白全集》卷二十七《夏日諸從弟登沔州龍興閣序》：「晴山翠遠而四合，暮江碧流而一色。」

〔七〕「喜鵷鸞」二句

《文館詞林》卷四五二薛道衡《後周大將軍楊紹碑銘》：「人類鵷鸞，壽非龜鶴。」正倉院本《秋日楚州郝司户宅遇餞霍使君序》〔五〕：「城池當要害之衝，寮寀盡鵷鸞之選。」

《文選》卷一班固《西都賦》注引枚乘《梁王菟園賦》：「翱翔群熙，交頸接翼。」

正倉院本《冬日送儲三宴序》〔二〕：「儲學士東南之美，江漢之靈。」

〔八〕「顧斜景」二句

《藝文類聚》卷六十五《産業部·園》梁元帝《遊後園詩》：「暮春多淑氣，斜景落高春。」

《孟子·盡心上》：「獨孤臣孽子，其操心也危。」《蔣本》卷十三《九成宫頌》：「玄熊蚺蜦，俯棟宇而危心；青鳥歸飛，仰靈軒而墜翼。」

《藝文類聚》卷二十《人部四·賢》：「京房《易飛候》曰：視四方常有大雲，五色具而不雨，其下有聖賢人隱。」

《集注》卷三庾信《擬詠懷二十七首》其一：「風雲能變色，松竹且悲吟。」

〔九〕「思傳」三句

參：《文苑英華》卷八四九盧照鄰《益州至真觀主黎君碑》：「玉壘庭坤，珠鄉勝踐。」《集注》卷十三庾信《周上柱國齊王憲神道碑銘》：「水湧詞鋒，風飛文雅。」《莊子・德充符》：「其明日，又與合堂同席而坐。」《宋書》卷六十七《列傳第二十七・謝靈運》：「《山居賦》……投吾心於高人，落賓名於聖賢。」正倉院本《九月九日採石館宴序》〔八〕：「俗物去而竹林清，高人聚而蘭筵肅。」

蔣本卷三《別薛華詩》。《舊唐書》卷七十三《列傳第二十三・薛元超》：「蒲州汾陰人……收子元超……（元超）子曜，亦以文學知名。聖曆中，修《三教珠英》，官至正諫大夫。」《新唐書》卷七十三下《表第十三下・宰相世系三下》薛氏：「（薛）耀，字昇華。給事中，襲汾陰男。」又蔣本卷九《秋夜於綿州官席別薛昇華序》。蔣注：「薛收是王通弟子，故子安與曜，累世通家。文云潘、楊遠好，蓋又兼姻戚矣。」又見正倉院本《餞宇文明府序》〔四〕。

〔一〇〕「盍各」四句

正倉院本《楊五席宴序》〔九〕：「盍各賦詩，共旌友會云爾。」《左傳・襄公二十八年》：「賦詩斷章，余取所求焉。」《毛詩・豳譜》：「以此序己志。」

山川，屢見。

《晏子春秋・内篇雜上》：「臣聞之，士者詘乎不知己，而申乎知己。」蔣本卷四《上明員外啓》：「於是迹申知已，投爵里而思齊，事迫當仁，抱龍泉而願割。」

《漢書》卷一〇〇上《叙傳第七十上》：「《答賓戲》……聲盈塞于天淵，真吾徒之師表也。」

梓潼南江泛①舟序〔一〕

《文苑英華》卷七〇八　張本卷五　項本卷五　蔣本卷六

咸厚（亨）②二年六月癸巳，梓潼縣令韋君，以清湛幽凝，鎮靜流③俗，境内無事〔二〕。艤舟於江潭，縱觀［於］丘④壑，眇⑤然有山林陂澤之恩（思）⑥〔三〕。遂長懷悠想，周覽極睇〔四〕。思其人則吕望坐⑦茅於磻磎⑧之陰，屈平⑨製芰於涔陽之浦〔五〕。覺瀛洲方丈，森然在目〔六〕。於是間以投壺，雜⑩以妙論〔七〕。亦有嘉餚旨酒，清⑪絃朗笛，以黼藻幽尋⑫之致焉〔八〕。預⑬于斯者，若干人爾〔九〕。

【校記】

① 泛：《英華》、張本、項本同。蔣本作汎。

② 厚：諸本皆作亨。

③靜流：諸本皆作流靖。
④丘：諸本丘上皆有於字。
⑤眇：諸本皆作渺。
⑥恩：諸本皆作恩。
⑦坐：張本、項本、蔣本作藉。《英華》作籍。
⑧磎：《英華》、張本、項本作溪。蔣本作谿。
⑨平：《英華》、張本、項本同。蔣本作原。
⑩雜：諸本皆作讐。
⑪清：諸本皆作鳴。
⑫黼藻幽尋：諸本皆作補尋幽。
⑬預：《英華》、張本、項本同。蔣本作豫。

【考證】

〔一〕梓潼南江泛舟序

《元和郡縣志》卷三十三《劍南道下》：「劍州……管縣八……梓潼縣（上。東北至州一百六十里）……梓潼水，一名馳水，北自陰平縣界流入。」

《文選》卷五左思《吴都賦》：「觀魚乎三江，泛舟航于彭蠡。」

〔二〕「咸亨二年」五句

《唐六典》卷三十《三府督護州縣官吏·京縣·畿縣·天下諸縣官吏》：「諸州上縣令從六品上……中縣令一人正七品上……中下縣令一人從七品上。」

韋君，未詳。

《弘明集》卷七釋僧愍《戎華論折顧道士夷夏論》：「則忘慮而幽凝言絶者也。如此之人，可謂居士。」

《文選》卷三十八桓温《薦譙元彦表》：「足以鎮靜頹風，軌訓囂俗。」

《禮記·射義》：「幼壯孝弟，耆耋好禮，不從流俗。」鄭注：「流俗，失俗也。」《北齊書》卷四十二《列傳第三十四·袁聿修》：「贊曰：……不夷不惠，坐鎮流俗。」蔣本卷一《春思賦》：「未嘗下情於公侯，屈色於流俗。」

《南史》卷六十三《列傳第五十三·羊侃》：「是時梁興四十七年，境内無事，公卿在位，及閭里士大夫，莫見兵甲。」

〔三〕「艤舟」三句

《文選》卷四左思《蜀都賦》：「艤輕舟，娉江婓，與神游。」劉逵注：「應劭曰：艤，正也。一曰南方俗謂正船迴濟處爲艤。」正倉院本《秋日楚州郝司户宅遇餞霍使君序》〔一二〕：「艤仙舟於石岸，薦綺席於沙濱。」

正倉院本《江浦觀魚宴序》〔六〕：「桃花引騎，還尋源水之蹊；桂葉浮舟，即在江潭之上。」

《史記》卷八《高祖本紀第八》：「高祖常繇咸陽，縱觀，觀秦皇帝。」蔣本卷二《採蓮賦》：「乃有貴子王孫，乘閒縱觀。」

《晉書》卷九《帝紀第九·簡文帝》：「詔曰：……自足山水，棲遲丘壑。」蔣本卷二《採蓮賦》：「永潔己於丘壑，長寄心於君王。」

《文選》卷四十七王褒《聖主得賢臣頌》：「何必偃卬詘信若彭祖，呴嘘呼吸如喬松，眇然絶俗離世哉。」蔣本卷三《懷仙詩》：「常希披塵網，眇然登雲車。」

《周禮·大司徒》：「辨其山林、川澤、丘陵、墳衍、原隰之名物。」鄭注：「積石曰山，竹水曰林。注瀆曰川，水鍾曰澤。」

《漢書》卷七十七《蓋諸葛劉鄭孫毋將何傳第四十七·孫寶》：「時帝舅紅陽侯立使客因南郡太守李尚占墾草田數百頃，頗有民所假少府陂澤，略皆開發，上書願以入縣官。」正倉院本《秋日登冶城北樓望白下序》〔四〕：「徘徊野澤，散誕陂湖。」

〔四〕「遂長懷」二句

正倉院本《上巳浮江讌序》〔一三〕：「指林岸而長懷，出汀洲而極睇。」

《藝文類聚》卷二十六《人部十·言志》陸機《懷土賦》：「玩通川以悠想，撫歸塗而躑躅。」

《文選》卷十九宋玉《登徒子好色賦》：「臣少曾遠游，周覽九土，足歷五都。」

〔五〕「思其人」二句

《六韜·文韜·文師》：「文王乃齊三日，乘田車，駕田馬，田於渭陽，卒見太公坐茅以漁。」

《尚書大傳》卷二：「周文王至磻溪，見呂望。文王拜之。」《水經注》卷十七《渭水》：「渭水之右，磻溪水注之。水出南山兹谷……東南隅有一石室。蓋太公所居也。水次平石釣處，即太公垂釣之所也。其投竿跽餌，兩膝遺跡猶存。」蔣本卷二《採蓮賦》：「枕箕岫之孤石，汎磻溪之小塘。」

《楚辭》屈原《離騷》：「製芰荷以爲衣兮。」王逸注：「製，裁也。芰，蔆也。秦人曰薢茩。」

《楚辭》屈原《九歌・湘君》：「望涔陽兮極浦。」王逸注：「涔陽，江碕名。近附郢。極，遠也。浦，水涯也。」

〔六〕「**覺瀛洲**」二句

《漢書》卷二十五上《郊祀志第五上》：「蓬萊、方丈、瀛洲，此三神山者，其傳在渤海中……黄金銀爲宫闕。」

蕭統《昭明太子集》卷三《答晉安王書》：「人師益友，森然在目。」《文苑英華》卷六八八王績《答馮子華處士書》：「則於舟中詠大謝亂流趨孤嶼之詩，眇然盡山林陂澤之思，覺瀛州方丈，森然在目。」

〔七〕「**於是**」二句

《禮記・投壺》：「投壺之禮，主人奉矢，司射奉中，使人執壺，主人請曰：某有枉矢哨壺，請以樂賓。賓曰：子有旨酒嘉肴，某既賜矣。」

〔八〕「**亦有**」三句

嘉餚旨酒，參見注〔七〕。

正倉院本《三月上巳祓禊序》〔一二〕：「於是攜旨酒，列芳筵。」

《文選》卷二十一郭璞《游仙詩七首》其三：「中有冥寂士，静嘯撫清絃。」

《文選》卷五十五陸機《演連珠五十首》其四十三：「賁鼓密而含響，朗笛疏而吐音。」《爾雅・釋器》：「斧謂之黼。」《法言・學行》：「吾未見斧藻其德若斧藻其楶者。」謝朓《謝宣城詩集》卷一《酬德賦》：「有杞梓之貞心，協丹采之輝被，伊吾人之陋薄，雖黼藻之何置。」蔣本卷四《上拜南郊頌表》：「伏惟皇帝陛下，黼藻神器，銜策睿圖。」

謝朓《謝宣城集》卷四《和何議曹郊遊二首》其一：「江垂得清賞，山際果幽尋。」

〔九〕「預于斯者」句

正倉院本《遊廟山序》〔一五〕：「時預乎斯者，濟陰鹿弘胤、陽安邵令遠耳。」

餞①宇文明府②序〔一〕

《文苑英華》卷七一八　張本卷七　項本卷七　蔣本卷八

昔者王列（烈）③登山，林泉動色；嵇④康入座，左右生光〔二〕。豈非仙表足以感神，貞⑤姿可以鎮⑥物〔三〕。況我巨山之凉凉⑦孤出，昇華之巖巖⑧清峙。群公之好善，下官之惡俗〔四〕。接蜺裳於勝席，陪鶴轡於中軒。俱希狀（拔）俗⑨之標，各杖⑩專門之氣〔五〕。烟霞用足，江海情多。言泉共秋水同流，詞峰⑪與夏雲爭長〔六〕。雖楊⑫庭載酒，方趨好事之遊；而馬肆⑬含豪（毫）⑭，請命昇遷⑮之筆〔七〕。同抽葉（藻）⑯思，共寫離襟⑰〔八〕。

【校記】

①餞：《英華》、張本、項本同。蔣本作送。

②府：項本、蔣本同。《英華》、張本無府字。

③列：諸本皆作烈。

④嵇：張本、項本、蔣本同。《英華》作稽。

⑤貞：諸本皆作真。

⑥鎮：諸本皆作錯。

⑦凉凉：諸本皆作凜。

⑧巖巖：諸本皆作麗。

⑨希狀俗：《英華》作拔□□，張本、項本、蔣本作拔出塵。

⑩杖：《英華》同。張本、項本、蔣本作仗。

⑪峰：項本、蔣本同。《英華》、張本作鋒，傅校：舊鈔本，鋒作峰。

⑫楊：《英華》同。張本、項本、蔣本作揚。

⑬馬肆：諸本皆作肆樂。蔣注：《全唐文》作樂肆。樂肆，肆樂，均可疑。

⑭豪：諸本皆作毫。

⑮遷：《英華》、張本同。項本、蔣本作仙。

⑯葉：諸本皆作藻。

⑰襟：《英華》作恨。張本、項本、蔣本作懷。

【考證】

〔一〕餞宇文明府序

明府：見正倉院本《於越州永興縣李明府送蕭三還齊州序》〔一〕。

宇文明府：德陽縣令宇文嶠。見正倉院本《宇文德陽宅秋夜山亭宴序》。

〔二〕「昔者」四句

正倉院本《山家興序》〔二〇〕：「山腰半坼，溜王烈之香梗；洞口横開，滴嚴遵之芳乳。」林泉，屢見。

《文選》卷四十八班固《典引》：「君臣動色，左右相趨。」

《晉書》卷四十九《列傳第十九·嵇康》：「字叔夜，譙國銍人也……美詞氣，有風儀。而土木形骸，不自藻飾，人以爲龍章鳳姿，天質自然。恬靜寡欲，含垢匿瑕，寬簡有大量。」

正倉院本《秋晚入洛於畢公宅別道王宴序》〔一七〕：「英王入座，醴酒還陳；高士臨筵，樵蘇不爨。」

《史記》卷七十九《范雎蔡澤列傳第十九》：「於是乃延入坐，爲上客。」

《文苑英華》卷二〇一沈約《白銅鞮歌》：「蹄控飛塵起，左右自生光。」

〔三〕「豈非」二句

《尚書·大禹謨》：「至誠感神，矧兹有苗。」

《宋書》卷二十《志第十·樂二》：「《晉江左宗廟歌十三篇·歌康皇帝（曹毗）》：閑邪以誠，鎮物以默。」

參：白居易《白氏文集》卷一《諷喻一・感鶴詩》：「貞姿自耿介，雜鳥何翩翾。」

正倉院本《宇文德陽宅秋夜山亭宴序》〔八〕：「友人河南宇文嶠。」按，宇文嶠，字巨山。

〔四〕「況我」四句

《孟子・盡心下》：「行何爲踽踽涼涼，生斯世也，爲斯世也，善斯可也。」

昇華，薛曜。見正倉院本《仲家園宴序》〔九〕：「蓋同席者高人薛曜等耳。」

《世説新語・賞譽第八》：「王公目太尉，巖巖清峙，壁立千仞。」正倉院本《宇文德陽宅秋夜山亭宴序》〔一一〕：「巖巖思壁，家藏虹岫之珍；淼淼言河，各控驪泉之寶。」

《左傳・襄公二十九年》：「好善而不能擇人，吾聞君子務在擇人。」

《毛詩・大雅・蕩》：「靡不有初，鮮克鮮終。」毛傳：「民始皆庶幾於善道，後更化於惡俗。」

〔五〕「接蜺」四句

《楚辭》屈原《九歌・東君》：「青雲衣兮白霓裳，舉長矢兮射天狼。」

參：《文苑英華》卷二〇九楊炯《紫騮馬》：「蛇弓白羽箭，鶴轡赤茸鞦。」

江淹《江文通集》卷六《蕭驃騎録尚書事到省表》：「今輒燿纓上序，鏘佩中軒。」正倉院本《江寧縣白下驛吴少府宅見餞序》〔一三〕：「愴零雨於中軒，動流波於下席。」

《文選》卷四十三孔稚珪《北山移文》：「夫以耿介拔俗之標，蕭灑出塵之想。」李善注：「孫盛《晉陽秋》曰：呂安志量開廣，有拔俗風氣。」

《漢書》卷八十八《儒林傳第五十八・嚴彭祖》：「彭祖、安樂，各顓門教授。」注：「師古曰：顓與專同。」

專門言各自名家。」

〔六〕「烟霞」四句

烟霞，屢見。

《莊子·刻意》：「就藪澤，處閒曠，釣魚閒處，無爲而已矣。此江海之士，避世之人，閒暇者之所好也。」蔣本卷三《上巳浮江宴韻得阯字》：「別有江海心，日暮情何已。」

《論衡·自紀篇》：「筆瀧漉而雨集，言溶滴而泉出。」

《莊子·秋水》：「秋水時至，百川灌河。」蔣本卷一《七夕賦》：「洞庭波兮秋水急，關山晦兮夕霧連。」

蔣本卷九《山亭興序》：「下官以詞峰直上，振筆札而前驅；高明以翰苑橫開，列文章於後殿。」

《藝文類聚》卷三《歲時部上·春》顧凱之《神情詩》：「春水滿四澤，夏雲多奇峰。」

〔七〕「雖楊庭」四句

《漢書》卷八十七下《揚雄傳第五十七下》：「贊曰……時雄校書天祿閣上……家素貧，嗜酒，人希至其門。時有好事者，載酒肴從游學。」

正倉院本《宇文德陽宅秋夜山亭宴》〔二〕：「鳳閣虛玄，門稱好事。」

《史記》卷一一七《司馬相如傳第五十七》：「相如與俱之臨邛，盡賣其車騎，買一酒舍酤酒。而令文君當鑪，相如身自著犢鼻褌，與保庸雜作，滌器於市中。」

蔣本卷六《夏日登龍門樓寓望序》：「搦管含毫，獨對當仁之序。」《文選》卷十七陸機《文賦》：「或操觚以率爾，或含毫而邈然。」

《華陽國志》卷三《蜀志》：「（蜀郡）城北十里，有昇仙橋，有送客觀。司馬相如初入長安，題市門曰：不乘赤車駟馬，不過汝下也。」

〔八〕「同抽」二句

正倉院本《江浦觀魚宴序》〔二一〕：「請抽文律，共抒情機。人賦一言，四韻成作。」

《文館詞林》卷一五二謝靈運《贈從弟弘元時爲中軍功曹住京》：「子既祇命，餞此離襟。」

正倉院本《張八宅別序》〔一一〕：「排旅思而銜盃，捨離襟而命筆。」

參：《箋注》卷二駱賓王《送宋五之問得凉字》：「欲諗離襟切，歧路在他鄉。」

夏日仙居觀宴序〔一〕

咸亨二年，四月孟夏，龍集丹紀，兔躔朱陸〔二〕。時屬陸冗（沉）①，潤褰恒雨〔三〕。九隴縣令河東柳易，式稽彝典，歷禱名山〔四〕。爰昇白鹿之峰，佇降玄虬之液〔五〕。楊法師以烟霞勝集，諧遠契於詞場；下官以書札小能，叙高情於祭牘〔六〕。羞蕙葉，奠蘭英〔七〕。舞闋哥終，雲飛雨驟〔八〕。靈機密邇，景況昭然〔九〕。瞻列缺而迴鞭，顧豐隆而轉軑〔一〇〕。停歡妙域，列宴仙壇〔一一〕。清秘想於丹田，滌煩心於紫館〔一二〕。神襟獨遠，如乘列子之風；溽候高褰，以滅劉昆之火〔一三〕。于時氣踈瓊圃，漏靜銀宮〔一四〕。葉聚氛濃，花深潤重〔一五〕。撫銅章而不媿，坐瑶席而忘言〔一六〕。雖惠化傍流，信無慙於響應；而淺才幽贊，亦有助於明祇〔一七〕。敢分謗於當仁，庶同塵於介福〔一八〕。人分一字，七韻成篇。

【校記】

① 冗：當作沉字。

【考證】

〔一〕夏日仙居觀宴序

《韻語陽秋》卷十二：「王勃《示知己》詩云：客書同十奏，臣劍已三奔。則不爲無意於功名者。《夢游仙》詩云：乘月披金枝，連星解瓊珮。則不爲無意於神仙者。是以登葛幘山而思武侯之功，宿仙居觀而思霓衣之侶也。又《觀述懷擬古》詩云：僕生二十祀，有志十數年。下策圖富貴，上策懷神仙。而二志竟不遂，可勝歎哉。」《元豐九域志》之《附録》卷七《漢州》：「仙居觀，《圖經》云：李八百於此上昇。」

〔二〕「咸亨二年」四句

《初學記》卷一《天部上・天第一》何承天《天贊》：「龍集有次，星紀乃分。」

按：咸亨二年是辛未，太歲當在「敦牂」。辛是「玄黓」，四月是「夾鐘」。或有誤寫。

《初學記》卷二十七《寶器部・絹第九》徐勉《謝敕賜絹啓》：「惟皇太子睿情天發，粹性玄凝。作震春方，繼離朱陸。」

〔三〕「時屬」二句

《文選》卷二十三任昉《出郡傳舍哭范僕射》：「待時屬興運，王佐俟民英。」陸雲《陸士龍文集》卷六《盛德頌》：「元戎薄伐，時罔不龕。凌波川潰，肆野陸沉。」《漢書》卷二十七中之上《五行志第七中之上》：「庶徵之恒雨，劉歆以爲《春秋》大雨也。」

〔四〕「九隴縣令」三句

正倉院本《秋晚什邡西池宴九隴柳明府序》。《初學記》卷五《地部上・總載地第一》顏師古《神州地祇祝文》：「溥彼域中，賴茲厚德。式遵彝典，揀此元辰。」《藝文類聚》卷十六《儲宮部・儲宮》王筠《昭明太子哀策文》：「式稽令典，載揚鴻烈。」《尚書・武成》：「告于皇天后土，所過名山大川。」《史記》卷二十八《封禪書第六》：「公孫卿候神河南，言見僊人跡緱氏城上，有物如雉，往來城上。天子親幸緱氏城視跡……於是郡國各除道，繕治官觀名山神祠所，以望幸也。」蔣本卷十五《益州夫子廟碑》：「岱畎東臨，陟名山而有事。」

〔五〕「爰昇」二句

《元和郡縣志》卷三十一《劍南道上・彭州・九隴》：「九隴縣……白鹿山，在縣西北六十一里。」《太平寰宇記》卷七十三《劍南西道二・彭州》：「九隴縣（依舊三十鄉）……白鹿山，在縣北五十里。《周地圖記》云：「宋元嘉九年，有樵人於山左見群鹿，引弓將射之，有一麡所趨險絶，進入石穴。行數十步，則豁然平博，邑屋連接，阡陌周通。問是何所。有人答曰小成都。後往尋之，不知所在。」《王勃集》卷二十九《祭白鹿山祭文》：「維年月日，九隴縣令柳明獻，謹敬祭白鹿山神之靈。」

《文選》卷三張衡《東京賦》：「六玄虯之奕奕，齊騰驤而沛艾。」蔣本卷十二《拜南郊頌》：「撫玄虯，戴翠鳳。」

〔六〕「楊法師」四句

楊法師，未詳。《唐六典》卷四《禮部尚書・祠部郎中》：「凡天下觀總一千六百八十七所……道士修行有三號，其一曰法師，其二曰威儀師，其三曰律師。」

《藝文類聚》卷三十七《人部二十一隱逸下》孔稚珪《褚先生伯玉碑》：「泉石依情，煙霞入抱。秘影窮岫，孤栖幽草。」正倉院本《王勃於越州永興縣李明府宅送蕭三還齊州序》〔三〕：「臨遠登高，烟霞是賞心之事。」

正倉院本《宇文德陽宅秋夜山亭宴序》〔五〕：「遂令啓瑶緘者，攀勝集而長懷；披瓊翰者，仰高筵而不暇。」《藝文類聚》卷七十七《内典下・寺碑》梁簡文帝《與廣信侯書》：「王每憶華林勝集，亦叨末位。終朝竟夜，沐浴妙言。」正倉院本《新都縣乾嘉池亭夜宴序》〔三〕：「豈非以琴罇遠契，必兆朕於佳晨；風月高情，每留連於勝地。」

正倉院本《宇文德陽宅秋夜山亭宴序》〔一二〕：「禺同金碧，蹔照詞場；巴漢英靈，俄潛翰院。」蔣本卷十五《益州夫子廟碑》：「虚舟獨泛，乘學海之波瀾；直轡高驅，踐詞場之閫閾。」

《世説新語・文學第四》：「魏朝封晉文王爲公，備禮九錫，文王固讓不受。……（阮籍）宿醉扶起，書札爲之，無所點定，乃寫付使。時人以爲神筆。」

《宋書》卷六十七《列傳第二十七・謝靈運》：「《山居賦》……邁深心於鼎湖，送高情於汾陽。」

祭牘，當指《王勃集》卷二十九《祭白鹿山神文》。

〔七〕「羞蕙葉」二句

《藝文類聚》卷三十六《人部二十·隱逸上》陸機《招隱詩》：「駕言尋飛遯，山路鬱盤桓。芳蘭振蕙葉，玉泉涌微瀾。」

《文選》卷三十四枚乘《七發》：「蘭英之酒，酌以滌口。」李善注：「《漢書》曰：百味旨酒布蘭生。晉灼曰：布列芬芳，若蘭之生。」蔣本卷一《春思賦》：「新年柏葉之樽，上巳蘭英之斝。」

〔八〕「舞闋」二句

《禮記·文王世子》：「有司告以樂闋。」鄭注：「闋，終也。告君以歌舞之樂終。」

《文選》卷五十一王褒《四子講德論》：「是以海内歡慕，風馳雨集；襲雜並至，填庭溢闕。」正倉院本《秋晚入洛於畢公宅別道王宴序》〔一五〕：「是日也，雲繁雨驟，氣爽風馳。」

〔九〕「靈機」二句

《抱朴子内篇·暢玄》：「匠成草昧，轡策靈機，吹噓四氣，幽括冲默。」蔣本卷十二《拜南郊頌》：「振長策以叙諸侯，設靈機而制群動。」

《尚書·太甲上》：「密邇先王其訓，無俾世迷。」蔣本卷十三《九成宫頌》序：「仙都密邇，猶連上苑之扃；靈宫歸然，直透崇岡之曲。」

參：《莊子·知北游》：「昔者吾昭然，今日吾昧然。」楊炯《王勃集序》：「爲言式序，大義昭然。」

〔一〇〕「瞻列缺」二句

《淮南子·原道訓》：「令雨師灑道，使風伯掃塵，電以爲鞭策，雷以爲車輪。」高誘注：「電，激氣也。故以爲鞭策。雷，轉氣也。故以爲車輪。」蔣本卷十四《乾元殿頌》序：「豐隆按節，下複橑而司階；列缺施鞭，低叢楹而假道。」又卷十三《九成宫頌》序：「前驅電逮，下列缺於騰鞭；後乘雷驚，起豐隆於驟轂。」《漢書》卷五十七下《司馬相如傳第二十七下》：「《大人賦》……貫列缺之倒景兮，涉豐隆之滂沛。」服虔曰：「列缺，天閃也。張揖曰：陵陽子《明經》曰：列缺，氣去地二千四百里。」《文選》卷八揚雄《羽獵賦》：「霹靂列缺，吐火施鞭。」李善注：「應劭曰：霹靂，雷也。烈缺，閃隙也。火，電照也。」

〔一一〕「停歡」二句

《藝文類聚》卷三十七《人部二十一·隱逸下》任昉《爲庾杲之與劉居士虯書》：「妙域筵山河，虚館帶川涘。」蔣本卷十九《彭州九隴縣龍懷寺碑》：「雖玄都妙域，已挂於忘言；而義塾文場，竊申於知己。」又卷十六《益州緜竹縣武都山淨惠寺碑》、卷二十《梓州慧義寺碑銘》有「妙域」，皆指佛寺。

《拾遺記》卷五：「孝惠帝二年……帝使諸方士，立仙壇於長安城北。」蔣本卷十四《乾元殿頌》序：「仙壇遠祕，已多謝於祥鶼；大厦初成，復攀榮於賀雀。」

〔一二〕「清秘想」二句

《初學記》卷二十三《道釋部·觀第四》：「紫館　丹室　（《玉皇玄聖記》曰：游龍交馳於紫館之上。《太洞五經注訣》曰：丹室者，朱火天室館也）。」

《韓非子·外儲説右上》：「夫痤疽之痛也，非刺骨髓，則煩心不可支也。」

〔一三〕「神襟」四句

《文選》卷五十八謝朓《齊敬皇后哀策文》：「睿問川流，神襟蘭郁。」蔣本卷十八《梓州郪縣靈瑞寺浮圖碑》：「信可以澡雪神襟，清疎視聽。忘機意於紛擾，置懷抱於真寂者矣。」

《藝文類聚》卷七十八《靈異部上・仙道》沈約《與陶宏景書》：「先生糠秕俗流，超然獨遠。」《藝文類聚》卷七十六《内典上・内典》王筠《開善寺碑》：「至如訪道峒山，乘風獨遠，凝神汾水，窅然自喪。」

《莊子・逍遥遊》：「夫列子御風而行，泠然善也，旬有五日而後反。」蔣本卷一《遊廟山賦》序：「王子御風而游，泠然而喜（蔣注：當作善），益懷霄漢之舉，而忘城闕之戀矣。」

《文選》卷二十四嵇康《贈秀才入軍五首》其五：「微風動袿，組帳高褰。」

《後漢書》卷七十九上《儒林列傳第六十九上・劉昆》：「即除爲江陵令，時縣連年火災，昆輒向火叩頭，多能降雨止風。」蔣本卷十八《廣州寶莊嚴寺舍利塔碑》：「然後上和下睦，主聖臣良，滅火返風。」

〔一四〕「于時」二句

《藝文類聚》卷五十七《雜文部三・七》齊竟陵王《賓僚七要》：「勢含五水，氣疏九河。」

參：《文苑英華》卷三五五盧照鄰《釋疾文・命曰》：「其名曰伯陽，遊閬風之瓊圃，處倒景之琳堂。」《唐詩紀事》卷十《李嶠》：「正月中宗上清暉閣遇雪，嶠賦詩云……即此神仙對瓊圃，何須轍跡向瑶池。」

蔣本卷十六《益州緜竹縣武都山淨惠寺碑》：「何必九虬齊鶩，直訪銀宫；八駿長驅，遥臨石室。」《史記》卷二十八《封禪書第六》：「此三神山者，其傳在勃海中……而黄金銀爲宫闕。」

〔一五〕「葉聚」二句

蔣本卷十六《益州緜竹縣武都山淨惠寺碑》：「葉濃磎靜，花深嶂密。」

〔一六〕「撫銅章」二句

正倉院本《秋晚什邡西池宴餞九隴柳明府序》〔九〕：「柳明府藉銅章之暇景，訪道鄰郊。」

《孟子·盡心上》：「孟子曰，君子有三樂……仰不愧於天，俯不怍於人，二樂也。」

《楚辭》屈原《九歌·東皇太一》：「瑶席兮玉瑱，盍將把兮瓊芳。」

《莊子·外物》：「荃者所以在魚，得魚而忘荃。蹄者所以在兔，得兔而忘蹄。言者所以在意，得意而忘言。吾安得夫忘言之人而與之言哉。」蔣本卷五《上絳州上官司馬書》：「此蓋莊周有言，所以得意而忘象，得象而忘言。」

〔一七〕「雖惠化」四句

《藝文類聚》卷五十六《雜文部二·詩》沈約《和陸慧曉百姓名詩》：「皇王臨萬宇，惠化覃黔黎。」蔣本卷十二《拜南郊頌》序：「懷遠人於絶境，均惠化於殊鄰。」

《梁書》卷二十四《列傳第十八·蕭昱》：「史臣曰：高祖光有天下，慶命傍流，枝戚屬婕，咸被任遇。」蔣本卷十七《梓州通泉縣惠普寺碑》：「由是鹿園曾敞，象教旁流。」

正倉院本《宇文德陽宅秋夜山亭宴序》〔一二三〕：「俾夫一同詩酒，不撓於牽絲；千載巖泉，無慙於景燭。」

《三國志》卷一《魏書一·武帝操》「初平元年」條，注：「《魏書》載太祖答紹曰：董卓之罪，暴于四海，吾等合大衆，興義兵而遠近莫不響應，此以義動故也。」蔣本卷十一《三國論》：「舉義兵而天下響應。」參：《周易・説卦》：「昔者聖人之作易也，幽贊於神明而生蓍。」楊炯《王勃集序》：「君又以幽贊神明，非杼軸於人事。」

陶潛《陶淵明集》卷五《閑情賦》序：「將以抑流宕之邪心，諒有助於諷諫，綴文之士，弈代繼作。」

《晉書》卷八十八《列傳第五十八孝友》序：「亦有至誠上感，明祇下贊。」

〔一八〕「敢分謗」二句

《左傳・宣公十二年》：「楚師方壯，若萃於我，吾師必盡，不如收而去之。分謗生民，不亦可乎。」

《論語・衛靈公》：「當仁不讓於師。」何注：「孔曰：當行仁之事，不復讓於師，言行仁急。」蔣本卷四《上李常伯啓》：「當仁不讓，下走無慚於自媒；聞善若驚，明公豈難於知我。」

《老子》：「和其光，同其塵。」河上公注：「當與衆庶同垢塵，不當自別殊。」蔣本卷一《九成宮東臺山池賦》：「保林泉而肆賞，混簪紱而同塵。」

《周易・晉》：「六二……受茲介福。」蔣本卷十八《廣州寶莊嚴寺舍利塔碑》：「同祈介福，共潔齋壇。」

張八宅別序〔一〕

僕嘗覽前古之致，撫高人之迹〔二〕。悼夫烟霞遠尚，猶嬰俗網之悲；山水幽情，無救窮途之哭〔三〕。仰嵇風範，俯阮匈（胸）①懷〔四〕。此僕所以未盡於嵇康，不平於阮籍者也〔五〕。則知聚散恒事，憂歡共惑〔六〕。人非庶蒙，道在江湖〔七〕。何必復心語默之間，握手去留之際〔八〕，然後得爲君子哉〔九〕。請持罇共樂，〔　〕〔　〕平生②〔一〇〕。排旅思而銜盃，捨離襟而命筆〔一一〕。俾夫賈生可作，承風於達觀之鄉；莊叟有知，求我於忘言之地〔一二〕。人分一字，四韻成篇。

【校記】

① 匈：當作胸。

② 平生：前當缺二字。

【考證】

〔一〕張八宅别序

張八，未詳。

〔二〕「僕嘗」二句

參：《文選》卷三十六王融《永明九年策秀才文五首》其三：「四支重罰，爰創前古。」楊炯《王勃集序》：「君之所注，見光前古，與夫發天地之祕藏，知鬼神之情狀者，合其心矣。」《宋書》卷六十七《列傳第二十七·謝靈運》：「《山居賦》……投吾心於高人，落賓名於聖賢。」蔣本卷十七《梓州郪縣兜率寺浮圖碑》：「陶潛彭澤，自得高人；王吉臨邛，仍延重客。」

〔三〕「悼夫」四句

正倉院本《三月上巳祓褉序》〔三〕：「莫不擁冠蓋於烟霞，披薜蘿於山水。」

《文選》卷五十九任昉《劉先生夫人墓誌》：「籍甚二門，風流遠尚。」

《初學記》卷三十《鳥部・鳳》傅咸《鳳皇賦》：「穢維塵之紛濁兮，患俗網之易嬰。」《文選》卷二十二謝靈運《登池上樓》：「潛虬媚幽姿，飛鴻響遠音。薄霄愧雲浮，棲川怍淵沈。」李善曰：「虬以深潛而保真，鴻以高飛而遠害。今已嬰俗網，故有愧虬鴻。」蔣本卷二《馴鳶賦》：「徒騖迹於僊遊，竟纏機於俗網。」正倉院本《宇文德陽宅秋夜山亭宴序》〔二一〕：「夫以中牟馴雉，猶嬰觸網之悲；單父歌魚，罕悟忘筌之迹。」

正倉院本《山家興序》〔一三〕：「而山水來遊，重横琴於南澗。」

《晉書》卷八十《列傳第五十・王羲之》：「《蘭亭序》……一觴一詠，亦足以暢叙幽情。」

正倉院本《秋日登洪府滕王閣餞别序》〔三一〕：「孟嘗高潔，空餘報國之情；阮籍猖狂，豈效窮途之哭。」《晉書》卷四十九《列傳第十九・阮籍》：「傲然獨得，任往不羈……時率意獨駕，不由徑路，車迹所窮，輒慟哭而反。」

〔四〕「仰嵇」二句

《周易・繫辭上》：「仰以觀於天文，俯以察於地理。」蔣本卷十二《拜南郊頌》：「仰觀俯察，享神作祀。」

正倉院本《山家興序》〔二〕：「嵇叔夜之龍章鳳姿。」

《世説新語・容止第十四》：「丞相曰：元規爾時風範，不得不小穳。右軍答曰：唯丘壑獨存。」

《世説新語・任誕第二十三》：「王大曰：阮籍胸中壘塊，故須酒澆之。」

《文選》卷五十二曹冏《六代論》：「姦情散於胸懷，逆謀消於脣吻。」蔣本卷一《春思賦》序：「高談胸懷，頗洩憤懣。」

〔五〕「此僕」二句

正倉院本《遊廟山序》〔七〕：「此僕所以懷泉塗而惴恐，臨山河而歎息者也。」

蔣本卷五《上劉右相書》：「夫補簡並用，未盡交易之宜；輕重齊行，適啓兼并之路。」

正倉院本《遊廟山序》〔五〕：「嗚呼阮籍意疎，嵇康體放。」

《孔子家語・好生》：「愀然有不平之狀。」蔣本卷一《春思賦》：「僕不才，耿介之士也。竊稟宇宙獨有用之心，受天地不平之氣。」

〔六〕「則知」二句

何遜《何水部集》《與崔録事別兼叙攜手》：「何言聚易散，鄉棹爾孤征。」正倉院本《別盧主簿序》〔九〕：「然變動不居，聚散恒理。」

《藝文類聚》卷六《地部・郡部・宣城郡》謝朓《始之宣城郡》：「心跡若未并，憂歡將十祀。」

《文苑英華》卷六八六徐陵《代貞陽侯與荀昂兄弟書》：「斯乃不世之殊恩，寧是悠常之恒事。」

〔七〕「人非」二句

正倉院本《王勃於越州永興縣李明府宅送蕭三還齊州序》〔二〇〕：「人非桃李，豈得無言。」

《藝文類聚》卷五十一《封爵部・尊賢繼絶封》任昉《爲褚諮議蓁讓代兄襲封表》二：「近冒披款，庶蒙哀亮，奉被還詔，未垂矜允。」

蔣本卷十七《梓州通泉縣惠普寺碑》：「道在巖廊，功霑寰域。」

正倉院本《秋晚入洛於畢公宅別道王宴序》〔一一〕：「迹塵鍾鼎，思在江湖。」

〔八〕「**何必**」二句

《文選》卷十四班固《幽通賦》：「亂曰：天造草昧，立性命兮，復心弘道，惟聖賢。」李善曰：「曹大家曰：明道在人身，誠能復心而弘之，達於天地之性也。《周易》曰：復其見天地之心乎。」

正倉院本《秋日宴山庭序》〔三〕：「雖語默非一，物我不同，而逍遥皆得性之場，動息並自然之地。」

正倉院本《秋日送沈大虞三入洛詩序》〔一二〕：「此時握手，共對離樽。」

正倉院本《秋日送沈大虞三入洛詩序》〔六〕：「昇降之儀有異，去留之路不同。」

〔九〕**然後得爲君子哉**

《論語·雍也》：「文質彬彬，然後君子。」

〔一〇〕「**請持罇**」二句

蔣本卷十七《梓州郪縣兜率寺浮圖碑》：「瞻彼岸而同歸，登春臺而共樂。」

《文選》卷四十三嵇康《與山巨源絶交書》：「時與親舊叙闊，陳説平生，濁酒一盃，彈琴一曲，志願畢矣。」蔣本卷三《春日宴樂遊園賦韻得接字》：「清尊湛不空，暫喜平生接。」

〔一一〕「**排旅思**」二句

《文選》卷二十七謝朓《之宣城出新林浦向板橋》：「旅思倦摇摇，孤游昔已屢。」蔣本卷三《羈游餞別詩》：「寧覓山川遠，悠悠旅思難。」

《漢書》卷六十二《司馬遷傳三十二》：「《報任少卿書》……未嘗銜盃酒，接殷勤之歡。」

正倉院本《餞宇文明府序》〔八〕：「同抽藻思，共寫離襟。」

《文心雕龍・養氣》：「意得則舒懷以命筆，理伏則投筆以卷懷。」

云爾。」

〔二三〕「俾夫」四句

正倉院本《宇文德陽宅秋夜山亭宴序》〔二三〕：「俾夫一同詩酒，不撓於牽絲；千載巖泉，無慙於景燭

參：《漢書》卷四十八《賈誼傳十八》：「（賈）誼爲長沙傅三年，有服飛入誼舍，止於坐隅。服似鴞，不祥鳥也。誼既以謫居長沙，長沙卑濕，誼自傷悼，以爲壽不得長。乃爲賦以自廣。其辭曰……達人大觀兮物無不可。」楊炯《王勃集序》：「不改其樂，顏氏斯殂；養空而浮，賈生終逝。」

《禮記・檀弓下》：「趙文子與叔譽觀乎九原，文子曰：死者如可作也，吾誰與歸。」鄭注：「作，起也。」蔣本卷十八《廣州寶莊嚴寺舍利塔碑》：「雖金沙晏駕，雙林無可作之期；而玉牒遺文，六塵有經行之俗。」

《孔子家語・好生》：「孔子曰：舜之爲君也，其政好生而惡殺，其任授賢而替不肖。德若天地而靜虛，化若四時而變物，是以四海承風。」蔣本卷十四《乾元殿頌》序：「蘭佩承風，競峻當熊之節。」

《莊子・外物》：「言者所以在意，得意而忘言。吾安得夫忘言之人，而與之言哉。」蔣本卷五《上絳州上官司馬書》：「此蓋莊周有言，所以得意而忘言，得象而忘言。」

九月九日採石館宴序〔一〕

孔文舉洛京名士，長①懷司隸之門；王仲宣山陽俊人，直至中郎之席〔二〕。叙風雲於一面，坐林苑於三秋〔三〕。白露下而吴江寒，蒼烟平而楚山晚〔四〕。時惟九月，節實重陽〔五〕。琳郎（瑯）謝安邑之賓，罇酒值臨邛之令〔六〕。琴歌代起，舞詠齊飛〔七〕。俗物去而竹林清，高人聚而蘭筵肅〔八〕。河陽採犢（牘）②，光浮一縣之花；彭澤仙杯，影浮三旬之菊〔九〕。儼徂鑣於别館，偃去棹於離洲〔一〇〕。思駐日於魯陽之庭，願迴波於屈平之浦〔一一〕。俯烟霞而道意，捨窮達而論心〔一二〕。萬里浮遊，佳辰有數；百年飄忽，芳期詎幾〔一三〕。請飛雄藻，共寫高懷〔一四〕。收翰苑之膏腴，裂詞場之要害〔一五〕。一言同賦，四韻俱成〔一六〕。使古人恨不見吾徒，無使吾徒不見故人也〔一七〕。

【校記】

① 長：或當作嘗字。

② 犢：當作牘。

【考證】

〔一〕九月九日採石館宴序

《元和郡縣志》卷二十九《江南道四・宣州》：「……當塗縣……采石戍，在縣西北三十五里。西接烏江，北連建業。城在牛渚山上，與和州横江渡相對。隋師伐陳，賀若弼從此渡。隋平陳置鎮，貞觀初改鎮爲戍。」

〔二〕「孔文舉」四句

《後漢書》卷七十《鄭孔荀列傳第六十・孔融》：「孔融字文舉……融幼有異才。年十歲，隨父詣京師。時河南尹李膺以簡重自居，不妄接士賓客，敕外自非當世名人及與通家，皆不得白。融欲觀其人，故造膺門，語門者曰：我是李君通家子弟。門者言之，膺請融問曰：高明祖父嘗與僕有恩舊乎。融曰：然。先君孔子與君先人李老君同德比義，而相師友。則融與君累世通家。衆坐莫不嘆息。」又卷六十七《黨錮列傳五十七・李膺》：「李膺字元禮，潁川襄城人……再遷，復拜司隸校尉。」《三國志》卷二十一《魏書二十一・王衛二劉傳第二十一・王粲》：「王粲，字仲宣，山陽高平人也。……左中郎將蔡邕見而奇之……聞粲在門，倒屣迎之。粲至，年既幼弱，容狀短小，一坐盡驚。邕曰：此王公孫也。有異才，吾不如也。吾家書籍文章，盡當與之。」

蔣本卷四《上從舅侍郎啓》：「昔孔融之逢元禮，罕覿高文；王粲之謁伯喈，終慙懿戚。」

《禮記・月令》：「勉諸侯，聘名士，禮賢者。」《梁書》卷四十一《列傳第三十五・王規》：「皇太子出臨哭，與湘東王繹令曰：威明昨宵奄復殂化……其風韻遒正，神峰標映……跌宕之情彌遠，濠梁之氣特多，斯實俊民也。」正倉院本《新都縣乾嘉池亭夜宴序》〔一一〕：「昔王子敬瑯瑘名士，長（嘗）懷習武（氏）之園；阮嗣宗陳留之逸人，直至山陽之座。」

正倉院本《楊五席宴序》〔七〕：「清言滿席，復存王粲之門；濁酒盈罇，即坐陳蕃之榻。」

〔三〕「**叙風雲**」二句

《文選》卷四十七袁宏《三國名臣序贊》：「披草求君，定交一面。」

正倉院本《宇文德陽宅秋夜山亭宴序》〔九〕：「或三秋舊契，闢林院而開衿；或一面新交，叙風雲而倒屣。」

蔣本卷四《上明員外啓》：「故知聲同義合，存長幼於三州；理隔氣殊，置山川於一面。神交可託，風雲於杵臼之間；道不虚行，涇渭於簪裾之列。」

《藝文類聚》卷六十四《居處部四·庭》陳炯《幽庭賦》：「築山川於户牖，帶林苑於東家。」

《初學記》卷三《歲時部上·秋三》：「梁元帝《纂要》曰……秋曰……三秋，九秋。」正倉院本《秋日登洪府滕王閣餞别序》〔一〇〕：「時惟九月，序屬三秋。」

〔四〕「**白露**」二句

《楚辭》宋玉《九辯》：「白露既下百草兮，奄離披此梧楸。」正倉院本《秋晚入洛於畢公宅别道王宴序》〔一一〕：「白露下而南亭虚，蒼烟生而北林晚。」

《藝文類聚》卷五十三《治政部下·奉使》盧思道《贈司馬幼之南聘詩》：「楚山百重映，吴江萬仞清。」

正倉院本《秋日登冶城北樓望白下序》〔九〕：「楚山紛列，吴江皓曠。」

〔五〕「時惟」二句

正倉院本《秋日登洪府滕王閣餞別序》〔一〇〕：「時惟九月，序屬三秋。」

《歲時廣記》卷三十六《重九下·煉陽炁》：「九者，老陽之數，九月九日，謂之重陽。」蔣本卷三《九日》：「九日重陽節，開門有菊花。」

〔六〕「琳郎（瑯）」二句

《世説新語·容止第十四》：「有人詣王太尉，遇安豐、大將軍、丞相在坐，往別屋見季玄、平子。還，語人曰：今日之行，觸目見琳瑯珠玉。」蔣本卷六《秋日游蓮池序》：「琳瑯觸目，朗月清風之俊人；珠玉在傍，鸞鳳虯龍之君子。」

正倉院本《與邵鹿官宴序》〔二〕：「下走旅遊多暇，累安邑之餘風。」

正倉院本《上巳浮江讌序》〔四〕：「罇酒於其外，文墨於其間哉。」

《史記》卷一一七《司馬相如傳第五十七》：「會梁孝王卒，相如歸，而家貧，無以自業。素與臨邛令王吉相善，吉曰：長卿久宦游不遂，而來過我。於是相如往，舍都亭……臨邛中多富人，而卓王孫家僮八百人，程鄭亦數百人，二人乃相謂曰：令有貴客，爲具召之。并召令……相如不得已，彊往，一坐盡傾。」蔣本卷七《宇文德陽宅秋夜山亭宴序》：「琴樽重賞，始詣臨邛；口腹良游，未辭安邑。」

〔七〕「琴歌」二句

《文選》卷十八嵇康《琴賦》：「拊絃安歌，新聲代起。」

正倉院本《秋日楚州郝司户宅遇餞霍使君序》〔一三〕：「琴歌代起，俎豆駢羅。」

《文選》卷四十六顏延之《三月三日曲水詩序》：「夫方策既載，皇王之迹已殊；鐘石畢陳，舞詠之情不一。」李善注：「《毛詩序》曰：詠歌之不足，不知手之舞之。」蔣本卷二《採蓮賦》：「殊方異類，舞詠相錯。」

正倉院本《秋日登洪府滕王閣餞别序》〔一六〕：「落霞與孤霧齊飛，秋水共長天一色。」

〔八〕「俗物」二句

《世説新語・排調第二十五》：「嵇、阮、山、劉在竹林酣飲，王戎後往。步兵曰：俗物已復來，敗人意。」

《穆天子傳》卷二：「天子乃樹之竹，是曰竹林。」蔣本卷三《贈李十四四首》其一：「野客思茅宇，山人愛竹林。」

正倉院本《仲家園宴序》〔九〕：「蓋同席者高人薛曜等耳。」

《楚辭》屈原《九歌・東皇太一》：「蕙肴蒸兮蘭藉，奠桂酒兮椒漿。」王逸注：「藉，所以藉飯食。」蔣本卷三《别人四首》其二：「桂軺雖不駐，蘭筵幸未開。」

〔九〕「河陽」四句

《白氏六帖・縣令》：「潘岳爲河陽令，樹桃李花。人號曰河陽一縣花。」正倉院本《宇文德陽宅秋夜山亭宴序》〔一〇〕：「彭澤陶潛之菊，影泛仙樽；河陽潘岳之花，光縣妙札。」

《宋書》卷九十三《列傳第五十三隱逸・陶潛》：「以爲彭澤……嘗九月九日無酒，出宅邊菊叢中，坐久，值（王）弘送酒至，即便就酌，醉而後歸。」

蔣本卷十四《乾元殿頌》序：「神禽率舞，光浮肆夏之軒；瑞鳥相鳴，響叶鈞天之樂。」

〔一〇〕「儼徂鑣」二句

蔣本卷一《七夕賦》：「儼歸裝而容曳，整還蓋而遷延。」又正倉院本《秋日登洪府滕王閣餞別序》〔一一〕：「儼騑驂於上路，訪風景於崇阿。」

《集注》卷二庾信《哀江南賦》：「三日哭於都亭，三年囚於別館。」

《藝文類聚》卷二十九《人部十三・別上》梁簡文帝《傷離新體》：「悽悽隱去棹，憫憫愴還途。」

參：《文苑英華》卷七一九張説《鄭公園池餞韋侍郎神都留守序》：「此地有離洲別嶼，竹館荷亭，曲沼環合而連注，叢山相望而間起。」

〔一一〕「思駐日」二句

《淮南子・覽冥訓》：「魯陽公與韓搆難，戰酣日暮。援戈而撝之，日爲之反三舍。」《文苑英華》卷二九六庾肩吾《奉使北徐州參丞御》：「迴天隨輦道，駐日逐戈鋒。」

《藝文類聚》卷七《山部上・總載山》潘尼《西道賦》：「迴波激浪，飛沙飄瓦。」

《楚辭》屈原《九歌・河伯》：「子交手兮東行，送美人兮南浦。波滔滔兮來迎，魚鄰鄰兮媵予。」

〔一二〕「俯烟霞」二句

《古文苑》卷十七班固《奕旨》：「外若無爲，默而識淨，泊自守，以道意。隱居放言，遠咎悔行。」正倉院本《秋晚入洛於畢公宅別道王宴序》〔二六〕：「仰雲霞而道意，捨塵事而論心。」

《漢書》卷一百上《叙傳第七十上》：「窮達有命，吉凶由人。」蔣本卷五《上絳州上官司馬書》：「故曰：知與不知，用與不用，觀乎得失之際，亦窮達之有數乎。」

《文選》卷五十五陸機《演連珠》其二十九：「撫臆論心，有時而謬。」蔣本卷七《秋日宴洛陽序》：「於是齊道實，欵琴樽，倜儻論心，留連促膝。」

〔一三〕「萬里」四句

萬里，屢見。蔣本卷九《春夜桑泉别王少府序》：「下官以窮途萬里，動脂轄以長驅。」

《莊子·在宥》：「浮游不知所求，猖狂不知所往。」蔣本卷一《春思賦》序：「旅寓巴蜀，浮游歲序。」

《昭明太子集》卷三《錦帶書十二月啓·夾鍾二月》：「夾鍾二月伏以節應佳辰，時登令月。」

正倉院本《秋日登冶城北樓望白下序》〔六〕：「佳辰可遇，屬樓雉之中天；良願果諧，偶琴樽之暇日。」

蔣本卷五《上劉右相書》：「故死生有數，審窮達者繫於天。」

《列子·楊朱》：「百年壽之大齊，得百年者，千無一焉。」《文選》卷二十二鮑照《行藥至城東橋》：「爭先萬里途，各事百年身。」蔣本卷三《重别薛華》：「旅泊成千里，棲遑共百年。」

《文選》卷十九曹植《洛神賦》：「體迅飛凫，飄忽若神，凌波微步。」

《文選》卷十六陸機《歎逝賦》：「彌年時其詎幾，夫何往而不殘。」正倉院本《秋日登冶城北樓望白下序》〔一八〕：「生涯詎幾，此念何期。」

〔一四〕「請飛雄藻」二句

《文選》卷四十三趙至《與嵇茂齊書》：「吾子植根芳苑，擢秀清流；布葉華崖，飛藻雲肆。」蔣本卷六《與契苾將軍書》：「伯喈雄藻，待林宗而無愧。」

正倉院本《聖泉宴序》〔一一〕：「盍題芳什，共寫高懷。」

〔一五〕「**收翰苑**」二句

郭璞《爾雅序》：「學覽者之潭奥，摛翰者之華苑也。」蔣本卷二十《梓州慧義寺碑銘》：「敢憑真眷，俯竭虚懷，披翰苑而長鳴，下詞庭而闊步。」

《文選》卷五十一賈誼《過秦論》：「南取漢中，西舉巴蜀，東割膏腴之地，收要害之郡。」蔣本卷十五《益州夫子廟碑》：「踐詞場之閫閾，觀質文之否泰，衆矣。」《王勃集》卷二十九《張公行狀》：「分學苑之膏腴，處談津之要害。」

蔣本卷十七《梓州通泉縣惠普寺碑》：「丹軒紫紱，家傳方面之勳；驥子魚文，地列膏腴之右。」

〔一六〕「**一言**」二句

正倉院本《秋日登洪府滕王閣餞别序》〔三九〕：「一言均賦，八（蔣本作四）韻俱成。」

〔一七〕「**使古人**」二句

蔣本卷七《游冀州韓家園序》：「王羲之之蘭亭五百餘年，直至今人之賞；石季倫之梓澤二十四友，始得吾徒之遊。」

《晉書》卷八十《列傳第五十・王羲之》：「《蘭亭序》……後之視今，亦猶今之視昔。」

《南史》卷三十二《列傳第二十二・張邵傳附融》：「（張融）常歎云：不恨我不見古人，所恨古人又不見我。」

衛大宅宴序〔一〕

蓋聞鳳渚參雲，限松楹於紫甸；龍津抵霧，睽菌席於丹巖〔二〕。然則杏圃揚徽，漁叟請緒帷之賞；榴溪泛酌，野人輕錦陪之榮〔三〕。豈如慠影南櫺，拓桂山而搆宇；翔魂北阜，俯蘭沼而披筵〔四〕。日絢三珠，遠挩龜瑠之浦；風吟百籟，遥分鶴〔　〕之巖〔五〕。秀驛追風，傃蘭除而蹀①影；鮮鐏候景，闢羅幌而交懽〔六〕。葉岫籠烟，彩綴九衢之握；花源泛日，香浮四照之蹊〔七〕。于時紫緯澄春，青鍾戒序〔八〕。飀鮮颸於泉薄，曖韶晷於巖阡〔九〕。素蝶翻容，轉雲姿於舞席；紫鶯抽韻，赴塵影於歌軒〔一〇〕。既而沓（香）②樹迎曛，連霞掩照〔一一〕，興盡吴山之賞，情高晉澤之遊。作者七人，其詞云爾〔一二〕。

【校記】

① 蹀：或當作疏。

② 沓：當作香。

【考證】

〔一〕**衛大宅宴序**

衛大，未詳。

〔二〕**「蓋聞」四句**

蔣本卷五《上劉右相書》：「蓋聞聖人以四海爲家，英宰與千齡合契。」

鳳渚，未詳。或《漢書》卷八十七上《揚雄傳第五十七上》：「《反離騷》……鳳皇翔於蓬陼兮，豈駕鵝之能象捷；騁驊騮以曲囏兮，驢騾連蹇而齊足。」

參：《文苑英華》卷八三九李嶠《唐懿德太子哀册文》：「皇帝嗟蟻庭之寢籥，惜鳳渚之韜簧。」

《文選》卷十六江淹《别賦》：「遼水無極，鴈山參雲。」李善注：「謝承《後漢書》劉詡曰：程夫人富貴參雲。」劉良注：「無極，言廣深也，參雲，言高也。」

蔣本卷五《上劉右相書》：「不然則荷裳桂楫，拂衣於東海之東；菌閣松楹，高枕於北山之北。」

正倉院本《宇文德陽宅秋夜山亭宴序》〔二〕：「若夫龍津宴喜，地切登仙，鳳閣玄虛，門稱好事。」

《藝文類聚》卷七十九《靈異部下・神》張敏《神女賦》：「爾乃敷茵席，垂組帳，嘉旨既設，同牢而饗。」

參：《文苑英華》卷七一五盧照鄰《宴鳳泉石翁神祠詩序》：「況乎神理翛然，近帶青溪之路；瓌資可望，俯控丹巖之下。」

〔三〕**「然則」四句**

參：《青瑣高議》别集卷一《西池春遊》：「妾住桃溪杏圃之間，花時爛漫，無足可愛。」

《藝文類聚》卷十三《帝王部三・晉簡文帝》闕名《晉簡文帝哀策文》：「爰命史臣，叙述聖德，揚徽音於飛旌，寫哀心于翰墨。」

《莊子・漁父》：「孔子遊乎緇帷之林，休坐乎杏壇之上。弟子讀書，孔子絃歌鼓琴，奏曲未半，有漁父者下船而來，鬚眉交白，被髮揄袂，行原以上，距陸而止。左手據膝，右手持頤以聽。」

《梁書》卷五十四《列傳第四十八・諸夷・海南》：「扶南國……南界三千餘里，有頓遜國……又有酒樹，似安石榴。採其花汁，停甕中，數日成酒。」《玉臺新詠》卷七梁簡文帝《執筆戲書詩》：「玉案西王桃，蠡杯石榴酒。」蔣本卷六《夏日登龍門樓寓望序》：「榴花浮酌，對文舉而無憂；葛蔓調絃，撫鍾期而有遇。」

《禮記・玉藻》：「唯饗野人皆酒。」《藝文類聚》卷八十一《草部上・菊》梁王筠《摘園菊贈謝僕射舉詩》：「泛酌宜長久，聊薦野人誠。」蔣本卷二《青苔賦》：「契山客之寄情，諧野人之妙適。」

《周書》卷二十七《列傳第十九・田弘》：「以(田)弘勳望兼至，故以衣錦榮之。」

〔四〕「豈如」四句

《北堂書鈔》卷一五四《歲時部二・秋篇九》孫綽《詩》：「清霜激西牖，澄景至南欞。」蔣本卷四《上明員外啓》：「嘗謂酣神北阜，藉春渚而忘歸；動影南欞，坐秋山而長往。」

《文選》卷三十三劉安《招隱士》：「桂樹叢生兮山之幽，偃蹇連蜷兮枝相繚。」

《宋書》卷六十七《列傳第二十七・謝靈運》：「《山居賦》……自注：葺基構宇，在巖林之中，水衛石階，開窗對山。」

《文選》卷一班固《西都賦》：「於是睎秦嶺，睋北阜，挾灃灞，據龍首。」

陸雲《陸士龍集》卷三《贈鄭曼季往返八首・鳴鶴其二》：「鳴鶴在陰，其鳴喈喈。垂翼蘭沼，濯清芳池。」

〔五〕「日絢」四句

《淮南子・墬形訓》：「三珠樹在其東北方，有玉樹在赤水之上。」

黿璫，用例未詳。《藝文類聚》卷四《歲時部中・五月五日》王筠《五日望採拾》：「獻璫依洛浦，懷佩似江濱。」

《藝文類聚》卷七十六《内典部上・内典》梁簡文帝《望同泰寺浮圖詩》：「日起光芒散，風吟宮徵殊。」

正倉院本《晚秋遊武擔山寺序》〔一〇〕：「美人虹影，下綴虬幡，少女風吟，遥喧鳳鐸。」

《文選》卷二十九張協《雜詩十首》其六：「凄風爲我嘯，百籟坐自吟。」

〔六〕「秀驛」四句

秀驛，未詳。

《古今注・鳥獸》：「秦始皇有名馬七，一曰追風。」蔣本卷十七《益州德陽縣善寂寺碑》：「雲姿月步，下瑶澤而追風；雪羽霞臨，歷珠田而矯霧。」

參：《箋注》卷二駱賓王《秋晨同淄州毛司馬秋九詠・秋風》：「亂竹摇疏影，縈池織細流。」

蔣本卷十七《梓州郪縣兜率寺浮圖碑》：「占氛候景，神祇叶幽贊之功；揆墨端行（蔣注：行疑繩字之訛），般倕逞絶群之思。」

《玉臺新詠》卷四鮑照《代京洛篇》：「珠簾無隔露，羅幌（一作櫎）不勝風。」蔣本卷三《遊梵宇三學寺》：「花積野壇深，蘿幌栖禪影。」

《文選》卷二十四嵇康《贈秀才入軍五首》其五：「旨酒盈樽，莫與交歡。」李善注：「《漢書》曰：郭解入關，賢豪爭交歡。」

〔七〕「葉岫」四句

江淹《江文通集》卷二《翡翠賦》：「耀緑葉於冬岫，鏡朱華於寒渚。」

《文選》卷五十九王屮《頭陀寺碑文》：「九衢之草千計，四照之花萬品。」李善注：「《山海經》曰：少室之山，其上有木焉，名曰帝休，葉茂狀如楊，其枝五衢，黄花黑實，服者不怒。郭璞曰：言樹枝交錯，相重五出，有象衢路也。故《離騷》云靡華九衢。」

蔣本卷十四《乾元殿頌》序：「九衢翻翠，雜仙卉於中逵；四照霏紅，間靈葩於右城。」

蔣本卷十九《彭州九隴縣龍懷寺碑》：「半漢香浮，中天梵警。」

《山海經・南山經》：「《南山經》之首曰䧿山……有木焉。其狀如穀而黑理，其花四照，其名曰迷穀，佩之不迷。」郭璞注：「言有光焰也。若木華赤，其光照地，亦此類也。」

〔八〕「于時」二句

《管子・五行》：「昔黄帝以其緩急作五聲，以政五鍾。令其五鍾：一曰青鍾，大音……五聲既調，然後作立五行。」

《梁書》卷三十三《列傳第二十七・王僧孺》：「《與何炯書》……素鍾肇節，金飆戒序。」

〔九〕「颺鮮飈」二句

《文選》卷三十一江淹《雜體詩三十首・許徵君自序》：「曲櫺激鮮飈，石室有幽響。」李善注：「陸機《吴趨行》：藹藹慶雲被，泠泠鮮風過。」

巖阡，未詳。蔣本卷十三《九成宮頌》：「飛甍月徑，列廡霞阡。」

〔一〇〕「素蝶」四句

《初學記》卷三十《鳥部・蝶十三》梁劉孝綽《詠素蝶詩》。又《文苑英華》卷三百二十九温子昇《詠花蝶》：「素蝶向林飛，紅花逐風散。」

《漢書》卷二十二《禮樂志第二》：「《郊祀歌・日出入九》：「籋浮雲，晻上馳。」注：「蘇林曰：籋音躡，言天馬上躡浮雲也。」蔣本卷十七《益州德陽縣善寂寺碑》：「奉軒裳於北闕，雲姿月步；下瑶澤而追風，雪羽霞臨。」

蔣本卷十三《九成宮頌》：「風闈夕敞，攜少女於歌筵；月幌宵朧，下姮娥於舞席。」《玉臺新詠》卷八徐陵《走筆戲書應令詩》：「舞席秋來卷，歌筵無數塵。」

《藝文類聚》卷三十六《人部二十・隱逸上》劉孝標《始居山營室詩》：「香風鳴紫鶯，高梧巢緑翼。」

《宋書》卷十九《志第九・樂一》：「前漢有虞公者，善哥，能令梁上塵起。」《樂府詩集》卷二十三《横吹曲辭三》王褒《長安道》：「樹陰連袖色，塵影雜衣風。」

〔一一〕「既而」二句

《列仙傳》卷下《園客》：「一旦有五色蛾，止其香樹末。」

《藝文類聚》卷六十四《居處部四・齋》江總《永陽王齋後山亭銘》：「竹深蓋雨，石暗迎曛。」蔣本卷三《山居晚眺贈王道士》：「琴尊方待興，竹樹已迎曛。」

《藝文類聚》卷三十六《人部二十・隱逸上》劉孝標《山栖誌》：「若其群峰疊起，接漢連霞，喬林布濩。」

《宋書》卷十六《志第六・禮三》謝莊《上封禪儀注奏》：「聖上韞籙蕃河，竚翔衡漢。金波掩照，華耀停明。」

〔一三〕「興盡」四句

蔣本卷四《上明員外啓》：「塞上浮雲之迹，空倦吴山；隋侯明月之珠，終悲暗室。」正倉院本《宇文德陽宅秋夜山亭宴序》〔二〇〕：「東山之賞在焉，南澗之情不遠。」晉澤，未詳。晉，或楚、或震字之訛。《尚書・禹貢》：「三江既入，震澤厎定。」

樂五席宴群公序〔一〕

樂五官情懸水鏡，落雲〔　〕於①高穹；諸公等利斷秋金，嘯風烟於勝友〔二〕。並以蘭才仙府，乘閑追俠窟之遊；寓宿靈臺，酤酒狎爐家之賞〔三〕。加以曹公展跡，毗魯化於惟桑；周生辭袟，悵秦歌於素木〔四〕。蹔搜疇養，仍抒新知〔五〕，促高讌而欣故人，欽下車而仰明訓〔六〕。于時凝光寫愛，落霽生寒〔七〕；雪卷飛雲，池涵折駿〔八〕。〔　〕酣發〔　〕②濡首，勝氣逸於同心〔九〕。既開作者之筵，請襲詩人之軌〔一〇〕。各題四韻，共用一言。成者先書，記我今日云爾〔一一〕。

【校記】

① 雲於：雲下當缺一字。

② 酣發：前後當缺各一字。

【考證】

〔一〕**樂五席宴群公序**

樂五，未詳。

〔二〕**「樂五官」四句**

正倉院本《夏日喜沈大虞三等重相遇序》〔五〕：「若涉芝蘭，如臨水鏡。」

《文苑英華》卷五七一上官儀《爲于侍請赴山陵表》：「蹐厚地而靡容，跼高穹而標絶。」

《藝文類聚》卷六十五《産業部上·鍼》曹大家《鍼縷賦》：「鎔秋金之剛精，形微妙而直端。」正倉院本《王勃於越州永興縣李明府宅送蕭三還齊州序》〔一〇〕：「嘗謂連城無他鄉之別，斷金有同好之親。」

《文選》卷三十謝朓《和王著作八公山》：「風烟四時犯，霜雨朝夜沐。」蔣本卷一《春思賦》：「帝鄉迢遰關河裏，神皋欲暮風烟起。」

《文選》卷二十二殷仲文《南州桓公九井作》：「廣筵散泛愛，逸爵紆勝引。」李善注：「勝引，勝友也。引猶進也。良友所以進己，故通呼曰勝引。」正倉院本《初春於權大宅宴序》〔四〕：「羇心易斷，惜風景於他鄉；勝友難遭，盡歡娱於此席。」

〔三〕「並以」四句

《論衡·别通》：「通人之官，蘭臺令史，職校書定字。」《新唐書》卷四十七《志第三十七·百官二》：「龍朔二年，改祕書省曰蘭臺……祕書郎曰蘭臺郎。」《初學記》卷十二《職官部下·秘書監第九》：「初漢御史中丞在殿中，掌蘭臺祕書圖籍。唐以祕書省爲蘭臺，即因斯義也。」《後漢書》卷二十三《竇章列傳第十三》：「是時學者稱東觀爲老氏臧室，道家蓬萊山。」注：「老子爲守藏史，復爲柱下史。四方所記文書皆歸柱下。事見《史記》。言東觀經籍多也。蓬萊，海中神山，爲仙府。幽經秘録並皆在焉。」蔣本卷四《上明員外啓》：「榮加徙秩，上膺蘭府之游；寵奪攀輪，更掌蓬山之務。」

《文選》卷二十八陸機《樂府十七首·長歌行》：「迨及歲未暮，長歌承我閑。」李善注：「《楚辭》曰：願乘閑而自察。」蔣本卷二《採蓮賦》：「乃有貴子王孫，乘閒縱觀。」

《文選》卷二十一郭璞《遊仙詩七首》其一：「京華游俠窟，山林隱遯棲。」李善注：「《西京賦》曰：都邑遊俠，張趙之倫。」

《後漢書》卷四十一《第五鍾離宋寒列傳第三十一·第五倫》：「少子頡……擢爲將作大匠，卒官。」注：「《三輔決録》曰……（頡）諫議大夫。洛陽無主人，鄉里無田宅，客止靈臺中，或十日不炊。司隸校尉南陽左雄、太史令張衡、尚書廬江朱建、孟興皆與頡故舊，各致禮餉，頡終不受。」正倉院本《秋晚入洛於畢公宅別道王宴序》〔八〕：「朝遊魏闕，見軒冕於南宮；暮宿靈臺，聞絃歌於北里。」

《世説新語・任誕第二十三》：「阮公鄰家婦有美色，當壚酤酒。阮與王安豐常從婦飲酒。」

蔣本卷七《游冀州韓家園序》：「王羲之之蘭亭五百餘年，直至今人之賞；石季倫之梓澤二十四友，始得吾徒之遊。」

〔四〕「加以」四句

曹公、展跡、魯化、周生，辭袟，未詳。

蔣本卷十九《彭州九隴縣龍懷寺碑》：「縣令柳公……假無上之幽筌，毗不言之景化。」

《毛詩・小雅・小弁》：「維桑與梓，必恭敬止。」鄭箋：「父之所樹，己尚不敢不恭敬。」《文選》卷六左思《魏都賦》：「且魏土者，畢昴之所應，虞夏之餘人，先王之桑梓，列聖之遺塵。」參：《箋注》卷八駱賓王《與博昌父老書》：「雖則山河四塞，是稱無棣之墟；松檟千秋，有切維桑之里，故每懷夙昔。」

《文選》卷四十一楊惲《報孫會宗書》：「家本秦也，能爲秦聲。婦趙女也，雅善鼓琴。奴婢歌者數人，酒後耳熱，仰天撫缶而呼嗚嗚。」李善注：「應劭《漢書注》曰：缶，瓦器也。秦人擊之以節歌。李斯《上書》曰：擊甕扣缶，而呼嗚嗚快耳者，真秦聲也。」

《漢書》卷九十一《貨殖列傳六十一・巴寡婦清》：「素木鐵器，若卮茜千石。」孟康：「素木，素器也。」參：《文苑英華》卷三六六皮日休《十原系述・原用》：「若是孔子奚不用魯，曰：用之則魯化，不用之天下奚化。」

參：《唐文拾遺》卷二十六崔歸美《唐故文貞公曾孫故穀城縣令張公墓誌銘并序》：「辭袟之日，寮吏色沮，遮車固留。」

〔五〕「暫搜」二句

疇養，未詳。

《楚辭》屈原《九歌·少司命》：「悲莫悲兮生別離，樂莫樂兮新相知。」

正倉院本《秋日楚州郝司户宅遇餞霍使君序》〔七〕：「故人握手，新知滿目。」

〔六〕「促高讌」二句

《南史》卷六十九《列傳第五十九·沈炯》：「嘗獨行經漢武通天臺，爲表奏之，陳己思鄉之意，曰：……横中流於汾河，指柏梁而高宴。」蔣本卷八《送李十五序》：「浮蟻傾而高宴終，飛鳥落而離宫散。」

故人，屢見。注〔五〕正倉院本《秋日楚州郝司户宅遇餞霍使君序》。

《後漢書》卷七十六《循吏列傳第六十六·劉寵》：「自明府下車以來，狗不夜吠，民不見吏，年老遭值聖明。」

《國語·晉語八》：「公曰：子實圖之。陽畢曰：圖在明訓，明訓在威權。」韋昭注：言既有明教，當有威權以行之。」

〔七〕「于時」二句

《文館詞林》卷六六五後魏孝文帝《祭圜丘大赦詔》：「日月凝光，寒暑交蔚。」

參：《文苑英華》卷七一五盧照鄰《樂府雜詩序》：「中巖罷燠，飛霜爲之夏凝；大谷生寒，層淮以之秋沍。」

〔八〕「雪卷」二句

《藝文類聚》卷二十九《人部十三・別上》李陵《贈蘇武別詩》：「陽鳥歸飛雲，蛟龍樂潛居。」

《初學記》卷十《儲宫部・太子妃第四》胡元範《奉和太子納妃詩》：「曲池涵鈞天，文字孕祥煙。」

折駿，未詳。

〔九〕「〔　〕酣」二句

《周易・未濟》：「上九，有孚于飲酒，无咎，濡其首，有孚失是。象曰：飲酒濡首，亦不知節也。」

《梁書》卷二十七《列傳第二十一・到洽》：「梁昭明太子與晉安王綱令曰……高情勝氣，貞然直上。」

蔣本卷四《上明員外啓》：「彭澤陶潛之菊，勝氣仍存；河陽潘岳之花，芳風遂遠。」

《周易・繫辭上》：「二人同心，其利斷金。同心之言，其臭如蘭。」正倉院本《宇文德陽宅秋夜山亭宴序》〔七〕：「乃知兩鄉投分，林泉可攘袂而遊；千里同心，烟霞可傳檄而定。」

〔一〇〕「既開」二句

《禮記・樂記》：「作者之謂聖，述者之謂明。」蔣本卷十八《廣州寶莊嚴寺舍利塔碑》：「成浩作者之述，足稱希代之貴。」蔣注：「成浩，疑訛。」

《漢書》卷三十六《楚元王傳第六・劉向》：「夫遵衰周之軌迹，循詩人之所刺。」

〔一一〕「各題」四句

正倉院本《上巳浮江讌序》〔二六〕：「輒以先成爲次。」

楊五席宴序〔一〕

蓋聞勝賞不留，神交罕遇〔二〕。白雲忽去，青天無極〔三〕。故有百年風月，浪形丘壑之間；四海山川，投跡江湖之外〔四〕。豈若情高物表，樂在人間〔五〕。遠方一面，新知千里〔六〕。清言滿席，復存王粲之門；濁酒盈罇，即坐陳蕃之榻〔七〕。何必星槎獨放，泝蒼渚而驚魂；烟竇忘歸，俯丹霄而練魄〔八〕。差（若）①斯而已哉。盍各賦詩，共旌友會云爾〔九〕。

【校記】

①差：當作若字。

【考證】

〔一〕楊五席宴序

楊五，未詳。

〔二〕「蓋聞」二句

正倉院本《衛大宅宴序》〔二〕：「蓋聞鳳渚參雲。」

《南史》卷六十七《列傳第五十七・孫瑒》：「每良辰美景，賓僚並集，泛長江而置酒，亦一時之勝賞焉。」

江淹《江文通集注》卷二《傷友人賦》：「吝妙賞之不留，悼知音之已逝。」

正倉院本《與員四等宴序》〔四〕：「良會不恒，神交復幾。」《漢書》卷一百上《叙傳第七十上》：「《答賓戲》……皆竣命而神交，匪詞言之所信。」

《藝文類聚》卷三十六《人部二十・隱逸上》戴逵《閑遊贊》：「然奇趣難均，玄契罕遇。」

〔三〕「白雲」二句

蔣本卷八《送白七序》：「青山高而望遠，白雲深而路遥。」

《藝文類聚》卷二十三《人部七・鑒誡》王脩《誡子書》：「人之居世，忽去便過，日月可愛也。」

《莊子・逍遥遊》：「摶扶摇羊角而上者九萬里，絶雲氣，負青天，然後圖南，且適南冥也。」

《莊子・逍遥遊》：「吾驚怖其言，猶河漢而無極也。」蔣本卷三《普安建陰題壁》：「江漢深無極，梁岷不可攀。」

〔四〕「故有」四句

正倉院本《秋日宴山庭序》〔一一〕：「數人之内，幾度琴罇；百年之中，少時風月。」

正倉院本《秋夜於緜州群官席别薛昇華序》〔一〇〕、〔一一〕：「然僕之區區，當以爲人生之百年，逝如一瞬。非不知風月不足懷也，琴樽不中戀也。」

《晉書》卷八十《列傳第五十・王羲之》：「《蘭亭序》……或因寄所託，放浪形骸之外。」

正倉院本《梓潼南江泛舟序》〔三〕：「艤舟於江潭，縱觀於丘壑。」

《史記》卷八《高祖本紀第八》：「蕭何曰……且夫天子以四海爲家。」蔣本卷五《上劉右相書》：「蓋聞聖人以四海爲家，英宰與千齡合契。」

《毛詩・小雅・漸漸之石》：「山川悠遠，維其勞矣。」蔣本卷六《夏日登韓城門樓寓望序》：「流離歲月，羈旅山川。」

《莊子・天地》：「多物將往，投迹者衆。」蔣本卷四《上武侍極啓》二：「而可以追騰白日，忘言於咫尺之書；干突青雲，投迹於尋常之境。」

《文苑英華》卷九十七王績《遊北山賦》：「閲丘壑之新趣，縱江湖之舊心。」

正倉院本《聖泉宴序》〔五〕：「群公九牘務閑，江湖思遠。」

〔五〕「豈若」二句

《北史》卷三十三《列傳第二十一・李概》：「謂之《達生丈人集》。其序曰：……或出人間，或栖物表，逍遥寄託，莫知所終。」

《文選》卷四十三孔稚珪《北山移文》：「若其亭亭物表，皎皎霞外。」《藝文類聚》四十《禮部下・謚》虞義《與蕭令王僕射書爲袁彖求謚》：「時公德冠時宗，道高物表。」蔣本卷九《山亭思友人序》：「雖形骸真性，得禮樂於身中；而宇宙神交，卷煙霞於物表。」蔣注：「卷似惓字之訛。」

《文選》卷四十三嵇康《與山巨源絶交書》：「又每非湯武而薄周孔，在人間不止。」

正倉院本《秋晚入洛於畢公宅別道王宴宅》〔九〕：「交情獨放，已厭人間。」

〔六〕**「遠方」二句**

《論語・學而》：「有朋自遠方來，不亦樂乎。」

《文選》卷四十七袁宏《三國名臣序贊》：「披草求君，定交一面。」李善注：「崔寔《本論》曰：且觀世人之相論也。徒以一面之交。」

正倉院本《宇文德陽宅秋夜山亭宴序》〔九〕：「或一面新交，叙風雨而倒屣。」

《楚辭》屈原《九歌・少司命》：「悲莫悲兮生別離，樂莫樂兮新相知。」正倉院本《秋日楚州郝司戶宅遇餞霍使君序》〔七〕：「故人握手，新知滿目。」

《世説新語・簡傲第二十四》：「嵇康與吕安善，每一相思，千里命駕。」蔣本卷三《九日懷封元寂》：「九秋良會夕，千里故人稀。」

〔七〕**「清言」四句**

陶潛《陶淵明文集》卷六《扇上畫贊》：「交酌林下，清言究微。」蔣本卷四《上許左丞啓》：「實願稍捐人事，少奉清言。」

蔣本卷十八《廣州寶莊嚴寺舍利塔碑》：「玉柄朝攜，則風霜滿席。」

正倉院本《九月九日採石館宴序》〔二〕：「孔文舉洛京名士，長懷司隸之門；王仲宣山陽俊人，直至中郎之席。」

《隋書》卷五十七《列傳第二十二・盧思道》：「《勞生論》……濁酒盈樽，高歌滿席，恍兮惚兮，天地一指，此野人之樂也。」蔣本卷六《秋日游蓮池序》：「悲夫秋者愁也，酌濁酒以蕩幽襟；志之所之，用清交而銷積恨。」

《後漢書》卷五十三《周黄徐姜申屠列傳第四十三・徐穉》：「字孺子，豫章南昌人也……時陳蕃爲太守……蕃在郡不接賓客，唯穉來，特設一榻，去則縣之。」正倉院本《秋日登洪府滕王閣餞别序》〔四〕：「物華天寶，龍光射牛斗之墟；人傑地靈，徐孺下陳蕃之榻。」

〔八〕「何必」四句

正倉院本《秋日宴山庭序》〔七〕：「又此夜乘查之客，由對仙家。」

正倉院本《秋晚入洛畢公宅别道王宴序》〔九〕：「交情獨放，已厭人間。」

《拾遺記》卷三《周靈王》：「竊窺者，莫不動心驚魂，謂之神人。」蔣本卷十九《梓州玄武縣福會寺碑》：「眷香城而惻念，披道肆而驚魂。」

蔣本卷十六《益州緜竹縣武都山淨惠寺碑》：「亦有山童採葛，入丹竇而忘歸；野老紉花，向青溪而不返。」《抱朴子内篇・明本》：「逍遥虹霓，翺翔丹霄。」蔣本卷二《澗底寒松賦》：「攀翠崿而形疲，指丹霄而望絶。」

《雲笈七籤》卷四十二《存思》：「澄魂羽幽，練魄空洞。」

〔九〕「若斯」三句

《周易・繫辭傳上》：「夫易開物成務，冒天下之道，如斯而已者也。」蔣本卷九《續書序》：「天下之道，如斯而已矣。」

正倉院本《仲家園序》〔一〇〕：「盍各賦詩，放懷叙志。」

《論語・顔淵》：「曾子曰：君子以文會友，以友輔仁。」《梁書》卷三十三《列傳第二十七・王僧孺》：「初僧孺與樂安任昉遇竟陵王西邸，以文學友會。」

與員四等宴序〔一〕

《文苑英華》卷七〇八　張本卷六　項本卷六　蔣本卷七

自嵇①阮寂寥，尹②班超忽，高筵不嗣，中宵詞（誰）③賞〔二〕。故④今惜芳辰者，停鶴軫於風衢；懷幽[契]者⑤，佇鸞觴於月徑〔三〕。已矣哉，林壑遂喪，烟霞少對。良會不恒，神交復幾〔四〕。請拔⑥非常之思，俱⑦宣絶代之遊〔五〕，託同志於百齡，求知己於千載〔六〕。道之存矣，無乃然乎。人賦一言，俱裁四韻〔七〕。

【校記】

① 嵇：張本、項本、蔣本同。《英華》作稽。傅校：舊鈔本稽作嵇。
② 尹：張本、項本、蔣本同。《英華》作伊。傅校：伊作尹。
③ 宵詞：項本、蔣本作宵誰。《英華》、張本作霄誰。傅校：霄作宵。
④ 故：諸本皆作古。

⑤幽者：諸本皆作幽契者。

⑥拔：諸本皆作沃。

⑦俱：諸本皆作但。傳校：但作俱。

【考證】

〔一〕與員四等宴序

員四，未詳。或員半千，見《舊唐書》卷一九〇中《列傳第一四〇中・文苑中・員半千》。又駱賓王有《敘寄員半千詩》（《箋注》卷三）、《答員半千書》（《箋注》卷八）。

〔二〕「自嵇阮」四句

正倉院本《與邵鹿官宴序》〔七〕：「振嵇阮之頹交，紐泉雲之絶緌。」

《老子》二十五章：「寂兮寥兮，獨立而不改。」河上公注：「寂者無音聲，寥者空無形。」

《後漢書》卷七十九上《儒林列傳第六十九上・尹敏》：「（尹敏）與班彪親善，每相遇，輒日旰忘食，夜分不寢。」

《文選》卷五十九王屮《頭陀寺碑文》：「東望平皋，千里超忽。」李善注：「《楚辭》曰：平原忽兮路超遠。」蔣本卷五《上劉右相書》：「殊不知兩儀超忽，動止繫於無垠；萬化糾紛，舒卷存乎非我。」

正倉院本《宇文德陽宅秋夜山亭宴序》〔五〕：「遂令啓瑶緘者，攀勝集而長懷；披瓊翰者，仰高筵而不暇。」

正倉院本《春日序》〔七〕：「雖英靈不嗣，何山川之壯麗焉。」

《樂府詩集》卷五十六《舞曲歌辭五・雜舞四》王融《齊明王歌辭七首・清楚引》：「清月冏將曙，浩露零中宵。」

〔三〕「**故今**」四句

《初學記》卷三《歲時部上・春》：「梁元帝《纂要》曰：春……辰曰良辰、嘉辰、芳辰。」

蔣本卷十八《梓州郪縣靈瑞寺浮圖碑》：「飛廉按轡，定樞臬於風衢；羲和頓策，揆鉤繩於日路。」

《文選》卷二十九嵇康《雜詩》：「鸞觴酌醴，神鼎烹魚。」張銑曰：「鸞觴，盃也。刻爲鸞鳥之文。」

〔四〕「**已矣哉**」五句

蔣本卷一《遊廟山賦》：「亂曰：已矣哉。吾誰欺，林壑逢地，煙霞失時。」

蔣本卷十八《廣州寶莊嚴寺舍利塔碑》：「象法不可以無主，微言不可以遂喪。」

正倉院本《王勃於越州永興縣李明府宅送蕭三還齊州序》〔三〕：「烟霞是賞心之事。」

《文選》卷二十九《古詩十九首》其四：「今日良宴會，歡樂難具陳。」蔣本卷一《春思賦》：「惜良會之道邁，厭他鄉之苦辛。」

正倉院本《楊五席宴序》〔二〕：「蓋聞勝賞不留，神交罕遇。」

〔五〕「**請拔**」二句

郭璞《爾雅》序：「總絶代之離詞，辯同實而殊號者也。」蔣本卷九《四分律宗記序》：「收絶代之精微，詰往聖之紕繆。」

參：《舊唐書》卷十八上《本紀第十八上・武宗》：「史臣曰……而能雄謀勇斷，振已去之威權；運策勵精，拔非常之俊傑。」

〔六〕「託同志」二句

《韓詩外傳》卷五：「同音相聞，同志相從。」

《後漢書》卷二十八上《桓譚馮衍列傳第十八上·馮衍》：「今百齡之期，未有能至。」正倉院本《秋日登洪府滕王閣餞別序》〔三四〕：「捨簪笏於百齡，奉晨昏於萬里。」

蔣本卷三《送杜少府之任蜀州》：「海内存知己，天涯若比鄰。」

《文選》卷五十一王褒《四子講德論》：「夫特達而相知者，千載之一遇也。」

〔七〕「道之存矣」四句

《漢書》卷三十六《楚元王傳第六·楚元王劉交》：「先王之所以禮吾三人者，爲道之存故也。」蔣本卷二《慈竹賦》：「嗟乎道之存矣，物亦有之。」

登綿州西北樓走筆詩序〔一〕

山川暇日，樓雉中天〔二〕。白雲引領，蒼波極目〔三〕。視烟霞之浩曠，覺城肆之喧卑〔四〕。促蘿薜於玄門，降虹蜺於紫府〔五〕。取樂罇酒，相忘江漢〔六〕。思題勝引，式序幽筵〔七〕。爰命下才，固其宜矣〔八〕。人探一字，四韻成篇云爾。

【考證】

〔一〕**登綿州西北樓走筆詩序**

蔣本卷七有《緜州北亭群公宴序》。《元和郡縣志》卷三十四《劍南道下》：「緜州（巴西，上）……八到（東北至上都一千七百三十四里）。」

《玉臺新詠》卷八徐陵《走筆戲書應令》。

〔二〕**「山川」二句**

《毛詩・小雅・漸漸之石》：「山川悠遠，維其勞矣。」正倉院本《春日序》〔七〕：「何山川之壯麗焉。」

《列子・周穆王》：「王執化人之祛，騰而上者，中天迺止，暨及化人之宮。」正倉院本《秋日登洪府滕王閣餞別序》〔二〇〕：「寫睇眄於中天，極娛游於暇日。」

《文選》卷三十謝朓《和王著作八公山詩》：「出没眺樓雉，遠近送春目。」李善注：「王肅《家語注》曰：高丈長而堵，三堵曰雉。」正倉院本《秋日登冶城北樓望白下序》〔六〕：「佳辰可遇，屬樓雉之中天；良願果諧，偶琴樽之暇日。」

〔三〕**「白雲」二句**

《藝文類聚》卷三十《人部十四・別下》梁簡文帝《與蕭臨川書》：「白雲在天，蒼波無極。」

正倉院本《秋日宴山庭序》〔五〕：「披白雲以開筵，俯青溪而命酌。」

何遜《何水部集》《贈諸遊舊》：「望鄉空引領，極目淚沾衣。」

《文選》卷五十一王褒《四子講德論》：「含淳詠德之聲盈耳，登降揖讓之禮極目。」蔣本卷十三《九成宮頌》：「三臺九署，雲端極目。霓裳風髻，闕下相尋。」

〔四〕「視烟霞」二句

正倉院本《仲家園序》〔二〕：「僕不幸，在流俗而嗜烟霞，常恨林泉不比德，而嵇阮不同時，而處懷良辰而鬱鬱。」

正倉院本《仲家園序》〔六〕：「暮江浩曠，晴山紛積。」

《文選》卷二十二謝混《游西池詩》：「逍遥越城肆，願言屢經過。」蔣本卷十六《益州緜竹縣武都山淨惠寺碑》：「城肆颯然若空，山□黯而無色。」

《文選》卷十四鮑照《舞鶴賦》：「去帝鄉之岑寂，歸人寰之喧卑。」

〔五〕「促蘿薜」二句

《楚辭》屈原《九歌·山鬼》：「若有人兮山之阿，被薜荔兮帶女蘿。」蔣本卷十三《九成宮頌》：「宸儀有睟，蓬萊與城闕俱榮；群后多歡，蘿薜共簪裾合賞。」

《老子》一章：「玄之又玄，衆妙之門。」《世説新語·言語第二》：「桓（宣武）云：時有入心處，便覺咫尺玄門。」

《文選》卷一班固《西都賦》：「軼雲雨於太半，虹霓迴帶於棼楣。」蔣本卷十九《梓州玄武縣福會寺碑》：「環日月於重廊，翠栱丹楹；起虹霓於複殿，真容俯映。」

《文苑英華》卷八四八薛道衡《老氏碑》：「蜺裳鶴駕，往來紫府。」

《抱朴子内篇·祛惑》：「及到天上，先過紫府，金牀玉几，晃晃昱昱，真貴處也。」正倉院本《至真觀夜宴序》〔二〕：「若夫玉臺金闕，玄都紫府，曠哉邈乎。」

〔六〕「取樂」二句

蔣本卷五《上絳州上官司馬書》：「東海取樂於簞瓢，南山畢志於文史。」

正倉院本《上巳浮江讌序》〔四〕：「罇酒於其外，文墨於其間哉。」

蔣本卷一《江曲孤鳧賦》：「迹已存於江漢，心非繫於城闕。」

〔七〕「思題」二句

勝友，見《樂五席宴群公序》〔二〕引《文選》卷二十二殷仲文《南州桓公九井作》。

《毛詩·周頌·時邁》：「明昭有周，式序在位。」楊炯《王勃集序》：「爲言式序，大義昭義。」

〔八〕「爰命」

蔣本卷十八《廣州寶莊嚴寺舍利塔碑》：「爰託下才，用旌高躅。」

《集注》卷二庾信《哀江南賦》序：「陸士衡聞而撫掌，是所甘心；張平子見而陋之，固其宜矣。」

秋日登洪府①滕王閣餞別序②〔一〕

《文苑英華》卷七一八　張本卷五　項本卷五　蔣本卷八

豫章③故郡，洪都新府；星分翼軫，鎮④接衡廬〔二〕。襟三江而帶五湖，控蠻荆而引甌越〔三〕。物華天寶，龍光射牛斗之墟；人傑地靈，徐孺下陳蕃之榻〔四〕。雄州霧列，俊寀⑤星馳。臺隍枕夷夏之交⑥，賓主盡東南之美〔五〕。都督閻公之雅望，棨戟遥臨；宇文新州之懿範，襜⑦帷蹔⑧駐〔六〕。十甸（旬）⑨休沐⑩，勝友如雲；千里逢迎，高朋滿席⑪〔七〕。騰蛟起鳳，孟學士之詞府⑫；紫電青⑬霜，王將軍之武庫〔八〕。家君作宰，路出名區；童子何知，躬逢勝踐⑭〔九〕。時惟⑮九月，序屬三秋。潦水盡而寒潭清，烟光凝而暮山紫〔一〇〕。儼騑驂⑯於上路，訪風景於崇阿。臨帝子之長洲，得天⑰人之舊館〔一一〕。曾（層）臺矯⑱翠，上出重宵（霄）⑲；飛閣翔⑳丹，下臨無地〔一二〕。鶴汀鳬渚，窮嶋嶼之縈迴；桂殿蘭宮，即㉑崗巒之體勢〔一三〕。披繡闥，俯琱薨（甍）㉒。山原㉓曠其盈視，川澤呼（紆）㉔其駭矚㉕〔一四〕。閭閻撲地，鍾㉖鳴鼎食之家；舸艦彌㉗津，青雀黄龍之舳㉘〔一五〕。虹㉙銷㉚雨霽，彩徹區明㉛。落㉜霞與孤霧㉝齊飛，秋水共長天一色〔一六〕。漁舟唱晚，響窮彭蠡之濱；鴈陣驚寒，聲斷衡陽之浦〔一七〕。遥矜甫㉞暢，逸興遄飛。爽籟發而清風起㉟，纖歌凝而白雲遏〔一八〕。睢園緑竹，氣浮㊱彭澤之罇㊲；鄴水朱華，光照臨川之筆〔一九〕。四美具，二難并。寫㊳睇眄㊴於中天，極娱遊於暇日〔二〇〕。空㊵高地迥，覺宇宙之無窮；興盡悲來，識盈虚之有數〔二一〕。望長安於日下，指㊶吴會於[雲]間㊷。地勢極而南溟深，天柱高而北辰遠〔二二〕。關山難越，誰非㊸失路之人；溝㊹水相逢，盡是他鄉之客〔二三〕。懷帝閽而不見，奉宣室而㊺何年〔二四〕。嗟乎㊻，大運不齊㊼，命塗㊽多緒㊾。馮唐易老，李廣難封〔二五〕。屈賈誼於長沙，非無聖王㊿；竄梁鴻(51)於海曲，豈之（乏）(52)明時〔二六〕。所賴君子安排(53)，達人知命〔二七〕。老當益壯，寧移[54]白首之心；窮當[55]益堅，不墜青雲之望[56]〔二八〕。酌貪泉而競（覺）[57]爽，處涸轍而相驩[58]〔二九〕。北海雖遥[59]，扶搖可接；東隅已逝，桑榆非晚〔三〇〕。孟嘗高潔，空餘[60]報國之情[61]；阮藉（籍）[62]猖狂，豈效窮之塗（效窮途之）[63]哭〔三一〕。勃五[64]尺微命，一介書生〔三二〕。無路請纓，等終軍之妙日[65]，有懷投筆，愛宗慤[66]之長風〔三三〕。捨[67]簪笏於百齡，奉晨昏於萬里。非謝家之寶樹，接孟氏之芳鄰〔三四〕。他日趨庭，叨陪鯉對；今兹[68]捧袂，喜託[69]龍門〔三五〕。楊意不逢，撫陵[70]雲而自惜；鍾期既[71]遇，奏流水而[72]何慙〔三六〕。嗚呼！勝地不常，盛筵難再。蘭亭已矣，梓澤丘墟〔三七〕。臨水[73]贈言，幸承恩於偉餞；登高能[74]賦，是所望於群公〔三八〕。敢竭鄙懷[75]，恭疏短引。一言均賦，八[76]韻俱成云爾[77]〔三九〕。

【校記】

① 秋日登洪府：《英華》、蔣本同。張本、項本無此五字。
② 餞別序：《英華》、蔣本同。張本、項本作詩序。
③ 豫章：蔣本同。《英華》作豫章（一作南昌），張本、項本作南昌。
④ 鎮：諸本皆作地。
⑤ 寀：《英華》作采（一作彩），張本、項本作彩。蔣本作采。
⑥ 交：張本、項本、蔣本同。《英華》作郊。
⑦ 襜：張本、項本、蔣本同。《英華》作檐。
⑧ 蹔：諸本皆作暫。

⑨ 甸：諸本皆作甸。

⑩ 沐：《英華》作假（一作暇）。張本、項本作暇。蔣本作假。

⑪ 席：諸本皆作座。

⑫ 府：諸本皆作宗。

⑬ 青：《英華》、項本、蔣本同。張本作清。

⑭ 踐：諸本皆作餞。

⑮ 惟：《英華》作唯。張本、項本、蔣本作維。

⑯ 騑驂：諸本皆作驂騑。

⑰ 天：蔣本同。《英華》作天（一作仙）。張本、項本作仙。

⑱ 曾臺矯：張本、項本作層巒聳。蔣本作層臺聳。《英華》作層臺聳。傅校：聳作矯，下注一作聳。

⑲ 宵：諸本皆作霄。

⑳ 翔：蔣本同。《英華》作翔（一作流）。張本、項本作流。

㉑ 即：蔣本同。《英華》作即（一作列）。張本、項本作列。

㉒ 琱甍：諸本皆作雕甍。

㉓ 原：諸本皆同。《英華》作原（一作源）。

㉔ 呼：《英華》作紆（一作吁），張本、項本作盱，蔣本作紆。

㉕ 矚：張本、項本、蔣本同。《英華》作屬。傅校：屬作矚。

㉖ 鍾：《英華》同。張本、項本、蔣本作鐘。

㉗ 彌：《英華》、張本同。項本、蔣本作迷。

㉘舳：項本同。《英華》、張本、蔣本作軸。

㉙虹：張本、項本同。《英華》作雲（一作虹）。蔣本作雲。

㉚銷：張本、項本、蔣本同。《英華》作消。

㉛區明：張本、蔣本同。《英華》、項本作區明（一作雲衢）。

㉜落：張本、項本、蔣本同。《英華》作洛。傅校：洛作落。

㉝霧：諸本皆作鶩。

㉞矜甫：《英華》作襟（一作吟）甫（一作俯），張本作襟俯。項本作吟俯。蔣本作襟甫。

㉟起：諸本皆作生。

㊱浮：諸本皆作淩。

㊲罇：《英華》同。張本、項本、蔣本作樽。

㊳寫：《英華》同。張本、蔣本作窮。

㊴睇眄：張本、項本、蔣本同。《英華》作睇吟。傅校：睇作睇，吟作矚，下注一作眄。

㊵空：諸本皆作天。

㊶指：張本、項本同。《英華》作目（一作指），蔣本作目。

㊷於間：諸本皆作於雲間。

㊸非：諸本皆作悲。

㊹溝：蔣本同。《英華》作溝（一作萍），張本、項本作萍。

㊺而：諸本皆作以。

㊻嗟乎：《英華》、張本、蔣本同。項本作嗚呼。

㊼大運不齊：《英華》作大運不窮（一作時運不齊），張本、項本、蔣本作時運不齊。

㊽塗：諸本皆作途。

㊾緒：諸本皆作舛。

㊿王：諸本皆作主。

(51)鴻：張本、項本、蔣本同。《英華》作鴻。傅校：鴻作鴻。

(52)之：諸本皆作乏。

(53)安排：《英華》作見機（一作安貧）。張本、項本作安貧。蔣本作見機。

(54)移：張本、項本、蔣本同。《英華》作移（一作知）。

(55)當：諸本作且。

(56)望：諸本作志。

(57)競：諸本皆作覺。

(58)而相驩：《英華》作而相（一作猶）懽。張本、項本作以猶歡。蔣本作而相歡。

(59)遥：諸本皆作賒。

(60)餘：張本、項本、蔣本同。《英華》作餘（一作懷）。

(61)情：《英華》、張本、蔣本同。項本作心。

(62)藉。諸本皆作籍。

(63)效窮之塗：《英華》作効窮途之。張本、項本、蔣本作效窮途之。

(64)五：諸本皆作三。

(65)妙日：諸本皆作弱冠。

⑥⑥ 愛宗殼：《英華》作愛（一作慕）宗慤。張本、項本作慕宗慤。蔣本作愛宗慤。

⑥⑦ 捨：《英華》同。張本、項本、蔣本作舍。

⑥⑧ 玆：蔣本同。《英華》作兹（一作晨）。張本、項本作晨。

⑥⑨ 託：張本、蔣本同。《英華》、項本作托。

⑦⓪ 陵：諸本皆作淩。

⑦① 既：張本、項本同。《英華》作相（一作既）。蔣本作相。

⑦② 而：諸本皆作以。

⑦③ 水：《英華》作水（一作别）。張本、項本、蔣本作别。

⑦④ 能：諸本皆作作。

⑦⑤ 懷：《英華》、蔣本同。張本、項本作誠。

⑦⑥ 八：諸本皆作四。

⑦⑦ 成云爾：《英華》作成請灑潘江各傾陸海云爾（一無此十字）。張本、項本、蔣本作成請灑潘江各傾陸海云爾。

【考證】

〔一〕秋日登洪府滕王閣餞别序

《元和郡縣志》卷二十八《江南道四》：「洪州（豫章，中都督府）……八到（西北至上都三千八十五里……）……管七。南昌縣（望，郭下）。漢高六年置。」

〔二〕「豫章」四句

《漢書》卷二十八上《地理志第八上》：「豫章郡（高帝置……）縣十八。南昌。」《越絶書》卷十二：「楚故治郢，今南郡、南陽、汝南、淮陽、六安、九江、廬江、豫章、長沙，翼、軫也。」《元和郡縣志》卷二十九《江南道五》：「衡州……管縣六……衡山縣。衡山，南嶽也。一名岣嶁山，在縣西三十里……山高四千一十丈。」又卷二十八《江南道四》：「江州……管縣三……潯陽縣……廬山在縣東三十二里，本名鄣山。」

〔三〕「襟三江」二句

《戰國策·秦策四》：「王襟以山東之險，帶以河曲之利。」

《周禮·職方氏》：「東南曰揚州……其川三江，其浸五湖。」鄭注：「五湖在吴南。」賈疏：「按《禹貢》云：九江今在廬江、尋陽南，皆東合爲大江。揚州所以得有三江者，江至尋陽南合爲一，東行至揚州，入彭蠡，復分爲三道而入海，故得有三江也。」蔣本卷六《上百里昌言疏》：「出三江而浮五湖，越東甌而渡南海。」

《文選》卷六左思《魏都賦》：「同賑大內，控引世資。」

《毛詩·小雅·采芑》：「蠢爾蠻荆，大邦爲讎。」毛傳：「蠻荆，荆州之蠻也。」

《文選》卷二十謝靈運《鄰里相送方山》：「祗役出皇邑，相期憇甌越。」李善注：「《史記》曰：東越王摇都東甌，時俗號東甌王。徐廣曰今之永寧也。」

〔四〕「物華」四句

《藝文類聚》卷二《天部下·霽》梁王筠《夕霽詩》：「物華方入賞，跂予心期會。」

《商子·徠民》：「夫實壙虚，出天寶，而百萬事本，其所益多也。」

蔣本卷三《忽夢游仙》：「依然躡雲背，電策驅龍光。」

正倉院本《夏日喜沈大虞三等重相遇序》〔八〕：「又柳明府遠赴鄷城，衝劍氣於牛斗。」

《史記》卷八《高祖本紀第八》：「此三人，皆人傑也。」

《韓詩外傳》卷八：「天老曰……惟鳳爲能通天祉，應地靈；律五音，覽九德。」蔣本卷十六《益州緜竹縣武都山淨惠寺碑》：「翠綏丹轍，歷今古而先鳴；人傑地靈，冠山川而得儁。」

正倉院本《楊五席宴序》〔七〕：「清言滿席，復存王粲之門；濁酒盈罇，即坐陳蕃之榻。」

〔五〕「雄州」四句

正倉院本《秋日楚州郝司户宅遇餞霍使君序》〔五〕：「憑勝地，列雄州。城池當要害之衝，寮寀盡鵷鸞之選。」

蔣本卷十九《梓州玄武縣福會寺碑》：「爾其峰巒霧列，東分井絡之光；樓雉雲横，西覩禺同之奥。」《説文解字》弟八上：「俊，材過千人也。」《爾雅·釋詁》：「寀，寮官也。」正倉院本《江寧縣白下驛吴少府見餞序》〔七〕：「吴生俊寀，甫佐烹鮮；我輩良遊，方馳去鷁。」

《抱朴子外篇·安貧》：「駑蹇星馳以兼路，豺狼奮口而交爭。」正倉院本《宇文德陽宅秋夜山亭宴序》〔四〕：「未有能星馳一介，留興緒於芳亭；雲委八行，抒勞思於綵筆。」

《爾雅·釋言》：「隍，壑也。」郭注：「城池空者爲壑。」

蔣本卷十八《廣州寶莊嚴寺舍利塔碑》：「蜃樓高峙，猶埋夕帳；螺臺峻績，尚識朝基。信夷夏之奥區，而仙靈之窟宅也。」

《爾雅・釋地》：「東南之美者，有會稽之竹箭焉。」《世説新語・賞譽第八》：「張華見褚陶，語陸平原曰：君兄弟龍躍雲津，顧彦先鳳鳴朝陽，謂東南之寶已盡，不意復見褚生。」正倉院本《冬日送儲三宴序》〔二〕：「儲學士東南之美，江漢之靈。」

〔六〕「都督」四句

《唐六典》卷三十：「大都督府，都督一人，從二品……中都督府，都督一人，正三品……下都督府，都督一人，從三品。」

閻公、宇文，未詳。

《世説新語・容止第十四》：「匈奴使答曰：魏王雅望非常。」

《漢書》卷七十六《趙尹韓張兩王傳第四十六・韓延壽》：「駕四馬，傅總，建幢棨。」注：「李奇曰：戟也。」師古曰：「幢，麾也。棨，有衣之戟也，其衣以赤黑繒爲之。」《後漢書》志第二十九《輿服上》：「公以下至二千石，騎吏四人，千石以下至三百石，縣長二人，皆帶劍，持棨戟爲前列。」

《舊唐書》卷四十一《志第二十一・地理四》：「嶺南道……新州。隋信安郡之新興縣。武德四年，平蕭銑，置新州……至京師五千五十二里。」

陸雲《陸士龍集》卷二《贈顧驃騎二首》其二：「思我懿範，萬民來服。」

《後漢書》卷二十六《伏侯宋蔡馮趙牟韋列傳第十六・郭賀》：「（郭賀）拜荆州刺史……顯宗巡狩到南陽，特見嗟歎。賜以三公之服，黼黻冕旒。敕行部去襜帷，使百姓見其容服。」

〔七〕「十旬」四句

蔣本卷十九《梓州玄武縣福會寺碑》：「十旬休沐，奄有泉林；千里邀迎，乃疲風月。」
正倉院本《樂五席宴群公序》〔二〕：「諸公等利斷秋金，嘯風烟於勝友。」
《毛詩・齊風・敝笱》：「齊子歸止，其從如雲。」毛傳：「如雲，言盛也。」
《世説新語・簡傲第二十四》：「嵇康與吕安善，每一相思，千里命駕。」
《藝文類聚》卷五十《職官部六・刺史》徐陵《裴使君墓誌》：「篤好朋遊，居常滿席。」

〔八〕「騰蛟」四句

《西京雜記》卷二：「董仲舒夢蛟龍入懷，乃作《春秋繁露》詞。」
《西京雜記》卷二：「（揚）雄著《太玄經》，夢吐鳳凰，集玄之上，頃而滅。」蔣本卷六《夏日宴宋五官宅觀畫幛序》：「驚鴻擅美，丹青貴近質之奇；吐鳳標華，宮徵得緣情之趣。」
學士，見正倉院本《冬日送閭丘序》〔四〕「閭丘學士」。
《文苑英華》卷八四二王僧孺《從子永寧令謙誄》：「容與學丘，徘徊詞府。」《法苑珠林》卷三十三《興福篇第二十七・洗僧部》：「法師乃時稱學海，世號詞宗。」
《古今注》：「吴大皇帝有寶劍六。一曰白蛇，二曰紫電，三曰辟邪，四曰奔星，五曰青冥，六曰百里。」
《晉書》卷三十四《列傳第四・杜預傳》：「（杜）預在内七年，損益萬機，不可勝數，朝野稱美，號曰杜武庫，言其無所不有也。」蔣本卷四《上明員外啓》：「加以文場武庫，發揮廊廟之師；瓊樹瑤林，寥廓風塵之表。」

〔九〕「家君」四句

《周易・家人》：「家人有嚴君焉，父母之謂也。」

《後漢書》卷八十二上《方術傳第七十二上謝夷吾》：「令班固爲文，薦夷吾曰……及其應選作宰，惠敷百里。」

《文選》卷五十九王屮《頭陀寺碑文》：「惟此名區，禪慧攸託。」

《左傳・成公十六年》：「國之存亡天也，童子何知焉。」

正倉院本《仲家園宴序》〔九〕：「思傳勝踐，放懷叙志。」

〔一〇〕「時惟」四句

正倉院《九月九日採石館宴序》〔五〕：「時惟九月，節實重陽。」

《初學記》卷三《歲時部上・秋》：「梁元帝《纂要》曰秋……曰三秋，九秋。」

《楚辭》宋玉《九辯》：「泬寥兮天高而氣清，寂寥兮收潦而水清。」

《文選》卷二十謝靈運《九日從宋公戲馬臺集送孔令詩》：「凄凄陽卉腓，皎皎寒潭潔。」

《藝文類聚》卷二《天部下・霽》梁簡文帝《開霽》：「偃蹇暮山虹，游揚下峰日。」

〔一一〕「儼騑」四句

《禮記・檀弓上》：「使子貢説驂而賻之。」鄭注：「騑馬曰驂。」釋文：「驂，夾服馬也。」《三國志》卷十九《魏書十九・任城陳蕭王傳第十九・陳思王植》：「謹拜表獻詩二篇……又曰……騑驂倦路，再寢再興。」

正倉院本《晚秋遊武擔山寺序》〔一七〕：「龍鑣翠轄，駢闐上路之遊；列樹崇闉，磊落名都之氣。」

正倉院本《江浦觀魚宴序》〔五〕：「群公以十旬芳暇，候風景而延情。」

《蘭亭考》卷一謝萬《詩》：「肆眺崇阿，寓目高林。」

《漢書》卷八十一《匡張孔馬傳第五十一・孔光》：「定陶王好學多材，於帝子行。」蔣本卷一《七夕賦》：「忘帝子之光華，下君王之顔色。」

《漢書》卷五十一《賈鄒枚路傳第二十一・枚乘》：「枚乘復説吴王……積聚玩好，圈守禽獸，不如長洲之苑。游曲臺，臨上路，不如朝夕之池。」注：「服虔曰：吴苑也。韋昭曰：長洲在吴東也。」

蔣本卷二《採蓮賦》：「常陪帝子之輿，經侍天人之籍。」

《文選》卷四十六任昉《王文憲集序》：「出入禮闈，朝夕舊館。」

〔一二〕「層臺」四句

《文選》三十陸機《擬古詩十二首・擬青青陵上柏》：「飛閣纓虹帶，曾台冒雲冠。」

《古詩紀》卷二十九《魏九》阮籍《詠懷詩八十二首》其七十：「翔風拂重霄，慶雲招所晞。」

《文選》卷一班固《西都賦》：「輦路經營，修除飛閣。」

《楚辭》屈原《遠遊》：「下崢嶸而無地兮，上寥廓而無天。」

〔一三〕「鶴汀」四句

《西京雜記》卷二：「（梁孝王）築兔園，園中有百靈山……又有雁池，池間有鶴洲鳧渚。」

《文選》卷五左思《吴都賦》：「島嶼綿邈，洲渚馮隆。」劉逵注：「島，海中山也。嶼，海中洲上有山石。魏武《滄海賦》曰：覽島嶼之所有。」蔣本卷二《採蓮賦》：「隄防谷口，島嶼轘轅。」

《藝文類聚》卷一《天部上·月》庾肩吾《望月詩》：「桂殿月偏來，留光引上才。」

《楚辭》王褒《九懷·匡機》：「彌覽兮九隅，彷徨兮蘭宮。」蔣本卷一《七夕賦》：「抗芝館而星羅，擢蘭宮而霧起。」

《文選》卷二張衡《西京賦》：「華岳峨峨，岡巒參差。」蔣本卷十七《梓州郪縣兜率寺浮圖碑》：「斯則岡巒彷佛，稽鳳册而空存；島嶼憑陵，艤龍舟而罕迨。」

《文選》卷十七王褒《洞簫賦》：「生不覩天地之體勢。」蔣本卷二十《梓州慧義寺碑銘》：「收里巷之謳謡，覽江山之體勢。」

〔一四〕「披繡闥」四句

江淹《江文通集》卷一《丹砂可學賦》：「幻蓮華於繡闥，化蒲桃於錦屏。」

《集注》卷二庾信《登州中新閣》：「璇極龍鱗上，雕甍鵬翅張。」蔣本卷六《爲人與蜀城父老書》一：「門庭相接，雕甍將綺棟連陳；機杼相和，鳳躡將蚪梭交響。」

《初學記》卷十四《禮部下·葬》陸機《感丘賦》：「隨陰陽以融冶，託山原以爲疇。」

《毛詩·大雅·韓奕》：「孔樂韓土，川澤訏訏。」

《文選》卷十一王延壽《魯靈光殿賦》：「吁，可畏乎其駭人也。」張載注：「駭，驚也。故覩斯而貽。孔安國《尚書》傳曰：吁，疑怪之辭。」

〔一五〕「閭閻」四句

《史記》卷三十《平準書第八》：「守閭閻者，食粱肉。」《說文解字》弟十二上：「閭，里門也……閻，里中門也。」蔣本卷五《上劉右相書》：「於是乘姦放命者，出繩纆以生威；因公挾私者，入閶閤而競法。」

《文選》卷十一鮑照《蕪城賦》：「廛閈撲地，歌吹沸天。」李善注：「《方言》曰：撲，盡也。郭璞曰：今種物皆生，云撲地出也。」

《左傳・哀公十四年》：「左師每食擊鐘。聞鍾聲，公曰：夫子將食。」蔣本卷五《上劉右相書》：「曾無擊鐘鼎食之榮，非有南隘北閣之援。」

《方言》卷九：「南楚江湘，凡船大者謂之舸。」《玉篇》卷十八：「艦，音檻。板屋舟。」

《藝文類聚》卷六十一《居處部一・總載居處》劉楨《魯都賦》：「民胥祓禊，國于水游。緹帷彌津，丹帳覆洲。」

《穆天子傳》卷五：「天子乘鳥舟、龍舟浮于大沼。」郭璞注：「舟皆以龍鳥爲形制，今吴之青雀舫，此其遺制者。」

〔一六〕「虹銷」四句

《文選》卷十九宋玉《高唐賦》：「風止雨霽，雲無處所。」

《藝文類聚》卷六十三《居處部三・城》梁簡文帝《登城詩》：「落霞乍續斷，晚浪時迴復。」

《文選》卷三十陶淵明《詠貧士》：「朝霞開宿霧，衆鳥相與飛。」

正倉院本《九月九日採石館宴序》〔七〕：「琴歌代起，舞詠齊飛。」

正倉院本《秋晚什邡西池宴餞九隴柳明府序》〔二〕：「若夫春江千里，長成楚客之詞；秋水百川，獨肆馮夷之賞。」

《文選》卷五十九沈約《齊故安陸昭王碑文》：「昭昭若三辰之麗於天。」李善注：《傳子》曰：「二漢之臣，爛如三辰之附長天。」蔣本卷三《重別薛華詩》：「樓臺臨絶岸，洲渚亘長天。」

《素問·六元正紀大論》：「太虚蒼埃，天山一色。」

〔一七〕「漁舟」四句

《顔氏家訓·省事第十二》：「伍員之託漁舟，季布之入廣柳。」

《尚書·禹貢》：「彭蠡既豬，陽鳥攸居。」孔傳：「彭蠡，澤名。」《釋文》張勃「《吴録》云：今名洞庭湖。案今在九江郡界。」《初學記》卷七《地部下·湖》：「《荆州記》云：宫亭，即彭蠡澤也。謂之彭澤湖，一名匯澤（在豫章郡）。」《元和郡縣志》卷二十八《江南道四·江州》：「……管縣三……都昌縣……彭蠡湖，在縣西六十里，與潯陽縣分湖爲界。」

《易林》卷六《復之》：「豐，九雁列陣。」

《尚書·禹貢》：「荆及衡陽，惟荆州。」

參：《白氏六帖》卷五《衡山》：「廻鴈之嶺（鴈不過衡陽）。」

〔一八〕「遥矜」四句

《藝文類聚》卷一《天部上·風》湛方生《風賦》：「軒濠梁之逸興，暢方外之冥適。」

參：《唐會要》卷九上《雜郊議上》：「（貞觀五年冬至）郊天樂章一首，送神用豫和……迎樂有闋，靈馭遄飛。」

《文選》卷二十二殷仲文《南州桓公九井作》：「爽籟警幽律，哀壑叩虚牝。」李善注：「《爾雅》曰：爽，差也。籥管非一，故言爽焉。《莊子》：南郭子綦謂子游曰：汝聞地籟。子游曰：地籟則衆竅是已。郭象曰：人籟，簫也。夫簫管參差，宮商異律。故有長短高下萬殊之聲。」

正倉院本《王勃於越州永興縣李明府宅送蕭三還齊州序》〔一五〕：「清風起而城闕寒，白露下而江山晚。」

正倉院本《三月上巳祓禊序》〔一三〕：「清歌遶梁，白雲將紅塵競落。」

〔一九〕「睢園」四句

《水經注》卷二十四《睢水》：「睢水又東逕睢陽縣故城南。……（漢）文帝十二年，封少子武爲梁王……招延豪傑，士咸歸之，長卿之徒，免官來遊。廣睢陽城七十里，大治宮觀、臺苑、屏榭，勢並皇居……余按《漢書·梁孝王傳》稱王以功親爲大國，築東苑方三百里。……睢水又東南流，歷於竹圃。水次緑竹蔭渚，菁菁實望，世人言梁王竹園也。」蔣本卷二《採蓮賦》：「詠緑竹於風曉，賦朱華於月夕。」「非鄴地之宴語，異睢苑之懽娱。」

《文苑英華》卷六八八隋齊王暕《與逸人王貞書》：「夫山藏美玉，光照廊廡之間；地蕴神劍，氣浮星漢之表。」

《宋書》卷九十三《列傳第五十三·隱逸·陶潛》：「爲彭澤令……郡遣督郵至，縣吏白應束帶見之。潛嘆曰：我不能爲五斗米折腰向鄉里小人。即日解印綬去職。」《文選》卷四十五陶潛《歸去來》：「攜幼入室，有酒盈樽。引壺觴以自酌，眄庭柯以怡顔。」蔣本卷十五《益州夫子廟碑》：「臨邛客位，自高文雅之庭；彭澤賓門，猶主壺觴之境。」

《文選》卷二十曹植《公讌詩》：「秋蘭被長阪，朱華冒緑池。」吕延濟注：「此讌在鄴宫。」

《宋書》卷六十七《列傳第二十七・謝靈運》：「少好學，博覽群書，文章之美，江左莫逮……太祖以爲臨川内史。」

鍾嶸《詩品》卷上：「宋臨川太守謝靈運詩。其源出於陳思，雜有景陽之體。故尚巧似，而逸蕩過之。」

〔二〇〕「四美具」四句

《文選》卷二十五劉琨《答盧諶詩》：「之子之往，四美不臻。」蔣本卷三《上巳浮江宴韻得阯字》：「逸興懷九仙，良辰傾四美。」

《左傳・莊公二十二年》：「庭實旅百，奉之以玉帛，天地之美具焉。」

《世説新語・規箴第十》：「何晏、鄧颺令管輅作卦，云：不知位至三公不。卦成，輅稱引古義，深以戒之。颺曰：此老生之常談。晏曰：知幾其神乎，古人以爲難，交疏吐誠，今人以爲難。今君一面，盡二難之道，可謂明德惟馨。《詩》不云乎，中心藏之，何日忘之。」

《禮記・曲禮上》：「毋淫視。」鄭注：「淫視，睇眄也。」

正倉院本《登綿州西北樓走筆詩序》〔二〕：「山川暇日，樓雉中天。」又正倉院本《秋日登冶城北樓望白下序》〔六〕：「佳辰可遇，屬樓雉之中天；良願果諧，偶琴樽之暇日。」

《漢書》卷五十七上《司馬相如傳第二十七上》：「《上林賦》……娱游往來，宫宿館舍。」

〔二一〕「空高」四句

《莊子・盜跖》：「天與地無窮，人死者有時。」《荀子・禮論》：「故天者，高之極也。地者，下之極也。無窮者，廣之極也。」

蔣本卷二《馴鳶賦》：「謂江湖之漲不足憩，謂宇宙之路不足窮。」

《世説新語・任誕第二十三》：「吾本乘興而行，興盡而返，何必見戴（安道）。」

《文選》卷十六江淹《恨賦》：「置酒欲飲，悲來填膺，千秋萬歲，爲怨難勝。」正倉院本《江寧縣白下驛吴少府見餞序》〔一三〕：「情槃興洽，樂極悲來。」

《周易・豐》：「天地盈虚，與時消息。」蔣本卷十五《益州夫子廟碑》：「明均兩曜，不能遷代謝之期；序合四時，不能革盈虚之數。」

正倉院本《九月九日採石館宴序》〔一三〕：「萬里浮遊，佳辰有數。」

〔三三〕「望長安」四句

《世説新語・夙惠第十二》：「晉明帝數歲，坐元帝膝上，有人從長安來。元帝問洛下消息，潸然流涕。明帝問何以致泣，具以東渡意告之。因問明帝：汝意謂長安何如日遠？答曰：日遠，不聞人從日邊來，居然可知。元帝異之。明日集群臣宴會，告以此意，更重問之，乃答曰：日近。元帝失色，曰：爾何故異昨日之言邪？答曰：舉頭見日，不見長安。」蔣本卷三《白下驛餞唐少府詩》：「去去如何道，長安在日邊。」

正倉院本《秋日登冶城北樓望白下序》〔一六〕：「思欲校良遊於日下，賈逸氣於雲端。」

正倉院本《王勃於越州永興縣李明府宅送蕭三還齊州序》〔八〕：「加以惠而好我，攜手同行。或登吴會而聽越吟，或下宛委而觀禹穴。」

《周易・坤》：「地勢坤，君子以厚德載物。」

《莊子・逍遥遊》：「是鳥也，海運則將徙於南冥。南冥者，天池也。」正倉院本《秋日楚州郝司户宅遇餞霍使君序》〔一七〕：「嗟乎，此驢難再，殷勤北海之筵；相見何時，惆悵南溟之路。」

《藝文類聚》卷七《山部上·崑崙山》：「《神異經》曰：崑崙有銅柱焉。其高入天，所謂天柱也。圍三千里，圓周如削。」

《爾雅·釋天》：「北極，謂之北辰。」

〔三三〕「關山」四句

《古詩紀》卷十四《漢四》蔡琰《胡笳十八拍》：「十七拍兮心鼻酸，關山阻脩兮行路難。」蔣本卷十七《梓州郪縣兜率寺浮圖碑》：「煙霞四面，關山千里。他鄉寓目，茲焉復幾。」

《文苑英華》卷二九九李義甫《和邊城秋氣早》：「雲昏大漠沙，溪深路難越。」

《楚辭》屈原《九章·惜誦》：「欲横奔而失路兮，堅志而不忍。」《文選》卷四十五揚雄《解嘲》：「當塗者升雲，失路者委溝渠。」

正倉院本《王勃於越州永興縣李明府宅送蕭三還齊州序》〔一三〕：「横溝水而東西，斷浮雲於南北。」

他鄉，屢見。蔣本卷三《蜀中九日》：「九月九日望鄉臺，他席他鄉送客杯。」

參：李商隱《李義山詩集》卷六《殘花》：「殘花啼露莫留春，尖髮誰非怨別人。」

〔三四〕「懷帝閽」二句

《楚辭》屈原《離騷》：「吾令帝閽開關兮，倚閶闔而望予。」王逸注：「帝，謂天帝。閽，主門者也。閶闔，天門也。」

《史記》卷八十四《屈原賈生列傳二十四》：「賈生名誼，雒陽人也……（吴）廷尉乃言賈生年少，頗通諸子百家之書。文帝召以爲傳士。是時賈生年二十餘。」「於是天子後亦疏之，不用其議，乃以賈生爲長沙王太傅。」又：「孝文帝方受釐，坐宣室。上因感鬼神事而問鬼神之本。賈生因具道所以然之狀。至夜半，文帝前席。既罷曰：吾久不見賈生，自以爲過之，今不及也。」《三輔黄圖》卷三《未央宫》：「宣室，温室，清涼，皆在未央宫殿北。」蔣本卷四《上明員外啓》：「年殊賈誼，仰宣室而方同；業謝劉谿，俯長途而遂戹。」

〔二五〕「嗟乎」四句

正倉院本《上巳浮江讌序》〔二〕：「吾之生也有極，時之過也多緒。」

參：《文苑英華》卷九六一陳子昂《陳明經墓誌文》：「大運不齊，聖賢同兮。」

《後漢書》卷二《顯宗孝明帝紀第二》：「朕承大運，繼體守文。」

《史記》卷一〇二《張釋之馮唐列傳四十二》：「（馮）唐以孝著，爲中郎署長，事文帝。文帝輦過。問唐曰：父老何自爲郎，家安在。唐具以實對……拜唐爲車騎都尉，主中尉及郡國車士。七年，景帝立，以唐爲楚相，免。武帝立，求賢良，舉馮唐。唐時年九十餘。不能復爲官，乃以唐子馮遂爲郎。」

《史記》卷一〇九《李將軍列傳四十九》：「李將軍廣者，隴西成紀人……文帝曰：惜乎！子不遇時。如令子當高帝時，萬户侯豈足道哉……廣嘗與望氣王朔燕語曰：自漢擊匈奴而廣未嘗不在其中，而諸部校尉以下，才能不及中人，然以擊胡軍功取侯者數十人，而廣不爲後人，然無尺寸之功以得封邑者，何也？豈吾相不當侯邪。且固命也。」

〔二六〕「屈賈誼」四句

賈生，見注〔二四〕《史記》卷八十四《屈原賈生列傳第二十四》。

《文選》卷四十七王褒《聖主得賢臣頌》：「及其遇明君，遭聖主也。」

《後漢書》卷八十三《逸民列傳第七十三梁鴻》：「梁鴻字伯鸞，扶風平陵人……因東出關，過京師，作《五噫之歌》……肅宗聞而非之，求鴻不得。乃易姓運期，名燿，字侯光，與妻子居齊魯之間。有頃，又去適吴……遂至吴，依大家皐伯通，居廡下，爲人賃舂。」正倉院本《江寧縣白下驛吴少府見餞序》〔八〕：「梁伯鸞之遠逝，自有長謡。」

《尚書·禹貢》：「島夷皮服。」孔傳：「海曲，謂之島。」

《文選》卷三十七曹植《求自試表》：「志欲自效於明時，立功於聖世。」《世説新語·賞譽第八》：「吴府君，聖王之老成，明時之儁乂。」蔣本卷一《春思賦》：「浮游歲序，殷憂明時。」

〔二七〕「所賴」二句

《莊子·大宗師》：「造適不及笑，獻笑不及排，安排而去化，乃入於寥天一。」蔣本卷二《馴鳶賦》：「似達人之用晦，混塵蒙而自託；類君子之舍道，處蓬蒿而不怍。」

《周易·繫辭上》：「樂天知命，故不憂。」

〔二八〕「老當」四句

《後漢書》卷二十四《馬援列傳第十四》：「(馬援)常謂賓客曰：丈夫爲志，窮當益堅，老當益壯。」

《史記》卷一〇三《萬石張叔列傳第四十三·萬石》：「(長子)建老白首，萬石君尚無恙。」蔣本卷一《春思賦》：「君度山川成白首，應知歲序歇紅顔。」

《琴操》卷下《河間雜歌·箕山操》：「(許)由曰：吾志在青雲，何乃劣劣爲九州伍長乎。」

〔二九〕「酌貪泉」二句

《晉書》卷九十《列傳第六十・良吏・吴隱之》：「以(吴)隱之爲龍驤將軍、廣州刺史、假節領平越中郎將。未至州二十里，地名石門，有水曰貪泉，飲者懷無厭之欲。隱之既至……乃至泉所，酌而飲之，因賦詩曰：古人云此水，一歃懷千金。試使夷齊飲，終當不易心。及在州，清操踰厲。」

《文選》卷四十六任昉《王文憲集序》：「雖張曹爭論於漢朝，荀摯競爽於晉世。」李善注：「《左氏傳》晏子曰：二惠競爽猶可。」參：《文苑英華》卷七八一盧照鄰《相樂夫人檀龕贊》：「青蓮皓月，爭華蚊睫之端；寶樹天倡，競爽鴻毛之際。」

《莊子・外物》：「莊周家貧，故往貸粟於監河侯。監河侯曰：諾，我將得邑金，將貸子三百金，可乎？莊周忿然作色曰：周昨來，有中道而呼者，周顧視車轍，中有鮒魚焉。周問之曰：鮒魚來，子何爲者邪？對曰：我東海之波臣也，君豈有斗升之水而活我哉！周曰：諾，我且南遊吴越之王，激西江之水而迎子，可乎？鮒魚忿然作色曰：吾失我常與，我無所處，吾得斗升之水然活耳。君乃言此，曾不如早索我於枯魚之肆。」

〔三〇〕「北海」四句

《莊子・逍遥遊》：「北冥有魚，其名爲鯤……化而爲鳥，其名爲鵬……是鳥也，海運則將徙於南冥……鵬之徙於南冥也，水擊三千里，摶扶摇而上者九萬里，去以六月息者也。」釋文：「冥，北海也。扶摇，風名也。司馬云：上行風謂之扶摇。《爾雅》云：扶摇謂之飈。郭璞云：暴風從下上也。」蔣本卷六《爲人與蜀城父老書》一：「及其衝溟渤，接扶摇，吹波則江漢倒流，騰氣則虹霓掩彩。」

陶潛《陶淵明集》卷一《榮木》：「千里雖遥，孰敢不至。」

《後漢書》卷十七《馮岑賈列傳第七馮異》：「可謂失之東隅，收之桑榆。」注：「《淮南子》曰：至於衡陽，是謂隅中。又前書谷子雲曰：太白出西方六十日，法當參天。今已過期，尚在桑榆間。桑榆，謂晚也。」

〔三一〕「孟嘗」四句

《後漢書》卷七十六《循吏列傳第六十六・孟嘗》：「孟嘗，字伯周，會稽上虞人……嘗少修操行，仕郡爲户曹史……後策孝廉，舉茂才，拜徐令，州郡表其能。遷合浦太守……嘗到官，革易前敝，求民病利。曾未踰歲，去珠復還，百姓皆反其業；商貨流通，稱爲神明。以病自上，被徵……穩處窮澤。桓帝時，尚書同郡楊喬上書薦嘗……嘗竟不見用。年七十，卒於家。」

《漢書》卷八十一《匡張孔馬傳第五十一・馬宫》：「師丹薦（馬）宫行能高潔，遷廷尉平，青州刺史。」

蔣本卷五《上劉右相書》：「豈非順物不若招類，報國不如進賢。」

《莊子・山木》：「猖狂妄行，乃蹈乎大方。」

正倉院本《張八宅别序》〔三〕：「悼夫烟霞遠尚，猶嬰俗網之悲；山水幽情，無救窮途之哭。仰嵇風範，俯阮胸懷。」

〔三二〕「勃五尺」二句

《荀子・仲尼》：「仲尼之門人，五尺之豎子，言羞稱乎五伯，是何也。」《漢書》卷五十六《董仲舒傳第二十六》：「是以仲尼之門，五尺之童羞稱五伯。」蔣本卷五《上絳州上官司馬書》：「豈知夫四海君子，攘袂而恥之乎；五尺微童，所以固窮而不爲也。」

《左傳·襄公八年》：「亦不使一介行李，告於寡君。」杜注：「一介，獨使也。行李，行人也。」蔣本卷一《春思賦》：「僕不才，耿介之士也……雖弱植一介，窮途千里。」正倉院本《宇文德陽宅秋夜山亭宴序》〔四〕：「未有能星馳一介，留興緒於芳亭。」

《三國志》卷十二《魏書十二·崔毛徐何邢鮑司馬傳第十二·司馬芝》：「少爲書生，避亂荊州。」蔣本卷五《上劉右相書》：「如勃者眇小之一書生耳。」

〔三三〕「無路」四句

《漢書》卷六十四下《嚴朱吾丘主父徐嚴終王賈傳第三十四下·終軍》：「字子雲，濟南人也……南越與漢和親，乃遣軍使南越，説其王，欲令入朝，比內諸侯。軍自請，願受長纓，必羈南越王而致之闕下。軍遂往説越王，越王聽許，請舉國內屬……軍死時二十餘，故世謂之終童。」《文選》卷三十七曹植《求自試表》：「終軍以妙年使越，欲得長纓占其王，羈致北闕。」蔣本卷六《爲人與蜀城父老書》二：「成賈誼之謨，樹終軍之策。」

《後漢書》卷四十七《班梁列傳第三十七·班超》：「家貧，常爲官傭書以供養。久勞苦，嘗輟業，投筆歎曰：大丈夫無它志略，猶當效傅介子、張騫立功異域，以取封侯，安能久事筆研閒乎？」

《宋書》卷七十六《列傳第三十六·宗慤》：「字元幹，南陽人。叔父炳，高尚不仕。慤年少時，炳問其志，慤曰：願乘長風破萬里浪。炳曰：汝不富貴，即破我家矣。」

〔三四〕「捨簪笏」四句

《魏書》卷五十九《列傳第四十七·劉昶》：「昶表曰：……背本歸朝，事捨簪笏。」

正倉院本《與員四等宴序》〔六〕：「託同志於百齡，求知己於千載。」

《禮記・曲禮上》：「凡爲人子之禮，冬温而夏清，昏定而晨省。」鄭注：「安定其牀衽也，省問其安否何如。」蔣本卷二《慈竹賦》：「分兄弟於兩鄉，隔晨昏於萬里。」

《世説新語・言語第二》：「謝太傅問諸子姪、子弟亦何預人事，而正欲使其佳？諸人莫有言者。車騎答曰：譬如芝蘭玉樹，欲使其生於階庭耳。」

《列女傳》卷一《母儀傳・鄒孟軻母》：「號孟母，其舍近墓，孟子之少也，嬉遊爲墓間之事，踴躍築埋。孟母曰：此非吾所以居處子。乃去，舍市傍。其嬉戲爲賈人衒賣之事。孟母又曰：此非吾所以居處子也。復徙舍學宮之傍。其嬉遊乃設俎豆，揖讓進退。孟母曰：真可以居吾子矣。遂居。及孟子長，學六藝，卒成大儒之名。」

〔三五〕「他日」四句

《論語・季氏》：「嘗獨立，鯉趨而過庭，曰：學詩乎？對曰：未也。不學詩，無以言也。鯉退而學詩。他日又獨立，鯉趨而過庭，曰：學禮乎。對曰：未也。不學禮，無以立也。鯉退而學禮，聞斯二矣。」

《北史》卷五十四《列傳第四十二・司馬膺之》：「及（趙）彦深爲宰相，朝士輻輳，膺之自念，故被延請，永不至門，每與相見，捧袂而已。」蔣本卷十五《益州夫子廟碑》：「西周捧袂，仙公留紫氣之書；東海摳衣，郯子叙青雲之秩。」

正倉院本《春日序》〔八〕：「王明府氣挺龍津，名高鳳舉。」

〔三六〕「**楊意**」四句

《史記》卷一百一十七《司馬相如傳第五十七》：「蜀人楊得意爲狗監，侍上，上讀《子虛賦》而善之，曰：朕獨不得與此人同時哉！得意曰：臣邑人司馬相如自言爲此賦。上驚，乃召問相如。相如曰：有是……相如既奏《大人之頌》，天子大説，飄飄有凌雲之氣，似游天地之間意。」蔣本卷十八《廣州寶莊嚴寺舍利塔碑》：「長卿罷歸，空負陵雲之氣。」

《列子·湯問》：「伯牙善鼓琴，鍾子期善聽。伯雅鼓琴……志在流水，鍾子期曰：善哉，洋洋兮若江河。」

〔三七〕「**嗚呼**」四句

正倉院本《上巳浮江讌序》〔六〕：「粵以上巳芳節，靈關勝地。」

正倉院本《秋晚什邡西池宴餞九隴柳明府序》〔一八〕：「故人易失，幽期難再。」

正倉院本《山家興序》〔三〕：「豈徒茂林脩竹，王右軍山陰之蘭亭；流水長堤，石季倫河陽之梓澤。」

《吕氏春秋·禁塞》：「吴王夫差、智伯遥知必國爲丘墟，身爲刑戮。」

〔三八〕「**臨水**」四句

正倉院本《冬日送閭丘序》〔八〕：「我北君西，分岐臨水。」

《説苑·雜言》：「子路將行。辭於仲尼，曰：贈汝以車乎？以言乎？子路曰：請以言。」

蔣本卷一《寒梧棲鳳賦》：「若使之游池，庶承恩於歲月。」

《韓詩外傳》卷七：「孔子曰：君子登高必賦。」

《漢書》卷三十《藝文志第十》：「傳曰：不歌而誦謂之賦，登高能賦可以爲大夫。」

正倉院本《秋晚入洛於畢公宅別道王宴序》〔三〇〕：「安貞抱朴，已甘心於下走；全忠履道，是所望於群公。」

〔三九〕「敢竭」四句

《宋書》卷四十一《列傳第一・皇妃・孝武文穆王皇后》：「左光禄大夫江湛孫斅當尚世祖女，上乃使人爲斅作表讓婚，曰：……臣之鄙懷，可得自盡。」

正倉院本《秋晚入洛於畢公宅別道王宴序》〔四〇〕：「敢抒重衿，爰疏短引。」

送劼赴太學序〔一〕

《文苑英華》卷七一八　張本卷七　項本卷七　蔣本卷八

今之遊太學者多矣。咸一切欲速，百端庭（進）①取〔二〕。故夫膚受末學者，因利乘便；經明行修者，名②存寶（實）③爽〔三〕。至於振骨鯁，立④風標，服⑤聖賢⑥之言，懷遠大之舉〔四〕，蓋有之矣，我⑦未之見也，可不⑧深慕哉〔五〕。且吾家以儒術⑨輔仁，述作存者八代矣〔六〕。未有不久於其道，而求苟出者也〔七〕。故能主（立）⑩經陳訓，削⑪書定禮，揚魁梧之風，樹清白之業，使吾徒子孫有所取也〔八〕。《大雅》不云乎⑫，無念爾祖。《易》不云乎⑬，幹父之蠱⑭〔九〕。《書》不云乎⑮，友于兄弟⑯。《詩》不云乎⑰，求其⑱友生。四者備矣〔一〇〕。加之執德弘，信道篤。心則口誦，廢食忘寢〔一一〕，渙然有所成，竪⑲然有所杖⑳〔一二〕，然後可以託教義，編人倫，彰風聲，議出處〔一三〕。若意不感慨，行不悼（卓）㉑絶，輕進苟動，見利忘義〔一四〕。雖獲㉒一階，履半級，數㉓何足恃哉〔一五〕。終見棄於高人，自㉔溺於下流矣〔一六〕。吾被服家業，霑濡㉕庭訓〔一七〕，切瑳（磋）㉖琢磨，戰兢㉗惕勵㉘者，廿餘載矣〔一八〕。幸以薄技㉙，獲緅戎役〔一九〕。嘗㉚耻道未成而受禄，恨不得如古之㉛君子卌强而㉜仕也〔二〇〕。房㉝族多孤，饘粥不繼。白（逼）㉞父兄之命，覩飢㉟寒之切〔二一〕，解巾捧檄，扶老攜幼，今既至此㊱矣〔二二〕。不蠶而衣，不耕而食，吾何德以當之㊲哉〔二三〕。至於竭小人之心，申猶子之道，飲食衣服，晨昏左右，庶幾乎令汝無反顧之㊳憂也〔二四〕。行矣自愛，遊必有方，離别咫尺，未足耿耿〔二五〕。嗟乎，不有居者，誰展色養之心？不有行者，孰振㊴揚名之業〔二六〕？邊（籩）㊵豆有踐㊶，水菽㊷盡心。盍㊸各賦詩，叙離道意云爾〔二七〕。

【校記】

①庭：諸本皆作進。

②名：諸本皆作華。

③寶：諸本皆作實。

④立：項本、蔣本同。《英華》、張本作之。

⑤服：項本、蔣本同。《英華》、項本作報。

⑥聖賢：諸本皆作賢聖。
⑦我：諸本皆無我字。
⑧不：諸本皆作以。
⑨術：諸本皆無術字。
⑩主：諸本皆作立。
⑪削：諸本皆作删。
⑫乎：諸本皆無乎字。
⑬乎：諸本皆無乎字。
⑭蟲：諸本皆作蠹。
⑮乎：諸本皆無乎字。
⑯友于兄弟：《英華》無此四字。張本、項本、蔣本作惟孝友于。
⑰乎：諸本皆無乎字。
⑱求其：諸本皆作不如。
⑲竪：諸本皆作望。
⑳杖：諸本皆作伏。
㉑悼：諸本皆作卓。
㉒獲：諸本皆作上。
㉓數：諸本皆無數字。
㉔自：諸本皆作但自。

㉕濡：張本、項本、蔣本同。《英華》作濡，傅校：舊鈔本濡作濡。

㉖瑳：諸本皆作磋。

㉗兢：張本、項本、蔣本同。《英華》作競。傅校：舊鈔本競作兢。

㉘勵：《英華》、張本同。項本、蔣本作厲。

㉙技：項本、蔣本同。《英華》、張本作伎。

㉚嘗：《英華》、張本、項本同。蔣本作常。

㉛之：蔣本同。《英華》、張本、項本無之字。

㉜而：諸本皆無而字。傅校：舊鈔本仕上有而。

㉝房：諸本皆作而房。

㉞白：諸本皆作逼。傅校：舊鈔本逼作迫。

㉟飢：《英華》、項本、蔣本同。張本作饑。

㊱此：諸本皆作於斯。

㊲之：諸本皆無之字。

㊳之：諸本皆無之字。

㊴振：諸本皆作就。

㊵邊：諸本皆作籩。

㊶踐：張本、項本、蔣本同。《英華》作餞。

㊷水菽：諸本皆作菽水。

㊸盍：張本、項本、蔣本同。《英華》作蓋。傅校：舊鈔本蓋作盍。

【考證】

〔一〕送劼赴太學序

劼，王勃弟。《新唐書》卷二〇一《列傳第一二六·文藝上·王勃傳附王助》：「初，勔、勮、勃皆著才名，故杜易簡稱三珠樹，其後助、劼又以文顯，劼蚤卒。」

《唐六典》卷二十一《國子監》：「國子監祭酒、司業之職，掌邦國儒學訓導之政令。有六學焉……二曰太學。」「太學博士，掌教文武官五品已上及郡、縣公子、孫，從三品曾孫之爲生者，五分其經以爲之業，每經各百人。」

〔二〕「今之」三句

《史記》卷八十七《李斯列傳第二十七》：「秦宗室大臣皆言秦王曰：諸侯人來事秦者，大抵爲其主游閒於秦耳，請一切逐客。」索隱：「一切猶一例，言盡逐之也。言切者，譬若利刀之割，一運斤無不斷者。」

《論語·子路》：「子曰：無欲速，無見小利。欲速則不達，見小利則大事不成。」

《史記》卷一百二十八《龜策列傳第六十八》：「至今上即位，博開藝能之路，悉延百端之學。」

《論語·子路》：「子曰：不得中行而與之，必也狂狷乎！狂者進取，狷者有所不爲也。」

〔三〕「故夫」四句

《文選》卷三張衡《東京賦》：「若客所謂末學膚受，貴耳而賤目者也。」薛綜注：「末學，謂不經根本。膚受，謂皮膚之，不經於心胸。」李善曰：「《論語》曰：膚受之愬。」

《文選》卷五十一賈誼《過秦論》：「因利乘便，宰割天下。」

《漢書》卷七十二《王貢兩龔鮑傳第四十二・王吉》：「（子）駿以孝廉爲郎，左曹陳咸薦駿賢父子，經明行修，宜顯以厲俗。」

《史記》卷四十六《田敬仲完世家第十六》：「南割於楚，名存亡國，實伐三川而歸。」《左傳・文公五年》：「天爲剛德，猶不干時，况在人乎！且華而不實，怨之所聚也。」蔣本卷三《倬彼我系》：「名存實爽，負信愆義。」

參：《昌黎先生文集》卷三十一韓愈《處州孔子廟銘》：「雖設博士弟子，或役於有司，名存實亡，失其所業。」

〔四〕「至於」四句

《史記》卷三十一《吴太伯世家第一》：「方今吴外困於楚，而内空無骨鯁之臣，是無如我何。」

《説文解字》，弟四下：「鯁，食骨留咽中也。」

《文選》卷五十九沈約《齊故安陸昭王碑文》：「惟公少而英明，長而弘潤，風標秀舉，清暉映世。」

《論衡・幸偶》：「服聖賢之道，講仁義之業。」蔣本卷十五《益州夫子廟碑》：「觀質文之否泰衆矣，考聖賢之去就多矣。」

《藝文類聚》卷六《郡部・會稽郡》謝脁《爲王敬則謝會稽太守啓》：「臣本布衣，不謀遠大。」

〔五〕「蓋有」三句

《論語・里仁》：「有能一曰用其力於仁矣乎？我未見力不足者，蓋有之矣，我未之見也。」

《韓氏外傳》卷九：「君子可不留意哉。」

〔六〕「**且吾家**」二句

《左傳・襄公三十一年》：「他日我曰：子産爲鄭國，我爲吾家，以庇焉，其可也。」

《後漢書》卷六十五《皇甫張段列傳第五十五・皇甫規》：「實宜增修謙節，輔以儒術，省去遊娱不急之務，割減廬第無益之飾。」

《論語・顏淵》：「曾子曰：君子以文會友，以友輔仁。」

《論語・述而》：「子曰：述而不作，信而好古，竊比於我老彭。」

《中説・王道篇》：「文中子曰：甚矣，王道難行也。吾家頃銅川六世矣，未嘗不篤於斯。然亦未嘗得宣其用，退而咸有述焉，則以志其道也。蓋先生之述曰：《時變論》六篇，其言化俗推移之理竭矣。江州府君之述曰《五經決録》五篇，其言聖賢著述之意備矣。晉陽穆公之述曰《政大論》八篇，其言帝王之道著矣。同州府君之述曰《政小論》八篇，其言王霸之業盡矣。安康獻公之述曰《皇極讜義》九篇，其言三才之去就深矣。銅川府君之述曰《興衰要論》七篇，其言六代之得失明矣。余小子獲覩成訓，勤九載矣，服先人之義，稽仲尼之心，天人之事，帝王之道，昭昭乎。」蔣注：「王通作《六經》，并福郊兄弟爲八代。」

〔七〕「**未有**」二句

《周易・恒》：「恒，亨，無咎，利貞，久於其道也。」

《禮記・檀弓上》：「雖然吾君老矣，子少，國家多難。伯氏不出而圖吾君，伯氏苟出而圖吾君。」

〔八〕「**故能**」五句

《漢書》卷四十八《賈誼傳第十八》：「立經陳紀，輕重同得，後可以爲萬世法程。」《藝文類聚》卷十六

《儲宮部・儲宮》王褒《皇太子箴序》：「丞相所以垂文，深覩安危；太傅以之陳訓，敢自斯義。」

《風俗通義》卷七《窮通》：「（孔子）自衛反魯，删詩書，定禮樂，制春秋之義，著素王之法。」

《史記》卷五十五《留侯世家第二十五》贊：「余以爲其人計魁梧奇偉。」《集解》：「應劭曰：魁梧，丘虚壯大之意。」

《莊子・漁父》：「能不勝任，官事不治，行不清白，群下荒怠，功美不有，爵禄不持，大夫之憂也。」

《論語・先進》：「子曰：非吾徒也，小子鳴鼓而攻之可也。」蔣本卷七《游冀州韓家園序》：「王羲之之蘭亭五百餘年，直至今人之賞；石季倫之梓澤二十四友，始得吾徒之遊。」

〔九〕「大雅」四句

《毛詩・大雅・文王》：「無念爾祖，聿脩厥德。」

《周易・蠱卦》：「幹父之蠱，有子，考無咎，厲終吉。」

〔一〇〕「書不云乎」五句

《尚書・君陳》：「惟孝，友于兄弟，克施有政。」

蔣本卷四《上吏部裴侍郎啓》：「《易》不云乎……《書》不云乎……」

正倉院本《别盧主簿序》〔八〕：「《詩》不云乎……」

《毛詩・小雅・伐木》：「嚶其鳴矣，求其友生。」《毛詩・小雅・常棣》：「雖有兄弟，不如友生。」

〔一一〕「加之」四句

《論語・子張》：「子張曰：執德不弘，信道不篤，焉能爲有，焉能爲亡。」

嵇康《嵇中散集》卷四《答向子期難養生論》：「五者必存，雖心希難老，口誦至言，咀嚼英華，呼吸太陽，不能不回其操，不夭其年也。」

《三國志》卷四十四《蜀書十四・蔣琬費禕姜維傳第十四・蔣琬》：「琬承命，上疏曰：……俯仰惟艱，實忘寢食。」

〔一二〕「渙然」二句

杜預《春秋序》：「若江海之浸，膏澤之潤，渙然冰釋，怡然理順。」

《莊子・天下》：「聖有所生，王有所成，皆原於一。」

《藝文類聚》卷六十九《服飾部上・杖》蘇彦《邛竹杖銘》：「安不忘危，任在所杖。」

〔一三〕「然後」四句

《文選》卷四十任昉《奏彈劉整》：「實教義所不容，紳冕所共棄。」李善注：「仲長子《昌言》曰：引之於教義。」

《孟子・滕文公上》：「人之有道也，飽食煖衣，逸居而無教，則近於禽獸。聖人有憂之，使契爲司徒，教以人倫。父子有親，君臣有義，夫婦有别，長幼有序，朋友有信。」正倉院本《春日序》〔九〕：「儒雅風流，作人倫之師範。」

《尚書・畢命》：「彰善癉惡，樹之風聲。」孔傳：「明其爲善，病其爲惡。立其善風，揚其善聲。」

《周易・繫辭上》：「君子之道，或出或處，或默或語。」蔣本卷三王勵《倬彼我系・詩序》：「以議出處，致天爵之艱難也。」

〔一四〕**「若意」四句**

《文選》卷二十三劉楨《贈五官中郎將四首》其三：「秋日多悲懷，感慨以長歎。」

《藝文類聚》卷五十八《雜文部四・書》梁簡文帝《答新渝侯和詩書》：「此皆性情卓絶，親致英奇。」

《文選》卷四十四陳琳《爲袁紹檄豫州》：「至乃愚佻短略，輕進易退，傷夷折衄，數喪師徒。」蔣本卷四《上吏部裴侍郎啓》：「誠恐下官冒輕進之譏，使君侯招過聽之議。」

《禮記・祭統》：「心不苟慮，必依於道；手足不苟動，必依於禮。」

《論語・憲問》：「今之成人者何必然？見利思義，見危授命，久要不忘平生之言，亦可以爲成人矣。」

《漢書》卷四十一《樊酈滕灌傅靳周傳第十一》贊：「夫賣友者，謂見利而忘義也。」

〔一五〕**「雖獲」三句**

《顔氏家訓・勉學第八》：「士大夫……或因家世餘緒，得一階半級，便謂爲足，安能自苦。」

《魏書》卷六十七《列傳第五十五・崔光》：「（子鴻）乃建議曰：……才必稱位者朝昇夕進，年歲數遷，豈拘一階半級。」

《楚辭》宋玉《九辯》：「諒城郭之不足恃兮。」

〔一六〕**「終見」二句**

《管子・中匡篇》：「計得地與寶而不計失諸侯，計得財委而不計失百姓，計見親而不計見棄。」

《宋書》卷六十七《列傳第二十七・謝靈運》：「《山居賦》……投吾心於高人，落賓名於聖賢。」

《文選》卷五十三嵇康《養生論》：「而求者以不專喪業，偏恃者以不兼無功，追術者以小道自溺。」

《論語・子張》：「是以君子惡居下流，天下之惡皆歸焉。」

〔一七〕**「吾被」二句**

《漢書》卷五十三《景十三王傳第二十三・河間獻王劉德》：「修禮樂，被服儒術，造次必於儒者。」師古曰：「被服，言常居處其中也。」

《漢書》卷五十七下《司馬相如傳第二十七下》：「乃著書，藉蜀父老爲辭，而已詰難之，以風天子……威武紛云，湛恩汪濊，群生霑濡，洋溢乎方外。」

《晉書》卷八十二《列傳第五十二・孫盛》：「時（孫）盛年老還家，性方嚴有軌憲，雖子孫班白，而庭訓愈峻。」又見正倉院本《秋日登洪府滕王閣餞別序》〔三五〕：「他日趨庭，叨陪鯉對。」

〔一八〕**「切磋」三句**

《毛詩・衛風・淇奧》：「有匪君子，如切如磋，如琢如磨。」

《毛詩・小雅・小旻》：「戰戰兢兢，如臨深淵，如履薄冰。」毛傳：「戰戰，恐也。兢兢，戒也。」

《周易・乾》：「君子終日乾乾，夕惕若，厲無咎。」

〔一九〕**「幸以」二句**

《漢書》卷六十二《司馬遷傳第三十二》：「故人益州刺史任安予遷書，責以古賢臣之義。遷報之曰：主上幸以先人之故，使得奉薄技，出入周衛之中。」服虔曰：「薄技，薄才也。」蔣本卷四《上皇甫常伯啓》二：「自恭陳薄伎，祇奉話言。」

《宋書》卷二《本紀第二・武帝紀中》：「下書曰……近因戎役，來涉二州。」

〔二〇〕**「嘗恥」二句**

《禮記・表記》：「故其受禄不誣，其受罪益寡。」蔣本卷三王勵《倬彼我系・詩序》：「傷迫乎家貧，道未成而受禄，不得如古之君子，四十强而仕也。」

《禮記・曲禮上》：「四十曰强而仕。」

〔二一〕**「房族」四句**

《荀子・大略》：「古之賢人，賤爲布衣，貧爲匹夫。食則饘粥不足，衣則豎褐不完。然而非禮不進，非義不受，安取此。」

《禮記・檀弓上》：「未仕者，不敢税人，如税人，則以父兄之命。」

《魏書》卷七十三《列傳第六十一・楊大眼》：「不爲其宗親顧待，頗有飢寒之切。」

〔二二〕**「解巾」三句**

《後漢書・伏侯宋蔡馮趙牟韋列傳第十六・韋義》：「（韋）豹子著……詔書逼切，不得已，解巾之郡。」李賢注：「巾，幅巾也。既服冠冕，故解幅巾。」

《後漢書》卷三十九《劉趙淳于江劉周趙列傳第二十九》序：「廬江毛義少節，家貧，以孝行稱。南陽人張奉慕其名，往候之，坐定而府檄適至，以義守令。義奉檄而入，喜動顔色。」

《戰國策・齊策四》：「孟嘗君就國於薛，未至百里，民扶老攜幼，迎君道中。」

〔二三〕**「不蠶」三句**

《莊子・盜跖》：「不耕而食，不織而衣。」

《鹽鐵論》卷五《相刺第二十》：「今儒者……不耕而食，不蠶而衣，巧僞良民，以奪農妨政，此亦當世之所患也。」

《北史》卷二十二《列傳第十長孫紹遠》：「詔曰：朕以菲薄，何德可以當之。」

〔三四〕「至於」五句

《尚書・無逸》：「生則逸，不知稼穡之艱難，不聞小人之勞，惟耽樂之從。」

《禮記・檀弓上》：「喪服，兄弟之子猶子也，蓋引而進之也。」

正倉院本《秋日登洪府滕王閣餞别序》〔三四〕：「捨簪笏於百齡，奉晨昏於萬里。」

《周書》卷四十四《列傳第三十六・泉企附仲遵》：「若先攻（桓）和，指麾可剋，剋和而進，更無反顧之憂。」

〔三五〕「行矣」四句

《文選》卷四十二魏文帝《與朝歌令吴質書》：「今遣騎到鄴，故使枉道相過，行矣自愛。」

《論語・里仁》：「子曰：父母在，不遠遊，遊必有方。」

《世説新語・言語第二》：「劉尹與桓宣武共聽講《禮記》桓云：時有入心處，便覺咫尺玄門。」蔣本卷十七《益州德陽縣善寂寺碑》：「叙徽猷於禮樂，則俎豆縱横；談賞契於林泉，則煙霞咫尺。」

《毛詩・邶風・柏舟》：「耿耿不寐，如有隱憂。」毛傳：「耿耿，猶儆儆也。」

〔三六〕「嗟乎」四句

《左傳・僖公二十八年》：「不有居者，誰守社稷？不有行者，誰扞牧圉？」

《禮記・祭義》：「孝子之有深愛者，必有和氣。有和氣者，必有愉色。有愉色者，必有婉容。」

《論語・爲政》：「子夏問孝，子曰：色難。」《世説新語・德行第一》：「王長豫爲人謹順，事親盡色養之孝。」

《孝經・開宗明義》：「立身行道，揚名於後世，以顯父母，孝之終也。」

〔二七〕「籩豆」四句

《毛詩・豳風・伐柯》：「我覯之子，籩豆有踐。」毛傳：「踐，行列貌。」

《禮記・檀弓下》：「子路曰：傷哉！貧也。生無以爲養，死無以爲禮也。孔子曰：啜菽飲水盡其歡，斯之謂孝。」

《文選》卷二十潘岳《金谷集作詩》：「親友各言邁，中心悵有違。何以叙離思，攜手游郊畿。」

《廣弘明集》卷十九蕭子良（王融）《與荆州隱士劉虬書》：「所以不遠千里，尺書道意。」

秋夜於綿州群官席别薛昇華序〔一〕

《文苑英華》卷七三四　張本卷七　項本卷七　蔣本卷九

夫神明所貴者道也，天地所寶者才也〔二〕。故雖陰陽同功，宇宙戮①力〔三〕，山川崩騰以作氣，星象磊落以降精，終不能五百年而生兩賢也〔四〕。故曰才難，不其然乎〔五〕？今之群公並授

（受）②奇彩，各杖③異氣〔六〕。或江海其量，或林泉其識，或簪裾其迹，或雲漢其志〔七〕。不可多④得也，今並集此矣〔八〕。豈英靈之道長，而造化之功倍乎〔九〕！然⑤漢（僕）⑥之區區，當⑦以爲人生⑧百年，逝⑨如一瞬〔一〇〕。非不知風月不足懷也，琴罇⑩不足戀也〔一一〕，事有切而未能忘，情有深而未能遣〔一二〕。故僕於⑪群公，相知非不深也，相期⑫非不厚也〔一三〕。然義有四海之重，而無同方之戚；交⑬有一面之深，而非累葉之契〔一四〕。故與夫昇華⑭者，不⑮其異乎〔一五〕！嗟⑯！積潘楊⑰之遠好，同河汾之靈液。自⑱置良友，相依窮路〔一六〕。是月秋⑲也，于時夕也。他鄉秋而白露寒，故人去而青山斷⑳〔一七〕，不其悲乎！盍各賦詩云爾〔一八〕。

【校記】

①戮：蔣本同。《英華》、張本、項本作勠。
②授：諸本皆作受。
③杖：《英華》，蔣本同。張本、項本作仗。
④多：諸本皆作雙。
⑤然：《英華》、項本、蔣本同。張本無然字。
⑥漢：諸本皆作僕。
⑦當：諸本皆作常。
⑧生：諸本皆作之。
⑨逝：諸本皆作猶。

⑩ 罇：諸本皆作樽。
⑪ 於：諸本皆作射。
⑫ 期：張本、項本、蔣本同。《英華》作期（一作愛）。
⑬ 戚交：諸本皆作感分。
⑭ 華：張本、項本、蔣本同。《英華》作華。傅校：景宋鈔本華作華。
⑮ 不：諸本皆無不字。
⑯ 嗟：諸本皆作嗟乎。
⑰ 楊：項本、蔣本同。《英華》、張本作陽。
⑱ 自：張本同。《英華》、項本、蔣本作目。
⑲ 秋：諸本皆作怨。
⑳ 斷：《英華》作逈。張本、項本、蔣本作迴。

【考證】

〔一〕秋夜於綿州群官席别薛昇華序

蔣本卷七《緜州北亭群公宴序》。《元和郡縣志》卷三十三《劍南道下》：「緜州（巴西，上）……八到（東北至上都一千七百三十四里）。」

正倉院本《仲家園宴序》〔九〕：「蓋同席者高人薛曜等耳。」

〔二〕**「夫神明」二句**

《周易・繫辭下》：「以體天地之撰，以通神明之德。」蔣本卷九《續書序》：「以此見聖人言約理舉，神明不勞，而體時務之撰矣。故能法象天地，同符易簡。」《文選》卷三張衡《東京賦》：「所貴惟賢，所寶惟穀。」

〔三〕**「故雖陰陽」二句**

《周易・繫辭下》：「二與四，同功而異位。」韓注：「同陰功也。」又：「三與五，同功而異位。」韓注：「同陽功也。」

正倉院本《山家興序》〔二七〕：「鑽宇宙而頓風雲。」

《尚書・湯誥》：「聿求元聖，與之戮力。」

〔四〕**「山川」三句**

正倉院本《山家興序》〔一〇〕：「神崖智宇，崩騰觸日月之輝；廣度冲衿，磊落壓乾坤之氣。」

蔣本卷十九《梓州玄武縣福會寺碑》：「星象垂祉，川嶽載靈。」

楊炯《王勃集序》：「兄勔及勮，磊落辭韻，鏗鍧風骨，皆九變之雄律也。」

參：《文苑英華》卷九七八楊炯《同詹事府官寮祭郝少保文》：「若夫星象降質，山川受氣。」

《孟子・公孫丑下》：「彼一時，此一時也。五百年必有王者興，其間必有名世者。」《文選》卷四十一李陵《答蘇武書》。李善注：「孟子曰：千年一聖，五百年一賢。」

〔五〕「故曰」三句

《論語・泰伯》：「孔子曰：才難，不其然乎？唐虞之際，於斯爲盛，有婦人焉，九人而已。」

〔六〕「今之群公」二句

《樂府詩集》卷四十四《清商曲辭一・子夜四時歌・春歌二十首》其一：「山林多奇采，陽鳥吐清音。」

《文選》卷五十三嵇康《養生論》：「似特受異氣，稟之自然，非積學所能致也。」

〔七〕「或江海」四句

《文選》卷五十八王儉《褚淵碑文》：「觀海齊量，登嶽均厚。」李善注：「《家語》：齊大夫子與適魯，見孔子曰：乃今而後知泰山之爲高，海淵之爲大。」

《文選》卷四十五宋玉《對楚王問》：「夫尺澤之鯢，豈能與之，量江海之大哉。」

正倉院本《山家興序》〔一三〕：「簪裾見屈，輕脱屣（作履）於西陽。」

《毛詩・大雅・雲漢》：「倬彼雲漢，昭回于天。」鄭箋：「雲漢，謂天河也。」

《宋書》卷二十一《志第十一・樂三》魏文帝《朝日善哉行》：「比翼翔雲漢，羅者安所羈。」

參：《金石粹編》卷五十九唐高宗《攝山栖霞寺明徵君之碑》：「瞻江海而載懷，詠林泉而興想。」

〔八〕「不可」二句

《論衡・超奇篇》：「譬珠玉不可多得，以其珍也。」又《文選》卷三十七孔融《薦禰衡表》：「帝室皇后，必畜非常之寶，若衡等輩，不可多得。」

〔九〕「**豈英靈**」二句

《藝文類聚》卷四十二《樂部二·樂府》劉孝威《蜀道難篇》：「君平子雲寂不嗣，江漢英靈已信稀。」蔣本卷六《爲人與蜀城父老書》二：「蜀都廣鎮，岷墟奥壤，山分玉宇，水向金陵。景貺有期，英靈間出。」

正倉院本《春日序》〔一五〕：「下官寒鄉劍士，燕國書生，憐風月之氣高，愛林泉之道長。」

《列子·湯問》：「穆王始悦而歎曰：人之巧，乃可與造化者同功乎。」蔣本卷九《山亭思友人序》：「洞壑横分，奇峰直上，鬱然有造化之功矣。」

〔一〇〕「**然僕**」四句

《左傳·襄公十七年》：「子罕曰：宋國區區而有詛有祝，禍之本也。」蔣本卷五《上劉右相書》：「焉復區區屑屑，践名利之門哉。」

正倉院本《三月上巳祓禊序》〔二〕：「觀夫天下四海，以宇宙爲城池；人生百年，用林泉爲窟宅。」

《文選》卷十七陸機《文賦》：「觀古今於須臾，撫四海於一瞬。」李善注：「《吕氏春秋》曰：萬世猶一瞬。」

〔一一〕「**非不**」二句

正倉院本《至真觀夜宴序》〔七〕：「豈直坐談風月，行樂琴樽而已哉。」

〔一二〕「**事有**」二句

用例未詳。

〔一三〕**「故僕」三句**

《禮記・少儀》：「僕於君子，君子升下則授綏。」

正倉院本《秋日登洪府滕王閣餞別序》〔三八〕：「登高能賦，是所望於群公。」

《楚辭》屈原《九歌・少司命》：「悲莫悲兮生別離，樂莫樂兮新相知。」蔣本卷三《白下驛餞唐少府》：「相知何用早，懷抱即依然。」正倉院本《初春於權大宅宴序》〔七〕：「丈夫之風雲暗相許，國士之懷抱深相知。」

蔣本卷十九《彭州九隴縣龍懷寺碑》：「林宗有道，相期清濁之間；平叔能言，見許天人之際。」

〔一四〕**「然義」四句**

《論語・顏淵》：「四海之内，皆兄弟也。」

《禮記・儒行》：「儒有合志同方，營道同術。」鄭注：「同方、同術，等志行也。」《文選》卷五十五陸機《演連珠五十首》其三十：「是以天殊其數，雖同方不能分其感；理塞其通，則並質不能共其休。」

正倉院本《九月九日採石館宴序》〔三〕：「叙風雲於一面，坐林苑於三秋。」

《文選》卷五左思《吴都賦》：「雖累葉百疊，而富彊相繼。」劉逵注：「葉，猶世也。」

〔一五〕**「故與」二句**

昇華，見注〔一〕。

〔一六〕**「潘楊」四句**

《文選》卷五十六潘岳《楊仲武誄序》：「既藉三葉世親之恩，而子之姑，余之伉儷焉……誄曰……潘陽之穆，有自來矣。」蔣本卷七《秋日宴洛陽序》：「但有潘楊之密戚，得無管鮑之深知。」

《元和郡縣志》卷十二《河東道一》：「絳州……管縣九……龍門縣……汾水北去縣五里……黄河，北去縣二十五里，即龍門口也。」楊炯《王勃集序》：「晉室南遷，家聲播於淮海；宋臣北徙，門德勝於河汾。」

《藝文類聚》卷四十二《樂部二・樂府》曹植《升天行》：「靈液飛素波，蘭桂上參天。」

《藝文類聚》卷三十九《禮部中・燕會》陳琳《宴會詩》：「良友招我游，高會宴中闈。」蔣本卷八《送白七序》：「嗟乎，良友不追，神交已遠。」

《後漢書》卷六十三《李杜列傳第五十三・李固》：「奏記曰……左右黨進者，日有遷拜，守死善道者，滯涸窮路。」蔣本卷三《別薛華》：「送送多窮路，遑遑獨問津。」

〔一七〕**「是月」四句**

《文選》卷十三潘岳《秋興賦》序：「於時秋也，故以秋興命篇。」

正倉院本《江寧縣白下驛吴少府見餞序》〔一五〕：「白露下而蒼山空，他鄉悲而故人別。」

參：《箋注》卷五駱賓王《宿温城望軍營》：「白羽摇如月，青山斷（《箋注》作亂）若雲。」

〔一八〕**「不其」二句**

蔣本卷一《春思賦》序：「不其悲乎，僕不才，耿介之士也。」

《論語・公冶長》：「顔淵、季路侍，子曰：盍各言爾志。」

宇文德陽宅秋夜山亭宴序〔一〕

《文苑英華》卷七〇八　張本卷六　項本卷六　蔣本卷七

若夫龍津宴喜，地切登仙；鳳閣虛玄①，門稱好事〔二〕。亦有依（登）山②臨水，長想巨源；秋風明月③，每思玄度〔三〕。未有能星馳一介，留興緒④於芳亭；雲委八行，杼（抒）⑤勞思於綵⑥筆〔四〕。遂令聲（啓）⑦瑤緘者，攀勝集而長懷；披瓊幹（翰）⑧者，仰高莛（筵）⑨而不暇〔五〕。王子猷之獨⑩興，不覺浮舟；嵇⑪叔夜之相知，[欣然命駕。琴樽佳賞，始詣臨邛；口腹良游，未辭安邑〔六〕。]⑫乃知兩卿（鄉）⑬投分，林泉可攘袂而遊；千里同心，烟霞可傳檄而定〔七〕。友人河南宇文嶠，清虛君子；中山郎餘令，風流名士〔八〕。或三秋舊⑭契，闢林院而開衿⑮；或一面新交，叙風雲而倒屣〔九〕。彭澤陶潛之菊，影泛仙罇⑯；河陽潘岳之花，光懸⑰妙札⑱〔一〇〕。巖巖思璧（壁）⑲，家藏虹岫之珍；淼淼⑳言河，各控驪泉之寶〔一一〕。禺㉑同金碧，㲼㉒照詞場；巴漢英靈，俄潛翰苑㉓〔一二〕。亹亹焉，蕭蕭焉，信天下之奇託也〔一三〕。于時白藏開序，青腰㉔御律〔一四〕，風㉕高而林野秋㉖，露㉗下而江山靜㉘〔一五〕。琴亭酒榭，磊落乘烟；竹徑松扉，參差向月〔一六〕。魚鱗積磴，還昇菌樓㉙之峰；鴈㉚翼分橋，即映芙蓉之水〔一七〕。亦有紅蘋綠荇，亘渚連翹；[玉帶瑤]㉛華，分楹間植〔一八〕。池簾夕敞，香牽十步之風；岫幌宵㉜褰，影㉝襲三危之露〔一九〕。縱冲衿㉞於俗表，留逸契於人間。東山之賞在焉，南磵㉟之情不遠〔二〇〕。夫以中牟馴雉，猶嬰觸網之悲；單父歌魚，罕悟忘筌之迹㊱〔二一〕。兼而美者，其在兹乎。人賦一言，俱裁八韻㊲〔二二〕。俾夫一同詩酒，不撓於牽絲；千載巖泉㊳，無慙於景燭㊴云爾〔二三〕。

【校記】

①虚玄：諸本皆作玄虚。

②依山：《英華》作似仙。張本、項本、蔣本作登山。

③秋風明月：《英華》同。張本作清風明月。項本、蔣本作明月清風。

④興緒：諸本皆作美跡。

⑤杍：《英華》同。張本、項本、蔣本作抒。

⑥綵：諸本皆作彩。

⑦聲：諸本皆作啓。

⑧幹：諸本皆作翰。

⑨莚：諸本皆作筵。

⑩獨：《英華》、蔣本同。張本、項本作觸。

⑪嵇：張本、項本、蔣本同。《英華》作稽。傅校：舊鈔本稽作嵇。

⑫欣然命駕琴樽佳賞始詣臨邛口腹良游未辭安邑：原文闕此二十字。據諸本加。

⑬卿：張本同。《英華》、項本、蔣本作鄉。

⑭舊：諸本皆作意。
⑮衿：諸本皆作襟。
⑯罇：諸本皆作樽。
⑰懸：項本同。《英華》、張本、蔣本作縣。
⑱札：張本、項本、蔣本作理。《英華》作理(疑)。傅校：舊鈔本理作禮。
⑲璧：諸本皆作壁。
⑳淼淼：《英華》、項本、蔣本同。張本作森森。
㉑禺：項本、蔣本同。《英華》、張本作偶。
㉒蹔：《英華》、張本同。項本、蔣本作暫。
㉓俄潛翰苑：諸本皆作潛光翰院。
㉔腰：諸本皆作女。
㉕風：諸本皆作金風。
㉖秋：諸本皆作動。
㉗露：《英華》作秋露。張本、項本、蔣本作玉露。
㉘靜：《英華》同。張本、項本、蔣本作清。
㉙蘭樓：諸本皆作蘭桂。
㉚鴈：諸本皆作鴛。蔣注：鴛翼，謂橋形似之，未詳所用。
㉛玉帶瑶：原文闕三字，據諸本補。
㉜宵：項本、蔣本同。《英華》、張本作霄。傅校：舊鈔本霄作宵。

㉝影：諸本皆作氣。

㉞衿：《英華》作枍。傅校：舊鈔本枍作衿。張本、項本、蔣本作襟。

㉟礀：諸本皆作澗。

㊱悟忘筌之迹：諸本皆作繼鳴琴之趣。

㊲兼而美者，其在兹乎。人賦一言，俱裁八韻。諸本皆無此十六字。

㊳泉：諸本皆作溪。

㊴燭：《英華》、蔣本同。張本作躅。項本作躅（一作燭）。

【考證】

〔一〕宇文德陽宅秋夜山亭宴序

《元和郡縣志》卷三十一《劍南道上》：「漢州……管縣五……德陽縣（緊。西南至州四十五里）。本漢緜竹縣地。」

宇文，宇文嶠。見〔八〕：「友人河南宇文嶠，」又正倉院本《餞宇文明府序》，又蔣本卷十七《益州德陽縣善寂寺碑》：「縣令宇文某，河南人也。帝隋尚書之元孫，皇唐侍中之令子。」

〔二〕「若夫」四句

正倉院本《春日序》〔八〕：「王明府氣挺龍津，名高鳳舉。」

《毛詩・小雅・六月》：「吉甫燕喜，既多受祉。」鄭箋：「天子以燕禮樂之，則歡喜矣。」正倉院本《秋日楚州郝司户宅遇餞霍使君序》〔六〕：「山曲淹留，屬群公之宴喜。披鶴霧，陟龍門。」

《文選》卷五十五劉峻《廣絶交論》：「公卿貴其籍甚，搢紳羨其登仙。」

《西京雜記》卷二：「(揚)雄著《太玄經》，夢吐鳳皇集《玄》之上，頃而滅。」正倉院本《餞宇文明府序》〔七〕：「雖楊庭載酒，方趨好事之遊；而馬肆含毫，請命昇遷之筆。」

《文選》卷三十五張協《七命》：「其居也，崢嶸幽藹，蕭瑟虛玄。」

〔三〕「亦有」四句

《世説新語・賞譽第八》：「(裴令公)見山巨源，如登山臨下，幽然深遠。」

《世説新語・言語第二》：「劉尹云：清風朗月，輒思玄度。」

〔四〕「未有」四句

正倉院本《秋日登洪府滕王閣餞別序》〔五〕：「雄州霧列，俊寀星馳。」又〔三二〕：「勃五尺微命，一介書生。」

蔣本卷三《上巳浮江宴韻得遥字》：「上巳年光促，中川興緒遥。」

《文選》卷一班固《西都賦》：「朝發河海，夕宿江漢，沈浮往來，雲集霧散。」李善注：「《孝經鉤命決》曰：雲委霧散。」

《藝文類聚》卷三十一《人部十五・贈答》馬融《與竇伯向書》：「孟陵奴來，賜書，見手跡，歡喜何量。次於面也。書雖兩紙，紙八行，行七字，七八五十六字，百一十二言耳。」

《文選》卷十六潘岳《閑居賦》序：「乃作閑居之賦，以歌事遂情焉。」李善注：「《韓詩》序曰：勞者歌事。」

蔣本卷九《山亭興序》（正倉院本闕文）：「情興未已，即令樽中酒空；彩筆未窮，須使山中兔盡。」《初學記》卷三十《蟲部・螢》潘岳《螢火賦》：「希夷惠之清貞，羨微蟲之琦瑋，援綵筆以爲銘。」

〔五〕「遂令」四句

蔣本卷十四《乾元殿頌》：「瑶緘考懿，金版藏功。」

正倉院本《夏日仙居觀宴序》〔六〕：「楊法師以烟霞勝集，諧遠契於詞場。」

正倉院本《上巳浮江讌序》〔一三〕：「指林岸而長懷，出汀洲而極睇。」

蕭統《昭明太子集》卷三《錦帶書十二月啓・中吕四月》：「如遇回鱗，希垂玉翰。」

正倉院本《與員四等宴序》〔二〕：「高筵不嗣，中宵誰賞。」

《淮南子・説山訓》：「謂學不暇者，雖暇亦不能學矣。」蔣本卷四《上從舅侍郎啓》：「虞韶忽奏，聽律吕而忘疲；楚匣遥開，仰光芒而不暇。」

〔六〕「王子猷」八句

《世説新語・任誕第二十三》：「王子猷居山陰，夜大雪。眠覺，開室命酌酒，四望皎然。因起仿偟，詠左思《招隱詩》，忽憶戴安道。時戴在剡。即便夜乘小船就之，經宿方至，造門不前而返。人問其故，王曰：吾本乘興而行，興盡而返，何必見戴。」

正倉院本《江浦觀魚宴序》〔六〕：「桃花引騎，還尋源水之蹊；桂葉浮舟，即在江潭之上。」

《世説新語・簡傲第二十四》：「嵇康與吕安善，每一相思，千里命駕。」

蔣本卷三《白下驛餞唐少府》：「相知何用早，懷抱即依然。」

正倉院本《九月九日採石館宴序》〔六〕：「琳瑯謝安邑之賓，罇酒值臨邛之令。」

正倉院本《秋晚什邡西池宴餞九隴柳明府序》〔六〕：「三蜀良游，道勝浮沈之際。」

〔七〕「乃知」四句

《文選》卷二十潘岳《金谷集作詩》：「投分寄石友，白首同所歸。」李善注：「阮瑀《爲魏武與劉備書》曰：披懷解帶，投分托意。分，猶志也。」蔣本卷九《春夜桑泉别王少府序》：「去留歡盡，動息悲來，惜投分之幾何，恨知音之忽間。」

正倉院本《仲家園宴序》〔二〕〔三〕：「僕不幸，在流俗而嗜煙霞，常恨林泉不比德。」

《藝文類聚》卷三十六《人部二十・隱逸上》沈約《高士贊》：「悠悠之徒，莫不攘袂而議進取，怒目而爭權利。」

蔣本卷五《上絳州上官司馬書》：「豈知夫四海君子，攘袂而恥之乎；五尺微童，所以固窮而不爲也。」

正倉院本《樂五席宴群公序》〔九〕：「〔　〕酣發〔　〕濡首，勝氣逸於同心。」

《史記》卷九十二《淮陰侯列傳第三十二》：「今大王舉而東，三秦可傳檄而定也。」《索隱》：「案《説文》云：檄，二尺書也。此云傳檄，謂爲檄書以責所伐者。」

〔八〕「友人」四句

《元和郡縣志》卷五《河南道一》：「河南府……八到（西至上都八百五十里）……管縣二十六……河南縣（赤。郭下）。」

《舊唐書》卷一〇五《列傳第五十五・宇文融》：「京兆萬年人……父嶠，萊州長史。」蔣注：「按宇文先世仕後魏，蓋自河南西徙京兆。《舊唐書》僅載嶠爲萊州長史，而不及德陽令，史文簡括，固不能備載也。」

《漢書》卷一〇〇上《叙傳七十上》：「清虚澹泊，歸之自然。」

《元和郡縣志》卷十八《河北道三》：「定州（博陵，上）……戰國時爲中山國……八到（西南至上都二千八十五里）……管縣十……新樂縣（中。東北至州五十里）。」《舊唐書》卷一百八十九下《列傳第一三九下・儒學下・郎餘令》：「定州新樂人也……少以博學知名，舉進士。初授霍王元軌府參軍……轉幽州録事參軍……轉著作佐郎。撰《隋書》未成，會病卒，時人甚痛惜之。」

參：《文苑英華》卷七一五盧照鄰《樂府雜詩序》：「中山郎餘令，雅好著書，時稱博古。」

《世説新語・傷逝第十七》：「丞相王公教曰：衛洗馬當改葬，此君風流名士，海内所瞻。」

〔九〕「或三秋」四句

正倉院本《九月九日採石館宴序》〔三〕：「叙風雲於一面，坐林苑於三秋。」

《魏書》卷五十二《列傳第四十・段承根》：「（段）承根贈（李）寶詩曰……自余幽淪，眷參舊契。」

蔣本卷十六《梓州飛烏縣白鶴寺碑》：「懷山既蕩，法衆咸淪，林院榛蕪，軒堂委寂。」

《文選》卷二十八陸機《樂府十七首・猛虎行》：「人生誠未易，曷云開此襟。」蔣本卷三《送盧主簿》：「開襟方未已，分袂忽多違。」

正倉院本《秋日宴山庭序》〔八〕：「既而依稀舊識，欵吴鄭之班荆；樂莫新交，申孔郯之傾蓋。」

風雲，屢見。正倉院本《王勃於越州永興縣李明府宅送蕭三還齊州序》〔九〕：「松竹風雲之氣狀。」

蔣本卷四《上明員外啓》：「情加倒屣，知步頃之生光；禮極升堂，覺聲名之有地。」

倒屣，見正倉院本《九月九日採石館宴序》〔一二〕：「王仲宣山陽俊人，直至中郎之席。」

〔一〇〕「彭澤」四句

正倉院本《九月九日採石館宴序》〔九〕：「河陽採犢，光浮一縣之花；彭澤仙杯，影浮三旬之菊。」

《文苑英華》卷七一二徐陵《玉臺新詠序》：「三臺妙札，亦龍伸蠖屈之書；五色花牋，皆河北膠東之紙。」

《王勃集》卷二十八《歸仁縣主墓誌》：「紅經翠緯，翻鳳鑷於仙機；杏葉芝英，轉鸞鈎於妙札。」

〔一一〕「巖巖」四句

正倉院本《餞宇文明府序》〔四〕：「况我巨山之凉凉孤出，昇華之巖巖清峙。」

蔣本卷一《山池賦》：「岫蘊玉而虹驚，浦涵珠而星落。」《爾雅·釋山》：「山有穴爲岫。」

《文選》卷十二郭璞《江賦》：「極泓量而海運，狀滔天以淼茫。」

《世説新語·賞譽第八》：「王太尉云：郭子玄語議如懸河寫水，注而不竭。」

蔣本卷四《上武侍極啓》一：「由是紫氛宵耿，指牛漢而忘歸；丹水神迷，道驪泉而罔悔。」蔣注：「唐諱淵作泉。」又見正倉院本《山家興序》〔一九〕：「鍛野老之真珠。」

〔一二〕「禺同」四句

《漢書》卷二十五下《郊祀志第五下》：「或言益州有金馬碧雞之神，可醮祭而致。」如淳曰：「金形似馬，碧形似雞。」又卷二十八上《地理志第八上》：「越巂郡……縣十五……青蛉（……禺同山，有金馬、碧雞）。」

正倉院本《夏日仙居觀宴序》〔六〕：「楊法師以烟霞勝集，諧遠契於詞場；下官以書札小能，叙高情於祭牘。」

《史記》卷八十六《刺客列傳第二十六・荆軻》：「南有涇渭之沃，擅巴漢之饒。」

正倉院本《春日序》〔七〕：「雖英靈不嗣，何山川之壯麗焉。」

參：《金石粹編》卷四十七于志寧《大唐故太子右庶子銀青光禄大夫國子祭酒上護軍曲阜憲公孔公碑銘》：「覃思邁於西河，學富石渠；沈研冠於東閣，詞光翰苑。」

參：《全唐文》卷一五二許敬宗《唐并州都督鄂國公尉遲恭碑》：「隟駿流年，俄潛柳次。」

〔一三〕「亹亹焉」三句

《世説新語・賞譽第八》：「謝太傅未冠，始出西，詣王長史清言良久。去後，苟子問曰：向客何如尊？長史曰：向客亹亹，爲來逼人。」

正倉院本《晚秋遊武擔山寺序》〔一三〕：「雞林俊賞，蕭蕭鷲嶺之居；鹿苑仙談，亹亹龍宫之偈。」又〔一七〕：「眇眇焉，洋洋焉，信三蜀之奇觀也。」

〔一四〕「于時」二句

蔣本卷六《爲人與蜀城父老書》一：「方今白藏紹序，朱律謝期。」《爾雅・釋天》：「秋爲白藏，冬爲玄英。」郭注：「氣白而收藏，氣黑而清英。」

《隋書》卷十五《志第十・音樂下》：「赤帝歌辭，奏徵音。長嬴開序，炎上爲德。」

《淮南子・天文訓》：「至秋三月，地氣不藏，乃收其殺，百蟲蟄伏，靜居閉户。青女乃出，以降霜雪。」高誘注：「青女，天神，青霄玉女，主霜雪也。」

《文苑英華》卷六八七徐陵《與王吴郡僧智書》：「比青蔞已戒，白露方溥。」

〔一五〕「風高」二句

正倉院本《秋日宴山庭序》〔九〕：「金風生而景物清，白露下而光陰晚。」

蔣本卷六《爲人與蜀城父老書》二：「方今炎飈謝節，爽候關辰，風高而宇宙清，霜下而亭郊肅。」

蔣本卷六《爲人與蜀城父老書》一：「天高而林野疏，候肅而江山靜。」

〔一六〕「琴亭」四句

王績《王無功文集》卷二《被徵謝病詩》：「鶴警琴亭夜，鶯啼酒甕春。」《王勃集》卷二十八《唐故度支員外郎達奚公墓誌》〔二〇〕：「玉軫波驚，府琴亭而鶴引。」

楊炯《王勃集序》：「磊落辭韻，鏗鏘風骨。」

蕭統《昭明太子集》卷三《十二月啓・蕤賓五月》：「敬想足下，追涼竹徑，托蔭松間。」

正倉院本《晚秋遊武擔山寺序》〔一二〕：「於是披桂幌，歷松扉，梵筵霞屬，禪扃烟敞。」

《毛詩・周南・關雎》：「參差荇菜，左右流之。」蔣本卷一《春思賦》：「春蝀參差命儔侶，春鶯緜蠻思羽翼。」

《文苑英華》卷一九六張正見《劉生》：「别有追游夜，愁窗向月開。」

〔一七〕「魚鱗」四句

江淹《江文通集》卷一《水上神女賦》：「石瓊文而翕艴，山龍鱗而炤爛。」蔣本卷三《出境游山二首》其一：「峰斜連鳥翅，磴疊上魚鱗。」

王績《王無功文集》卷三《遊山寺》：「雁翼金橋轉，魚鱗石道迴。」

《集注》卷四庾信《詠畫屏風詩二十四首》其十九：「三危上鳳翼，九坂度龍鱗。」

正倉院本《新都縣乾嘉池亭夜宴序》〔七〕：「參差夕樹，烟侵橘柚之園；的歷秋荷，月照芙蓉之水。」

〔一八〕「亦有」四句

《蔣本》卷一《九成宮東臺山池賦》：「若乃嶺分雞秀波連鳳液，花鳥縈紅蘋魚漾碧。」

蔣本卷十七《益州德陽縣善寂寺碑》：「雖復蒼梧北望，湖湘盈舜后之歌；緑荇西浮，江漢積文妃之頌。」

《楚辭》屈原《九歌·大司命》：「折疏麻兮瑶華，折以遺兮離居。」王逸注：「瑶華，玉華也。」《廣弘明集》卷十五梁簡文帝《菩提樹頌》：「璧日垂彩，玉蔕生煙。」

〔一九〕「池簾」四句

蔣本卷五《上絳州上官司馬書》：「賓階夕敞，清河銷驥縶之虞；虚榻晨披，元禮得龍驅之地。」

《説苑·談叢》：「十步之澤，必有香草。十室之邑，必有忠士。」

《文選》卷四十三孔稚珪《北山移文》：「宜扃岫幌，掩雲關。」

蔣本卷十九《彭州九隴縣龍懷寺碑》：「玉堂朝亘，影襲長虹；珠殿宵浮，光含列宿。」

《吕氏春秋·本味》：「水之美者，三危之露，崑崙之井。」高誘注：「三危，西極山名。」

參：《箋注》卷二駱賓王《秋菊》：「擢秀三秋晚，開芳十步中。」

〔二〇〕「縱冲衿」四句

《藝文類聚》卷三十七《人部二十一·隱逸下》任昉《爲庾杲之與劉居士虬書》：「冲明在襟，履候無爽；體道爲用，蹈理則和。」蔣本卷一《七夕賦》：「衿雅範而霜厲，穆冲襟而烟眇。」

《晉書》卷九十四《列傳第六十四·隱逸·戴逵》：「（謝玄）上疏曰：伏見譙國戴逵希心俗表，不嬰世務。」

楊炯《王勃集序》：「經籍爲心，得王何於逸契；風雲入思，叶張左於神交。」

《世説新語·棲逸第十八》：「阮光禄在東山，蕭然無事，常内足於懷。」劉峻注：「《阮裕别傳》曰：裕居會稽剡山。」

正倉院本《山家興序》（一三）：「簪裾見屈，輕脱屣於西陽；而山水來遊，重横琴於南澗。」

〔二一〕「夫以」四句

《後漢書》卷二十五《卓魯魏劉列傳第十五·魯恭》：「魯恭……拜中牟令……建初七年，郡國螟傷稼，犬牙緣界，不入中牟。河南尹袁安聞之，疑其不實，使仁恕掾肥親往廉之。（魯）恭隨行阡陌，俱坐桑下。有雉過，止其傍，傍有童兒，親曰：兒何不捕之？兒言：雉方將雛。親瞿然而起，與恭訣曰：所以來者，欲察君之政迹耳。今蟲不犯境，此一異也；化及鳥獸，此二異也；豎子有仁心，此三異也。久留，徒擾賢者耳。」

「單父歌魚」蔣注：「歌，疑訛字。」

蔣本卷十九《梓州玄武縣福會寺碑》：「泉魚狎夜，多單父之深恩；隴翟游春，嗣中牟之善政。」

《初學記》卷二十《政理部·假》沈約《奏彈孔稚珪違制啓假事》：「守官有典，觸綱斯及。」

《呂氏春秋·具備》：「宓子賤治亶父……三年，巫馬旗短褐衣弊裘，而往觀化於亶父，見夜漁者，得則舍之。巫馬旗問焉……對曰：宓子不欲人之取小魚也，所舍者，小魚也。巫馬旗歸，告孔子曰：宓子之德至矣。使小民闇行，若有嚴刑於旁。」

《莊子·外物》：「荃者所以在魚，得魚而忘荃。」

〔三二〕「兼而」四句

蔣本卷十九《梓州玄武縣福會寺碑》：「兼其美者，著在我柳君乎。」

《文選》卷五十九王屮《頭陀寺碑文》：「言之不可以已，其在茲乎。」

〔三三〕「俾夫」四句

正倉院本《張八宅別序》〔一二〕：「俾夫賈生可作，承風於達觀之鄉；莊叟有知，求我於忘言之地。」

正倉院本《秋晚什邡西池宴餞九隴柳明府序》〔六〕：「未有一同高選，神怡吏隱之間；三蜀良游，道勝浮沈之際。」

《金樓子》卷二《戒子篇》：「中朝名士，抑揚於詩酒之際，吟詠於嘯傲之間。」蔣本卷六《爲人與蜀城父老書》一：「詩酒同歸，琴書合契。」

蔣本卷十九《梓州玄武縣福會寺碑》：「時經失道，代歷交呈，神宮不撓，法衆無驚。」

《文選》卷二十六謝靈運《初去郡詩》：「牽絲及元興，解龜在景平。」李善注：「牽絲，初仕。解龜，去官也。應璩詩曰：不悞牽朱絲，三署來相尋。」

《周書》卷三十一《列傳第二十三·韋夐》：「(周)明帝……乃爲詩以貽之曰：……嶺松千仞直，巖泉百丈飛。」蔣本卷六《夏日登韓城門樓寓望序》：「池臺左右，覺風雲之助人；林麓周迴，觀巖泉之入興。」

正倉院本《夏日仙居觀宴序》〔一七〕：「雖惠化傍流，信無慙於響應；而淺才幽贊，亦有助於明祇。」《文選》卷六十任昉《齊竟陵文宣王行狀》：「於時景燭雲火，風馳羽檄。」李善注：「言雲火之多，如景之照。」

晚秋遊武擔①山寺序〔一〕

《文苑英華》卷七〇八　張本卷六　項本卷六　蔣本卷七

若夫武②丘仙鎮，吴王殉侈（歿）③之墟；驪嶠崇基，秦帝昇④遐之宅〔二〕。雖殊［衣］玉⑤匣，下賁窮泉；而廣岫長林，終成勝境〔三〕。亦有霍將軍之大隧，迥⑥寫祇（祁）⑦連；權（樗）⑧里子之孤墳，竟開長樂〔四〕。豈如⑨武擔靈岳，開明故地，蜀夫人之葬迹，任文公之死所〔五〕。尚（岡）⑩巒隱隱，化爲闍崛之山⑪；松柏蒼蒼，即入祇園之樹〔六〕。引星垣於沓嶂⑫，下布金沙；栖日觀於長崖，傍臨石鏡〔七〕。瑶泉⑬玉甃，尚控銀江⑭；寶刹香壇，猶分鋭⑮闕〔八〕。瑚瓏⑯陜疑（接映），［臺凝］夢渚⑰之雲；壁⑱題相暉⑲，殿寫長門之星⑳〔九〕。美人虹㉑影，下綴虬幡；少女風吟，遥喧鳳鐸〔一〇〕。群公以玉津（律）㉒豐暇，傺林壑而延情；錦署多閑㉓，想巖泉而結輿〔一一〕。於是披桂幌㉔，歷松扉，梵筵（筳）㉕霞屬，禪扃烟敞〔一二〕。鷄林駿（俊）㉖賞，簫簫（蕭蕭）㉗鷲嶺之居；鹿苑仙㉘談，亹亹龍宫之偈〔一三〕。于時金方啓序，玉律驚秋。朔風四面，寒雲千里〔一四〕。曾（層）㉙軒瞰迥㉚，齊萬物於三休；綺席乘虚㉛，窮九該（垓）㉜於一息〔一五〕。碧鷄靈宇，山川極望；石兕長江，河㉝洲在目〔一六〕。龍驤㉞翠轄，駢闐㉟上路之遊；列樹（榭）㊱崇闉，磊落名都之氣〔一七〕。眇眇㊲焉，洋洋焉，信三蜀之奇觀也〔一八〕。昔者登㊳高能賦，勝事仍存；登岳長謡，清標未遠〔一九〕。敢攀成列（盛烈）㊴，下揆幽衿㊵。庶旌西土之遊，遠嗣東平之唱云爾〔二〇〕。

【校記】

① 擔：張本、項本、蔣本同。《英華》作檐。傅校：舊鈔本檐作擔。

② 武：《英華》、張本同。項本、蔣本作虎。

③ 侈：諸本皆作歿。

④ 昇：諸本皆作升。

⑤ 殊玉：諸本皆作珠衣玉。

⑥ 逈：諸本皆作迴。

⑦ 祇：諸本皆作祁。

⑧ 權：諸本皆作樽。

⑨ 如：《英華》、張本、項本同。蔣本作若。

⑩ 尚：諸本皆作岡。

⑪ 山：諸本皆作峰。

⑫ 嶂：張本、項本同。《英華》、蔣本作障。

⑬泉：諸本皆作臺。

⑭銀江：諸本皆作霞宫。

⑮分鋭：諸本皆作芬仙。傅校：舊鈔本芬作分。

⑯瓏：《英華》、張本同。項本、蔣本作櫳。

⑰陜疑夢渚：《英華》作接映臺凝夢諸（疑）。張本、項本、蔣本作接映臺凝夢渚。

⑱壁：張本同。《英華》、項本、蔣本作璧。

⑲暉：《英華》同。張本、項本、蔣本作輝。

⑳星：諸本皆作月。

㉑虹：張本、項本、蔣本同。《英華》作紅。傅校：舊鈔本紅作虹。

㉒津：諸本皆作律。

㉓閑：《英華》同。張本、項本、蔣本作間。

㉔幌：張本、項本、蔣本同。《英華》作幌。傅校：舊鈔本幌作幌。

㉕莛：諸本皆作筵。

㉖駿：諸本皆作俊。

㉗簫簫：諸本皆作蕭蕭。

㉘仙：《英華》、蔣本同。張本、項本作高。

㉙曾：諸本皆作層。

㉚瞰迴：諸本皆作迴霞。傅校：舊鈔本迴霞作遐迥。

㉛虚：諸本皆作雲。

㉜該：諸本皆作垓。
㉝河：諸本皆作汀。
㉞驪：諸本皆作鑣。
㉟闇：諸本皆作闐。
㊱樹：諸本皆作榭。
㊲眇眇：諸本作渺渺。
㊳登：諸本皆作升。
㊴成列：諸本皆作盛烈。
㊵衿：諸本皆作襟。

【考證】

〔一〕晚秋遊武擔山寺序

《元和郡縣志》卷三十一《劍南道上》：「成都府……管縣十，成都縣……武擔山，在縣北一百二十步。」

參：《全蜀藝文志》卷十四蘇頲《武擔山寺詩》。

〔二〕「若夫」四句

《越絶書》卷二《越絶外傳記吴地傳第三》：「闔廬冢，在閶門外，名虎丘。下池廣六十步，水深丈五尺。銅槨三重，墳池六尺。玉鳧之流，扁諸之劍三千，方圓之口三千，時耗、魚腸之劍在焉。十萬人築治之，取土臨湖口，葬三日，而白虎居上，故號爲虎丘。」《元和郡縣志》卷二十五《江南道一》：「蘇州……管縣七……吴縣……虎丘山，在縣西北八里。《吴越春秋》云闔閭葬於此。」

《文選》卷二十八陸機《挽歌詩三首》其一：「殉没（一作殁）身易亡，救子非所能。」

《史記》卷六《秦始皇本紀第六》：「葬始皇酈山。始皇初即位，穿治酈山。及并天下，天下徒送詣七十餘萬人，穿三泉，下銅而致椁。宫觀百官、奇器珍怪，徙臧滿之。令匠作機弩矢，有所穿近者輒射之。以水銀爲百川江河大海，機相灌輸，上具天文，下具地理。以人魚膏爲燭，度不滅者久之。」集解：「《皇覽》曰：墳高五十餘丈，周迴五里餘。」正義：「《關中記》云：始皇陵在驪山，泉本北流，障使東西流。有土無石，取大石於渭山諸山。《括地志》云：秦始皇陵在雍州新豐縣西南十里。」

《元和郡縣志》卷一《關内道一》：「京兆府，管縣二十三……昭應縣……秦始皇陵，在縣東八里。」

《文選》卷七潘岳《藉田賦》：「結崇基之靈趾兮，啓四塗之廣阼。」

《禮記·曲禮下》：「告喪，曰天王登假。」鄭注：「登，上也。假，已也。上已者，若遷去云耳。」

《三國志》卷三十二《蜀書二·先主傳第二》：「（諸葛）亮上言於後主曰：伏惟大行皇帝邁仁樹德，覆燾無疆，昊天不弔，寢疾彌留，今月二十四日奄忽升遐。」

〔三〕「雖殊衣」四句

《漢書》卷九十三《佞幸第六十三·董賢》：「及至東園祕器，珠襦玉柙，豫以賜賢。」師古曰：「東園，署名也。《漢舊儀》云：東園祕器作棺梓，素木長二丈，崇廣四尺。珠襦，以珠爲襦，如鎧狀，連縫之，以黄金爲縷，要以下，玉爲柙，至足，亦縫以黄金爲縷。」《後漢書》卷十一《劉玄劉盆子列傳第一·劉盆子》：「凡賊所發，有玉匣殮者，率皆如生。」注：「《漢儀注》曰：自腰以下，以玉爲札，長尺，廣一寸半，爲匣，下至足，綴以黃金縷，謂之爲玉匣也。」

《文選》卷二十三潘岳《悼亡詩三首》其一：「之子歸窮泉，重壤永幽隔。」

《文選》卷四十三嵇康《與山巨源絶交書》：「雖飾以金鑣，饗以嘉肴，逾思長林而志在豐草也。」

《藝文類聚》卷三十七《人部二十一・隱逸下・裴子野》：「《劉虬碑》……信物外之神區，幽居之勝境。」

〔四〕「亦有」四句

《史記》卷一百一十一《衛將軍驃騎列傳第五十一》：「（霍）去病爲驃騎將軍……元狩六年而卒，天子悼之，發屬國玄甲軍，陳自長安至茂陵，爲冢象祁連山。」索隱：「案崔浩云：去病破昆邪於此山，故令爲冢象之以旌功也。姚氏案：冢在茂陵東北，與衛青冢並。西者是青，東者是去病冢。上有豎石，前有石馬相對，又有石人也。」

《元和郡縣志》卷二《關内道二》：「京兆府……興平縣……霍去病墓，在縣東北十九里，起冢象祁連山。」

《左傳・隱公元年》：「公入而賦：大隧之中，其樂也融融。」杜注：「隧若今延道。」

《史記》卷七十一《樗里子甘茂列傳第十一》：「樗里子者名疾，秦惠王之弟也……昭王七年，樗里子卒，葬於渭南章臺之東，曰：後百歲，是當有天子之宮夾我墓。樗里子疾室在於昭王廟西，渭南陰鄉樗里，故俗謂之樗里子。至漢興，長樂宮在其東，未央宮在其西，武庫正直其墓。」

《文選》卷十潘岳《西征賦》：「瞰康園之孤墳，悲平后之專絜。」

[五]「豈如」四句

嵇康《嵇中散集》卷一《答二郭詩三首》其二：「結友集靈岳，彈琴登清歌。」

《華陽國志》卷三《蜀志》：「後有王曰杜宇……杜宇稱帝，號曰望帝……曾有火災，其相開明，決玉壘山以除水害，帝遂委以政事。法堯舜禪授之義，遂禪位於開明……開明位號曰叢帝……開明王自夢廓移，乃徙治成都……武都有一丈夫，化爲女子，美而艷，蓋山精也。蜀王納爲妃……無幾物故，蜀王哀之，乃遣五丁之武都擔土，爲妃作冢，蓋地數畝，高七丈，上有石鏡。今成都北角武擔是也。」

《後漢書》卷八十二上《方術列傳第七十二上·任文公》：「任文公，巴郡閬中人……以占術馳名……公孫述時，蜀武擔石折，文公曰：噫，西州智士死，我乃當之……後三月果卒。」

[六]「岡巒」四句

《文選》卷二張衡《西京賦》：「華岳峨峨，岡巒參差。」

蔣本卷一《春思賦》：「葱山隱隱金河北，霧裏蒼蒼幾重色。」

《妙法蓮華經》卷一《序品》：「佛住王舍城耆闍崛山中。」《水經注》卷一《河水》：「釋氏《西域記》云：耆闍崛山在阿耨達王舍城東北，西望其山，有兩峰雙立，相去二三里，中道鷲鳥，常居其嶺。土人號曰耆闍崛山。胡語耆闍，鷲也。」蔣本卷二《釋迦佛賦》：「普光殿裏，會十地之華嚴；耆闍山中，投三乘之記莂。」

《淮南子·齊俗訓》：「殷人之禮……葬樹松……周人之禮……葬樹柏。」

《法苑珠林》卷三十九《伽藍篇第三十六·營造部第二》：「如《賢愚經》云：天語須達長者云……須達請太子，欲買園造精舍。祇陀太子言……園地屬卿，樹木屬我。我自上佛，共立精舍……佛告阿難，今此園地，須達所買。林樹華果，祇陀所有。二人同心，共立精舍，應當與號太子祇陀樹給孤獨食園。名字流布，傳示後世。」

《一切經音義》卷三：「祇樹。或言祇陀，或云祇洹，皆訛也。應言逝多。此譯云勝氏，即憍薩羅國波斯匿王之子也。」

〔七〕「引星垣」四句

《宋書》卷二十六《志第十六天文四》：「元嘉二十年二月二十四日……又一大流星出，貫索中，經天市垣，諸流星並向北行，至曉不可稱數。」

《文選》卷二十七丘遲《旦發漁浦潭》：「棹歌發中流，鳴鞞響沓障。」李善注：「《爾雅》曰：山正曰障。」

《佛說阿彌陀經》：「極樂國土有七寶池，八功德水，充滿其中，池底純以金沙布地。」

《水經注》卷二十四《汶水》：「應劭《漢官儀》云：泰山東南山頂名曰日觀。日觀者，雞一鳴時見日，始欲出，長三丈許，故以名焉。」

《藝文類聚》卷七《山部上・廬山》鮑照《登廬山詩》：「高岑隔半天，長崖斷千里。」正倉院本《江浦觀魚宴序》〔一七〕：「曾浦波恬，長崖霧息。」

石鏡，參〔五〕《華陽國志》卷三。

〔八〕「瑶泉」四句

《藝文類聚》卷七十八《靈異部上・仙道》庾闡《遊仙詩十首》其一：「上採瓊樹華，下挹瑶泉井。」

《說文解字》第十二下：「甃，井壁也。」《藝文類聚》卷九《水部下・井》江逌（一作江淹）《井賦》：「穿重壤之十仞兮，搆玉甃之百節。」蔣本卷十六《梓州飛烏縣白鶴寺碑》：「遂使悲生棄井，堙玉甃於三泉；歎積爲山，移瓊峰於九仞。」

蔣本卷十四《乾元殿頌》：「黄離踵曜，太陽分銑樹之輝；蒼震洊音，少海控銀河之色。」蔣本卷十七《益州德陽縣善寂寺碑》：「爾其碧雞仙宇，分絶障於金隄；石兔遥源（蔣注：兔必兕字之訛），控長江於玉峽。」

《藝文類聚》卷七十七《内典下・寺碑》沈約《内典序》：「靈儀炫日，寶刹臨雲。」

〔九〕「琱瓏」四句

《初學記》卷十四《禮部下・饗讌第五》唐太宗《置酒坐飛閣詩》：「餘花攢鏤檻，殘柳散雕櫳。」《尚書・禹貢》：「沱潛既道，雲土夢作乂。」孔傳：「雲夢之澤在江南。」蔣本卷十五《益州夫子廟碑》：「稽山南望，識皓骨於封禺；蠡澤東浮，考丹萍於夢渚。」

《文選》卷四左思《蜀都賦》：「金鋪交映，玉題相暉。」劉注：「金鋪，門鋪首以金爲之。玉題，以玉爲之。」

《文選》卷十六司馬相如《長門賦》序：「孝武皇帝陳皇后，時得幸頗妬。别在長門宫，愁悶悲思。聞蜀郡成都司馬相如，天下工爲文，奉黄金百斤，爲相如文君取酒，因于解悲愁之辭。而相如爲文以悟主上，陳皇后復得親幸。」又《長門賦》：「懸明月以自照兮，徂清夜於洞房……衆雞鳴而愁予兮，起視月之精光。觀衆星之行列兮，畢昴出于東方。」

〔一〇〕「美人」四句

《爾雅・釋天》：「螮蝀，虹也。」郭注：「俗名爲美人虹。」《藝文類聚》卷二《天部下・虹》：「《異苑》曰：古者有夫妻荒年菜食而死，俱化成青虹，故俗呼美人虹。」

《史記》卷一一七《司馬相如列傳第五十七》：「《大人賦》……垂絳幡之素蜺兮，載雲氣而上浮。」《後漢書》卷六十上《馬融列傳第五十上》：「《廣成頌》……六驌獮之玄龍，建雄虹之旌夏，揭鳴鳶之修橦。」

《三國志》卷二十九《魏志二十九方技・管輅》：「於是倪盛脩主人禮，共爲觀樂。」注：「《輅別傳》曰：輅與倪清河相見，既刻雨期，倪猶未信。……輅言：樹上已有少女微風，樹間又有陰鳥和鳴。」

正倉院本《衛大宅宴序》〔五〕：「日絢三珠，遠挩龜瑠之浦；風吟百籟，遥分鶴〔　〕之巖。」

《周禮・地官・鼓人》：「以金鐸通鼓。」鄭注：「鐸，大鈴也，振之以通鼓。」《集注》卷三庾信《奉和同泰寺浮屠詩》：「輪重對月滿，鐸韻擬鸞聲。」

〔一一〕「群公」四句

蔣本卷七《守歲序》：「十二月之陰氣，玉律窮年；一萬歲之休禎，金觴獻壽。」

正倉院本《秋晚什邡西池宴餞九隴柳明府序》〔九〕：「柳明府藉銅章之暇景，訪道鄰郊；實明府〔　〕錦化之餘閑，追驪妙境。」

正倉院本《上巳浮江讌序》〔八〕：「林壑清其顧眄，風雲蕩其懷抱。」

正倉院本《江浦觀魚宴序》〔五〕：「群公以十旬芳暇，候風景而延情；下官以千里薄遊，歷山川而綴賞。」

《元和郡縣志》卷三十一《劍南道上》：「成都府……管縣十……成都縣……錦城，在縣南十里，故錦官城也。」

徐陵《玉臺新詠序》：「優游少託，寂寞多閑。」

蔣本卷六《夏日登韓城門樓寓望序》：「池臺左右，覺風雲之助人；林麓周迴，觀巖泉之入興。」

〔一二〕「**於是**」四句

蔣本卷十七《梓州郪縣兜率寺浮圖碑》：「於是披岫幌，抵巖扃。」

正倉院本《宇文德陽宅秋夜山亭宴序》〔一六〕：「琴亭酒榭，磊落乘烟；竹徑松扉，參差向月。」

《廣弘明集》卷十六沈約《棲禪精舍銘》：「往辭妙幄，今承梵筵。」

蔣本卷十六《梓州飛烏縣白鶴寺碑》：「禪扃共往，梵宇全疎。」

〔一三〕「**鷄林**」四句

《翻譯名義集》卷七《寺塔壇幢篇》：「鷄頭摩（竦䟽）釋鷄園，引《智論》云昔有野火燒林，林中有雉，入水漬羽以救其焚。《纂要》云即鷄頭摩寺。」

《詩品・上品》：「今彭城劉士章，俊賞之士。」

鷲嶺，見注〔六〕蔣本卷二《釋迦佛賦》。

《佛國記》：「迦尸國波羅㮈城。城東北十里許，得仙人鹿野苑精舍。此苑本有辟支佛住，常有野鹿栖宿。世尊將成道，諸天於空中唱言：白淨王子出家學道，却後七日當成佛。辟支佛聞已，即取泥洹。故名此處爲仙人鹿野苑。世尊成道已，後人於此處起精舍。」

正倉院本《宇文德陽宅秋夜山亭宴序》〔一三〕：「亹亹焉，蕭蕭焉，信天下之奇託也。」

《象教皮編》卷二：「龍樹菩薩入龍宮，流傳天竺，分八萬四千偈至中土。」

〔一四〕「于時」四句

《漢書》卷二十六《天文中志第六》：「太白曰西方秋金，義也，言也。」

玉律，見注〔一一〕《禮記·月令》：「孟秋之月……律中夷則……仲秋之月……律中南吕……季秋之月……律中無射。」

《文選》卷十六江淹《恨賦》：「春草暮兮秋風驚，秋風罷兮春草生。」

蔣本卷八《冬日羈游汾陰送韋少府入洛序》：「朔風動而關塞寒，明月下而樓臺曙。」

《文選》卷三十一范彦龍《效古詩》：「寒沙四面平，飛雪千里驚。」正倉院本《江寧縣白下驛吴少府見餞序》〔九〕：「陣雲四面，洪濤千里。」

正倉院本《冬日送閭丘序》〔九〕：「于時寒雲悽愴，更足心愁；咽溜清冷，翻增氣哽。」

千里，屢見。

〔一五〕「曾軒」四句

《楚辭》宋玉《招魂》：「高堂邃宇，檻層軒些。」王逸注：「軒，樓版也。」

謝朓《謝宣城集》卷四《和蕭中庶直石頭》：「君子奉神略，瞰迥凴重峭。」又《唐詩紀事》卷三上官昭容《長寧公主流杯池七言三首》其三：「憑高瞰迥足怡心，菌閣桃源不暇尋。」

《文選》卷六左思《魏都賦》：「八極可圍於寸眸，萬物可齊於一朝。」劉逵注：「莊子有齊物之論。」正倉院本《秋日送沈大虞三入洛詩序》〔一〇〕：「萬物迴薄，四野蒼茫。」

蔣本卷五《上絳州上官司馬書》：「天衢可望，指鵬程而三休；巨壑難遊，伏龍門而一息。」《意林》卷二引《賈誼新書》：「翟王使使至楚，楚王誇使者，以章華之臺，臺甚高，三休乃至。」

《西京雜記》卷四：「鄒陽爲酒賦……安廣坐，列雕屏，綃綺爲席，犀璩爲鎮。」正倉院本《秋日楚州郝司户宅遇餞霍使君序》〔一二〕：「艤仙舟於石岸，薦綺席於沙濱。」

《楚辭》屈原《遠遊》：「順凱風以從游兮，至南巢而壹息。」

《文選》卷十一何晏《景福殿賦》：「岧嶢岑立，崔嵬巒居；飛閣干雲，浮階乘虛。」

正倉院本《秋日登冶城北樓望白下序》〔一五〕：「俯萬古於三休，窮九垓於一息。」

《金石萃編》卷四十二顏師古《等慈寺塔記銘》：「綺疏瞰迴，繡閣臨空。」

《淮南子・道應訓》：「吾與汗漫期於九垓之外，吾不可以久駐。」高誘注：「九垓，九天之外。」

〔一六〕「碧鷄」四句

碧鷄靈宇：看正倉院本《宇文德陽宅秋夜山亭宴序》〔一二〕：「禺同金碧。」

蔣本卷十八《梓州郪縣靈瑞寺浮圖碑》：「偉哉靈宇，壯矣全模。」

正倉院本《與邵鹿官宴序》〔五〕：「山川長望，雖傷異國之懷，罇酒相逢，何暇邊城之思。」

《文選》卷三十四枚乘《七發》：「梧桐并閭，極望成林。」蔣本卷三《採蓮曲》：「葉嶼花潭極望平，江謳越吹相思苦。」

《華陽國志》卷三《蜀志》：「秦孝文王以李冰爲蜀守……外作石犀五頭，以厭水精，穿石犀溪於江南，命曰犀牛里。」

蔣本卷三《滕王閣》：「閣中帝子今何在，檻外長江空自流。」

正倉院本《上巳浮江讌序》〔一三〕：「指林岸而長懷，出汀洲而極睇。」蔣本卷四《上武侍極啓》二：「榮枯殊致，山川在目。」

〔一七〕「龍驫」四句

《藝文類聚》卷四《歲時部中·七月七日》謝朓《七夕賦》：「龍鑣蹀兮玉鑾整，睠星河兮不可留。」《爾雅·釋器》：「鑣，謂之钀。」郭注：「馬勒旁鐵。」蔣本卷四《上皇甫常伯啓》一：「竊以龍鑣就路，駑駿相懸。」

《左傳·襄公三十一年》：「賓從有代，巾車脂轄。」《説文解字》弟十四上：「轄，鍵也。」

正倉院本《秋日登洪府滕王閣餞別序》〔一一〕：「儼騑驂於上路，訪風景於崇阿。臨帝子之長洲，得天人之舊館。」

《漢書》卷五十一《賈鄒枚路傳第二十一·枚乘》：「枚乘復説吴王曰……游曲臺，臨上路。」張晏注：「曲臺，長安臺，臨道上。」

正倉院本《山家興序》〔一〇〕：「廣度冲衿，磊落壓乾坤之氣。」

正倉院本《秋晚入洛於畢公宅別道王宴序》〔一二〕：「緑藤朱黻，且混蘿裳，列榭崇軒，坐均於蓬户。」

正倉院本《春日序》〔四〕：「况乎華陽舊壤，井絡名都。」

〔一八〕「眇眇焉」三句

正倉院本《遊廟山序》〔一二〕：「眇眇焉，逸逸焉。」

《孟子·萬章上》：「始舍之圉圉焉，少則洋洋焉，悠然而逝。」蔣本卷五《上劉右相書》：「神氣洋洋，謂鱗翮使之然也。」

正倉院本《秋晚什邡西池宴餞九隴柳明府序》〔六〕：「三蜀良游，道勝浮沈之際。」

《論衡·别通篇》：「人之遊也，必欲入都，都多奇觀也。」

〔一九〕「昔者」四句

正倉院本《秋日登洪府滕王閣餞别序》〔三八〕：「登高能賦，是所望於群公。」

《南齊書》卷四十《列傳第二十一·武十七王·竟陵文宣王子良》：「傾意賓客，天下才學皆遊集焉。善立勝事，夏月客至，爲設瓜飲及甘果，著之文教。」

蔣本卷四《上明員外啓》：「彭澤陶潛之菊，勝氣仍存；河陽潘岳之花，芳風遂遠。」

《文選》卷四十三趙至《與嵇茂齊書》：「梁生適越，登岳長謡。」李善注：「梁鴻長謡，不由適越……升邙爲登岳。斯蓋取意而略文也。」蔣本卷六《爲人與蜀城父老書》一：「陟梁鴻之峻岳，何暇長謡；臨阮籍之長途，惟知慟哭。」

《南齊書》卷五十五《列傳第三十六·孝義·杜栖》：「周顒與京産書曰：賢子學業清標，後來之秀。」

蔣本卷十八《廣州寶莊嚴寺舍利塔碑》：「則漢庭峻節，祖德猶傳，梁甫高吟，嘉聲未遠。」

〔二〇〕「敢攀」四句

《集注》卷十四庾信《周車騎將軍賀婁公神道碑》：「四代儀同三司，七世河州刺史。鐘鼎成列，冠蓋連陰，所謂生爲貴臣，死爲貴神者也。」《文選》卷五十九沈約《齊故安陸昭王碑文》：「祖宣皇帝，雄材盛烈，名蓋當時。」

蔣本卷六《秋日游蓮池序》：「酌濁酒，以蕩幽襟。」

《尚書·泰誓中》：「嗚呼，西土有衆，咸聽朕言。」

《華陽國志》卷三《蜀志》：「武都有一丈夫，化爲女子，美而艷，蓋山精也。蜀王納爲妃，不習水土，欲去。王必留之，乃爲東平之歌以樂之。」

新都縣楊乾嘉池亭夜宴序①〔一〕

《文苑英華》卷七〇八　張本卷五　項本卷五　蔣本卷六

昔王子敬瑯琊②名士，長③懷習武（氏）④之園；阮嗣宗陳留［之］逸⑤人，直至山陽之座⑥〔二〕。豈非以⑦琴罇⑧遠契，必兆朕⑨於佳晨⑩；風月高情，每留連於勝地〔三〕。則知⑪東扉⑫可望，林泉生謝客之文；南國多才，江山助屈平之氣〔四〕。况乎楊⑬子雲之舊⑭地，巖壑依然；密（宓）⑮子賤之旁（芳）⑯猷，絃歌在屬〔五〕。紅蘭翠菊，俯映沙⑰亭；黛栢蒼松，環臨玉嶼⑱〔六〕。參差夕樹，烟侵橘捕（柚）⑲之園；的歷秋荷，月照芙蓉之水〔七〕。既而星移⑳漢轉，露下風高。銀燭淹華㉑，瑶觴佇㉒興〔八〕。一時仙遇㉓，方深擯俗之懷；五際雕㉔文，請勒㉕緣情之作〔九〕。人分一字，四韻成篇。

【校記】

① 新都縣楊乾嘉池亭夜宴序：諸本皆作越州秋日宴山亭序。「揚子雲之舊地」句下蔣注：「詳玩此句，似題首越州應作益州。」

② 琊：琊下諸本皆有之字。

③ 長：《英華》、張本、項本作常。蔣本作嘗。

④ 武：諸本皆作氏。

⑤ 留逸：諸本皆作留之俊。

⑥ 座：諸本皆作坐。

⑦ 以：諸本皆無以字。

⑧ 罇：諸本皆作樽。

⑨ 朕：《英華》、張本、蔣本同。項本作眹。

⑩ 晨：諸本皆作辰。

⑪ 則知：諸本皆作是以。

⑫ 扉：諸本皆作山。

⑬ 楊：《英華》同。張本、項本、蔣本作揚。
⑭ 舊：諸本皆作故。
⑮ 密：諸本皆作宓。
⑯ 芬：諸本皆作芳。
⑰ 沙：諸本皆作砂。
⑱ 環臨玉嶼：諸本作深環玉砌。
⑲ 捕：諸本皆作柚。
⑳ 移：諸本皆作迴。
㉑ 淹華：《英華》、張本作掩花。項本作摛華。蔣本作掩華。
㉒ 佇：《英華》作杼。傅校：舊鈔本杼作抒。張本、項本、蔣本作抒。
㉓ 遇：諸本皆作馭。
㉔ 雕：諸本皆作飛。
㉕ 請勒：《英華》作情動。傅校：情作請。張本、項本作時動。蔣本作請動。

【考證】

〔一〕新都縣楊乾嘉池亭夜宴序

《元和郡縣志》卷三十一《劍南道上》：「成都府……管縣十……新都縣（次畿，南至府四十八里）本漢舊縣也，屬廣漢郡。隋開皇十八年，改爲興樂縣。武德二年，分成都縣地重置。」

〔二〕「昔王子敬」四句

「昔王子敬」至「習氏之園」二句，蔣注：「文似誤合二事爲一。」

《晉書》卷八十《列傳第五十·王羲之附王獻之》：「字子敬。少有盛名……嘗經吴郡，聞顧辟彊有名園，先不相識，乘平肩輿徑入。」蔣注：「按王獻之，瑯邪臨沂人。」

正倉院本《宇文德陽宅秋夜山亭宴序》〔八〕：「友人河南宇文嶠，清虚君子；中山郎餘令，風流名士。」

《晉書》卷四十三《列傳第十三·山濤附山簡》：「鎮襄陽……諸習氏，荆土豪族，有佳園池，簡每出嬉游，多之池上，置酒輒醉，名之曰高陽池。」

《晉書》卷四十九《列傳第十九·阮籍》：「字嗣宗，陳留尉氏人……志氣宏放，傲然獨得。」

正倉院本《春日序》〔一一〕：「青溪逸人，奉淹留於芳閣。」

《世説新語·任誕第二十三》：「陳留阮籍，譙國嵇康，河内山濤三人，年皆相比，康年少亞之，預此契者，沛國劉伶，陳留阮咸，河内向秀，琅邪王戎，七人常集於竹林之下，肆意酣暢，故世謂竹林七賢。」

正倉院《九月九日採石館宴序》〔二〕：「孔文舉洛京名士，長懷司隸之門；王仲宣山陽俊人，直至中郎之席。」

〔三〕「豈非」四句

琴罇，屢見。正倉院本《秋日宴山庭序》〔二〕：「數人之内，幾度琴罇；百年之中，少時風月。」

正倉院本《夏日仙居觀宴序》〔六〕：「楊法師以烟霞勝集，諧遠契於詞場；下官以書札小能，叙高情於祭牘。」

《文選》卷六左思《魏都賦》：「是以兆眹振古，萌柢疇昔。」李善注：「兆，猶機事之先見者也。《淮南子》曰：欲與物接，而未成眹兆者也。許慎曰：眹，兆也。直軫反。」

正倉院本《聖泉宴序》〔六〕：「寤寐寄託，淹留勝地。」

〔四〕「則知」四句

《文選》卷二十二謝靈運《石壁精舍還湖中作》：「披拂趨南徑，愉悦偃東扉。」

正倉院本《秋日宴山庭序》〔二〕：「遁迹於丘園者，則林泉見託。」

《宋書》卷六十七《列傳第二十七・謝靈運》：「靈運父祖並葬始寧縣，并有故宅及墅，遂移籍會稽，修營別業，傍山帶江，盡幽居之美。」鍾嶸《詩品・上》：「初，錢塘杜明師夜夢東南有人來入其館，是夕，即靈運生於會稽。旬日而謝玄亡。其家以子孫難得，送靈運於杜治養之。十五方還都，故名客兒。」

《毛詩・小雅・四月》：「滔滔江漢，南國之紀。」

正倉院本《仲家園序》〔七〕：「喜鴛鸞之接翼，曜江漢之多材。」

《文心雕龍・物色篇》：「然屈平所以能洞監風騷之情者，抑亦江山之助乎。」

〔五〕「況乎」四句

正倉院本《春日序》〔六〕：「嚴君平之卜肆，里閈依然；揚子雲之書臺，烟霞猶在。」正倉院本《三月上巳祓禊序》〔四〕：「況乎山陰舊地，王逸少之池亭。」又〔一〇〕：「宓子賤之調風，絃歌在聽。」

《文選》卷二十顔延之《應詔讌曲水作詩》：「柔中淵映，芳猷蘭祕。」

《玉臺新詠》卷四王融《巫山高》：「彼美如可期，寤言紛在屬（一作矚）。」

〔六〕「紅蘭」四句

《文選》卷十六江淹《别賦》：「見紅蘭之受露，望青楸之離霜。」

《藝文類聚》卷九《水部下・池》謝莊《悦曲池賦》：「北山兮黛柏，南谿兮頳石。」

正倉院本《江浦觀魚宴序》〔一二〕：「沙林石磧，環臨翡翠之竿；瓊轄銀鉤，下映茱萸之綱。」

〔七〕「參差」四句

正倉院本《宇文德陽宅秋夜山亭宴序》〔一六〕：「竹徑松扉，參差向月。」

《尚書・禹貢》：「厥包橘柚，錫貢。」孔傳：「小曰橘，大曰柚。」《史記》卷六十九《蘇秦列傳第九》：「齊必致魚鹽之海，楚必致橘柚之園。」

《文選》卷六左思《魏都賦》：「丹藕淩波而的皪，緑芰泛濤而浸潭。」李善注：「的皪，光明也。《上林賦》曰：的皪，江靡。」

謝朓《謝宣城集》卷三《後齋迴望詩》：「夏木轉成帷，秋荷漸如蓋。」

正倉院本《宇文德陽宅秋夜山亭宴序》〔一七〕：「鴈翼分橋，即映芙蓉之水。」

參：《文苑英華》卷一六九姚元崇《春日洛陽城侍宴》：「的歷風梅度，參差露草低。」

〔八〕「既而」四句

蔣本卷三《滕王閣》：「閒雲潭影日悠悠，物换星移幾度秋。」

參：《唐詩紀事》卷十三崔液《上元詩六首》其六：「星移漢轉月將微，露灑煙飄燈漸稀。」

正倉院本《宇文德陽宅秋夜山亭宴序》〔一五〕：「風高而林野秋，露下而江山静。」

《初學記》卷十五《樂部上・舞》顧野王《舞影賦》：「燿金波兮繡户，列銀燭兮蘭房。」

《藝文類聚》卷五十五《雜分部一・集序》王僧孺《詹事徐府君集序》：「重以姿儀端潤，趨眄淹華，寶佩鳴風，豐貂映日，從容惟扆，綽有餘輝。」

正倉院本《江浦觀魚宴序》〔一四〕：「瑶觴間動，玉俎駢羅。」

〔九〕「一時」四句

正倉院本《至真觀夜宴序》〔八〕：「仰觀千載，亦各一時。」

蔣本卷十八《廣州寶莊嚴寺舍利塔碑》：「既而素懷有在，潛營擯俗之圖；爰定我居，首託栖霞之寺。」

《漢書》卷七十五《眭兩夏侯京翼李傳第四十五・翼奉》：「《詩》有五際。」注：「應劭曰：君臣、父子、兄弟、夫婦、朋友也。孟康曰：《詩内傳》曰：五際，卯、酉、午、戌、亥也。陰陽終始際會之歲，於此則有變改之政也。」

《毛詩・周南・關雎》序：「是謂四始詩之至也。」孔疏：「鄭作《六藝論》，引《春秋緯演孔圖》云：《詩》含五際六情者，鄭以《汎歷樞》云：午亥之際爲革命，卯酉之際爲改正，辰在天門，出入候聽。卯，《天保》也。酉，《祈父》也。午，《采芑》也。亥，《大明》也。然則亥爲革命，一際也。亥又爲天門出入候聽，二際也，卯爲陰陽交際，三際也。午爲陽謝陰興，四際也。酉爲陰盛陽微，五際也。其六情者，則《春秋》云：喜、怒、哀、樂、好、惡是也。」

《集注》卷三庾信《謹贈司寇淮南公》：「美酒還參聖，雕文本入微。」

褚亮《褚亮集》卷一《十八學士贊・記室參軍虞世南》：「篤行揚聲，雕文絶世。」

《文選》卷十七陸機《文賦》：「詩緣情而綺靡，賦體物而瀏亮。」蔣本卷六《爲人與蜀城父老書》二：「螢踈夕砌，蟬促朝林，感序緣情，登高寄賞。」

至真觀夜宴序〔一〕

若夫玉臺金闕，玄都紫府，曠哉邈乎〔二〕。非流俗所詣，而群英在焉〔三〕。廼相與造〔　〕處①之宮，遊〔　〕②萍之野〔四〕。棄置煩雜，棲遲道性〔五〕，陶然不知宇宙之爲大也〔六〕。豈直坐談風月，行樂琴樽而已哉〔七〕。仰觀千載，亦各一時〔八〕。

【校記】

① 造處：造下當闕一字。

② 遊萍：遊下有空格，闕一字。

【考證】

〔一〕**至真觀夜宴序**

《文苑英華》卷八四九盧照鄰《益州至真觀主黎君碑》：「至真觀者，隋開皇二年之所立也。」《金石録》

卷三《目録三》：「第四百九十二，隋益州至真觀碑　辛德源撰，劉曼才正書，開皇十二年六月。」

〔二〕「若夫」三句

蔣本卷一《春思賦》：「玉臺金闕紛相望，千門萬户遥相似。」

《海内十洲記》：「玄洲在北海之中，戌亥之地，方七千二百里。去南岸三十六萬里，上有太玄都，仙伯真公所治。」正倉院本《遊廟山序》〔一三〕：「王孫可以不歸，羽人可以長往，其玄都紫微之事耶。」

正倉院本《登綿州西北樓走筆詩序》〔五〕：「促蘿薜於玄門，降虹蜺於紫府。」

《弘明集》卷五釋慧遠《沙門不敬王者論・體極不兼應四》：「答曰：夫幽宗曠邈，神道精微，可以理尋，難以事詰。」《文選》卷十二木華《海賦》：「茫茫積流，含形内虚，曠哉坎德，卑以自居。」《文選》卷十潘岳《西征賦》：「美哉邈乎，兹土之舊也。」《漢書》卷五十七下《司馬相如傳第二十七下》：「《封禪文》……軒轅之前，遐哉邈乎，其詳不可得聞已。」

〔三〕「非流俗」二句

《禮記・射義》：「不從流俗。」鄭注：「流俗，失俗也。」蔣本卷三《忽夢游仙》：「流俗非我鄉，何當釋塵昧。」

正倉院本《仲家園序》〔五〕：「豈知司馬卿之車騎，上客盈門；仲長統之園林，群英在席。」

蔣本卷三《懷仙》序：「起予以林壑之事，而煙霞在焉。」

〔四〕「迺相與」二句

二句未詳。

《毛詩・小雅・鹿鳴》：「呦呦鹿鳴，食野之苹。」

〔五〕「棄置」二句

《後漢書》卷七十三《劉虞公孫瓚陶謙列傳第六十三・公孫瓚》：「（袁）紹不能開設權謀，以濟君父，而棄置節傳，迸竄逃亡。」蔣本卷九《黃帝八十一難經序》：「方欲坐守神仙，棄置流俗。」

《漢書》卷八十八《儒林傳第五十八・孟喜》：「（父）孟卿以禮經多，春秋煩雜，乃使喜從田王孫受易。」

《毛詩・陳風・衡門》：「衡門之下，可以棲遲。」毛傳：「棲遲，遊息也。」

《淮南子・俶真訓》：「故虛室生白，吉祥止也。」高誘注：「能虛其心以生于道，道性無欲，吉祥來止舍也。」蔣本卷二十《梓州慧義寺碑銘》：「旁滋道性，屢延銘表。」

〔六〕「陶然」句

陶潛《陶淵明集》卷一《時運》：「揮茲一觴，陶然自樂。」

正倉院本《秋日登洪府滕王閣餞別序》〔二一〕：「空高地迥，覺宇宙之無窮。」

〔七〕「豈直」二句

正倉院本《秋夜於綿州群官席別薛昇華序》〔一一〕：「非不知風月不足懷也，琴樽不足戀也。」

蔣本卷四《上明員外啓》：「方當坐談帝席，雄視群公。」

《文選》卷四十一楊惲《報孫會宗書》：「人生行樂耳，須富貴何時。」蔣本卷八《送李十五序》：「然乃想山川之遽違，送歸將遠；惜歲年之不待，行樂無時。」

〔八〕「仰觀」二句

《周易・繫辭上》：「仰以觀於天文，俯以察於地理。」蔣本卷十二《拜南郊頌》：「仰觀俯察，享神作祀。」

《文選》卷六十任昉《齊竟陵文宣王行狀》：「非直旦暮千載，故乃萬世一時也。」蔣本卷四《上武侍極啓》二：「神交道合，君侯昭片善之榮；千載一時，下走得長鳴之所。」

遊廟山序①〔一〕

《文苑英華》卷七〇八　張本卷五　項本卷五　蔣本卷七

吾之有生也②廿載矣。雅厭③城闕，酷嗜江海。常覽④仙經，博涉道記〔二〕。和（知）⑤軒冕可以理隔，鸞鳳可以術待，而事親多衣食之虞，登朝有聲利之迫〔三〕。請（清）⑥識滯於煩城，仙骨摧於俗境〔四〕。嗚呼阮藉（籍）⑦意踈，嵇⑧康體放，有自來矣〔五〕。常恐運從⑨風火，身非金石，遂令林壑道⑩喪，烟霞版⑪蕩〔六〕。此僕所以懷泉塗而惴恐，臨山河而歎息者也〔七〕。奥（粤）⑫以勝友良暇，相與遊於玄武西之⑬廟山⑭，蓋蜀郡之⑮靈峰也〔八〕。山東有道居（君）⑯廟，古老⑰相傳名⑱焉爾。其丹壁（壑）⑲叢倚，玄崖糺合。俯臨萬仞，平視千里⑳〔九〕。乘杳冥之絶境，屬芬蕪（華）㉑之暮節。玉房跨宵（霄）㉒而懸居，金㉓臺出雲而高峙〔一〇〕。亦有野獸群狎，山鶯互囀㉔。崇松將㉕巨栢爭陰，積籟（瀨）㉖與幽湍合響〔一一〕。眇眇焉，迢迢㉗焉。王孫可㉘以不歸，羽人可㉙以長往，其玄都紫微之事耶〔一二〕。方欲㉚斂手鍾㉛鼎，息肩巖石，絶視聽於㉜［寰中，置形骸於］度外，其不㉝然乎〔一三〕。時預乎斯者，濟陰鹿弘胤，陽安（安陽）㉞邵令遠耳〔一四〕。蓋詩言也㉟，不以韻數哉（裁）㊱焉〔一五〕。

【校記】

① 廟山序：張本、項本、蔣本作山廟序。《英華》作山廟寺。傅校：舊鈔本，寺作序。
② 也：諸本皆無也字。
③ 厭：張本、項本、蔣本同。《英華》作猒。
④ 覽：諸本皆作學。
⑤ 和：諸本皆作知。
⑥ 請：諸本皆作清。
⑦ 藉：諸本皆作籍。
⑧ 嵇：張本、項本、蔣本同。《英華》作稽。
⑨ 從：諸本皆作促。
⑩ 道：諸本皆作交。
⑪ 版：《英華》、張本同。項本、蔣本作板。
⑫ 奥：諸本皆作粤。

⑬ 之：諸本皆無之字。
⑭ 廟山：諸本皆作山廟。
⑮ 之：諸本皆作三。
⑯ 居：諸本皆作君。
⑰ 老：諸本皆作者。
⑱ 傳名：諸本皆作傳以名。
⑲ 璧：諸本皆作壑。
⑳ 千里：諸本皆作重玄。
㉑ 蕪：諸本皆作華。
㉒ 宵：諸本皆作霄。
㉓ 金：諸本皆作瓊。
㉔ 囀：張本、項本、蔣本同。《英華》作轉。傅校：舊鈔本，轉作囀。
㉕ 將：諸本皆作埒。傅校：舊鈔本埒作將。
㉖ 籟：諸本皆作瀨。
㉗ 迢迢：《英華》、蔣本作逸逸。張本、項本作逌逌。
㉘ 可：諸本皆作何。
㉙ 可：諸本皆作何。傅校：舊鈔本羽人何以作羽人可以。
㉚ 欲：諸本皆無欲字。
㉛ 鍾：諸本皆作鐘。

㉜ 視聽於：諸本皆下寰中置形骸於六字。

㉝ 其不：諸本皆作不其。

㉞ 陽安：諸本皆作安陽。

㉟ 蓋詩言也：諸本皆作盍詩以言志。

㊱ 哉：諸本皆作裁。

【考證】

〔一〕遊廟山序

蔣本卷一《遊廟山賦》：「玄武山西有廟山，東有道君廟。蓋幽人之別府也。」

〔二〕「吾之有生」五句

「城闕」，屢見。蔣本卷一《江曲孤鳧賦》：「迹已存於江漢，心非繫於城闕。」正倉院本《餞宇文明府序》〔六〕：「烟霞用足，江海情多。」

蔡邕《蔡中郎集》卷二《貞節先生范史雲碑》：「涉五經，覽書傳。」又《文選》卷四十七袁宏《三國名臣序贊》：「余以暇日，常覽國志。」

鮑照《鮑明遠集》卷三《代淮南王二首》其一：「淮南王，好長生，服食練氣讀仙經。」

《文苑英華》卷三一七徐陵《山齋詩》：「燒香披道記，懸鏡厭山神。」

〔三〕「知軒冕」四句

蔣本卷四《上郎都督啓》：「俛仰相得，則屠博可游；造次不諧，則軒冕異路。」《管子・法法》：「是故先王制軒冕，足以著貴賤。」

蔣本卷四《上明員外啓》：「故知聲同義合，存長幼於三州；理隔氣殊，置山川於一面。」

蔣本卷六《與蜀父老書》二：「方欲策鸞鳳而撫雲英，鞭虹霓而採煙液。」

《孝經・開宗明義》：「夫孝始於事親，中於事君，終於立身。」

正倉院本《送劼赴太學序》〔二五〕：「飲食衣服，晨昏左右。」

《漢書》卷一百下《叙傳第七十下》：「賈生矯矯，弱冠登朝。」

《文選》卷二十一鮑照《詠史》：「五都矜財雄，三川養聲利。」

〔四〕「清識」二句

《後漢書》卷六十二《荀韓鍾陳列傳第五十二・鍾皓》：「李膺常歎曰：荀君清識難尚，鍾君至德可師。」

《太平廣記》卷五《神仙五》引《神仙傳》：「（神人）告墨子曰：子有仙骨，又聰明。」

《摩訶止觀》卷三上：「世孰有真天眼者，不以二相見諸佛土。若無俗境，此眼不應見於土。」

〔五〕「嗚呼」三句

蔣本卷三《田家詩三首》其一：「阮籍生年嬾，嵇康意氣疎。」

正倉院本《張八宅別序》〔五〕：「此僕所以未盡於嵇康，不平於阮籍者也。」

《文苑英華》卷六八八王績《答刺史杜之松書》：「下走意疏體放，抑有由焉。」又《文選》卷四十三嵇康《與山巨源絶交書》：「簡與禮相背，懶與慢相成，而爲儕類見寬，不攻其過。又讀莊老，重增其放。故使榮進之心日頹，任實之情轉篤。」

《左傳·昭公元年》：「雖怨季孫，魯國何罪。叔出季處，有自來矣，吾又誰怨。」

〔六〕「常恐」四句

《文選》卷二十六潘岳《河陽縣作二首》其一：「人生天地間，百歲孰能要。熲如槁石火，瞥若截道飈。」李善注：「《古樂府詩》曰：鑿石見火能幾時……《古詩》曰：人生寄一世，奄忽若飈塵。」蔣本卷十九《彭州九隴縣龍懷寺碑》：「由是金城逆順，山河假成器之因；玉燭沈浮，風火兆流形之蘖。」

《文選》卷二十九《古詩一十九首》其十一：「人生非金石，豈能長壽考。」李善注：「《韓子》曰：雖與金石相弊，兼天下，未有日也。」

正倉院本《與員四等宴序》〔四〕：「林壑遂喪，烟霞少對。」

蔣本卷十八《廣州寶莊嚴寺舍利塔碑》：「然則聖人以運否而生，神機以道喪而顯。」《莊子·繕性》：「由是觀之，世喪道矣，道喪世矣，世與道交相喪也。」

《毛詩·大雅·板》序：「《板》，凡伯刺厲王也。」又《大雅·蕩》序：「《蕩》，召穆公傷周室大壞也。厲王無道，天下蕩蕩，無綱紀文章，故作是詩也。」

〔七〕「此僕」二句

《文選》卷五十七謝莊《宋孝武宣貴妃誄》：「皇帝痛掖殿之既閴，悼泉途之已宫。巡步檐而臨蕙路，集重陽而望椒風。」

《史記》卷七《項羽本紀第七》：「楚戰士無不一以當十，楚兵呼聲動天，諸侯軍無不人人惴恐。」

《世説新語·言語第二》：「周侯中坐而嘆曰：風景不殊，正自有山河之異，皆相視流淚。」

《史記》卷七十九《范雎蔡澤傳第十九》：「昭王臨朝歎息。」

〔八〕「粤以」三句

正倉院本《秋日登洪府滕王閣餞別序》〔七〕：「十旬休沐，勝友如雲；千里逢迎，高朋滿席。」

《元和郡縣志》卷三十三《劍南道下》：「梓州……管縣九……玄武縣……玄武山，在縣東二里，山出龍骨。」

《初學記》卷二十四《居處部·都邑》庾闡《楊都賦》：「頹方山之磐嶧，竦白石之靈峰。」

〔九〕「山東」六句

《藝文類聚》卷八《山部下·太平山》孫綽《太平山銘》：「上干翠霞，下籠丹壑。有士冥游，默往寄託。」

《藝文類聚》卷七《山部上·總載山》江淹《遊黄蘗山》：「雞鳴丹壁上，猿嘯青崖間。」

《史記》卷一百一十七《司馬相如列傳第五十七》：「《上林賦》……攢立叢倚，連卷欐佹。」

《文選》卷十八嵇康《琴賦》：「玄嶺巉巖，岞崿嶇崯。」

《左傳·僖公二十四年》：「召穆公思周德之不類，故糾合宗族於成周而作詩。」杜注：「糾，收也。」

《文選》卷五十六陸倕《石闕銘》：「周望原隰，俯臨烟雨。」

《文選》卷十八馬融《長笛賦》：「托九成之孤岑兮，臨萬仞之石磎。」

《三國志》卷二十一《魏書二十一·王衛二劉傳傳第二十一》：「(劉)楨以不敬被刑，刑竟署吏。」注：「《典略》曰：……太子嘗請諸文學，酒酣坐歡，命夫人甄氏出拜，坐中衆人咸伏，而楨獨平視。」

《晉書》卷十二《志第二·天文中》：「凡候氣之法……平視則千里，舉目望即五百里。」

〔一〇〕「乘杳冥」四句

蔣本卷十六《益州緜竹縣武都山淨惠寺碑》：「丹梯碧洞，杳冥林岫之間；桂廡松楹，寂寞風塵之表。」

《搜神後記》卷一《桃花源記》：「自云先世避秦難，率妻子邑人，來此絶境，不復出焉，遂與外隔。」

《史記》卷六十八《商君列傳第八》：「有功者顯榮，無功者，雖富無所芬華。」

《初學記》卷三《歲時部上·冬》：「梁元帝《纂要》曰……十二月……暮節。」

《漢書》卷二十二《禮樂志第二》：「《郊祀歌》十九章……《后皇》十四……神之出，排玉房。」

《文選》卷十一孫綽《遊天臺山賦》：「雙闕雲竦以夾路，瓊臺中天而懸居。」

《洛陽伽藍記》卷四《城西》：「飛梁跨閣，高樹出雲。」

《文選》卷十六潘岳《閑居賦》：「浮梁黝以徑度，靈台傑其高峙。」

正倉院本《江浦觀魚宴序》〔八〕：「綿玉甸而横流，指金臺而委輸。」

〔一一〕「亦有」四句

《管子·四稱》：「政令不善，墨墨若夜。辟若野獸，無所朝處。」

《文苑英華》卷三〇六何遜《行經孫氏陵詩》：「山鶯空曙響，隴月自秋暉。」

蔣本卷十九《彭州九隴縣龍懷寺碑》：「森森巨柏，落落長松。」

《楚辭》屈原《九歌・湘君》：「石瀨兮淺淺，飛龍兮翩翩。」王逸注：「瀨，湍也。」

〔二二〕「眇眇焉」四句

《抱朴子外篇・嘉遯》：「思眇眇焉，若居乎虹霓之端；意飄飄焉，若在乎倒景之鄰。」正倉院本《晚秋遊武擔山寺序》〔一八〕：「眇眇焉，洋洋焉，信三蜀之奇觀也。」

《文選》卷二十九《古詩十九首》其十：「迢迢牽牛星，皎皎河漢女。」參：《箋注》卷四駱賓王《艷情代郭氏答盧照鄰》：「迢迢芊路望芝田，眇眇函關限蜀川。」

《楚辭》劉安《招隱士》：「王孫遊兮不歸，春草生兮萋萋。」

《楚辭》屈原《遠遊》：「仍羽人於丹丘兮，留不死之舊鄉。」王逸注：「《山海經》言有羽人之國，不死之民，或曰人得道，身生毛羽也。」

《文選》卷十潘岳《西征賦》：「悟山潛之逸士，卓長往而不反。」正倉院本《秋晚入洛畢公宅別道王宴序》〔一九〕：「青溪數曲，幽人長往。」

《文苑英華》卷七三四陳子昂《別中嶽二三真人序》：「常謂烟駕不逢，羽人長往。」

正倉院本《至真觀夜宴序》〔二〕：「若夫玉臺金闕，玄都紫府，曠哉邈乎！」《周禮・大宗伯》：「以禋祀祀昊天上帝。」賈疏：「《元命包》云：紫微宮爲大帝，又云：天生大列爲中宮大極星。星其一明者，大一帝居。傍兩星巨辰子位，故爲北辰以起節度。亦爲紫微宮，紫之言此，宮之言中，天神圖法，陰陽開閉，皆在此中。」

〔二三〕「方欲」四句

《史記》卷七十八《春申君列傳十八》：「秦楚合而爲一以臨韓，韓必斂手。」蔣本卷六《爲人與蜀城父老書》二：「而斂手長揖，强顔高視。」

《左傳・襄公十九年》：「且夫大伐小，取其所得，以作彝器，銘其功烈，以示子孫。」杜注：「彝，常也。謂鐘鼎爲宗廟之常器。」蔣本卷五《上絳州上官司馬書》：「鍾鼎輝其顧盼，冠蓋生其籍甚。」

《法言・問神》：「谷口鄭子真不屈其志，而耕乎巖石之下，名振于京師。」楊炯《王勃集序》：「動揺文律，宫商有奔命之勞；沃蕩辭源，河海無息肩之地。」

正倉院本《初春於權大宅宴序》〔一四〕：「方欲粉飾襟神，激揚視聽。」

正倉院本《王勃於越州永興縣李明府宅送蕭三還齊州序》〔六〕：「幸屬一人作寰中之主，四皓爲方外之臣。」

《莊子・大宗師》：「子貢反，以告孔子曰：彼何人者邪？修行無有，而外其形骸。臨尸而歌，顔色不變，無以命之。彼何人者邪？」

《後漢書》卷十三《隗囂公孫述列傳第三・隗囂》：「帝積苦兵閒，以囂子内侍，公孫述遠據邊陲，乃謂諸將曰：且當置此兩子於度外耳。」

《禮記・檀弓上》：「仲憲言於曾子曰……周人兼用之，示民疑也。曾子曰：其不然乎，其不然乎……夫古之人，胡爲而死其親乎。」

〔一四〕「時預」三句

《元和郡懸志》卷十一《河南道七》：「曹州……管縣六……濟陰縣（緊，郭下）。」

《元和郡縣志》卷十六《河北道一》：「相州（鄴郡，望）……管縣十。安陽縣（緊，郭下）。」

鹿弘胤、邵令遠，見正倉院本《與邵鹿官宴序》。又見蔣本卷三《蜀中九日》詩，蔣注。

〔一五〕「蓋詩言也」二句

《尚書・舜典》：「詩言志，歌永言，聲依永，律和聲。」

秋晚入洛於畢公宅別道王宴序〔一〕

《文苑英華》卷七三四　張本卷七　項本卷七　蔣本卷八

下官才不曠俗，識①不動時，充帝②王之萬姓，預乾坤之一物〔二〕。早師周孔③，偶愛神④宗，晚讀老莊，重（動）⑤諧真性〔三〕。進非干物，自踈朝市之譏⑥；退不邀榮，誰識王侯之貴〔四〕。散琴樽⑦於北阜，喜耕鑿於東陂〔五〕。野客⑧披荷，暫辭幽磵⑨；山人賣藥，忽至神州〔六〕。驚帝室之威靈，偉皇居之壯麗〔七〕。朝遊魏闕，見軒冕於南宮；暮宿靈臺，聞絃歌於北里〔八〕。郊（交）⑩情獨放，已厭人間；野性時馴⑪，少留都下〔九〕。道王以天孫之重，分曲阜之新基；畢公以帝出之榮⑫，擁平陽之舊館〔一〇〕。迹塵鍾⑬鼎，思在江湖。屈⑭榮命於中朝，接風期於下走⑮〔一一〕。緑藤（縢）⑯朱黻⑰，且混羅⑱裳；列榭崇軒，坐均⑲蓬户〔一二〕。賓主由⑳其莫辨，語默於是同歸〔一三〕。終大㉑王之樂善，備將軍之挹客㉒〔一四〕。是日也，雲繁雨驟，氣爽風馳。高秋九月，王畿千里〔一五〕。重㉓扃向術，似元禮之龍門；甲弟分㉔衢，有當時之驛騎〔一六〕。英王入座，醴酒㉕還陳；高士臨莚（筵）㉖，樵蘓不爨〔一七〕。是非雙遣㉗，自然天地之間；榮賤兩亡

（忘）㉘，何必山林之下〔一八〕。玄談清論，泉石縱橫；雄筆壯詞，烟霞狼藉（照灼）㉙〔一九〕。既而神融㉚象外，宴液㉛寰中〔二〇〕。白露下而南亭虛，蒼烟生而北林晚〔二一〕。鶏㉜鶡始望，未㉝及牲牢；麋鹿長懷，敢㉞忘林藪〔二二〕。先生負局，惓㉟城市之塵埃；遊子橫琴，憶嵩山㊱之杜若〔二三〕。況乎迹不偕㊲遂，時不再來。屬宸駕之方旋，值群公之畢從〔二四〕。洛城風景，此會無期；戚里㊳笙竿，浮驩㊴易盡〔二五〕。仰雲霞而道意，捨㊵塵事而論心〔二六〕。夏仲御之浮舟，願乘春水；張季膺（鷹）㊶之命駕，思秋風動（動秋風）㊷〔二七〕。策藜杖而非遥，敕紫㊸車而㊹有日〔二八〕。青溪數曲，幽人長往；白雲萬里，帝鄉難見㊺〔二九〕。安貞抱朴㊻，已甘心於下走；全忠履道，是所望於群公〔三〇〕。儻㊼心迹兊㊽諧，去留咸遂〔三一〕。廟堂多暇，返身滄海之隅；軒冕可㊾辭，迴首箕山之路〔三二〕。追㊿赤松而內（見）(51)及，泛黃菊而(52)相從〔三三〕。雖源水桃花，時時失路；而幽山桂樹，往往逢人〔三四〕。庶公子之來遊，幸王孫之必（畢）(53)至〔三五〕。茅君待客，自有金壇；王烈迎賓，還開石架〔三六〕。唯(54)恐一丘風月，侶山水而窮(55)年；三徑蓬蒿，待公卿而未(56)日〔三七〕。對光陰(57)之易晚，惜雲霧之難披〔三八〕。群公葉(58)縣鳧飛，入朝廷而不出；下走遼川(59)鶴去，謝魏(60)闕而依然〔三九〕。敢杼（抒）(61)重衿(62)，爰疏短引〔四〇〕。式命離前之筆，思(63)存別後之資。凡我故人，其詞(64)云爾〔四一〕。

【校記】

① 識：張本、項本同。《英華》作寵（一作識）。蔣本作寵。

② 帝：張本、項本、蔣本作皇。《英華》作皇（一作帝）。

③孔：諸本皆作禮。
④神：張本、項本、蔣本作儒。《英華》作儒(一作神)。
⑤重：諸本皆作動。
⑥譏：諸本皆作機。
⑦樽：《英華》、張本、項本同。蔣本作尊。
⑧客：諸本皆作老。
⑨磵：諸本皆作澗。
⑩郊：諸本皆作交。
⑪馴：張本、項本、蔣本作違。《英華》作違(一作馴)。
⑫出之榮：諸本皆作室之華。
⑬鍾：《英華》同。張本、項本、蔣本作鐘。
⑭屈：諸本皆作居。
⑮走：《英華》、張本、蔣本同。項本作士。
⑯藤：諸本皆作縢。
⑰黻：諸本皆作紱。
⑱混羅：混下諸本皆作混以蘿。
⑲均蓬：諸本皆作均於蓬。
⑳由：《英華》、蔣本同。張本、項本作繇。
㉑大：蔣本同。《英華》作太。張本、項本作賢。

㉒挹客：《英華》作挹容。張本、項本、蔣本作揖客。
㉓重：諸本皆作高。
㉔弟分：諸本皆作第臨。
㉕醴酒：《英華》作牢醴（一作醋酒）。張本、項本、蔣本作牢醴。
㉖莚：諸本皆作筵。
㉗遣：《英華》、張本、項本同。蔣本作遺。
㉘亡：諸本皆作忘。
㉙狼藉：諸本皆作照灼。
㉚融：諸本皆作馳。
㉛液：諸本皆作洽。「宴液」：蔣注：「宴，疑冥字之訛。」
㉜鶏：張本、項本、蔣本作鷄。傅校：景宋鈔本鶏作鷄。
㉝未：諸本皆作不。
㉞敢：諸本皆作非。
㉟惓：諸本皆作倦。
㊱嵩山：《英華》、張本作汀州。項本、蔣本作汀洲。
㊲偕：諸本皆作皆。
㊳戚里：張本、項本、蔣本同。《英華》作戚里（一作維嶺）。
㊴驩：《英華》、張本同。項本、蔣本作歡。
㊵捨：《英華》、張本、項本同。蔣本作舍。

㊶膺：諸本皆作鷹。
㊷秋風動：諸本皆作動秋風。
㊸敕紫：張本、蔣本作敕柴。《英華》作敕（一作整）柴。項本作整柴。
㊹而：諸本皆作之。
㊺見：《英華》、張本、蔣本同。項本作期。
㊻朴：《英華》、張本、項本同。蔣本作樸。
㊼儻：諸本皆作倘。
㊽尅：諸本皆作克。
㊾可：項本同。《英華》、張本作所。蔣本作長。
㊿追：諸本皆作尋。
51内：諸本皆作見。
52而：諸本皆作以。傅校：景宋鈔本以作而。
53必：諸本皆作畢。
54唯：諸本皆作惟。
55窮：諸本皆作忘。
56而未：諸本皆作之來。
57陰：項本、蔣本同。《英華》、張本作陽。
58葉：張本、項本、蔣本同。《英華》作鄴。
59川：《英華》、蔣本同。張本、項本作州。

〔五〕「**散琴樽**」二句

「琴樽」，屢見。

正倉院本《衛大宅宴序》〔五〕：「翔魂北阜，俯蘭沼而披筵。」

《淮南子・齊俗訓》：「鑿井而飲，耕田而食，無所施其美，亦不求得。」《後漢書》卷五十三《周黃徐姜申屠列傳第四十三・周燮》：「有先人草廬，結于岡畔。下有陂田，常肆勤以自給……安帝以玄纁羔幣聘燮……宗族更勸之曰……自先世以來，勳寵相承，君獨何爲守東岡之陂乎？」

參：《箋注》卷五駱賓王《疇昔篇》：「挂冠裂冕已辭榮，南畝東皋事耕鑿。」

〔六〕「**野客**」四句

蔣本卷三《贈李十四四首》其一：「野客思茅宇，山人愛竹林。」蔣本卷六《夏日登龍門樓寓望序》：「野客之荷衣，入幽人之桂坐。」

《楚辭》屈原《離騷》：「製芰荷以爲衣兮，集芙蓉以爲裳。」

正倉院本《春日送呂三儲學士序》〔一七〕：「暫辭野鶴之群，來厠真龍之友。」

《文選》卷十二郭璞《江賦》：「幽𡼏積岨，礐硞礐礭。」李善注：「《爾雅》曰：山夾水曰澗，𡼏與澗同。」

《後漢書》卷八十三《逸民列傳七十三・韓康》：「韓康……常採藥名山，賣於長安市，口不二價，三十餘年。」

《史記》卷七十四《孟子荀卿列傳第十四》：「中國名曰赤縣神州。」蔣本卷一《七夕賦》：「啓魚鈐而分帝術，授虹璧而控神州。」

〔七〕**「驚帝室」二句**

《文選》卷十一王延壽《魯靈光殿賦》：「狀若積石之鏘鏘，又似乎帝室之威神。」張載注：「威神，言尊嚴也。」李善曰：「帝室，天帝之室。《春秋合誠圖》曰：紫宮，太帝室也。」

《文選》卷十一何晏《景福殿賦》：「莫不以爲不壯不麗，不足以一民而重威靈。不飭不美，不足以訓後而永厥成……立景福之秘殿，備皇居之制度。」

《藝文類聚》卷六十二《居處部二・殿》徐陵《太極殿銘序》：「甘泉遠望，觀正殿之崢嶸。函谷遥看，美皇居之佳麗。」

《史記》卷八《高祖本紀第八》：「蕭丞相營作未央宫，立東闕、北闕、前殿、武庫、太倉。高祖還，見宫闕壯甚，怒……蕭何曰：……且夫天子以四海爲家，非壯麗無以重威，且無令後世有以加也。高祖乃説。」

正倉院本《春日序》〔七〕：「雖英靈不嗣，何山川之壯麗焉。」

〔八〕**「朝遊」四句**

《莊子・讓王》：「身在江海之上，心居乎魏闕之下。」注：「象魏觀闕，人君門也。」蔣本卷十一《平臺祕略論十首・藝文三》：「至若身處魏闕之下，心存江湖之上。」

蔣本卷三《落花落》：「試復旦遊落花裏，暮宿落花間。」

《管子・法法》：「是故先王制軒冕，足以著貴賤。」蔣本卷四《上郎都督啓》：「俛仰相得，則屠博可游；造次不諧，則軒冕異路。」

《漢書》卷八十八《儒林傳第五十八・申公》：「高祖過魯，申公以弟子從師，入見於魯南宫。」蔣本卷六

《爲人與蜀城父老書》一：「攀北極而謁帝王，入南宮而取卿相。」

正倉院本《樂五席宴群公序》〔三〕：「並以蘭才仙府，乘閑追俠窟之遊；寓宿靈臺，酤酒狎爐家之賞。」

《文選》卷二十一左思《詠史詩八首》其四：「南鄰擊鐘磬，北里吹笙竽。」

〔九〕「交情」四句

《史記》卷一二〇《汲鄭列傳第六〇》：「太史公曰：……一死一生，乃知交情。」

《文苑英華》卷六百八十八王績《答馮子華處士書》：「夫思能獨放湖海之上。」正倉院本《楊五席宴序》〔八〕：「何必星槎獨放，泝蒼渚而驚魂；烟竇忘歸，俯丹霄而練魄。」

《廣弘明集》卷三十上王融《法樂辭十二章·歌雙樹》：「感運復來儀，且厭人間世。」正倉院本《春日序》〔三〕：「俯視人間，竟寂寥而無覩。」

蔣本卷六《秋日游蓮池序》：「幽居少事，野性多閒。」

《南史》卷七十一《列傳第六十一·儒林·顧越》：「弱冠游學都下，通儒碩學，必造門質疑，討論無倦。」

〔一〇〕「道王」四句

《藝文類聚》卷六十四《居處部四·道路》徐陵《丹陽上庸路碑》：「皇子天孫，鳴鳳飛龍之乘。」

《禮記·明堂位》：「是以封周公於曲阜，地方七百里。」鄭注：「曲阜，魯地。」

蔣注：「平陽有五，《春秋》宣八年，城平陽，此魯之東平陽。《左》哀二十七年傳，盟于平陽，此魯之西平陽。《左傳·哀十六年》，衛侯飲孔悝酒於平陽，此衛之平陽。《史記》韓世家，貞子徙居平陽，此晉之平陽。《史記》秦世家，寧公二年，徙居平陽，此秦之平陽。今畢公宅在洛陽，而云平陽舊館，未詳。」

正倉院本《秋日登洪府滕王閣餞別序》〔一一〕：「臨帝子之長洲，得天人之舊館。」

〔二〕「迹塵」四句

正倉院本《遊廟山序》〔一四〕：「方欲斂手鍾鼎，息肩巖石。」

江湖，屢見。正倉院本《聖泉宴序》〔五〕：「群公九牘務閑，江湖思遠。」

《文館詞林》卷六百九十九《教四》沈約《贈留真人祖父教》：「而祖禰棲遲，榮命不及。」

《漢書》卷七十七《蓋諸葛劉鄭孫毋將何傳第四十七・劉輔》：「於是中朝左將軍辛慶忌、右將軍廉褒、光禄勳師丹、太中大夫谷永俱上書。」注：「孟康曰：中朝，内朝也。大司馬左右前後將軍、侍中、常侍、散騎、諸吏爲中朝。丞相以下至六百石爲外朝也。」

《世説新語・言語第二》：「支道林常養數匹馬。」劉峻注：「《高逸沙門傳》曰：支遁字道林……少而任心獨往，風期高亮。」蔣本卷十九《梓州玄武縣福會寺碑》：「懷道術於百齡，接風期於四海。」

〔三〕「緑縢」四句

《楚辭》屈原《離騷》：「蘇糞壤以充幃兮。」王逸注：「幃，謂之幐，幐，香囊也。」《後漢書》卷七十九上《儒林列傳第六十九上》：「大則連爲帷蓋，小乃制爲縢囊。」「縢，亦幐也。」《文選》卷十九韋賢《諷諫》：「黼衣朱韍，四牡龍旗。」李善注：「應劭曰：黼衣，衣上畫爲斧形，而白與黑爲采。龍旗，旗上畫龍爲之。朱韍，上廣一尺，下廣二尺，長三尺，以皮爲之，古者上公服之。《毛詩》曰：朱韍斯皇。」

正倉院本《晚秋遊武擔山寺序》〔一七〕：「龍鑣翠轄，駢闐上路之遊；列榭崇闉，磊落名都之氣。」

蔣本卷十六《益州緜竹縣武都山淨惠寺碑》：「豐隆曉震，次複霤而悽皇；列缺晨奔，望崇軒而愕眙。」

《世説新語・言語第二》：「竺法深在簡文坐，劉尹問：道人何以游朱門？答曰：君自見其朱門，貧道如游蓬户。」蔣本卷五《上劉右相書》：「然後鷹揚豹變，出蓬户而拜青墀。」

〔一三〕「賓主」二句

正倉院本《秋日登洪府滕王閣餞别序》〔五〕：「臺隍枕夷夏之交，賓主盡東南之美。」

蔣本卷八《感興奉送王少府序》：「烏衆多而無辨鳳，馬群雜而不分龍。」

正倉院本《秋日宴山庭序》〔三〕：「雖語嘿非一，物我不同，而逍遥皆得性之場，動息匪自然之地。」

《文苑英華》卷二四七江總《貽孔中丞奂》：「鍾茅乃得性，語默豈同歸。」正倉院本《秋日楚州郝司户宅遇餞霍使君序》〔一五〕：「嗟乎素交爲重，覺老幼之同歸；朱紱儻來，豈榮枯之足道。」

〔一四〕「終大王」二句

《孟子・盡心上》：「古之賢王，好善而忘勢。」趙注：「樂善而自卑，若高宗得傅説而稟命。」《後漢書》卷四十二《光武十王列傳第三十二・東平憲王蒼》：「（帝）乃遣使手詔國中傳曰……日者問東平王處家何等最樂，王言爲善最樂，其言甚大。」

《漢書》卷五十《張馮汲鄭傳第二十・汲黯》：「大將軍青既益尊，姊爲皇后，然黯與亢禮。或説黯曰：自天子欲令群臣下大將軍，大將軍尊貴，誠重，君不可以不拜。黯曰：夫以大將軍有揖客，反不重邪？大將軍聞，愈賢黯。」師古曰：「言能降貴以禮士，最爲重也。」

〔一五〕「**是日也**」四句

《晉書》卷八十《列傳第五十·王羲之》：「《蘭亭集序》……是日也，天朗氣清，惠風和暢。」

正倉院本《夏日仙居觀宴序》〔八〕：「舞閡哥終，雲飛雨驟。」

《水經注》卷三十九《廬江水》：「其山明淨，風澤清曠，氣爽節和。」

《後漢書》卷六十下《蔡邕列傳第五十下》：「作《釋誨》以戒厲云爾……電駭風馳，霧散雲披。」

正倉院本《秋日楚州郝司户宅遇餞霍使君序》〔二〕：「上元二載，高秋八月。」

《文選》卷四十一李陵《答蘇武書》：「涼秋九月，塞外草衰。」

《周禮·職方氏》：「乃辨九服之邦國，方千里曰王畿。」

〔一六〕「**重扃**」四句

《拾遺記》卷五《前漢上》：漢武帝《落葉哀蟬曲》：「虚房冷而寂寞，落葉依於重扃。」蔣本卷十七《益州德陽縣善寂寺碑》：「重扃霧敞，複殿雲深。」

《文選》卷四左思《蜀都賦》：「亦有甲第，當衢向術。壇宇顯敞，高門納駟。」

正倉院本《秋日登洪府滕王閣餞别序》〔三五〕：「今兹捧袂，喜託龍門。」

《藝文類聚》卷四《歲時中·三月三日》梁簡文帝《三日侍宴林光殿曲水詩》：「挾苑連金陣，分衢度羽林。」

《漢書》卷五十《張馮汲鄭傳第二十·鄭當時》：「（鄭當時）字莊……孝景時，爲太子舍人。每五日洗沐，常置驛馬長安諸郊，請謝賓客，夜以繼日，至明旦，常恐不徧。」

〔一七〕「英王」四句

《梁書》卷四十五《列傳第三十九・王僧辯》：「貞陽(公)又答曰……斯則大齊聖主之恩規，上黨英王之然諾。」

正倉院本《餞宇文明府序》〔一〕：「昔者王烈登山，林泉動色；嵇康入座，左右生光。」

《禮記・喪大記》：「始食肉者，先食乾肉；始飲酒者，先飲醴酒。」

《周禮・秋官・掌客》：「掌客，掌四方賓客之牢禮、餼獻、飲食之等數與其政治。」

《史記》卷八十三《魯仲連鄒陽列傳二十三》：「新垣衍曰：吾聞魯仲連先生，齊國之高士也。」蔣本卷四《上明員外啓》：「朱輪在漢，列高士於三臺；青蓋浮江，扈平王於七姓。」

《文選》卷四十二應璩《與侍郎曹長思書》：「幸有袁生，時步玉趾。樵蘇不爨，清談而已。」李善注：「《漢書》：廣武君李左車説成安君曰：樵蘇後爨，師不宿飽。晉灼曰：樵，取薪也。蘇，取草也。」

〔一八〕「是非」四句

《莊子・齊物論》：「是以聖人和之以是非，而休乎天鈞，是之謂兩行。」

參：《箋注》卷九駱賓王《秋日於益州李長史宅宴序》：「得喪雙遣，巢由與許史同歸；寵辱兩忘，廊廟與山林齊致。」

《莊子・讓王》：「逍遥於天地之間，而心意自得，吾何以天下爲哉。」

《莊子・大宗師》：「與其譽堯而非桀也，不如兩忘而化其道。」《廬山記》卷三《賢傳・鴈門周續之》：「(周續之)笑曰：心馳魏闕者，以江湖爲桎梏；情致兩忘者，市朝亦巖穴耳。」蔣本卷七《夏日宴張二林亭序》：「出處之情一致，筌蹄之義兩忘。」

《史記》卷一二六《滑稽列傳第六十六》：「（東方朔）歌曰……宮殿中可以避世全身，何必深山之中，蒿廬之下。」蔣本卷五《上劉右相書》：「月殿宵興，中宇軫山林之慕。」

〔一九〕「玄談」四句

《抱朴子外篇·嘉遯》：「積篇章爲敖庾，寶玄談爲金玉。」

《文選》卷三十謝靈運《擬魏太子鄴中集詩·徐幹》：「清論事究萬，美話信非一。」

《藝文類聚》卷三十七《人部二十隱逸下》孔稚珪《褚先生伯玉碑》：「泉石依情，煙霞入抱。」

蔣本卷十六《益州緜竹縣武都山淨惠寺碑》：「山川絡繹，崩騰宇宙之心；原隰縱橫，隱軫亭皐之勢。」

蔣本卷七《夏日宴張二林亭序》：「香杯濁醴，是河朔之平生；雄筆清詞，得高陽之意氣。」

《史記》卷一百二十六《滑稽列傳第六十六·淳于髡》：「日暮酒闌，合尊促坐，男女同席，履舄交錯，杯盤狼藉。」《文選》卷三十謝靈運《擬魏太子鄴中集詩·魏太子》：「照灼爛霄漢，遥裔起長津。」

〔二〇〕「既而」二句

正倉院本《江浦觀魚宴序》〔一五〕：「興促神融，時淹景遽。」

《文選》卷十一孫綽《游天台山賦》：「散以象外之説，暢以無生之篇。」李善注：「象外，謂道也。《周易》曰：象者，像也。《荀粲列傳》：粲答兄俁云：立象以盡意，此非通乎象外者也。象外之意，故蘊而不出矣。」

蔣本卷十三《九成宮頌》：「恩霑下帛，宴液仙宮。」蔣注：「下帛未詳，或下席之訛。液似洽字之訛。」

按：宴液二字，或興洽之訛歟。參注〔二一〇〕。正倉院本《江寧縣白下驛吴少府見餞序》〔一三〕：「情盤興洽，樂極悲來。」蔣本卷九《山亭思友人序》：「興洽神清。」又卷三《聖泉宴詩》：「興洽林塘晚。」

正倉院本《王勃於越州永興縣李明府宅送蕭三還齊州序》〔六〕：「幸屬一人作寰中之主。」

〔二二〕「白露」二句

正倉院本《九月九日採石館宴序》〔四〕：「白露下而吳江寒，蒼烟平而楚山晚。」

蔣本卷三《郊園即事詩》：「草徧南亭合，花開北院深。」

《毛詩·秦風·晨風》：「鴥彼晨風，鬱彼北林。」毛傳：「晨風，鸇也。北林，林名也。」蔣本卷四《上武侍極啓》二：「徒以北林增秀，弱翰知歸；東壑流謙，纖鰭未已。」

〔二三〕「鶢鶋」四句

《國語·魯語上》：「海鳥曰爰居，止於魯東門之外三日。臧文仲使國人祭之。」韋昭解：「爰居，雜縣也。」

《文選》卷三十七陸機《謝平原内史表》：「臣之始望，尚未至是。」

《莊子·至樂》：「昔者海鳥止於魯郊，魯侯御而觴之於廟，奏九韶以爲樂，具太牢以爲膳。鳥乃眩視憂悲，不敢食一臠，不敢飲一杯，三日而死。此以己養養鳥也，非以鳥養養鳥也。」

《後漢書》卷二《顯宗孝明帝紀第二》：「伏臘無糟糠，而牲牢兼於一奠。」

《文選》卷四十三嵇康《與山巨源絶交書》：「此由禽鹿少見馴育，則服從教制，長而見羈，則狂顧頓纓，赴湯蹈火，雖飾以金鑣，饗以嘉肴，逾思長林而志在豐草也。」

蔣本卷一《九成宮東臺山池賦》：「在林藪而同歡，望江湖而齊適。」

〔三三〕「先生」四句

《列仙傳》卷下：「負局先生者，不知何許人也，語似燕代間人。常負磨鏡，局徇吴市中，衒磨鏡，一錢因磨之。輒問主人，得無有疾苦者，輒出紫丸藥以與之，得者莫不愈。」

《後漢書》卷八十二上《方術傳第七十二上・廖扶》：「常居先人冢側，未曾入城市。」

《禮記・曲禮上》：「前有塵埃，則載鳴鳶。」

《史記》卷八《高祖本紀第八》：「謂沛父兄曰：游子悲故鄉。」蔣本卷三《羈遊餞別詩》：「客心懸隴路，游子倦江干。」

正倉院本《山家興序》（一三）：「而山水來遊，重横琴於南澗。」

《楚辭》屈原《九歌・山鬼》：「山中人兮芳杜若，飲石泉兮蔭松栢。」

〔三四〕「况乎」四句

《史記》卷九十二《淮陰侯列傳第三十二》：「蒯通曰……時者難得而易失也。時乎時，不再來。」

《文選》卷二十二顔延之《車駕幸京口三月三日侍遊曲阿後湖作》：「春方動宸駕，望幸傾五州。」

〔三五〕「洛城」四句

風景，屢見。正倉院本《江浦觀魚宴序》（五）：「群公以十旬芳暇，候風景而延情；下官以千里薄遊，歷山川而綴賞。」

《藝文類聚》卷二十九《人部十三・別上》曹植《離友詩》：「感離隔兮會無期，伊欝悒兮情不怡。」

《漢書》卷四十六《萬石衛直周張傳第十六・石奮》：「於是高祖召其姊爲美人，以（石）奮爲中涓，受書謁。徙其家長安中戚里。」師古曰：「於上有姻戚者，則皆居之。故名其里爲戚里。」蔣本卷一《春思賦》：「戚里繁珠翠，中闉盛綺羅。」

《文選》卷二十一左思《詠史詩八首》其四：「南鄰擊鐘磬，北里吹笙竽。」

《藝文類聚》卷七十六《内典部上・内典》謝靈運《石壁立招提精舍詩》：「浮歡昧眼前，沉照貫終始。」

〔二六〕「仰雲霞」二句

正倉院本《上巳浮江讌序》（二二）：「赴泉石而如歸，仰雲霞而自負。」

正倉院本《九月九日採石館宴序》（一二）：「俯烟霞而道意，捨窮達而論心。」

《文選》卷二十六陶潛《辛丑歲七月赴假還江陵夜行塗口》：「閒居三十載，遂與塵事冥。」

正倉院本《九月九日採石館宴序》（一二）：「俯烟霞而道意，捨窮達而論心。」

〔二七〕「夏仲御」四句

《晉書》卷九十四《列傳第六十四隱逸・夏統》：「夏統字仲御，會稽永興人也。……後其母病篤，乃詣洛市藥。會三月上巳，洛中王公已下並至浮橋……統時在船中曝所市藥，諸貴人車乘來者如雲，統並不之顧。太尉賈充怪而問之，統初不應，重問，乃徐答曰：會稽夏仲御也……（充）又問：卿居海濱，頗能隨水戲乎？答曰：可。統乃操柂正艣，折旋中流。初作鯔鰞躍，後作鯆鯚引，飛鷁首，掇獸尾，奮長梢而船直逝者三焉。於是風波振駭，雲霧杳冥，俄而白魚跳入船者有八九。觀者皆悚遽，充心尤異之。」

《世説新語・識鑒第七》：「張季鷹辟齊王東曹掾，在洛，見秋風起，因思吴中菰菜羹、鱸魚膾，曰：人生貴得適意爾，何能羈宦數千里，以要名爵。遂命駕便歸。」

〔二八〕「**策藜杖**」二句

《尚書大傳·略説》：「遂策杖而去。」《韓詩外傳》卷一：「原憲楮冠藜杖而應門。」

正倉院本《秋晚什邡西池宴餞九隴柳明府序》〔一九〕：「結綱非遥，共詞河而接浪。」

《古詩紀》卷二十五劉孝威《半渡溪》：「入營陳御蓋，還家乘紫車。皇恩知已重，丹心恨不紓。」

蔣本卷四《爲原州趙長史請爲亡父度人表》：「今者歸藏有日，先遠戒期。」

〔二九〕「**青溪**」四句

《藝文類聚》卷九《水部下·谿》：「《俗説》曰：郗僧施青溪中汎，到一曲之處，輒作詩一篇。謝益壽見詩笑曰：青溪之曲，復何窮盡。」

正倉院本《山家興序》〔一九〕：「鍛野老之真珠，挂幽人之明鏡。」

正倉院本《遊廟山序》〔一二〕：「王孫可以不歸，羽人可以長往。」

《莊子·天地》：「乘彼白雲，至於帝鄉。」

〔三〇〕「**安貞**」四句

《周易·坤》：「安貞之吉，應地無疆。」蔣本卷十五《益州夫子廟碑》：「乘素履而保安貞，垂黄裳而獲元吉。」

《老子》十九章：「見素抱樸，少私寡欲。」蔣本卷十六《梓州飛烏縣白鶴寺碑》：「或鹽泉錦室，家稱三蜀之豪；或抱樸懷仁，譽擁雙流之美。」

《毛詩·衛風·伯兮》：「願言思伯，甘心首疾。」毛傳：「甘，厭也。」

《後漢書》卷四十二《光武十王列傳第三十二・東平憲王蒼》論：「遠隙以全忠，釋累以成孝。」

《周易・履卦》：「履道坦坦，幽人貞吉。」蔣本卷十七《益州德陽縣善寂寺碑》：「嚴君平之履道，盛德家傳；秦子整之談天，風流代襲。」

正倉院本《秋日登洪府滕王閣餞別序》〔三八〕：「登高能賦，是所望於群公。」

〔三一〕「儻心」二句

蔣本卷五《上劉右相書》：「山野悖其心迹，煙露養其神爽。」

《尚書・舜典》：「詩言志，歌永言。聲依永，律和聲。八音克諧。」

正倉院本《秋日送沈大虞三入洛詩序》〔六〕：「昇降之儀有異，去留之路不同。」

《後漢書》卷八十三《逸民列傳第七十三》論：「群方咸遂，志士懷仁。」

〔三二〕「廟堂」四句

《韓非子・外儲説左上》：「身坐於廟堂之上，有處女子之色，無害於治。」蔣本卷四《上明員外啓》：「豈不知拂衣長謝，林泉多倦俗之因；安枕有餘，廟堂非養高之所。」

蔣本卷八《送李十五序》：「於是輟離驂以少留，敞幽亭之多暇。」

《文選》卷二十一張協《詠史》：「抽簪解朝衣，散髮歸海隅。」蔣本卷六《爲人與蜀城父老書》二：「其有拂衣投臂，遯形滄海之隅。」

參看正倉院本《江浦觀魚宴序》〔二〕「若夫辯輕連璽，澹洲爲獨往之賓」注。

蔣本卷四《上郎都督啓》：「造次不諧，則軒冕異路。」

蔣本卷十九《梓州玄武縣福會寺碑》：「火宅可辭，舟航斯在。」

《史記》卷一百一十七《司馬相如列傳第五十七》：「其遺札書言封禪事……昆蟲凱澤，回首面內。」

《呂氏春秋・求人》：「昔者堯朝許由於沛澤之中，曰……請屬天下於夫子。許由辭曰……遂之箕山之下，潁水之陽，耕而食，終身無經天下之色。」高誘注：「箕山在潁川陽城之西，水北曰陽也。」蔣本卷三《田家三首》其二：「家住箕山下，門枕潁川濱。」

〔三三〕「追赤松」二句

《神仙傳》卷四《墨子》：「墨子年八十有二，乃歎曰：世事已可知矣，榮位非可長保，將委流俗以從赤松遊矣。乃謝遣門人，入山精思至道，想像神仙。」《文苑英華》卷九百四十八魏徵《唐故邢國公李密墓誌銘》：「慕范蠡之高蹈，追赤松之遠遊。」

《禮記・月令》：「季秋之月……鞠有黃華。」《西京雜記》卷三：「九月九日佩茱萸，食蓬餌。飲菊華酒，令人長壽。菊華舒時，并採莖葉，雜黍米釀之。至來年九月九日始熟，就飲焉，故謂之菊華酒。」

《左傳・隱公十一年》：「其能降以相從也。」

參：《唐詩紀事》卷二十七李泌《奉和聖製重陽賜會聊示所懷》：「未追赤松子，且泛黃菊英。」

〔三四〕「雖源水」四句

正倉院本《山家興序》〔一五〕：「山人對興，即是桃花之源。」

《楚辭》劉安《招隱士》：「桂樹叢生兮山之幽，偃蹇連蜷兮枝相繚。」

《藝文類聚》卷五十八《雜文部四・筆》吳均《筆格賦》：「幽山之桂樹，恒縈風而抱霧。」

〔三五〕「庶公子」二句

《文選》卷二張衡《西京賦》：「有憑虛公子者。」李善注：「《博物志》曰：王孫公子，皆古人相推敬之辭。」蔣本卷一《春思賦》：「公子春來不厭看，杏葉裝金轡。」又：「南鄰少婦多妖婉，北里王孫駐行幰。」

正倉院本《秋日宴山庭序》〔四〕：「故有李處士者，遠辭濠上，來游鏡中。」

《史記》卷五十八《梁孝王世家第二十八》：「招延四方豪傑，自山以東遊說之士，莫不畢至。」

〔三六〕「茅君」四句

《真誥》卷十一《稽神樞第一》：「句曲山，秦時名爲句金之壇，以洞天內有金壇百丈，因以致名也……漢有三茅君來治其上，時父老又轉名茅君之山。三君往曾各乘一白鵠，各集山之三處，時人互有見者。」

《史記》卷七十五《孟嘗君列傳第十五》：「孟嘗君待客坐語，而屏風後常有侍史，主記君所與客語。」

正倉院本《山家興序》〔二〇〕：「山腰半坼，溜王烈之香梗；洞口橫開，滴嚴遵之芳乳。」

〔三七〕「唯恐」四句

《漢書》卷一〇〇上《叙傳第七十上》：「漁釣於一壑，則萬物不奸其志；棲遲於一丘，則天下不易其樂。」蔣本卷四《上明員外啓》：「一丘一壑，同阮籍於西山；一嘯一歌，列嵇康於北面。」

正倉院本《上巳浮江讌序》〔四〕：「况廼偃泊山水，遨遊風月。」

蔣本卷七《守歲序》：「十二月之陰氣，玉律窮年；一萬歲之休禎，金觴獻壽。」

《文選》卷四十五陶潛《歸去來》：「三徑就荒，松菊猶存。」李善注：「《三輔決録》曰：蔣詡字元卿，舍中三徑，唯羊仲、求仲從之游，皆挫廉逃名不出。」蔣本卷三《贈李十四詩四首》其三：「亂竹開三徑，飛花滿四鄰。」

《高士傳》張仲蔚：「隱身不仕……常居窮素，所處蓬蒿没人，閉門養性。」

《藝文類聚》卷四十七《職官部三・儀同》江總《太保蕭公謝儀同表》：「目送白雲，拜承明而未日。」

〔三八〕「對光陰」二句

正倉院本《秋日宴山庭序》〔九〕：「金風生而景物清，白露下而光陰晚。」

蔣本卷三《别人四首》其二：「江上風煙積，山幽雲霧多。」

《世説新語・賞譽第八》：「衛伯玉爲尚書令，見樂廣與中朝名士談議，奇之……命子弟造之曰：此人，人之水鏡也，見之若披雲霧覩青天。」

《金石萃編補編》卷一徐勉《故永陽敬太妃墓誌銘》：「光陰易晚，祺福難留。」

〔三九〕「群公」四句

《風俗通義・正失》：「葉令祠。俗説孝明帝時，尚書郎河東王喬，遷爲葉令，喬有神術，每月朔常詣臺朝。帝怪其來數而無車騎，密令太史候望。言其臨至時，常有雙鳧從南飛來。因伏伺，見鳧舉羅，但得一雙舄耳。使尚方識視，四年中所賜尚書官屬履也。」

《韓詩外傳》卷五：「朝廷之士爲禄，故入而不出。」

正倉院本《三月上巳祓禊序》〔六〕：「羽蓋參差，似遼東之鶴舉。」

見注〔八〕：「朝遊魏闕，見軒冕於南宫。」

〔四〇〕「敢抒」二句

《文選》卷二十二左思《招隱詩二首》其一：「秋菊兼糇糧，幽蘭間重襟。」

正倉院本《秋日登洪府滕王閣餞別序》〔三九〕：「敢竭鄙懷，恭疏短引。」

〔四二〕「式命」四句

正倉院本《冬日送儲三宴序》〔一七〕：「客中送客，誰堪別後之心；一觴一詠，聊縱離前之賞。」又蔣本卷七《緜州北亭群公宴序》：「請命離前之筆，爲題別後之資。」陶潛《陶淵明集》卷二《答龐參軍序》：「輒依周孔往復之義，且爲別後相思之資。」《玉臺新詠》卷八庾肩吾《七夕》：「離前忩促夜，別後對空機。」參：《箋注》卷九駱賓王《初春邪嶺送益府竇參軍宴序》：「雖載言載笑，賞風月於離前；而一詠一吟，寄心期於別後。」

別盧主薄（簿）①序〔一〕

《文苑英華》卷七三四　張本卷七　項本卷七　蔣本卷九

林慮盧主薄（簿）②，清士③也。達乎④藝，明乎道〔二〕。銓⑤柱下之文⑥，駮河上之義〔三〕。撮⑦其綱紀⑧，成其卷軸。吾濟（儕）⑨服〔四〕「其精博，時議稱其典要，可謂賢人師古，老氏不死矣。夫靈芝既秀，蘭蕙同薰；仙鳳于飛，鵷鸞舞翼。何則，物類之相感也。況乎」⑩〔五〕同德比⑪義，目擊道存〔六〕。此僕所以望風投款，披襟請益，展⑫轉於寤寐，慇懃⑬於左右〔七〕。詩不云乎，忠（中）⑭心藏之，何日忘之〔八〕。然變動不居⑮，聚散恒⑯理。琴罇⑰暫會⑱，山川有別〔九〕。惟高明之捧檄，屬吾人之解帶，王事靡盬，良時易失〔一〇〕。盍陳雅志，各敘幽懷。人賦一言，同疏四韻云爾〔一一〕。

【校記】

① 薄：諸本皆作簿。
② 盧主薄：諸本皆作主簿。
③ 清士：諸本皆作清靈士。
④ 乎：諸本皆作於。
⑤ 銓：諸本皆作詮。
⑥ 文：諸本皆作理。
⑦ 掫：諸本皆作撮。
⑧ 紀：諸本皆作統。
⑨ 濟：諸本皆作儕。
⑩ 服：次三行用紙劣而破斷摧。「其精博時議稱其典要可謂賢人師古老氏不死矣夫靈芝既秀蘭蕙同薰仙鳳于飛鵷鸞舞翼何則物類之相感也況乎」四十七字原文闕，據蔣本補。
⑪ 德比，諸本皆作得此。蔣注：疑是同德比義之訛。
⑫ 展：《英華》、張本、項本同。蔣本作輾。

⑬ 慇懃：諸本皆作殷勤。
⑭ 忠：諸本皆作中。
⑮ 動不居：《英華》、項本、蔣本作動之不居。張本作動之有居。
⑯ 聚散恒：諸本皆作乃聚散之恒。
⑰ 罇：諸本皆作樽。
⑱ 會：張本、項本、蔣本作離。《英華》作離（一作會）。

【考證】

〔一〕別盧主簿序

盧主簿，未詳。

〔二〕「林慮」四句

蔣本卷三有《送（《文苑英華》有林慮二字）盧主簿》詩。

《元和郡縣志》卷十六《河北道一》：「相州……管縣十……林慮縣（上，東至州一百一十里）。」

《唐六典》三十：「諸州上縣令一人，從六品上。丞一人，從八品下。主簿一人，正九品下。」

《藝文類聚》卷九十七《蟲豸部・蟬》陸雲《寒蟬賦》：「含二儀之和氣，稟乾元之清靈。」

《潛夫論》卷六《巫列二十六》：「季梁之諫隋侯，宮之奇説虞公，可謂明乎天人之道，達乎神民之分矣。」

《史記》卷六十一《伯夷列傳第一》：「歲寒，然後知松柏之後凋，舉世混濁，清士乃見。」

《世説新語・賞譽第八》：「（桓廷尉）遂到於庾公曰：……（徐寧）真海岱清士。」

〔三〕「銓柱下」二句

《史記》卷六十三《老子韓非列傳第三老子》：「周守藏室之史也……著書上下篇，言道德之意五千餘言而去。」索隱按：「藏室史，周藏書室之史也。又張蒼傳：老子爲柱下史。蓋即藏室之柱下，因以爲官名。」

《神仙傳》卷三《河上公》：「河上公者，莫知其姓字。漢孝文帝時，公結草爲庵於河之濱。帝讀老子經……有所不解數事，時人莫能道之。聞時皆稱河上公解老子經義旨……帝即幸其庵，躬問之……帝曰：熟研之，此經所疑皆了了，不事多言也。」

參：唐孟安排《道教義樞・十二部義第七》：「第三玉訣者，即河上公釋柱下之文。」

〔四〕「撮其」三句

《荀子・勸學》：「禮者法之大分，群類之綱紀也。」

《太平御覽》卷八十八《皇王部十三漢孝文皇帝》引《桓子新論》：「漢太宗文帝……與匈奴和親，總撮綱紀。」蔣本卷五《上劉右相書》：「大論古今之利害，高談帝王之綱紀。」

《文選》卷六十任昉《齊竟陵文宣王行狀》：「所造箴銘，積成卷軸。」

《左傳・成公二年》：「夫文王猶用衆，况吾儕乎。」

〔五〕**「其精博，時議稱其典要，可謂賢人師古，老氏不死矣。夫靈芝既秀，蘭蕙同薰，仙鳳于飛，鴳鸞舞翼。何則，物類之相感也。況乎」**

《後漢書》卷六十上《馬融列傳第五十上》：「（馬融）嘗欲訓《左氏春秋》，及見賈逵、鄭衆注，乃曰：賈君精而不博，鄭君博而不精。既精既博，吾何加焉。」

《周易・繫辭下》：「上下無常，剛柔相易，不可爲典要。」

《漢書》卷八十九《循吏列傳第五十九・黄霸》：「下詔稱揚曰：潁川太守霸……可謂賢人君子矣。」

《尚書・説命下》：「事不師古，以克永世，匪説攸聞。」

正倉院本《江浦觀魚宴序》〔一九〕：「俯汀洲而目極，楚客疑存；想濠水而神交，蒙莊不死。」

《初學記》卷十五《樂部上・歌》：「班固《漢頌論功歌》曰：因露寢兮産靈芝，象三德兮瑞應因。」

正倉院本《秋晚什邡西池宴餞九隴柳明府序》〔一一〕：「同氣相求，自欣蘭蕙。」

《毛詩・太雅・卷阿》：「鳳凰于飛，翽翽其羽。」

《宋書》卷二十二《志第十二樂四》：「《拂舞歌詩五篇・白鳩篇》……翔庭舞翼，以應仁乾。」

正倉院本《仲家園宴序》〔七〕：「喜鴳鸞之接翼，曜江漢之多才。」

《楚辭》東方朔《七諫・謬諫》：「音聲之相和兮，言物類之相感也。」

〔六〕**「同德」二句**

《後漢書》卷七十《鄭孔荀列傳第六十・孔融》：「（孔）融曰：然，先君孔子，與君先人李老君，同德比義，而相師友。」

《莊子·田子方》：「子路曰：吾子欲見温伯雪子久矣。見之而不言，何邪。仲尼曰：若夫人者，目擊而道存矣。亦不可以容聲矣。」郭象注：「目裁往，意已達，無所容其德音也。」釋文：「目擊而道存矣。司馬云：見其目動而神實已著也。擊，動也。」蔣本卷四《上許左丞啓》：「雖齒絶位殊，空塵左右，而道存目擊，豈隔形骸。」

〔七〕「此僕」四句

《文選》卷四十一李陵《答蘇武書》：「欲使遠聽之臣，望風馳命，此實難矣。」《文館詞林》卷六百六十四李德林《隋文帝安邊詔二首》其二：「若軒蓋所至，望風投款，善加綏養，各令安業。」

正倉院本《夏日喜沈大虞三等重相遇序》〔一〇〕：「披襟避暑，暢慇懃之所懷。」

《禮記·曲禮上》：「請業則起，請益則起。」

《毛詩·周南·關雎》：「窈窕淑女，寤寐求之。求之不得，寤寐思服。悠哉悠哉，輾轉反側。」

〔八〕「詩不云乎」三句

《毛詩·小雅·隰桑》：「中心藏之，何日忘之。」

〔九〕「然變動」四句

《周易·繫辭下》：「易之爲書也不可遠，爲道也屢遷，變動不居，周流六虚。」

正倉院本《張八宅別序》〔六〕：「則知聚散恒事，憂歡共惑。」

《陳書》卷二十六《列傳第二十·徐陵》：「陵乃致書於僕射楊遵彦曰：……何則？聖人不能爲時，斯固窮通之恒理也。」

琴罇、山川，屢見。

〔一〇〕「惟高明」四句

正倉院本《山家興序》〔一四〕：「百年奇表，開壯志於高明；千里心期，得神交於下走。」

正倉院本《送劼赴太學序》〔二三〕：「解巾捧檄，扶老攜幼。」

《世説新語・文學第四》：「王（逸少）遂披襟解帶，留連不能已。」正倉院本《秋日楚州郝司户宅遇餞霍使君序》〔九〕：「臨風雲而解帶，眄江山以揮涕。」

《毛詩・唐風・鴇羽》：「王事靡盬，不能蓺稷黍，父母何怙。」毛傳：「盬，不攻緻也。」

《文選》卷二十九李陵《與蘇武三首》其一：「良時不再至，離別在須臾。」

《玄怪録》卷十《馬僕射總》：「而又福不再遇，良時易失，苟非深分，豈薦自代。」

〔一一〕「盍陳」四句

《世説新語・雅量第六》：「裴（成公）曰：自可全君雅志。」蔣本卷四《上郎都督啓》：「嘗願全雅志於暮齒，揚素風於下邑。」

《水經注》卷三十九《廬江水》：「（吴）猛又贈詩云：……曠載暢幽懷，傾蓋付三益。」

秋日楚州郝司户宅遇①餞霍②使君序〔一〕

《文苑英華》卷七一八　張本卷七　項本卷七　蔣本卷八

上元二載，高秋③八月。人多汴北，地實淮南〔二〕。海氣近而蒼山陰，天光秋而白雲晚〔三〕。川塗所亘，郢路極於崤潼；風壤所交，荆門洎於吴越〔四〕。馮④勝地，列雄州。城池當要害之衝，蕃（寮）⑤寀⑥盡鵷鸞之選〔五〕。昌亭旅食，悲下走之窮愁；山曲淹留，屬群公之宴喜〔六〕。披鶴霧，陟龍門。故人握手，新知滿目〔七〕。欽霍⑦公之盛德，果遇攀輪；慕郝氏之高風，還逢解榻〔八〕。接衣簪於座右，駐旌棨於城隅。臨風雲而解帶，眄⑧江山以揮涕〔九〕。巖楹左峙，俯映玄潭；野徑⑨斜開，傍⑩連翠渚〔一〇〕。青蘋布葉，亂荷芰而動秋風；朱草垂榮，離（雜）⑪芝蘭而涵曉⑫液〔一一〕。艤仙舟於石岸，薦綺席於沙賓。朋⑬友盛而芳樽⑭滿，林塘清⑮而上筵肅〔一二〕。琴歌代⑯起，俎豆駢羅。烟霞充⑰耳目之翫⑱，魚鳥盡江湖之賞〔一三〕。情槃⑲樂極，日暮途遥。思染翰以淩雲，願麾⑳戈以留景〔一四〕。嗟乎！素交爲重，覺老幼之同歸；朱紱儻來，[豈]榮林（枯）㉑之足道〔一五〕。且欣風物，共悦濠梁。齊天地於一指，混飛沈於一貫〔一六〕。嗟乎！此驩㉒難再，殷勤㉓北海之莚（筵）㉔；相見何時㉕，惆悵南溟之路〔一七〕。請揚文律㉖，共兆（記）㉗良遊。人賦一言，俱成四韻云爾〔一八〕。

【校記】

①遇：《英華》、蔣本同。張本、項本無遇字。

②霍：《英華》作霍（一作崔）。張本、項本、蔣本作崔。

③秋：蔣本同。《英華》作和。傅校：舊抄本，和作秋。張本、項本作旻。

④馮：諸本皆作憑。

⑤蕃：諸本皆作寮。

⑥宷：《英華》、項本、蔣本同。張本作采。

⑦欽霍：諸本皆作飲崔。傅校：舊抄本飲作欽。

⑧盻：諸本皆作眄。

⑨徑：蔣本同。《英華》、張本、項本作逕。

⑩傍：《英華》、張本、項本同。蔣本作旁。

⑪離：諸本皆作雜。

⑫曉：諸本皆作晚。

⑬賓朋：諸本皆作場賓。

⑭樽：項本、蔣本同。《英華》、張本作罇。

⑮清：項本、蔣本同。《英華》、張本作青。傅校：舊抄本青作清。

⑯代：諸本皆作迭。

⑰充：《英華》、項本、蔣本同。張本作克。

⑱翫：《英華》、張本、項本同。蔣本作玩。

⑲槃：張本、《英華》同。傅校：舊抄本，槃作盤。項本、蔣本作盤。
⑳麾：《英華》、張本、項本同。蔣本作揮。
㉑榮林：諸本皆作豈榮枯。
㉒驩：《英華》同。張本、項本、蔣本作歡。
㉓殷勤：《英華》、張本、蔣本作慇懃。項本作慇勤。
㉔莛：諸本皆作筵。
㉕時：《英華》、張本、蔣本同。項本作期。
㉖律：諸本皆作筆。
㉗兆：諸本皆作記。

【考證】

〔一〕秋日楚州郝司户宅遇餞霍使君序

《舊唐書》卷四十《志第二十・地理三・淮南道》：「楚州中，隋江都郡之山陽縣。武德四年，臧君相歸附，立爲東楚州，領山陽、安宜、鹽城三縣。八年，廢西楚州，以盱眙來屬，仍去東字……舊領縣四，户三千三百五十七，口一萬六千二百六十二……在京師東南二千五百一里。」

《唐六典》卷三十《三府督護州縣官吏》：「中州……司户參軍事一人，正八品下。」

《三國志》卷三十二《蜀書二・先主傳第二》：「是時曹公從容謂先主曰：今天下英雄，惟使君與操耳。」

郝氏、霍氏，未詳。

〔二〕「上元」四句

正倉院本《秋晚入洛於畢公宅别道王宴序》〔一五〕：「高秋九月，王畿千里。」

《説文解字》弟十一上：「汳水。受陳留浚儀陰溝，至蒙爲雝水，東入于泗。」《水經注》卷二十三《汳水》：「汳水出陰溝於浚儀縣北，又東至梁郡蒙縣，爲獲水，餘波南入睢陽城中。」

《初學記》卷八《州郡部・淮南道》：「淮南道者，《禹貢》揚州之域。又得荆州之東界。自淮以南，略江而西，盡其地也。」

《文苑英華》卷九十七王績《遊北山賦》序：「地實儒素，人多高烈。」

〔三〕「海氣」二句

《漢書》卷六《武帝紀第六》：「詔曰：朕巡荆揚，輯江淮物，會大海氣，以合泰山。」鄭氏曰：「會合海神之氣，并祭之。」

正倉院本《江寧吴少府宅餞宴序》〔一五〕：「白露下而蒼山空，他鄉悲而故人别。」

《左傳・莊公二十二年》：「有山之材，而照之以天光，於是乎居土上。」《文選》卷三張衡《東京賦》：「消啓明，掃朝霞，登天光於扶桑。」

〔四〕「川塗」四句

《周禮・匠人》：「凡天下之地埶，兩山之間，必有川焉。大川之上，必有涂焉。」

《文選》卷四左思《蜀都賦》：「於前則跨躡犍牂，撼枕輢交趾，經途所亘，五千餘里。」

《楚辭》屈原《九章·哀郢》：「惟郢路之遼遠兮，江與夏之不可涉。」

《左傳·僖公三十二年》：「晉人禦師必於殽。殽有二陵焉，其南陵，夏后皋之墓也，其北陵，文王之所辟風雨也。」杜注：「殽在弘農澠池縣西。殽本又作崤。」《元和郡縣志》卷五《河南道一·河南府·永寧縣》：「二崤山，又名嶔崟山，在縣北二十八里……自東崤至西崤三十五里。」《文選》卷三十謝朓《和王著作八公山詩》：「二别阻漢坻，雙崤望河澳。」

《元和郡縣志》卷二《關内道二·華州·華陰縣》：「潼關，在縣東北三十九里，古桃林塞也……關西一里有潼水，因以名關。」

蔣本卷八《爲原州趙長史請爲亡父度人表》：「于時九洛未清，雙崤尚梗。」

《藝文類聚》卷二十九《人部十三·别上》謝朓《與江水曹至干濱戲詩》：「别後能相思，何嗟異風壤。」

《後漢書》《志第二十二·郡國四·荆州》：「南郡……夷道，夷陵有荆門，虎牙山。」《文選》卷十二郭璞《江賦》：「虎牙嵥豎以屹崒，荆門闕竦而磐礴。」李善注：「盛弘之《荆州記》曰：郡西泝江六十里，南岸有山，名曰荆門，北岸有山，名曰虎牙。二山相對，楚之西塞也……荆門上合下開，開達山南，有門形，故因以爲名。」

《漢書》卷二十八下《地理志第八下》：「吴地，斗分壄也，今之會稽、九江、丹陽、豫章、廬江、廣陵、六安、臨淮郡，盡吴分也……粤地，牽牛、婺女之分壄也。今之蒼梧、鬱林、合浦、交阯、九真、南海、日南，皆粤分也。」

參：張説《張燕公集》卷八《四月一日過江赴荆州》：「水漫荆門出，山平郢路開。」

〔五〕「馮勝地」四句

蔣本卷六《夏日登韓城門樓寓望序》：「面勝地，陟危樓。」

正倉院本《秋日登洪府滕王閣餞别序》〔五〕：「雄州霧列，俊彩星馳。」

正倉院本《三月上巳祓禊序》〔二〕：「觀夫天下四海，以宇宙爲城池；人生百年，用林泉爲窟宅。」

正倉院本《九月九日採石館宴序》〔一五〕：「收翰苑之膏腴，裂詞場之要害。」

《爾雅·釋詁》：「寀，寮，官也。」

正倉院本《仲家園宴序》〔七〕：「江波浩曠，晴山紛積，喜鵷鸞之接翼，曜江漢之多材。」

〔六〕「昌亭」四句

《史記》卷九十二《淮陰侯列傳第三十二》：「淮陰公韓信者，淮陰人也。始爲布衣時，貧無行……常數從其下鄉南昌亭縣寄食，數月，亭長妻患之，乃晨炊蓐食。食時信往，不爲具食。信亦知其意，怒，竟絶去。」

《儀禮·燕禮》：「尊士旅食于門西。」鄭注：「旅衆也。士衆食，謂未得正禄，所謂庶人在官者也。」《文選》卷四十二魏文帝《與朝歌令吴質書》：「高談娱心，哀箏順耳，馳騁北場，旅食南館。」蔣本卷三《白下驛餞唐少府》：「下驛窮交日，昌亭旅食年。」

《史記》卷七十六《平原君虞卿列傳第十六》：「太史公曰……然虞卿非窮愁，亦不能著書以自見於後世云。」正倉院本《初春於權大宅宴序》〔一二〕：「散孤憤於談叢，寄窮愁於天漢。」

山曲，看正倉院本《春日序》〔二〕：「青溪逸人，奉淹留於芳閣。」

正倉院本《宇文德陽宅秋夜山亭宴序》〔二〕：「若夫龍津宴喜，地切登仙。」

〔七〕**「披鶴霧」四句**

蔣注：「鶴義未詳。」

《文選》卷十一孫綽《游天臺山賦》：「披荒榛之蒙蘢，陟峭崿之崢嶸。」

正倉院本《秋日登洪府滕王閣餞別序》〔二五〕：「今茲捧袂，喜託龍門。」

故人，屢見。

正倉院本《秋日送沈大虞三入洛詩序》〔一二〕：「此時握手，共對離樽。」

蔣本卷六《夏日登龍門樓寓望序》：「況乎詩書舊好，披欒廣之高天；鄉黨新知，掃顏回之陋巷。」

《藝文類聚》卷二十九「人部十三・別上」吴筠《別夏侯故章》：「新知關山別，故人河梁送。」

《文選》卷四十二魏文帝《與鍾大理書》：「繩窮匣開，爛然滿目。」李善注：「延篤《與李文德書》曰：吾誦伏犧氏之易，煥兮爛兮其滿目。」

〔八〕**「欽霍公」四句**

《文選》卷三十謝靈運《擬魏太子鄴中集詩・平原侯植》：「中山不知醉，飲德方覺飽。」

《周易・繫辭上》：「富有之謂大業，日新之謂盛德。」《蔡中郎集》卷二蔡邕《陳太丘碑》：「欽盛德之休明，懿鍾鼎之碩義。」蔣本卷五《上劉右相書》：「一夫竊議，公之盛德虧矣。」

《東觀漢記》卷十六《傳十一・第五倫》：「第五倫爲會稽守，爲事徵。百姓攀轅扣馬呼曰：捨我何之。第五倫密委去。百姓聞之，乘船追之，交錯水中其得民心如此。」蔣本卷四《上明員外啓》：「榮加徙秩，上膺蘭府之游；寵奪攀輪，更掌蓬山之務。」

《藝文類聚》卷五十《職官部六・刺史》蔡邕《荆州刺史庾侯碑》：「温温然弘裕虚引，落落然高風起世。」蔣本卷六《爲人與蜀城父老書》一：「劉仲文之遠識，不以乾没詣梁城；閔仲叔之高風，不以口腹累安邑。」

蔣本卷七《秋日宴洛陽序》：「征衣流寓，切下走之蓬襟；解榻邀期，屬上賓之桂序。」正倉院本《楊五席宴序》〔七〕：「濁酒盈罇，即坐陳蕃之榻。」

參：《顔魯公文集》卷五顔真卿《博陵崔孝公宅陋室銘記》：「某夙仰名教實，欽孝公之盛德；晚聯臺閣，竊慕中丞之象賢。」

〔九〕「接衣簪」四句

《隋書》卷十四《志第九・音樂中》：「齊享廟樂辭……昭昭車服，濟濟衣簪。」

《文選》卷三十謝朓《始出尚書省》：「趨事辭宫闕，載筆陪旌棨。」

正倉院本《王勃於越州永興縣李明府宅送蕭三還齊州序》〔九〕：「雅智飄飄，松竹風雲之氣狀。」

《毛詩・邶風・静女》：「静女其姝，俟我於城隅。」

正倉院本《别盧主簿序》〔一〇〕：「惟高明之捧檄，屬吾人之解帶。」

正倉院本《王勃於越州永興縣李明府宅送蕭三還齊州序》〔一五〕：「白露下而江山晚。」

《孔子家語・曲禮子夏問》：「請無瘠色，無揮涕。」王肅注：「揮涕，不哭，流涕以手揮之。」蔣本卷九《春夜桑泉别王少府序》：「含情不拜，空佇聽於南昌；揮涕無言，請投文於西候。」

〔一〇〕「巖楹」四句

參：《文苑英華》卷三百二十二宋之問《翫郡齋海榴》：「目兹海榴發，列暎巖楹前。」

正倉院本《遊廟山序》〔一〇〕：「玉房跨霄而懸居，金臺出雲而高峙。」

正倉院本《新都縣乾嘉池亭夜宴序》〔六〕：「紅蘭翠菊，俯映沙亭；黛柏蒼松，深環玉嶼。」

正倉院本《春日序》〔一三〕：「桃李明而野徑春，藤蘿暗而山門古。」

蔣本卷三《泥谿》：「水烟籠翠渚，山照落丹崖。」

〔一一〕「青蘋」四句

正倉院本《聖泉宴序》〔四〕：「若乃青蘋緑芰，紫苔蒼廯。」

《文選》卷二張衡《西京賦》：「吐葩颺榮，布葉垂陰。」蔣本卷一《九成宫東臺山池賦》：「雖流波覆簣，俯藉人機；而布葉攢花，妙同天會。」

《文選》卷二十六陸厥《奉答内兄希叔詩》：「鼂鵠嘯儔侶，荷芰始參差。」

正倉院本《秋晚入洛於畢公宅别道王宴序》〔二七〕：「張季膺之命駕，思動秋風。」

《白虎通·封禪》：「德至草木，則朱草生，木連理。」

正倉院本《夏日喜沈大虞三等重相遇序》〔五〕：「若涉芝蘭，如臨水鏡。」

《箋注》卷二駱賓王《秋露》：「變霜凝曉液，承月委圓輝。」

〔一二〕「艤仙舟」四句

正倉院本《梓潼南江泛舟序》〔三〕：「艤舟於江潭，縱觀於丘壑。」正倉院本《三月上巳祓禊序》〔六〕：

「仙舟容裔，若海上之查來；羽蓋參差，似遼東之鶴舉。」

正倉院本《聖泉宴序》〔三〕：「砂堤石岸，成古人之遺跡也。」

正倉院本《晚秋遊武擔山寺序》〔一五〕：「層軒瞰迴，齊萬物於三休；綺席乘虛，窮九垓於一息。」

蔣本卷六《秋日遊蓮池序》：「登石岸而鋪筵，坐沙場而列席。」

正倉院本《江寧縣白下驛吴少府見餞序》〔一一〕：「嗣宗高嘯，緑軫方積；文舉清談，芳樽自滿。」

《後漢書》卷七十《鄭孔荀列傳第六十・孔融》：「性寬容少忌，好士，喜誘益後進。及退閑職，賓客日盈其門，常歎曰：坐上客恒滿，尊中酒不空，吾無憂矣。」

《藝文類聚》卷二十八《人部十三・别上》劉孝綽《侍宴餞庾於陵應詔詩》：「是日青春獻，林塘多秀色。」蔣本卷二《青苔賦》：「嗟乎，苔之生於林塘也，爲幽客之賞。」

《藝文類聚》卷二十九《人部十三・别上》沈約《侍宴謝朏宅餞東歸應制詩》：「飲和陪下席，論道光上筵。」

〔一三〕「琴歌」四句

正倉院本《九月九日採石館宴序》〔七〕：「琴歌代起，舞詠齊飛。」

正倉院本《江浦觀魚宴序》〔一四〕：「瑶觴間動，玉俎駢羅。」

正倉院本《秋日登冶城北樓望白下序》〔一七〕：「引江山使就目，驅烟霞以縱賞。」

《文選》卷四張衡《南都賦》：「此乃游觀之好，耳目之娱，未睹其美者，焉足稱舉。」正倉院本《春日送呂三儲學士序》〔八〕：「詩酒以洗滌胸襟，池亭以導揚耳目。」

〔一四〕「情槃」四句

正倉院本《上巳浮江讌序》〔一九〕：「既而情盤興遽，景促時淹。」

正倉院本《江寧縣白下驛吴少府宅見餞序》〔一三〕：「情窮興洽，樂極悲來。」《史記》卷一百二十六《滑稽列傳第六十六》：「淳于髡者……故曰：酒極則亂，樂極則悲。」

《史記》卷六十六《伍子胥列傳第六》：「吾日暮途遠，吾故倒行而逆施之。」

正倉院本《秋日登冶城北樓望白下序》〔一九〕：「灑絶翰而臨清風，留芳罇而待明月。」

《史記》卷一百一十七《司馬相如列傳第五十七》：「相如既奏大人之頌，天子大説，飄飄有淩雲之氣，似游天地之間意。」蔣本卷七《秋日宴洛陽序》：「願長繩以繫日，幾近光陰；思短札以淩雲，或陳歌詠。」

麾戈以留景，見正倉院本《九月九日採石館宴序》〔一一〕「思駐日於魯陽之庭」注。

〔一五〕「嗟乎」四句

《文選》卷五十五劉峻《廣絶交論》：「斯賢達之素交，歷萬古而一遇。」李善注：「素，雅素也。」

正倉院本《秋晚入洛於畢公宅別道王宴序》〔一三〕：「賓主由其莫辨，語默於是同歸。」

《周易·困》：「困于酒食，朱紱方來，利用享祀，征凶无咎。」

《莊子·繕性》：「今之所謂得志者，軒冕之謂也。軒冕在身，非性命也。物之儻來，寄也，寄之，其來不可圉，其去不可止。故不爲軒冕肆志，不爲窮約趨俗，其樂彼與此同，故無憂而已矣。」

蔣本卷二《慈竹賦》：「保夷險之無易，哂榮枯之有期。」

〔一六〕「且欣」四句

蔣本卷一《春思賦》：「風物雖同候，悲歡各異倫。」陶潛《陶淵明集》卷二《游斜川詩序》：「天氣澄和，風物閑美。」

正倉院本《江浦觀魚宴序》〔一九〕：「俯汀洲而目極，楚客疑存；想濠水而神交，蒙莊不死。」

《莊子・齊物論》：「以指喻指之非指，不若以非指喻指之非指也。以馬喻馬之非馬，不若以非馬喻馬之非馬也。天地一指也，萬物一馬也。」

《後漢書》卷六十七《黨錮列傳第五十七・李膺》：「（荀爽）爲書貽曰……願怡神無事，偃息衡門，任其飛沈，與時抑揚。」蔣本卷一《孤鳧賦序》：「常有孤鳧，棲蕩其側，飛沈翻啖。」

《莊子・德充符》：「老聃曰：胡不直使彼以死生爲一條，以可不可爲一貫者，解其桎梏，其可乎。」

〔一七〕「嗟乎」四句

正倉院本《秋日登洪府滕王閣餞別序》〔三七〕：「嗚呼！勝地不常，盛筵難再。蘭亭已矣，梓澤丘墟。」

正倉院本《別盧主簿序》〔七〕：「展轉於寤寐，慇懃於左右。」

《後漢書》卷七十《鄭孔荀列傳第六十・孔融》：「（董）卓乃諷三府，同舉（孔）融爲北海相……性寬容少忌，好士，喜誘益後進。及退閑職，賓客日盈其門，常歎曰：坐上客恒滿，尊中酒不空，吾無憂矣。」

蔣本卷三《寒夜懷友雜體二首》其二：「故人故情懷故宴，相望相思不相見。」

蔣本卷十九《彭州九隴縣龍懷寺碑》：「吾生擾擾，與道遑遑，殷勤頌詠，惆悵津梁。」

正倉院本《秋日登洪府滕王閣餞別序》〔二二〕：「地勢極而南溟深，天柱高而北辰遠。」

〔一八〕**「請揚」四句**

正倉院本《秋晚什邡西池宴餞九隴柳明府序》〔二〇〕：「盍申文雅，式序良游。」正倉院本《江浦觀魚宴序》〔二一〕：「請抽文律，共抒情機。人賦一言，四韻成作。」

江寧縣白下驛①吴少府見餞②序〔一〕

《文苑英華》卷七一八　張本卷六　項本卷六　蔣本卷八

蔣山南指③，長洲④北派⑤〔二〕。五（伍）⑥胥用而三吴盛，孫權因⑦而九州裂〔三〕。遺墟舊壤，百萬户⑧之王⑨城；武據⑩龍盤⑪，三百年之帝國〔四〕。關⑫連石塞，地實金陵。霸氣盡而江山空，皇風清而市朝一⑬〔五〕。昔時地⑭險，爲⑮建鄴⑯之雄都；今日天⑰平，即⑱江寧之小邑〔六〕。吴生俊彩⑲，甫⑳佐亨（烹）㉑鮮；我輩良遊，方馳去鷁〔七〕。梁伯鸞之遠逝，自有長謡；閔仲叔之遐征，欣㉒逢厚禮〔八〕。臨別浦，枕離亭。陣雲四面，洪濤千里〔九〕。簾帷後闢，竹樹晦㉓而秋煙生；棟宇前臨，波潮驚而朔㉔風動〔一〇〕。嗣宗高嘯，緑軫方積㉕；文舉清談，芳樽自滿〔一一〕。想衣冠於舊國，更㉖值三秋；憶風景於新亭，俄傷萬古〔一二〕。情槃㉗興洽㉘，樂極悲來。愴零雨於中軒，動流波於下席〔一三〕。嗟乎！九江爲別，帝里隔於雲端；五嶺方踰，交州在於天際〔一四〕。方嚴去軸㉙，且對窮塗㉚。白㉛露下而蒼山空，他鄉悲而故人別〔一五〕。請開文囿，共寫憂㉜源。人賦一言，俱題四韻云爾㉝〔一六〕。

【校記】

① 縣白下驛：諸本皆無縣白下驛四字。
② 見餞：諸本皆作宅餞宴。
③ 指：諸本皆作望。
④ 洲：諸本皆作江。
⑤ 派：諸本皆作流。
⑥ 五：諸本皆作伍。
⑦ 因：諸本皆作困。
⑧ 百萬户：《英華》、蔣本作百萬里。張本、項本作數萬里。
⑨ 王：諸本皆作皇。
⑩ 武據：諸本皆作虎踞。
⑪ 盤：《英華》、張本、項本同。蔣本作蟠。
⑫ 關：諸本皆作闕。傅校：舊抄本，闕作關。
⑬ 一：諸本皆作改。
⑭ 地：《英華》、張本、蔣本同。項本作帝。
⑮ 爲：《英華》、張本、項本皆作嘗爲。蔣本作曾爲。
⑯ 鄴：諸本皆作業。

⑰天：諸本皆作太。
⑱即：諸本皆即是。
⑲彩：諸本皆作寀。
⑳甫：項本、蔣本同。《英華》、張本作輔。
㉑亨：諸本皆作烹。
㉒欣：《英華》、蔣本作欲。張本、項本作仍。
㉓晦：諸本皆作映。
㉔朔：項本、蔣本同。《英華》作翔（一作祥）。張本作祥。
㉕積：諸本皆作調。
㉖更：《英華》、項本、蔣本作便。傅校：舊抄本，便作更。張本無更以下至洽十八字。
㉗粲：《英華》、項本、蔣本作窮。
㉘洽：《英華》、項本、蔣本作洽。
㉙軸：諸本皆作舳。
㉚塗：諸本皆作途。
㉛白：諸本皆作玉。
㉜寫憂：諸本皆作瀉詞。
㉝云爾：諸本無云爾二字。

【考證】

〔一〕江寧縣白下驛吴少府見餞序

《元和郡縣志》卷二十五《江南道一・潤州》：「管縣六……上元縣，本金陵地……隋開皇九年平陳，於石頭城置蔣州，以江寧縣屬焉。武德三年……改江寧爲歸化縣。九年，改爲白下縣，屬潤州。貞觀九年，又改白下爲江寧。」

蔣本卷三《白下驛餞唐少府》詩。蔣注：《李太白全集》卷十五《金陵白下亭留别詩》：「驛亭三楊樹，正當白下門。」楊齊賢曰：「白下亭在今建康東門外。」

《清波雜志》卷十《縣尉》：「古治百里之邑，令拊其俗，尉督其姦。故令曰明府，尉曰少府。」

〔二〕「蔣山」二句

《元和郡縣志》卷二十五《江南道一・潤州》：「上元縣……鍾山，在縣東北十八里……吴大帝時，蔣子文發神異於此，封之爲蔣侯，改山曰蔣山。」

《左傳・襄公二十六年》：「君大夫謂椒舉，女實遺之，懼而奔鄭，引領南望，曰庶幾赦余。」

《文選》卷十一王粲《登樓賦》：「挾清漳之通浦兮，倚曲沮之長洲。」

《毛詩・衛風・碩人》：「河水洋洋，北流活活。」

〔三〕「伍胥」二句

《史記》卷六十六《伍子胥列傳第六》：「伍子胥者，楚人也，名員……奔吴……闔廬既立，得志，乃召伍員以爲行人，而與謀國事……當是時，吴以伍子胥、孫武之謀，西破彊楚，北威齊晉，南服越人。」

《水經注》卷四十《漸江》：「永建中，陽羡周嘉上書，以縣遠，赴會至難，求得分置，遂以浙江西爲吴，以東爲會稽。漢高帝十二年，一吴也，後分爲三，世號三吴：吴興、吴郡，會稽其一焉。」《元和郡縣志》卷二十五《江南道一・蘇州》：「吴郡，與吴興、丹陽號爲三吴。」

《三國志》卷四十七《吴書二・孫權傳第二》：「字仲謀……黄龍元年……即皇帝位。」

《淮南子・覽冥訓》：「往古之時，四極廢，九州裂。」《三國志》卷十二《魏書十二崔毛徐何邢鮑司馬傳第十二・崔琰傳》：「琰對曰：今天下分崩，九州幅裂。」

〔四〕「遺墟」四句

蔣本卷十七《梓州通泉縣惠普寺碑》：「憑廣漢之遺墟，籍犍爲之舊壤。」正倉院本《春日序》〔四〕：「況乎華陽舊壤，井絡名都。」

《太平御覽》卷一五六《州郡部二・叙京都下》：「案《吴録》，劉備曾使諸葛亮至京，因覩秣陵山阜，嘆曰：鍾山龍盤，石頭虎踞，帝王之宅也。」《集注》卷二庾信《哀江南賦》：「昔之虎踞（一作據）龍盤，加以黄旗紫氣。」

參：李白《李太白全集》卷十六《金陵酬翰林謫仙子（王屋山人魏萬）》：「金陵百萬户，六代帝王都。」

《隋書》卷五十七《列傳第二十二・薛道衡傳》：「郭璞有云：江東偏王三百年，還與中國合。」

〔五〕「闕連」四句

《元和郡縣志》卷二十五《江南道一・潤州》：「上元縣……牛頭山，在縣南四十里。上有二峰，東西相對，名爲雙闕。晉氏初過江，無闕，王導指山鑿兩峰，即此，名天闕山。」「石頭城。在縣西四里。即楚之金陵城也，吳改爲石頭城，建安十六年，吳大帝修築，以貯財寶軍器，有戍。」

《三國志》卷五十三《吳書八·張嚴程闞薛傳第八·張紘》：「（張）紘建計宜出都秣陵，權從之。」注：「《江表傳》曰：紘謂權曰：秣陵，楚武王所置，名爲金陵。」《舊唐書》卷四十《志第二十·地理三》：「江南道。江南東道……上元，楚金陵邑，秦爲秣陵。吳名建業，宋爲建康。」

《越絶書》卷七《越絶外傳記范伯第八》：「霸王之氣，見於地户。」

江山，屢見。

《文選》卷一班固《東都賦》：「覲明堂，臨辟雍，揚緝熙，宣皇風。」

《文選》卷二十八陸機《樂府十七首·門有車馬客行》：「市朝互遷易，城闕或丘荒。」李善注：「《古出夏門行》曰：市朝人易，千歲墓平。」

〔六〕「昔時」四句

蔣本卷六《夏日登韓城門樓寓望序》：「韓原奧壤，昔時開戰鬭之場；秦塞雄都，今日列山河之郡。」

《周易·坎》：「地險，山川丘陵也。」

《三國志》卷四十七《吳書二·吳主權》：「（建安）十六年，權徙治秣陵。明年，城石頭，改秣陵爲建業。」

王績《王無功文集》卷三《登壠坂二首》其一：「地險關山密，天平鴻雁稀。」

《史記》卷一百四《田叔列傳第四十四》：「武功，扶風西界小邑也。」

〔七〕**「吴生」四句**

正倉院本《秋日登洪府滕王閣餞别序》〔五〕：「雄州霧列，俊寀星馳。」

《老子》六十章：「治大國若烹小鮮。」

《世説新語·傷逝第十七》：「情之所鍾，正在我輩。」

正倉院本《秋晚什邡西池宴餞九隴柳明府序》〔六〕：「三蜀良游，道勝浮沈之際。」

《淮南子·本經訓》：「龍舟鷁首，浮吹以娱。」高誘注：「鷁，大鳥也。畫其像著船頭，故曰鷁首。」蔣本卷二《採蓮賦》：「簫鼓發兮龍文動，鱗羽喧兮鷁首移。」

〔八〕**「梁伯鸞」四句**

正倉院本《秋日登洪府滕王閣餞别序》〔二六〕：「竄梁鴻於海曲。」

《楚辭》屈原《離騷》：「曰：勉遠逝而無狐疑兮，孰求美而釋女。」

閔仲叔，見正倉院本《與邵鹿官宴序》〔二〕「下走以旅遊多暇，累安邑之餘風」注。

參：《箋注》卷二駱賓王《鏤雞子》：「幸遇清明節，欣逢舊練人。」

《後漢書》卷二十二《朱景王杜馬劉傅堅馬列傳第十二》：「論曰：故高秩厚禮，允答元功。」

〔九〕**「臨别浦」四句**

正倉院本《秋日送王贊府兄弟赴任别序》〔一二〕：「臨别浦，對離舟。」

正倉院本《秋日送王贊府兄弟赴任别序》〔六〕：「遂以離亭仙宅，異望香山。」

《漢書》卷二十六《天文志第六》：「陳雲如立垣，杼雲類杼軸。」

正倉院本《晚秋遊武擔山寺序》〔一四〕：「朔風四面，寒雲千里。」

《文選》卷二張衡《西京賦》：「長風激於別隯，起洪濤而揚波。」蔣本卷六《爲人與蜀城父老書》一：「則知洪濤未接，長鯨多陸死之憂。」

〔一〇〕「簾帷」四句

蔣本卷十三《九成宮頌》：「靜簾帷而洞啓，穆羽相如；肅坻崿而天臨，纖塵不動。」

蔣本卷十六《益州緜竹縣武都山淨惠寺碑》：「臨階竹樹，遶棟風煙。」

蔣本卷十三《九成宮頌》序：「玄熊蚺蜧，俯棟宇而危心；青鳥歸飛，仰靈軒而墜翼。」

何遜《何水部集》《答丘長史》：「千里泝波潮，一朝披雲霧。」蔣本卷三《上巳浮江宴韻得遥字》：「遽悲春望遠，江路積波潮。」

蔣本卷八《冬日羈游汾陰送韋少府入洛序》：「朔風動而關塞寒，明月下而樓臺曙。」

〔一一〕「嗣宗」四句

《晉書》卷四十九《列傳第十九·阮籍傳》：「阮籍字嗣宗……嗜酒能嘯，善彈琴。」

蔣本卷一《遊廟山賦》：「秋陰方積，松柏群吟。」

正倉院本《九月九日採石館宴序》〔二〕：「孔文舉洛京名士，長懷司隷之門。」

《文選》卷二十三劉楨《贈五官中郎將四首》其二：「清談同日夕，情眄叙憂勤。」蔣本卷四《上吏部裴侍郎啓》：「自非奉問宴，接清談，未可一二言也。」

正倉院本《秋日楚州郝司户宅遇餞霍使君序》〔一二〕：「薦綺席於沙賓，朋友盛而芳樽滿。」

〔一二〕「**想衣冠**」四句

《中説・述史篇》：「子曰：江東，中國之舊也，衣冠禮樂之所就也。永嘉之後，江東貴焉。」正倉院本《秋日登冶城北樓望白下序》〔一三〕：「關山牢落，壯宇宙之時康；井邑蕭條，覺衣冠之氣盡。」

正倉院本《秋日登洪府滕王閣餞別序》〔一〇〕：「時維九月，序屬三秋。」

《世説新語・言語第二》：「過江諸人，每至美日，輒相邀新亭，藉卉飲宴。周侯中坐而嘆曰：風景不殊，正自有山河之異。皆相視流淚。」劉峻注：「《丹陽記》曰：新亭，吴舊立，先基崩淪。隆安中，丹陽尹司馬恢之徙創今地。」

《文選》卷五十五劉峻《廣絶交論》：「斯賢達之素交，歷萬古而一遇。」

〔一三〕「**情槃**」四句

正倉院本《秋日楚州郝司户宅遇餞霍使君序》〔一四〕：「情盤樂極，日暮途遥。」

正倉院本《秋日登洪府滕王閣餞別序》〔二一〕：「空高地迥，覺宇宙之無窮；興盡悲來，識盈虚之有數。」

《初學記》卷十八《人部中・離別七》孫楚《征西官屬於陟陽候祖道詩》：「晨風飄歧路，零雨被秋草。傾城遠追送，餞我千里道。」

正倉院本《餞宇文明府序》〔五〕：「接蜺裳於勝席，陪鶴轡於中軒。」

《文選》卷三十四枚乘《七發》其四：「揄流波，雜杜若，蒙清塵，被蘭澤。」蔣本卷一《山池賦》：「雖流波覆簣，俯藉人機；而布葉攢花，妙同天會。」

《藝文類聚》卷三十九《禮部中・燕會》徐陵《侍宴詩》：「承恩豫下席，應阮獨何人。」

〔一四〕「嗟乎」四句

《尚書・禹貢》：「江、漢朝宗于海，九江孔殷，沱、潛既道。」孔傳：「江於此州界，分爲九道，甚得地勢之中。」孔疏：「《地理志》：九江，在今廬江潯陽縣南，皆東合爲大江。」《釋文》：「九江。《尋陽地記》云：一曰烏白江，二曰蚌江，三曰烏江，四曰嘉靡江，五曰畎江，六曰源江，七曰廩江，八曰提江，九曰箘江。張須《元緣江圖》云：一曰三里江，二曰五州江，三曰嘉靡江，四曰烏土江，五曰白蚌江，六日白烏江，七曰箘江，八曰沙提江，九曰廩江。參差隨水長短，或百里，或五十里。始於鄂陵，終於江口，會於桑落洲。《太康地記》曰：九江，劉歆以爲湖漢九水，入彭蠡澤也。」

《魏書》卷九十八《列傳第八十六・島夷・蕭衍》：「（天平六年）紹宗檄衍境内曰……南出五嶺，北防九江。」

蔣本卷三《春日宴樂遊園賦韻得接字》：「帝里寒光盡，神皋春望浹。」

《玉臺新詠》卷一枚乘《雜詩九首》其七：「美人在雲端，天路隔無期。」正倉院本《秋日登冶城北樓望白下序》〔一六〕：「思欲校良遊於日下，賈逸氣於雲端。」

蔣本卷十一《三國論》：「用能南開交阯，驅五嶺之卒；東界海隅，兼百越之衆。」《後漢書》卷六十四《吳廷史盧趙列傳第五十四・吳祐》：「祐諫曰：今大人踰越五領，遠在海濱。」注：「領者，西自衡山之南，東至于海，一山之限耳，別標名則有五焉。裴氏《廣川州記》云：大庾、始安、臨賀、桂陽、揭陽是爲五領。鄧德明《南康記》曰：大庾，一也。桂陽甲騎，二也。九真都龐，三也。臨賀萌渚，四也。始安越城，五也。

裴氏之説則爲審矣。」

《藝文類聚》卷六《州部·交州》揚雄《交州箴》：「交州荒裔，水與天際。」

〔一五〕「方嚴」四句

蔣本卷一《春思賦》：「雖弱植一介，窮途千里。」

正倉院本《秋日楚州郝司户宅遇餞霍使君序》〔三〕：「海氣近而蒼山陰，天光秋而白雲晚。」

正倉院本《秋夜於綿州群官席别薛昇華序》〔一七〕：「他鄉秋而白露寒，故人去而青山斷。」正倉院本《秋日宴山庭序》〔九〕：「金風生而景物清，白露下而光陰晚。」

〔一六〕「請開」四句

《文選》卷四十八揚雄《劇秦美新》：「遥集乎文雅之囿，翱翔乎禮樂之場。」《文選》卷二十范曄《樂游應詔詩》：「軒駕時未肅，文囿降照臨。」

《藝文類聚》卷五十六《雜文部二·詩》范雲《州名詩》：「徐步遵廣隰，冀以寫憂源。」

秋日登冶城北樓望白下序〔一〕

僕不才，懷古人之士也〔二〕。峴山南望，恨元凱之塗窮；禹穴東尋，悲子長之興狹〔三〕。徘徊野澤，散誕陂湖〔四〕。思假俊翮而遊五都，願乘長風而眺萬里〔五〕。佳辰可遇，屬樓雉之中天；良願果諧，偶琴樽之暇日〔六〕。攜勝友，陟崇隅。白雲展面，青山在目〔七〕。南馳漲海，北控淮潮〔八〕。楚山紛列，吴江晧（浩）①曠〔九〕。川原何有，紫蓋黄旗之舊墟；城闕何年，晉宋齊梁之故跡〔一〇〕。時非國是，物在人亡〔一一〕。灌莽積而蒼烟平，風濤險而翠霞晚〔一二〕。關山牢落，壯宇宙之時康；井邑蕭條，覺衣冠之氣盡〔一三〕。秋深望徹，景極情盤〔一四〕。俯萬古於三休，窮九垓於一息〔一五〕。思欲校良遊於日下，賈逸氣於雲端〔一六〕；引江山使就目，驅烟霞以縱賞〔一七〕。生涯詎幾，此念何期〔一八〕。灑絶翰而臨清風，留芳罇而待明月〔一九〕。俱題四韻，不亦可乎！人賦一言，其詞云爾〔二〇〕。

【校記】

① 晧：當作浩。

【考證】

〔一〕**秋日登冶城北樓望白下序**

白下，見正倉院本《江寧縣白下驛吴少府見餞序》〔一〕。

《世説新語·言語第二》：「王右軍與謝太傅共登冶城。謝悠然遠想，有高世之志。」注：「《揚州記》曰：冶城，吴時鼓鑄之所。吴平猶不廢。王茂弘所治也。」又《輕詆第二十六》：「庾公權重，足傾王公。庾在石頭，王在冶城坐，大風揚塵，王以扇拂塵曰：元規塵汙人。」

〔二〕「僕不才」二句

《左傳・成公三年》：「臣不才，不勝其任。」蔣本卷一《春思賦》序：「不其悲乎！僕不才，耿介之士也。」

《文選》卷二十六陸機《吴王郎中時從梁陳作》：「感物多遠念，慷慨懷古人。」李善注：「《毛詩・邶風・緑衣》：「我思古人，實獲我心。」

〔三〕「峴山」四句

《晉書》卷三十四《列傳第四・杜預》：「杜預字元凱……預好爲後世名，常言高岸爲谷，深谷爲陵，刻石爲二碑，紀其勳績，一沈萬山之下，一立峴山之上，曰：焉知此後，不爲陵谷乎。」蔣本卷十六《梓州飛烏縣白鶴寺碑》：「咸以爲山川肆踐，猶紀石於弇州；陵谷生哀，尚沈碑於峴首。」

《左傳・襄公二十六年》：「懼而奔鄭，引領南望曰：庶幾赦余。」

蔣本卷十九《梓州玄武縣福會寺碑》：「下走東臯事失，南州塗窮。」

《史記》卷一百三十《太史公自序第七十》：「二十而南游江淮，上會稽，探禹穴。」集解：「張晏曰：禹巡狩至會稽而崩，因葬焉。上有孔穴。民間云禹入此穴。」索隱：「《越絶書》云：禹上茅山，大會計。更名曰會稽。張勃《吴録》云：本名苗山，一名覆釜。禹會諸侯計功，改曰會稽。上有孔，號曰禹穴也。」正倉院本《王勃於越州永興縣李明府宅送蕭三還齊州序》〔八〕：「或登吴會而聽越吟，或下宛委而觀禹穴。」

〔四〕「徘徊」二句

王績《王無功文集》卷一《遊北山賦》：「丘園散誕，窟室徘徊。」

《後漢書》卷四十三《朱樂何列傳第三十三・朱暉》：「所在多被劾，自去臨淮，屏居野澤，布衣蔬食，不與邑里通，鄉黨譏其介。」

《藝文類聚》卷三十六《人部二十・隱逸上》任昉《答何徵君詩》：「散誕羈鞿外，拘束名教裏。」

正倉院本《梓潼南江泛舟序》〔三〕：「眇然有山林陂澤之思。」

〔五〕「思假」二句

蔣本卷十八《廣州寶莊嚴寺舍利塔碑》：「識洞幽明，思假妙因。」

《藝文類聚》卷九十《鳥部上・鶴》湛方生《弔鶴文》：「資冲天之儁翮，曾不殊於鳥雀。」

《文選》卷十九宋玉《登徒子好色賦》：「臣少曾遠游，周覽九土，足歷五都。」李善注：「五都，五方之都。」

正倉院本《秋日登洪府滕王閣餞別序》〔三三〕：「有懷投筆，愛宗慤之長風。」

〔六〕「佳辰」四句

正倉院本《九月九日採石館宴序》〔一三〕：「萬里浮遊，佳辰有數；百年飄忽，芳期詎幾。」

正倉院本《登綿州西北樓走筆詩序》〔二〕：「山川暇日，樓雉中天。」

《藝文類聚》卷四十一《樂部一・論樂》謝惠連《秋胡行》：「華顏易改，良願難諧。」

正倉院本《秋晚什邡西池宴餞九隴柳明府序》〔五〕：「斯則龍堂貝闕，興偶於琴罇。」

〔七〕「攜勝友」四句

蔣本卷七《緜州北亭群公宴序》：「況乎踐名場，攜勝友。風月無幾，琴酒俄乖。」

《初學記》卷二十四《居處部・城郭》魏文帝《登城賦》：「陟彼城隅，逍遥遠望。」蔣本卷六《夏日登韓城門樓寓望序》：「面勝地，陟危樓。」

正倉院本《楊五席宴序》〔三〕：「白雲忽去，青天無極。」

蔣本卷四《上武侍極啓》二：「榮枯舛致，山川在目。」

〔八〕「南馳」二句

《文選》卷十一鮑照《蕪城賦》：「南馳蒼梧漲海，北走紫塞鴈門。」李善注：「南馳北走，言所通者遠也……謝承《後漢書》曰：陳茂常渡漲海。」蔣本卷十九《彭州九隴縣龍懷寺碑》：「攢峰北走，吐香嶂於玄霄，巨壑南馳，歕洪濤於赤岸。」

《北史》卷九《周本紀上第九》：「論曰……創隆周之景命，南清江漢，西舉巴蜀，北控沙漠，東據伊瀍。」

參：劉長卿《劉隨州文集》卷一《赴楚州次自田途中阻淺問張南史》：「水淺舟且遲，淮潮至何處。」

〔九〕「楚山」二句

《隋書》卷十六《列傳第四十一・文學・孫萬壽》：「爲五言詩贈京邑知友曰……裹糧楚山際，被甲吴江瀆。吴江一浩蕩，楚山何糾紛。」

正倉院本《九月九日採石館宴序》〔四〕：「白露下而吴江寒，蒼烟平而楚山晚。」

正倉院本《仲家園宴序》〔六〕：「暮江浩曠，晴山紛積。」正倉院本《上巳浮江讌序》〔七〕：「大江浩曠，群山紛糾。」

〔一〇〕「川原」四句

楊衒之《洛陽伽藍記》卷五《城北》：「川原沃壤，城郭端直。」

蔣本卷十七《梓州郪縣兜率寺浮圖碑》：「占象緯而圖基，揆川原而宅址。」

參：《箋注》卷九駱賓王《晦日楚國寺宴序》：「於是春生城闕，氣改川原。」

蔣本卷六《秋日游蓮池序》：「人間齷齪，抱風雲者幾人；庶俗紛紜，得英奇者何有。」

《宋書》卷二十七《志第十七・符瑞志》：「漢世術士言，黃旗紫蓋，見於斗牛之間，江東有天子氣。」

蔣本卷二十《常州刺史平原郡開國公行狀》：「龍驤鳳起，霸圖存玉壘之雲；紫蓋黃旗，王迹著金陵之野。」

正倉院本《江寧縣白下驛吴少府宅見餞序》〔四〕：「遺墟舊壤，百萬户之王城；武據龍盤，三百年之帝國。」

正倉院本《秋日登洪府滕王閣餞別序》〔二四〕：「懷帝閽而不見，奉宣室以何年。」

《初學記》卷八《州郡部・江南道第十》：「江寧縣，楚之金陵邑也。吴晉宋齊梁陳六代都之。」

蔣本卷二十《梓州慧義寺碑銘》：「咸以爲安昌故迹，雖纂德於前聞；新野殘書，未兼芳於後葉。」

〔一一〕「時非」二句

《隋書》卷一《帝紀第一・高祖上一》：「大定元年春二月……甲寅，策曰……吴越不賓，多歷年代。淮海之外，時非國有。」

蔣本卷十一《三國論》：「豈伊時喪，抑亦人亡。」

參：《文苑英華》卷七〇一張説《上官昭容集序》：「昔嘗共遊東壁，同宴北渚。倏來忽往，物在人亡。」卷三〇二宋之問《傷王七祕書監寄呈揚州陸表史通簡府僚廣陵好事》：「物在人已矣，都疑淮海空。」

〔一二〕「灌莽」二句

《文選》卷十一鮑照《蕪城賦》：「灌莽杳而無際，叢薄紛其相依。」蔣本卷十七《益州德陽縣善寂寺碑》：「山川隱嶙，空傳鷲嶺之基；灌莽蕭條，非復鷲林之樹。」

正倉院本《秋晚入洛於畢公宅別道王宴序》〔二一〕：「白露下而南亭虛，蒼煙生而北林晚。」

《南齊書》卷四十六《列傳第二十七・陸慧曉附顧憲之》：「當以風濤迅險，人力不捷。」蔣本卷十九《彭州九隴縣龍懷寺碑》：「豈不知羈孤長路，終嬰旅泊之虞；舟楫中流，未釋風濤之苦。」

《文選》卷十二郭璞《江賦》：「撫凌波而鳧躍，吸翠霞而夭矯。」

〔一三〕「關山」四句

蔣本卷十七《梓州郪縣兜率寺浮圖碑》：「煙霞四面，關山千里。他鄉寓目，玆焉復幾。」

正倉院本《三月上巳祓褉序》〔五〕：「琴臺遼落，猶停隱遁之賓。」

正倉院本《秋日登洪府滕王閣餞別序》〔二一〕：「空高地迥，覺宇宙之無窮。」

《初學記》卷十六《樂部下・鐘》王粲《無射鐘銘》：「休徵時序，人説時康。」

《文選》卷二十五陸雲《答張士然》：「脩路無窮迹，井邑自相循。」李善注：「《周禮》曰：九夫爲井，四井爲邑。」

正倉院本《仲家園宴序》〔六〕：「蕭條東野，暮江浩曠。」又見注〔一二〕引《益州德陽縣善寂寺碑》。

正倉院本《江寧縣白下驛吳少府見餞序》〔一二〕：「想衣冠於舊國，更值三秋；憶風景於新亭，俄傷萬古。」

《晉書》卷九十一《儒林傳第六十一》序：「惟懷逮愍，喪亂弘多，衣冠禮樂，掃地俱盡。」

〔一四〕「秋深」二句

《藝文類聚》卷九十七《蟲豸部·蟬》王由禮《賦得高柳鳴蟬詩》：「葉疎飛更迥，秋深響自清。」

正倉院本《上巳浮江讌序》〔一九〕：「既而情盤興遽，景促時淹。」

〔一五〕「俯萬古」二句

正倉院本《晚秋遊武擔山寺序》〔一五〕：「層軒瞰迥，齊萬物於三休；綺席乘虛，窮九垓於一息。」

正倉院本《江寧吳少府宅餞宴序》〔一二〕：「想衣冠於舊國，更值三秋；憶風景於新亭，俄傷萬古。」

〔一六〕「思欲」二句

正倉院本《秋晚什邡西池宴餞九隴柳明府序》〔六〕：「三蜀良游，道勝浮沈之際。」

正倉院本《秋日登洪府滕王閣餞別序》〔二二〕：「望長安於日下，指吳會於雲間。」

《文選》卷四十二魏文帝《與吳質書》：「公幹有逸氣，但未遒耳。」蔣本卷四《上許左丞啓》：「愧劉楨逸氣，卧似漳濱。」

正倉院本《江寧縣白下驛吳少府宅見餞序》〔一四〕：「嗟乎！九江爲別，帝里隔於雲端；五嶺方踰，交州在於天際。」

〔一七〕「引江山」二句

正倉院本《王勃於越州永興縣李明府宅送蕭三還齊州序》〔一五〕：「清風起而城闕寒，白露下而江山晚。」

《文苑英華》卷一七九柳顧言《奉和晚日楊子江應教》：「千里烟霞色，四望江山春。」

《廣弘明集》卷二十一梁簡文帝《答廣信侯書》：「縱賞山中，遊心人外。」

正倉院本《秋日楚州郝司户宅遇餞霍使君序》〔一三〕：「烟霞充耳目之翫，魚鳥盡江湖之賞。」

〔一八〕「生涯」二句

《莊子·養生主》：「吾生也有涯，而知也無涯。」蔣本卷二《採蓮賦》：「虞翻則故鄉寥落，許靖則生涯惆悵。」

正倉院本《秋日送王贊府兄弟赴任别序》〔一三〕：「去矣遠矣，綿日月而何期；默然寂然，涉歲寒而詎展。」

正倉院本《九月九日採石館宴序》〔一三〕：「萬里浮遊，佳辰有數。百年飄忽，芳期詎幾。」

〔一九〕「灑絶翰」二句

《文心雕龍·養氣》：「秉牘以驅齡，灑翰以伐性。」

《文選》卷二十二沈約《遊沈道士館》：「開衿濯寒水，解帶臨清風。」

正倉院本《秋日楚州郝司户宅遇餞霍使君序》〔一二〕：「朋友盛而芳樽滿，林塘清而上筵肅。」

〔三〇〕「俱題」四句

《文選》卷十三禰衡《鸚鵡賦》序：「先生爲之賦，使四座咸共榮觀，不亦可乎。」

冬日送儲三宴序〔一〕

儲學士東南之美，江漢之靈〔二〕。淩翰圃而橫飛，入詞場而獨步〔三〕。風期暗合，即爲生死之交；道德懸符，唯恨相知之晚〔四〕。下官太玄尚白，其心如丹〔五〕。將忠信待賓朋，用烟霞以付朝夕〔六〕。自非琴書好事，文筆深知，口若雌黄，人同水鏡〔七〕，亦未與談今古，盡胸懷〔八〕。對山川之風日，蕩羇旅之愁思〔九〕。此若邂逅相［遇］，適我願耳（兮）①；罇酒不空，吾無憂矣〔一〇〕。方欣握手，遽慘分岐〔一一〕。覺歲寒之相催，悲聚散之無定〔一二〕。是時也，池亭積雪，草樹凝寒〔一三〕。見鴻鴈之南飛，愴吴人之北走〔一四〕。客中送客，誰堪別後之心；一觴一詠，聊縱離前之賞〔一五〕。聞諸仁者，贈子以言。盍各賦詩，俱裁四韻〔一六〕。

【校記】

① 邂逅相適我願耳：相下當闕一字。又耳或兮字之誤。

【考證】

〔一〕**冬日送儲三宴序**

儲三，未詳

〔二〕**「儲學士」二句**

學士，見正倉院本《冬日送閭丘序卷》〔四〕注。

正倉院本《秋日登洪府滕王閣餞別序》〔五〕：「臺隍枕夷夏之交，賓主盡東南之美。」

正倉院本《仲家園序》〔七〕：「喜鵷鸞之接翼，曜江漢之多材。」又蔣本卷六《爲人與蜀城父老書》一：「沖襟渺識，人多江漢之靈；麗藻華文，代有雲泉之氣。」

參：《唐大薦福寺故大德思恒律師誌文并序》（《隋唐五代墓誌彙編》北京卷第一册）：「律師諱思恒，俗姓顧氏，吴郡人也……並東南之美，江漢之靈。」

〔三〕**「淩翰圃」二句**

蔣本卷九《山亭興序》（正倉院本《山家興序》缺文部分）：「下官以詞峰直上，振筆札而前驅；高明以翰苑横開，列文章於後殿。」

《藝文類聚》卷七十二《食物部·酒》曹植《酒賦》：「或嚬蹴辭觴，或奮爵横飛。」

正倉院本《宇文德陽宅秋夜山亭宴序》〔一二〕：「禹同金碧，暫照詞場。巴漢英靈，俄潛翰苑。」

《後漢書》卷八十三《逸民列傳第七十三·戴良》：「獨步天下，誰與爲偶。」蔣本卷十八《廣州寶莊嚴寺舍利塔碑》：「法師至誠幽感，獨步玄宗。」

〔四〕「風期」四句

正倉院本《秋晚入洛於畢公宅别道王宴序》〔一一〕：「屈榮命於中朝，接風期於下走。」

《文選》卷十七陸機《文賦》：「必所擬之不殊，乃暗合乎曩篇。」

《史記》卷一百二十《汲鄭列傳六十》：「太史公曰……一死一生，乃知交情。一貧一富，乃知交態。一貴一賤，交情乃見。汲、鄭亦云，悲夫。」《藝文類聚》卷十九《人部三·言語》陳暄《應詔語賦》：「既説前賢之往行，重覩生死之交情。」

《論語·爲政》：「道之以德，齊之以禮，有恥且格。」《後漢書》卷五十二《崔駰列傳第四十二》：「駰擬楊雄解嘲，作達旨以答焉。其辭曰……獨師友道德，合符曩真，抱景特立，與士不群。」蔣本卷五《上劉右相書》：「信賞而必罰，道德而齊禮。」

《藝文類聚》卷一《天部上·日》郭璞《十日贊》：「可謂洞感，天人懸符。」

《漢書》卷五十二《竇田灌韓傳第二十二·灌夫》：「兩人相爲引重，其游如父子然，相得驩甚，無厭，恨相知之晚。」參：《文苑英華》卷七百九楊炯《宴族人楊八宅序》：「固知深期罕遇，所以縱傾蓋之談；高契難并，所以泣相知之晚。」

正倉院本《秋夜於綿州群官席别薛昇華序》〔一三〕：「相知非不深也，相期非不厚也。」

〔五〕「下官」二句

下官，屢見。正倉院本《山家興序》〔四〕：「下官天性任真，直言敦朴。」

《漢書》卷八十七下《揚雄傳第五十七下》：「時雄方草《太玄》，有以自守，泊如也。或嘲雄以玄尚白，而雄解之，號曰解嘲。」

《晉書》卷三十六《列傳第六・張華》：「(張)華曰：臣先帝老臣，中心如丹。」

〔六〕「將忠信」二句

《周易・乾》：「子曰：君子進德修業，忠信所以進德也。」

鮑照《鮑明遠集》卷三《代堂上歌行》：「車馬相馳逐，賓朋好容華。」

蔣本卷七《入蜀紀行詩序》：「況乎躬覽勝事，足踐靈區。煙霞爲朝夕之資，風月得林泉之助。」

〔七〕「自非」四句

《列女傳》卷二《賢明傳・楚於陵妻》：「左琴右書，樂亦在其中矣。」蔣本卷六《爲人與蜀城父老書》一：「詩酒同歸，琴書合契。」

《孟子・萬章上》：「孟子曰：否，不然也。好事者爲之也。」蔣本卷二《慈竹賦》序：「好事君子，爲階庭之翫焉。」

《文心雕龍・總術》：「今之常言，有文有筆，以爲無韻者筆也，有韻者文也。」

蔣本卷七《秋日宴洛陽序》：「但有潘陽之密戚，得無管鮑之深知。」

《文選》卷五十五劉孝標《廣絶交論》：「雌黄出其脣吻，朱紫由其月旦。」李善注：「孫盛《晉陽秋》曰：王衍，字夷甫，能言，於意有不安者，輒更易之。時號口中雌黄。」《藝文類聚》卷四十七《職官三・特進》江總《特進光禄大夫徐陵墓誌銘》：「心緘武庫，口定雌黄。」

正倉院本《夏日喜沈大虞三等重相遇序》〔五〕：「若涉芝蘭，如臨水鏡。」

〔八〕「亦未」二句
蔣本卷五《上劉右相書》：「大論古今之利害，高談帝王之綱紀。」蔣本卷一《春思賦》：「高談胸懷，頗洩憤懣。」

〔九〕「對山川」二句
《周禮・遺人》：「野鄙之委積，以待羈旅。」鄭注：「羈旅，過行寄止者。」蔣本卷六《夏日登韓城門樓寓望序》：「流離歲月，羈旅山川。」
《集注》卷四庾信《奉和永豐殿下言志十首》其四：「直城風日美，平陵雲霧除。」
《楚辭》宋玉《招魂》：「極千里兮傷春心。」王逸注：「言春時澤平，望遠可以滌蕩愁思之心也。」

〔一〇〕「此若」四句
《毛詩・鄭風・野有蔓草》：「有美一人，清揚婉兮。邂逅相遇，適我願兮。」
《後漢書》卷七十《鄭孔荀列傳第六十・孔融》：「及退閑職，賓客日盈其門，常歎曰：座上客恒滿，尊中酒不空，吾無憂矣。」

〔一一〕「方欣」二句
《梁書》卷五十《列傳第四十四・文學下・陸雲公》：「張纘時爲湘州，與雲公叔襄、兄晏子書曰……夕次帝郊，亟淹信宿，徘徊握手，忍分歧路。」正倉院本《秋日送沈大虞三入洛詩序》〔一二〕：「此時握手，共對離樽。」

〔一二〕「**覺歲寒**」二句

正倉院本《秋日送王贊府兄弟赴任序》：「黯然寂然，涉歲寒而詎展。」

《古詩紀》卷三十四《晉四》陸機《日重光行》：「譬如四時，固恒相催。」

正倉院本《張八宅別序》〔六〕：「則知聚散恒事，憂歡共惑。」

〔一三〕「**是時也**」三句

正倉院本《三月上巳祓禊序》〔四〕：「況乎山陰舊地，王逸少之池亭；永興新交，許玄度之風月。」

《楚辭》屈原《九歌・湘君》：「桂櫂兮蘭枻，斲冰兮積雪。」

《玉臺新詠》卷七梁武帝《臨高臺》：「草樹無參差，山河同一色。」蔣本卷十三《九成宫頌》：「故夫恩加草樹，囿原澤而無私。」

《法書要録》卷十王羲之《十七帖》八：「足下先後二書，但增歎慨。頃積雪凝寒。」

〔一四〕「**見鴻鴈**」二句

《初學記》卷二《天部下・霜》：「《五經鉤沈》曰：天霜樹落葉，而鴻雁南飛。」

〔一五〕「**客中**」四句

《文選》卷十六江淹《别賦》：「帳飲東都，送客金谷。」蔣本卷三《蜀中九日詩》：「九月九日望鄉臺，他席他鄉送客杯。」

《玉臺新詠》卷七梁簡文帝《怨詩》：「誰堪空對此，還成無歲寒。」

正倉院本《秋晚入洛於畢公宅别道王宴序》〔四一〕：「式命離前之筆，思存别後之資。」

《晉書》卷八十《列傳第五十・王羲之》：「《蘭亭序》……雖無絲竹管絃之盛，一觴一詠，亦足以暢叙幽情。」

蔣本卷八《送白七序》：「誰能著後五千言，贈子以言，空有離前四十韻。」

〔一六〕「聞諸仁者」四句

《荀子・大略》：「曾子行，晏子從於郊，曰：嬰聞之，君子贈人以言，庶人贈人以財。嬰貧無財，請假於君子，贈吾子以言。」

正倉院本《山家興序》〔二〕：「仁者樂山，智者樂水。」

正倉院本《仲家園宴序》〔一〇〕：「盍各賦詩，放懷叙志。」

初春於權大宅宴序〔一〕

早春上月，連襟扼腕〔二〕。梅柳變而新歲芳，道術齊而故人聚〔三〕。羈心易斷，惜風景於他鄉；滕（勝）①友難遭，盡歡娱於此席〔四〕。權大官骨（滑）②稽名士，倜儻高才〔五〕。博我以文章，期我以久要〔六〕。丈夫之風雲暗相許，國士之懷抱深相知〔七〕。大開琴酒之筵，遠命珪璋之客〔八〕。則有僧中龍象，支道林之聰明；物外英奇，劉真長之體道〔九〕。張生博物，仁遠乎哉；楊子草玄，吾知之矣〔一〇〕。臨春風而對春〔　〕③，接蘭友而坐蘭堂〔一一〕。散孤憤於談叢，寄窮愁於天漢〔一二〕。情飛調逸，樂極興酣〔一三〕。方欲粉飾襟神，激揚視聽〔一四〕，翫山川之物色，賞區宇之烟霞〔一五〕。文不在兹，請命蛟龍之筆；詩以言志，可飛白鳳之詞〔一六〕。凡我友人，皆成四韻〔一七〕。

【校記】

① 滕：當作勝。

② 骨：當作滑。

③ 春：春下當闕一字。

【考證】

〔一〕初春於權大宅宴序

初春，見《玉臺新詠》卷五沈約《初春》詩。

權大，未詳。

〔二〕「早春」二句

蔣本卷三《早春野望》詩。

《藝文類聚》卷二十九《人部十三・别上》劉孝綽《應令詩》：「鮮雲積上月，凍雨晦初陽。」參：《箋注》卷二駱賓王《同辛簿簡仰酬思玄上人林泉四首》其二：「芳晨臨上月，幽賞洽中園。」

《文選》卷四左思《蜀都賦》：「三蜀之豪，時來時往。養交都邑，結儔附黨。劇談戲論，扼腕抵掌。

出則連騎，歸從百兩。」參：楊炯《楊炯集箋注》卷三《登秘書省閣詩序》：「列芳饌，命雕觴，扼腕抵掌，劇談戲笑。」

〔三〕「梅柳」二句

陶潛《陶淵明集》卷三《蠟日詩》：「梅柳夾門植，一條有佳花。」蔣本卷六《春日孫學士宅宴序》：「白衣送酒，青陽在節。鳧雁亂而江湖春，梅柳開而庭院晚。」

《莊子·大宗師》：「故曰：魚相忘乎江湖，人相忘乎道術。」蔣本卷六《夏日登龍門樓寓望序》：「夫益者三友，則道術可存；同心二人，則金蘭可浴。」

故人，屢見。

〔四〕「羇心」四句

鮑照《鮑明遠集》卷五《還都道中詩三首》其二：「愁來攢人懷，羈心苦獨宿。」蔣本卷三《麻平晚行》：「羈心何處盡，風急暮猨清。」

《藝文類聚》卷四十二《樂部三·樂府》盧思道《夜聞鄰妓詩》：「怨歌聲易斷，妙舞態難逢。誰能暫留客，解佩一相從。」

蔣本卷七《守歲序》：「對他鄉之風景，憶故里之琴歌。柏葉爲銘影，泛新年之酒。」

正倉院本《樂五席宴群公序》〔二〕：「諸公等利斷秋金，嘯風烟於勝友。」

正倉院本《三月上巳祓禊序》〔一四〕：「他鄉易感，自悽恨於兹晨；羈客何情，更歡娱於此日。」

〔五〕「權大官」二句

《史記》卷一二六《滑稽列傳第六十六》：「淳于髡者，齊之贅壻也。長不滿七尺，滑稽多辯，數使諸侯，未嘗屈辱。」

正倉院本《宇文德陽宅秋夜山亭宴序》〔八〕：「友人河南宇文嶠，清虚君子，中山郎餘令，風流名士。」《史記》卷八十三《魯仲連鄒陽列傳第二十三·魯仲連》：「好奇偉俶儻之畫策。」索隱：「《廣雅》云：俶儻，卓異也。」《晉書》卷七十二《列傳第四十二·郭璞》：「字景純，河東聞喜人也……好經術，博學有高才，而訥於言論，詞賦爲中興之冠。」《世説新語·任誕第二十三》：「袁耽俊邁多能。」注：「《袁氏家傳》曰：耽字彦道，陳郡陽夏人。魏中郎令涣曾孫也。魁梧爽朗，高風振邁。少倜儻不羈，有異才。士人多歸之。」

蔣本卷七《秋日宴洛陽序》：「於是齊道實，欹琴樽，倜儻論心，留連促膝。」

〔六〕「博我」二句

《論語·子罕》：「夫子循循然善誘人，博我以文，約我以禮。欲罷不能，既竭吾才。如有所立卓爾。雖欲從之，末由也已。」蔣本卷四《上吏部裴侍郎啓》：「抑亦可以言乎，夫文章之道，自古稱難。」

《毛詩·鄘風·桑中》：「期我乎桑中，要我乎上宫，送我乎淇之上矣。」

《論語·憲問》：「久要不忘平生之言，亦可以爲成人矣。」

〔七〕「丈夫」二句

正倉院本《秋日宴山庭序》〔一三〕：「丈夫不縱志於生平，何屈節於名利。」

參：《箋注》卷八駱賓王《上吏部裴侍郎書》：「咸以勢利相傾，意氣相許。」

《史記》卷八十六《刺客列傳第二十六》：「豫讓者，晉人也。故嘗事范氏及中行氏，而無所知名。去而事智伯，智伯甚尊寵之……豫讓曰：臣事范、中行氏，范、中行氏皆衆人遇我，我故衆人報之。至於智伯，國士遇我，我故國士報之。」蔣本卷四《上李常伯啓》：「伏願蹔停左右，曲流國士之恩。」

正倉院本《上巳浮江讌序》〔八〕：「林壑清其顧眄，風雲蕩其懷抱。」

正倉院本《秋夜於綿州群官席别薛昇華序》〔一三〕：「故僕於群公，相知非不深也，相期非不厚也。」

〔八〕「大開」二句

《梁書》卷二十一《列傳第十五・張充》：「因與（王）儉書曰……悠悠琴酒，岫遠誰來。灼灼文談，空罷方寸。」蔣本卷八《送白七序》：「靈珠耀掌，是琴酒之文人；長劍横腰，即風雲之烈士。」

正倉院本《春日序》〔九〕：「文詞泉涌，秀天下之珪璋；儒雅風流，作人倫之師範。」

〔九〕「則有」四句

《注維摩詰經》卷七《不思議品第六》：「譬如龍象蹴踏，非驢所堪。」蔣本卷九《四分律宗記序》：「將使龍象緇服，惟明克允。」

參：《五燈會元》卷一《東土祖師・初祖菩提達磨大師》：「（宗勝）曰……波羅提法中龍象。」

《高僧傳》卷四《義解一・晉剡沃洲山支遁》：「支遁，字道林。本姓關氏，陳留人。或云河東林慮人。幼有神理，聰明秀徹……年二十五出家。」蔣本卷九《四分律宗記序》：「竺法猷之苦節，支道林之遠致。」

《藝文類聚》卷七十六《内典上・内典》梁簡文帝《神山寺碑》：「皇太子殿下幾圓上聖，智周物外。」蔣本卷三《登城春望詩》：「物外山川近，晴初景靄新。」

《晉書》卷七十五《列傳第四十五·劉惔》：「字真長，沛國相人……惔少清遠，有標奇，與母任氏寓居京口。家貧，織芒屩以爲養……論者遂比之荀粲……尤好老莊，任自然趣。」蔣本卷九《四分律宗記序》：「弟子才非玄度，識劣真長。」

正倉院本《山家興序》〔七〕：「潁川人物，有荀家兄弟之風；漢代英奇，守陳氏門宗之德。」

〔一〇〕「張生」四句

《晉書》卷三十六《列傳第六·張華》：「字茂先，范陽方城人……代下邳王晃爲司空……天下奇祕，世所希有者，悉在華所。由是博物洽聞，世無與比。」蔣本卷一《春思賦》：「司空令尹之博物，二陸三張之文雅。」

《論語·述而》：「子曰：仁遠乎哉！我欲仁，斯仁至矣。」

見正倉院本《餞宇文明府序》〔七〕「雖楊庭載酒，方趨好事之遊」注。

《禮記·中庸》：「子曰：道之不行也，我知之矣。知者過之，愚者不及也。道之不明也，我知之矣。賢者過之，不肖者不及也。」

〔一一〕「臨春風」二句

《玉臺新詠》卷七沈約《會圃臨春風》：「臨春風，春風起春樹。」蔣本卷一《春思賦》：「春風春日自相逢，石鏡巖前花屢密。」

《周易·繫辭上》：「二人同心，其利斷金，同心之言，其臭如蘭。」

《文選》卷四張衡《南都賦》：「以速遠朋，嘉賓是將。揖讓而升，宴于蘭堂。」李善注：「《漢書》曰：拔蘭堂。」

〔一二〕「散孤憤」二句

《史記》卷六十三《老子韓非列傳第三》：「悲廉直不容於邪枉之臣，觀往者得失之變。故作《孤憤》《五蠹》《内》《外儲》《説林》《説難》十餘萬言。」索隱：「孤憤，憤孤直不容於時也。」蔣本卷七《夏日諸公見尋訪詩序》：「授僕以幽憂孤憤之性，稟僕以耿介不平之氣。」

《梁書》卷八《列傳第二・昭明太子》：「王筠爲哀册，文曰……或擅談叢，或稱文囿。」

正倉院本《秋日楚州郝司户宅遇餞霍使君序》〔六〕：「昌亭旅食，悲下走之窮愁；山曲淹留，屬群公之宴喜。」

蔣本卷六《爲人與蜀城父老書》一：「嗟乎！誠下官所以仰天漢而鬱拂，臨江山而慷慨者也。」

〔一三〕「情飛」二句

《藝文類聚》卷三十八《禮部上・祭祀》徐悱妻劉氏《祭夫文》：「調逸許中，聲高洛下。」

正倉院本《上巳浮江讌序》〔一九〕：「既而情盤興遽，景促時淹。」

蔣本卷六《夏日登龍門樓寓望序》：「戲鳥淩空，狎林亭而半度；興酣情逸，其敦行役之期。」

〔一四〕「方欲」二句

《藝文類聚》卷三十五《人部十九・愁》曹植《釋愁文》：「臨餐困於哽咽，煩冤毒於酸嘶。加之以粉飾不澤，飲之以兼肴不肥。」

正倉院本《夏日仙居觀序》〔一三〕：「神襟獨遠。」句引蔣本卷十八《梓州郪縣靈瑞寺浮圖碑》：「信可以澡雪神襟，清疎視聽。」

蔣本卷四《上吏部裴侍郎啓》：「方欲激揚正道，大庇生人。」

《毛詩・王風・揚之水》：「揚之水，不流束薪。」毛傳：「揚，激揚也。」

〔一五〕「翫山川」二句

山川、烟霞，頻出。

《藝文類聚》卷三《歲時部上・秋》鮑照《秋日詩》：「物色延暮思，霜露逼朝榮。」蔣本卷三《仲春郊外詩》：「物色連三月，風光絶四鄰。」

蔣本卷十五《益州夫子廟碑》：「高祖武皇帝以黄旗問罪，杖金策以勞華夷；太宗文皇帝以朱翟承天，穆玉衡而正區宇。」

〔一六〕「文不」四句

《論語・子罕》：「文王既歿，文不在茲乎。」蔣本卷十七《益州德陽縣善寂寺碑》：「群公以道之存矣，思傳記德之書；下官以文在茲乎，願展當仁之筆。」

正倉院本《秋日登洪府滕王閣餞別序》〔八〕：「騰蛟起鳳，孟學士之詞宗；紫電青霜，王將軍之武庫。」

《尚書・舜典》：「詩言志，歌永言。」

《太平御覽》卷九百一十五《羽族部二・鳳》：「《西京雜記》曰：揚雄讀書，有（一本作有人）語之曰：無爲自苦，玄故難傳，忽不見。雄著《太玄經》，夢吐白鳳皇，集其頂上而滅。」蔣本卷七《夏日諸公見尋訪詩序》：「玄經苦而白鳳翔，素牒開而紫鱗降。」

〔一七〕**「凡我」二句**

參：《文苑英華》卷七百一十五楊炯《送東海孫尉詩序》：「彼其之子，未爲後時，凡我友朋，無勞疑別。」

春日送呂三儲學士序〔一〕

宇宙之風月曠矣，川岳之煙雲多矣〔二〕。其有徒開七竅，枉滯百年〔三〕。棄光景若埃塵，賤琴書同糞土〔四〕。言不及義，動非合禮〔五〕。若使周孔爲文章之法吏，比屋可以行誅；嵇阮爲林壑之士師，破家不容其罪〔六〕。至若神高方外，志大寰中〔七〕。詩酒以洗滌胸襟，池亭以導揚耳目〔八〕。超然自足，散若有餘〔九〕。義合則交踈而吐誠，言忘則道存而目擊〔一〇〕，二三君子，當仁不讓〔一一〕。並高情朗俊，逸調踈閑〔一二〕。杞梓森羅，琳瑯疊彩〔一三〕。崩雲垂露之健筆，吞蛟吐鳳之奇文〔一四〕。顔謝可以執鞭，應徐自然銜璧〔一五〕。下官栖遑失路，懷抱沈愁〔一六〕。蹔辭野鶴之群，來廁真龍之友〔一七〕。不期而會，甘申羇旅之心；握手言離，更切依然之思〔一八〕。于時風雨如晦，花柳含春〔一九〕。雕梁看紫燕雙飛，喬木聽黃鸎雜囀〔二〇〕。殷憂別思，晼晚年光〔二一〕。時不再來，須探一字〔三〕。

【考證】

〔一〕春日送吕三儲學士序

吕三、儲學士，俱未詳。

〔二〕「宇宙」二句

宇宙、風月，屢見。正倉院本《山家興序》〔二七〕：「長松勁栢，鑽宇宙而頓風雲；大壑横溪，吐江河而懸日月。」正倉院本《上巳浮江讌序》〔四〕：「况廼偃泊山水，遨遊風月。」蔣本卷十九《梓州玄武縣福會寺碑》：「星象垂祉，川嶽載靈。」正倉院本《秋日送王贊府兄弟赴任別序》〔一一〕：「加以煙雲異狀，凜凜四郊之荒。」

〔三〕「其有」二句

《莊子·應帝王》：「人皆有七竅，以視聽食息。」《魏書》卷四十一《列傳第二十九·源賀附源懷》：「時細民爲豪强陵壓，積年枉滯，一朝見申者，日有百數。」正倉院本《三月上巳祓禊序》〔二〕：「觀夫天下四海，以宇宙爲城池；人生百年，用林泉爲窟宅。」

〔四〕「棄光景」二句

《漢書》卷六《武帝紀第六》：「薦于泰畤，光景並見。」蔣本卷八《感興奉送王少府序》：「一旦覩風雲，千年想光景。」

《文選》卷二十一左思《詠史八首》其六：「貴者雖自貴，視之若埃塵。賤者雖自賤，重之若千鈞。」

正倉院本《冬日送儲三宴序》〔七〕：「自非琴書，文筆深知，口若雌黃，人同水鏡。」

《史記》卷一二九《貨殖列傳第六十九》：「貴出如糞土，賤取如珠玉。」

〔五〕「言不」二句

《論語・衛靈公》：「子曰：群居終日，言不及義，好行小慧，難矣哉。」

《世説新語・品藻第九》：「荀靖方陳諶。」注：「《逸士傳》曰：靖字叔慈……隱身修學，動止合禮。」

〔六〕「若使」四句

正倉院本《秋晚入洛於畢公宅別道王宴序》〔三〕：「早師周孔，偶愛神宗；晚讀老莊，動諧真性。」

蔣本卷四《上吏部裴侍郎啓》：「夫文章之道，自古稱難。」

《漢書》卷六十二《司馬遷傳第三十二》：「身非木石，獨與法吏爲伍，深幽囹圄之中，誰可告愬者。」

《論衡・率性》：「傳曰：堯舜之民，可比屋而封；桀紂之民，可比屋而誅。」

正倉院本《仲家園宴序》〔三〕：「僕不幸，在流俗而嗜煙霞，恨林泉不比德，而嵇阮不同時。」正倉院本《上巳浮江讌序》〔八〕：「林壑清其顧眄，風雲蕩其懷抱。」

《周禮・秋官・士師》：「士師之職，掌國之五禁之灋，以左右刑罰。一曰宮禁，二曰官禁，三曰國禁，四曰野禁，五曰軍禁，皆以木鐸徇之於朝，書而縣於門閭。」

《藝文類聚》卷二十三《人部七・鑒誡》王昶《家誡》：「積而不能散，則有鄙吝之累，積而好奢，則有驕上之罪。大者破家，小者辱身，此二患也。」

《晉書》卷六十二《列傳第三十二·劉琨》：「恐父母宗黨不容其罪。」

〔七〕「至若」二句

正倉院本《王勃於越州永興縣李明府宅送蕭三還齊州序》〔六〕：「幸屬一人作寰中之主，四皓爲方外之臣。」

《莊子·大宗師》：「子桑户、孟子反、子琴張三人，相與友……而子桑户死，未葬……孔子聞之，使子貢往侍事焉。或編曲，或鼓琴，相和而歌……孔子曰：彼遊方之外者也，而丘游方之内者也。」

蔣本卷十五《益州夫子廟碑》：「神經幽顯，志大宇宙。」

〔八〕「詩酒」二句

正倉院本《宇文德陽宅秋夜山亭宴序》〔二三〕：「俾夫一同詩酒，不撓於牽絲；千載巖泉，無慙於景燭云爾。」

《文選》卷十二木華《海賦》：「嘘噏百川，洗滌淮漢。」

正倉院本《張八宅别序》〔四〕：「仰嵇風範，俯阮胸懷。」

正倉院本《三月上巳祓禊序》〔四〕：「況乎山陰舊地，王逸少之池亭；永興新交，許玄度之風月。」

《尚書·顧命》：「皇后憑玉几，道揚末命，命汝嗣訓。」蔣本卷十五《益州夫子廟碑》：「導揚十聖，光被六虚。」

正倉院本《秋日楚州郝司户宅遇餞霍使君序》〔一三〕：「烟霞充耳目之翫，魚鳥盡江湖之賞。」

〔九〕「**超然**」二句

正倉院本《江浦觀魚宴序》〔二〇〕：「道之存矣，超然四海之［　］間。」

《晉書》卷九《帝紀第九·簡文帝》：「詔曰……孰與自足山水，棲遲丘壑。」蔣本卷四《上明員外啓》：「松欞坐月，臨黛壑而遐征；桂席攀風，俯青巖而自足。」

蔣本卷四《上明員外啓》：「安枕有餘，廟堂非養高之所。」

〔一〇〕「**義合**」二句

蔣本卷四《上明員外啓》：「故知聲同義合，存長幼於三州。」

《世説新語·規箴第十》：「（何）晏曰：知幾其神乎，古人以爲難；交疎吐誠，今人以爲難。今君一面，盡二難之道，可謂明德惟馨，詩不云乎，中心藏之，何日忘之。」

正倉院本《別盧主簿序》〔六〕：「况乎同德比義，目擊道存。」

〔一一〕「**二三**」二句

《國語·周語中》：「邵公以告單襄公曰：王叔子譽温季，以爲必相晉國，相晉國，必大得諸侯，勸二三君子必先導焉，可以樹。」

《論語·衛靈公》：「子曰：當仁不讓於師。」何解：「孔曰：當行仁之事，不復讓於師，言行仁急。」蔣本卷四《上李常伯啓》：「當仁不讓，下走無慚於自媒；聞善若驚，明公豈難於知我。」

〔一二〕「**並高情**」二句

蔣本卷一《遊廟山賦》：「驅逸思於方外，蹈高情於天下。」

《藝文類聚》卷十六《儲宮部・儲宮》陸機《愍懷太子誄》：「茂德克廣，仁姿朗俊。」

蔣本卷十四《乾元殿頌》：「執豆推恩，道振明堂之禮。瑶山廣樂，備逸調於宮懸。」

〔一三〕「杞梓」二句

《左傳・襄公二十六年》：「晉卿不如楚，其大夫則賢，皆卿材也。如杞梓皮革，自楚往也。」蔣本卷十八《廣州寶莊嚴寺舍利塔碑》：「琳瑯什種，杞梓緇徒。」蔣注：「什是釋字之訛。」

《藝文類聚》卷七十八《靈異部上・仙道》陶弘景《茅山長沙館碑》：「夫萬象森羅，不離兩儀所育。」

正倉院本《秋日宴山庭序》〔六〕：「昔時西北，則我地之琳瑯；今日東南，乃他鄉之竹箭。」

蔣本卷二十《常州刺史平原郡開國公行狀》：「故得卿才表秀，疊彩駢蹤，皂蓋朱幡，連州比郡。」

〔一四〕「崩雲」二句

鮑照《鮑明遠集》卷十《飛白書勢銘》：「輕如游霧，重似崩雲。」蔣本卷三《春日宴樂遊園賦韻得接字》：「流水抽奇弄，崩雲灑芳牒。」

《初學記》卷二十一《文部・文字三》：「蕭子良《古今篆隸文體》：有藁書、楷書、蓬書、懸針書、垂露書、飛白書。」「王愔《文字志》曰：垂露書，如懸針而勢不遒勁，阿那若濃露之垂，故謂之垂露。」

《藝文類聚》卷四十八《職官部四・尚書》徐陵《讓五兵尚書表》：「雖復陳琳健筆，未盡愚懷。」蔣本卷二十《梓州慧義寺碑銘》：「嘉聲内振，健筆旁流，翠碣高懸，丹書未缺。」

正倉院本《秋日登洪府滕王閣餞別序》〔八〕：「騰蛟起鳳，孟學士之詞府；紫電青霜，王將軍之武庫。」

《漢書》卷六十四下《嚴朱吾丘主父徐嚴終王賈傳第三十四下・王襃》：「詔使襃等皆之太子宮虞侍太

子，朝夕誦讀奇文及所自造作。」

〔一五〕「顏謝」二句

《宋書》卷七十三《列傳第三十三·顏延之》：「字延年，琅邪臨沂人。……文章之美，冠絶當時……與陳郡謝靈運俱以詞彩齊名，自潘岳、陸機之後，文士莫及也。江左稱顏謝焉。」楊炯《王勃集序》：「繼之以顏謝，申之以江鮑。」

《史記》卷六十二《管晏列傳第二》：「太史公曰……假令晏子而在，余雖爲之執鞭，所忻慕焉。」

《文選》卷五十沈約《宋書謝靈運傳論》：「綴平臺之逸響，採南皮之高韻。」李善曰：「南皮，魏文帝所遊也。高韻，謂應徐之文也。」又：「爰逮宋氏，顏謝騰聲，靈運之興會摽舉，延年之體裁明密，並方軌前秀，垂範後昆。」

《左傳·僖公六年》：「冬，蔡穆侯將許僖公，以見楚子於武城。許男面縛銜璧。」杜注：「縛手於後，唯見其面，以璧爲贄，手縛故銜之。」蔣本卷二十《常州刺史平原郡開國公行狀》：「故得戰無全陣，野靡堅城，摐金將躍馬暫臨，銜璧與牽羊相繼。」

〔一六〕「下官」二句

下官，屢見。

《文選》卷四十五班固《答賓戲》：「是以聖哲之治，棲棲遑遑，孔席不暖，墨突不黔。」李善注：「言貴及時，故不避棲遑之弊也。棲遑，不安居之意也。」蔣本卷三《重別薛華詩》：「旅泊成千里，棲遑共百年。」

正倉院本《秋日登洪府滕王閣餞別序》〔一一三〕：「關山難越，誰非失路之人。」

正倉院本《秋日宴山庭序》〔一六〕：「後之視今，訪懷抱於茲日。」

〔一七〕「暫辭」二句

正倉院本《秋晚入洛於畢公宅別道王宴序》〔六〕：「野客披荷，暫辭幽磵；山人賣藥，忽至神州。」

《世説新語・容止第十四》：「有人語王戎曰：嵇延祖卓卓如野鶴之在雞群。」

《新書》卷五《雜事》：「子張見魯哀公，七日而哀公不禮，託僕夫而去……君之好士也，有似葉公子高之好龍也。葉公子高好龍，鉤以寫龍，鑿以寫龍，屋室雕文以寫龍。於是天龍聞而下之，窺頭於牖，拖尾於堂。葉公見之，棄而還走，失其魂魄，五色無主。是葉公非好龍也，好夫似龍而非龍者也。今臣聞君好士，故不遠千里之外以見君，七日不禮，君非好士也，好夫似士而非士者也。」蔣本卷四《上吏部裴侍郎啓》：「徒使駿骨長朽，真龍不降。」

參：《文苑英華》卷八四九盧照鄰《益州至真觀主黎君碑》：「昂昂不雜，如獨鶴之映群鳥（一作雞）；矯矯無雙，狀真龍之對芻狗。」

〔一八〕「不期」四句

《史記》卷四《周本紀第四》：「是時，諸侯不期而會盟津者八百諸侯。」

《文選》卷二十九張協《雜詩十首》其七：「此鄉非吾地，此郭非吾城，羇旅無定心，翩翩如懸旌。」正倉院本《冬日送儲三宴序》〔一〇〕：「對山川之風日，蕩羇旅之愁思。」

正倉院本《秋日送沈大虞三入洛詩序》〔一二〕：「此時握手，共對離樽。」

正倉院本《王勃於越州永興縣李明府宅送蕭三還齊州序》〔一七〕：「今我言離，會當何日。」

蔣本卷十八《廣州寶莊嚴寺舍利塔碑》：「濡鱗涸轍，處定水而彌勸；撫翼香林，在窮途而更切。」《文選》卷十六江淹《別賦》：「惟世間兮重別，謝主人兮依然。」

〔一九〕「于時」二句

《毛詩・鄭風・風雨》：「風雨如晦，雞鳴不已。」

蔣本卷三《林泉獨飲》：「丘壑經塗賞，花柳遇時春。」

〔二〇〕「雕梁」二句

蕭統《昭明太子集》卷三《錦帶書十二月啓・姑洗三月》：「魚遊碧沼，疑呈遠道之書；燕語雕梁，恍對幽閨之語。」

參：《文苑英華》卷二百五盧照鄰《長安古意》：「雙燕雙飛繞畫梁，羅幃翠被鬱金香。」

《毛詩・小雅・伐木》：「伐木丁丁，鳥鳴嚶嚶，出自幽谷，遷于喬木。」

參：《文苑英華》卷二〇〇盧照鄰《行路難》：「黃鶯一一向花嬌，青鳥雙雙將子戲。」

《集注》卷三庾信《北園新齋成應趙王教》：「鳥聲唯雜囀，花風直亂吹。」

參：《千家詩選》卷一朱淑真《春》：「深院雕梁巢燕返，高林喬木谷鶯遷。」

〔二一〕「殷憂」二句

《文選》卷三十七劉琨《勸進表》：「或多難以固邦國，或殷憂以啓聖明。」李善注：「《韓詩》曰：耿耿不寐，如有殷憂。」蔣本卷一《春思賦》：「浮游歲序，殷憂明時。」

參：《文苑英華》卷二百六十七陳子昂《送客》：「相送河洲晚，蒼茫別思盈。」

《楚辭》宋玉《九辯》：「白日晼晚其將入兮，明月銷鑠而減毀。」

蔣本卷三《上巳浮江宴韻得遥字》：「上巳年光促，中川興緒遥。」

〔三三〕「時不」二句

正倉院本《秋晚入洛於畢公宅别道王宴序》〔二四〕：「况乎迹不皆偕，時不再來。」

[王勃集卷廿八]①

墓誌下

唐故度支員外郎達奚公②[一]

公諱某，字某，河南洛陽人也[二]。若夫軒丘電之③發，擁陽岳而裁標；代壤雲飛，控陰巒而搆祉[三]。由是朱幢夕拜，龍光開朔野之氛④；緣(緑)⑤蓋晨驅，鵬水運南溟之翼[四]。故以指麾日月，嘯咤風雷。高藩十姓，皇枝千葉[五]。曾祖某，後魏安南大將軍。三門上策，奉黄鉞於金庭；五壘神兵，詔玄戈於玉帳[六]。祖武，後魏大將軍高陽郡公，周大宗伯、太保、太傅、鄭國公[七]。轅門舊迹，銀龜成文將之家；鼎路初平，玉馬受三台之策[八]。父金州總管，上柱國，襲封鄭國公。虹璋莅俗，露玄幘而繩風；鵲印承祧，闢丹帷而組化[九]。惟公青金皋載嚮，赤野騰靈。生蒭一束，寒松千丈[一〇]。河宫紫闕，尋義壑而猶迷；閬苑朱陵，仰情巒而不逮〔一一〕。隨大業中，以良家子調補右千牛〔一二〕。彤闈旦靜，扈瓊鈒於鸞墀；青禁宵嚴，投銀符於鶴扇〔一三〕。雖帝府鈎陳之序，寔冀［　］⑥華；而仙臺列宿之班，是招人選〔一四〕。遷除度支員外郎，文扃峻敞，禮暑（署）⑦重深〔一五〕。五曹光庶績之雄，八座翊靈圖之首〔一六〕。□⑧崇蘭在握，仰風路以馳芳；勁篠儀貞，府（俯）⑨雲衢而振影〔一七〕。方冀金貂紫閣，五公傳□⑩綬之榮；悲夫玉樹黃泉，千載泣蒿亭之恨〔一八〕。以某月日，薨于某所。嗚呼哀哉！惟公神馳俗右，識洞幾先。森月桂於情田，峙雲蓬於性海〔一九〕。銀鈎露灑，下書沼而鸞迴；玉軫波驚，府（俯）⑪琴亭而鶴引〔二〇〕。加以賞兼朝野，趣入煙霞。故人接袂，新知投轄〔二一〕。風庭月幌，簪裾成紫陌之歡；桂壑松巖，蘿薜發青溪之興〔二二〕。故得飛名禁旅，擢跡皇寮。仰霞軒而展衛，入皇樞而抗景〔二三〕。嗚呼！槐庭累慶，方永北闕之歌；松野疑（凝）⑫悲，奄見東郊之哭〔二四〕。夫人河東柳氏，濟州府君邯鄲公之女也〔二五〕。星津降彩，月甸垂芬〔二六〕。清雅韻於椒花，奉柔規於荇菜〔二七〕。仙琴［　］奏⑬，早□和鳳之音；寶劍雙沈，晚合乘龍之契〔二八〕。以大唐某年月合葬于某所，禮也。嗚呼哀哉！有子普州安居令孝貞，哀纏逝晷，痛結終身〔二九〕。侵露序而屠肝，指霜旻而斷骨〔三〇〕。雖黃壚掩照，空驚梁岫之悲；而翠琰題芳，□抒鄒衢之慟〔三一〕。其詞曰：

構聳軒臺，流分翰渚〔三二〕。燭龍北抗，雲鵬南舉〔三三〕。玉劍連芒，金輻［　］［　］⑭〔三四〕。道光師席，榮分禁旅〔三五〕。珠江月滿，瓊岫虹騖〔三六〕。福馳來胤，也是秀〔三七〕

（下闕）

【校記】

① 原卷無此題名，據補。

② 原目録題作達奚員外墓誌一首（并序）。

③ 之：按對句，之字當衍。

④ 氛：原文上有氣字。左有抹消符。

⑤ 緣：當作緑。

⑥ 冀：冀下當脱一字。

⑦ 暑：當作署字。

⑧ □：有字，當筆誤。

⑨ 府：當作俯字。

⑩ □：或紱字。

⑪ 府：當作俯。

⑫ 疑：當作凝字。

⑬ 琴奏：琴下當闕一字。

⑭ 金韜：案押韻，金韜下闕二字。渚舉旅，上声。鶩，去声。

【考證】

〔一〕唐故度支員外郎達奚公

《通典》卷二十三《職官五·尚書下·户部尚書》：「（按今户部之職與地官之任，雖亦頗同，若徵其承受，考其沿襲，則户部合出於度支。度支，主計算之官也。）……度支郎中一人（……）。員外郎一人。」

《元和姓纂》卷十《十二葛・達奚》：「後魏獻帝第五弟之後，爲十姓。遠祖長寧公革，生司空斤，亦單姓奚氏，與穆、于、陸、婁、賀、劉、尉爲北人八族（案《魏官氏志》，八姓中有嵇氏，非奚氏。達奚以獻帝弟始改爲氏。八姓乃太祖舊勳，在達奚得氏先，當以史爲正，惟穆、陵、奚、于四姓有之）。斤元孫武，後周太保、大冢宰、鄭公也。」

〔二〕「公諱某」三句

《元和郡縣志》卷五《河南道一》：「河南府……管縣二十六……洛陽縣（赤，郭下）。」

《魏書》卷七下《高祖紀第七下》：「丙辰，詔遷洛之民，死葬河南，不得還北。於是代人南遷者，悉爲河南洛陽人。」

〔三〕「若夫」四句

《北史》卷一《魏本紀第一・序紀》：「魏之先出自黄帝軒轅氏，黄帝子曰昌意，昌意之少子受封北國，有大鮮卑山，因以爲號。」《史記》卷一《五帝本紀第一》：「黄帝者，少典之子，姓公孫，名曰軒轅……黄帝居軒轅之丘。」正義：「亦曰帝軒氏。母曰附寶，之祁野，見大電繞北斗樞星，感而懷孕，二十四月而生黄帝於壽丘。」

蔣本卷十八《梓州郪縣靈瑞寺浮圖碑》：「控險裁標，循危列構。」

《北史》卷七十三《列傳第六十一・達奚長儒》：「達奚長儒，字富仁。代人也。」

《史記》卷八《高祖本紀第八》：「高祖擊筑，自爲歌詩曰：大風起兮雲飛揚。威加海内兮歸故鄉。」

蔣本卷十六《益州緜竹縣武都山淨惠寺碑》：「分林搆址，接磴開壥。」

〔四〕「由是」四句

《隋書》卷十二《志第七·禮儀七》：「高祖受命，因周、齊宮衛，微有變革……大駕則執黄麾仗。其次戟二十四……又絳引幡，朱幢，爲持鈒前隊，應蹕，大都督二人領之，在御前横街南。」

正倉院本《秋日登洪府滕王閣餞别序》〔四〕：「物華天寶，龍光射牛斗之墟。」

《北史》卷五十五《列傳第四十三·王紘》：「紘進曰：國家龍光朔野，雄步中原。」

《宋書》卷十八《志第八·禮五》：「漢制，太子、皇子皆安車……皇孫乘緑蓋車，亦駕車。」

蔣本卷十四《乾元殿頌》：「白蛇宵斷，行移海岳之符；蒼兕晨驅，坐邁雲雷之業。」

《莊子·逍遥遊》：「鵬之背，不知其幾千里也。怒而飛，其翼若垂天之雲。是鳥也，海運則將徙於南冥。南冥者，天池也。」

〔五〕「故以」四句

正倉院本《九月九日採石館宴序》〔一一〕：「思駐日於魯陽之庭」注引《淮南子·覽冥訓》。

《南史》卷九《陳本紀上第九·武帝》：「(陳公)位在諸侯王上。策曰……公龍驤虎步，嘯吒風雲。」《金石萃編》卷五十三《大唐平百濟國碑銘》顯慶五年：「呼吸則江海停波，嘯咤則風雷絶響。」

蔣本卷十三《九成宫頌》：「御風雷七曜於上，博臨之功顯；用山川六府而下，輔相之宜得。」

《集注》卷十一庾信《周使持節大將軍廣化郡開國公丘乃敦崇傳》：「况復大電繞樞，流星入昴，派分源别，幹其嗣興者乎……兄弟十人，分爲十姓。」

《魏書》卷一一三《官氏志九第十九》：「獻帝以兄爲紇骨氏，後改爲胡氏。次兄爲普氏，後改爲周氏。次兄爲拓拔氏，後改爲長孫氏。弟爲達奚氏，後改爲奚氏。次弟爲伊婁氏，後改爲伊氏。次弟爲丘敦氏，後改爲丘氏。次弟爲侯氏，後改爲亥氏。七族之興自此始也。又命叔父之胤曰乙旃氏，後改爲叔孫氏。又命疏屬曰車焜氏，後改爲車氏。凡與帝室爲十姓，百世不通婚。太和以前，國之喪葬祠禮，非十族不得與也。」

《左傳·文公七年》：「昭公將去群公子。樂豫曰：不可。公族，公室之枝葉也。」《廣弘明集》卷十五王僧孺《禮佛唱導發願文》：「夫天枝峻密，帝葉英芬。」《廣弘明集》卷十五梁簡文帝《唱導文》：「克隆帝祉，永茂皇枝。」《晉書》卷一三〇《載記第三十·赫連勃勃》：「勃勃還統萬……刻石都南，頌其功德曰……孰能本枝于千葉，重光于萬祀，履寒霜而踰榮，蒙重氛而彌耀者哉。」蔣本卷十七《益州德陽縣善寂寺碑》：「帝葉皇枝之重，對越乾坤；金縢石匱之功，光華宇宙。」

〔六〕「曾祖某」六句

《後漢書》卷八十下《文苑列傳第七十下·高彪》：「天有太一，五將三門。」注：「太一式，凡舉事皆欲發三門，順五將。發三門者，開門、休門、生門。五將者，天日、文昌等。」《玉臺新詠》卷九梁簡文帝《雜句從軍行》：「三門應遁甲，五壘學神兵。」

蔣本卷十二《拜南郊頌》序：「三門遁甲，黄公成不戰之師；五壘神兵，玄女下先登之策。」

《尚書·牧誓》：「王左仗黄鉞，右秉白旄以麾，曰：逖矣，西土之人。」孔傳：「鉞以黄金飾斧，左手杖鉞示無事。」

蔣本卷十四《乾元殿頌》序：「八能亨運，抗鵷邸而杖朱髦；十亂恢基，臨鶴州而擁黄鉞。」

陶弘景《真誥》卷十四《稽神樞第四》：「金庭有不死之鄉，在桐柏之中。」

《隋書》卷三十四《志第二十九・經籍三》：「黄石公五壘圖一卷。」

《後漢書》卷七十一《皇甫嵩朱儁列傳第六十一》：「(閻)忠曰……旬月之間，神兵電掃。」

《文選》卷二張衡《西京賦》：「建玄弋，樹招摇。」薛綜注：「玄弋，北斗第八星名，爲矛，主胡兵。招摇，第九星名，爲盾。今鹵簿中畫之於旗，建樹之以前驅。」

《史記》卷二十七《天官書第五》：「一内爲矛，招摇；一外爲盾，天鋒。」集解：「晉灼曰：外，遠北斗也，在招摇南，一名玄戈。」

蔣本卷二十《常州刺史平原郡開國公行狀》：「玉帳蒐兵，佇責苞茅之貢；金壇令律，將收楛矢之琛。」

《意林》卷四引葛洪《抱朴子》：「軍兵太一在玉帳之中，不可攻也。」

參：《舊唐書》卷四十七《志第四十九・經籍下》：「丙部……玉帳經一卷。」《焦氏筆乘》續集卷四《玉帳》：「按顔之推《觀我生賦》云：守金城之湯池，轉絳宫之玉帳。又袁卓《遁甲專征賦》云：或倚直使之遊宫，或居貴神之玉帳。玉帳乃兵家厭勝之方位，主將於其方置軍帳，則堅不可犯，如玉帳然。其法出於黄帝遁甲，以月建前三位取之，如正月建寅，則巳爲玉帳。李太白《司馬將軍歌》：身居玉帳臨河魁。戌爲河魁，謂主將之帳宜在戌也。」

〔七〕「祖武」至「鄭國公」

《周書》卷十九《列傳第十一・達奚武》：「達奚武，字成興，代人也。祖眷，魏懷荒鎮將，父長汧城鎮將……齊神武趣沙苑，太祖復遣武覘之……太祖深嘉焉，遂從破之，除大都督，進爵高陽郡公，拜車騎大將軍，儀同三司……武成初，轉大宗伯，進封鄭國公……保定三年，遷太保……天和三年，轉太傅……五年十月，薨，年六十七……子震嗣。震，字猛畧，少驍勇……建德初，襲爵鄭國公，出爲金州總管、十一州九防諸軍事、金州刺史……五年……進位上柱國。」《北史》卷六十五《列傳第五十三・達奚武》略同。

《集注》卷十六庾信《周太傅鄭國公夫人鄭氏墓誌銘》注：「太傅鄭國公夫人，達奚武之妻也。周明帝武成元年，以高陽公達奚武爲鄭國公。武帝天和三年，以太保鄭國公達奚武爲太傅。」

〔八〕「轅門」四句

《史記》卷七《項羽本紀第七》：「於是已破秦軍，項羽召見諸侯將，入轅門，無不膝行而前，莫敢仰視。」集解：「張晏曰：軍行以車爲陳，轅相向爲門，故曰轅門。」

蔣本卷二十《常州刺史平原郡開國公行狀》：「七擒三捷之略，績著轅門；拔旗穿札之能，勳在盟府。」

蔣本卷三《觀内懷仙》：「玉架殘書隱，金壇舊跡迷。」

《鹽鐵論・除狹》：「垂青繩，擐銀龜，擅殺生之柄，專萬民之命。」

《後漢書》卷二《顯宗孝明帝紀第二》：「（永平六年）夏四月甲子詔曰……《易》曰：鼎象三公。」注：「《易》曰：鼎折足，覆公餗。」

蔣本卷十五《益州夫子廟碑》：「託鹽梅於異代，鼎路生光；寄舟楫於同時，泉塗改照。」

《宋書》卷二十九《志第十九・符瑞下》：「玉馬，王者精明，尊賢者則出。」

《後漢書》卷七十四上《袁紹劉表列傳第六十四上・袁紹》：「坐召三臺，專制朝政。」李賢注：「《晉書》

曰：漢官，尚書爲中臺，御史爲憲臺，謁者爲外臺，是謂三臺。」

蔣本卷十九《彭州九隴縣龍懷寺碑》：「金章錫美，河陰傳九命之尊；玉鉉乘榮，江左受三臺之貴。」

〔九〕「父金州總管」至「組化」

父，見注〔七〕《周書》。

《禮記·聘義》：「氣如白虹，天也。精神見於山川，地也。圭璋特達，德也。」

《太平御覽》卷六八七《服章部四·幘》：「謝承《後漢書》曰：巴祇，字敬祖，爲楊州刺史。黑幘毀壞，不復改易。」

《博物志》卷七：「太尉常山張顥爲梁相。天新雨後，有鳥如山鵲，飛翔近地。市人擲之，稍下墮，民爭取之，即爲一員石。言縣府，顥令槌破之，得一金印，文曰忠孝侯印。顥表上之，藏於官庫。後議郎汝南樊行夷校書東觀，表上言堯舜之時，舊有此官，今天降印，宜可復置。」蔣本卷五《上絳州上官司馬書》：「鵲印蟬簪，金社發公侯之始。青皐獨唳，望鴻漸而翻霞。」

《藝文類聚》卷十六《儲宮部·儲宮》沈約《立皇太子恩詔》：「有國莫先，自昔哲后，降及近代，莫不立儲樹嫡，守器承祧。」蔣本卷十三《九成宮頌》：「雖立極承祧之業，進燭前文；而重光累洽之符，歸功下武。」

《禮記·祭法》：「王立七廟，一壇一墠曰考廟，曰王考廟，曰皇考廟，曰顯考廟，曰祖考廟，皆月祭之，遠廟爲祧，有二祧。」

《文選》卷二十五傅咸《贈何劭王濟詩》：「攜手升玉階，並坐侍丹帷。」張良注：「玉階丹惟，皆天子之殿庭。」

蔣本卷十四《乾元殿頌》序：「百城煙峙，望秋露而乘風；千室雲開，合宵霆而組化。」

〔一〇〕「惟公」四句

《初學記》卷十二《職官部下·秘書丞十》王融《拜祕書丞謝表》：「所以欽至道而出青皋，捨布衣而望朱闕。」《毛詩·小雅·鶴鳴》：「鶴鳴于九皋，聲聞于野。」毛傳：「皋，澤也。」蔣本卷五《上劉右相書》：「於是友月朋霞之客，背青皋而至；馮唐顏駟之才，排紫閣而集。」

參：《全唐文》卷二二五張説《大唐西域記序》：「九皋載響，五府交辟。」

《藝文類聚》卷六十九《服飾部上·扇》江淹《扇上彩畫賦》：「故飾以赤野之玉，文以紫山之金。」

《毛詩·小雅·白駒》：「皎皎白駒，在彼空谷。生芻一束，其人如玉。」

《三國志》卷五十七《吴書十二·虞陸張駱陸吾朱傳第十二·陸績傳》引《姚信集》：「故王蠋建寒松之節，而齊王表其里；義姑立殊絶之操，而魯侯高其門。」

《論語·子罕》：「子曰，歲寒，然後知松柏之後彫也。」

參：《大唐故朝散大夫守滄州長史陳府君墓誌銘并序》開元十一年十一月（《洛陽流散唐代墓誌彙編》一〇三）：「公青皋載響，赤野騰姿；生蒭一束，寒松千丈。」

〔一一〕「河宫」四句

《藝文類聚》卷三十八《禮部上·宗廟》庾肩吾《亂後經夏禹廟詩》：「侵雲似天闕，照水類河宫。」蔣本卷十四《乾元殿頌》：「霧壇凝紫，河宫湛碧。翠蓮翻飈，丹蓂候魄。」

《易林・訟之・賁》：「紫闕九重，尊巖在中。」蔣本卷十七《梓州通泉縣惠普寺碑》：「紫闕尋煙，赬樓結霧。」

參：《文苑英華》卷八四九盧照鄰《益州至真觀主黎君碑》：「詞峰雲鬱，觸劍石以飛揚；義壑泉奔，横玉輪而浩蕩。」

蔣本卷十九《梓州玄武縣福會寺碑》：「雖復功推八正，猶迷鶴樹之談；道亞三明，未覩龍宫之籍。」

《藝文類聚》卷九《水部下・池》庾肩吾《山池應令詩》：「閬苑秋光暮，金塘牧潦清。」蔣本卷十八《梓州郪縣靈瑞寺浮圖碑》：「以爲玉樓星峙，稽閬苑之全模；金闕霞飛，得瀛洲之故事。」

《真誥》卷十六《闡幽微第二》：「(辛)玄子少好道，遵奉法戒，至心苦行……近得度南宫，定策朱陵，藏精待時，方列爲仙。」《集注》卷五庾信《道士步虚詞十首》其一：「赤玉靈文下，朱陵真氣來。」

《文選》卷二張衡《西京賦》：「翔鶤仰而不逮，況青鳥與黄雀。」

〔一三〕「隨大業中」二句

《漢書》卷八十一《匡張孔馬傳五十一・匡衡》：「衡射策甲科，以不應令除爲太常掌故，調補平原文學。」

《隋書》卷五十《列傳第十五・龐晃》：「父虯周驃騎大將軍。晃少以良家子，刺史杜達召補州都督。」

《隋書》卷二十八《志第二十三・百官下》：「左右領左右府，各大將軍一人，將軍二人。掌侍衛左右，供御兵仗。領千牛備身十二人，掌執千牛刀，備身左右十二人……煬帝即位，多所改革……左右領左右府，改爲左右備身府，各置備身郎將一人，又各置直齋二人，以貳之，並正四品，掌侍衛左右。統千牛左右，司射左右各十六人，並正六品。千牛掌執千牛刀宿衛。」

〔一三〕「彤闈」四句

《文選》卷二十六謝朓《詶王晉安》：「拂霧朝青閣，日旰坐彤闈。」

蔣本卷十三《九成宮頌》序：「霞登月憩，光睿幸於彤闈；玉振金聲，藻宸章於翠掖。」《王勃集》卷二十八《歸仁縣主墓誌》〔七六〕：「緑臺宵靜，彤闈曉綷。」又《歸仁縣主墓誌》〔五八〕：「雲房旦靜，未終仙閣之期。」

《文選》卷七潘岳《藉田賦》：「瓊鈒入蕊，雲罕晻藹。」

《初學記》卷十四《禮部下·婚姻七》元萬頃《奉和太子納妃公主出降詩》：「和聲躋鳳掖，交影步鸞墀。」

《藝文類聚》卷六十二《居處部二·殿》李尤《德陽殿賦》：「朱闕巖巖，嵯峨槩雲；青瑣禁門，廊廡翼翼。」《後漢書》《志第二十六·百官三》：「黄門侍郎。」注：「《漢舊儀》曰：黄門郎屬黄門令，日暮入對青瑣門拜，名曰夕郎。宮閣簿，青瑣門在南宮。衛瓘注《吴郡賦》曰：青瑣，户邊青鏤也。一曰天子門内有眉，格再重，裹青畫曰瑣。」

蔣本卷一《九成宮東臺山池賦》：「酌丹墀之曉暇，候青禁之宵餘。」

參：見注〔一〇〕《大唐故朝散大夫守滄州長史陳府君墓誌銘并序》：「千門曉闢，扈瓊鈒於丹墀；萬户宵嚴，校銀符於紫禁。」

〔一四〕「雖帝府」四句

蔣本卷十四《乾元殿頌》序：「瑶山廣樂，備逸調於宫懸；洞庭仙奏，納遺歌於帝府。」

《文選》卷七楊雄《甘泉賦》：「詔招摇與太陰兮，伏鉤陳使當兵。」李善注：「服虔曰：鉤陳，神名也。紫微宫外營陳星也。」

《王勃集》卷二十九《張公行狀》〔五八〕：「鉤陳晚憩，參鳳掖而司扃。」蔣本卷十二《拜南郊頌》序：「廼齋帷宫，宿帳殿，華蓋移影，鉤陳從蹕。」

《初學記》卷十一《職官部上・尚書令》：「天府仙臺（司馬彪《續漢官志》云：尚書省在神仙門内。王筠《和劉尚書詩》曰：客館動秋光，仙臺起寒霧）。」蔣本卷十九《梓州玄武縣福會寺碑》：「既而拂衣華族，入天邑而觀光；列版仙臺，出靈關而作宰。」

《史記》卷二十七《天官書第五》：「太史公曰……天有五星，地有五行，天則有列宿，地則有州域。」蔣本卷十九《梓州玄武縣福會寺碑》：「玉堂朝亘，影襲長虹；珠殿宵浮，光含列宿。」

〔一五〕「遷除」三句

蔣本卷二《採蓮賦》：「發文扃之麗什，動幽幌之情詩。」

《藝文類聚》卷六《地部・關》李尤《函谷關賦》：「施雕礱以作好，建峻敞之堅重。」蔣本卷十九《梓州玄武縣福會寺碑》：「法川高闢，慈宫峻敞。」

《史記》卷三《殷本紀第三》：「表商容之閭。」注：「索隱：皇甫謐云：商容與殷人觀周軍之人，則以爲人名。鄭玄云：商家典樂之官，知禮容，所以禮署稱容臺。」

《文選》卷十一王延壽《魯靈光殿賦》：「西厢踟蹰以閑宴，東序重深而奥秘。」

〔一六〕「五曹」二句

《後漢書》卷一一六《志第二十六・百官三》：「尚書六人，六百石。本注曰：成帝初置尚書四人，分爲四曹。（《漢舊儀》曰：初置五曹）。」

《三國志》卷二十三《魏書二十二・桓二陳徐衛盧傳第二十二》：「評曰：……魏世事統臺閣，重内輕外，故八座尚書，即古六卿之任也。陳、徐、衛、盧，久居斯位。」《南齊書》卷五十六《列傳第三十七・佞臣》：「史臣曰：中世已來，宰御天下，萬機碎密，不關外司。尚書八座五曹，各有恒任，係以九卿六府，事存副職。咸皆冠冕搢紳，任疎人貴，伏奏之務既寢，趨走之勞亦息。」

《初學記》卷十一《職官部上・吏部尚書六》江總《讓吏部尚書表》：「切以漢置五曹，方今六尚，魏隆八座，擬古六卿。」

《尚書・皋陶謨》：「撫于五辰，庶績其凝。」又《堯典》：「允釐百工，庶績咸熙。」蔣本卷十三《九成宫頌》序：「設神規而動俗，庶績其凝；握元符而發祉，殊方合應。」

《文選》卷四十六王融《三月三日曲水詩序》：「秉靈圖而非泰，涉孟門其何嶮。」李善注：「《春秋漢含孳》曰：天子南面秉圖書。成公綏《大河賦》曰：靈圖授録于羲皇。」

〔一七〕「□崇蘭」四句

《楚辭》宋玉《招魂》：「光風轉蕙，氾崇蘭些。」王逸注：「崇，充也。言天雨霽日明，微風奮發，動摇草木，皆令有光，充實樹蕙，使之芬芳而益暢茂也。」蔣本卷三《秋夜長》：「北風受節南雁翔，崇蘭質時菊芳。」

《藝文類聚》卷四十五《職官部一·諸王》邢邵《廣平王碑文》：「碧雞自口，靈蛇在握。」蔣本卷十七《益州德陽縣善寂寺碑》：「摩珍在握，遥臨七寶之宫；正覺爲心，俯闢三乘之路。」

《藝文類聚》卷六十三《居處部三·樓》鮑照《凌煙樓銘》：「積清風路，含彩烟途。俯窺淮海，俛眺荆吴。」

《藝文類聚》卷十四《帝王部四·陳文帝》徐陵《文帝哀策文》：「命納揆馳芳，賓門流詠。」蔣本卷四《上明員外啓》：「三冬文史，先兆跡於青衿；百里絃歌，即馳芳於墨綬。」

《藝文類聚》卷六十一《居處部一·總載居處》劉楨《魯都賦》：「竹則填彼山垠，陔彌阪域，夏篠攢包，勁條並殖，翠實離離。鳳皇攸食。」

蔣本卷十六《梓州飛烏縣白鶴寺碑》：「雕簷競注，縈霧道以龍迴；繡桷爭飛，褰雲衢而鳳矯。」

《文選》卷三十七陸機《謝平原内史表》：「振景拔迹，顧邈同列。」

〔一八〕「方冀」四句

《文選》卷十三潘岳《秋興賦》：「仰群俊之逸軌兮，攀雲漢以游騁；登春臺之熙熙兮，珥金貂之炯炯。」李善注：「《漢書》：谷永對詔曰：戴金貂之飾，執常伯之職也。董巴《輿服志》曰：侍中冠金璫，附蟬爲文，貂尾爲飾。」

《藝文類聚》卷二《天部下·霽》陸雲《喜霽賦》：「改望舒之離畢，躍六籠於紫閣。」蔣本卷三《臨高臺》：「紫閣丹樓紛照耀，璧房錦殿相玲瓏。」

《文選》卷一班固《西都賦》：「承英俊之城，黻冕所興，冠蓋如雲，七相五公。」

《文選》卷六十任昉《齊竟陵文宣王行狀》：「可追崇假黄鉞、侍中、都督中外諸軍事、太宰、領大將軍、楊州牧，緑綟綬，具九錫服命之禮。」李善注：「《魏晉官品》曰：相國丞相，緑綟綬。」

《山海經·海内西經》：「開明北有視肉、真樹、文玉樹、玗琪樹。」郭璞注：「五彩玉樹。」《世説新語·傷逝第十七》：「庾文康亡，何揚州臨葬云：埋玉樹著土中，使人情何能已已。」蔣本卷三《傷裴録事喪子》：「魄散珠胎没，芳銷玉樹沈。」

《管子·小匡》：「管仲再拜稽首曰：應公之賜，殺之黄泉，死且不朽。」

《文選》卷二十八鮑照《樂府八首·東武吟》：「徒結千載恨，空負百年怨。」

《藝文類聚》卷四十二《樂部二·樂府》陸機《太山吟》：「梁甫亦有館，蒿里亦有亭。幽塗延萬鬼，神房集百靈。」

〔一九〕「惟公」四句

《抱朴子内篇·論仙》：「思勞於萬幾，神馳於宇宙。」蔣本卷八《秋晚入洛於畢公宅别道王宴序》：「既而神馳象外，宴洽寰中。」

蔣本卷十八《廣州寶莊嚴寺舍利塔碑》：「以法師智遺人我，識洞幽明。思假妙因，冀通靈感。」

《漢書》卷四十五《蒯伍江息夫傳第十五·息夫躬傳》：「臣爲國家計幾先，謀將然。」張晏注：「幾音冀。」師古曰：先謀將然者，謂彼欲有其事，則爲謀策以壞之。」

《藝文類聚》卷六十八梁元帝《漏刻銘》：「宫槐晚合，月桂宵暉。」

《禮記·禮運》：「故聖王修義之柄、禮之序，以治人情。故人情者，聖王之田也。」

《文選》卷五十九王屮《頭陀寺碑文》：「川靜波澄，龍翔雲起。」李善注：「《頭陀經》曰：令身調善，震大法鼓，摧伏異學外道邪師。入佛性海，煩惱風息，波浪不生。」

蔣本卷九《四分律宗記序》：「抑揚垢路之業，以疆理情田；闡導毗尼之藏，以隄防性海。」

參：《唐故處士上柱國夏侯君墓□銘》開元九年十一月（《隋唐五代墓誌彙編》北京大學卷第一册）：「神馳駭俗，識洞閑明。玉軫波驚，俯琴亭而鶴引；銀鉤霧灑，下書沼而鸞迴……夫人……星津降彩，月甸垂芬。清雅韻於椒花，奉柔規於荇菜。仙琴並卷，早呈和鳳之音；寶劍雙沈，晚合乘龍之契……有子……哀纏逝晷，痛結終身。侵露序而塗肝，指霜旻而斷骨……」

〔二〇〕「銀鈎」四句

《藝文類聚》卷七十四《巧藝部·書》索靖《書勢》：「蓋草聖之爲狀也，婉若銀鉤，漂若驚鸞，舒翼未發，若舉復安。」

蔣本卷二十《梓州慧義寺碑銘》：「瓊鐘俯徹，猶參吐鳳之音；石鏡旁臨，尚寫回鸞之迹。」

《玉臺新詠》卷七梁元帝《詠秋夜詩》：「金徽調玉軫，玆夜撫離鴻。」《藝文類聚》卷三十二《人部十六·閨情》伏知道《爲王寬與婦義安主書》：「愁隨玉軫，琴鶴恒驚。」

蔣本卷十五《益州夫子廟碑》：「仙鳧旦舉，影入銅章；乳翟朝飛，聲含玉軫。」

蔣本卷六《爲人與蜀城父老書》二：「夫神有可逼，淥波驚七柱之音；道有可符，玄霜叩九鐘之節。」

正倉院本《宇文德陽宅秋夜山亭宴序》〔一六〕：「琴亭酒榭，磊落乘；竹徑松扉，參差向月。」

謝朓《謝宣城詩集》卷五《奉和隨王殿下六》：「端坐聞鶴引，靜瑟愴復傷。」

參：見〔一九〕引《唐故處士上柱國夏侯君墓□銘》。

〔三一〕「加以」四句

正倉院本《三月上巳祓禊序》〔三〕：「雖朝野殊智，出處異途。」煙霞屢見。正倉院本《王勃於越州永興縣李明府宅送蕭三還齊州序》〔三〕：「臨遠登高，烟霞是賞心之事。」

正倉院本《秋日楚州郝司户宅遇餞霍使君序》〔七〕：「故人握手，新知滿目。」

參：《文苑英華》卷七三六李嶠《神龍歷序》：「乃神乃聖，三王接袂而扶轂；允武允文，五伯連衡而擁篲。」

《漢書》卷九十二《遊俠列傳第六十二·陳遵》：「遵耆酒，每大飲，賓客滿堂，輒關門，取客車轄投井中。雖有急，終不得去。」蔣本卷七《夏日宴張二林亭序》：「沈轄留驤（蔣注：驤字疑有訛），眺乘羊於衛玉；揮毫可作，明擲地於孫金。」

〔三二〕「風庭」四句

謝朓《謝宣城集》卷五《阻雪聯句》：「風庭舞流霰，冰沼結文澌。（江革）」

《文選》卷十三謝惠連《雪賦》：「若乃申娱玩之無已，夜幽靜而多懷。風觸楹而轉響，月承幌而通暉。」李善注：「《文字集略》曰：幌，以帛明牕也。」《王勃集》卷二十八《歸仁縣主墓誌》〔五八〕：「月幌宵空，奄聽窮埏之酷。」蔣本卷十三《九成宫頌》：「風閨夕敞，携少女於歌筵；月幌宵朧，下姮娥於舞席。」

蔣本卷十三《九成宫頌》：「宸儀有睟，蓬萊與城闕俱榮；群后多歡，蘿薜共簪裾合賞。」

《初學記》卷二十二《武部・獵》王粲《羽獵賦》：「濟漳浦而横陣，倚紫陌而並征樹。」蔣本卷一《春思賦》：「傷紫陌之春度，惜青樓之望遠。紫陌青樓照月華，珠帷黼帳七香車。」

蔣本卷一《九成宫東臺山池賦》：「爾其松峰桂壑，紅泉碧磴。」

蔣本卷五《上絳州上官司馬書》：「桂嶠松巖，南山有不群之地。」

正倉院本《登綿州西北樓走筆詩序》〔五〕：「促蘿薜於玄門，降虹蜺（霓）於紫府。」

正倉院本《秋日宴山庭序》〔五〕：「披白雲以開筵，俯青溪而命酌。」

〔三三〕「故得」四句

《文選》卷四十七陸機《漢高祖功臣頌》：「沈迹中鄉，飛名帝録。」

《文選》卷五十九沈約《齊故安陸昭王碑文》：「禁旅尊嚴，主器彌固。」李善注：「蔡邕《袁逢碑》曰：乃撫京邑，總齊禁旅。」

蔣本卷十七《梓州郪縣兜率寺浮圖碑》：「或以時良入選，擢迹鄉鄰；或以朝望來儀，升名郡縣。」

《文選》卷三張衡《東京賦》：「賚皇寮，逮輿臺。」薛綜注：「皇寮，百官也。」蔣本卷十四《乾元殿頌》：「帝圖臨御，皇僚萃止。」

《文苑英華》卷二一四魏收《後園宴樂》：「式宴臨平圃，展衛寫屠穹。」

《後漢書》卷六十下《蔡邕列傳第五十下》：「作《釋誨》……擁華蓋而奉皇樞，納玄策於聖德，宣太平於中區。」

蔣本卷十三《九成宫頌》：「五城分秀，雙巒抗影。」

〔二四〕「**嗚呼**」四句

《西京雜記》卷四：「公孫詭爲《文鹿賦》，其詞曰：麀鹿濯濯，來我槐庭。食我槐葉，懷我德聲。」《文選》卷五十八王儉《褚淵碑文》：「出參太宰軍事，入爲太子洗馬，俄遷秘書丞。贊道槐庭，司文天閣。」李善注：「《周禮》曰：面三槐，三公位焉。」

蔣本卷十一《平臺秘略·褒客七》：「西園故事，下蘭坂而宵歌；東苑遺塵，坐槐庭而曉賦。」

《史記》卷八《高祖本紀第八》：「蕭丞相，營作未央宫，立東闕、北闕。」顔師古云：「未央殿雖南嚮，而當上書奏事謁見之徒，皆詣北闕。」蔣本卷一《春思賦》：「競道西園梅色淺，爭知北闕柳陰稀。」

鮑照《鮑明遠集》卷八《松栢篇》：「空林響鳴蜩，高松結悲風。」

《尚書·君陳》：「周公既没，命君陳分正東郊成周。」

〔二五〕「**夫人**」二句

夫人柳氏、濟州府君邯鄲公，俱未詳。

《元和姓纂》卷七《柳》：「周公孫魯孝公子展，展孫無駭，以王父字爲展氏，生禽，食採柳下，遂姓柳氏……秦并天下，柳氏遂遷於河東。」

〔二六〕「**星津**」二句

《爾雅·釋天》：「箕斗之間，漢津也。」郭注：「箕，龍尾；斗，南斗，天漢之津梁。」《古詩紀》卷一〇八《陳一》陳後主《七夕宴玄圃各賦五韻》：「星津雖可望，詎得似人情。」蔣本卷十七《益州德陽縣善寂寺碑》：「雕甍鶴翥，曳珠網於星津；繡桷虬伸，吐璿璫於月徑。」

蔣本卷十五《益州夫子廟碑》：「尼山降彩，泗濱騰氣。」

參：《唐故并州壽陽縣主簿杜君墓誌銘》垂拱元年十月十三日（《河洛墓刻拾零》一〇〇）：「夫人嚴氏，咸陽縣令之女也。星津降彩，月旬垂芬。清雅韻於椒花，奉柔儀於荇菜。仙琴並奏，早呈和鳳之音；寶劍雙沈，晚合乘龍之契。以大唐垂拱元年……有子……哀纏逝略，痛結終身。侵露□而摧肝，指霜旻而斷骨。雖黃壚掩昭，空驚梁岫之悲；翠琰題芳，式抒鄒衢之慟。其詞曰。」

參：見〔一一九〕《唐故處士上柱國夏侯君墓□銘》。

〔三七〕「清雅韻」二句

《藝文類聚》卷四十一《樂部一・論樂》陸機《日出東南隅行》：「悲歌吐清響，雅韻播幽蘭。」《王勃集》卷二十八《歸仁縣主墓誌》〔一二〕：「雅韻霜〔　〕，肅松標於智宇。」

《晉書》卷九十六《列傳第六十六・列女・劉臻妻陳氏》：「劉臻妻陳氏者，亦聰辯能屬文。嘗正旦獻《椒花頌》。」蔣本卷七《守歲序》：「柏葉爲銘，影泛新年之酒；椒花入頌，先開獻歲之詞。」

《唐大詔令集》卷三十一《皇太子・納妃》沈佺期《册章懷太子張良娣文》：「始應良選，入奉元儲。柔規緝於上下，淑問揚於中國。」

《毛詩・周南・關雎》：「參差荇菜，左右流之。」毛傳：「后妃有關雎之德，乃能共荇菜，備庶物，以事宗廟也。」

〔三八〕「仙琴」四句

《初學記》卷二十八《果木部・桐》蕭子良《梧桐賦》：「邈蒿萊之難儷，永配道於仙琴。」

《列仙傳》卷上：「蕭史者，秦穆公時人也。善吹簫，能致孔雀白鶴於庭。穆公有女，字弄玉，好之。公遂以女妻焉。日教弄玉作鳳鳴。居數年，吹似鳳聲，鳳凰來止其屋。公爲作鳳臺，夫婦止其上，不下數年，一曰皆隨鳳凰飛去。故秦人爲作鳳女祠於雍宮中，時有簫聲而已。」《左傳・莊公二十二年》：「初，懿氏卜妻敬仲。其妻占之，曰吉。是謂鳳皇于飛，和鳴鏘鏘。」杜預注：「雄曰鳳，雌曰皇。雄雌俱飛，相和而鳴鏘鏘然，猶敬仲夫妻相隨適齊，有聲譽。」

《晉書》卷三十六《列傳第六・張華》：「（張）華大喜，即補（雷）煥爲豐城令……得一石函，光氣非常，中有雙劍……遣使送一劍并土與華。留一自佩……煥卒，子華爲州從事，持劍行經延平津，劍忽於腰間躍出墮水。使人没水取之，不見劍，但見兩龍各長數丈，蟠縈有文章，没者懼而反。」

參：《文苑英華》卷九五〇楊炯《杜袁州墓誌銘》：「夫人太原王氏……夫人之化，國風美於鵲巢；寶劍之沈，夜氣衝於牛斗。」

《藝文類聚》卷四十《禮部下・婚》：「《楚國先賢傳》曰：孫儁字文英，與李元禮俱娶太尉桓焉女。時人謂桓叔元兩女俱乘龍，言得壻如龍也。」

《王勃集》卷二十八《唐故河東處士衛某夫人賀拔氏墓誌》〔一四〕：「乘龍獨翥，上出雲霄，鳴鳳高飛，俯清琴瑟。」

〔三九〕「有子」三句

《元和郡縣志》卷三十三《劍南道下》：「普州……管縣六……安居縣（中南至州八十里）。」

《文選》卷五十八王儉《褚淵碑文》：「豈唯哀纏一國，痛深一主而已哉。」

《大唐故始州黃安縣令傅君墓誌》龍朔三年十二月（《隋唐五代墓誌彙編》洛陽卷第四册）：「痛結終身，哀纏罔極。」

《禮記・檀弓上》：「喪三年以爲極，亡則弗之忘矣，故君子有終身之憂，而無一朝之患，故忌日不樂。」

參：見〔一九〕《唐故處士上柱國夏侯君墓□銘》。

〔三〇〕「侵露序」二句

《文苑英華》卷二〇六岑德潤《賦雞鳴篇》：「簾迥猶侵露，枝高已映光。」

《魏書》卷十九下《景穆十二王列傳第七下・拓跋熙》：「臣忝籍枝萼，思盡力命，碎首屠肝，甘之若薺。」

《藝文類聚》卷五十七《雜文部三・七》齊竟陵王《賓僚七要》：「哀過鴻於月曉，悲夜猨於霜旻。」

參：《山右石刻叢編》卷五《周故府君墓誌之銘》（聖曆二年三月）：「嗣子德靜，痛貫風枝，悲纏露序。」

參：《全唐文》卷二三九武三思《大周無上孝明高皇后碑銘并序》：「豈若宸襟鎮結，長懷露序之哀；睿念恒纏，永結霜旻之慕。」

〔三一〕「雖黃壚」五句

《淮南子・覽冥訓》：「考其功烈，上際九天，下契黃壚。」

《金石萃編》卷一三三江總《攝山棲霞寺碑頌》：「辭題翠琰，字勒銀鈎。」《説文》弟一上：「琰，璧上起美色也。」《吕氏春秋・慎大覽》：「琬琰。」高誘注：「或作婉琰，美玉也。」

蔣本卷十六《梓州飛烏縣白鶴寺碑》：「題芳翠琰，敢詣靈津。」

參：《大隋故朝散大夫行太學博士賈府君殯記》（《隋唐五代墓誌彙編》洛陽卷第一册）：「佇滕室之方開，慮鄒衢之莫辯。」

〔三一〕「構聳」二句

《王勃集》卷二十八《唐故河東處士衛某夫人賀拔氏墓誌》〔二〕：「旌旆南飛，纂（慕）軒臺之遥構。」

《藝文類聚》卷五十二《治政部上·善政》徐陵《廣州刺史歐陽頠德政碑》：「弱水導其洪源，軒臺表其增殖。」

《山海經》卷十六《大荒西經》：「西有王母之山……有軒轅臺。射者不敢西嚮射，畏軒轅之臺。」《文苑英華》卷九一一許敬宗《唐并州都督鄂國公尉遲恭碑》：「原夫玉派靈長，控昌源於弱水；瓊基峻遠，峙層構於軒臺。」

《史記》卷一一一《衛將軍驃騎列傳第五十一》：「（霍去病）封狼居胥山，禪於姑衍，登臨瀚海。」《南齊書》卷四十七《列傳第二十八·王融》：「上疏曰：……臣乞以執殳先邁，式道中原，澄瀚渚之恒流，掃狼山之積霧。」

〔三三〕「燭龍」二句

《淮南子·墬形訓》：「燭龍在雁門北，蔽於委羽之山，不見日，其神人面龍身而無足。」

蔣本卷十六《益州緜竹縣武都山淨惠寺碑》：「燭龍韜景，避堯日於幽都；雲鵬斂翼，候虞風於晏海。」

雲鵬南舉，見注〔四〕：「鵬水運南溟之翼」句注引《莊子》。

〔三四〕「玉劍」二句

《説苑・善説》：「襄成君始封之日，衣翠衣，帶玉劍，履縞舄，立於游水之上。」蔣本卷十三《九成宫頌》：「瓊戈晝洒，太陽疲轉日之鋒；玉劍宵翻，懸象覩衝星之氣。」

蔣本卷十四《乾元殿頌》序：「月軒宵佇，虞谿降璿緯之精；震帳晨披，姜水洞金韜之賾。」

《莊子・徐無鬼》：「從説之則以金板六弢。」《釋文》：「司馬、崔云，《金版》《六弢》，皆《周書》篇名。或曰祕讖也。本又作《六韜》，謂太公《六韜》，文武虎豹龍犬也。」《文苑英華》卷九一一許敬宗《唐并州都督鄂國公尉遲恭碑》：「棄繻關下，受符圯上。祕策金韜，騰猷玉帳。」

〔三五〕「道光」二句

《周易・艮》：「艮，止也。時止則止，時行則行，動静不失其時，其道光明。」《北史》卷三十三《列傳第二十一・李靈》：「論曰……(李)靈則首應弓旌，道光師傅。」

蔣本卷十五《平臺祕略・藝文三》：「榮分上邸，業盛文場。」

禁旅，見〔二三〕。

〔三六〕「珠江」二句

《王勃集》卷二十八《歸仁縣主墓誌》〔一二〕：「韶規月滿，疏桂影於神軒。」

參：《金石萃編》卷六十三《唐□□寺造雙像記》(大周時期)：「瓊岫福巒，舉映氛於霧際。」

〔三七〕「福馳」二句

《漢魏六朝百三家集》蔡邕《胡公碑》：「榮祚統業，垂乎來胤。」

參：《文苑英華》卷九三〇獨孤良弼《并州太原縣令路公神道碑》：「福流來胤，克昌大業，積善之應也。」

歸仁縣主墓誌（并序）①

若夫乾綱燭象，清寶務（婺）②於丹霄；地紀流禎，婉至〔　〕③於碧岫〔一〕。雖英姿淑譽，聲徵於顯晦之津；而女則嬪風，道寂於人神之域〔二〕。其有椒臺襲構，分帝子於鸞扃；桂水重瀾，降天孫於鶴渚〔三〕。青軒寫照，皇英灼別館之儀；彤筆詮華，班蔡〈椒〉④擬承家之問〔四〕。仰蘋洲而嗣彩，府（俯）⑤桃徑以揚芬〔五〕。膺紫墀之寵命，酌玄丘之令典。具美存焉，見之於李夫人〔六〕。〔夫人〕⑥諱某，字某，隴西成紀人也。皇唐高祖之孫，前齊大王之女〔七〕。

爾其麟郊鷗岫，帝橫（橫帝）⑦圃而翔英；玉藪珠林，擁仙墟而振穎〔八〕。黃星夜朗，鳳鳴鍾旦暮之期；紫氣朝騰，龍德緯乾坤之業〔九〕。故乃宸基岳峻，躋寶曆於南山；睿族星羅，抗璿居於北列者矣〔一〇〕。夫人綠巖垂耀，朱澤浮祥，濟河洛之英□，降峨嵋秀之氣（之秀氣）⑧〔一一〕。韶規月滿，疏桂影於神軒；雅韻霜〔　〕⑨，肅松標於智宇〔一二〕。雲袿秀慶，初分雁渚之驩；天袂垂恩，聿荷鴛庭之訓〔一三〕。儼玄笄於碧殿，禮極晨趨；詠朱萼於彤階，情勤夕膳〔一四〕。針樓映曉，逸枝（技）⑩霞驚；翰苑臨春，雕章霧縟〔一五〕。紅經翠緯，翻鳳鑷於仙機；杏葉芝英，轉鸞鈎於妙札〔一六〕。執順閑邪之迹，用晦而明；垂和履孝之規，［　］恩⑪以盡〔一七〕。屬昆臺厭俗，武皇輕［　］⑫屣之賓；代邸禋天，文考受褰裳之顧〔一八〕。想維城而結欷，眷磐石而追懷〔一九〕。雖三王絶淮國之封，而〈立〉⑬五女厚梁園之邑〔二〇〕。楊妃以亡姚之重，撫幼中闈；某姬以生我之親，從縈（榮）⑭内閤〔二一〕。夫人締積雲禁，飾影星樞。奉盥餌於前厢，侍温清於側寢〔二二〕。二尊齊養，誠周於造次之間；四德兼□，行滿於危疑之地〔二三〕。固迺事經人理，譽沃天心〔二四〕。六宫欽錫類之風，千室被如神之化〔二五〕。

貞觀十八年，有詔封歸仁縣主，仍賜食邑一千户。出降天水姜氏，即長道公第二子也〔二六〕。竇穆以竇融之貴，好結比陽；李猷以李尚之勳，榮加沁水〔二七〕。千扉曉闢，宣鳳緘於南宫；百兩宵歸，降魚軒於北闕〔二八〕。瓊笳緑旄，光昇石窌之庭；畫桷雕櫳，秀發銀臺之寓〔二九〕。躍頳鱗於瑞浦，德合姜妻；吟紫鶴於仙樓，響諧秦媛〔三〇〕。諸姬飲惠，爭陶荇菜之篇；列娣遷規，競縟椒花之思〔三一〕。凜皃鍾於性國，濮鄭終捐；棲鵲鏡於靈臺，鉛華自屏〔三二〕。閨風永浹，南鄰銷反目之虞；閫則傍流，北里盡齊眉之好〔三三〕。

貞觀廿一祀，丁某憂，爰有中詔，稱哀内府〔三四〕。仰風林（枝）⑮而標影，陟霜岵而摧心〔三五〕。絶漿過乎七日，位（泣）⑯血周乎四序〔三六〕。充窮之感，指蒼極而神飛；孺慕之哀，攀紫宸而思越〔三七〕。雖聖懷喻旨，帝簡相尋；而積痛涗（沈）⑰酸，天情殆殞〔三八〕。姜府君以地華分鼎，方燮照於中臺；夫人以道契鳴琴，屢參風於上邑〔三九〕。游魚夕唱，還府（苻）⑱饋鯉之祥；乳翟朝馴，即赴將雛之曲〔四〇〕。陳太丘之令嗣，業謝好仇；潘河陽之勝姻，榮非帝緒〔四一〕。分華聳靄，彼或連徽，具德兼芳，我有餘力〔四二〕。每至花濃春徑，飛桂驛而陶芳；葉下秋潭，艤蓮舟而寫興〔四三〕。閑居問禮，長筵輕戚里之娛；相宅〈依〉依⑲仁，大被穆慈庭之曲〔四四〕。故能使朝英累轍，攀玉樹而昇堂；野彦横書，把珠胎而獻□（納）⑳〔四五〕。芝蘭可泳（詠）㉑，鬱爲崇［　］㉒之門；簪蓋相趨，坐闢高陽之里〔四六〕。

悲夫，七侯英族，方積慶於承家；九仞華軒，遽纏悲於瞰室〔四七〕。以總章元年八月六日，遘疾薨于乾封縣永達里，春秋卌有四。嗚呼哀哉〔四八〕！重惟靈和稟氣，婉直疑（凝）㉓風〔四九〕。分姒帷之［　］光㉔，藴娥臺之麗魄〔五〇〕。談津藝府，思洽幾初；地義天經，孝爲心極〔五一〕。貞姿玉映，棄虹琰而無加；朗鑒珠融，斥驪珍而不御〔五二〕。清而化物，綺羅將組緒同歸；高以順時，丹刻與茅茨遞敞〔五三〕。幽蘭在奏，施文律之繁音；穠李分蹊，搴詞條之粹萼〔五四〕。懼盈譏於鳩毒，慮不憑榮；懷賤業於殷憂，神無忤色〔五五〕。香輪寶駟，躬心皂隸〈大〉㉕之間；玉杼瑶筐，授訓牆帷之下〔五六〕。警嬪儀於内闈，室荷駢魚；雪母範於賓階，門栖吐鳳〔五七〕。雲房旦靜，未終仙閣之期；月幌宵空，奄聽窮埏之酷〔五八〕。

有詔贈物三百段，米粟二百石，凶典所須，隨由官給，仍遣司門大夫郎翁歸監護葬事〔五九〕。珠儒（襦）㉖玉匣，彩賁佳城，金鼎銀罇，禮踰恒命〔六〇〕。嗚呼！其生也榮，寵服光於茂册；其死也哀，賜贈照於彝典〔六一〕。以其年十一月廿日，窆于少陵之原，禮也〔六二〕。旌軒啓路，葆騎横[　]㉗，林野曠而無塵，風煙慘而殊色〔六三〕。仙罔偃月，行臨白菟之□；宰樹栖雲，坐闕青龍之兆〔六四〕。

有子洛州參軍轂，玉堂疏貺，金社分輝〔六五〕。攀北渚而魂銷，下南陔而[　]盡㉘〔六六〕。持綈負米，[　]極㉙於難追；緑俎玄觴，敬深於如在〔六七〕。姜府君悼存亡之不再，愴今昔之俄然。步朗月以長懷，傃秋風而累難（歎）㉚〔六八〕。以爲安仁詠德，道不著於玄扃；奉倩傷神，理未階於翠[　]㉛〔六九〕。雖圖芬帝閣，中朝懸記善之書；而播美泉扃，下走受當仁之寄〔七〇〕。謹聞命矣，迺作銘云〔七一〕。

紫闕馳耀，丹墟[　]跡㉜。贊搏山樞，龍騰帝籍〔七二〕。本枝四海，維城萬奕。寵峻分珪，慶流磐石（其一）〔七三〕。

梧宫孕彩，桂邸垂榮。分靈月艶，稟秀雲英〔七四〕。韶姿玉婉，朗思珠明。[　]承㉝鳳掖，訓洽鸞楹（其二）〔七五〕。

緑臺宵靜，彤闈曉綷。鵷[　]㉞隨簫，蛟龍轉珮〔七六〕。瑀□繡轂，青綸紫繢。書美降嬪，易稱歸妹（其三）〔七七〕。

辭驪玉闕，穆道璿閨。禮高齊女，孝軼姜妻〔七八〕。針樓曉闢，書幌晨低。詩傳荇緒（渚）㉟，領拂花蹊（其四）〔七九〕。

陳植之家，孟施之[　　]㊱。霧延賓館，風趨藝圃〔八〇〕。藻□虬驚，文扃鳳吐。甫圻(沂)㊲同席，遄〈悽〉悽㊳陟岵(其五)〔八一〕。

雲閨影晦，月砌光殘。琴分鶴苦，劍别龍寒〔八二〕。泣松聲於隴隧，沈蕙質於泉壇。想清規而可作，題翠琰而知難(其六)〔八三〕。

【校記】

①原卷目録題作歸仁縣主墓誌一首(并序)。

②務：當作婺。

③至：案對句，至下當闕一字。

④椒：衍字，當删。

⑤府：當作俯字。

⑥[夫人]：或闕此二字。

⑦帝横：當作横帝。

⑧秀之氣：當作之秀氣。

⑨霜：霜字下當闕一字。

⑩枝：或技字歟。

⑪恩：案對句，恩前當闕一字。

⑫輕：案對句，輕下當闕一字。

⑬ 立：當删立字。

⑭ 縈：當作榮字。

⑮ 林：或枝字筆誤歟。

⑯ 位：羅陳作泣。

⑰ 况：當作沈。

⑱ 府：當作苻。

⑲ 依依：當删一字。

⑳ □：當作納。

㉑ 泳：當作詠。

㉒ 崇：崇下當闕一字。

㉓ 疑：當作凝。

㉔ 光：光上當闕一字。

㉕ 大：當删大字。

㉖ 儒：當作襦。

㉗ 横：横下當闕一字。

㉘ 盡：盡上當闕一字。

㉙ 極：極上當闕一字。

㉚ 難：當作歎。

㉛ 翠：翠下當闕一字。

［王勃集卷廿八］

㉜跡：跡上當闕一字。

㉝承：承上當闕一字。

㉞鷯：鷯下當闕一字。

㉟緒：當作渚。

㊱之：之下當闕一字。

㊲圻：當作沂字。

㊳悽悽：當刪一字。

【考證】

〔一〕「若夫」四句

《晉書》卷五十二《列傳第二十二·華譚》：「對曰：臣聞聖人之臨天下也，祖乾綱以流化，順谷風以興仁。」蔣本卷十六《梓州飛烏縣白鶴寺碑》：「崩山鬬水，觸地網而三分；墜月奔星，劃乾綱而五裂。」

《太平御覽》卷六〇七《道部十九·輿輦》：「《太上飛行羽書》曰……於是溟光外映，象燭太虛。」

《禮記·月令》：「孟夏之月日在畢，昏翼中，旦婺女中。」蔣本卷十七《梓州郪縣兜率寺浮圖碑》：「仙娥去月，旅方鏡而忘歸；寶婺辭星，攀圓璫而未返。」

正倉院本《楊五席宴序》〔八〕：「烟賓忘歸，俯丹霄而練魄。」

《莊子·說劍》：「上決浮雲，下絕地紀。」蔣本卷十五《益州夫子廟碑》：「珠衡玉斗，徵象緯於天經；贇據龍蹲，集風雲於地紀。」

《樂府詩集》卷七《郊廟歌辭七・唐禪社首樂章》源乾曜《靈具醉》：「爛遺光，流禎祺。」

正倉院本《上巳浮江讌序》〔二〇〕：「方欲披襟朗詠，餞斜光於碧岫之前。」

〔二〕「**雖英姿**」四句

蔣本卷十七《梓州郪縣兜率寺浮圖碑》：「岷峨舊族，江漢英姿。」

參：《文苑英華》卷九一〇楊炯《唐昭武校尉曹君神道碑》：「柔風淑譽，習禮聞詩。上奉舅姑，旁睦娣姒。」

蔣本卷十七《梓州通泉縣惠普寺碑》：「宣妙獎於希夷，範靈蹤於顯晦。」

《維大唐騎都尉王氏故妻墓》貞觀二十年十月（《隋唐五代墓誌彙編》洛陽卷第二册）：「廣庭深室，坐訓母儀。洞户長廊，動爲女則。」

《藝文類聚》卷十六《儲宫部・公主》謝眺《新安長公主墓誌銘》：「譽宣女師，德侔高行。肅穆嬪風，優游閫正。撫事成箴，臨圖作鏡。」

《文選》卷十九曹植《洛神賦》：「恨人神之道殊兮，怨盛年之莫當。」

參：《大唐朝議郎前行鄭州司兵參軍清河張休故妻范陽盧夫人墓誌銘》開元二年六月（《秦晉豫新出墓誌蒐佚續編》三九九）：「英姿淑譽，女則嬪儀。」

〔三〕「**其有**」四句

《藝文類聚》卷四《歲時中・三月三日》沈約《三日侍鳳光殿曲水宴詩》：「光遲蕙畝，氣婉椒臺。皇心愛矣，帝曰遊哉。」

《魏書》卷七十四《列傳第六十二・爾朱榮》：「乃檻車送葛榮赴闕。詔曰：……況導源積石，襲構崐山，門踵英猷，弼成鴻業。」

《楚辭》屈原《九歌・湘夫人》：「帝子降兮北渚，目眇眇兮愁予。」王逸：「帝子，謂堯女也。」蔣本卷十三《九成宮頌》序：「川分帝子，控鯤壑而疏源；嶽動天孫，擁熊山而列鎮。」

蔣本卷五《上絳州上官司馬書》：「而屬鸞扃停逸，頻虛不次之階；鶴板徵賢，累發非常之詔。」參：《初學記》卷十二《職官部下・御史大夫》唐中宗《授楊再思檢校左臺大夫制》：「宜分務於鸞扃，俾効能於烏署。」

《楚辭》王褒《九懷・匡機》：「桂水兮潺湲，揚流兮洋洋。」

陸雲《陸士龍集》卷七《九愍・修身》：「結風回而薄水兮，源波榮而重瀾。」

《史記》卷二十七《天官書第五》：「婺女，其北織女。織女，天女孫也。」蔣本卷一《七夕賦》：「辨河鼓於西壖，下天孫於東堮。」

《唐故太原王君墓誌銘序》龍朔元年十一月三十日（《隋唐五代墓誌彙編》洛陽卷第四册）：「若夫鳳巖疏構，樹鴻祉以開源；鶴渚分華，景仙儲而演派。」

〔四〕「青軒」四句

《玉臺新詠》卷四鮑令暉《擬青青河畔草》：「灼灼青軒女，泠泠高臺中。」

《世説新語・巧藝第二十一》：「顧長康畫人，或數年不點目精。人問其故。顧曰：四體妍蚩，本無關於妙處，傳神寫照，正在阿堵中。」

《漢書》卷九十七下《外戚傳第六十七下・班倢伃》：「倢伃退處東宮，作賦自傷悼，其辭曰……美皇英之女虞兮，榮任姒之母周。」師古曰：「皇，娥皇，英，女英，堯之二女也。女，妻也。」

《文選》卷八司馬相如《上林賦》：「於是乎離宮別館，彌山跨谷。」蔣本卷七《緜州北亭群公宴序》：「離亭北望，煙霞生故國之悲；別館南開，風雨積他鄉之思。」

《毛詩・邶風・靜女》：「靜女其孌，貽我彤管。」毛傳：「古者后夫人，必有女史彤管之法。」鄭箋：「彤管，筆赤管也。」蔣本卷十四《乾元殿頌》：「祥抽紫曆，業照彤管。」

班蔡：班昭，蔡文姬。《堯榮妻趙胡仁墓誌》（武帝五年二月）《漢魏南北朝墓誌彙編》：「才同班蔡，望等齊姜。」《後漢書》卷八十四《列女傳第七十四・董祀妻》：「蔡邕之女也，名琰，字文姬。博學有才辯，又妙於音律……（曹）操因問曰：聞夫人家先多墳籍，猶能憶識之不。文姬曰：昔亡父賜書四千許卷……今所誦憶，裁四百餘篇耳。」

《藝文類聚》卷十五《后妃部・后妃》江總《爲陳六宮謝表》：「借班姬之扇，未掩驚羞；假蔡琰之文，寧披悚戴。」

《周易・師》：「開國承家，小人勿用。」蔣本卷十五《益州夫子廟碑》：「五運神器，琮璜高列帝之榮；三命雄圖，鐘鼎冠承家之禮。」

〔五〕「仰蘋洲」二句

《毛詩・召南・采蘋》：「采蘋，大夫妻能循法度也。能循法度，則可以承先祖，共祭祀矣……于以采蘋，南澗之濱。于以采藻，于彼行潦。」

參：《文苑英華》卷九六四陳子昂《唐故袁州參軍李府君妻清河張氏墓誌銘》：「昭宣壼則，惠穆蘋洲。」

正倉院本《三月上巳祓禊序》〔一〇〕：「雜花爭發，非止桃蹊。群鳥亂飛，有踰鶯谷。」

《玉臺新詠》卷四鮑照《代京洛篇》：「揚芬紫烟上，垂綵綠雲中。」

〔六〕「膺紫墀」四句

《南齊書》卷十一《志第三・樂・北郊樂歌・昭夏之樂》：「靈正丹帷，月肅紫墀。」蔣本卷四《上九成宮頌表》：「輒貢九成宮頌二十四章，攀紫墀而絶望，叫丹闕而累息。」

《文選》卷三十七李密《陳情事表》：「今臣亡國賤俘，至微至陋。過蒙拔擢，寵命優渥。」

《列女傳》卷一《母儀傳・契母簡狄》：「當堯之時，與其妹娣浴於玄丘之水，有玄鳥銜卵，過而墜之……競往取之。簡狄得而含之，誤而吞之，遂生契焉。」

《王勃集》卷二十九《爲霍王祭徐王文》〔二〕：「惟王稟靈丹掖，誕彩玄丘。」蔣本卷一《七夕賦》：「憑紫都而受曆，按玄丘而命紀。」

《左傳・宣公十二年》：「蔿敖爲宰，擇楚國之令典。」蔣本卷十七《益州德陽縣善寂寺碑》：「收武城之故事，擇中牟之令典。」

〔七〕「諱某」五句

《舊唐書》卷六十四《列傳第十四・高祖二十二子・巢王元吉》：「巢王元吉，高祖第四子也。義師起，授太原郡守，封姑臧郡公，尋進封齊國公。」

〔八〕「爾其」四句

《禮記・禮運》：「山出器車，河出馬圖，鳳皇麒麟皆在郊棷，龜龍在宫沼。」

蔣本卷十四《乾元殿頌》：「金鋪夕照，若帝圃之輝瓊英；寶綴晨縣，類阿房之聚銀燭。」「太宗皇帝雲房揖契，壓麟璽於庭軒；雷渚翔英，擾龍鈐於高席。」

《藝文類聚》卷二《天部下・霽》陸雲《喜霽賦》：「萎禾竦而振穎兮，偃木竪而爲林。」

〔九〕「黄星」四句

《拾遺記》卷一《軒轅黄帝》：「母曰昊樞，以戊己之日生，故以土德稱王也。時有黄星之祥。」蔣本卷十三《九成宫頌》：「翦諸戎首，光我靈命。紫氣雲蒸，黄星月映。」

《廣弘明集》卷十七《慶舍利感應表》：「幽州表云：三月二十六日於弘業寺，安置舍利石函……燈光炤庭，衆星夜朗。」

《毛詩・大雅・卷阿》：「鳳皇鳴矣，于彼高岡。梧桐生矣，于彼朝陽。」蔣本卷十二《拜南郊頌》：「飛龍繼跡，鳴鳳重光。」

《莊子・列御寇》：「孔子曰：凡人心險於山川，難於知天。天猶有春秋冬夏，旦暮之期，人者厚貌深情。」

《文苑英華》卷七七二薛道衡《隋高祖功德頌并序》：「粤若高祖文皇帝，誕聖降靈，則赤光照室；韜神晦迹，則紫氣騰天。」

《周易・乾》：「潛龍勿用，何謂也？子曰：龍德而隱者也，不易乎世。」

蔣本卷十八《廣州寶莊嚴寺舍利塔碑》：「皇上纘乾坤之令業，振文武之英風。」

《隋書》卷五十九《列傳第二十四煬三子·元德太子昭》：「詔内史侍郎虞世南爲哀册文曰：……宸基峻極，帝緒會昌。」

〔一〇〕「故乃」四句

《藝文類聚》卷四十七《官職部三·司空》潘岳《司空鄭袤碑》：「弘操岳峻，宇量深廣。」

《初學記》卷六《地部中·河》後魏孝文帝《祭河文》：「朕承寶曆，克纂乾文。」蔣本卷十七《益州德陽縣善寂寺碑》：「若夫玉繩高曜，分寶曆於皇階；金牓洞開，導璸暉於帝幄。」

《毛詩·小雅·天保》：「如南山之壽，不騫不崩。」

《文選》卷八揚雄《羽獵賦》：「涣若天星之羅，浩如濤水之波。」蔣本卷一《七夕賦》：「抗芝館而星羅，擢蘭宫而霧起。」

《藝文類聚》卷四《歲時部中·七月七日》謝莊《七夕夜詠牛女應制》：「璿居照漢右，芝駕肅河陰。」蔣本卷十四《乾元殿頌》：「然則因秦構極，祖宗耀金策之符；作洛恢基，我后創璿居之始。」

《論語·爲政》：「譬如北辰，居其所而衆星共之。」

《文選》卷二十二顔延之《車駕幸京口侍遊蒜山作》：「元天高北列，日觀臨東溟。」

《王勃集》卷二十九《爲霍王祭徐王文》〔四〕：「方冀環星入象，長承北拱之儀；列岳載基，永固南山之壽。」

〔一一〕「夫人」四句

蔣本卷一《遊廟山賦》：「爾其緑巖分徑，蒼岑對室。」

《藝文類聚》卷一《天部上・星》卞壼《賀老人星表》：「玄象垂耀，老人啓徵。」蔣本卷十四《乾元殿頌》：「紫扃垂耀，黄樞鎮野。」

《正倉院本》《江浦觀魚宴序》〔二〕：「道寄虚舟，河洛有神仙之契。」

蔣本卷十七《梓州郪縣兜率寺浮圖碑》：「才稱江漢之靈，地實岷峨之秀。」

〔一二〕「韶規」四句

《山左金石志》卷十一《棲霞寺造象鍾經碑》儀鳳四年：「曬通賢之綺構，偶福地之韶規。」

《王勃集》卷二十八《唐故度支員外郎達奚公》〔三六〕：「珠江月滿，瓊岫虹騫。」〔二七〕：「清雅韻於椒花，奉柔規於荇菜。」

正倉院本《山家興序》〔一〇〕：「神崖智宇，崩騰觸日月之輝；廣度冲衿，磊落壓乾坤之氣。」

參：《箋注》卷三駱賓王《同張二・詠塵灰》：「洛川流雅韻，秦道擅苛威。」

《文選》卷二十五盧諶《贈劉琨》：「緜緜女蘿，施于松標。」

參：盧炅之《大唐故襄城縣主墓誌銘》景雲二年五月（《西安碑林博物館新藏墓誌彙編》一一二）：「韶姿月滿，疏桂影於神軒；逸韻霜橫，肅松標於智宇。」

〔一三〕「雲袿」四句

《藝文類聚》卷十五《后妃部・后妃》江總《爲陳六宮謝表》：「步動雲袿，香飄霧縠。」

《史記》卷五十八《梁孝王世家第二十八》：「於是孝王築東苑，方三百餘里……大治宮室，爲複道，自宮連屬於平臺五十餘里。」索隱：「如淳云：在梁東北，離宮所在者。按今城東二十里臨新河，有故臺址，不甚高。俗云平臺，又一名脩竹院。《西京雜記》云有落猿巖、鳬洲、鴈渚，連亘七十餘里是也。」

《漢書》卷五十七下《司馬相如傳第二十七下》：「（《封禪書》）……上帝垂恩儲祉，將以慶成。」

《趙飛燕外傳》：「帝居鴛鴦殿便房。」蔣本卷十三《九成宮頌序》：「翊鸞臺之廣宴，扈鴛砌之仙游。」

《論語・季氏》：「（子）嘗獨立，鯉趨而過庭，曰：學詩乎？對曰：未也。不學詩，無以言。鯉退而學詩。他日又獨立，鯉趨而過庭，曰：學禮乎？對曰：未也。不學禮，無以立。鯉退而學禮。」

〔一四〕「儼玄笄」四句

《禮記・內則》：「女子十年不出……十有五年而笄，二十而嫁。」

參：《文苑英華》卷二三三沈佺期《游少林寺》：「紺園澄夕霽，碧殿下秋陰。」

蔣本卷四《上明員外啓》：「情加倒屣，知步頃之生光；禮極升堂，覺聲名之有地。」又：「趨庭洽訓，共歌朱萼之篇；避席承歡，猶守青箱之業。」

《文選》卷十九束皙《補亡詩六首・白華，孝子之絜白也》：「白華朱萼，被于幽薄。粲粲門子，如磨如錯。終晨三省，匪惰其恪。」李善注：「此喻兄弟比於華萼，在林薄之中，若孝子之在衆雜，方於華萼，自然鮮絜。」又《補亡詩六首・南陔，孝子相戒以養也》：「馨爾夕膳，絜爾晨飡。」

〔一五〕「針樓」四句

《太平御覽》卷八三〇《資産部一〇・針》：「《輿地志》曰：齊武帝起曾城觀，七月七日，宮人登之穿針，世謂之穿針樓。」《藝文類聚》卷四《歲時部中・七月七日》庾肩吾《奉使江州船中七夕詩》：「莫言相送浦，不及穿針樓。」

蔣本卷十四《乾元殿頌》：「錦軒星騖，控乾絡而觀風；繡服霞驚，浹坤紘而問俗。」

蔣本卷九《山亭思友人序》：「至若開闢翰苑，掃蕩文場，得宮商之正律，受山川之傑氣。」

《文選》卷四十六任昉《王文憲集序》：「公自幼及長，述作不倦。固以理窮言行，事該軍國，豈直雕章縟采而已哉。」蔣本卷十五《平臺祕略贊十首・藝文第三》：「爭開寶札，競聳雕章。」

〔一六〕「紅經」四句

《左傳・昭公二十五年》：「禮，上下之紀，天地之經緯也。」孔疏：「言禮之於天地，猶織之有經緯，得經緯相錯乃成文，如天地得禮始成就。」

蔣本卷六《爲人與蜀城父老書》一：「機杼相和，鳳躡（全唐文作鑷）將虯梭交響。」

《唐臺登縣令李喜美故夫人姚氏墓誌銘并序》顯慶五年正月《河洛墓刻拾零》七〇）：「尤工組紃，擢素仙機，乍騰龜鶴，遊情縹褰。」

蔣本卷一《春思賦》：「杏葉裝金轡，蒲萄鏤玉鞍。」蔣注：「白居易詩：塵土空留杏葉鞍。可相引證。」

庾肩吾《書品》序：「流星疑燭，垂露似珠，芝英轉車，飛白掩素。」

《晉書》卷六〇《列傳第三〇・索靖》：「又作《草書狀》其辭曰：……蓋草書之爲狀也，婉若銀鉤，漂若驚鸞。舒翼未發，若舉復安。」

正倉院本《宇文德陽宅秋夜山亭宴序》〔一〇〕：「彭澤陶潛之菊，影泛仙罇；河陽潘岳之花，光懸妙札。」

參：張鷟《龍筋鳳髓判》卷上《門下省二條》二：「參詳蘭葉之文，宣越芝英之字。」

〔一七〕「執順」四句

《周易·乾》：「庸言之信，庸行之謹，閑邪存其誠，善世而不伐，德博而化。」

《周易·明夷》：「象曰……君子以莅衆，用晦而明。」蔣本卷十五《益州夫子廟碑》：「若乃順時而動，用晦而明。」

《集注》卷十四庾信《周大將軍同馬裔神道碑》：「公資忠履孝，蘊義懷仁。」

〔一八〕「屬昆臺」四句

《拾遺記》卷一《軒轅黃帝》：「乃厭世於昆臺之上，留其冠、劍、佩、舄焉。昆臺者，鼎湖之極峻處也，立館於其下。帝乘雲龍而遊，殊鄉絶域，至今望而祭焉。」

《舊唐書》卷一《本紀第一·高祖》：「（貞觀）九年五月……崩於太安宮之垂拱前殿，年七十。群臣上謚曰：大武皇帝，廟號高祖。」

《漢書》卷二十五上《郊祀志第五上》：「黃帝既上天……於是天子曰：嗟乎！誠得如黃帝，吾視去妻子如脱屣耳。」

《史記》卷一〇《孝文本紀第十》：「高祖十一年春，已破陳豨軍，定代地，立代王……高祖崩。九月，諸呂呂產等欲爲亂，以危劉氏，大臣共誅之，謀召立代王……群臣以禮次侍……奉天子法駕，迎于代邸。皇帝即日夕入未央宮。」《集注》卷二庾信《哀江南賦》：「中宗之夷凶靜亂，大雪冤恥。去代邸而承基，遷唐郊而纂祀。」

《後漢書》卷七十四《袁紹劉表傳第六十四》贊：「闕圖訊鼎，禋天類社。」

《舊唐書》卷三《本紀第三・太宗下》：「（貞觀二十三年）八月丙子，百僚上謚曰文皇帝，廟號太宗。」

《竹書紀年》卷上：「十四年卿雲見，命禹代虞事……帝乃再歌曰……青華已竭，褰裳去之。」蔣本卷十四《乾元殿頌》序：「皇圖不恃，聖人追卷領之風；神器無私，才子奉褰裳之運。」

〔一九〕**「想維城」二句**

《毛詩・大雅・板》：「懷德維寧，宗子維城。」蔣本卷十五《益州夫子廟碑》：「我國家靈命，東朝抗袞冕之尊；宗子維城，南面襲軒裳之重。」

《漢書》卷四《孝文帝紀第四》：「高帝王子弟，地犬牙相制，所謂磐石之宗也。」

《王勃集》卷二十九《爲霍王祭徐王文》〔三〕：「苴茅建社，啓磐石之宏圖；剖竹調風，擁維城之介福。」

《論語・學而》：「曾子曰：慎終追遠，民德歸厚矣。」蔣本卷十八《廣州寶莊嚴寺舍利塔碑》：「昊天罔極，追懷自遠。」

〔二〇〕**「雖三王」二句**

《漢書》卷四十四《淮南衡山濟北王傳第十四・淮南厲王劉長》：「（孝文）十六年，上憐淮南王廢法不軌，自使失國早夭，乃徙淮南王喜復王故城陽，而立厲王三子王淮南故地，三分之，阜陵侯安爲淮南王，安陽侯勃爲衡山王，陽周侯賜爲廬江王……徙爲衡山王，王江北……安自刑殺，后、太子諸所與謀皆收夷。國除爲九江郡……（衡山）王聞即自殺……諸坐與王謀反者皆誅，國除爲郡。」

《史記》卷五十八《梁孝王世家第二十八》：「孝王，竇太后少子也，愛之，賞賜不可勝道。於是孝王築東苑，方三百餘里，廣睢陽城七十里，大治宮室，爲複道，自宮連屬於平臺，三十餘里……六月中病熱，六日卒。謚曰孝王……乃分梁爲五國，盡立孝王男五人爲王，女五人皆食湯沐邑。」

〔三一〕「楊妃」四句

《新唐書》卷八十《列傳第五·太宗諸子》：「太宗十四子……楊氏生明……曹王明，母本巢王妃，帝寵之。」

《舊唐書》卷六十二《列傳第二十五·楊恭仁傳》：「楊恭仁，本名綸。弘農華陰人。隋司空觀王雄之長子也……恭仁弟師道，尚桂陽公主，從姪女爲巢剌王妃。」

《晉書》卷九十五《列傳第六十五·藝術》：「史臣曰……郭麐知有晉之亡姚，去姚以歸晉，追兵奄及，致斃中塗。斯則遠見秋毫，不能近知目睫。」

《魏故堯氏趙郡君墓誌銘》武定五年二月（《漢魏南北朝墓誌彙編》三七二）：「夫人自少至耋，孝敬敦睦，長孤撫幼，親加鞠養，好施能贍，去奢就約。」

《晉書》卷三十一《列傳第一·后妃上·武悼楊皇后附左貴嬪》：「元楊皇后崩，芬獻誄曰：……昔有莘適殷，姜姒歸周，宣德中闈，徽音永流。」

〔三二〕「夫人」四句

《皮演墓誌》北魏熙平元年十一月二十二日（《新出魏晉南北朝墓誌疏證》一七二）：「出入雲禁，夙夜匪懈。」

《宋書》卷四十一《列傳第一・后妃・明帝陳貴妃》：「有司奏曰：……伏惟貴妃，含和日晷，表淑星樞，徽音峻古，柔光照世。」

《儀禮・士昏禮》：「舅姑入于室，婦盥饋。」《集注》卷十六庾信《周安昌公夫人鄭氏墓誌銘》：「虔恭內政，榮曜中闈。承姑奉盥，訓子停機。」

《禮記・曲禮上》：「凡爲人子之禮，冬温而夏凊，昏定而晨省。」《集注》卷十六庾信《周太傅鄭國公夫人鄭氏墓誌銘》：「悌實温凊，恭惟箴盥。」

〔二三〕「二尊」四句

《論語・里仁》：「君子無終食之間違仁，造次必於是，顛沛必於是。」蔣本卷四《上吏部裴侍郎啓》：「知忠孝爲九德之原，故造次必於是；審名利爲五常之賊，故顛沛而思遠。」

《周禮・天官・九嬪》：「掌婦學之法，以教九御婦德、婦言、婦容、婦功。」鄭玄注：「婦德謂貞順，婦言謂辭令，婦容謂婉娩，婦功謂絲枲。」《後漢書》卷十上《皇后紀第十上》序：「九嬪掌教四德。」李賢注：「四德謂婦德、婦言、婦容、婦功也。」

《集注》卷十四庾信《周上柱國宿國公河州都督普屯威神道碑》：「是以行滿天地，名聞四海。」注：「《孝經》曰：行滿天地，無怨惡名。」

《左傳・僖公二十八年》：「仲尼曰：以臣召君，不可以訓。」杜注：「凡變例以起大義危疑之理，故特稱仲尼以明之。」

〔二四〕「固陋」二句

《莊子・漁父》：「其用於人理也，事親則慈孝，事君則忠貞。」

《尚書・咸有一德》：「克享天心，受天明命。」

〔二五〕「六宮」二句

《周禮・內宰》：「以陰禮教六宮。」注：「鄭司農云：陰禮，婦人之禮。六宮後五前一，王之妃百二十人，后一人，夫人三人，嬪九人，世婦二十七人，女御八十一人。玄謂六宮，謂后也。婦人稱寢曰宮，宮隱蔽之言，后象王，立六宮而居之，亦正寢一，燕寢五。」蔣本卷二《釋迦佛賦》：「厭六宮珠翠之色，惡千妃絲竹之響。」

《毛詩・大雅・既醉》：「孝子不匱，永錫爾類。」鄭箋：「孝子之行，非有竭極之時。長以與女之族類，謂廣之以教導天下也。」

《文選》卷三十九任昉《啓蕭太傅固辭奪禮》：「是知孝治所被，爰至無心，錫類所及，匪徒教義。」

《論語・公冶長》：「求也，千室之邑，百乘之家，可使爲之宰也。」蔣本卷十四《乾元殿頌》：「百城煙峙，望秋露而乘風；千室雲開，合宵霆而組化。」

《藝文類聚》卷十《符命部・符命》曹植《魏德論》：「其化之也如神，其養之也如春。」

〔二六〕「出降」二句

《舊唐書》卷五十九《列傳第九・姜謩》：「姜謩，秦州上邽人……平京城，除相國兵曹參軍，封長道縣公……貞觀元年卒，贈岷州都督，謚曰安。子行本。貞觀中，爲將作大匠。」第二子未詳。

《隋書》卷二十九志第二十四・地理志》：「天水郡（舊秦州，後周置總管府，大業初府廢）。」

《元和姓纂》卷五：「姜。炎帝生於姜水，因氏焉……天水上邽。漢初以豪族徙關中，遂居天水。」

〔二七〕「竇穆」四句

《後漢書》卷二十三《竇融列傳第十三》：「（竇）融長子穆，尚内黄公主，代（弟竇）友爲城門校尉。穆子勳，尚東海恭王彊女沘陽公主。友子固，亦尚光武女涅陽公主。顯宗即位，以融從兄子林爲護羌校尉。竇氏一公、兩侯、三公主、四二千石，相與並時。自祖及孫，官府邸第相望京邑，奴婢以千數，於親戚功臣中莫與爲比……論曰：竇融始以豪俠爲名，拔起風塵之中，以投天隙。蟬蛻王侯之尊，終膺卿相之位，此則徼功趣執之士也。」

李猷、李尚，未詳。或鄧禹、鄧乾嗣。

《後漢書》卷十六《鄧禹列傳第六》：「十三年，天下平定，諸功臣皆增户邑，定封禹爲高密侯……有子十三人，各使守一蓺，修整閨門，教養子孫，皆可以爲後世法，資用國邑，不修産利，帝益重之……長子震爲高密侯……高密侯震卒，子乾嗣。乾尚顯宗女沁水公主。」

〔二八〕「千扉」四句

《文選》卷一班固《西都賦》：「張千門而立萬户，順陰陽以開闔。」

蔣本卷十五《益州夫子廟碑》：「緇帷曉闢，横紺帶於西河；絳帳宵懸，聚青衿於北海。」

《後漢書》卷二十二《朱景王杜馬劉傅堅馬列傳第十二》：「永平中，顯宗追感前世功臣，乃圖畫二十八將於南宫雲臺，其外又有王常、李通、竇融、卓茂，合三十二人。」

蔣本卷五《上絳州上官司馬書》：「雲臺迫漢，南宮列元宰之圖；霜戟羅門，北闕據名臣之第。」

《毛詩・召南・鵲巢》：「之子于歸，百兩御之。」傳：「百兩，百乘也。諸侯之子嫁於諸侯，送御者皆百乘。」

《左傳・閔公二年》：「歸公乘馬祭服五稱……歸夫人魚軒。」杜預注：「魚軒，夫人車，以魚皮爲飾。」

《文選》卷二張衡《西京賦》：「北闕甲第，當道直啓。」李善注：「北闕，當帝城之北也。」《箋注》卷三庾信《道士步虚詞》其八：「北闕臨玄水，南宮生絳雲。」

參：見注〔一二〕引《大唐故襄城縣主墓誌銘并序》：「禮優湯沐，寵被穠華，宣鳳綍於南宮，降魚軒於北闕。」

〔三九〕「瓊笳」四句

《藝文類聚》卷四《歲時部中・三月三日》劉孝威《三日侍皇太子宴詩》：「周旗交彩旄，晉鼓雜清簫。」

蔣本卷十七《益州德陽縣善寂寺碑》：「文皇帝以八才御曆，光昇代野之榮；文德后以十亂乘時，恭贊塗山之業。」

《左傳・成公二年》：「齊侯以爲有禮，既而問之，辟司徒之妻也，予之石窌。」

《集注》卷十六庾信《周趙國夫人紇豆陵氏墓誌銘》：「武成二年册拜趙國公夫人，漢王聞立義之婦，邑以延鄉，齊侯見有禮之妻，封之石窌。異代同榮，差無慙德。」又卷十六《周安昌公夫人鄭氏墓誌銘》：「保定二年册拜滎陽郡君……豈惟立義之婦，邑以延鄉，有禮之妻，封之石窌。」

參：《文苑英華》卷九一九楊炯《唐恒州刺史建昌公王公神道碑》：「有文在手，歸於魯國，有鳳和鳴。

適於陳氏，邑之石窌，縣以封丘。」

蔣本卷十三《九成宮頌》：「珉房砥室，畫栱相望，緑岫紅巖，雕櫳間出。」

《文選》卷十五張衡《思玄賦》：「聘王母於銀臺兮，羞玉芝以療飢。」舊注：「銀臺，王母所居。」

《集注》卷十六庾信《周譙國公夫人步陸孤氏墓誌銘》：「豈直西河女子，獨見銀臺；東海婦人，先逢金闕。」

〔三〇〕「躍頳鱗」四句

蔣本卷一《九成宮東臺山池賦》：「緑衣玄衽，頳鱗翠額。」

《後漢書》卷八十四《列女傳第七十四姜詩妻》：「廣漢姜詩妻者，同郡龐盛之女也。詩事母至孝，妻奉順尤篤……姑嗜魚膾，又不能獨食。夫婦常力作供膾。呼鄰母共之。舍側忽有涌泉，味如江水，每旦輒出雙鯉魚，常以供二母之膳。」

見下注〔七八〕至〔七九〕：「禮高齊女，孝軼姜妻……詩傳荇渚，領拂花蹊。」

《藝文類聚》卷九十二《鳥部下・鴛鴦》梁元帝《鴛鴦賦》：「金雞玉鵲不成群，紫鶴紅雉一生分。」

蔣本卷十七《梓州郪縣兜率寺浮圖碑》：「若夫仙樓白玉，窈冥崑閬之墟；神闕黄金，寂寞蓬瀛之浦。」

《列仙傳》卷上：「蕭史者，秦穆公時人也。善吹簫，能致孔雀白鶴於庭。穆公有女，字弄玉，好之。公遂以女妻焉。日教弄玉作鳳鳴。居數年，吹似鳳聲，鳳凰來止其屋。公爲作鳳臺，夫婦止其上，不下數年，一日皆隨鳳凰飛去。故秦人爲作鳳女祠於雍宮中。時有簫聲而已。」

參：《豐王府户隴西李府君故夫人墓誌銘并序》天寶七年十一月廿四日（《隋唐五代墓誌彙編》洛陽卷

第十一册)：「夫人躍頳鱗於瑞浦，德合姜妻；吟白雪於寒庭，名同謝女。閨風若椒花之思，室譽若荇菜之歌。」

〔三一〕「諸姬」四句

江淹《江文通集》卷六《始安王拜征虜將軍丹陽尹章》：「臣少識猶晦，哀辛方襲。藉以毓采上霄，摶華中漢。飲惠延光，偭爵假息。」

《毛詩·周南·關雎》：「參差荇菜，左右流之。」毛傳：「后妃有關雎之德，乃能其荇菜，備庶物，以事宗廟也。」

《晉書》卷九十六《列傳第六十六·列女·劉臻妻陳氏》：「劉臻妻陳氏者，亦聰辯能屬文。嘗正旦獻《椒花頌》，其詞……又撰元日及冬至進見之儀，行於世。」

《王勃集》卷二十八《唐故度支員外郎達奚公》〔二七〕：「清雅韻於椒花，奉柔規於荇菜。」參：見〔一二〕引《大唐故襄城縣主墓誌銘并序》：「故能使六姻仰化，列娣遷規，苞衆母而垂範，掩群妃而邁德。」

〔三二〕「凜梟鍾」四句

《周禮·冬官·考工記》：「梟氏爲鍾。」蔣本卷四《上明員外啓》：「梟鐘蓄韻，聞片言而指掌；鸞鏡懸心，見一善而明目。」

《史記》卷二十四《樂書第二》：「鄭衛之音，亂世之音也，比於慢矣。桑間濮上之音，亡國之音也。其政散，其民流，誣上行私而不可止。」

《吕氏春秋·本性》：「靡曼皓齒，鄭衛之音，務以自樂，命之曰伐性之斧。」注：「鄭國淫辟，男女私會於溱、洧之上，有詢訏之樂，芍藥之和……武王伐紂，樂師抱其樂器，自投濮水之中。暨衛靈公北朝于晉，宿于濮上，夜聞水中有琴瑟之音……師曠止之曰：此亡國之音也……此聲必於濮水之上，地在衛，因曰鄭衛之音，以其淫辟滅亡，故曰伐性之斧者也。」

《太平御覽》卷七一七《服用部十九·鏡》：「《神異經》曰：昔有夫妻將別，破鏡，人執半以爲信。其妻與人通，其鏡化鵲，飛至夫前，其夫乃知之。後人因鑄鏡，爲鵲安背上，自此始也。」蔣本卷四《上皇甫常伯啓》一：「竊以龍鑣就路，鴛駿相懸，鵲鏡臨春，妍媸自遠。」

《莊子·庚桑楚》：「不足以滑成，不可内於靈臺。」郭象注：「靈臺者，心也。」

《文選》卷十九曹植《洛神賦》：「芳澤無加，鉛華弗御。」李善注：「張平子《定情賦》，思在面爲鉛華兮，患離塵而無光。」

參：見〔三〇〕引《豐王府户曹隴西李府君故夫人墓誌銘并序》：「隱鳳釵於泉户，棲鵲鏡於靈臺。」

〔三三〕「閨風」四句

《文選》卷二十一左思《詠史詩》其四：「南鄰擊鐘磬，北里吹笙竽。」蔣本卷一《春思賦》：「南鄰少婦多妖婉，北里王孫駐行幰。」

《周易·小畜》：「夫妻反目，不能正室也。」

《文選》卷一班固《西都賦》：「九市開場，貨別隧分，人不得顧，車不得旋。闐城溢郭，旁流百廛。」蔣本卷十七《梓州通泉縣惠普寺碑》：「由是鹿園曾敞，象教旁流。」

《南齊書》卷十一《志第三・樂》：「《北郊歌・昭德凱容樂》……邦化靈懋，闡則風調。」

《後漢書》卷八十三《逸民列傳第七十三・梁鴻》：「（梁鴻）爲人賃舂，每歸，妻爲具食，不敢於鴻前仰視，舉案齊眉。」

參：《唐故營繕監左右校署令宣德郎張君夫人關氏墓誌銘并序》萬歲通天二年八月（《隋唐五代墓誌彙編》洛陽卷第七册）：「閨風遠浹，里閈鎮及（反）目之虞；閫訓旁流，遐邇仰齊眉之敬。」

〔三四〕「貞觀廿一祀」四句

《後漢書》卷六十六《陳王列傳第五十六》：「宦官由此（陳）疾蕃彌甚，選舉奏議，輒以中詔譴却，長史已下，多至抵罪。」

《史記》卷九十二《淮陰侯列傳第三十二》：「夫鋭氣挫於險塞，而糧食竭於內府。」

〔三五〕「仰風林（枝）」二句

《集注》卷十三庾信《周大將軍司馬裔神道碑》：「沁水同墳，平陽合墓……慟甚風枝，悲深霜露。」

《韓詩外傳》卷九：「孔子行，聞哭聲甚悲。孔子曰：驅驅，前有賢者。至則臯魚也……樹欲靜而風不止，子欲養而親不待也。往而不可得見者，親也。」

《唐文續拾遺》卷十四《大唐故道王府典軍朱公墓誌并序》（咸亨四年）：「哀纏霜屺，欷結風枝。」

《毛詩・魏風・陟岵》序：「陟岵，孝子行役，思念父母也。」《金石粹編補正》卷一《周豫州刺史淮南公杜君之墓誌》儀鳳二年：「曾孫善達義節八人等，痛風枝而結思，悼霜露以摧心。」

《文選》卷十六潘岳《寡婦賦》：「少伶俜而偏孤兮，痛切怛以摧心。」

〔三六〕「絶漿」二句

《禮記・檀弓上》：「曾子謂子思曰：伋，吾執親之喪也，水漿不入於口者七日。」又：「高子皋之執親之喪也，泣血三年，未嘗見齒，君子以爲難。」《陳書》卷三十二《列傳第二十六・孝子傳》序：「若乃奉生盡養，送終盡哀，或泣血三年，絶漿七日，思蓼莪之慕切，追顧復之恩深。」

蔣本卷七《守歲序》：「春秋冬夏，錯四序之凉炎；甲乙丙丁，紀三朝之歷數。」

〔三七〕「充窮」四句

《禮記・檀弓上》：「始死，充充如有窮。既殯，瞿瞿如有求而弗得。」《藝文類聚》卷十四《帝王部四・陳文帝》徐陵《陳文帝哀策文》：「充窮靡寄，孺慕奚憑。」

《隋書》卷十三《志第八・音樂上》沈約《誡雅》：「感蒼極，洞玄壤。」

《陳書》卷一《本紀第一・高祖上》：「備九錫之禮……策曰……氣涌青霄，神飛紫闥。」

參：《文苑英華》卷一六九陳子昂《洛城觀酺應制》：「蒼極神功被，青雲祕籙開。」

《禮記・檀弓下》：「有子與子游立，見孺子慕者，有子謂子游曰：予壹不知夫喪之踊也，予欲去之久矣，情在於斯，其是也夫。」鄭玄注：「喪之踊，猶孺子之號慕。」

《梁書》卷五《本紀第五・元帝》：「王僧辯又奉表曰……紫宸曠位，赤縣無主，百靈聳動，萬國回皇。」

《文選》卷六十顔延年《祭屈原文》：「望汨心欷，瞻羅思越。」李善注：「吴質《答東阿王書》曰：精散思越。」

參：《文苑英華》卷五二一闕名《丁三年之喪，練祥群立旅行》對：「……仰風樹而充窮，履霜庭而孺慕。」

〔三八〕「**雖聖懷**」**四句**

《文選》卷三十八傅亮《爲宋公至洛陽謁五陵表》：「伏惟聖懷，遠慕兼慰。」

《文館詞林》卷六九一西晉武帝《戒郡國上計掾史還各告守相敕》：「其明宣詔喻旨，使咸知朕意。」

《十六國春秋》卷四十二《後燕録一·慕容垂上》：「苻暉遣使讓垂，使進兵，簡書相尋。」

《鹽鐵論·繇役》：「長子不還，父母愁憂，妻子詠歎，憤懣之恨發動於心，慕思之積痛於骨髓。」

《荀子·天論》：「天職既立，天功既成，形具而神生。好惡喜怒哀樂藏焉，夫是之謂天情。」

徐陵《玉臺新詠序》：「加以天情開朗，逸思雕華，妙解文章，尤工詩賦。」

〔三九〕「**姜府君**」**四句**

《北史》卷三十《列傳第十八》：「論曰……（盧）文偉望重地華，早有志尚。」

《後漢書》卷二十三《竇融列傳第十三·竇融》：「（光武帝）賜融璽書曰：……欲遂立桓、文，輔微國，當勉卒功業；欲三分鼎足，連衡合從，亦宜以時定。」

《周禮·大宗伯》賈疏：「案《武陵太守星傳》云：三台一名天柱。上台司命，爲大尉。中台司中，爲司徒。下台司禄，爲司空。」蔣本卷十六《梓州飛烏縣白鶴寺碑》：「縣令獨孤儉等或鵬垂待運，終燮道於中台；或蠖屈求伸，且毗風於下邑。」

蔣本卷十五《平臺祕略贊·貞修第二》：「道契玄極，芳圖青史。」

《吕氏春秋·察賢》：「宓子賤治單父，彈鳴琴，身不下堂而單父治。」

蔣本卷十二《拜南郊頌》：「然後駐聲名於上邑，反文物於仙宫。」蔣注：「名，疑明字之訛。」

〔四〇〕「游魚」四句

《吕氏春秋·具備》：「（宓子賤治）亶父三年，巫馬旗短褐衣弊裘，而往觀化於亶父。見夜漁者，得則捨之。巫馬旗問焉，曰：漁爲得也，今子得而捨之，何也？對曰：宓子不欲人之取小魚也，所捨者，小魚也。」蔣本卷十九《梓州玄武縣福會寺碑》：「泉魚狎夜，多單父之深恩；隴翟游春，嗣中牟之善政。」

《史記》卷四十七《孔子世家第十七》：「孔子生鯉，字伯魚。」索隱：「《家語》：孔子年十九，娶於宋之并官氏之女。一歲而生伯魚。伯魚之生也，魯昭公使人遺之鯉魚。夫子榮君之賜，因以名其子。」

《後漢書》卷二十五《卓魯魏劉列傳第十五·魯恭》：「魯恭……拜中牟令……建初七年，郡國螟傷稼，犬牙緣界，不入中牟。河南尹袁安聞之，疑其不實，使仁恕掾肥親往廉之。（魯）恭隨行阡陌，俱坐桑下。有雉過，止其傍，傍有童兒，親曰：兒何不捕之？兒言：雉方將雛。親瞿然而起，與恭訣曰：所以來者，欲察君之政迹耳。今蟲不犯境，此一異也，化及鳥獸，此二異也。豎子有仁心，此三異也。久留，徒擾賢者耳。」蔣本卷十五《益州夫子廟碑》：「仙鳧旦舉，影入銅章；乳翟朝飛，聲含玉軫。」

〔四一〕「陳太丘」四句

《後漢書》卷六十二《荀韓鍾陳列傳第五十二·陳寔》：「除太丘長。修德清靜，百姓以安……有六子，紀、諶最賢……父子並著高名，時號三君。每宰府辟召，常同時旌命，羔雁成群，當世者靡不榮之。」蔣本卷四《上明員外啓》：「陳太丘之積善，羔雁成群；謝車騎之餘芳，蘭蓀不替。」

《藝文類聚》卷五十五《雜文部一·經典》謝朓《隨王賜左傳啓》：「朓未窺山筍，早慚河籍，業謝專門，説非章句。」

《毛詩·周南·關雎》：「窈窕淑女，君子好逑。」

《文選》卷十六潘岳《懷舊賦》序：「余十二而獲見于父友東武戴侯楊君，始見知名，遂申之以婚姻。」又見《文選》卷五十六潘岳《楊荆州誄》及《楊仲武誄》。

《文選》卷五十一王褒《四子講德論》：「秦穆有王由五羖，攘却西戎，始開帝緒。」蔣本卷十五《益州夫子廟碑》：「司馬宇文公諱純，河南洛陽人也。皇根帝緒，列五鼎於三朝；青瑣丹梯，跨千尋於十紀。」

〔四二〕「分華」四句

《文館詞林》卷四五九《碑三十九》李百樂《荆州都督劉瞻碑銘》序：「固以分華若木，疏派咸池，參辰極以高驤，振江河以長邁。」

《文館詞林》卷一五八《詩十八》沈約《贈劉南郡季連》：「鴻漢景德，盛楚連徽。灼灼中壘，入奧知微。」

蔣本卷二十《梓州慧義寺碑銘》：「咸以爲安昌故迹，雖篆德於前聞；新野殘書，未兼芳於後葉。」

《論語·學而》：「行有餘力，則以學文。」《北史》卷六十三《列傳第五十一·蘇威》：「威諫曰：城守則我有餘力，輕騎則彼之所長。」

〔四三〕「每至」四句

《集注》卷一庾信《三月三日華林園馬射賦》：「鳥囀歌來，花濃雪聚。」

《集注》卷四庾信《詠畫屏風詩二十四首》其十六：「上林春徑密，浮橋柳路長。」

參：《箋注》卷二駱賓王《春夜韋明府宅宴得春字》：「酌桂陶芳夜，披薜嘯幽人。」箋注：「《爾雅·釋詁》：陶，喜也。」

《集注》卷十二庾信《至仁山銘》：「窻銜竹影，菊落秋潭。」蔣本卷二《採蓮賦》：「臨枉（英華作春）渚之（英華作兮）一送，見秋潭兮（英華作之）四平。」

《文選》卷四左思《蜀都賦》：「相與第如滇池，集于江洲，試水客，艤輕舟，娉江斐，與神游。」《藝文類聚》卷二十八《人部十二・遊覽》蕭子範《東亭極望》：「水鳥銜魚望，蓮舟拂芰歸。」

參：見〔一二〕引《大唐故襄城縣主墓誌銘并序》：「每至葉下秋潭，艤蓮舟而寫興；花明春苑，飛桂醑以陶芳。長筵輕戚里之歡，内闔備趨庭之訓。」

〔四四〕「閑居」四句

《文選》卷十六・潘岳《閑居賦》。李善注：「《閑居賦》者，此蓋取於《禮篇》不知世事，閑靜居坐之意也。」《禮記・孔子閒居》：「孔子閒居，子夏侍。子夏曰：敢問詩。」

《史記》卷六十三《老子韓非列傳第三》：「孔子適周，將問禮於老子。」

《文選》卷十六潘岳《閑居賦》：「席長筵，列孫子，柳垂陰，車結軌。」

《漢書》卷四十六《萬石衛直周張傳第十六・石奮》：「於是高祖召其姊爲美人，以奮爲中涓，受書謁。徙其家長安中戚里。」師古曰：「於上有姻戚者，則皆居之，故名其里爲戚里。」蔣本卷十四《乾元殿頌》：「頻隈毓範，雲門分戚里之驩；覃嶼凝規，星閣絶郎官之請。」

《尚書・召誥》：「王朝步自周，則至于豐。惟太保先周公相宅。」蔣本卷十四《乾元殿頌》序：「宸規相宅，考周舊於靈都；睿覽思和，獲秦餘於正殿。」

《論語・述而》：「子曰：志於道，據於德，依於仁，游於藝。」蔣本卷十九《梓州玄武縣福會寺碑》：「故能使幽明仰德，法俗依仁。」

《三國志》卷四十八《吴書三・三嗣主傳第三・孫皓》：「司空孟仁卒。」注：「《吴録》曰，（孟）仁，字恭武……少從南陽李肅學，其母爲作厚褥大被。或問其故。母曰：小兒無德致客，學者多貧，故爲廣被，庶可得與氣類接也。」蔣本卷二十《梓州慧義寺碑銘》：「榮高牧刺，養隔晨昏。披厚褥以驚心，撫長筵而下泣。」

參：《大周故幕州刺史洛陽宫總監褚府君夫人臨沂縣君王氏墓誌銘并序》久視元年（《隋唐五代墓誌彙編》洛陽卷第七册）：「光分銑社，德盛延門，早奉訓於慈庭，屢宣風於上邑。」

〔四五〕「故能」四句

參：《文苑英華》卷六八四盧照鄰《與洛陽名流朝士乞藥直書》：「朝英貴士，博濟而好仁者，何必相識。」

《文選》卷五左思《吴都賦》：「躍馬疊迹，朱輪累轍。」

《淮南子・墜形訓》：「（崑崙）上有木禾，其修五尋。珠樹、玉樹、琁樹、不死樹在其西。」

《孔子家語・弟子行》：「衛將軍文子問於子貢曰：吾聞孔子之施教也……蓋入室升堂者，七十有餘人。」蔣本卷十五《益州夫子廟碑》：「三千弟子，攀睿化而升堂；七十門人，奉洪規而入室。」

蔣本卷十七《梓州通泉縣惠普寺碑》：「都人野彦，希梵席而投裾；趙美燕姝，望齋庭而繼履。」

《文選》卷八揚雄《羽獵賦》：「方椎夜光之流離，剖明月之珠胎。」李善注：「明月珠，蚌子珠，爲蚌所懷，故曰胎。」蔣本卷五《上絳州上官司馬書》：「君侯極天分構，振瓊樹而韜霞；帶地疏源，握珠胎而冠月。」

《文選》卷一班固《兩都賦》序：「朝夕論思，日月獻納。」蔣本卷十四《乾元殿頌》序：「金門獻納，縱麟筆於苔牋；石館論思，覈龜章於竹槧。」

〔四六〕「芝蘭」四句

《世説新語・言語第二》：「謝太傅問諸子姪：子弟亦何預人事，而正欲使其佳？諸人莫有言者，車騎答曰：譬如芝蘭玉樹，欲使其生於階庭耳。」蔣本卷十八《廣州寶莊嚴寺舍利塔碑》：「或代道篁竹，氣推丹桂之城；家擅芝蘭，名動蒼梧之野。」

正倉院本《秋日宴山庭序》〔二〕：「若夫爭名於朝廷者，則冠蓋相趨；遯跡於丘園者，則林泉見託。」

《後漢書》卷六十二《荀韓鍾陳列傳第五十二・荀淑》：「初，荀氏舊里名西豪。潁陰令勃海苑康以爲昔高陽氏有才子八人，今荀氏亦有八子，故改其里曰高陽里。」

參：見〔一二〕引《大唐故襄城縣主墓誌銘并序》：「軒蓋相趨，坐闢高陽之里；蘭芝可襲，鬱爲通德之門。」

〔四七〕「悲夫」五句

《後漢書》卷三十四《梁統列傳附梁冀》：「冀一門，前後七封侯，三皇后，六貴人，二大將軍。」

參：《文苑英華》卷九〇六楊炯《後周明威將軍梁公神道碑》：「三世連輝，七侯承祉。」

鮑照《鮑明遠集》卷九《皇孫誕育上疏》：「東儲積慶，皇孫誕育，國啓昌期，民迎福運。」《周易・坤》：

「積善之家，必有餘慶，積不善之家，必有餘殃。」

《周易·師》：「大君有命，開國承家，小人勿用。」蔣本卷二十《梓州慧義寺碑銘》：「朝請大夫長史河東裴爽，公侯映代，貞白承家。」

《尚書·旅獒》：「爲山九仞，功虧一簣。」

《文選》卷二十四潘岳《爲賈謐作贈陸機》：「優游省闥，珥筆華軒。」

參：《大唐故道王府典軍朱公墓誌》（《隋唐五代墓誌彙編》江蘇山東卷）：「萬里封侯之願，終屈志於風雲；百齡遷壑之期，遽纏悲之霜露。」

《文選》卷四十五揚雄《解嘲》：「高明之家，鬼瞰其室。攫拏者亡，默默者存。」

〔四八〕「以總章元年」四句

《元和郡縣志》卷一《關内道一·京兆府上》：「京兆府（雍州）……長安縣（赤）……乾封元年，分置乾封縣，理懷真坊，長安三年廢。」

〔四九〕「重惟」二句

《藝文類聚》卷八十一《香草部上·菊》傅統妻《菊花頌》：「英英麗草，禀氣靈和。」蔣本卷二十《常州刺史平原郡開國公行狀》：「惟公間氣呈姿，靈和叶慶。」《王勃集》卷二十八《唐故河東處士衛某夫人賀拔氏墓誌》〔二二〕：「重惟靈和受氣，廉順呈姿。」

〔五〇〕「分姒帷」二句

《文選》卷五十七謝莊《宋孝武宣貴妃誄》：「翼訓姒幄，贊軌堯門。」李善注：「《列女傳》曰：塗山氏之女，夏禹娶以爲妃，既生啓。塗山獨明教訓，而致其化焉。」

蔣本卷十四《乾元殿頌》序：「巽宫延粹，闢朱柱於娥臺；兑野流芬，疏紫蘭於別館。」蔣注：「別疑訛字。」

〔五一〕「談津」四句

《王勃集》卷二十九《張公行狀》〔一五〕：「分學苑之膏腴，處談津之要害。」

參：《法書要録》卷六竇臮《述書賦下》：「我小司空韋公曰述，職該藝府，才同史筆。」

《後漢書》卷二十一《任李萬邳劉耿列傳第十一》：「論曰：凡言成事者，以功著易顯；謀幾初者，以理隱難昭。」李賢注：「幾者，事之先見者也。」蔣本卷十四《乾元傳頌》：「神窮獨照，傍探赤水之珍；思洽幾深，迴寫丹谿之韻。」

《孝經・三才章》：「子曰：夫孝，天之經也，地之義也。」《藝文類聚》卷十三《帝王部三・晉武帝》潘岳《世祖武皇帝誄》：「詠言孝思，天經地義。」

《文選》卷四十六任昉《王文憲集序》：「若乃金版玉匱之書，海上名山之旨……莫不總制清衷，遞爲心極。」《全唐文》卷一三三薛收《隋故徵君文中子碣銘》：「以孝悌爲心極，以人倫爲己任。」

〔五二〕「貞姿」四句

《大唐故蘇州司馬輕車都尉崔君墓誌銘》永徽六年十月一日（《隋唐五代墓誌彙編》洛陽卷第三册）：「夫人……籍應高門，凝華中谷，貞姿玉映，淑問風揚。」

《世説新語・賢媛第十九》：「顧家婦清心玉映，自是閨房之秀。」

《文選》卷二十八陸機《樂府十七首・君子行》：「朗鑒豈遠假，取之在傾冠。」

《晉書》卷七十五《列傳第四十五》：「史臣曰：……繡桷雕楹，陵跨於宸極；驪珍治質，充牣於帷房。」

《文選》卷九揚雄《上長楊賦》：「惡麗靡而不近，斥芬芳而不御。」

〔五三〕「清而」四句

《禮記・樂記》：「夫物之感人無窮，而人之好惡無節，則是物至而人化物也。人化物也者，滅天理而窮人欲者也。」

蔣本卷一《春思賦》：「戚里繁珠翠，中閨盛綺羅。」

《文選》卷六十任昉《齊竟陵文宣王行狀》：「華袞與緼緒同歸，山藻與蓬茨俱逸。」李善注：「《韓詩》，子路曰：曾子褐衣，緼緼未嘗完。」

《周易・繫辭下》：「子曰：天下何思何慮。天下同歸而殊塗，一致而百慮。」

《左傳・成公十六年》：「德以施惠，刑以正邪，詳以事神，義以建利，禮以順時，信以守物。」

《文選》卷五十九王屮《頭陁寺碑文》：「眷言靈宇，載懷興葺。丹刻翬飛，輪奐離立。」

《墨子・三辯》：「昔者堯舜有茅茨者，且以爲禮，且以爲樂。」

〔五四〕「幽蘭」四句

《文選》卷十三謝惠連《雪賦》：「曹風以麻衣比色，楚謡以幽蘭儷曲。」李善注：「宋玉《諷賦》曰：……臣援琴而鼓之，爲幽蘭、白雪之曲。」

《文選》卷十七陸機《文賦》：「普辭條與文律，良餘膺之所服。」楊炯《王勃集序》：「動搖文律，宮商有奔命之勞；沃蕩辭源，河海無息肩之地。」

《文選》卷二十八謝靈運《樂府·會吟行》：「六引緩清唱，三調佇繁音。」

《藝文類聚》卷十六《儲宮部·公主》王融《永嘉長公主墓誌銘》：「相金漏質，穠李慚暉。肅穆婦容，靜恭女德。」

《史記》卷一〇九《李將軍列傳第四十九》：「太史公曰……諺曰：桃李不言，下自成蹊。」

蔣本卷四《上明員外啓》：「詞條鬱霧，遥騰駕日之陰；辯鍔横霜，直上衝星之氣。」

〔五五〕「懼盈」四句

《左傳·閔公元年》：「宴安酖毒，不可懷也。」《世説新語·文學第四》：「鄭玄在馬融門下……（馬融）恐玄擅名而心忌焉。玄亦疑有追……玄竟以得免。」注：「鄭玄名列門人，親傳其業，何猜忌而行鴆毒乎。」

《文選》卷三十八任昉《爲齊明帝作讓宣城郡公第一表》：「寧容復徼榮於家恥，宴安於國危。」李善注：「《晉中興書》曰：卞壺表曰：豈敢干禄位以徼時榮乎。」

《漢書》卷七十二《王貢兩龔鮑傳第四十二》序：「君平卜筮於成都市，以爲卜筮者賤業，而可以惠衆人。」

阮籍《阮籍集·詠懷詩其十四》：「感物懷殷憂，悄悄令心悲。」

《世説新語·排調第二十五》：「桓玄出射，有一劉參軍與周參軍朋賭，垂成，唯少一破。劉謂周曰：卿此起不破，我當撻卿。周曰：何至受卿撻？劉曰：伯禽之貴，尚不免撻，而況於卿。周殊無忤色。」

〔五六〕「香輪」四句

參：《箋注》卷四駱賓王《代女道士王靈妃贈道士李榮》：「香輪寶騎競繁華，可憐今夜宿倡家。」

《左傳・隱公五年》：「若夫山林川澤之實，器用之資，皁隸之事，官司之守，非君所及也。」

蔣本卷一《七夕賦》：「引驚蟬於寶瑟，宿嬾燕於瑶筐。」

《文選》卷三十九鄒陽《於獄中上書自明》：「今人主沈諂諛之辭，牽於帷墻之制。」李善注：「《漢書音義》曰：言爲左右便辟侍帷墻臣妾所見牽制。《説文》曰：墻，垣蔽也。然帷，妾之所止，墻，臣之所居也。」

〔五七〕「警嬪儀」四句

《禮記・曲禮上》：「外言不入於梱，内言不出於梱。」鄭注：「梱，門限也。」

駢魚，參〔三〇〕《後漢書・列女傳・姜詩妻》：「每旦輒出雙鯉魚，常以供二母之膳。」

《集注》卷十四庾信《周上柱國宿國公河州都督普屯威神道碑》：「公濯衣沐髮，杖劍轅門。撤洗足而相迎，下賓階而顧問。」

蔣本卷五《上絳州上官司馬書》：「賓階夕敞，清河銷驥贄之虞；虚榻晨披，元禮得龍驅之地。」

蔣本卷十四《乾元殿頌》：「詞庭吐鳳，翫鳥迹於春黌；書帳翻螢，閲蟲文於夏閣。」

參：《大唐故驍翊衛翟君墓誌銘》上元三年十月（《隋唐五代墓誌彙編》洛陽卷第五册）：「標母訓於中閨，禮深賓敬；扇嬪風於内閫，德儷陰容。」

〔五八〕「雲房」四句

蔣本卷十三《九成宫頌》：「煙闈夜謐，雲房晝静。」

《王勃集》卷二十八《唐故度支員外郎達奚公》〔一三〕：「彤闈旦静，扈瓊鈒於鸞墀。」

《藝文類聚》卷七《山部上・總載山》宋孝武帝《游覆舟山》：「逢皋列神苑，遭壇樹仙閣。」

《王勃集》卷二十八《唐故度支員外郎達奚公（墓誌）》〔二二〕：「風庭月幌，簪裾成紫陌之歡。」蔣本卷四《爲原州趙長史請爲亡父度人表》：「希開淨福，庶補窮埏。」蔣清翊注：「窮埏猶窮泉。」《王勃集》卷二十八《唐河東處士衛某夫人賀拔氏墓誌》〔二〇〕：「蓼徑含酸，遽軫窮燧之酷。」

郎翁歸，未詳。

〔五九〕仍遣司門大夫郎翁歸監護葬事

《唐六典》卷六《尚書刑部》：「司門郎中一人，從五品上（《周禮》大司徒屬官有司門下大夫，掌授管鍵，以啓閉國門。後周依周官。隋開皇初置司門侍郎，煬帝曰司門郎，皇朝因之。武德三年加中字。龍朔二年改曰司門大夫，咸亨元年復故）。」

〔六〇〕「珠襦」四句

正倉院本《晚秋遊武擔山寺序》〔三〕：「雖殊衣玉匣，下賁窮泉，而廣岫長林，終成勝境。」《周易·賁》：「六五，賁于丘園，束帛戔戔。」《子夏易傳》：「不在於彩賁之佳也。」《西京雜記》卷四《滕公葬地》：「滕公駕至東都門，馬鳴，跼不肯前，以足跑地久之。滕公使士卒掘馬所跑地，入三尺所，得石槨。滕公以燭照之，有銘焉……曰：佳城鬱鬱，三千年見白日。吁嗟滕公居此室。滕公曰：嗟呼，天也！吾死其即安此乎？死遂葬焉。」

參：《文苑英華》卷九〇六楊炯《唐左將軍魏哲神道碑》：「珠星璧月，終陪季子之階；金鼎銀罇，竟列齊侯之寢。」《藝文類聚》卷七十三《雜器部·鼎》：「《吳越春秋》曰：吳王闔閭，葬女於郭西昌門外。鑿地爲池，積土爲山，文石爲椁，金鼎玉杯，銀樽珠襦之寶，皆以送之。」

〔六一〕「嗚呼」四句

《論語・子張》：「其生也榮，其死也哀。」《王勃集》卷二十八《唐故河東處士衛某夫人賀拔氏墓誌》〔三五〕：「嗚呼，其生也榮，成訓終於禄養；其亡也哀，貽謀切於先覺。」

《文苑英華》卷三八〇沈約《沈文季加侍中詔》：「萬雉增固，寵服攸加，實爲朝典。」

《後漢書》卷三十七《桓榮丁鴻列傳第二十七・丁鴻》：「鴻薨，賜贈有加常禮。」江淹《江文通集》卷九《蕭相國拜齊王表》：「業不題於宗器，聲靡記於彝典。」

〔六二〕「以其年」三句

參：《錢注杜詩》卷一《哀江頭》詩「少陵注」引《雍録》：「少陵原，在長安縣南四十里。宣帝陵在杜陵縣。」

〔六三〕「旌軒」四句

《水經注》卷四《河水》：「又東過砥柱間。」注：「考史遷《記》云：景公十二年，公見晉平公，十八年復見晉昭公，旌軒所指，路直斯津，從黿砥柱事或在玆。」蔣本卷十二《拜南郊頌》：「旌軒具照，簫笳互凝。」

《楚辭》屈原《遠遊》：「歷太皓以右轉兮，前飛廉以啓路。」蔣本卷十三《九成宮頌》：「天旋霧散，岳運川迴。林兵護野，方神啓路。」

《藝文類聚》卷四十五《諸官部一・諸王》王融《豫章文獻王墓誌銘》：「鯨驂惋慕，葆吹徘徊，千秋萬祀，顧有餘哀。」《唐六典》卷十四《鼓吹署》注：「大駕鼓吹並朱漆畫，大鼓小鼓加金鐲，羽葆鼓、鐃鼓、節鼓皆五綵重蓋。其羽葆鼓仍飾以羽葆。」蔣本卷十二《拜南郊頌》：「鑾旗曉引，葆吹晨吟。」

林野、風煙，屢見。

蔣本卷十二《拜南郊頌》：「一鼓而亭塞無塵，七縱而江山失險。」

參：《大唐故銀青光祿大夫饒州刺史來府君妻蘭陵郡夫人蕭氏墓誌銘并序》開元十二年十二月五日（《河洛墓刻拾零》一九五）：「禮也。旐軒啓路，葆騎橫郊，林野曠而無塵，風煙慘而殊色。仙崗偃月，行臨白□之塋；宰樹栖雲，坐閟青龍之兆。」

又參：注〔三〇〕引《豐王府户曹隴西李府君故夫人墓誌銘并序》：「禮也。旐軒啓路，龍輀橫郊，林野感而蕭條，風煙助而無色。」

〔六四〕「仙岡」四句

《藝文類聚》卷七十九《靈異部下・神》梁簡文帝《祠伍員廟詩》：「偃月交吴艦，魚麗入楚營。」

《文苑英華》卷八四二王僧孺《從子永寧令謙誄》：「宿草行没，宰樹方攢。」

《文選》卷五十五陸機《演連珠》其四十三：「是以鳥栖雲而繳飛，魚藏淵而網沈。」

蔣本卷十八《廣州寶莊嚴寺舍利塔碑》：「青龍帶劍，光超殿閣之榮；白武銜珠，早陟齋壇之寵。」白武，白虎，唐諱虎字。

《春秋繁露》卷六《服制像》：「劍之在左，青龍之象也。刀之在右，白虎之象也。」

〔六五〕「有子」三句

姜穀，未詳。

《文選》卷十三宋玉《風賦》：「然後倘佯中庭，北上玉堂，躋於羅帷，經於洞房，乃得爲大王之風也。」蔣本卷十九《彭州九隴縣龍懷寺碑》：「玉堂朝亘，影襲長虹；珠殿宵浮，光含列宿。」

《後漢書》卷四十八《楊李翟應霍爰徐列傳第三十八・應劭》：「中興初，有應嫗者，生四子而寡。見神光照社，試探之，乃得黃金。自是諸子宦學，並有才名，至瑒七世通顯。」蔣本卷五《上絳州上官司馬書》：「鱗軒羽殿，瑶臺降卿相之榮；鵲印蟬簪，金社發公侯之始。」

〔六六〕「攀北渚」二句

《楚辭》屈原《九歌・湘夫人》：「帝子降兮北渚，目眇眇兮愁予。」蔣本卷一《春思賦》：「羅衣乘北渚，錦袖出東鄰。」

《文選》卷十六江淹《別賦》：「黯然銷魂者，唯別而已矣。」蔣本卷八《秋日餞別序》：「黯然別之銷魂，悲哉秋之爲氣，人之情也，傷如之何。」

《毛詩・小雅・南陔》序：「孝子相戒以養也。」蔣本卷五《上絳州上官司馬書》：「嘗謂奉琴卮於北牖，詠詩禮於南陔。」

參：見〔六三〕引《大唐故銀青光禄大夫饒州刺史來府君蘭陵郡夫人蕭氏墓誌銘并序》：「持縑負米，痛極難追，攀北渚而魂銷，下南陔而淚盡。」

〔六七〕「持縑」四句

《孔子家語・致思》：「孔子適齊，中路聞哭者之聲，其音甚哀。孔子謂其僕曰：此哭哀則哀矣，然非喪者之哀矣。驅而前，少進，見有異人焉。擁鐮帶素，哭者不哀。孔子下車，追而問曰：子何人也？對曰：吾丘吾子也。曰：子今非喪之所，奚哭之悲也？丘吾子曰：吾有三失。晚而自覺，悔之何及。曰：三失可得聞乎？願子告吾，無隱也。丘吾子曰：吾少時好學，周徧天下，後還，喪吾親，是一失也……夫樹欲靜而風不停，子欲養而親不待。往而不來者，年也；不可再見者，親也。」又：「子路見於孔子曰：負重涉遠，不擇地而休；家貧親老，不擇祿而仕。昔者由也事二親之時，常食藜藿之實，爲親負米百里之外。親歿之後，南遊於楚，從車百乘，積粟萬鍾，累茵而坐，列鼎而食。願欲食藜藿，爲親負米，不可復得也。枯魚銜索，幾何不蠹。二親之壽，忽若過隙。孔子曰：由也事親，可謂生事盡力，死事盡思者也。」

《禮記・三年問》：「三年之喪，何也……三年者，稱情而立文，所以爲至痛極也。斬衰苴杖，居倚廬，食粥，寢苫枕塊，所以爲至痛飾也。」

《藝文類聚》卷十六《儲宮部・儲宮》陸機《愍懷太子誄》：「冤魂難追，舊物東反。」

《禮記・曾子問》：「祭殤不舉，無肵俎，無玄酒，不告利成。」

《論語・八佾》：「祭如在，祭神如神在。」

參：《大周故君路處士墓誌銘并序》長壽三年□月五日（《三晉石刻大全・長治・長子》八）：「□□痛極難追□俎玄觴敬□□在其□。」

〔六八〕「姜府君」四句

《文選》卷十六潘岳《寡婦賦》：「痛存亡之殊制兮，將遷神而安厝。」李善注：「丁儀妻《寡婦賦》曰：痛存亡之異路，將遷靈以大行。」

《後漢書》卷二十八下《馮衍傳第十八下》：「衍不得志，退而作賦，又自論曰：……念生人之不再兮，悲六親之日遠。」

《莊子・齊物論》：「俄然覺，則蘧蘧然周也。」

蔣本卷一《春思賦》：「形隨朗月驟東西，思逐浮雲幾南北。」

正倉院本《上巳浮江讌序》（一三）：「指林岸而長懷，出汀洲而極睇。」

秋風，屢見。

《文館詞林》卷四五七《碑三十七》伏滔《徐州都督王坦之碑》：「莫不撫襟内悼，咨嗟累歎。」

〔六九〕「以爲」四句

潘岳有《悼亡詩三首》（《文選》卷二十三）、《哀永逝文》（《文選》卷五十七）。

《孟子・滕文公下》：「揚墨之道不息，孔子之道不著。」

蔣本卷十三《九成宮頌》：「雖玄機妙鍵，已寂兆於忘言；而詠德陳功，請追聲於匪頌。」

《藝文類聚》卷四十七《職管部三・司徒》張衡《司徒呂公誄》：「去此寧寓，歸於幽堂，玄室冥冥，修夜彌長。」蔣本卷二十《常州刺史平原郡開國公行狀》：「不謂藏舟夜涉，負杖朝興，丹丘之化未尋，玄扃之痛俄及。」

《世説新語・惑溺第三十五》：「荀（粲，字）奉倩與婦至篤……婦亡，奉倩後少時亦卒。」注：「《粲别傳》曰：……婦病亡。未殯，傅嘏往喭粲，粲不哭而神傷。」

《顔氏家訓・勉學第八》：「荀奉倩喪妻，神傷而卒，非鼓缶之情也。」

參：《文苑英華》卷九二九楊炯《益州温江縣令任君神道碑》：「佳人不再，荀奉倩之傷神；赤子無期，潘安仁之慘慟。」

蔣本卷十七《益州德陽縣善寂寺碑》：「咸以爲妙圖真諦，事出於無名；翠琰玄碑，道凝於不朽。」

參：見〔一二〕引《大唐故襄城縣主墓誌銘》：「是以蘭芳秋謝，安仁興情換之哀；蕣華朝零，奉倩致神傷之感。」

〔七〇〕「雖圖芬」四句

蔣本卷十六《梓州飛烏縣白鶴寺碑》：「丹烏抱日，疑增帝閣之華；素鶴低雲，若赴仙庭之會。」

《藝文類聚》卷九十九《祥瑞部下・鳳皇》：「尚書中候曰：堯即政七十載，鳳皇止庭，巢阿閣讙樹。」

《漢書》卷八十六《何武王嘉師丹傳第五十六・王嘉》：「唯陛下留神於擇賢，記善忘過，容忍臣子，勿責以備。」

正倉院本《秋晚入洛於畢公宅別道王宴序》〔一一〕：「屈榮命於中朝，接風期於下走。」

《南史》卷六十四《列傳第五十四・王琳》：「（王）琳故吏……徐陵，求琳首曰……用能播美於前書，垂名於後世。」

《集注》卷十四庾信《周柱國楚國公岐州刺史慕容寧神道碑》：「館舍長捐，泉扃永閉。」

下走、當仁，屢見。

蔣本卷十七《益州德陽縣善寂寺碑》：「群公以道之存矣，思傳記德之書；下官以文在茲乎，願展當仁之筆。」「當仁」，見正倉院本《夏日仙居觀序》〔一八〕：「敢分謗於當仁」句。

〔七一〕「謹聞命矣」二句

《戰國策・燕策二》：「淳于髡曰：謹聞命矣。」蔣本卷十七《梓州郪縣兜率寺浮圖碑》：「謹聞命矣，乃作銘云。」

〔七二〕「紫關」四句

《史記》卷六十三《老子韓非列傳第三》：「（老子）周之衰，廼遂去。至關，關令尹喜曰：子將隱矣，彊爲我著書。」索隱：「《列異傳》：老子西遊，關令尹喜，望見其有紫氣浮關，而老子果乘青牛而過。」

《文選》卷三十四曹植《七啓八首》其三：「雍容閑步，周旋馳耀。」

蔣本卷十四《乾元殿頌》：「丹墟獻迹，青臺墜卵。椒闥儀風，芝閨奉款。」蔣注：「獻迹，是用《生民》詩意，玩下句墜卵可知。丹墟、青臺，取其華藻，不必別有故實。」

《史記》卷四《周本紀第四》：「周后稷，名棄。其母有邰氏女，曰姜原。姜原爲帝嚳元妃。姜原出野，見巨人跡，心忻然説，欲踐之。踐之而身動如孕者，居期而生子。」

蔣本卷十五《益州夫子廟碑》：「珠衡玉斗，徵象緯於天經；贙據龍蹲，集風雲於地紀。」蔣注：「唐諱虎作贙。《爾雅・釋獸》：「贙，有力。」郭注：「出西海大秦國。有養者。似狗多力，獷惡。」

蔣本卷十三《九成宮頌》：「方神護野，岳將清塗。迴麾嶠路，逗蹕山樞。」《説文解字》弟六上：「樞，户樞也。」

《文選》卷四十八揚雄《劇秦美新》：「會漢祖龍騰豐沛，奮迅宛葉。」

《漢書》卷四十一《樊酈滕灌傳靳周傳十一》：「贊曰：……勒功帝籍，慶流子孫哉。」

〔七三〕「本枝」四句

本枝，見《王勃集》卷二十八《唐故度支員外郎達奚公（墓誌）》〔五〕：「高藩十姓，皇枝千葉。」引《毛詩・大雅・文王》。

四海，屢見。

維城，見〔一九〕引《毛詩・大雅・板》。

《毛詩・商頌・那》：「於赫湯孫，穆穆厥聲。庸鼓有斁，萬舞有奕。」

《文苑英華》卷九一一許敬宗《唐并州都督鄂國公尉遲恭碑》：「於是威馳銀牓，寵峻金吾，拜上柱國吴國公……望高四履，寵峻千兵。」

《周禮・春官・大宗伯》：「以玉作六瑞，以等邦國。王執鎮圭，公執桓圭，侯執信圭，伯執躬圭，子執穀璧，男執蒲璧。」《文選》卷十九謝靈運《述祖德詩二首》其一：「臨組乍不緤，對珪寧肯分。」李善注：「《史記》曰，平原君欲封魯連，連不肯受……據仲連文雖不見分珪之事，古者封爵，皆隨其爵之輕重而賜之珪璧，執以爲瑞信。」

《三國志》卷二十八《魏書二十八・王母丘諸葛鄧鍾傳第二十八・鍾會》：「會移檄蜀將吏士民曰：……投跡微子之蹤，措身陳平之軌，則福同古人，慶流來裔。」蔣本卷十六《梓州飛烏縣白鶴寺碑》：「況乎德因時盛，慶流封拜之辰；名爲功登，事屬文明之運。」

《史記》卷十《孝文本紀十》：「高帝封王子弟，地犬牙相制，此所謂磐石之宗也。」

〔七四〕「梧宫」四句

《説苑·奉使》：「楚使使聘於齊，齊王饗之梧宫，使者曰：大哉梧乎。王曰：江海之魚吞舟，大國之樹必巨，使何怪焉。」

《漢書》卷十《成帝紀第十》：「元帝即位。帝爲太子，壯好經書，寬博謹慎。初居桂宫。」師古曰：「《三輔黄圖》：桂宫在城中，近北宫，非太子宫。」蔣本卷十三《九成宫頌》：「澂規鳳闕，毓訓鸞闈，桐宫宿列，桂邸霞飛。」

《漢書》卷七十三《韋賢傳第四十三》：「丞相史乃與玄成書曰：古之辭讓，必有文義可觀，故能垂榮於後。」

蔣本卷一《七夕賦》：「舉黄花而乘月豔，籠黛葉而卷雲嬌。」

《文館詞林》卷四五九《碑三十九·都督三》李百樂《荆州都督劉贍碑銘一首并序》：「公藉慶承寵，含和稟秀，長虹吐閏，奔電增暉。」

《藝文類聚》卷七十三《雜器物部·盤》曹植《承露盤銘》：「下潛醴泉，上受雲英，和氣四充，翔風所經。」蔣本卷五《上絳州上官司馬書》：「坐商洛而折雲英，臨江湖而採煙液。」

〔七五〕「韶姿」四句

《唐大詔令集》卷四十二《公主·追封·追封玉虚公主制》：「故第七公主，敏識冲和，韶姿婉秀，純孝之性，自合於天經。」

《藝文類聚》卷七十《服飾部下·鏡》梁簡文帝《鏡銘》：「雲開月見，水淨珠明。」

《初學記》卷十四《禮部下・婚姻》元萬頃《奉和太子納妃公主出降詩》：「鳴瑜合荐響，比玉麗穠姿。和聲蹐鳳掖，交影步鸞墀。」

《宋書》卷四十一《列傳第一・后妃・武帝胡婕妤》：「伏惟先婕妤柔明塞淵，光備六列。德昭坤範，訓洽母儀。用能啓祚聖明，奄宅四海。」

〔七六〕「緑臺」四句

《太平廣記》卷五十六《女仙一・西王母》引《集仙録》：「所謂玉闕暨天，緑臺承霄，青琳之宇，朱紫之房，連琳綵帳，明月四朗。」蔣本卷一《七夕賦》：「緑臺兮千仞，赩樓兮百常。」

蔣本卷十三《九成宫頌》：「鳳闈宵靜，陰靈宣玉闥之華。」《王勃集》卷二十八《唐故度支員外郎達奚公（墓誌）》（一三）：「彤闈旦靜，扈瓊鈒於鸞墀；青禁宵嚴，投銀符於鶴扇。」

正倉院本《山家興序》（一七）：「玉案金盤，徵石髓於蛟龍之穴。」

〔七七〕「琱□」四句

蔣本卷十七《梓州郪縣兜率寺浮圖碑》：「則有琱簾繡軸，排淨域而停輪；寶騎銀鞍，指珍臺而聳轡。」

《樂府詩集》卷二十四《横吹曲辭四》張正見《劉生篇》：「金門四姓聚，繡轂五香來。」

《後漢書》卷四十九《王充王符仲長統列傳第三十九・仲長統》：「身無半通青綸之命，而竊三辰龍章之服。」

《尚書・堯典》：「帝曰：我其試哉。女于時，觀厥刑于二女。釐降二女于嬀汭，嬪于虞。帝曰：欽哉。」

《周易・歸妹》：「歸妹，天地之大義也。天地不交，而萬物不興。歸妹，人之終始也。」

〔七八〕「辭驩」四句

見〔七六〕「緑臺宵靜」句注所引《太平廣記》。《玉臺新詠》卷九鮑照《行路難四首》其四：「璿閨玉墀上椒閣，文窗繡户垂綺（一作羅）幙。」

見〔二九〕「光昇石窌之庭」句注《左傳・成公二年》。

見〔三〇〕「德合姜妻」句注。

〔七九〕「針樓」四句

見〔一五〕「針樓暵曉」句注。

見〔二八〕「千扉曉闢」句注。

見〔三一〕「爭陶荇菜之篇」句注。

《藝文類聚》卷十六《儲宮部・儲宮》王筠《昭明太子哀策文》：「書幌空張，談筵罷設。」

《玉臺新詠》卷五范靖婦《詠步摇花》：「低枝拂繡領，微步動瑶玦。」

《初學記》卷二十八《果木部・桃》唐太宗皇帝《詠桃詩》：「禁苑春暉麗，花蹊綺樹裝。」

〔八〇〕「陳植」四句

《三國志》卷十九《魏書十九・任城陳蕭王傳第十九・陳思王植》：「陳思王植，字子建。」蔣本卷十一《三國論》：「山陽公之墳土未乾，陳留王之賓館已啓。」

《孟子・公孫丑上》：「孟施舍之所養勇也……孟施舍似曾子，北宮黝似子夏，夫二子之勇，未知其孰賢，然而孟施舍守約也。」

參：《箋注》卷七駱賓王《上州崔長史啓》：「弋志書林，咀風騷於七略；耘情藝圃，偃圖籍於九流。」

〔八一〕「藻□」四句

蔣本卷二《採蓮賦》：「薄言採之，興言報之，發文扃之麗什，動幽幌之情詩。」

正倉院本《秋日登洪府滕王閣餞别序》〔八〕：「騰蛟起鳳，孟學士之詞府；紫電青霜，王將軍之武庫。」

《禮記·內則》：「七年，男女不同席，不共食。」

《毛詩·魏風·陟岵》序：「陟岵，孝子行役，思念父母也。」

〔八二〕「雲閨」四句

《文選》卷十八嵇康《琴賦》：「下逮謡俗，蔡氏五曲，王昭楚妃，千里别鶴。」李善注：「蔡邕《琴操》曰：商陵牧子聚妻五年，無子，父兄欲爲改娶，牧子援琴鼓之，歎别鶴，以舒其憤懣。故曰《别鶴操》。」《集注》卷八庾信《爲梁上黄侯世子與婦書》：「未有龍飛劍匣，鶴别琴臺，莫不銜怨而心悲，聞猿而下淚。」倪璠注：「龍飛、鶴别，喻夫婦遠離也。」

《王勃集》卷二十八《唐故度支員外郎達奚公》〔二八〕：「寶劍雙沈，晚合乘龍之契。」句注。

〔八三〕「泣松聲」四句

《文選》卷三十一江淹《雜體詩三十首·潘黄門悼亡》：「明月入綺窗，仿佛想蕙質……駕言出遠山，徘徊泣松銘。」《集注》卷十六庾信《周安昌公夫人鄭氏墓誌銘》：「鳥悲傷聽，松聲愴聞。千年遂古，百代餘芬。」

《司馬興龍墓誌》興和三年（《魏晉南北朝墓誌彙編》三四八）：「今隴隧已昏，泉塗就永。懼天地或改，山川有遂，一瞚之後，百行靡記。」

蔣本卷一《七夕賦》：「荆艷齊升，燕佳並出。金聲玉貌，蕙心蘭質。」

《集注》卷十六庾信《後魏驃騎將軍荆州刺史賀拔夫人元氏墓誌銘》：「既異乘鸞，翻然永去，雖非舞鶴，即掩泉門。」

《梁書》卷十五《列傳第九・謝朏》：「且文宗儒肆，互居其長，清規雅裁，兼擅其美。」參：楊炯《王勃集序》：「盧照鄰人間才傑，覽清規而輟九攻。」

《禮記・檀弓下》：「趙文子與叔譽觀乎九原。文子曰：死者如可作也，吾誰與歸。」鄭注：「作，起也。」蔣本卷十八《廣州寶莊嚴寺舍利塔碑》：「雖金沙晏駕，雙林無可作之期；而玉牒遺文，六塵有經行之俗。」

《説文解字》弟一上：「琰，璧上起美色也。」《呂氏春秋・慎大覽》：「好彼琬琰。」高誘注：「琰，美玉也。」蔣本卷十六《梓州飛烏縣白鶴寺碑》：「豈可使璿猷被物，終昧燮於玄機；金字韜華，不題勳於翠琰。」

唐故河東處士衛某夫人賀拔氏墓誌（并序）①〔一〕

夫人諱某，字某，某郡縣[人]也。自裘裳北從②，憑代野之宏基；旌旆南飛，纂（慕）③軒臺之[遥]構〔二〕。鍾鼎共風霜相映，忠孝與公侯疊起〔三〕。祖某，使持節涇州諸軍事涇州[刺]史〔四〕。山川降祉，還膺列岳之榮；珪璧（璧）④成姿，卒受連城之寄〔五〕。父某，隨岐州扶風縣令〔六〕。子游絃歌之術，竟屈牛刀；士元卿相之才，終維驥足〔七〕。夫人操業貞淑，容範詳和〔八〕。敬實禮與（輿）⑤，孝爲心極〔九〕。先人有訓，將辭班掾之家；君子好仇，自入王凝之室〔一〇〕。春秋若干，歸于某官衛某，實河東之令望也〔一一〕。門庭既穆，帷薄相和〔一二〕。傍稽内則之篇，下酌家人之繇〔一三〕。乘龍獨翥，上出雲霄；鳴鳳高飛，府（俯）⑥清琴瑟〔一四〕。既而陶門鶴寡，大野鸞孀〔一五〕，顧蒿里而難[追]，攀[柏舟]而易遠〔一六〕。攜撫孤幼，綏緝宗鄰，州閭欽歲暮之風，親黨被日新之化〔一七〕。故能使珠胎遂映⑦，［　］樹長滋，袟累千鍾，堂崇九仞〔一八〕。潘河陽之代業，班白承歡；衛洗馬之門華，清羸不痗〔一九〕。蘭陔動詠，□□厚褥之思（恩）⑧；蓼徑含酸，遽軫窮□之酷〔二〇〕。以某年月日，遘疾終于密縣之官舍〔二一〕，春秋若干。嗚呼哀哉。重惟靈和受氣，廉順呈姿〔二二〕，神周得喪，行滿夷險〔二三〕。自郄缺長［　］⑨，黔婁不歸。將開淨土之因，兼奉祇園之律〔二四〕。情超佋域，思入禪津〔二五〕。以爲合葬非古，事乖衣薪之策；弘道在人，思矯封防之□〔二六〕。平居之時，受疏別壙；遷化之際，騾形辭旨〔二七〕。遺命以三衣從窆，有子曰玄，官至梓州郪縣令〔二八〕。聿遵先託，無累後人〔二九〕。踐霜露而長懷，仰穹蒼而絶訴〔三〇〕。以爲逝川難反，懷橘之思徒勤；幽壠方深，負米之期不再〔三一〕。將欲蓬蒿平（卒）⑩歲，縗絰終身〔三二〕，漿溢出於三年，苦塊幾乎十載。錫類之感，有識稱焉〔三三〕。以年月日，葬于女監（鹽）⑪池之北原〔三四〕。嗚呼，其生也榮，成訓終於禄養；其亡也哀，貽謀切於先覺〔三五〕。豈可使陵谷有變，空傳峴嶺之碑；天地相終，不勒泉亭之碣〔三六〕。敢憑誠委，敬爲銘曰〔三七〕：

公侯盛業，忠孝靈因〔三八〕。實開（聞）⑫英媛，作麗（儷）⑬高人〔三九〕。蒿簪去飾，蓬户全真（其一）〔四〇〕。

鳴鳳馳響，乘龍載德〔四一〕。道照嬪規，功流母則〔四二〕。率忠以孝，自家刑國（其二）〔四三〕。

柔姿外叙，貞心内映〔四四〕。肅睦禪衿，優游道性〔四五〕。陶寡標節，桓嫠作鏡（其三）〔四六〕。

王霸之妻，梁鳴（鴻）⑭之婦〔四七〕。義存生外，聲□□後⑮〔四八〕。石古泉深，長天地久（其四）〔四九〕。

【校記】

① 原目録題作賀杖（拔）氏墓誌一首（并序）。
② 從：或徙字。
③ 纂：當作慕字。
④ 壁：當作璧字。
⑤ 與：當作輿字。
⑥ 府：當作俯字。
⑦ 映：映下當闕一字。
⑧ 思：當作恩字。

⑨長：按對句，長字下當闕一字。
⑩平：當作卒字。
⑪監：或鹽字訛。
⑫開：當作聞字。
⑬麗：當作儷字。
⑭鳴：當作鴻字。
⑮《柏善德夫人墓誌》作「聲彰没後」。

【參考】

《大周故府君柏善德夫人仵氏墓誌銘并序》大足元年（《隋唐五代墓誌彙編》洛陽卷第七册）與本《墓誌》略同。

【考證】

〔一〕唐故河東處士衛某夫人賀拔氏墓誌（并序）

《元和郡縣志》卷十二《河東道一》：「河中府（河東，赤）……管縣八。河東縣（次赤，郭下）。」

《元和姓纂》卷九《三十八箇・賀拔》：「與後魏同出陰山，代爲酋長……河南洛陽，後魏有賀拔爾頭，自武州爲河南人，生拔。」又見《魏書》卷八十《列傳第六十八・賀拔勝》。

〔二〕「自裘裳」四句

《禮記・曲禮上》：「童子不衣裘裳，立必正方，不傾聽。」

《魏書》卷七下《帝紀第七下・高祖孝文帝》：「史臣曰：有魏始基代朔，廓平南夏。」

《晉書》卷六十九《列傳第三十九・劉隗傳附孫波》：「上疏曰：……陛下承宣帝開始之宏基，受元帝克終之成烈。」

陸機《陸士衡文集校注》卷六《樂府十七首・飲馬長城窟行》：「戎車無停軌，旌旆屢徂遷。」

《王勃集》卷二十八《唐故度支員外郎達奚公》〔三二〕：「構聳軒臺，流分翰渚。」

〔三〕「鍾鼎」二句

《藝文類聚》卷五十二《治政部上・論政》曹操《陳損益表》：「臣以駑驢之質，而當鐘鼎之任。」蔣本卷五《上絳州上官司馬書》：「皆自謂材足以動俗，智足以濟時，鍾鼎輝其顧盼，冠蓋生其籍甚。」

《文選》卷五十四劉孝標《辯命論》：「故季路學於仲尼，厲風霜之節。」

《文選》卷三十九任昉《爲卞彬謝修卞忠貞墓啓》：「忠遺身危，孝積家禍，名教同悲，隱淪惆悵。」李善注：「王隱《晉書述曰》……徵士翟湯聞而嘆曰：父爲忠臣，子爲孝子。忠孝之道，萃于一門，可謂賢哉。」蔣本卷十九《梓州玄武縣福會寺碑》：「家接朱欄，譽流丹闕，軒裳照緒，忠孝榮門。」

《後漢書》卷二十二《朱景王杜馬劉傳堅馬列傳十二》：「論曰：……自茲下降，迄於孝武，宰輔五世，莫非公侯。」

《文選》卷三十五張協《七命八首》其三：「重殿疊起，交綺對幌。」

〔四〕「**祖某**」二句

未詳。參内藤湖南跋。

《元和郡縣圖志》卷三《關内道三》：「涇州（安定上）……《禹貢》雍州之域……後魏太玄神䴥三年於此置涇州，因水爲名。」

〔五〕「**山川**」四句

《文選》卷四十六任昉《王文憲集序》：「信乃昴宿垂芒，德精降祉。」

蔣本卷十五《益州夫子廟碑》：「自朱絲就列，光膺令宰之榮；墨綬馳芬，高踐郎官之右。」

《文選》卷三十八任昉《爲齊明帝讓宣城郡公第一表》：「驃騎上將之元勳，神州儀刑之列岳。」《王勃集》卷二十九《爲霍王祭徐王文》〔四〕：「方冀環星入象，長承北拱之儀；列岳載基，永固南山之壽。」

《後漢書》卷二十八上《桓譚馮衍列傳第十八上》：「且大將軍之事，豈得珪璧其行，束修其心而已哉。」

《初學記》卷十九《人部下・美丈夫》（事對）：「宋明等珪璧，何晏若神仙。王智深《宋紀》曰：宋明帝諱彧。姿貌豐潔，與珪璧等質。」

《後漢書》卷二十二《朱景王杜馬劉傅堅馬列傳第十二》：「論曰：……亦有鬻繒屠狗輕猾之徒，或崇以連城之賞，或任以阿衡之地。」

蔣本卷四《上吏部裴侍郎啓》：「君侯受朝廷之寄，掌鎔範之權。」

〔六〕「**父某**」二句

《元和郡縣志》卷二《關内道二》：「京兆府下……鳳翔府……扶風縣……扶風郡……（後魏）文帝改鎮

爲岐州。」

〔七〕「子游」四句

見正倉院本《春日序》〔一〇〕：「宓子賤之調風，絃歌在聽。」注引《論語・陽貨》：「子之武城，聞絃歌之聲，夫子莞爾而笑曰：割鷄焉用牛刀。」

《三國志》卷三十七《蜀書七・龐統法正傳第七》：「龐統，字士元，襄陽人也……先主領荆州，統以從事守耒陽令，在縣不治，免官。吴將魯肅，遺先主書曰：龐士元非百里才也。使處治中别駕之任，始當展其驥足耳。」蔣本卷十五《益州夫子廟碑》：「仲舉澄清之轡，未極夷塗；士元卿相之材，先登上佐。」

〔八〕「夫人」二句

葛洪《抱朴子外篇・清鑒》：「考操業於閨閫，校始終於信效，善否之驗，不其易乎。」

《漢書》卷八十一《匡張孔馬傳第五十一・匡衡》：「故《詩》曰：窈窕淑女，君子好仇。言能致其貞淑，不貳其操，情欲之感無介乎容儀，宴私之意不形乎動静，夫然後可以配至尊而爲宗廟主。」

《集注》卷十六庾信《周儀同松滋公拓跋競夫人尉遲氏墓誌銘》：「夫人容範端莊，儀型淑令。」

《文苑英華》卷四〇五沈約《授王續蔡約王師制》：「續華宗冠冑，器質詳和。」

〔九〕「敬實」二句

《左傳・僖公十一年》：「禮，國之幹也，敬，禮之輿也。不敬則禮不行，禮不行則上下昏。」

《禮記・祭義》：「孝子將祭……其孝敬之心至與。」正義：「此是孝子心敬之至極也。」

《王勃集》卷二十八《歸仁縣主墓誌》〔五一〕有「孝爲心極」句。又參見《歸仁縣主墓誌》〔三〇〕引《豊王府户曹隴西李府君故夫人墓誌銘并序》：「操業貞淑，容範詳和，敬實禮興，孝爲心極，遵先王之典，則從君子之好仇。」

〔一〇〕「先人」四句

《孔叢子・雜訓》：「子思曰：先人有訓焉，學必由聖，所以致其材也；厲必由砥，所以致其刃也。」

《後漢書》卷八十四《列女傳第七十四・曹世叔妻》：「扶風曹世叔妻者，同郡班彪之女也。名昭，字惠班，一名姬。博學高才，世叔早卒，有節行法度。兄固著《漢書》，其八《表》及《天文志》，未及竟而卒。和帝詔昭，就東觀藏書閣踵而成之。」班彪，司徒掾。

《毛詩・周南・關雎》：「關關雎鳩，在河之洲。窈窕淑女，君子好逑。」

《世説新語・言語第二》：「謝太傅寒雪日内集，與兒女講論文義。俄而雪驟，公欣然曰：白雪紛紛何所似……兄女曰：未若柳絮因風起。公大笑樂，即公大兄無奕女，左將軍王凝之妻也。」注：「《王氏譜》曰：凝之，字叔平，右將軍羲之第二子也。」又《婦人集》曰：謝夫人，名道藴，有文才。所著詩賦誄頌，傳於世。」

〔一一〕「春秋」三句

《元和姓纂》卷八《十三祭・衛》：「周文王第八子康叔，封於衛，傳國四十餘代，秦末國滅，子孫以國爲氏……河東安邑縣。狀云，晉太保衛瓘。」

正倉院本《王勃於越州永興縣李明府宅送蕭三還齊州序》〔一八〕：「山巨源之風猷令望，善佐朝廷；嵇叔夜之潦倒麤疎，甘從草澤。」

〔一二〕**「門庭」二句**

蔣本卷二十《常州刺史平原郡開國公行狀》：「經邦化俗，涉游夏之門庭。」

《文館詞林》卷一五二《詩十二》陸雲《答兄機一首》：「紫庭既穆，威聲爰振。」

《吕氏春秋・必己》：「張毅好恭，門閭帷薄聚居衆無不趨。」

〔一三〕**「傍稽」二句**

《禮記・内則》孔疏：「正義曰：按鄭目録云，名曰内則者，以其記男女居室，事父母舅姑之法。」

《梁書》卷四十九《列傳四十三・文學・庾於陵附肩吾》：「未聞吟詠情性，反擬《内則》之篇；操筆寫志，更摹《酒誥》之作。」

《周易・家人》：「家人，利女貞。彖曰：家人，女正位乎内，男正位乎外。男女正，天地之大義也。家人有嚴君焉，父母之謂也。」

〔一四〕**「乘龍」四句**

見《王勃集》卷二十八《唐故度支員外郎達奚公墓誌》〔二八〕「仙琴〔　〕奏，早□和鳳之音；寶劍雙沈，晚合乘龍之契」注。

蔣本卷八《感興奉送王少府序》：「羽翼未備，獨居草澤之間；翅翮若齊，即在雲霄之上。」

《毛詩・周南・關雎》：「窈窕淑女，琴瑟友之。」

〔一五〕**「既而」二句**

《列女傳》卷四《貞順・魯寡陶嬰》：「陶嬰者，魯陶門之女也。少寡，養幼孤，無强昆弟，紡織爲産。魯人或聞其義，將求焉，嬰聞之，恐不得免，作歌明己之不更二也。其歌曰：黄鵠之早寡兮，七年不雙。鵷頸獨宿兮，不與衆同……」

《文選》卷十七王襃《洞簫賦》：「孤雌寡鶴，娛優乎其下兮；春禽群嬉，翱翔乎其顛。」

《後漢書》卷八十四《列女傳第七十四・劉長卿妻》：「沛劉長卿妻者，同郡桓鸞之女也……。生一男，五歲而長卿卒。妻防遠嫌疑，不肯歸寧……沛相王吉上奏高行，顯其門閭，號曰行義桓釐。縣邑有祀必膰焉。」

〔一六〕「顧蒿里」二句

《漢書》卷六十三《武五子傳第三十三・廣陵厲王劉胥》：「王自歌曰：……蒿里召兮郭門閲，死不得取代庸，身自逝。」顔師古注：「蒿里，死人里。」

《文選》卷五十九王屮《頭陁寺碑文》：「高軌難追，藏舟易遠。」

《毛詩・鄘風・柏舟》序：「柏舟，共姜自誓也。衛世子共伯蚤死。其妻守義，父母欲奪而嫁之，誓而弗許，故作是詩以絶之。」

〔一七〕「擕撫」四句

孤幼，見〔一五〕引《列女傳》卷四《貞順・魯寡陶嬰傳》。

《三國志》卷三十三《蜀書三・後主傳第三》：「朕永惟祖考遺志，思在綏緝四海，率土同軌，故爰整六師，耀威梁益。」

《禮記・曲禮上》：「夫爲人子者，三賜不及車馬，故州閭鄉黨稱其孝也。」

《論語・子罕》：「子曰：歲寒然後知松柏之後彫也。」

蔣本卷十八《廣州寶莊嚴寺舍利塔碑》：「豈直王公欽振錫之風，固亦天子降同輿之禮。」

袁宏《後漢紀》卷十九《順皇帝紀下》：「侍中杜喬奏免陳留太守梁讓、濟陽太守汜宮、濟北太守崔瑗贓罪狼籍，梁氏親黨也。」

《禮記・大學》：「湯之《盤銘》曰：苟日新，日日新，又日新。」

〔一八〕「故能」四句

蔣本卷三《傷裴録事喪子》：「魄散珠胎没，芳銷玉樹沈。」

《漢書》卷八十七上《揚雄傳第五十七上》：「《羽獵賦》：……方椎夜光之流離，剖明月之珠胎。」顔師古曰：「珠在蛤中若懷妊然，故謂之胎也。」

《世説新語・言語第二》：「謝太傅問諸子姪：子弟亦何預人事，而正欲使其佳？諸人莫有言者，車騎答曰：譬如芝蘭玉樹，欲使其生於階庭耳。」

《史記》卷四十四《魏世家第十四》：「魏成子以食禄千鍾，什九在外，什一在内。」

《韓詩外傳》卷七：「吾嘗南遊於楚，得尊官焉。堂高九仞，榱題三圍，轉轂百乘。」

〔一九〕「潘河陽」四句

《文選》卷十六潘岳《閑居賦》：「太夫人乃禦版輿，升輕軒，遠覽王畿，近周家園……昆弟班白，兒童稚齒，稱萬壽以獻觴，咸一懼而一喜。」

《世説新語・容止第十四》：「王丞相見衛洗馬曰：居然有羸形，雖復終日調暢，若不堪羅綺。」「衛玠從豫章至下都。人久聞其名，觀者如堵牆。玠先有羸疾，體不堪勞，遂成病而死。時人謂看殺。」

《南齊書》卷三十五《列傳第十六・高祖十二王・桂陽王鑠》：「鑠清羸有冷疾，常枕臥。」

《藝文類聚》卷三十一《人部十五・贈答》王融《贈族叔衛軍詩》：「質超瑚璉，才逸卿雲。搖筆泉瀉，動詠霙紛。」

〔二〇〕「蘭陔」四句

《王勃集》卷二十八《歸仁縣主墓誌》〔六六〕：「攀北渚而魂銷，下南陔而［　］盡。」

《王勃集》卷二十八《歸仁縣主墓誌》〔四四〕：「相宅依仁，大被穆慈庭之曲。」注引《三國志》。

《毛詩・小雅・蓼莪》序：「蓼莪，刺幽王也。民人勞苦，孝子不得終養爾。」

《文選》卷十六江淹《恨賦》：「此人但聞悲風汩起，血下沾衿。亦複含酸茹嘆，銷落湮沈。」

《箋注》卷一駱賓王《夏日遊德州贈高四》：「將歡促席賞，遽軫言歸別。」

蔣本卷四《爲原州趙長史請爲亡父度人表》：「希開淨福，庶補窮埏。」蔣注：「窮埏，猶窮泉。」

〔二一〕「以某年」四句

《元和郡縣圖志》卷五《河南道一》：「河南府。管縣二十六……密縣（畿，西南至府一百一十里）……武德三年，於此置密州，四年廢州，以縣屬鄭州。龍朔二年，割屬河南府。」

〔二二〕「重惟」二句

《王勃集》卷二十八《歸仁縣主墓誌》〔四九〕：「重惟靈和稟氣，婉直凝風。」

《莊子・秋水》：「吾未嘗以此自多者，自以比形於天地，而受氣於陰陽，吾在於天地之間，猶小石小木之在大山也。」蔣本卷十七《梓州郪縣兜率寺浮圖碑》：「鄉望等，並中和受氣，孝友承家。」

謝脁《謝宣城詩集》卷一《三日侍華光殿曲水宴代人應詔》：「浮醪聚蟻，靈蔡呈姿。河宗躍蹋，海介夔跜。」

〔二三〕「神周」二句

蔣本卷二《馴鳶賦》：「夫勁翮揮風，雄姿觸霧，力制煙道，神周天步。」

《莊子·田子方》：「夫天下也者，萬物之所一也……而況得喪禍福之所介乎。」

《孝經·卿大夫章》：「言滿天下無口過，行滿天下無怨惡。」

《列子·湯問》：「未嘗覺山谷之嶮，原隰之夷，視之一也。吾術窮矣，汝其識之。」蔣本卷二《慈竹賦》：「保夷險之無易，哂榮枯之有期。」

〔二四〕「自郄缺」四句

郄缺即冀缺。

《左傳·僖公三十三年》：「初臼季使過冀，見冀缺耨，其妻饁之。敬相待如賓，與之歸。」

《列女傳》卷二《賢明傳·魯黔婁妻》：「魯黔婁先生之妻也。先生死，曾子與門人往弔之，其妻出户，曾子弔之，上堂……曾子曰：唯斯人也，而有斯婦。君子謂黔婁妻爲樂貧行道。」

《藝文類聚》卷七十七《内典下·寺碑》徐陵《報德寺刹下銘》：「豈如以梵宫之樂，資乎廟堂；淨土之因，歸於園寢。」

正倉院本《晚秋遊武擔山寺序》〔六〕：「岡巒隱隱，化爲闍崛之峰；松柏蒼蒼，即入祇園之樹。」

〔二五〕「情超」二句

《廣弘明集》卷二十七下蕭子良《淨住子淨行法門·奉養僧田門二十七》：「豈非形寄域中，情超域外者也。」

蔣本卷十九《梓州玄武縣福會寺碑》：「禪津有裕，至公無待。火宅可辭，舟航斯在。」

〔二六〕「以爲」四句

《禮記·檀弓上》：「武子曰：合葬非古也。自周公以來，未之有改也。」

《論語·衛靈公》：「子曰：人能弘道，非道弘人也。」蔣本卷十四《乾元殿頌》：「雖因時立事，奢儉殊流，而弘道在人，興亡迭運。」

《周易·繫辭傳下》：「古之葬者，厚衣之以薪，葬之中野，不封不樹，喪期無數。」《史記》卷四十七《孔子世家第十七》：「孔子母死，乃殯五父之衢，蓋其慎也。郰人輓父之母，誨孔子父墓。然後往合葬於防焉。」

〔二七〕「平居」四句

《戰國策·齊策五》：「此夫差平居而謀王，强大而喜先天下之禍也。」

《宋書》卷四十一《列傳第一·后妃·孝懿蕭皇后》：「遺令曰：孝皇背世五十餘年，古不祔葬。漢世帝后陵皆異處，今可於塋域之内别爲一壙……乃開别壙，與興寧陵合墳。」

《漢書》卷九十七上《外戚傳第六十七上·孝武李夫人》：「上又自爲作賦，以傷悼夫人……忽遷化而不反兮，魄放逸以飛揚。」

《後漢書》卷二十九《申屠剛鮑永郅惲列傳第十九·郅壽》：「壽以府臧空虛，軍旅未休，遂因朝會譏刺憲等，厲音正色，辭旨甚切。」

〔二八〕**「遺命」三句**

《三國志》卷五十二《吳書七・張顧諸葛步傳第七・諸葛瑾》：「赤烏四年，年六十八卒，遺命令素棺斂以時服，事從省約。」

《高僧傳》卷十三《唱導・曇光傳》：「宋明帝於湘宮設會，聞光唱導，帝稱善，即勑賜三衣瓶鉢。」

《文苑英華》卷九七八王績《祭處士仲長子光文》：「凡我故人，素服臨旃，葛巾從窆。桐棺以還，墳不易壠，坎不及泉。」

蔣本卷十七《梓州郪縣兜率寺浮圖碑》：「縣令衛玄海内高流，河東望族，榮高銅墨，任屈絃歌。」

《元和郡縣圖志》卷三十四《劍南道下》：「梓州（梓潼上）……管縣九……郪縣（望，郭下）。」

〔二九〕**「聿遵」二句**

《後漢書》卷十上《皇后紀第十上》序：「明帝聿遵先旨，宫教頗修，登建嬪后，必先令德，内無出閫之言，權無私溺之授，可謂矯其敝矣。」

《左傳・隱公十一年》：「度德而處之，量力而行之。相時而動，無累後人，可謂知禮矣。」

〔三〇〕**「踐霜露」二句**

《禮記・祭義》：「霜露既降，君子履之，必有悽愴之心，非其寒之謂也。」鄭注：「爲感時念親也，謂悽愴及怵惕皆爲感時念親也。」蔣本卷四《爲原州趙長史請爲亡父度人表》：「但臣霜露之感，瞻彼岸而神銷；烏鳥之誠，俯寒泉而思咽。」

《王勃集》卷二十八《歸仁縣主墓誌》〔六八〕：「步朗月以長懷，傃秋月而累歎。」

《毛詩・大雅・桑柔》：「哀恫中國，具贅卒荒。靡有旅力，以念穹蒼。」《藝文類聚》卷十四《帝王部四・北齊文宣帝》邢邵《文宣帝哀策文》：「攀蜃輅而雨泣，仰穹蒼而撫心。」

〔三一〕「以爲」四句

《論語・子罕》：「子在川上曰：逝者如斯夫，不舍晝夜。」

《三國志》卷五十七《吴書十二・虞陸張駱陸吾朱傳第十二・陸績》：「績年六歲，於九江見袁術。術出橘，績懷三枚，去，拜辭墮地。術謂曰：陸郎作賓客而懷橘乎？績跪答曰：欲歸遺母。術大奇之。」

《文選》卷五十九任昉《劉先生夫人墓誌》：「暫啓荒埏，長扃幽隴。」

《王勃集》卷二十八《歸仁縣主墓誌》〔六七〕：「持縑負米，〔　〕極於難追。」

〔三二〕「將欲」二句

正倉院本《秋晚入洛於畢公宅別道王宴序》〔三七〕：「三徑蓬蒿，待公卿而未日。」

《毛詩・豳風・七月》：「一之日觱發，二之日栗烈，無衣無褐，何以卒歲。」

《禮記・雜記下》：「三年之喪，如或遺之酒肉，則受之必三辭，主人衰絰而受之。」《宋書》卷九十一《列傳第五十一・孝義・孫法宗》：「乃縗絰，終身不娶，饋遺無所受。」

〔三三〕「漿溢」四句

《儀禮・喪服》：「居倚廬，寢苫枕塊，哭晝夜無時。歠粥，朝一溢米，夕一溢米，寢不脱絰帶。既虞，翦屏，柱楣，寢有席，食疏食，水飲。朝一哭，夕一哭而已。」

《毛詩·大雅·既醉》:「孝子不匱,永錫爾類。」箋:「孝子之行,非有竭極之時,長以與女之族類,謂廣之以教導天下也。」

《說苑·善說》:「雍門子周以琴見乎孟嘗君……(雍門子周曰)……天下有識之士,無不爲足下寒心酸鼻者。千秋萬歲之後,廟堂必不血食矣。」蔣本卷五《上劉右相書》:「有識寒心,群黎破膽。」

〔三四〕「以年月日」二句

女監池,未詳。或女鹽池。《元和郡縣圖志》卷十二《河東道一》:「河中府……管縣八。解縣(次畿。西北至府四十五里)……女鹽池,在縣西北三里。東西二十五里,南北二十里。」

〔三五〕「嗚呼」五句

《王勃集》卷二十八《歸仁縣主墓誌》〔六一〕:「嗚呼!其生也榮,寵服光於茂册;其死也哀,賜贈照於彝典。」

《後漢書》卷五十九《張衡列傳第四十九》:「及爲侍中,上疏請得專事東觀,收檢遺文,畢力補綴。」注:「衡表曰:臣仰幹史職,敢徼官守,竊貪成訓,自忘頑愚,願得專於東觀,畢力於紀記,竭思於補闕。」蔣本卷九《續書序》:「躬奉成訓,家傳異聞,猶恐不得門而入,才之不逮至遠也。」

《魏書》卷七十七《列傳第六十五·辛雄》:「又爲《禄養論》,稱仲尼陳五孝,自天子至庶人,無致仕之文……以爲宜聽禄養,不約其年。」

《毛詩·大雅·文王有聲》:「詒厥孫謀,以燕翼子。」箋云:「詒,猶傳也;孫,順也。」

《論語·憲問》:「不逆詐,不億不信,抑亦先覺者,是賢乎。」

〔三六〕**「豈可使」四句**

正倉院本《秋日登冶城北樓望白下序》〔三〕：「峴山南望，恨元凱之塗窮。」句引注《晉書》卷三十四《列傳第四・杜預》。

《漢書》卷四十九《爰盎鼂錯傳第四十九・鼂錯》：「(鼂)錯對曰……若高皇帝之建功業，陛下之德厚而得賢佐，皆有司之所覽。刻於玉版，藏於金匱。歷之春秋，紀之後世，爲帝者祖宗，與天地相終。」

參：《唐故長安縣尉韋公墓誌》上元元年十一月(《全唐文補遺》第七輯)：「緬惟天地終始，空傳峴之碑；陵谷變移，詎識泉亭之碣。」

〔三七〕**「敢憑」二句**

蔣本卷二十《梓州慧義寺碑銘》：「襄川峴嶺之碑，爲陵爲谷。敢憑真眷，俯竭虚懷。」

〔三八〕**「公侯」二句**

見〔三〕「鍾鼎共風霜相映，忠孝與公侯疊起」句。

《文選》卷五十四劉孝標《辯命論》：「而商臣之惡，盛業光於後嗣。」

蔣本卷十八《梓州郪縣靈瑞寺浮圖》：「聲飛隴蜀，望動州鄰，爭開淨施，競植靈因。」

〔三九〕**「實聞」二句**

《藝文類聚》卷十五《后妃部》左九嬪《元皇后楊氏誄》：「乃作誄曰：……惟嶽降神，顯兹禎祥。篤生英媛，休有烈光。」

《南齊書》卷二十一《列傳第一・皇后》：「史臣曰：……可以光熙闈業，作儷公侯。」

正倉院本《九月九日採石館宴序》〔八〕：「俗物去而竹林清，高人聚而蘭筵肅。」

〔四〇〕「蒿簪」二句

《隋豫州保城縣丞支君墓誌銘》永徽二年二月廿日（《隋唐五代墓誌彙編》洛陽卷第三册）：「蓬首荆釵，近慕梁鴻之婦；蒿簪藜杖，遐追子仲之妻。」

《禮記・檀弓下》：「喪禮，哀戚之至也……袒，括髮，變也。慍，哀之變也。去飾，去美也。袒，括髮，去飾之甚也。」

正倉院本《秋晚入洛於畢公宅別道王宴序》〔一二〕：「緑縢朱黻，且混羅裳，列榭崇軒，坐均蓬户。」

《莊子・盜跖》：「子之道，狂狂汲汲，詐巧虛僞事也，非可以全真也，奚足論哉。」蔣本卷一《江曲孤鳧賦》：「故其獨泛單宿，全真遠致。」

〔四一〕「鳴鳳」二句

見〔一四〕：「乘龍獨翥，上出雲霄，鳴鳳高飛，俯清琴瑟」句。

《文心雕龍・時序》：「鄒子以談天飛譽，騶奭以雕龍馳響。」

《後漢書》卷五十四《楊震列傳第四十四》：「論曰：……遂累葉載德，繼踵宰相。信哉！積善之家，必有餘慶。」

〔四二〕「道照」二句

蔣本卷十二《拜南郊頌》：「人更三聖，道昭千古。」

《文選》卷三十九枚乘《上書諫吴王書》：「忠臣不避重誅以直諫，則事無遺策，功流萬世。」

〔四三〕「率忠」二句

《藝文類聚》卷四十六《職官部二・太保》王褒《太保吴武公尉遲綱碑銘》：「珠角應期，山庭表德。出忠入孝，自家刑國。」《藝文類聚》卷三十八《禮部上・辟雍》徐陵《皇太子臨辟雍頌》：「皇太子耀彼重離，光兹匕鬯，儀天以行三善，儷極以照四方，惟忠惟孝，自家刑國。乃武乃文，化成天下。」蔣本卷十五《平臺祕略贊十首・孝行第一》：「資父事君，自家刑國。孝惟忠本，忠隨孝得。」

〔四四〕「柔姿」二句

參：《文苑英華》卷五十三宋之問《太平公主池山賦》：「既而貞心内潔，淑則遠傳。」

參：《大周故恒州中山縣令史君墓誌銘并序》（《隋唐五代墓誌彙編》北京卷第一册）：「夫人康氏，淑德内融，柔姿外映。」

〔四五〕「肅睦」二句

蔣本卷十七《益州德陽縣善寂寺碑》：「肅穆禪衆，優游令宰。」

蔣本卷二十《梓州慧義寺碑銘》：「樹杳煙深，泉飛虹映。實爲妙域，旁滋道性。」

《淮南子・俶真訓》：「是故虚室生白，吉祥止也。」高誘注：「能虚其心以生于道，道性無欲，吉祥來止舍也。」

〔四六〕「陶寡」二句

陶寡、桓嫠，見〔一五〕：「既而陶門鶴寡，大野鸞孀」句。

《高僧傳》卷十二《亡身・宋臨川招提寺釋慧紹》：「至八歲，出家爲僧要弟子，精勤懔勵，苦行標節。」

作鏡，見〔一二〕「嬪風」注。

〔四七〕「王霸」二句

《後漢書》卷八十四《列女傳第七十四·王霸妻》：「妻曰：君少修清節，不顧榮禄，今子伯之貴孰與君之高？奈何忘宿志而慚兒女子乎！霸屈起而笑曰：有是哉！遂共終身隱遯。」

「梁鴻之婦」，見《歸仁縣主墓誌》〔三三〕「齊眉之好」句注。

〔四八〕「義存」二句

《文選》卷三十六傅亮《爲宋公修張良廟教》：「夫盛德不泯，義存祀典。」

《文苑英華》卷二〇三鮑照（一作沈約）《長歌行》：「生外苟難尋，坐爲長歎説。」

《周書》卷二十五《列傳第十七·李賢傳》：「史臣曰：……遂得任兼文武，聲彰内外，位高望重，光國榮家。」

〔四九〕「石古」二句

《老子》七章：「天長地久，天地所以能長且久者，以其不自生，故能長生。」蔣本卷二《慈竹賦》：「若乃宗生族茂，天長地久，萬柢爭盤，千株競糾。」

〔王勃集卷廿九〕①

行狀

張公行狀一首〔一〕

某郡某縣某鄉某里張公年八十

若夫考神基於峻岳，揆曾覆於靈宮〔二〕。奇峰非數簣而成，崇堂豈一材而立〔三〕。是以蒼溪赤岸，方騰噴日之波；珠藪瑶林，必疊梢雲之幹〔四〕。呪（況）②乎指天弧而錫氏，憑地掖而居尊〔五〕。文物光乎萬奕，聲明〔　〕③乎千古〔六〕。功臣北面，據彊趙而開封；武后比亡，擁金涼而發號〔七〕。龍川鳳穴，家承岳瀆之精；服冕乘軒，地積王侯之氣〔八〕。關連玉塞，郡□（抵）④金城〔九〕。餘慶不忘，伊□是秀〔一〇〕。用能挺殊姿於弱歲，推令德於英門〔一一〕。有廉慎之遺風，得霓明之絕境〔一二〕。清惟鎮俗，森森烟雨之標；高則待時，凜凜水（冰）⑤霜之目〔一三〕。

兼五常而動用，奉一德以周旋〔一四〕，分學苑之膏腴，處談津之要害〔一五〕。忠期□（濟）⑥物，孝在楊（揚）⑦親〔一六〕，藏器而居，相辰而發〔一七〕。屬江湯（東）⑧有事，天下無邦〔一八〕，常隨⑨自失，皇家未造〔一九〕。中原錯□（戾）⑩。豺狼多競逐之因；滄海橫流，鯨鯢駭不存之地〔二〇〕。公深謀内斷，莫（英）⑪略外馳〔二一〕。先明鄠谷之雲，早辨春陵之色〔二二〕。東師甫振，懷四七而長驅；西府初開，比三千而得儁〔二三〕。大業十三年，蒙授正諫大夫，元帥府典籤。從破京師城，加轉右光禄大夫，從班例也〔二四〕。于時高祖以神圖出□，方收宇宙之勳〔二五〕；太宗以公子稱蕃（藩）⑫，佇息雲雷之變〔二六〕。魂想左右，物色林泉〔二七〕。俊人罔伏，賓寮有序〔二八〕。功存以令，時乘誥誓之機；使在其間，任切喉脣之職〔二九〕。義寧元年，授公燉煌公府典籤。二年，又還秦公府典籤。其年四月，又授趙公府典籤。武德元年，又除秦王府典籤〔三〇〕。公折旋以[　　]⑬，敷奏以言〔三一〕。束帶而處門庭，談笑而爲賓客〔三二〕。知人則帝，實思專對之臣；無以易堯，頻授當仁之寄〔三三〕。武德三年，奉使隰州道行軍司馬〔三四〕，大總管劉師善自號西漢上將軍，與隰州惣管燕詢等，謀爲叛逆〔三五〕。公見危授命，視險若夷〔三六〕。蠖屈求申，雞鳴不已〔三七〕。制變旌旄之下，而逆黨離心；橫師衽席之上，而元凶折首〔三八〕。有詔優錫，寵越恒倫〔三九〕。雖張良運千里之籌，功非轉移（禍）⑭；張飛有萬人之敵，事罕臨機，兼之者公也〔四〇〕。自武德伊始，皇運多虞。嗚（鴻）⑮溝勞楚漢之兵，閭左弊陳吴之事〔四一〕。薛舉以奉河尚擾，尋閼伯之干戈；王充以瀍洛未清，弄蚩尤之甲冑〔四二〕。公寒暑不變，羈紲必從，攀鳳翼於蕭王，識龍顔於代邸〔四三〕。雖孟津垓下，恒陪不戰之師；而官度（渡）⑯滎陽，每授先登之賞〔四四〕。貞觀二年，加勳至上柱國，改授右監門（門）⑰府長史〔四五〕。千廬夜警，陪禁鑰於丹闈；八校朝嚴，躡崇班於紫衛〔四六〕。既而景緯初朗，天步克寧〔四七〕。懷衆以文，戢兵爲武〔四八〕。墨綬一同之業，道寄惟賢；黄圖三輔之郊，帝優其選〔四九〕。六年，出校（授）⑱岐州麟遊縣令〔五〇〕。山分壠（隴）⑲底，地接岐陽〔五一〕，承供帳於離宫，屈絃歌於下邑〔五二〕。奏甘泉之故事，清右輔之遺甿〔五三〕，浹辰而美化大行，朞月而芳聲遠致〔五四〕。事因時［顯］顯⑳，懷舊發於宸衷；才爲朝昇，寵授光於天旨〔五五〕。十二年，移除兼尚舍奉御，其年，又改就尚乘奉御〔五六〕。三臺別府，六尚名曹，裂營禁之樞機，掌乘輿之服御〔五七〕。鈎陳晚憩，參鳳掖而司扃；法駕晨行，候鑾軒而捧轡〔五八〕。思（恩）㉑加近侍，譽洽貞勤〔五九〕，俄超上寺之榮，允副允（九）㉒卿之秩〔六〇〕。十五年，詔可中散大夫守太僕少卿〔六一〕，兼檢功周閑，司分漢牧㉓皇輿重寄，列署高班〔六二〕；任切周閑，司分漢牧〔六三〕。仙騑載廣，青蝬紫鸘之名；聖皂㉔惟宜，兹白乘黄之彩〔六四〕。奉時龍於帝典，進天馬於郊歌〔六五〕，曲水不差，交衢斯在〔六六〕。廿一年，詔遷可中大夫守將作少匠。屬穀〔六七〕

【校記】

① 原卷無此題名，據補。

② 呪：當作況字。

③ 明：按對句，明下當闕一字。

④□：或作抵字。
⑤水：當作冰字。
⑥□：或作濟字。
⑦楊：當作揚字。
⑧湯：當作東字。
⑨常隨：當作帝隋。
⑩□：或作戾字。
⑪莫：當作英字。
⑫蕃：當作藩字。
⑬以：按對句，以下當闕一字。
⑭移：按平仄交替原則，當作禍字（仄聲）。
⑮鳴：當作鴻字。
⑯度：當作渡字。
⑰問：當作門字。
⑱校：或作授字。
⑲壠：當作隴字。
⑳顯顯：後一顯字係衍字。
㉑思：當作恩字。
㉒允：當作九字。

㉓ 兼檢功周閑，司分漢牧：此九字衍字。

㉔ 皂：當作皇字。

【考證】

〔一〕張公行狀一首

張公，未詳。

〔二〕「若夫」二句

《文選》卷五十九沈約《齊故安陸昭王碑文》：「靈源與積石爭流，神基與極天比峻。」

《文選》卷二十一何劭《遊仙詩》：「羨昔王子喬，友道發伊洛。迢遞陵峻岳，連翩御飛鶴。」

《文選》卷十一王延壽《魯靈光殿賦》：「亂曰：彤彤靈宮，巋嵬穹崇。」蔣本卷十三《九成宮頌》：「仙都密邇，猶連上苑之扃；靈宮巋然，直透崇岡之曲。」

〔三〕「奇峰」二句

蔣本卷九《山亭思友人序》：「張氏有山亭焉，洞壑橫分，奇峰直上。」

《論語·子罕》：「子曰：譬如爲山，未成一簣，止吾止也。譬如平地，雖覆一簣，進吾往也。」

《藝文類聚》卷三十四《人部十八·哀傷》潘岳《傷弱子辭》：「羌一適之未甄，仰崇堂之遺構。」蔣本卷十九《梓州玄武縣福會寺碑》：「又奉爲皇帝更造八菩薩像，成於淨境，別峻崇堂。而力寄群緣，功難獨舉。」

《文選》卷五十二曹冏《六代論》：「且墉基不可倉卒而成，威名不可一朝而立。」

〔四〕「是以」四句

《文選》卷十五張衡《思玄賦》：「速燭龍令執炬兮，過鍾山而中休。瞰瑶谿之赤岸兮，弔祖江之見劉。」舊注：「瑶谿、赤岸，謂鍾山東瑶岸也。」李善注：「《山海經》曰：鍾山有子曰敷。其狀人面而龍身。欽䲹殺祖江于崑崙之陽。帝乃戮之於鍾山之東，曰瑶岸，欽䲹化爲大鶚。」蔣本卷十九《彭州九隴縣龍懷寺碑》：「攢峰北走，吐香嶂於玄霄；巨壑南馳，歕洪濤於赤岸。」

《穆天子傳》卷二：「天子北征，舍于珠澤，以釣于流水，曰珠澤之藪，方三十里。」郭璞注：「此澤出珠，因名之云。今越嶲平澤出青珠是。澤中有草者爲藪。」蔣本卷十三《九成宫頌》：「况乎石城金室，徧興井鬼之區；珠藪瑶池，宛在秦豳之境。」

陸雲《陸士龍集》卷七《九愍・紆思》：「懷瑶林之珍秀，握蘭野之芳香。」

蔣本卷五《上絳州上官司馬書》：「露草滋山，寸莖有梢雲之望。」

蔣本卷十一《平臺祕略論十首・幼俊八》：「論曰：夫濫觴懸米，翻浮天動地之源；寸株尺蘖，擢捎雲蔽景之幹。」

〔五〕「况乎」二句

《漢書》卷八十七上《揚雄傳第五十七上》：「故聊因《校獵賦》以風……熒惑司命，天弧發射。」張晏曰：「天弧，虛上二星。」

《通志》卷二十七《氏族略第三・以字爲氏・晉人字》：「張氏（世仕晉，晉分爲三，又世仕韓，此即晉之公族。以字爲氏者，譜家謂，黄帝子少昊青陽氏，第五子揮，爲弓正，觀弧星，始制弓矢。主祀弧星，賜姓張氏。此非命姓氏之義也。按晉有解張，字張侯，自此晉國世有張氏，則因張侯之字，以命氏，可無疑也。趙有張談，韓有張開地，趙韓分晉，皆張侯之裔也。漢有張耳、張釋之，後周改賜叱羅氏，隋復舊）。」

《藝文類聚》卷十六《儲宫部・儲宫》王褒《皇太子箴》：「勿謂居尊，禍福無門。勿謂親賢，王道無偏。」

蔣本卷十九《彭州九隴縣龍懷寺碑》：「洎丹陵啓秩，赤縣居尊。」

〔六〕「文物」二句

《左傳・桓公二年》：「火龍黼黻，昭其文也。五色比象，昭其物也。錫鸞和鈴，昭其聲也。三辰旂旗，昭其明也。夫德，儉而有度，登降有數，文物以紀之，聲明以發之。以臨照百官。」蔣本卷十二《拜南郊頌》：「然後駐聲名於上邑，反文物於仙宫。」蔣注：「名疑明字之訛。」

《王勃集》卷二十八《歸仁縣主墓誌》〔七三〕：「本枝四海，維城萬奕。」

蔣本卷十二《拜南郊頌》：「人更三聖，道昭千古。」

〔七〕「功臣」四句

《周禮・夏官・司士》：「正朝儀之位，辨其貴賤之等。王南鄉，三公北面東上。」

《漢書》卷三十四《韓彭英盧吴傳第四》：「贊曰：昔高祖定天下，功臣異姓而王者八國。張耳、吴芮、彭越、黥布、臧荼、盧綰與兩韓信，皆徼一時之權變，以詐力成功。」《史記》卷八十九《張耳陳餘列傳第二十九》：「趙養卒乃笑曰：……夫武臣、張耳、陳餘杖馬箠，下趙數十城，此亦各欲南面而王，豈欲爲卿相終已邪。」

《宋書》卷九十三《列傳第五十三・隱逸・陶潛》：「又爲《命子詩》以貽之曰：……書誓山河，啓土開封。」

《晉書》卷八十六《列傳第五十六・張軌》：「張軌字士彥，安定烏氏人。漢常山景王耳十七代孫也……軌以時方多難，陰圖據河西，筮之，遇泰之觀，乃投筴喜曰：霸者兆也。於是求爲凉州……愍帝即位……是時劉曜寇北地，軌又遣參軍麴陶領三千人衛長安。」又：「卒年六十。謚曰武公。」

《淮南子・覽冥訓》：「舉事戾蒼天，發號逆四時，春秋縮其和，天地除其德。」

〔八〕「龍川」四句

《集注》卷八庾信《謝滕王集序啓》：「鳳穴歌聲，鸞林舞曲。」

《文選》卷五十八蔡邕《陳太丘碑文》：「徵士陳君，稟岳瀆之精，苞靈曜之純。」蔣本卷十六《益州緜竹縣武都山淨惠寺碑》：「君膺岳瀆之秀，挺風雲之會。」

《左傳・哀公十五年》：「大子與之言曰：苟使我入獲國，服冕乘軒，三死無與。」杜注：「冕，大夫服。軒，大夫車。」蔣本卷二十《常州刺史平原郡開國公行狀》：「故得蚪騣蠖屈，服冕乘軒。」

蔣本卷二十《梓州慧義寺碑銘》：「雄才廣度，身膺海岳之靈；華冕珥軒，地積王侯之氣。」

〔九〕「關連」二句

《宋書》卷八十五《列傳第四十五・謝莊》：「時河南獻舞馬，詔群臣爲賦，莊所上其詞曰：……辭水空而南傃，去輪臺而東洎，乘玉塞而歸寶，奄芝庭而獻祕。」參：《箋注》卷二駱賓王《秋雁》：「陣去金河冷，書歸玉塞寒。」

《史記》卷五十五《留侯世家第二十五》：「夫關中，左殽函，右隴蜀……此所謂金城千里，天府之國也。」

參：《晉書》卷八十六《列傳第五十六・張軌》：「史臣曰：長河外區，流沙作紀，玉關懸險，金城負固。」

〔一〇〕**「餘慶」二句**

《周易・坤卦》：「積善之家，必有餘慶。」蔣本卷二十《常州刺史平原郡開國公行狀》：「公侯必復子孫，承百代之基，餘慶不忘，仁義應千齡之運。」

〔一一〕**「用能」二句**

《文選》卷四十六任昉《王文憲集序》：「汝鬱之幼挺淳至，黄琬之早標聰察，曾何足尚。」《藝文類聚》卷九十三《獸部上・馬》應瑒《慜驥賦》：「懷殊姿而困逼兮，願遠迹而自舒。」蔣本卷十九《梓州玄武縣福會寺碑》：「遠法師夙時直諦，幼挺殊姿。」

《宋書》卷七十五《列傳第三十五・王僧達顔竣》：「史臣曰：世祖弱歲臨蕃，涵道未廣，披胸解帶，義止賓僚。」

《左傳・襄公二十四年》：「子産寓書於子西，以告宣子曰：子爲晉國，四鄰諸侯不聞令德，而聞重幣，僑也惑之。」

〔一二〕**「有廉慎」二句**

《北齊書》卷二十五《列傳第十七・張耀》：「詔稱耀忠貞平直，温恭廉慎。」

《史記》卷一二九《貨殖列傳第六十九》：「烏氏倮……武王治鎬，故其民猶有先王之遺風。」

《文選》卷四十六任昉《王文憲集序》：「斯固通人之所包，非虛明之絶境。」

〔一三〕「清惟」二句

《文選》卷二十四何劭《贈張華》：「鎮俗在簡約，樹塞焉足摹。」

《世説新語·賞譽第八》：「庾子嵩目和嶠，森森如千丈松，雖磊砢有節目，施之大厦，有棟梁之用。」蔣本卷四《上明員外啓》：「鳳鳴朝日，森稍煙雨之標；龍躍雲津，盤礴江山之氣。」參：《文館詞林》卷四五二碑三十二薛收《驃騎將軍王懷文碑銘》：「森森壯節，凜凜風度。」

《文選》卷二十三劉楨《贈從弟詩三首》其二：「亭亭山上松，瑟瑟谷中風。風聲一何盛，松枝一何勁。冰霜正慘愴，終歲常端正。」蔣本卷十七《梓州郪縣兜率寺浮圖碑》：「長史河東裴某，風神朗潤，操履貞勤，蕭條江海之心，磊砢冰霜之節。」

〔一四〕「兼五常」二句

《白虎通·情性》：「五常者何謂，仁義禮智信也。」

《尚書·盤庚上》：「予敢動用非罰，世選爾勞，予不掩爾善。」蔣本卷十五《益州夫子廟碑》：「若乃乘機動用，歷聘棲遑，神經幽顯，志大宇宙。」

《周易·繫辭下》：「履以和行，謙以制禮，復以自知，恒以一德，損以遠害，益以興利。」

《孟子·盡心下》：「動容周旋中禮者，盛德之至也。」

〔一五〕「分學苑」二句

正倉院本《九月九日採石館宴序》〔一五〕：「收翰苑之膏腴，裂詞場之要害。」

《王勃集》卷二十八《歸仁縣主墓誌》〔五一〕：「談津藝府，思洽幾初。」

〔一六〕**「忠期」二句**

《文選》卷四十三嵇康《與山巨源絶交書》：「子文無欲卿相，而三登令尹，是乃君子思濟物之意也。」《晉書》卷九十一《列傳第六十一・儒林・范弘之》：「與王珣書曰……孝以揚親爲主，忠以節義爲先。」

〔一七〕**「藏器」二句**

《周易・繫辭下》：「君子藏器於身，待時而動。」蔣本卷二十《常州刺史平原郡開國公行狀》：「見危授命，藏器及時。」

〔一八〕**「屬江東」二句**

《十六國春秋》卷七十七《蜀録二・李雄》：「玉衡三年春三月……時中原喪亂，江東有事，救援無所顧望。」《周易・否卦》：「天地不交，而萬物不通也。上下不交，而天下無邦也。」

〔一九〕**「常隨」二句**

蔣本卷十九《彭州九隴縣龍懷寺碑》：「俄而帝隋大去，皇家小往。」蔣本卷十五《益州夫子廟碑》：「皇家載造，神風四極。」《毛詩・周頌・閔予小子》：「閔予小子，遭家不造，嬛嬛在疚。」

《中說・天地篇》：「叔恬曰：文中子之教興，其當隋之季世，皇家之末造乎。」

〔二〇〕「中原」四句

《毛詩・小雅・吉日》：「瞻彼中原，其祁孔有。」蔣本卷十六《梓州飛烏縣白鶴寺碑》：「中原錯戾，慈門爲虎豹之墟；滄海横流，定水穴鯨鯢之浦。」

《三國志》卷四十七《吴書二・吴主權》：「策長史張昭謂權曰：……且周公立法而伯禽不師，非欲違父，時不得行也。況今姦宄競逐，豺狼滿道。」

《漢書》卷五十七下《司馬相如傳第二十七下》：「是時天子方好自擊熊豕，馳逐壄獸，相如因上疏諫。其辭曰：……今陛下好陵阻險，射猛獸，卒然遇逸材之獸，駭不存之地，犯屬車之清塵。」師古注：「不存，不可得存安也。」

〔二一〕「公深謀」三句

《漢書》卷九十七下《外戚傳第六十七下・孝成趙皇后》：「耿育上疏言：……懷獨見之明，内斷於身。」蔣本卷二十《梓州慧義寺碑銘》：「英威外發，妙謀内斷，慧則心機，孝爲身幹。」參：《文苑英華》卷八四八薛道衡《老氏碑》：「神謀内斷，靈武外馳。」

《晉書》卷十《帝紀第十・安帝》：「賴鎮軍將軍裕，英略奮發，忠勇絶世。」

〔二二〕「先明」二句

《史記》卷一一七《司馬相如列傳第五十七》：「(相如)請爲天子游獵賦……酆鎬潦潏，紆餘委蛇，經營乎其内。」張揖曰：「酆水出鄠縣南山酆谷，北入渭。鎬在昆明池北。」

《左傳・昭公四年》：「椒舉言於楚子曰……成有岐陽之蒐，康有酆宮之朝。」杜注：「酆在始平鄠縣。東有靈臺，康王於是會諸侯。」

《論衡・吉驗》：「王莽時，謁者蘇伯阿能望氣，使過春陵，城郭鬱鬱葱葱。及光武到河北，與伯阿見，問曰：卿前過春陵，何用知其氣佳也。伯阿對曰：見其鬱鬱葱葱耳。」

〔二三〕「東師」四句

《文選》卷二張衡《東京賦》：「我世祖忿之，乃龍飛白水，鳳翔參墟，授鉞四七，共工是除。」李善注：「四七，二十八將也。」

《韓非子・初見秦》：「武王將素甲三千，戰一日，而破紂之國。」

《戰國策・燕策二》：「濟上之軍，奉令擊齊，大勝之。輕卒鋭兵，長驅至國。」

蔣本卷十六《益州緜竹縣武都山淨惠寺碑》：「翠緌丹轍，歷今古而先鳴；人傑地靈，冠山川而得儁。」

《左傳・莊公十一年》：「凡師，敵未陳曰敗某師，皆陳曰戰……得儁曰克。」

〔二四〕「大業十三年」六句

《舊唐書》卷一《本紀第一・高祖》：「(大業)十三年，爲太原留守……太宗與晉陽令劉文靜首謀，勸舉義兵……五月……遂起義兵……十一月丙辰，攻拔京城……癸亥……大赦，改元爲義寧……十二月癸未，丞相府置長史、司録已下官僚。」又《資治通鑑・隋紀八・恭帝元年》：「(六月)癸巳，建大將軍府……自餘文武，隨才授任。」

《舊唐書》卷四十三《志第二十二・職官一》從第八品下階：「……諸王府典籤。」

《集注》卷十三庾信《周大將軍司馬裔神道碑》：「大統七年，蒙授平東將軍，北徐州刺史。」《文選》卷五十七潘岳《夏侯常侍誄序》：「天子以爲散騎常侍，從班列也。」

〔三五〕「于時」二句

蔣本卷十二《拜南郊頌》：「高祖以黄旗夜立，静雲火之横氛；太宗以赤羽登期，補星辰之絶縷。」《南齊書》卷十一《志第三·樂》：「皇帝飲福酒，奏嘉胙之樂……寶瑞昭神圖，靈貺流瑞液。」蔣本卷十四《乾元殿頌》：「神圖不測，固流絢於丹縢；微志可存，庶鐫芳於翠琬。」《周易·説卦》：「帝出乎震，齊乎巽。」《梁書》卷五《本紀第五·元帝》：「兼通直散騎常侍、聘魏使徐陵於鄴奉表曰：……伏惟陛下，出震等於勛華，鳴謙同於旦奭。」

宇宙，屢見。《王勃集》卷二十九《過淮陰謁漢祖廟祭文》〔七〕：「昔自任以宇宙，今託人以蒸嘗。」

〔三六〕「太宗」二句

《舊唐書》卷二《本紀第二·太宗上》：「太宗……諱世民，高祖第二子也。」《舊唐書》卷一《本紀第一·高祖》：「（大業十三年六月）以世子建成爲隴西公……太宗爲燉煌公……（十一月癸亥）改元爲義寧……太宗爲京兆尹，改封秦公……（義寧二年三月丙辰）徙封太宗爲趙國公……（武德元年六月庚辰）封太宗爲秦王。」

《周易·屯》：「象曰：雲雷屯，君子以經綸。」《集注》卷十三庾信《周柱國大將軍長孫儉神道碑》：「道鍾屯剥，世屬雲雷。」蔣本卷十四《乾元殿頌》：「白蛇宵斷，行移海岳之符；蒼兕晨驅，坐遘雲雷之業。」

〔二七〕「魂想」二句

《左傳・宣公二十年》：「（楚子）左右曰：不可許也，得國無赦。」

《列仙傳・關令尹喜》：「老子西遊，（尹）喜先見其氣，知有真人當過，物色而遮之，果得老子。」

正倉院本《秋日宴山庭序》〔三〕：「若夫爭名於朝廷者，則冠蓋相趨；遁迹於丘園者，則林泉見託。」

〔二八〕「俊人」二句

正倉院本《九月九日採石館宴序》〔二〕：「王仲宣山陽俊人，直至山陽之席。」

《尚書・大禹謨》：「帝曰，俞，允若兹，嘉言罔攸伏，野無遺賢，萬邦咸寧。」

《世説新語・言語第二》：「桓征西治江陵城甚麗，會賓僚出江津望之。」

蔣本卷十五《益州夫子廟碑》：「雖復星辰蕩越，三元之軌躅可尋；雷雨沸騰，六氣之經綸有序。」

〔二九〕「功存」四句

《藝文類聚》卷五十二曹植《降江東表》：「使功存於竹帛，名光於後嗣。」

《文心雕龍・史傳》：「唐虞流于典謨，商夏被于誥誓。」

《左傳・成公九年》：「欒書伐鄭，鄭人使伯蠲行成，晉人殺之，非禮也。兵交，使在其間，可也。」

蔣本卷十七《梓州通泉縣惠普寺碑》：「銅章墨綬，任切臨人；鐵印黄簪，功宣漸陸。」

《文選》卷五十九沈約《齊故安陸昭王碑文》：「獻替帷扆，實掌喉脣。」

〔三〇〕「義寧元年」九句

見〔二二六〕引《舊唐書》卷一《高祖本紀一》。

〔三一〕「公折旋」二句

《禮記·玉藻》：「古之君子必佩玉……趨以採齊，行以肆夏，周還中規，折還中矩。」釋文「還本亦作旋。」蔣本卷十四《乾元殿頌》：「尊俎折旋之數，苞舉陰陽；堂庭節奏之規，彌綸宇宙。」

《尚書·舜典》：「敷奏以言，明試以功，車服以庸。」

〔三二〕「束帶」二句

《論語·公冶長》：「子曰：赤也，束帶立於朝，可使與賓客言也。」

《孟子·告子下》：「固哉，高叟之爲詩也。有人於此，越人關弓而射之，則己談笑而道之，無他，疏之也。」蔣本卷五《上劉右相書》：「並能風騰霧躍，指麾成烈士之功；蠖屈虬奔，談笑坐群卿之右。」

〔三三〕「知人」四句

《尚書·皋陶謨》：「皋陶曰：都，在知人，在安民。禹曰：吁，咸若時，惟帝其難之。」

《論語·子路》：「誦詩三百，授之以政，不達，使於四方，不能專對，雖多，亦奚以爲。」集解：「專，猶獨也。」

《史記》卷九十六《張丞相列傳第三十六》：「高祖持御史大夫印弄之曰：誰可以爲御史大夫者？孰視趙堯曰：無以易堯。遂拜趙堯爲御史大夫。」蔣本卷二十《常州刺史平原郡開國公行狀》：「雖有黃槐紫棘，無以易堯，盛嶽名都，猶聞借寇。」

正倉院本《春日送呂三儲學士序》〔二〕：「二三君子，當仁不讓。」

〔三四〕**「武德三年」二句**

《後漢書》卷七十三《劉虞公孫瓚陶謙列傳第六十三・劉虞》：「於是選掾右北平田疇，從事鮮于銀蒙險間行，奉使長安。」

《元和郡縣志》卷十二《河東道一》：「隰州（大寧下）《禹貢》冀州之域……（周大象元年）置龍泉郡。隋開皇五年，改爲隰州。大業三年，又改爲龍泉郡。武德元年，又爲隰州。」

〔三五〕**「大總管」三句**

《新唐書》卷一《本紀第一・高祖》：「（武德三年二月）辛酉，檢校隰州總管劉師善，謀反伏誅。」燕詢，未詳。

〔三六〕**「公見」二句**

《論語・憲問》：「見利思義，見危授命，久要不忘平生之言，亦可以爲成人矣。」蔣本卷二十《常州刺史平原郡開國公行狀》：「見危授命，藏器及時。」

《藝文類聚》卷四十七《職官部三・司徒》傅亮《司徒劉穆之碑》：「公靈武獨運，奇謀内湛，鞠旅陳衆，視險若夷。」

〔三七〕**「蠖屈」二句**

《周易・繫辭下》：「往者屈也，來者信也，屈信相感而利生焉。尺蠖之屈，以求信也。龍蛇之蟄，以存身也。」蔣本卷十六《梓州飛烏縣白鶴寺碑》：「或鵬垂待運，終變道於中臺；或蠖屈求伸，且眺風於下邑。」

《毛詩・鄭風・風雨》：「風雨如晦，雞鳴不已。」箋云：「已，止也。雞不爲如晦，而止不鳴。」

〔三八〕**「制變」四句**

《文選》卷四十四陳琳《爲袁紹檄豫州》：「蓋聞明主圖危以制變，忠臣慮難以立權。」蔣本卷二十《常州刺史平原郡開國公行狀》：「公制變以奇，盪除以殺。」

《藝文類聚》卷七《山部上·總載山》劉楨《黎陽山賦》：「想王旅之旌旄，望南路之遐修。」蔣本卷二《採蓮賦》：「見磯岸之紆直，覿旌旄之低舉。」

《尚書·泰誓中》：「受有億兆夷人，離心離德。予有亂臣十人，同心同德。雖有周親，不如仁人。」蔣本卷四《爲原州趙長史請爲亡父度人表》：「登太行而耀甲，則建德離心；出函谷而揚麾，則王充破膽。」

《禮記·坊記》：「子云：觴酒豆肉讓而受惡，民猶犯齒。衽席之上讓而坐下，民猶犯貴。」蔣本卷十七《梓州通泉縣惠普寺碑》：「故能使三千法界，向風知衽席之師；百億大王，聞道失巖廊之貴。」

《文選》卷四十三孫楚《爲石仲容與孫皓書》：「師次遼陽，而城池不守；桴鼓一震，而元凶折首。」李善注：「周易（習坎）曰：有嘉折首，獲非其醜。」

〔三九〕**「有詔」二句**

《隋書》卷五十八《列傳第二十三·魏澹傳》：「廢太子勇深禮遇之，屢加優錫。」

《文館詞林》卷四五三《碑三十三·將軍三》褚亮《左屯衛大將軍周孝範碑銘》：「寵越等倫，思踰藩岳。」

〔四〇〕**「雖張良」五句**

《漢書》卷四十《張陳王周傳第十·張良》：「張良，字子房……高帝曰：運籌策帷幄中，決勝千里外，子房功也。」

《戰國策·燕策一》：「聖人之制事也，轉禍而爲福，因敗而爲功。」

《三國志》卷三十六《蜀書六·關張馬黄趙傳第六·張飛》：「魏謀臣程昱等咸稱，羽飛萬人之敵也。」

《文選》卷四十四陳琳《檄吴將校部曲文》：「夫見機而作，不處凶危，上聖之明也。臨事制變，困而能通，智者之慮也。」《北堂書鈔》卷一一五《武功部三·將帥四》庾闡《揚都賦》：「桓桓勇武，堂堂碩佐，運籌則淵迴，抱麾則虎步，臨機如公瑾，遺愛如子布。」

《文選》卷六十任昉《齊竟陵文宣王行狀》：「蕭傅之賢，曹馬之親，兼之者公也。」

〔四二〕「自武德」四句

《舊唐書》卷一《本紀第一·高祖》：「（五月甲子）改隋義寧二年，爲唐武德元年。」蔣本卷十七《益州德陽縣善寂寺碑》：「武德伊始，君子道亨。」

《文選》卷二十陸機《皇太子讌玄圃宣猷堂有令賦詩》：「匪願伊始，惟命之嘉。」

《左傳·襄公三十年》：「（趙孟）召之而謝過焉，曰：武不才，任君之大事，以晉國之多虞，不能由吾子。」蔣本卷二十《常州刺史平原郡開國公行狀》：「寰中有事，曹參希執帛之榮；閫外多虞，周緤企中軍之寵。」

《史記》卷七《項羽本紀第七》：「項王乃與漢約，中分天下，割鴻溝以西者爲漢，鴻溝而東者爲楚。」

《史記》卷四十八《陳涉世家第十八》：「二世元年七月，發閭左適戍漁陽，九百人屯大澤鄉。陳勝、吴廣，皆次當行，爲屯長。會天大雨，道不通，度已失期。失期，法皆斬。陳勝、吴廣乃謀曰：今亡亦死，舉大計亦死，等死，死國可乎。」索隱：「閭左謂居閭里之左也。秦時復除者居閭左。今力役凡在閭左盡發之也。又云，凡居以富强爲右，貧弱爲左。」

〔四二〕「薛舉」四句

《資治通鑑》卷一八三《隋紀七》：「（義寧元年）汾陰薛舉，僑居金城……夏四月……自稱西秦霸王……未幾，盡有隴西之地，衆至十三萬。」又卷一八六《唐紀二》：「武德元年八月，薛舉遣其子仁杲，進圍寧州……今唐兵新破，關中騷動，宜乘勝直取長安。舉然之。會有疾而止。辛巳，舉卒。太子仁杲立……（十一月）癸亥，秦王世民至長安，斬薛仁杲於市上。」

《後漢書》卷二十三《竇融列傳第十三》：「融見更始新立，東方尚擾，不欲出關。」

王充，王世充。見〔四二〕《爲原州趙長史請爲亡父度人表》蔣注：「唐諱世，故稱王充。」《資治通鑑》卷一八五《唐紀一》：「（五月）戊午，隋恭帝禪位于唐……隋煬帝凶問至東都，戊辰，留守官奉越王即皇帝位……王世充爲納言鄭國公。」又卷一八九《唐紀五》：「（武德四年七月）甲子，秦王世民至長安……俘王世充、竇建德及隋乘輿、御物獻于太廟，行飲至之禮以饗之。」

奉河，未詳。或秦河。《元和郡縣志》卷三十九《隴右道上》：「州十三（秦州……河州）。」

《左傳·昭公元年》：「昔高辛氏有二子，伯曰閼伯，季曰實沈，居于曠林，不相能也，日尋干戈，以相征討。后帝不臧，遷閼伯于商丘，主辰。商人是因，故辰爲商星。」蔣本卷四《爲原州趙長史請爲亡父度人表》：「往因隋季，預奉皇初。于時九洛未清，雙崤尚梗。」

《文選》卷五十四劉孝標《辯命論》：「天地板蕩，左帶沸脣，乘間電發，遂覆瀍洛，傾五都。」

《史記》卷一《五帝本紀第一》：「蚩尤作亂，不用帝命。於是黄帝乃徵師諸侯，與蚩尤戰於涿鹿之野。遂禽殺蚩尤。」

《尚書・説命中》：「惟口起羞，惟甲胄起戎，惟衣裳在笥，惟干戈省厥躬。」蔣本卷二十《常州刺史平原郡開國公行狀》：「於時弄兵竊舉，猶勤甲胄。」

〔四三〕「公寒暑」四句

《魏書》卷七十九《列傳第六十七・鹿悆》：「雖任居通顯，志在謙退，迎送親賓，加於疇昔。而自無室宅，常假賃居止，布衣糲食，寒暑不變。」

《左傳・僖公二十四年》：「子犯以璧授公子，曰：臣負羈紲從君巡於天下，臣之罪甚多矣。」

《法言・淵騫》：「攀龍鱗，附鳳翼，巽以揚之，勃勃乎其不可及也。」蔣本卷二十《常州刺史平原郡開國公行狀》：「攀鳳羽於九霄，候龍顔於千里。」

《後漢書》卷十九《耿弇列傳第九》：「更始見光武威聲日盛，君臣疑慮。乃遣使立光武爲蕭王，令罷兵與諸將有功者還長安……時光武居邯鄲宮，晝卧温明殿。弇入造牀下請間，因説曰……光武大悦，乃拜弇爲大將軍。」

《後漢書》卷一《光武紀第一上》：「耿純進曰：天下士大夫捐親戚，棄土壤，從大王於矢石之間者，其計固望其攀龍鱗，附鳳翼，以成其所志耳。」

《文選》卷十潘岳《西征賦》：「造長山而慷慨，偉龍顔之英主。」

《史記》卷十《孝文帝本紀第十》：「太尉（周勃）乃跪，上天子璽符。代王謝曰：至代邸而議之……遂即天子位。」

蔣本卷二十《常州刺史平原郡開國公行狀》：「蕭王内寢，頻獻雅誠，韓信齋壇，屢遷優秩。」

〔四四〕「雖孟津」四句

《史記》卷四《周本紀第四》：「是時，諸侯不期而會盟津者八百諸侯。諸侯皆曰：紂可伐矣。」

《史記》卷七《項羽本紀第七》：「項王軍壁垓下，兵少食盡，漢軍及諸侯兵圍之數重。」

《晉書》卷一二三《載記第二十三·慕容垂》：「垂上表于苻堅曰：……雖復周武之會於孟津，漢祖之集于垓下，不期之衆，實有甚焉。」

《荀子·王制》：「以不敵之威，輔服人之道。故不戰而勝，不攻而得。」蔣本卷十二《拜南郊頌》：「三門遁甲，黄公成不戰之師；五疊神兵，玄女下先登之策。」

《三國志》卷一《魏書一·武帝紀第一》：「(建安五年八月)(袁)紹復進臨官渡，起土山地道……紹衆大潰，紹及譚棄軍走，渡河。」

《漢書》卷四十三《酈陸朱劉叔孫傳第十三·婁敬》：「與項籍戰滎陽，大戰七十，小戰四十。」

《左傳·隱公十一年》：「潁考叔，取鄭伯之旗蝥弧，以先登。」

〔四五〕「貞觀二年」三句

《通典》卷三十九《職官二十一·秩品四》：「從七品……左右監門府長史。」

〔四六〕「千廬」四句

《文選》卷二張衡《西京賦》：「徼道外周，千廬内附，衛尉八屯，警夜巡晝。」薛綜注：「衛尉帥吏士周宮外，於四方四角立八屯士。士則傳宮外向爲廬舍。晝則巡行非常，夜則警備不虞也。」李善注：「《漢書》曰：衛尉，掌門衛屯兵。」蔣本卷十四《乾元殿頌》：「神謀備豫，嚴七萃於丹樞；遂略防微，肅千廬於紫衛。」

蔣本卷二十《常州刺史平原郡開國公行狀》：「章溝霧闕，曳鶡尾而晟趨；甲觀煙開，奉旄頭而夜警。」

《宋書》卷十七《志第七・禮四》：「大明七年正月……今貴妃是秩，天之崇班。」

《史記》卷二十七《天官書第五》：「中宮，天極星……環之匡衛十二星，藩臣皆曰紫宮。」

參：《大唐故朝議郎行徐州長史成公府君墓誌銘》（《隋唐五代墓誌彙編》陝西卷第三册）：「遷左驍衛長史，千廬霧闕，八校星陳。」

〔四七〕「既而」二句

《文選》卷四十六王融《三月三日曲水詩序》：「求中和而經處，揆景緯以裁基。」李善注：「景，日也。緯，星也。」

《毛詩・小雅・白華》：「天步艱難，之子不猶。」蔣本卷二十《常州刺史平原郡開國公行狀》：「皇基肇闢，天步猶難。」

《文選》卷四十三孫楚《爲石仲容與孫皓書》：「大祖承運，神武應期。征討暴亂，克寧區夏。」蔣本卷十二《拜南郊頌》：「猶虞階已泰，不能息洞庭之誅；夏載克寧，不能罷會稽之戮。」

〔四八〕「懷衆」二句

《北史》卷八十二《列傳第七十・儒林下・黎景熙》：「上書曰：臣聞寬大所以兼覆，慈愛所以懷衆。」

《左傳・宣公十二年》：「夫武，禁暴，戢兵，保大，定功，安民，和衆，豐財者也。」

〔四九〕「墨綬」四句

《漢書》卷十九上《百官公卿表第七上》：「縣令、長，皆秦官，掌治其縣。萬户以上爲令，秩千石至六百石，減萬户爲長，秩五百石至三百石……秩比六百石以上，皆銅印黑綬。」蔣本卷四《上明員外啓》：「三冬文史，先兆跡於青衿；百里絃歌，即馳芳於墨綬。」

正倉院本《秋晚什邡西池宴餞九隴柳明府序》〔六〕：「未有一同高選，神怡吏隱之間；三蜀良游，道勝浮沈之際。」

蔣本卷十九《彭州九隴縣龍懷寺碑》：「雖業定人境，照已極於無方；而道寄生成，功遂覃於有相。」

《尚書・咸有一德》：「今嗣王新服厥命，惟新厥德。終始惟一，時乃日新。任官惟賢材，左右惟其人。」

《集注》卷二庾信《哀江南賦》：「擁狼望於黄圖，填盧山於赤縣。」

《太平御覽》卷一六四《州郡部下・關西道・雍州》：「《三輔黄圖》：太初元年，以渭城以西屬右扶風，長安以東屬京兆尹，長陵以北屬左馮翊，以輔京師，謂之三輔。」

〔五〇〕「六年」二句

《元和郡縣志》卷二《關内道二》：「鳳翔府（岐州，扶風四輔）……大業三年罷州，爲扶風郡，武德元年，復爲岐州……岐陽縣（次畿，西南至府一百里）。蓋漢杜陽縣地。貞觀七年，割扶風、岐山二縣置。以在岐山之南，因以名之。麟遊縣（次畿。西南至府一百六十里）。本漢杜陽縣……九成宫，在縣西一里，即隋文帝所置仁壽宫，每歲避暑，春往冬還……貞觀五年，復修舊宫，以爲避暑之所，改名九成宫。」

〔五一〕「山分」四句

《文選》卷二張衡《西京賦》：「右有隴坻之隘，隔閡華戎。」李善注：「《漢書音義》：應劭曰：天水有大阪曰隴。」

正倉院本《秋日登洪府滕王閣餞別序》〔二〕：「星分翼軫，地接衡廬。」

〔五二〕「承供帳」二句

《文苑英華》卷一七七許敬宗《奉和餞來濟應詔》：「萬乘騰鑣警岐路，百壺供帳餞離宮。」

《文選》卷四十三孔稚珪《北山移文》：「今又促裝下邑，浪拽上京。」蔣本卷四《上郎都督啓》：「嘗願全雅志於暮齒，揚素風於下邑。」

絃歌，見〔四九〕引《論語·陽貨》：「子之武城，聞絃歌之聲。」

〔五三〕「奏甘泉」二句

《史記》卷二十四《樂書第二》：「漢家常以正月上辛祠太一甘泉，以昏時夜祠，到明而終。」《三輔黃圖》卷二《漢宮》：「《關輔記》曰：林光宮，一曰甘泉宮。秦所造，今在池陽縣西，故甘泉山，宮以山爲名。」又有《文選》卷三揚雄《甘泉賦》。

《元和郡縣志》卷二《關內道二》：「鳳翔府（岐州扶風四輔）……郿縣（次畿，西北至府一百里）。本秦縣，右輔都尉理所，在今縣東一十五里，有故城。」

《文選》卷二十二顏延之《車駕幸京口侍遊蒜山作》：「周南悲昔老，留滯感遺氓。」

〔五四〕「浹辰」二句

《左傳・成公九年》：「莒恃其陋，而不修城郭，浹辰之間，而楚克其三都，無備也夫。」杜注：「浹辰，十二日也。」蔣本卷十七《梓州郪縣兜率寺浮圖碑》：「榮高銅墨，任屈絃歌，浹辰而風化大行，踰月而姦豪屏氣。」

《毛詩・周南・漢廣》序：「文王之道，被于南國，美化行乎江漢之域。」《三國志》卷十二《魏書十二・崔毛徐何邢鮑司馬傳第十二・邢顒》：「除行唐令，勸民農桑，風化大行。」

《穆景相墓誌》北魏・武帝五年十二月（《洛陽新獲七朝墓誌》三八）：「轉沛上党二郡太守，下車爲政，威而不猛，未及朞月，美化大行。」

《論語・子路》：「子曰：苟有用我者，期月而已可也，三年有成。」蔣本卷十八《廣州寶莊嚴寺舍利塔碑》：「嘉猷迴發於天朝，善政果行於朞月。」

《文選》卷十三禰衡《鸚鵡賦》：「於是羡芳聲之遠暢，偉靈表之可嘉。」

〔五五〕「事因」四句

《三國志》卷六魏書六《董二袁劉傳第六・董卓》：「故太尉張温時衛尉。」注：「《傅子》曰：靈帝時牓門賣官，於是太尉段熲、司徒崔烈、太尉樊陵、司空張温之徒……皆一時顯士，猶以貨取位。」

《文選》卷一班固《西都賦》：「願賓攄懷舊之蓄念，發思古之幽情。」《文苑英華》卷一七〇唐太宗《重幸武功》：「況兹承睿德，懷舊感深衷。」

《廣弘明集》卷十六沈約《瑞石像銘》：「泛彼遼碣，瑞我國東。有符皇德，乃眷宸衷。」

《魏書》卷六十七《列傳第五十五・崔光傳五十五》：「（子崔鴻）乃建議曰：竊惟王者爲官求才，使人以器……故績效能官，才必稱位者，朝昇夕進，年歲數遷，豈拘一階半級。」

《三國志》卷四十六《吴書一・孫策》：「曹公表策爲討逆將軍，封爲吴侯。」裴松之注：「《江表傳》曰……夫懸賞俟功，惟勤是與，故便寵授，承襲前邑，重以大郡，榮耀兼至。」

《文選》卷五十四劉峻《辯命論》：「故謹述天旨，因言其略云。」蔣本卷十六《梓州飛烏縣白鶴寺碑》：「上憑天旨，爭開舍利之壇；俯會衆心，競起須彌之座。」

〔五六〕「十二年」四句

《唐六典》卷十一《殿中省・監・少監》：「尚舍局。奉御二人，從五品上……尚舍奉御掌殿庭張設，供其湯沐，而潔其灑掃。」又：「尚乘局。奉御二人，從五品上……尚乘奉御掌內外閑廄之馬，辨其麤良。」

〔五七〕「三臺」四句

《王勃集》卷二十八《唐故度支員外郎達奚公》〔八〕：「鼎路初平，玉馬受三臺之策。」

蔣本卷一《遊廟山賦》：「玄武山西有廟山，東有道君廟，蓋幽人之別府也。」

《通典》卷二十六《職官八・諸卿中》：「殿中監……大業三年，分門下、太僕二司，取殿內監名，以爲殿內省。有監、少監、丞各一人，掌諸供奉。領尚食、尚藥、尚衣、尚舍、尚乘、尚輦等六局。」

《隋書》卷二十八《志第二十三・百官下》：「左右武候，掌車駕出，先驅後殿，晝夜巡察，執捕姦非，烽候道路，水草所置，巡狩師田，則掌其營禁。」

《周易・繫辭上》：「言行君子之樞機，樞機之發，榮辱之主也。」蔣本卷十五《益州夫子廟碑》：「猶爲夏絃春誦，俗化之樞機；西序東膠，政刑之根本。」

《文選》卷一《東都賦》：「下明詔，命有司，班憲度，昭節儉，示太素。去後宮之麗飾，損乘輿之服御，抑工商之淫業，興農桑之盛務。」

〔五八〕「鈎陳」四句

《王勃集》卷二十八《唐故度支員外郎達奚公》〔一四〕：「雖帝府鈎陳之序，寔冀［　］華。」

《初學記》卷十四《禮部下・婚姻七》元萬頃《奉和太子納妃公主出降詩》：「和聲躋鳳掖，交影步鸞墀。」

《史記》卷九《呂后本紀第九》：「迺奉天子法駕，迎代王於邸。」

《藝文類聚》卷四十八《職官部四・僕射》沈約《讓僕射表》：「晨行暮息，事身恒分。」

蔣本卷十四《乾元殿頌》：「鸞軒湛粹，鳳几裁尊。」

《王勃集》卷二十八《歸仁縣主墓誌》〔七五〕：「［　］承鳳掖，訓洽鸞楹。」

〔五九〕「恩加」二句

《文選》卷五十九沈約《齊故安陸昭王碑文》：「自此迄今，其任無爽。爰自近侍，式贊權衡。」

蔣本卷十七《梓州郪縣兜率寺浮圖碑》：「河東裴某，風神朗潤，操履貞勤。」

〔六〇〕「俄超」二句

蔣本卷十八《廣州寶莊嚴寺舍利塔碑》：「青龍帶劍，光超殿閣之榮；白武銜珠，早陟齋壇之寵。」

江淹《江文通集》卷八《蕭拜太尉揚州牧表》：「陛下久超以異禮之榮，越次殊常之秩。」

《周禮·冬官考工記·匠人》：「内有九室，九嬪居之，外有九室，九卿朝焉。」《新唐書》卷四十八《志第三十八·百官三》：「太僕寺，卿一人（從三品），少卿二人（正四品）。」

〔六一〕「十五年」二句

〔六二〕「皇輿」二句

《楚辭》屈原《離騷》：「豈余身之憚殃兮，恐皇輿之敗績。」王逸注：「皇，君也。輿，君之所乘。」蔣本卷十二《拜南郊頌》：「有晉不綱，戎麾内逐；帝隋失御，皇輿外騖。」

《史記》卷一二八《龜策列傳第六十八》：「臣聞盛德不報，重寄不歸，天與不受，天奪之寶。」

《文選》卷十一何晏《景福殿賦》：「屯坊列署，三十有二。」

《魏書》卷六十二《列傳第五十·李彪》：「崔光表曰：……既先帝厚委，宿歷高班，纖負微愆，應從滌洗。」蔣本卷四《爲原州趙長史請爲亡父度人表》：「高班厚禄，已極於生前，列鼓鳴簫，復光於身後。」

〔六三〕「任切」二句

《周禮·夏官司馬·校人》：「校人，掌王馬之政……天子十有二閑，馬六種。」

《漢書》卷十九上《百官公卿表第七上》：「水衡都尉，武帝元鼎二年初置，掌上林苑，有五丞。屬官有上林……六廄……」師古注：「《漢舊儀》云：天子六廄。」

《梁書》卷三十三《列傳第二十七·張率》：「河南國獻舞馬，詔率賦之曰……超六種於周閑，踰八品於漢廄。」

〔六四〕「仙騑」四句

青蝯，未詳，或青虯。《楚辭》屈原《九章·涉江》：「駕青虯兮驂白螭。」參：《文苑英華》卷二〇五盧照鄰《長安古意》：「專權意氣本豪雄，青虯紫燕坐生風。」

《文選》卷十四顔延之《赭白馬賦》：「乃有乘輿赭白，特禀逸異之姿，妙簡帝心，用錫聖皂。」又：「將使紫燕騈衡，緑蛇衛轂。」李善注：「尸子曰：我得而民治，則馬有紫燕，蘭池。劉邵《趙都賦》曰：良馬則飛兔、奚斯、常驪、紫燕。衡，車衡也。」

《文選》卷四十六王融《三月三日曲水詩序》：「紈牛露犬之玩，乘黄兹白之駟，盈衍儲邸，充仞郊虞。」李善注：「又《周書》曰：白民乘黄，乘黄者，似狐，其背有兩角。又曰，西方正北曰義渠，獻兹白。兹白者，若馬，鋸齒，食虎豹。」

〔六五〕「奉時」二句

《後漢書》卷一《光武帝紀第一下》：「論曰：……其王者受命，信有符乎。不然，何以能乘時龍而御天哉。」

《漢書》卷二十二《禮樂志第二》：「《郊祀歌十九章·天馬十》元狩三年，馬生渥洼水中作。天馬徠，從西極。涉流沙，九夷服。」

〔六六〕「曲水」二句

《周禮·地官·保氏》：「而養國子以道，乃教之六藝……四曰五馭……」注：「鄭司農云……五馭，鳴和鸞、逐水曲、過君表、舞交衢、逐禽左。」

〔六七〕「廿一年」三句

《唐六典》卷二十三《將作監》：「大匠一人，從三品。少匠二人，從四品下。」

祭文

祭石堤山神文〔一〕

維年月朔日，虢州長史王嶷，謹以「某之奠」①敬祭石堤山神之靈曰〔二〕：我皇作極，參幽洞冥。爰建爾廟，「　」安②爾靈〔三〕。水旱是恓，陰陽是經。出納風雨，職司雷霆〔四〕。嶷以不德，忝毗蕃（藩）③守。政乃其空，神降之咎〔五〕。石鸐潛〈習〉④翼，泥龍矯首。澤不時行，年斯何有〔六〕。敢修祀典，幸垂多福。無曠幽位，用尸冥禄〔七〕。發電南宮，徵雲北陸。丹款是照，蒼生是育〔八〕。我有信誓，豐穰是求。我有典祀，牲牢已周〔九〕。除人之瘼，時乃之休。無爽靈應，作神之羞。尚饗〔一〇〕。

【校記】

① 以：以字下，當闕某之奠三字。
② 安：按安字上當闕一字。
③ 蕃：當作藩字。
④ 習：衍字。右有抹消符。

【考證】

〔一〕祭石堤山神文

《水經注》卷四《河水四》：「河水又東合柏谷水。水出弘農縣南石隄山。山下有石隄祠，銘云，魏甘露四年，散騎常侍、征南將軍、豫州刺史、領弘農太守南平公之所經建也。」《太平寰宇記》卷六《河南道六》：「虢州……恒農縣……石堤山，在縣西南十七里。」另參内藤湖南《富岡氏藏唐鈔王勃集殘卷跋》。

〔二〕「維年月朔日」三句

《唐六典》卷三十《上州中州下州官吏》：「上州……長史一人，從五品上……中州……長史一人，正六品上。」

《元和郡縣志》卷六《河南道二》：「虢州（弘農望）……八到（西北至上都四百三十里）……管縣六。弘農縣（望，郭下）。」

《舊唐書》卷一九〇上《列傳第一四〇上・文苑上・王勃》：「久之，補虢州參軍。」楊炯《王勃集序》：「咸亨之初，乃參時選，三府交辟，遇疾辭焉。友人陸季友，時爲虢州司法，盛稱弘農藥物，乃求補虢州參軍。坐免歲餘，尋復舊職，棄官沈迹。」

王嶷，未詳。

〔三〕「**我皇**」**四句**

《尚書·洪範》：「無有比德，惟皇作極。」

《文選》卷四十七陸機《漢高祖功臣頌》：「文成作師，通幽洞冥。」

〔四〕「**水旱**」**四句**

《漢書》卷七十二《王貢兩龔鮑傳第四十二·鮑宣》：「（鮑宣）上書諫曰……凡民有七亡，陰陽不和，水旱爲災，一亡也。」

《尚書·舜典》：「命汝作納言，夙夜出納朕命，惟允。」

《左傳·成公二年》：「今叔父克遂，有功于齊，而不使命卿鎮撫王室，所使來撫余一人，而鞏伯實來，未有職司於王室，又奸先王之禮。」

《周易·繫辭上》：「鼓之以雷霆，潤之以風雨。」

〔五〕「**嶷以**」**四句**

《三國志》卷四十八《吴書三·孫皓傳》注：「《江表傳》載……皓又遺群臣書曰：孤以不德，忝繼先軌。」

《文館詞林》卷六九五梁孝元帝《射書雍州令》：「吾雖不武，忝居藩岳。」

《尚書·周官》：「學古入官，議事以制，政乃不迷。」

《尚書・大禹謨》：「君子在野，小人在位，民棄不保，天降之咎。」

〔六〕「石鷰」四句

《藝文類聚》卷九十二《鳥部下・燕》：「《湘中記》曰：零陵有石燕，形似燕，得雷風則飛，頡頏如真燕。」《集注》卷四庾信《喜晴詩》：「已歡無石燕，彌欲棄泥龍。」

《淮南子・墬形訓》：「土龍致雨。」高誘注：「湯遭旱，作土龍以像龍，雲從龍，故致雨也。」《文選》卷四十二應璩《與廣川長岑文瑜書》一首（廣川縣時旱，祈雨不得，作書以戲之）》：「土龍矯首於玄寺，泥人鶴立于闕里。」

參：《全唐文》卷二八二王適《對旱令沈巫判》：「雖土龍矯首，不見朝隮；而石燕斂翼，無聞夜雨。」

《周禮・地官》：「稻人……凡稼澤，夏以水殄草而芟夷之。」賈疏：「鄭司農説……玄謂將以澤地爲稼者，必於夏六月之時，大雨時行，以水病絶草之後生者。」

〔七〕「敢修」四句

《文選》卷二十顔延之《皇太子釋奠會作詩》其六：「敬躬祀典，告奠聖靈。」李善注：「《禮記》曰：非此族也，不在祀典。」

《毛詩・大雅・文王》：「永言配命，自求多福。」

《尚書・皐陶謨》：「無曠庶官，天工，人其代之。」《三國志》卷六十五《吴書二十・王樓賀韋華傳第二十・賀邵》：「邵上疏諫曰：……上下空任，文武曠位，外無山嶽之鎮，内無拾遺之臣。」

《藝文類聚》卷五十二《治政部上・論政》曹植《降江東表》：「今臣文不昭於俎豆，武不習於干戈，而竊位藩王，尸禄東夏。」

〔八〕「發電」四句

《箋注》卷三庾信《步虛詞十首》其八：「北闕臨玄水，南宮生絳雲。」

《左傳·昭公四年》：「古者，日在北陸而藏冰。」

《王勃集》卷二十九《祭白鹿山神文》〔一一〕：「徵電文於南宮，召雲師於北陸。」

《宋書》卷九十三《列傳第五十三·隱逸·周續之》：「江州刺史劉柳薦之（周續之）高祖曰……願照其丹款，不以人廢言。」

《弘明集》卷十四釋竺道爽《檄太山文》：「上達虛無，下育蒼生。」

〔九〕「我有」四句

《毛詩·衛風·氓》：「總角之宴，言笑晏晏，信誓旦旦。」

《漢書》卷九十九中《王莽傳第六十九中》：「公、卿、大夫、元士食其采，多少之差，咸有條品。歲豐穰則充其禮，有災害則有所損。」

《尚書·高宗肜日》：「罔非天胤，典祀無豐于昵。」《漢書》卷二十五上《郊祀志第五上》：「四海之內，各以其職來助祭……各有典禮，而淫祀有禁。」

《毛詩·小雅·瓠葉》序：「雖有牲牢饔餼，不肯用也。」

《文選》卷二十八陸機《樂府十七首·前緩聲歌》：「獻酬既已周，輕舉乘紫霞。」

〔一〇〕「除人」四句

《文館詞林》卷六六七《詔三十七》東晉孝武帝《霆震大赦詔》：「宜其明卹政刑，求人之瘼，乃身存誠惠，拯危塗炭。」

《尚書·大禹謨》：「帝曰：俾予從欲以治，四方風動，惟乃之休。」

《文選》卷四十六任昉《王文憲集序》：「前郡尹温太真、劉真長，或功銘鼎彝，或德標素尚，臭味風雲，千載無爽。」李善注：「言其感應，千載不差也。」

《藝文類聚》卷七十九《靈異部下·神》梁邵陵王《祀魯山神文》：「故能徵應不褰，介福無爽。」

《藝文類聚》卷一《天部上·星》邢子才《賀老人星表》：「冥貺未已，靈應猶臻。」

《尚書·武成》：「惟爾有神，尚克相予，以濟兆民，無作神羞。」

參：《文苑英華》卷三八五孫逖《授李林甫右僕射制》：「蓋天之贊我，亦時乃之休。」又《文苑英華》卷九九五白居易《祈臯亭神文》：「亦惟神之羞，惟神裁之，敬以俟命，尚饗。」

祭石堤女郎神文〔一〕

維年月朔日，虢州長史王嶷，謹以某之奠，敬祭石堤女郎神之靈曰：誕稽月令，將慶歲功。帝屬炎火，神當祝融〔二〕。冗（亢）①陽越序，黎人失農。時澤不降，廪實其空〔三〕。陝西舊國，關東奧壤。惟神作鎮，是邦□仰〔四〕。絶磴傍臨，高峰直上。妙圖不測，靈應如響〔五〕。天地[　]大②，有幽有明。名不妄秩，禮不虛行〔六〕。敢陳薄薦，希昭厥誠。四溟電舉，八極雲生〔七〕。奥（粤）③惟明道，聰明正直。因物感降，與時消息〔八〕。顧循膚（庸）④菲，終慙明德。庶憑靈祐，無忝厥職。尚饗〔九〕。

【校記】

① 冗：或亢字。

② 大：按大字上闕一字。

③ 奥：當作粤字。

④ 膚：當作庸字。

【考證】

〔一〕**祭石堤女郎神文**

《（雍正）河南通志》卷八《山川下·陝州》：「石隄山（在靈寶縣西南，萬度里山下有石隄，魏時所建）。女郎山（在雲寶縣南百餘里。漢時山下李姓二女，年及笄，父母欲擇配，輒不允，指山曰：此即吾夫家也。遂逃之山後）。」《明一統志》卷二十九《河南府·山川》：「女郎山（在靈寶縣南五十里，上有靈泉）。」《（嘉慶）大清一統志》卷二二〇《陝州直隸州·山川》：「女郎山（在靈寶縣南一百餘里，名勝志，靈泉出焉。唐李德裕有《靈泉賦》）。」又卷二二一《陝州直隸州二·祠廟》：「石隄祠（在靈寶縣西南。《水經注》：石隄山，下有石隄祠。銘云，魏甘露四年散騎常侍征南將軍豫州刺史宏農太守南平公之所經建也）……靈泉廟（在靈寶縣西南女郎山，遇旱禱雨輒應）。」

參：内藤湖南《富岡氏藏唐鈔王勃集殘卷跋》。

〔二〕「誕稽」四句

《禮記》有《月令》。

《漢書》卷二十二《禮樂志第二》：「陽出布施於上而主歲功，陰入伏藏於下而時出佐陽。陽不得陰之助，亦不能獨成歲功。」

《毛詩・小雅・大田》：「田祖有神，秉畀炎火。」

《禮記・月令》：「孟夏之月，日在畢……其日丙丁，其帝炎帝。其神祝融。」

〔三〕「亢陽」四句

《藝文類聚》卷一〇〇《災異部・旱》曹植《誥咎文》：「亢陽害苗，暴風傷條。」《周書》卷三十《列傳第二十二・于翼》：「舊俗，每逢亢陽，禱白兆山祈雨。」

《宋書》卷六十三《列傳第二十三・殷景仁》：「少帝即位，入補侍中，累表辭讓，又固陳曰：……顧涯審分，誠難庶幾，踰方越序，易以誠懼。」

《魏書》卷一〇五之三《天象志一之三第三》：「自（太和）八年至十一年，黎人阻饑，且仍歲災旱。」

《魏書》卷九《肅宗紀第九》：「（神龜元年）秋七月癸丑詔曰：時澤弗降，禾稼形損。」

《孟子・梁惠王下》：「而君之倉廩實，府庫充。」

〔四〕「陝西」四句

正倉院本《江寧縣白下驛吴少府見餞序》〔一二〕：「想衣冠於舊國，更值三秋；憶風景於新亭，俄傷萬古。」

《史記》卷七十九《范雎蔡澤列傳第十九》：「(穰侯)因立車而語曰：關東有何變。」蔣本卷一《春思賦》：「復聞天子幸關東，馳道煙塵萬里紅。」

《晉書》卷九《帝紀第九・孝武帝》：「(寧康二年)夏四月壬戌，皇太后詔曰……三吴奥壤，股肱望郡。」

蔣本卷六《爲人與蜀城父老書》二：「蜀都廣鎮，岷墟奥壤。」

〔五〕「絶磴」四句

蔣本卷十六《益州緜竹縣武都山淨惠寺碑》：「下浸重巒，玉阜銅陵，旁分絶磴，山川絡繹。」

正倉院本《晚秋遊武擔山寺序》〔七〕：「引星垣於沓障，下布金沙；栖日觀於長崖，傍臨石鏡。」

蔣本卷九《山亭思友人序》：「鄰人張氏有山亭焉。洞壑横分，奇峰直上，鬱然有造化之功矣。」

蔣本卷十七《益州德陽縣善寂寺碑》：「咸以爲妙圖真諦，事出於無名；翠琰玄碑，道凝於不朽。」

《周易・繫辭上》：「陰陽不測之謂神。」蔣本卷十四《乾元殿頌》：「神圖不測，固流絢於丹縢；微志可存，庶鐫芳於翠琬。」

《後漢書》卷一下《光武帝紀第一下》：「群國頻上甘露，群臣奏言，地祇靈應而朱草萌生。」

《全唐文》卷一六二王義方《祭海文》：「靈應如響，無作神羞。」

〔六〕「**天地**」四句

《莊子·天地》：「天地雖大，其化均也。」

《周易·繫辭傳上》：「仰以觀於天文，俯以察於地理，故知幽明之故。」蔣本卷五《上絳州上官司馬書》：「夫以幽明不測，尺標見天下之心；巨細相傾，寸管合義舒之度。」

《孔子家語·論禮》：「不能詩，於禮謬，不能樂，於禮素，薄於德，於禮虛。」王肅注：「非其人，禮不虛行。」蔣本卷四《上拜南郊頌表》：「時非苟遇，懷雅頌而知歸；道不虛行，想謳歌而有志。」

〔七〕「**敢陳**」四句

《集注》卷六庾信《周大祫歌·登歌》：「玉帛之禮，敢陳莊敬。」

《梁書》卷三十四《列傳第二十八·張纘》：「乃南征賦……脩行潦之薄薦，敢憑誠於沼沚。」

《水經注》卷七《濟水一》：「號曰：李君祠……其銘曰：百族欣戴，咸推厥誠。」

《藝文類聚》秋六十六《產業部·田獵》應瑒《西狩賦》：「長燧電舉，高煙蔽雲。」蔣本卷十二《拜南郊頌》：「因雷雨而作施，法雲天而用饗，風行電舉，未寸景而浹九埏。」

《文選》卷二十九張協《雜詩十首》其十：「雲根臨八極，雨足灑四溟。」李善注：「《淮南子·墬形訓》曰：八紘之外有八極，八極之雲，是雨天下。」高誘曰：「八極，八方之極也。四溟，四海也。」

〔八〕「**粤惟**」四句

《老子》四十一章：「明道若昧，進道若退。」

《左傳·莊公三十二年》：「神，聰明正直而壹者也，依人而行。」《藝文類聚》卷一〇〇《災異部·祈雨》

陸倕《請雨賽蔣王文》：「聰明正直，得一居貞。」

《宋書》卷十七《志第七禮四》：「太學博士徐道娛上議曰：……按時人私祠，誠皆迎送，由於無廟，庶感降來格。因心立意，非王者之禮也。」

《周易·豐》：「日中則昃，月盈則食，天地盈虚，與時消息，而况於人乎，况於鬼神乎。」

〔九〕「顧循」四句

《文苑英華》卷六〇三上官儀《爲太僕卿劉弘基請致仕表》：「顧循庸菲，踰溢涯分。」又《文苑英華》卷七一五楊炯《崇文館宴集詩序》：「顧循庸菲，濫沐恩榮。」

《史記》卷一《五帝本紀第一》：「天下明德，皆自虞帝始。」

《初學記》卷六《地部中·江》薛道衡《祭江文》：「分命將士，乘流南渡，仰憑靈祐，咸蒙利涉。」

《南齊書》卷四十八《列傳第二十八·謝朓》：「沈昭略謂朓曰：卿人地之美，無忝此職。」

祭白鹿山神文〔一〕

維年月日，九隴縣令柳明獻，謹以某之奠，敬祭白鹿山神之靈〔二〕，惟神極天標鎮，裂地裁基，邑玉壘而爲雄，綰銅陵而作固〔三〕。丹崖峻阜，奠川澤之幽源；碧洞神墟，洩乾坤之寶氣〔四〕。靈機密應，變霜露於迴旋；妙鍵潛融，運雷霆於指顧〔五〕。明獻才不逮古，德不洞微。

牽帝奉於朱絲，荷朝耀於墨綬〔六〕。雖臨下以恕，補遇（過）①以勤，而望闕歲功，澤褰時雨〔七〕。齊庭候鳥，儤丹景而方隆；葉縣圖龍，仰玄雲而不椄（接）②〔八〕。是用馳心絶磴，驪影重巒，舉紫館而推誠，赴玄壇而潔祀〔九〕。澗溪爲薦，望南畝以克勤；黍稷非馨，指西郊而抒（杼）③柚〔一〇〕。伏願遠流仙霈，曲降靈滋，徵雷文於南宮，召雲師於北陸〔一一〕。俾夫應先群望，潤被鄰城，家喧九穗之謡，户溢雙岐之詠〔一二〕。則班連未遠，俱忘廢職之憂；臨撫是同，共受司存之賞〔一三〕。有均榮辱，無隔幽明，神而有靈。伏惟尚饗〔一四〕。

【校記】

① 遇：當作過字。
② 椄：當作接字。
③ 抒：當作杼字。

【考證】

〔一〕祭白鹿山神文

正倉院本《夏日仙居觀宴序》〔四、五、六〕：「九隴縣令河東柳易，式稽彝典，歷禱名山，爰昇白鹿之峰，佇降玄虬之液……下官以書札小能，叙高情於祭牘。」

〔二〕「維年月日」四句

九隴縣令柳明獻，見上〔一〕。又見正倉院本《秋晚什邡西池宴餞九隴柳明府序》〔一〕注。

〔三〕「惟神」四句

《孔叢子·答問》：「今世人有言高者，必以極天爲稱，言下者，必以深淵爲名。」參：《文苑英華》卷九三〇員半千《蜀州青城縣令達奚君神道碑》：「南瞻渭水，庶見儀天之橋；北望荆山，長標鎮地之固。」

《文選》卷四左思《蜀都賦》：「廓靈關以爲門，包玉壘而爲宇。」劉逵注：「玉壘，山名也。湔水出焉。在成都西北岷山界。」蔣本卷十六《梓州飛烏縣白鶴寺碑》：「裂岷山之奥域，分井絡之榮光，西包玉壘之墟，北瞰銅陵之野。」

《文選》卷四十六王融《三月三日曲水詩序》：「求中和而經處，揆景緯以裁基，飛觀神行，虚擔雲構。」蔣本卷十三《九成宫頌》：「國家梯霄架極，罄域裁基。」

蔣本卷四《上吏部裴侍郎啓》：「談人主者，以宫室苑囿爲雄；叙名流者，以沈酗驕奢爲達。」

《文選》卷四左思《蜀都賦》：「家有鹽泉之井，户有橘柚之園。」李善注：「揚雄《蜀都賦》曰：夾江緣山。又曰：西有鹽泉鐵冶，橘林銅陵。」

《集注》卷十六庾信《周趙國夫人紇豆陵氏墓誌銘》：「揚旌玉壘，驅傳銅陵。」

蔣本卷十六《梓州飛烏縣白鶴寺碑》：「憑絶磴以圖規，俯長溪而作固。」

《文選》卷五十六張載《劍閣銘》：「惟蜀之門，作固作鎮，是曰劍閣，壁立千仞。」

〔四〕「丹崖」四句

《廣弘明集》卷三十下《統歸篇》張君祖《贈沙門竺法頵三首》其一：「丹崖棲奇逸，碧室禪六通。」

蔣本卷十三《九成宫頌》：「靈墟寶藏，代興汧雍之間；峻阜長岑，壘鎮岐梁之域。丹溪碧洞，吐納虹霓。」《晉書》卷一〇一《載記第一・劉元海》：「元海曰：善當爲崇岡峻阜，何能爲培塿乎。」

正倉院本《秋日登洪府滕王閣餞别序》〔一四〕：「山原曠其盈視，川澤紆其駭矚。」

《文館詞林》卷一五七《詩十七》孫綽《贈謝安詩》：「幽源散流，玄風吐芳。」

參：《文苑英華》卷八四九盧照鄰《益州至真觀主黎君碑》：「紫臺初構，霜露霑衣，碧洞新開，蓬萊變海。」

參：《文苑英華》卷八四五楊炯《遂州長江縣先聖孔子廟堂碑》：「自操刀入仕，聞魯邑之絃聲；鮮劍分司，察豐城之寶氣。」

正倉院本《山家興序》〔一〇〕：「廣度冲衿，磊落壓乾坤之氣。」

〔五〕「靈機」四句

《抱朴子内篇・暢玄》：「轡策靈機，吹噓四氣。」蔣本卷十二《拜南郊頌》：「振長策以叙諸侯，設靈機而制群動。」

參：《舊唐書》卷九十四《列傳第四十四・崔融》：「時有司表税關市，融深以爲不可，上疏諫曰：……一日二日，機務不遺，先天後天，虚心密應。」

蔣本卷十九《彭州九隴縣龍懷寺碑》：「陽開陰闔，變霜露於旋迴；蠖動螟飛，起雷霆於指顧。」

蔣本卷十三《九成宮頌》：「雖玄機妙鍵，已寂兆於忘言；而詠德陳功，請追聲於匪頌。」
蔣本卷十七《梓州通泉縣惠普寺碑》：「若夫玄津默運，披睿烈於三精；素鍵潛融，肇神功於萬彙。」
《文選》卷一班固《東都賦》：「指顧倏忽，獲車已實。」

〔六〕「明獻」四句

《梁書》卷二十八《列傳第二十二・裴邃》：「乃致書於呂僧珍曰：昔阮咸、顔延有二始之歎，吾才不逮古人，今爲三始，非其願也，將如之何。」蔣本卷四《上拜南郊頌表》：「學不照古，才不曠時。」
《藝文類聚》卷十三《帝王部三・魏武帝》曹植《武帝誄》：「玄監靈蔡，探幽洞微。」
《藝文類聚》卷三十六《人部二十・隱逸上》謝靈運《辭録賦》：「自牽綴於朱絲，奄二九於斯年。」
《文選》卷二十六《初去郡》：「牽絲及元興，解龜在景平。」
《王勃集》卷二十九《張公行狀》〔四九〕：「墨綬一同之業，道寄惟賢。」
蔣本卷十五《益州夫子廟碑》：「自朱紱就列，光膺令宰之榮；墨綬馳芬，高踐郎官之右。」
參：《金石萃編》卷七十《劉君幡竿銘》（開元三年）：「牽朱紱而就職，擁墨綬以臨人。」

〔七〕「雖臨下」四句

《唐大詔集》卷一一一《政事・田農》高祖《勸農詔》：「耕耨廢而不修，歲功將闕。」
《文選》卷二十曹植《上責躬應詔詩表》：「德象天地，恩隆父母，施暢春風，澤如時雨。」
參：《杜詩詳注》卷二十五杜甫《唐故范陽太君盧氏墓誌》：「實惟太君，積德以常，臨下以恕。如地之厚，縱天之和。」

〔八〕「齊庭」四句

「齊庭候鳥」句，未詳。

《新序·雜事》：「子張見魯哀公……去曰……君之好士也，有似葉公子高之好龍也。葉公子高好龍，鉤以寫龍，鑿以寫龍，屋室雕文以寫龍，於是夫龍聞而下之，窺頭於牖，施尾於堂。」

《淮南子·本經訓》：「昔者蒼頡作書，而天雨粟，鬼夜哭。伯益作井，而龍登玄雲，神棲崑崙。」

《抱朴子外篇·疾謬》：「白醉耳熱之後，結黨合群，遊不擇類，奇士碩儒，或隔籬而不接。」

〔九〕「是用」四句

《文選》卷三十七曹植《求自試表》：「輟食棄餐，奮袂攘衽，撫劍東顧，而心已馳於吴會矣。」蔣本卷十九《梓州玄武縣福會寺碑》：「並能馳心彼岸，欲臨海而褰裳；投足化城，下悲思而反袂。」

蔣本卷十六《益州緜竹縣武都山淨惠寺碑》：「下浸重巒，玉阜銅陵，旁分絶磴，山川絡繹。」

《初學記》卷二十三《道釋部·觀》：「紫館丹室（《玉皇玄聖記》曰：游龍交馳於紫館之上）。」

《魏書》卷七下《高祖紀第七下》：「每言：凡爲人君，患於不均，不能推誠御物。」蔣本卷十一《三國論》：「嗚呼悲夫，余觀三國之君，咸能推誠樂士。」

蔣本卷十五《益州夫子廟碑》：「登碧墠而會神祇，御玄壇而禮天地。」

《尚書·舜典》：「肆類于上帝，禋于六宗。」王弼云：「絜祀也。」

〔一〇〕「澗溪」四句

《左傳·隱公三年》：「苟有明信，澗谿沼沚之毛，蘋蘩薀藻之菜，筐筥錡釜之器，潢汙行潦之水，可薦於鬼神，可羞於王公。」

《毛詩・小雅・甫田》：「今適南畝，或耘或耔，黍稷薿薿。」《文選》十九張華《勵志》：「如彼南畝，力耒既勤。藨蓘致功，必有豐殷。」

《尚書・蔡仲之命》：「爾乃邁跡自身，克勤無怠，以垂憲乃後。」

《尚書・君陳》：「我聞曰：至治馨香，感于神明，黍稷非馨，明德惟馨爾。」

《禮記・月令》：「立秋之日，天子親帥三公、九卿、諸侯、大夫，以迎秋於西郊。」

《毛詩・小雅・大東》：「小東大東，杼柚其空。」

〔二〕「伏願」四句

參：《文苑英華》卷十四沈頊《賀雨賦》：「嘉廩儲之望歲，喜甘霈之流滋。」

《初學記》卷二《天部下・露》蕭欣《謝賜甘露啓》：「是以神液甘流，靈滋膏被。」

《晉書》卷七十三《列傳第四十三・庾亮傳附庾冰》：「冰上疏曰：……願陛下曲降靈澤，哀恕由中。」

《王勃集》卷二十九《祭石堤山神文》〔八〕：「發電南宮，徵雲北陸。」

《文選》卷十五張衡《思玄賦》：「豐隆軯其震霆兮，列缺曄其照夜；雲師黮以交集兮，涷雨沛其灑塗。」

〔三〕「俾夫」四句

《左傳・昭公十三年》：「寵子五人，無適立焉。乃大有事于群望，而祈曰：請神擇於五人者，使主社稷，乃徧以璧見於群望。」杜注：「群望，星辰山川。」

《三國志》卷六十五《吴書二十・王樓賀韋華傳第二十・華覈》：「（皓）以覈年老……又敕作草文……

猥命草對，潤被下愚。」

《三國志》卷二十三《魏書二十三·和常楊杜趙裴傳第二十三·趙儼》：「乃書與荀彧曰：……百姓困窮，鄰城並叛。」

《東觀漢記》卷一《紀一·世祖光武皇帝》：「是歲有嘉禾生，一莖九穗，長大于凡禾，縣界大豐熟。」

《東觀漢記》卷十四《傳九·張堪》：「遷漁陽太守，有惠政，開治稻田八千餘頃，教民種田，百姓以殷富。童謡歌云：桑無附枝，麥穗兩岐。張君爲政，樂不可支。」

〔一三〕「則班連」四句

班連，未詳。或誤寫。

《禮記·明堂位》：「各揚其職，百官廢職，服大刑，而天下大服。」

《南齊書》卷五十一《列傳第三十二·裴叔業》：「叔業上疏曰：……宜遣帝子之尊，臨撫巴蜀。」

《論語·泰伯》：「籩豆之事，則有司存。」

〔一四〕「有均」四句

《周易·繫辭傳上》：「言行君子之樞機，樞機之發，榮辱之主也。」蔣本卷四《上明員外啓》：「麟圖緝謚，定榮辱於三泉；鵷閣裁書，考薰蕕於四部。」

《周易·繫辭傳上》：「仰以觀於天文，俯以察於地理，是故知幽明之故。」蔣本卷四《爲原州趙長史請爲亡父度人表》：「則陛下乾坤之施，既不隔於幽明。」

《藝文類聚》卷三十八《禮部上·祭祀》王珣《祭徐聘士文》：「故貢薄祀，昭述宿心，神而有靈，儻垂尚饗。」

爲虔州諸官祭故長史文①〔一〕

歲月日，録事參軍某等，謹以某奠，敬祭故長史程公之靈曰〔二〕，半刺榮寄，令都重名〔三〕，士元獲展，休徵有成〔四〕。惟祭朝而樹跡，實隔代而連聲〔五〕。韶襟日煦，爽韻水清〔六〕。惠浹千里，威加百城〔七〕。滉瀁風局，深沉思緒〔八〕。布德窮徵（徼）②，誅姦絶侶〔九〕。密而能斷，爲而不處〔一〇〕。庶幾克達，三堦虚佇〔一一〕。如何不祐，百齡中沮〔一二〕，嗚呼哀哉！某等行無異檢，才無異節〔一三〕。幸聞道於中軒，謬承風於下列〔一四〕。或歲遠而思（恩）③重，或情新而識切〔一五〕。彼遷秩而從榮，尚攀輪而卧轍〔一六〕。况埋彩而沈照，諒崩心而茹血〔一七〕，嗚呼哀哉！智焉而斃，明焉而終〔一八〕。感宴語之如昨，悲儀形之已空〔一九〕。野寒無景，山荒有風〔二〇〕，撫遺孤而易咽，懷舊德而難窮〔二一〕。敢申哀於薄奠，庶迴鑒於微衷〔二二〕。嗚呼哀哉！伏惟尚饗。

【校記】

① 卷頭目録作《爲虔霍王諸官祭故長史一首》。

② 徵：或當作徼。

③ 思：當作恩字。

【考證】

〔一〕爲虔州諸官祭故長史文

《元和郡縣圖志》卷二十八《江南道四》：「虔州（南康上）。」

〔二〕「歲月日」句

《唐六典》卷三十《三府督護州縣官吏》：「上州……録事參軍事一人，從七品上。」

程公，未詳。

〔三〕「半刺」二句

蔣本卷十七《梓州郪縣兜率寺浮圖碑》：「長史河東裴某……下岷關而叱馭，寄切全都；臨蜀野而宣條，功深半刺。」

《北堂書鈔》卷七十三《設官部二十五・別駕》：「《庾亮集》云：《答郭豫書》曰：別駕舊與刺史別乘同流，宣王化於萬里者，其任居刺史之半，安可任非其人。」

令都，未詳。或「全都」。全都見注〔三〕《梓州郪縣兜率寺浮圖碑》。或據《後漢書》卷四十五《袁張韓周列傳第三十五・張酺》：「郡吏王青者……父隆，建武初，爲都尉功曹，青爲小史。與父俱從都尉行縣，道遇賊，隆以身衛全都尉，遂死於難。青亦被矢貫咽，音聲流喝……酺見之，歎息曰，豈有一門忠義而爵賞不及乎。遂擢用極右曹。」

《後漢書》卷七十《鄭孔荀列傳第六十・孔融》：「客有言於(何)進曰：孔文舉有重名，將軍若造怨此人，則四方之士引領而去矣。」

〔四〕「士元」二句

蔣本卷二十《梓州慧義寺碑銘》：「朝請大夫長史河東裴爽……清通舊德，王休徵之不虚；領袖耆年，龐士元之獲展。」又見《王勃集》卷二十八《唐故河東處士衛某夫人賀拔氏墓誌》〔七〕：「士元卿相之才，終維驥足。」注引《三國志》。

《晉書》卷三十三《列傳第三・王祥》：「字休徵……祥乃應召，(吕)虔委以州事……州界清静，政化大行。時人歌之曰：海沂之康，實賴王祥，邦國不空，别駕之功。(族孫戎)稱，祥在正始，不在能言之流，及與之言，理致清遠，將非以德掩其言乎。」

〔五〕「惟祭朝」二句

蔣本卷五《上絳州上官司馬書》：「未嘗露才揚己，飾小智以驚愚；假勢憑時，託中人而樹迹。」

《初學記》卷十四《禮部下・釋奠》何承天《釋奠頌》：「乃昔孔顔，夢周希虞，自天由美，異代同符。」蔣本卷二十《梓州慧義寺碑銘》：「受蹤故事，隔代同符。」

《文選》卷十四鮑照《舞鶴賦》：「長揚緩騖，并翼連聲，輕迹淩亂，浮影交横。」

〔六〕「韶襟」二句

參：《唐大詔令集》卷二十六《哀册文》薛元超《孝敬皇帝哀册文》：「維上元二年夏四月……韶襟日湛，英姿岳峻。」

《隋書》卷九《志第八・音樂上・梁宗廟皇帝初獻奏登歌七曲》其四：「悠悠億兆，天臨日煦。」
《孟子・離婁上》：「有孺子歌曰：滄浪之水清兮，可以濯吾纓。」

〔七〕「惠浹」二句

《文選》卷二十四曹植《又贈丁儀王粲》：「壯哉帝王居，佳麗殊百城。」李善注：「謝承《後漢書》曰：黄琬拜豫州，威邁百城。」蔣注：「百城，謂刺史所部。」《初學記》卷十《儲宮部・皇太子》褚亮《奉和禁苑餞别應令》：「惠化宣千里，威風動百城。」蔣本卷二十《常州刺史平原郡開國公行狀》：「百城勞晉武之心，千里揚漢宣之詔。」

參：《大周故隰州刺史建平公于公墓誌銘》（《隋唐五代墓誌彙編》陝西卷第三册）：「化洽千里，威加百城。」

〔八〕「滉瀁」二句

正倉院本《山家興序》〔二六〕：「朱城隱隱，闌干象北斗之宫；清渭澄澄，滉瀁即天河之水。」
《集注》卷十三庾信《周太子太保步陸逞神道碑》：「公儀表外明，風神内照，器量深沉，階基不測。」
楊炯《王勃集序》：「八紘馳騁於思緒，萬代出没於毫端。」

〔九〕「布德」二句

《禮記・月令》：「立春之日……命相布德和令，行慶施惠，下及兆民。」鄭注：「德，謂善教也。」蔣本卷十八《廣州寶莊嚴寺舍利塔碑》：「在昔鳳集潁川，宣后歸功於良守；龍游湘浦，章帝布德於賢臣。」
《韓非子・詭使》：「據法直言，名刑相當，循繩墨誅姦人，所以爲上治也而愈疏遠。」

《文選》卷六十王僧達《祭顏光禄文》：「逸翮獨翔，孤風絶侣。」

〔一〇〕「密而」二句

蔣本卷九《續書序》：「密而顯，宏而奥，久而彌新，用而不竭。」

《老子》二章：「生而不有，爲而不恃。」

〔一一〕「庶幾」二句

《尚書・顧命》：「昔君文武王……用克達殷，集大命。」

《漢書》卷六十五《東方朔傳第三十五》：「願陳泰階六符。」顔師古注：「應劭曰：《黄帝泰階六符經》曰：泰階者，天之三階也。上階爲天子，中階爲諸侯、公卿、大夫，下階爲士庶人。」蔣本卷十四《乾元殿頌》：「三階布政，詠匪日於靈臺；百堵陳詩，頌斯干於考室。」

《世説新語・假譎第二十七》：「范（玄平）雖實投桓（玄），而恐以趨時損名，乃曰：雖懷朝宗，會有亡兒瘞在此，故來省視。桓悵然失望，向之虚佇，一時都盡。」

〔一二〕「如何」二句

《全唐文》卷一三三薛收《隋故徵君文中子碣銘》：「庶幾克饗，匡此王國，如何不祐，殲我明德。」

蔣本卷八《送李十五序》：「夫人生百齡，促膝是忘言之契；丈夫四海，交頤非贈别之資。」

〔一三〕「某等」二句

《後漢書》卷六十七《黨錮列傳第五十七・范滂》：「顯薦異節，抽拔幽陋。」蔣本卷二《慈竹賦》：「蓋同類之常稟，非殊方之異節。」

《文選》卷四十六任昉《王文憲集序》：「昉行無異操，才無異能。」

〔一四〕「幸聞道」二句

《論語・里仁》：「朝聞道，夕死可矣。」

正倉院本《江寧縣白下驛吴少府宅見餞序》〔一三〕：「愴零雨於中軒，動流波於下席。」

《孔子家語・好生》：「是以四海承風，暢於異類。」蔣本卷十四《乾元殿頌》：「芝庭揖訓，遠清和鳳之儀；蘭佩承風，競峻當熊之節。」

《文館詞林》卷一五二《詩十二》陸機《與弟清河雲詩》：「守局下列，譬彼飛塵。」蔣本卷四《上吏部裴侍郎啓》：「懷真蘊璞者，棲遑於下列。」

〔一五〕「或歲」二句

《文心雕龍・史傳》：「歲遠則同異難密，事積則起訖易疏。」蔣本卷十七《益州德陽縣善寂寺碑》：「建靈幢於厚夜，琢飾年滋；懸法鼓於迷津，規模歲遠。」

〔一六〕「彼遷秩」二句

參：《文苑英華》卷九一二楊炯《瀘州都督王湛神道碑》：「詔書遷秩，百姓舉車，立廟生祠，樹碑頌德。」

《東觀漢記》卷十六《傳十一・第五倫》：「爲會稽郡，爲事徵。百姓攀轅扣馬呼曰：捨我何之。第五倫密委去，百姓聞之，乘船追之，交錯水中，其得民心如此。」蔣本卷四《上明員外啓》：「榮加徙秩，上膺蘭府之游；寵奪攀輪，更掌蓬山之務。」

《東觀漢記》卷十三《傳八·侯霸》：「爲臨淮太守，治有能名……更始元年，遣謁者侯盛、荆州刺史費遂齎璽書徵霸。百姓老弱相攜號哭，遮使者車，或當道而卧，皆曰：乞侯君復留朞年。」《文選》卷五十九沈約《齊故安陸昭王碑文》：「麾旆每反，行悲道泣，攀車卧轍之戀，爭塗忘遠；去思一借之情，愈久彌結。」

〔一七〕「况埋彩」二句

陶弘景《華陽陶隱居集》卷上《寒夜怨》：「空山霜滿高煙平，鉛華沉照帳孤明。」

《宋書》卷九十九《列傳第五十九·二凶·劉劭》：「世宗檄京邑曰：……四海崩心，人神泣血，生民以來，未聞斯禍。」參：《文苑英華》卷九一九楊炯《唐恒州刺史建昌公王公神道碑》：「訴高天兮泣血，蹐厚地兮崩心。」

《周書》卷十一《列傳第三·晉蕩公護》：「令有司移齊曰：……大冢宰位隆將相，情兼家國，銜悲茹血，分畢冤魂。」

〔一八〕「智焉」二句

《文選》卷五十七顔延年《陶徵士誄》：「仁焉而終，智焉而斃。」參：《文苑英華》卷九六一楊炯《楊去溢墓誌銘》：「智焉而斃，仁焉而終。」

〔一九〕「感宴語」二句

《左傳·昭公十二年》：「昭子曰：必亡宴語之不懷，寵光之不宣。」蔣本卷二《採蓮賦》：「非鄴地之宴語，異睢苑之懽娱。」

《南齊書》卷九《志第一·禮上》：「醮酒辭曰：旨酒既清，嘉薦既盈，兄弟具在，淑慎儀形。」蔣本卷十五《益州夫子廟碑》：「儀形莞爾，似聞沂水之歌；列侍誾如，若奉農山之對。」

《文選》卷二十五盧諶《贈劉琨詩》：「感今惟昔，口存心想。借曰如昨，忽爲疇曩。」

〔三〇〕「野寒」二句

二句出典未詳。

〔三一〕「撫遺孤」二句

《藝文類聚》卷三十四《人部十八·哀傷》魏文帝《寡婦賦》：「撫遺孤兮太息，俯哀傷兮告誰。」

《周易·訟》：「六三，食舊德，貞厲，終吉。」蔣本卷三《倬彼我系》：「言念舊德，憂心忉忉。」

〔三二〕「敢申哀」四句

《文苑英華》卷九七八王績《祭處士仲長子光文》：「敢告夫子，清樽薄奠，神其歆止。」

《晉書》卷一〇三《載記第三·劉曜》：「(劉曜)泫然流涕，遂下書曰……但皆丘墓夷滅，申哀莫由。」蔣本卷二十《常州刺史平原郡開國公行狀》：「薙本誅强，奸豪屏氣，棠陰察獄，惸獨申哀。」

參：白居易《白氏長慶集》卷六十《祭李司徒文》：「綿以歲時，積成交舊，敢申薄奠，庶鑒微衷。嗚呼哀哉，伏惟尚饗。」

爲霍王祭徐王文〔一〕

年月日，謹遣某官某以某之奠，敬祭故徐國大王之靈。惟王稟靈丹掜，誕彩玄丘。疏睿派於銀潢，擢仙柯於瓊圃〔二〕。苴茅建社，啓磐石之宏圖；剖竹調風，擁維城之介福〔三〕。方冀環星入象，長承北拱之儀；列岳載基，永固南山之壽〔四〕。嗚呼哀哉，逝川難駐，奔照不留〔五〕。〔　〕林①興墜萼之悲，金殿切摧梁之難〔六〕。某參華霄族，攀耀宸樞〔七〕。方締感於飛鴿，遽銜悲於斷鴈〔八〕。山川未遠，官守成遥〔九〕，恨不得縞服就塗，素車奔隴〔一〇〕，想泉扃而瀝慕，望雲遥而馳酸，嗚呼哀哉，伏惟尚饗〔一一〕。

【校記】

①〔　〕林：按對句，林上當闕一字。

【考證】

〔一〕爲霍王祭徐王文

《舊唐書》卷六十四《列傳第十四・高祖二十二子》：「徐王元禮，高祖第十子也……貞觀六年，賜實封七百户，授鄭州刺史，徙封徐王，遷徐州都督。十七年轉絳州刺史……咸亨三年薨，贈太尉、冀州大都督。」又，「霍王元軌，高祖第十四子也。……（貞觀）十年，改封霍王，授絳州刺史，尋轉徐州刺史……後因入朝，屢上疏陳時政得失，多所匡益，高宗甚尊重之。及在外藩，朝廷每有大事，或密制問焉。」

〔二〕「惟王」四句

《藝文類聚》卷四十七《職官部三·司空》任昉《齊司空曲江公行狀》：「公稟靈景宿，擅氣中和。」

《王勃集》卷二十八《歸仁縣主墓誌》〔六〕：「膺紫墀之寵命，酌玄丘之令典。」

《集注》卷七庾信《爲杞公讓宗師驃騎表》：「馮天潢之派水，附若木之分枝。」

參：《文苑英華》卷三五五盧照鄰《釋疾文·命曰》：「其名曰伯陽，遊閬風之瓊圃，處倒景之琳堂。」

參：《歸仁縣主墓誌》〔一二〕引盧炅之《大唐故襄城縣主墓誌》：「咸池演慶，疏睿派於銀潢；若木分暉，擢仙柯於瓊圃。」

〔三〕「苴茅」四句

《尚書·禹貢》：「厥貢惟土五色。」孔傳：「王者封五色土爲社，建諸侯則各割其方色土與之，使立社。燾以黄土，苴以白茅。茅取其潔，黄取王者覆四方。」

《後漢書》卷七十八《宦者列傳第六十八》序：「若夫高冠長劍，紆朱懷金者，布滿宫闈；苴茅分虎，南面臣人者，蓋以十數。」蔣本卷二十《常州刺史平原郡開國公行狀》：「被廬講將，實賴弘圖，今日僉謀，光應時望。」「加上柱國，隨班列也。翦桐疏爵，分茅建社。」

《王勃集》卷二十八《歸仁縣主墓誌》〔一九〕：「想維城而結欷，眷磐石而追懷。」

《文選》卷二十六謝靈運《過始寧墅詩》：「剖竹守滄海，枉帆過舊山。」

《韓詩外傳》卷八：「天老對曰：夫鳳……五彩備明，舉動八風。」蔣本卷十四《乾元傳頌》：「龍階察祲，鵷閣調風。」

《周易・晉》：「受茲介福，于其王母。」蔣本卷十八《廣州寶莊嚴寺舍利塔碑》：「同祈介福，共潔齋壇。」

〔四〕「方冀」四句

參：《文苑英華》卷九七一楊炯《左武衛將軍成安子崔獻行狀》：「列藩衛於環星，受嘉名於捧日。」

《論語・爲政》：「爲政以德，譬如北辰，居其所，而衆星共之。」蔣本卷十四《乾元殿頌》：「屬東鄰委馭，扇虐政於叢祠；北拱隳尊，紊皇圖於寶極。」

《文選》卷三十八任昉《爲齊明帝讓宣城郡公第一表》：「驃騎上將之元勳，神州儀刑之列岳。」

《毛詩・小雅・天保》：「如南山之壽，不騫不崩。」

《王勃集》卷二十八《歸仁縣主墓誌》〔一〇〕：「故乃宸基岳峻，躋寶曆於南山；睿族星羅，抗璿居於北列者矣。」蔣本卷十四《乾元殿頌》：「功推三祖，銀繩勒東岱之威；業峻一人，金筴奉南山之壽。」

〔五〕「逝川」二句

《論語・子罕》：「子在川上曰：逝者如斯夫，不舍晝夜。」

蔣本卷七《守歲序》：「歲月易盡，光陰難駐。」

《淮南子・覽冥訓》：「譬若羿請不死之藥於西王母，姮娥竊以奔月。」

〔六〕「〔 〕林」二句

《藝文類聚》卷四十一《樂部一·論樂》謝惠連《善哉行》：「陰灌陽藂，彫華墜萼。」

《史記》卷四十七《孔子世家第十七》：「孔子因歎，歌曰：太山壞乎，梁柱摧乎，哲人萎乎。」蔣本卷十六《益州緜竹縣武都山淨惠寺碑》：「豈直巖枝泣血，磵户摧梁而已哉。」

《集注》卷十六庾信《彭城公夫人爾朱氏墓誌銘》：「人生天地，壽非金石，銀臺竊藥，想奔月而何年；金殿煎香，思反魂而無日。」

〔七〕「某參華」二句

《文選》卷四十沈約《奏彈王源》：「源雖人品庸陋，胄實參華。曾祖雅，位登八命。」

《謝宣城詩集》卷一謝朓《侍宴華光殿曲水奉敕爲皇太子作》：「論思帝則，獻納宸樞。」

〔八〕「方締感」二句

參：《大唐銀青光禄大夫使持節代州諸軍事代州刺史柱國恒農郡開國公楊君墓誌》（《秦晉豫新出墓誌蒐佚續集》）：「攀宰樹而纏哀，仰鄒衢而締感。」

《文選》卷四十六任昉《王文憲集序》：「薨于建康官舍。皇朝軫慟，儲鉉傷情，有識銜悲，行路掩泣。」

蔣本卷十八《廣州寶莊嚴寺舍利塔碑》：「魂驚斷雁之峰，恩盡沈鳶之浦。」

參：《大唐故雍王墓誌銘》（《隋唐五代墓誌彙編》陝西卷第一册）：「痛飛鴒之遽絶，切斷鴈之逾孤。」

〔九〕「山川」二句

《文苑英華》卷二四八楊素《贈薛内史》：「山川雖未遠，無由得寄音。」

《左傳·昭公二十三年》：「親其民人，明其伍候，信其鄰國，慎其官守，守其交禮。」

〔一〇〕「恨不得」三句

參：《全唐詩》卷四十八張九齡《故滎陽君蘇氏挽歌詞三首》其三：「縞服紛相送，玄扃翳不開。」《周禮·春官·巾車》：「素車，棼蔽，犬𧙵，素飾，小服皆素。」

〔一一〕「想泉扃」四句

《王勃集》卷二十八《歸仁縣主墓誌》〔七〇〕：「而播美泉扃，下走受當仁之寄。」

［王勃集卷卅］①

君没後，彭執古孟獻忠與諸弟書〔一〕

林壑幽人謹致書〈於〉於②王六賢弟足下〔二〕。僕等近遊汾晉，言紡（訪）③山泉〔三〕，載想德音，故來參揖〔四〕。梅暑三伏，麥風千里〔五〕。葭灰發而蘭泉陭（湧）④，衡炭舉而陰氣昇〔六〕。左右琴書，比當佳適〔七〕。豈謂賢兄長逝，化爲異物〔八〕。筆海絶流，詞岑落搆（構）⑤〔九〕，梁未（木）⑥其懷（壞）⑦，吾將安伏〔一〇〕。下官等慷慨耿介之士，薜蘿泉石之客〔一一〕。遇（過）⑧大梁而想侯嬴（嬴）⑨，祭九原而憶隨會〔一二〕。潘［黄］門⑩之林沼，無復琴樽；孟嘗君之池臺，空餘風月〔一三〕。傷心已矣，如何如何〔一四〕。投筆潸然，不能繁述，惠而好我，佇望披雲〔一五〕。彭執古、孟獻忠諮。

【校記】

① 原卷無此題名，據補。
② 於：抄本作於於二字。一字右有抹消符。
③ 紡：當作訪字。
④ ⿰阝勇：當作湧字。
⑤ 搆：當作構字。
⑥ 末：當作木字。
⑦ 懷：當作壞字。
⑧ 遇：當作過字。
⑨ 嬴：當作贏字。
⑩ 潘門：按對句，潘下當闕一字。或爲黄字。

【考證】

〔一〕君没後，彭執古孟獻忠與諸弟書

彭執古、孟獻忠，俱未詳。又，唐孟獻忠撰有《金剛般若經集驗記》（昭和九年至十年東京古典保存會據舊鈔本影印），又日藏《遊仙窟》舊注中有孟獻忠《文場秀句》曰云云，即或此人。

〔二〕「林壑」句

《文選》卷二十二謝靈運《石壁精舍還湖中作》：「林壑斂暝色，雲霞收夕霏。」

《周易・履》：「履道坦坦，幽人貞吉。」

《新唐書》卷二〇一《列傳第一二六・文藝上・王助》：「初，勔、勮、勃皆著才名，故杜易簡稱三珠樹。其後助、劼又以文顯。劼蚤卒。福時少子勸亦有文。福時嘗詫韓思彥，思彥戲曰：武子有馬癖，君有譽兒癖，王家癖何多邪？使助出其文，思彥曰：生子若是，可夸也。」

參：《司馬書儀・私書・上書》：「月日具位某，頓首再拜，上書某位執事（此上尊官之儀也。稍尊則云閣下。平交則云謹致書某位足下）。」

〔三〕「僕等」二句

《元和郡縣志》卷十三《河南道二》：「太原府……晉陽縣（赤，郭下）……洞過水，東自太原縣界流入，西入於汾，晉水下口也。」

《文選》卷三十謝朓《直中書省》：「朋情以鬱陶，春物方駘蕩。安得凌風翰，聊恣山泉賞。」

〔四〕「載想」二句

《毛詩・鄘風・載馳》：「載馳載驅，歸唁衛侯。」毛傳：「載，辭也。」

參：《文苑英華》六七三李嶠《與夏縣崔少府書》：「安成足下，伏聞高義之日久矣。緬惟徽範，虔想德音，山川闊契，風月勞心。」

〔五〕「梅暑」二句

《初學記》卷四《歲時部下・伏日》：「《陰陽書》曰：從夏至後第三庚爲初伏，第四庚爲中伏，立秋後初庚爲後伏，謂之三伏。」《藝文類聚》卷五《歲時下・伏》：「《世説》曰：郄嘉賓三伏之日，詣謝公，炎暑熏赫。」

參：《朋友書儀》(S. 5560)：「五月仲夏……麥秋麥氣亦同於季夏。」又《白氏文集》卷五十一白居易《和微之四月一日作》：「麥風低冉冉，稻水平漠漠。」

參：《文苑英華》卷一七七盧從愿《奉和聖製送張尚書巡邊》：「槐路清梅暑，薊皐起麥涼。」又鄭餘慶《大唐新定吉凶書儀》(S. 6537V14)年叙凡例第一：「五月仲夏……梅夏，梅暑，梅潤。」

〔六〕「葭灰」二句

《後漢書・志第一・律曆上》：「候氣之法，爲室三重，户閉，塗釁必周，密布緹縵。室中以木爲案，每律各一，内庳外高，從其方位，加律其上，以葭莩灰抑其内端，案曆而候之。氣至者灰動。」

《文選》卷四十六王融《三月三日曲水詩序》：「鏡文虹於綺疏，浸蘭泉於玉砌。」

《史記》卷二十七《天官書第五》：「冬至短極，懸土炭，炭動，鹿解角，蘭根出，泉水躍。」孟康曰：「先冬至三日，懸土炭於衡兩端，輕重適均，冬至日陽氣則炭重，夏至陰氣至則土重也。」

〔七〕「左右」二句

《北史》卷八十八《列傳第七十六・隱逸》序：「狎玩魚鳥，左右琴書，拾遺粒而織落毛，飲石泉而庇松柏。」

《世説新語・簡傲第二十四》：「王子猷作桓車騎參軍，桓謂王曰：卿在府久，比當相料理。」

《淳化閣帖》卷五引王羲之：「伏想清和，士人皆佳適。」

〔八〕「豈謂」二句

《文選》卷四十二曹丕《與朝歌令吴質書》：「元瑜長逝，化爲異物。」

參：杜友晉《書儀鏡》(S. 329—S. 361)《四海弔答書儀廿首・弔兄姊亡書》：「月日名頓首，凶故無常，賢兄傾逝，貫割拔氣，哀痛奈何。」

〔九〕**「筆海」二句**

蔣本卷四《上武侍極啓》：「吞九溟於筆海，若控牛涔；抗五嶽於詞峰，如臨蟻垤。」

《晉書》卷一一四《載記第十四・苻堅下》：「秘書監朱肜曰……嘯咤則五嶽摧覆，呼吸則江海絶流。」

《初學記》卷二《天部下・露》庾抱《賦得胥臺露詩》：「胥臺既落構，荆棘稍侵扉。」

〔一〇〕**「梁木」句**

《禮記・檀弓上》：「梁木其壞，吾將安萎乎。」

〔一一〕**「下官等」二句**

《文選》卷十六司馬相如《長門賦》：「貫歷覽其中操兮，意慷慨而自卬。」

《韓非子・五蠹》：「耿介之士寡，而高價之民多矣。」蔣本卷一《春思賦》：「僕不才，耿介之士也。」

正倉院本《三月上巳祓禊序》〔三〕：「莫不擁冠蓋於烟霞，披薜蘿於山水。」

正倉院本《上巳浮江讌序》〔二二〕：「赴泉石而如歸，仰雲霞而自負。」

《集注》卷十三庾信《周大將軍司馬裔神道碑》：「江淮志節之士，汝潁風塵之客。」

〔一二〕**「過大梁」二句**

《文選》卷三十六傅亮《爲宋公修張良廟教》：「過大梁者，或佇想於夷門，游九京（五臣作原）者，亦流連於隨會。」

《史記》卷七十七《魏公子列傳第十七》：「魏有隱士曰侯嬴，年七十，家貧，爲大梁夷門監者。公子聞之，往請，欲厚遺之，不肯受。」

《禮記・檀弓下》：「趙文子與叔譽觀乎九原。文子曰：死者如可作也，吾誰與歸……文子曰：見利不顧其君，其仁不足稱也。我則隨武子乎。利其君不忘其身，謀其身不遺其友。」注：「武子，士會也。」

〔一三〕**「潘黄門」四句**

《晉書》卷五十五《列傳第二十五・潘岳》：「以母疾，輒去官免。尋爲著作郎，轉散騎侍郎，遷給事黄門侍郎。」

《文選》卷十六潘岳《閑居賦》：「於是覽止足之分，庶浮雲之志，築室種樹，逍遥自得。池沼足以漁釣，春税足以代耕……爰定我居，築室穿池，長楊映沼，芳枳樹籬。」

正倉院本《聖泉宴序》〔九〕：「方欲以林壑爲天屬，以琴罇爲日用。」

《説苑・善説》：「雍門子周，以琴見乎孟嘗君……雍門子周曰……天下有識之士，無不爲足下寒心酸鼻者，千秋萬歲之後，廟堂必不血食矣，高臺既以壞，曲池既以塹，墳墓既平，而青廷矣。」參：《文苑英華》卷九六一楊炯《楊（集作從弟）去溢墓誌銘》：「樵童牧豎，孟嘗君之池臺；一去千年，丁令威之城郭。」

《集注》卷十五庾信《周大將軍懷德公吴明徹墓誌銘》：「壯志沈淪，雄圖埋没。西隴足抵，黄塵碎骨。何處池臺，誰家風月。」

〔一四〕「傷心」二句

《文選》卷四十一司馬遷《報任少卿書》：「故禍莫憯於欲利，悲莫痛於傷心。」

〔一五〕「投筆」四句

《文苑英華》卷六八六陳子良《爲蜀道安撫壽光公王季卿與王仁壽書》：「謹奉尺書，投筆潸然，此不多具。」

《毛詩·邶風·北風》：「惠而好我，攜手同行。」

《北史》卷八十八《列傳第七十六·隱逸·徐則》：「晉王廣，鎮揚州，聞其名，手書召之曰……希能屈己，佇望披雲。」

族翁承烈〔一〕舊一首（兼與〈劇〉勮①〔二〕書論送舊書事）

君適交州日，路經楊府。族翁承烈有書與君，書竟未達。及君没後，兄勮於翁處求此書。承烈有書與勮，兼送舊書。今並載焉。

【校記】

① 勮：抄本作劇勮。劇字，右有抹消符。

【考證】

〔一〕族翁承烈

《新唐書》卷一九九《列傳第一二四・儒學中・王紹宗》：「字承烈，梁左民尚書銓曾孫。系本琅邪，徙江都云。少貧狹，嗜學，工草隸，客居僧坊，寫書取庸自給，凡三十年。庸足給一月即止，不取贏，人雖厚償，輒拒不受。徐敬業起兵，聞其行，以幣劫之。稱疾篤，復令唐之奇彊遣，不肯赴，敬業怒，將殺之，之奇曰：彼人望也，殺之沮士心，不可。由是免。事平，大總管李孝逸表其節，武后召赴東都。」又《書斷》《法書要録》有王承烈名。

〔二〕勮

楊炯《王勃集序》：「没而不朽，君子貴焉。兄勔及勮，磊落辭韻，鏗鏘風骨，皆九變之雄律也。弟助及勛，總括前藻，綱羅群思，亦一時之健筆焉。」《新唐書》卷二〇一《列傳第一二六・文藝上・王勃》：「勃兄勮弟助，皆第進士……勮，長壽中爲鳳閣舍人……勮素善劉思禮，用爲箕州刺史，與綦連耀謀反，勮與兄涇州刺史勔及助，皆坐誅。神龍初，詔復官。」又見《王勃集》卷三〇《君没後，彭執古孟獻忠與諸弟書》〔一〕。

蔣本卷三《倬彼我系》：「勃兄勵序。」

按：此三行係《王勃集》編者王勃兄弟之文，或其弟助歟。

【王承烈三信】

【第一信】

太虛中常無名曰謔。不恨不見古人，但恨當今不相見耳〔一〕。甚善甚善，何物譬之方籍也〔二〕。聞吾宗奧（粵）①自中州，隨任南徼〔三〕。太丘道廣，元季趨庭，彭澤文高，舒通室入〔四〕。金友玉昆之盛，龍雕豹蔚之奇，窮言燃數合乎神，象外寰中通其道〔五〕。此鄙夫所以未面而思君者久矣〔六〕。紛余早嬰痼疾，不堪人事〔七〕。略問（向）②秀之五難，同嵇康之九患。留情稊稗之道，不窺糟粕之盡（書）③〔八〕。飄瓦如風，乘流若水〔九〕。故得心迹雙會，出處兩冥〔一〇〕。利光壯若，李叟澹其真；泯色□門，釋氏凝其觀〔一一〕。是以思與晤言者，共盡玄圖（圃）④之致也〔一二〕。今生平未申，志氣無託〔一三〕。嘗聞剡中思戴，便乘舟夜往；山陽契吕，則命〈賀〉駕⑤朝趨〔一四〕。豈不願言，增其跂節〔一五〕。嗟乎，銅標萬里，赤岸千圻〔一六〕。梧野雲來，焟（惜）⑥君留滯，桂林月去，命我相思〔一七〕。槁槁（矯矯）⑦吾宗，建德南矣。去去天厓，更超邈矣〔一八〕。翳翳心靈，誰與論矣。沈沈伏枕，何時振矣〔一九〕。無謂形隔，不余信矣〔二〇〕。適知旅泊江潯，人遐路近〔三一〕，聊因翰墨，粗飛數行〔三二〕。乙亥年仲秋月廿有九日。寓言〔三三〕。

【校記】

①奥：當作粤字。
②問：當作向字。
③盡：當作書字。
④圖：或圊字之訛。
⑤駕：抄本作賀駕。賀字，右有抹消符。
⑥焟：當作惜字。
⑦槁槁：未詳。羅振玉作矯矯，陳尚君作槁槁。

【考證】

〔一〕「太虛中」三句

《文選》卷十一孫綽《遊天台山賦》：「太虛遼廓而無閡，運自然之妙有。」李善注：「太虛，謂天也。」
《老子》三十二章：「道常無名，樸雖小，天下莫能臣也。」
《莊子·養生主》：「文惠君曰，譆，善哉。技蓋至此乎。」
正倉院本《九月九日採石館宴序》〔一七〕：「使古人恨不見吾徒，無使吾徒不見故人也。」
《左傳·襄公九年》：「子囊曰不可，當今吾不能與晉爭。」

《禮記·儒行》：「久不相見，聞流言不信。」

〔二〕「甚善甚善」二句

《三國志》卷三十八《蜀書八·許麋孫簡伊秦傳第八·許靖》：「魏初爲公輔大臣，咸與靖書，申陳舊好，情義款至。」注：「《魏略》：王朗與文休書曰：文休足下，消息平安，甚善甚善。豈意脱别三十餘年，而無相見之緣乎！」

《北齊書》卷四十二《列傳第三十四·崔劼》：「初和士開擅朝，曲求物譽，諸公因此頗爲子弟干禄。」

《文選》卷二十謝朓《新亭渚别范零陵詩》：「廣平聽方籍，茂陵將見求。」李善注：「鄭玄《毛詩箋》曰：方，向也。」

〔三〕「聞吾宗」二句

《左傳·僖公五年》：「晉，吾宗也，豈害我哉。」

江淹《江文通集》卷一《倡婦自悲賦》：「粤自趙東，來舞漢宫。」

《三國志》卷六十《吴書十五·賀全吕周鍾離傳第十五·全琮》：「是時中州士人，避亂而南，依琮者以百數。」

《後漢書》卷六十上《馬融列傳第五十上》：「元初二年上《廣成頌》以諷諫。其辭曰：……是以明德曜乎中夏，威靈暢乎四荒。東鄰浮巨海而入享，西旅越葱領而來王，南徼因九譯而致貢，朔狄屬象胥而來同。」

〔四〕「太丘」四句

《後漢書》卷六十二《荀韓鍾陳列傳第五十二・陳寔》：「陳寔字仲弓……復再遷除太丘長……有六子，紀、諶最賢。紀字元方……弟諶，字季方。與紀齊德同行，父子並著高名，時號三君。」《後漢書》卷六十八《郭符許列傳第五十八・許劭》：「劭嘗到潁川，多長者之遊，唯不候陳寔，又陳蕃喪妻還葬，鄉人必畢至，而劭獨不往。或問其故，劭曰：太丘道廣，廣則難周，仲舉性峻，峻則少通。故不造也。」

正倉院本《秋日登洪府滕王閣餞別序》〔三五〕：「他日趨庭，叨陪鯉對。」

正倉院本《秋日登洪府滕王閣餞別序》〔一九〕：「睢園緑竹，氣浮彭澤之罇；鄴水朱華，光照臨川之筆。」

陶潛《陶淵明集》卷三《責子》：「雖有五男兒，總不好紙筆。阿舒已二八，懶惰故無匹……通子垂九齡，但覓梨與栗。」

《論語・先進》：「由也升堂矣，未入於室也。」

〔五〕「金友」四句

《十六國春秋》卷七十五《前凉録六・辛攀》：「辛攀，字懷遠，隴西狄道人也。父奭，晉尚書郎，兄鑒、曠，弟寶、迅，皆以才識著名。秦雍爲之諺曰：三龍一門，金友玉昆。」

參：《文苑英華》卷九一〇楊炯《唐上騎都尉高君神道碑》：「有元方季方之長幼，傳學詩學禮之門風。金友玉昆，忠臣孝子。」

《周易・革》：「上六，君子豹變，其文蔚也。」《抱朴子外篇・尚博》：「大人虎炳，君子豹蔚。」

《藝文類聚》卷五十《職官部六・尹》蕭琛《和元帝》：「麗藻若龍雕，洪才類河瀉。」

《太平廣記》卷三《神仙三》引《漢武内傳》：「子自非受命合神，弗見此文矣。」

正倉院本《秋晚入洛於畢公宅別道王宴序》〔二〇〕：「既而神融象外，宴液寰中。」

《山海經・海外南經》：「神靈所生，其物異形，或夭或壽，唯聖人能通其道。」

〔六〕「此鄙夫」句

《文選》卷二張衡《東京賦》：「鄙夫寡識，而今而後，乃知大漢之德馨，咸在於此。」

《淳化閣帖》卷五引王羲之：「發瘧，比日疾患，欲無賴，未面邑邑，反不具。王羲之。」

〔七〕「紛余」二句

《晉書》卷八十八《列傳第五十八・孝友・李密》：「上疏曰：……（祖母）劉早嬰疾病，常在牀蓐。臣侍湯藥，未嘗廢離。」《文選》卷二十三劉楨《贈五官中郎將四首》其二：「余嬰沈痼疾，竄身清漳濱。」

陶潛《陶淵明文集》卷五《歸去來兮辭》：「嘗從人事，皆口腹自役。」

〔八〕「略向秀」四句

嵇康《嵇中散集》卷三《答難養生論》：「養生有五難，名利不滅，此一難也。喜怒不除，此二難也。聲色不去，此三難也。滋味不絕，此四難也。神慮消散，此五難也。」

《文選》卷四十三嵇康《與山巨源絶交書》：「又人倫有禮，朝廷有法，自惟至熟，有必不堪者七，甚不可者二……以促中小心之性，統此九患。」

《文選》卷三十謝惠連《七月七日夜詠牛女》：「留情顧華寢，遥心逐奔龍。」

《莊子·知北游》:「東郭子問於莊子曰:所謂道,惡乎在?莊子曰:無所不在。東郭子曰:期而後可。莊子曰:在螻蟻。曰:何其下邪?曰:在稊稗。曰:何其愈下邪?曰:在瓦甓。曰:何其愈甚邪?曰:在屎溺。東郭子不應。」

《淮南子·道應訓》:「桓公讀書於堂,輪人斲輪於堂下,釋其椎鑿而問桓公曰:君之所讀書者,何書也?桓公曰:聖人之書。輪扁曰:其人在焉?桓公曰:已死矣。輪扁曰:是直聖人之糟粕耳。」

〔九〕「飄瓦」二句

《莊子·達生》:「復讎者不折鏌干,雖有忮心者不怨飄瓦,是以天下平均。」

《文選》卷十三賈誼《鵩鳥賦》:「乘流則逝兮,得坻則止。」

〔一〇〕「故得」二句

《文選》卷三十謝靈運《齋中讀書》:「矧乃歸山川,心迹雙寂漠。」

《南史》卷七十六《列傳第六十六·隱逸下·陶弘景》:「弘景爲人員通謙謹,出處冥會,心如明鏡,遇物便了。」

〔一一〕「利光」四句

《文選》卷四十三趙至《與嵇茂齊書》:「安白:昔李叟入秦,及關而嘆。梁生適越,登岳長謠。」

《文選》卷十一孫綽《遊天台山賦》:「泯色空以合跡,忽即有而得玄。」李善注:「言有既滯有,故釋典泯色空以合其跡,道教忽於有而得於玄。」

〔一二〕「是以」二句

《文選》卷二十三阮籍《詠懷詩十七首》其十六：「日暮思親友，晤言用自寫。」

《抱朴子外篇・博喻》：「是以行潦集而南溟就無涯之曠，尋常積而玄圃致極天之高。」《文選》卷三張衡《東京賦》：「左瞰陽谷，右睨玄圃。」李善注：「《淮南子》曰：懸圃在崑崙閶闔之中。玄與懸古字通。」

〔一三〕「今生」二句

《文苑英華》卷三一九王績《田家三首》其一：「阮籍生平（一作涯）懶，嵇康意氣疏。」

《文選》卷四十三嵇康《與山巨源絶交書》：「且延陵高子臧之風，長卿慕相如之節，志氣所託，不可奪也。」

〔一四〕「嘗聞」四句

《世説新語・任誕第二十三》：「王子猷居山陰，夜大雪，眠覺，開室命酌酒，四望皎然。因起仿偟，詠左思《招隱詩》。忽憶戴安道，時戴在剡，即便夜乘小船就之。經宿方至，造門不前而返。人問其故，王曰：吾本乘興而行，興盡而返，何必見戴。」

《世説新語・言語第二》：「嵇中散既被誅。」注：「《向秀别傳》曰：……（何秀）常與吕安，灌園於山陽。」又《簡傲第二十四》：「嵇康與吕安善，每一相思，千里命駕。」

正倉院本《宇文德陽宅秋夜山亭宴序》：「王子猷之獨興，不覺浮舟；嵇叔夜之相知，乃欣然命駕。」

〔一五〕「豈不」二句

《毛詩・衛風・伯兮》：「願言思伯，甘心首疾。」鄭箋：「願，念也。我念思伯，心不能已。」

〔一六〕「嗟乎」二句

《後漢書》卷二十四《馬援列傳第十四》：「斬獲五千餘人，嶠南悉平。」注：「《廣州記》曰：（馬）援到交阯，立銅柱，爲漢之極界也。」蔣本卷十八《廣州寶莊嚴寺舍利塔碑》：「過石門而右指，歷銅標而左顧。」

《文選》卷三十四枚乘《七發》：「凌赤岸，篲扶桑，横奔似雷行。」李善注：「赤岸，蓋地名也。曹子建表曰：南至赤岸。山謙之《南徐州記》曰……輒有大濤，至江乘，北激赤岸，尤更迅猛。然並以赤岸在廣陵。而此文勢似在遠方，非廣陵也。」

謝靈運《謝康樂集》卷二《遊嶺門山》：「千圻邈不同，萬嶺狀皆異。」

〔一七〕「梧野」四句

《禮記·檀弓上》：「舜葬於蒼梧之野。」鄭箋：「蒼梧於周南越之地，今爲郡。」《文選》卷二十謝脁《新亭渚别范零陵》：「洞庭張樂地，瀟湘帝子遊。雲去蒼梧野，水還江漢流。」蔣本卷十八《廣州寶莊嚴寺舍利塔碑》：「或代道篁竹，氣推丹桂之城；家擅芝蘭，名動蒼梧之野。」

《文選》卷五左思《吴都賦》：「洪桃屈盤，丹桂灌叢。」劉逵注：「桂生蒼梧、交趾、合浦以南山中，所在叢聚，無他雜木也。」

《山海經·海内南經》：「桂林八樹，在番禺東。」

《文選》卷二十九魏文帝《雜詩二首》其二：「吴會非我鄉，安能久留滯。棄置勿復陳，客子常畏人。」

《文選》卷二十沈約《别范安成詩》：「夢中不識路，何以慰相思。」

〔一八〕「𠐊𠐊」四句

《毛詩·魯頌·泮水》：「𠐊𠐊虎臣，在泮獻馘。」《文選》卷五十六潘岳《楊荊州誄》：「𠐊𠐊楊侯，晉之爪牙。」

《文選》卷一班固《兩都賦序》：「且夫道有夷隆，學有麤密，因時而建德者，不以遠近易則。」

《文選》卷二十九《古詩十九首》其一：「相去萬餘里，各在天一涯。」李善注：「《廣雅》曰：涯，方也。」

《文苑英華》卷六百八十五尹義尚《與徐僕射書》：「義尚白：漳濱江涘，眇若天涯，去鴈歸鴻，雲飛難寄。」

蔡邕《蔡中郎集》卷二《文範先生陳仲弓銘》：「德之休明，賤不爲恥。超邈其猶，莫與方軌。」

〔一九〕「翳翳」四句

《文選》卷十七陸機《文賦》：「理翳翳而愈伏，思軋軋其若抽。」

鍾嶸《詩品》序：「凡斯種種，感蕩心靈。非陳詩何以展其義，非長歌何以騁其情。」

《文苑英華》二六六李百藥《送別》：「明月河梁上，誰與論仙舟。」

鮑照《鮑明遠集》卷三《代夜坐吟》：「冬夜沉沉夜坐吟，含聲未發已知心。」

《毛詩·陳風·澤陂》：「寤寐無爲，輾轉伏枕。」

參：《李太白全集》卷八《玉真公主別館苦雨贈衛尉張卿二首》其一：「翳翳昏墊苦，沉沉憂恨催。」

〔二〇〕「無謂」二句

《宋書》卷六十八《列傳第二十八·彭城王義康》：「龍驤參軍巴東扶令育詣闕上表曰：……（彭城王義康）一旦黜削，遠送南垂，恩絶于内，形隔於遠，躬離明主，身放聖世。」

〔三一〕**「適知」二句**

何遜《何水部集》《與沈助教同宿湓口夜别》：「共泛湓之浦，旅泊次城樓。」

《淮南子・原道訓》：「故雖游於江潯海裔，馳要褭，建翠蓋，目觀《掉羽》《武象》之樂，耳聽滔朗奇麗激抮之音。」

《藝文類聚》卷三十二《人部十六・閨情》何遜《爲衡山侯與婦書》：「路邇人遐，音塵寂絶。」

〔三二〕**「聊因」二句**

《藝文類聚》卷七十四《巧藝部・圍棋》曹攄《圍棋賦》：「而君子之所以遊慮也，既好其事。而壯其辭，聊因翰墨，述而賦焉。」

參：《朋友書儀》（敦煌出土）：「每念披叙，聚會無因，謹遣數行，希垂一字。」

〔三三〕**乙亥年仲秋月廿有九日。寓言**

乙亥年：上元二年（六七五）。

【第二信】

使至，得十一日訪，悲喜兼之，别來不知幾年。但貴所冥者心耳〔一〕。夫理以精通，神匪形隔，則知千里不遠，萬古如在也〔二〕。無謂跡疎，幽契彌著〔三〕。須（頊）①道流將竭，玄風罷緒，遂使庶類紛然沈迷，久矣〔四〕。莫不精〔　〕②於波詭，傾聽於雷周（同）③〔五〕。誰與釐革，俟諸君子〔六〕。君雅具自然，神機獨斷。尋妙於萬物之始，察變於三極之元〔七〕。有濟時之用，爲光國之寶〔八〕。但惜君蹤飛黄之足，韜結緣之耀。不展其能，未求其價〔九〕。身想忘機上達，故無所怨尤矣〔一〇〕。玄律告終，黄官（宫）④變首，石梁冰壯，金塘風急〔一一〕。隨時攝養，温凊多慰〔一二〕。承烈沈頓如常，彌留可想。未議促敍，逾增長歎〔一三〕。善自保嗇，藥餌爲先。偶信復言，聊以疏意。族承烈敬謝〔一四〕。

【校記】

① 須：當作頊字。
② 精：按對句，精下當闕一字。
③ 周：當作同字。

④ 官：當作宮字。

【考證】

〔一〕「使至」五句

參：杜友晉《書儀鏡》（S. 329—S. 361）《與稍尊問疾書》：「近有使至，奉某月〔日〕書誨。」

正倉院藏《杜家立成・與知故別久書・答》：「事與願違，清言久隔，忽蒙垂訪。」又《與未相識書・答》：「數闕諮問，久藉猷徽，常恨參差，無因展會，乍蒙下訪，省覽周章。」

《太平御覽》卷四八六《人事部一二七・窮所》司馬彪《與山巨源書》：「窮人易感，悲喜兼懷。」

《文選》卷四十二魏文帝《與吴質書》：「二月三日丕白：歲月易得，別來行復四年。」

參：杜友晉《新定書儀鏡》（伯三六三七）《與妯娌書》：「別來多歷年歲，雖不枉問，無捨馳情。」

〔二〕「夫理」四句

《文選》卷二十五盧諶《答魏子悌》：「乖離令我感，悲欣使情惕。理以精神通，匪曰形骸隔。」

《孟子・梁惠王上》：「王曰：叟不遠千里而來，亦將有以利吾國乎。」

《抱朴子外篇・勖學》：「故能究覽道奧，窮測微言。觀萬古如同日，知八荒若户庭。」

〔三〕「無謂」二句

《東觀漢記》卷十四《傳九・馮衍》：「夫十室之邑，必有忠信。無謂無賢，路有聖人。」

蔣本卷六《爲人與蜀城父老書》一：「忘機得意，恥嵇阮之交疎；虚席延賓，恨原嘗之客少。」

《晉書》卷一一〇《載記第十・韓恒》：「受命之初，有龍見於都邑城，龍爲木德，幽契之符也。」

《宋書》卷六十七《列傳第二十七・謝靈運》：「史臣曰：……周室既衰，風流彌著。」

〔四〕「頃道流」四句

《文選》卷四十三孔稚珪《北山移文》：「談空空於釋部，覈玄玄於道流。」

《宋書》卷六十七《列傳第二十七・謝靈運》：「史臣曰：……有晉中興，玄風獨振。爲學窮於柱下，博物止乎七篇。」

《國語・鄭語》：「夏禹能單平水土，以品處庶類者也。」韋昭注：「庶，衆也。」

《淮南子・泰族訓》：「此使君子小人，紛然殽乱，莫知其是非者也。」

《文選》卷四十三丘遲《與陳伯之書》：「直以不能内審諸己，外受流言，沈迷猖獗，以至於此。」

〔五〕「莫不」二句

《抱朴子内篇・遐覽》：「鄭君不徒明五經，知仙道而已，兼綜九宮三奇，推步天文，河洛讖記，莫不精研。」

《文選》卷七揚雄《甘泉賦》：「於是大夏雲譎波詭，摧嗺而成觀。」

鮑照《鮑明遠集》卷八《登廬山詩二首》其二：「傾聽鳳管賓，緬望釣龍子。」

《禮記・曲禮上》：「毋勦説，毋雷同。」鄭玄注：「雷之發聲，物無不同時應者，人之言當各由己，不當然也。」

〔六〕「誰與」二句

《宋書》卷五十六《列傳第十六・孔琳之》：「又曰：……然苟無關於情，而有愆禮度，存之未有所明，去之未有所失，固當式遵先典，釐革後謬。」

《廣弘明集》卷二十劉少府《答何衡陽書》：「既不自是，想亦同非。若高明之譬，請俟諸君子。」

〔七〕「君雅」四句

《後漢書》卷三十下《郎顗襄楷列傳第二十下・郎顗》：「臣伏見光禄大夫江夏黄瓊，耽道樂術，清亮自然，被褐懷寶，含味經籍。」

《晉書》卷六十六《列傳第三十六・陶侃》：「侃之佐史辭詣王敦曰：……往年董督，徑造湘城，志陵雲霄，神機獨斷。徒以軍少糧懸，不果獻捷。」

《老子》一章：「無名，天地之始，有名，萬物之母。」

《說苑・脩文》：「神靈者，天地之本，而爲萬物之始也。」

《說苑・辨物》：「是故玄象著明，莫大於日月，察變之動，莫著於五星。」

《周易・繫辭上》：「六爻之動，三極之道也。」王弼注：「三極，三才也。」

〔八〕「有濟時」二句

《國語・周語中》：「寬，所以保本也，肅，所以濟時也，宣，所以施教也，惠，所以和民。」《魏書》卷六十六《列傳第五十四・崔亮》：「亮在雍州，讀杜預傳，見爲八磨，嘉其有濟時用，遂教民爲碾。」

《文選》卷五十八蔡邕《陳太丘碑文》：「便可入踐常伯，起補三事，紆佩金紫，光國垂勳。」

〔九〕「但惜」四句

《樂府詩集》四十《相和歌辭·瑟調曲》傅玄《白楊行》：「當奈此驥正龍形，踠足蹉跎長坂下，蹇驢慷慨，敢與我爭馳。」

《淮南子·覽冥訓》：「鳳皇翔於庭，麒麟游於郊，青龍進駕，飛黄伏皂。」高誘注：「飛黄，乘黄也，出西方，狀如狐，背上有角，壽千歲。」

《弘明集》卷十張緬《釋法雲與王公朝貴書·秘書郎答》：「非但聞覯於今，方欲結緣於後。」

蕭統《陶淵明集序》：「聖人韜光，賢人遯世。」

參：張鷟《龍筋鳳髓判·將作監二條·其二》：「仲華省費之譽，未展其能；伯直士卒之先，罕聞其效。」

《太平廣記》卷一七三《俊辯一·匡衡》引《西京雜記》：「邑人大姓文不識，家富多書，（匡）衡乃爲其傭作，而不求直。主人怪而問之，衡曰：願得主人書，遍讀之。」

〔一〇〕「身想」二句

《莊子·天地》：「（子貢）過漢陰見丈人……（子貢）曰……功利、機巧，必忘夫人之心。」蔣本卷六《爲人與蜀城父老書》一：「忘機得意，恥嵇阮之交疎；虚席延賓，恨原嘗之客少。」

《論衡·自紀》：「孔子稱命，孟子言天。吉凶安危，不在於人，昔人見之，故歸之於命，委之於時，浩然恬忽，無所怨尤。」

〔二〕「玄律」四句

《文選》卷十三謝惠連《雪賦》：「雪之時義遠矣哉，請言其始。若乃玄律窮，嚴氣升。」

《文選》卷五十七顏延之《陶征士誄》：「傃幽告終，懷和長畢，嗚呼哀哉。」

《文選》卷十八成公綏《嘯賦》：「協黃宮於清角，雜商羽於流徵。」李善注：「黃宮，謂黃鍾宮聲。」

《呂氏春秋·仲冬紀》：「一曰，仲冬之月，日在斗，昏東壁中，旦軫中，其日壬癸，其帝顓頊，其神玄冥，其蟲介，其音羽，律中黃鐘。」注：「黃鐘，陽律也，竹管音，與黃鐘和也，陽氣聚於下，陰氣盛於上，萬物萌聚於黃泉之下，故曰黃鐘也。」

《藝文類聚》卷六十四《居處部四·齋》徐陵《奉和簡文帝山齋詩》：「架嶺承金闕，飛橋對石梁。」

《宋書》卷十五《志第五·禮二》：「孝武帝大明六年五月，詔立凌室藏冰。有司奏，季冬之月，冰壯之時，凌室長率山虞及輿隸，取冰於深山窮谷涸陰沍寒之處，以納於凌陰。」

《文選》卷二十劉楨《公讌詩》：「芙蓉散其華，菡萏溢金塘。」李善注：「金塘，猶金堤也。」

鮑照《鮑明遠集》卷六《冬日》：「風急野田空，饑禽稍相棄。」

〔三〕「隨時」二句

參：《箋注》卷八駱賓王《與程將軍書》：「隨時任其舒卷，與物同其波流者矣。」

《世説新語·夙惠第十二》：「謝公諫曰……陛下晝過冷，夜過熱，恐非攝養之術。」

《王勃集》卷二十八《歸仁縣主墓誌》〔二二〕：「侍温清於側寢。」

〔一三〕「承烈」四句

《北齊書》卷三十六《列傳第二十七・劉禕》：「秩滿，逕歸鄉里，侍父疾，竟不入朝。父喪，沉頓累年，非杖不起。」

《文選》卷五十六曹植《王仲宣誄》：「如何不濟，運極命衰。寢疾彌留，吉往凶歸。」

《弘明集》卷十王茂《答釋法雲書》：「藻悦之誠，非止今日，未獲祇叙，常深翹眷。」

《玉臺新詠》卷二張華《情詩五首》其二：「寐言增長歎，悽然心獨悲。」

參：杜友晉《書儀鏡》(S. 329—S. 361)《與親家翁(母)書》：「新婦及男女並無恙。未議祇叙，無慰乃心，時嗣德音，是所望也。」

〔一四〕「善自」五句

參：張敖《新集吉凶書儀》P. 2646《妻與夫書》：「願善自保攝，事了早歸，深所望也。」

《抱朴子内篇・微旨》：「知草木之方者，則曰惟藥餌可以無窮矣。」

《淳化閣帖》卷五引王羲之：「不審定何日當北，遇信復白，遲承後問。」

《左傳・襄公二十一年》：「人謂叔向曰：子離於罪，其爲不知乎？叔向曰：與其死亡若何，詩曰：優哉游哉，聊以卒歲。」

【第三信】

太丘貞善，遲真氣東遊，來訪疲苶也〔一〕。余兹厥初，同原殊派，勿以南北爲疎耳〔二〕。君三弟苗場委葉，芝圃摧英〔三〕。楊童結歎於郫根，顔子慟心於闕里，良可惜也，何痛如之〔四〕。啜泣興哀，中來何已〔五〕，此意往年備叙，故不能遍舉焉〔六〕。日者有書，一時表意，既追送不及，久已棄諸，今忽訪逮，有愧存没〔七〕。然生平素心，不可廢也〔八〕。旁問使者，乃云亡從孫靈柩在彼。聞之轉增憫默〔九〕。今别封將往，可對玄壤焚之，欲示神理有所至也〔一〇〕。不知文筆總數幾許，更復緝注何書〔一一〕。小史往還，時望寫録〔一二〕。豈唯自擬賞翫，兼欲傳之其人〔一三〕。其易象及《論語注》，卑因□（緘）①付，乃所望也〔一四〕。若使者存心，固不遺落此信，還當具報也〔一五〕。

【校記】

①□：當作緘字。

【考證】

〔一〕「太丘」三句

「太丘」：正倉院本《春日序》〔一二〕：「明明上宰，肅肅上宰」句注引《世説新語》。

《佛説立世阿毘曇論》卷一（T32n1644）：「是六國内，人皆貞善。」

《高士傳》卷上《老子李耳》：「後周德衰，乃乘青牛車去，入大秦，過西關。關令尹喜望氣，先知焉。」

《文選》卷四十七陸機《漢高祖功臣頌》：「往制勁越，來訪皇漢。」

疲茶，未詳。或疲薾訛。《文選》卷二十六謝靈運《過始寧墅》：「淄磷謝清曠，疲薾慙貞堅。」李善注：「莊子曰：薾然疲而不知所歸。司馬彪曰：薾，極貌也。」

〔二〕「余兹」三句

《毛詩・大雅・生民》：「厥初生民，時維姜原。」

《文選》卷五左思《魏都賦》：「蹬流十二，同源異口，畜爲屯雲，泄爲行雨。」

《水經注》卷十《濁漳水》：「三源同出一山，但以南北爲别耳。」

〔三〕「君三弟」二句

三弟，謂王勃。

《大唐故右勳衛宣城公武君墓誌》（《隋唐五代墓誌彙編》北京大學卷第一册）：「先秋委葉，未露摧英。」

嵇康《嵇中散集》卷一《兄秀才公穆入軍贈詩十九首》附嵇喜《答詩四首》其四：「遥集芝圃，釋轡華池。」

〔四〕「楊童」四句

《漢書》卷八十七上《揚雄傳第五十七上》：「揚季官至廬江太守，漢元鼎間，避仇復遡江上，處㟭山之陽曰郫，有田一壥，有宅一區，世世以農桑爲業。自季至雄，五世而傳一子，故雄亡它揚於蜀。」

揚雄《法言·問神》：「或曰：述而不作，玄何以作？曰：其事則述，其書則作。育而不苗者，吾家之童烏乎。九齡而與我玄文。」李軌注：「童烏，子雲之子也。仲尼悼顔淵苗而不秀，子雲傷童烏育而不苗。」

《論語·雍也》：「哀公問曰：弟子孰爲好學？孔子對曰：有顔回者好學，不遷怒，不貳過，不幸短命死矣，今也則亡。」

《藝文類聚》卷三十《人部十四·别下》梁簡文帝《與蕭臨川書》：「想征艫而結歎，望挂席而霑衿。」

《藝文類聚》卷五十一《封爵部·親戚封》任昉《武帝追封永陽王詔》：「道長世短，清塵緬邈，感惟既往，永慕慟心。」

《文選》卷十六潘岳《寡婦賦》：「樂安任子咸……不幸弱冠而終，良友既没，何痛如之。」

參：《唐文拾遺》卷五十二《唐將仕郎張君墓誌銘》天授三年正月：「楊童不秀，顔子未實。」

〔五〕「啜泣」二句

《毛詩·王風·中谷有蓷》：「有女仳離，啜其泣矣。」蔣本卷六《與契苾將軍書》：「謹遣舍弟勛往，面取進止，臨書啜泣，慘惶不次。」

《文選》卷二十五盧諶《贈劉琨並書》：「蓋本同末異，楊朱興哀；始素終玄，墨翟垂涕。」

《文選》卷二十七魏武帝《樂府二首・短歌行》:「憂從中來,不可斷絶。」

《梁書》卷四十一《列傳第三十五・劉遵》:「大同元年,卒官。皇太子深悼惜之,與遵從兄陽羨令孝儀令曰:……天之報施,豈若此乎。想卿痛悼之誠,亦當何已。往矣奈何,投筆惻愴。」

〔六〕「此意」二句

《左傳・昭公十七年》:「冬,有星孛于大辰,西及漢……梓慎曰:往年吾見之,是其徵也,火出而見。今兹火出而章,必火入而伏。」

《通典》卷三十二《職官十四・州郡上・都督》:「前後制置,改易不恒,難可備叙。」

《文選》卷一班固《西都賦》:「若臣者,徒觀迹于舊墟,聞之乎故老。十分而未得其一端,故不能遍舉也。」

〔七〕「日者」六句

《漢書》卷一下《高帝紀第一下》:「詔曰:吴,古之建國也,日者荆王兼有其地。」顔師古注:「日者,猶往日也。」

《文選》卷四十二魏文帝《與吴質書》:「諸子但爲未及古人,自一時之雋也。」

《廣弘明集》卷二十九釋道安《檄魔文》:「臨紙多懷,文不表意。」

《世説新語・賢媛第十九》:「(范逵)明旦去,(陶)侃追送不已,且百里許。」

《宋書》卷六十七《列傳第二十七・謝靈運》:「《山居賦》……或平生之所流覽,並於今而棄諸。」

《後漢書》卷三十二《樊宏陰識列傳第二十二・樊宏》:「宏所上便宜及言得失,輒手自書寫,毁削草本。公朝訪逮，不敢衆對。」

《藝文類聚》卷三十四《人部十八·哀傷》丁廙妻《寡婦賦》：「想逝者之有憑，因宵夜之髣髴；痛存没之異路，終窈漠而不至。」

〔八〕「然生平」二句

《史記》卷八十九《張耳陳餘列傳第二十九·張耳》：「(陳)涉及左右，生平數聞張耳、陳餘賢，未嘗見，見即大喜。」

《文選》卷三十一江淹《雜體詩三十首·陶徵君(田居)潛》：「但願桑麻成，蠶月得紡績。素心正如此，開徑望三益。」

《論語·微子》：「子路曰：不仕無義，長幼之節，不可廢也。君臣之義，如之何其可廢也。」

〔九〕「旁問」三句

《宋書》卷六十一《列傳第二十一·武三王·廬陵考獻王義真》：「元嘉元年八月，詔曰：前廬陵王靈柩在遠，國封墮替。」

《文選》卷四十三嵇康《與山巨源絶交書》：「又有心悶疾，頃轉增篤。」

《江文通集》卷一江淹《哀千里賦》：「既而悄愴成憂，憫默自憐。」

〔一〇〕「今别封」三句

《箋注》卷一庾信《傷心賦》：「一女成人，一長孫孩稚，奄然玄壤，痛何如之。」

《世説新語·傷逝第十七》：「戴公見林法師墓，曰：德音未遠，而拱木已積，冀神理緜緜，不與氣運俱盡耳。」

《莊子·齊物論》：「古之人，其知有所至矣，惡乎至。」

〔一一〕「不知」二句

《文心雕龍·總術》：「今之常言，有文有筆，以爲無韻者筆也，有韻者文也。」

《廣弘明集》卷十五沈約《佛記序》：「適道已來，四十九載，妙應事多，宜加總緝，共成區畛。」

〔一二〕「小史」二句

《藝文類聚》卷一〇〇《災異部·祈雨》梁簡文帝《祭灰人文》：「當令金光小史，侍使玉童，奏雲師於執法，力水伯於天宮。」

〔一三〕「豈唯」二句

《文選》卷十二郭璞《江賦》：「介鯨乘濤以出入，鰺鯊順時而往還。」

《北史》卷二十《列傳第八·穆崇》：「子子容，少好學，無所不覽。求天下書，逢即寫録，所得萬餘卷。」

《世説新語·任誕第二十三》：「劉尹云：孫承公狂士，每至一處，賞翫累日，或回至半路却返。」

《文選》卷四十一司馬遷《報任少卿書》：「僕誠以著此書藏諸名山，傳之其人，通邑大都。」

〔一四〕「其易象」三句

楊炯《王勃集序》：「於是編次《論語》，各以群分，窮源造極，爲之訓詁……所注《周易》，窮乎晉卦。又注《黄帝八十一難》，幸就其功。撰《合論》十篇，見行於代。」

《舊唐書》卷四十六《志第二十六・經籍上》：「《周易發揮》五卷（王勃撰）。」又：「《次論語》五卷（王勃撰）。」

《史記》卷七《項羽本紀第七》：「（楚懷王孫心）立以爲楚懷王，從民所望也。」

〔一五〕「若使者」三句

《北齊書》卷四《帝紀第四・文宣》：「論曰：……始則存心政事，風化肅然，數年之間，翕斯致治。」

《太平廣記》卷三《神仙三・漢武帝》所引《漢武帝内傳》：「乃誦伏羲以來，群聖所録，陰陽診候，及龍圖龜策數萬言，無一字遺落。」

《北史》卷四十八《列傳第三十六・爾朱兆》：「神武時爲晉州刺史，謂長史孫騰曰……騰還，具報之。」

族翁承烈致祭文

文明元年八月廿四日，族翁承烈，遺息素臣，致祭故族孫虢州參軍之靈曰〔一〕，山川有助，天地無親。如河（何）①賦象，獨冠常倫〔二〕。應乎五百，合乎鬼神。豹變藏霧，龍來絶塵〔三〕。高陽八子，皇［　］②一人〔四〕。上斷唐虞，下師周孔。仁焉匪讓，寂然［　］③動〔五〕。文駕班楊，學窮遷董。平府徵藏，羽陵汲冢〔六〕。一道貫心，千齡繼踵。大章步局，豐城氣擁〔七〕。如彼蓍蔡，其用必靈。如彼蘭名（石）④，其氣必馨〔八〕。曳裾王邸，獻策宰庭。禍胎斯兆，參卿匪寧〔九〕。南飛繞月，東聚移星〔一〇〕。九夷昔往，百越今適。考覈六緯，發揮三易〔一一〕。遠躡虞翻，遥追陸績。跕鳶下墜，吹蠱旁射〔一二〕。赤蟻招魂，青螝(蠅)⑤吊客〔一三〕。長沙賈誼，闕里顔回。賢哉共盡，命也無媒〔一四〕。砰掌珠崖之曲，夢腹丹穴之隈。飛黄萬里而中蹷，大鵬六月而先摧〔一五〕。桃李不言而屑泣，朝野有慟而銜哀〔一六〕。嗚呼！吹律一宗，本枝百代。生前不接，没後如對〔一七〕。義託孫謀，情鍾我輩。顧青箱之無泯，惜玄穹之不悔〔一八〕。悲久客兮他鄉，傷非春兮幾載〔一九〕。彼(波)⑥驚東會，景落西虞。風飛去旐，葉列歸艫〔二〇〕。脯陳二夾，酒泛〔　〕⑦壺〔二一〕。宿草積〔而〕⑧誰哭，秋栢化而成儒。訪蔡邕之何在，痛張衝(衡)⑨之已徂〔二二〕。嗚呼來響(饗)⑩。

【校記】

①河：當作何字。

②皇：按對句，皇下當闕一字。

③然：按對句，然下當闕一字。

④名：當作石字。

⑤螝：當作蠅字。

⑥彼：當作波字。

⑦泛：泛字下當闕一字。

⑧積：按對句，積下闕一字，或而字。

⑨ 衡：當作衡字。

⑩ 響：當作饗字。

【考證】

〔一〕「文明元年」句

文明元年，公元六八四年。九月改光宅。

素臣，未詳。

〔二〕「山川」四句

《尚書·舜典》：「望于山川，偏于群神。」孔傳：「九州名山大川，五嶽四瀆之屬，皆一時望祭之。」

《尚書·蔡仲之命》：「皇天無親，惟德是輔。」《說苑·談叢》：「天地無親，常與善人。」

《文選》卷十三謝惠連《雪賦》：「值物賦象，任地班形。」

《三國志》卷五十八《吴書十三·陸遜傳第十三附陸抗》注：「《機雲別傳》曰：……（陸）機天才綺練，文藻之美，獨冠於時。」

《史記》卷三十八《宋微子世家第八》：「武王曰：於乎，維天陰定下民，相和其居，我不知其常倫所序。」

〔三〕「應乎」四句

《文選》卷四十一李陵《答蘇武書》：「彼二子之遐舉，誰不爲之痛心哉。」李善曰：「孟子曰：千年一聖，五百年一賢。」

《韓非子・十過》：「師曠曰……昔者黃帝合鬼神於泰山之上。」

《文選》卷二十七謝朓《之宣城出新林浦向版橋》：「雖無玄豹姿，終隱南山霧。」李善注：「《列女傳》曰……妻曰：妾聞南山有玄豹，隱霧而七日不食，欲以澤其衣毛，成其文章。」

《莊子・田子方》：「夫子奔逸絶塵，而回瞠若乎後矣。」

〔四〕「高陽」二句

《左傳・文公十八年》：「季文子使司寇出諸竟，曰：今日必達。（宣）公問其故，季文子使大史克對曰……昔高陽氏有才子八人……天下之民謂之八愷。」

〔五〕「上斷」四句

孔穎達《尚書正義序》：「聖人芟煩亂而翦浮辭，舉宏綱而撮機要，上斷唐虞，下終秦魯。」

正倉院本《秋晚入洛於畢公宅別道王宴序》〔三〕：「早師周孔，偶愛神宗。」

《論語・衛靈公》：「子曰，當仁不讓於師。」

《周易・繫辭上》：「易，無思也，無爲也，寂然不動，感而遂通天下之故。非天下之至神，其孰能與於此。」

〔六〕「文駕」四句

《文選》卷六十王僧達《祭顏光禄文》：「義窮機象，文蔽班楊。」李善注：「班，班固。楊，楊雄也。」

《後漢書》卷四十下《班彪列傳第三十下》：「贊曰：二班懷文，裁成帝墳，比良遷董，兼麗卿雲。」李賢

注：「謂司馬遷、董狐也。《左傳》曰：董狐，古之良史也。卿雲，司馬長卿，揚子雲。」

《吕氏春秋·至忠》：「王令人發平府而視之，於故記果有，乃厚賞之。」高誘注：「平府，府名也。」

《穆天子傳》卷五《古文》：「仲秋甲戌，天子東游，次於雀梁，蠹書於羽陵。」郭璞注：「謂暴書中蠹蟲，因云蠹書也。」

《莊子·天道》：「孔子西藏書於周室，子路謀曰：由聞周之徵藏史有老聃者，免而歸居。」注：「老君姓李，名聃。爲周徵藏史，猶今之秘書官，職典墳。」

《晉書》卷五十一《列傳第二十一·束晳傳》：「初，太康二年，汲郡人不準盜發魏襄王墓，或言安釐王冢，得竹書數十車。其紀年十三篇，記夏以來至周幽王爲犬戎所滅，以事接之，三家分，仍述魏事至安釐王之二十年。蓋魏國之史書，大略與春秋皆多相應。」

〔七〕「一道」四句

《漢書》卷五十六《董仲舒傳第二十六》：「册曰：……道之大原出於天，天不變，道亦不變，是以禹繼舜，舜繼堯，三聖相受而守一道，亡救弊之政也。」

《晉書》卷八十七《列傳第五十七·凉武昭王玄盛》：「富貴而不驕者至難也，念此貫心，勿忘須臾。」

《文選》卷二十三任昉《出郡傳舍哭范僕射》：「不忍一辰意，千齡萬恨生。」

《文心雕龍·雜文》：「自《七發》以下，作者繼踵。」

《淮南子·墬形訓》：「禹乃使太章，步自東極，至於西極，二億三萬三千五百里七十五步。使豎亥步自北極，至於南極，二億三萬三千五百里七十五步。」高誘注：「太章、豎亥，善行人，皆禹臣也。」

正倉院本《夏日喜沈大虞三等重相遇序》〔八〕：「又柳明府遠赴酆城，衝劍氣於牛斗。」

〔八〕「如彼」四句

《楚辭》王褒《九懷・匡機》：「蓍蔡兮踴躍，孔鶴兮回翔。」王逸注：「蓍，筮也。蔡，大龜也。」參：楊炯《王勃集序》：「於是窮蓍蔡以像告，考爻象以情言。」

《藝文類聚》卷五十《職官部六・刺史》潘尼《益州刺史楊恭侯碑》：「稟天然不渝之操，體蘭石芳堅之質。」

〔九〕「曳裾」四句

《漢書》卷三十九《賈鄒枚路傳第二十一・鄒陽》：「飾固陋之心，則何王之門不可曳長裾乎。」

《三國志》卷二十一《魏志二十一・王衛二劉傳第二十一・傅嘏傳》：「時論者議欲自伐吳，三征獻策各不同。」

《文選》卷二十四潘岳《爲賈謐作贈陸機》：「爰應旌招，撫翼宰庭。」

《漢書》卷五十一《賈鄒枚路傳第二十一・枚乘》：「福生有基，禍生有胎，納其基，絶其胎，禍何自來。」

《晉書》卷九十二《列傳第六十二・文苑・曹毗》：「著《對儒》以自釋，其辭曰：……名爲實賓，福萌禍胎。」

《集注》卷七庾信《齊王進白兔表》：「尊敬之迹既明，應事之機斯兆。」

《晉書》卷五十六《列傳第二十六・孫楚》：「楚後遷佐著作郎，復參石苞驃騎軍事。楚既負其材氣，頗侮易於苞，初至，長揖曰：天子命我參卿軍事。因此而嫌隙遂構。」蔣本卷三《倬彼我系》：「告勞伊何，來參軍事。」

《文選》卷四張衡《南都賦》：「近則考侯思故，匪居匪寧，穢長沙之無樂，歷江湘而北征。」

《新唐書》卷二〇一《列傳第一二六·文藝上·王勃》：「劉祥道巡行關内，勃上書自陳，祥道表于朝，對策高第。年未及冠，授朝散郎，數獻頌闕下。沛王聞其名，召署府脩撰，論次《平臺祕略》，書成，王愛重之……聞虢州多藥草，求補參軍。倚才陵藉，爲僚吏共嫉。」

〔一〇〕「南飛」二句

《集注》卷二庾信《哀江南賦》：「值五馬之南奔，逢三星之東聚。」

《世説新語·德行第一》：「陳太丘詣荀朗陵，貧儉無僕役。乃使元方將車，季方持杖後從，長文尚小，載著車中……于時太史奏：真人東行。」

〔一一〕「九夷」四句

《論語·子罕》：「子欲居九夷。」何晏《集解》：「馬曰：九夷，東方之夷，有九種。」

《文選》卷五十一賈誼《過秦論》：「威振四海，南取百越之地，以爲桂林象郡，百越之君，俛首係頸，委命下吏。」

《潛夫論·實貢》：「是故選賢貢士，必考覈其清素，據實而言。」

《周易·乾》：「六爻發揮，旁通情也。」孔穎達疏：「發謂發越也，揮謂揮散也。言六爻發越揮散，旁通萬物之情也。」

《漢書》卷七十五《眭兩夏侯京翼李傳第四十五·李尋》：「乃説(王)根曰：……太微四門，廣開大道，五經六緯，尊術顯士。」注：「孟康曰：六緯，五經與樂緯也。張晏曰：六緯，五經就孝經緯也。師古曰：

六緯者，五經之緯及樂緯也。孟説是也。」

《周禮・春官・太卜》：「掌三易之法，一曰連山，二曰歸藏，三曰周易。」

參：《唐會要》卷十九《孝敬皇帝廟》：「仍令禮官，考覈前經，發揮故實，具爲儀制，副朕意焉。」

〔三〕「遠躡」四句

《三國志》卷五十七《吴書十二・虞陸張駱陸吾朱傳第十二・虞翻》：「翻與少府孔融書，并示以所著《易注》。融答書曰：聞延陵之理樂，覩吾子之治《易》，乃知東南之美者，非徒會稽之竹箭也……又爲《老子》、《論語》、《國語》訓注，皆傳於世。」裴松之注：「《翻别傳》曰：翻初立《易》注……自恨疏節，骨體不媚，犯上獲罪，當長没海隅，生無可與語，死以青蠅爲弔客，使天下一人知己者，足以不恨。」

《三國志》卷五十七《吴書十二・虞陸張駱陸吾朱傳第十二・陸績》：「雖有軍事，著述不廢。作《渾天圖》，注《易》釋玄，皆傳於世。」

《隋書》卷三十二《志第二十七・經籍一》：「《周易》九卷（吴侍御史虞翻注）。《周易》十五卷（吴鬱林太守陸績注）……《周易大義》一卷（《周易日月變例》六卷，虞翻、陸績撰）。」

楊炯《王勃集序》：「嘗因夜夢，有稱孔夫子而謂之曰：易有太極，子其勉之。寤而循環，思過半矣……虞仲翔之盡思，徒見三爻；韓康伯之成功，僅踰兩繫。君之所注，見光前古……所注《周易》，窮乎晉卦。」

《後漢書》卷二十四《馬援列傳第十四》：「從容謂官屬曰：吾從弟少游常哀吾慷慨多大志，曰：士生一世，但取衣食裁足，乘下澤車，御款段馬，爲郡掾吏，守墳墓，鄉里稱善人，斯可矣。致求盈餘，但自苦耳。當吾在浪泊、西里間，虜未滅之時，下潦上霧，毒氣重蒸，仰視飛鳶跕跕墮水中，臥念少游平生時語，何可得也。」

《文選》卷二十八鮑照《樂府八首・苦熱行》：「含沙射流影，吹蠱痛行暉。」李善注：「《毛詩義疏》曰：……吹蠱，即飛蠱也。顧野王《輿地志》曰：江南數郡有畜蠱者，主人行之以殺人，行食飲中，人不覺也。其家絶滅者，則飛遊妄走，中之則斃。」

〔一三〕「赤蟻」二句

《楚辭》宋玉《招魂》：「赤螘若象，玄蠭若壺些。」王逸注：「螘，一作蟻……《山海經》：大蜂其狀如螽，朱蛾，其狀如蛾……言曠野之中，有赤蟻，其狀如象。」

青螝（蠅）吊（弔）客，見上注〔一二〕《翻別傳》。

〔一四〕「長沙」四句

《史記》卷八十四《屈原賈生列傳第二十四・賈生》：「賈生既以適居長沙，長沙卑溼，自以爲壽不得長，傷悼之，乃爲賦以自廣。」

《金樓子》卷四《立言篇上》：「顔回希舜，所以早亡；賈誼好學，遂令速殞。」

《論語・雍也》：「伯牛有疾。子問之，自牖執其手，曰：亡之，命矣夫，斯人也而有斯疾也，斯人也而有斯疾也。子曰：賢哉回也，一簞食，一瓢飲，在陋巷，人不堪其憂，回也不改其樂，賢哉回也。」

楊炯《王勃集序》：「長卿坐廢於時，君山不合於朝，豈無媒也，其惟命乎。」

〔一五〕「砰掌」四句

《漢書》卷六《武帝紀第六》：「（元鼎）六年……上便令征西南夷，平之。遂定越地，以爲南海、蒼梧、鬱林、合浦、交阯、九真、日南、珠厓、儋耳郡。」

《淮南子・氾論訓》：「丹穴，太蒙。」高誘注：「丹穴，南方當日之下也。太蒙，西方日所入處也。」

《王勃集》卷三十王承烈《第二信》：「但惜君踠飛黄之足，韜結緣之耀。」

《莊子・逍遥遊》：「北冥有魚，其名爲鯤。鯤之大，不知其幾千里也，化而爲鳥，其名爲鵬……鵬之徙於南冥也，水擊三千里，摶扶摇而上者，九萬里。去以六月，息者也。」

〔一六〕「桃李」四句

《史記》卷一〇九《李將軍列傳第四十九》：「太史公曰：……（李廣）及死之曰：天下知與不知，皆爲盡哀。彼其忠實心誠信於士大夫也。諺曰：桃李不言，下自成蹊。」

《藝文類聚》卷五十三《治政部下・奉使》梁元帝《鄭衆論》：「豈不酸鼻痛心，憶雒陽之宫陛；屑泣横悲，想長安之城闕。」

《後漢書》卷六十三《李杜列傳第五十三・李喬》：「先是李固見廢，内外喪氣，群臣側足而立，唯喬正色無所回橈。由是海内歎息，朝野瞻望焉。」

《論語・先進》：「顔淵死，子哭之慟，從者曰：子慟矣。子曰：有慟乎，非夫人之爲慟，而誰爲慟。」

《文選》卷五十三嵇康《養生論》：「曾子銜哀，七日不饑。」

〔一七〕「嗚呼」五句

《白虎通・姓名》：「以爲古者聖人吹律定姓，以紀其族。」

《世説新語・規箴第十》：「孫皓問丞相陸凱曰：卿一宗在朝有幾人，陸曰：二相、五侯、將軍十餘人。」

《毛詩・大雅・文王》：「文王孫子，本支百世。」毛傳：「本，本宗也。支，支子也。」鄭箋：「其子孫適爲天子，庶爲諸侯，皆百世。」《文選》卷四張衡《南都賦》：「據彼河洛，統四海焉，本枝百世，位天子焉。」

《文選》卷四十六陸機《豪士賦序》：「而游子殉高位於生前，志士思垂名於身後。受生之分，唯此而已。」

《史記》卷二十三《禮書第一》：「仲尼没後，受業之徒沈湮而不舉。」

〔一八〕「義託」四句

《毛詩・大雅・文王有聲》：「詒厥孫謀，以燕翼子。」鄭箋：「孫，順也……傳其所以順天下之謀，以安其敬事之子孫。」

《世説新語・傷逝第十七》：「王戎喪兒萬子，山簡往省之。王悲不自勝。簡曰：孩抱中物，何至於此？王曰：聖人忘情，最下不及情，情之所鍾，正在我輩。」

《宋書》卷六十《列傳第二十・王准之》：「（曾祖）彪之博聞多識，練悉朝儀，自是家世相傳，並諳江左舊事，緘之青箱，世人謂之王氏青箱學。」

《藝文類聚》卷四十六《職官部二・大尉》沈炯《太尉始興昭烈王碑》：「文叔掩被之悲無泯，仲謀援鞍之慟逾切。」

《晉書》卷一三〇《載記第三十・赫連勃勃》：「勃勃還統萬，以宮殿大成……刻石都南，頌其功德曰……仁被蒼生，德格玄穹。」

〔一九〕「**悲久客**」二句

《易林・屯之巽》：「久客無依，思歸我鄉。」蔣本卷三《别人四首》其一：「久客逢餘閏，他鄉别故人。」

〔二〇〕「**波驚**」四句

陶潛《陶淵明集》卷五《閑情賦》：「曲調將半，景落西軒。」

《管子・小匡》：「西服流沙、西虞，而秦戎始從。」尹知章注：「西虞，國名。」

《禮記・檀弓上》：「孔子之喪，公西赤爲志焉，飾棺，牆，置翣設披，周也。設崇，殷也。綢練設旐，夏也。」《竇泰妻婁黑女墓誌》北齊天保六年二月（《漢魏南北朝墓誌彙編》三九七）：「日侵行幄，風揚去旐。」

《藝文類聚》卷二十九《人部十三・别上》陰鏗《廣陵岸送北使詩》：「行人引去節，送客艤歸艫。」

〔二一〕「**脯陳**」二句

《禮記・雜記下》：「成廟則釁之……門，夾室皆用雞。」孔穎達疏：「夾室，東西廂也。」

〔二二〕「**宿草**」二句

《禮記・檀弓上》：「曾子曰：朋友之墓，有宿草而不哭焉。」孔穎達疏：「宿草，陳根也，草經一年則根陳也，朋友相爲哭一期，草根陳乃不哭也。」

《莊子・列御寇》：「鄭人緩也，呻吟裘氏之地。祇三年而緩爲儒。河潤九里，澤及三族。使其弟墨。儒墨相與辯，其父助翟。十年而緩自殺，其父夢之，曰：使而子爲墨者，予也。闔胡嘗視其良，既爲秋栢之實矣。」

《集注》卷一庾信《傷心賦》：「冀羊祜之前識，期張衡之後身。」注：「《蔡邕别傳》曰：張衡死月餘，邕母始懷孕。此二人才貌甚相類，時人云，邕是衡之後身。」

於（族）①翁承烈領乾坤注報助書〔一〕

乾坤其易之門，所以甚思見此注〔二〕。恒慮遺逸，忽攬精微，可謂得其藴矣〔三〕。緘諸篋衍，傳之〔四〕。其故不至遷落，亦無煩他囑〔五〕。族承烈敬謝。

【校記】

① 於：當作族字。

【考證】

〔一〕**族翁承烈領乾坤注報助書**

王勃有《周易發揮》五卷，參《王勃集》卷三十《族翁承烈致祭文》〔二〕「發揮三易」注。《新唐書》卷二〇一《列傳第一二六・文藝上・王勃附助》：「助字子功……服除，爲監察御史裏行。初，勔、勮、勃皆著才名，故杜易簡稱三珠樹，其後助、劼又以文顯。」

〔二〕**「乾坤」二句**

《周易·繫辭傳下》：「子曰：乾坤其易之門邪，乾，陽物也，坤，陰物也。陰陽合德，而剛柔有體，以體天地之撰，以通神明之德。」

《高僧傳》卷二《譯經中·晉長安鳩摩羅什》：「朕聞西域有鳩摩羅什，深解法相，善閑陰陽，爲後學之宗，朕甚思之。」

〔三〕「恒慮」三句

《漢書》卷三十《藝文志第十》：「武帝時，軍政楊僕捃摭遺逸，紀奏兵録，猶未能備。」

《禮記·經解》：「孔子曰：入其國，其教可知也……潔靜精微，易教也。」

《中説·王道篇》：「子讀《樂毅論》曰：仁哉，樂毅，善藏其用，智哉，太初，善發其藴。」

〔四〕「緘諸」二句

《莊子·天運篇》：「師金曰：夫芻狗之未陳也，盛以篋衍，巾以文繡，尸祝齊戒以將之。」

〔五〕「其故」二句

《白虎通·五行》：「西方者，遷方也。萬物遷落也。」

《左傳·昭公元年》：「莒之疆事，楚勿與知，諸侯無煩，不亦可乎。」

王勃集卷廿八《陸録事墓誌》

【楊崇和先生藏斷簡】

（前闕）

第。除江王府參運（軍）①，遷右武衛騎曹〔一〕。君靜能應物，仕以易農〔二〕。優（偃）②蹇高致，徘徊下列〔三〕。入〔　〕臺③而考秩，位屈於參卿；踐嚴衛而論班，塗窮於武職〔四〕。尋轉鄭州司功，又遷楊（揚）④府録事。地分餘鄭，境跨令吴〔五〕。制□崇巖，裂滎嵩之奥壤；長洲茂晼（苑）⑤，□淮□之雄都〔六〕。君歷踐名邽（邦）⑥，頻趨下職〔七〕。楊子雲之澹泊，未屑浮沈；趙元淑之才名，獨勞烐（州）⑦郡〔八〕。百年清尚，混纓紱於人間；三徑長懷，佇江湖於歲晚〔九〕。桓譚不樂，賈誼多傷〔一〇〕。密圖丘壑之資，方遂山林之賞〔一一〕。總章二年，〔丁〕⑧蓬州府君憂去職〔一二〕，悲纏厚穸〔一三〕……

（後闕）

【校記】

① 運：當作軍字。
② 優：當作偃字。
③ 臺：按對句，臺字上當闕一字。
④ 楊：當作揚字。
⑤ 晼：當作苑字。
⑥ 邽：當作邦字。
⑦ 烐：當作州字。
⑧ [丁]：或闕丁字。

【考證】

〔一〕「第。除江王府」句

《舊唐書》卷六十四《列傳第十四・高祖二十二子・江王》：「江王元祥，高祖第二十子也。貞觀五年，封許王，十一年，徙封江王。」

《唐六典》卷二十九《諸王府公主邑司》：「親王府……參軍事二人，正八品下。」

《唐六典》卷二十四《諸衛》：「左右武衛，大將軍各一人，正三品……録事參軍事各一人，正八品上……騎曹參軍事，各一人，正八品下。」

〔二〕「君靜」二句

《莊子·天運》：「彼未知夫無方之傳，應物而不窮者也。」蔣本卷十五《平臺祕略贊十首·褒客第七》：「功惟應物，業貴逢時。」

《漢書》卷六十五《東方朔傳第三十五》：「贊曰：……首陽爲拙，柱下爲工……飽食安步，以仕易農。」

《文選》卷三十八任昉《爲范尚書讓吏部封侯第一表》：「臣本自諸生，家承素業，門無富貴，易農而仕。」

〔三〕「偃蹇」二句

《文苑英華》卷六一七朱敬則《論刑獄表》：「陛下必不可偃蹇太平，徘徊中路。」

《文選》卷二十三曹植《七哀詩》：「明月照高樓，流光正徘徊。」蔣本卷三《採蓮曲》：「正逢浩蕩江上風，又值徘徊江上月。」

《三國志》卷五十四《吴書九·周瑜魯肅吕蒙傳第九·周瑜》：「性度恢廓，大率爲得人，惟與程普不睦。」裴松之注：「《江表傳》曰……(蔣)幹還，稱瑜雅量高致，非言辭所間。」

《文館詞林》卷一五二《詩十二》陸機《贈弟清河雲詩》：「雖備官守，位從武臣。守局下列，譬彼飛塵。」蔣本卷四《上吏部裴侍郎啓》：「衒才飾智者，奔馳於末流；懷真蘊璞者，棲遑於下列。」

〔四〕「入［　］臺」四句

《初學記》卷十一《職官上·侍郎郎中員外郎八》：「《漢官》云：尚書郎，初從三署郎選詣尚書臺試，每一郎缺，則試五人。先試牋奏，初入臺稱郎中。」

《唐會要》卷八十二《考下》：「又近日諸州府所申考解，皆不指言善最，或漫稱考秩，或廣説門資，既乖令文，實爲繁弊。自今以後，如有此色，並請准令降其考第。」

蔣本卷三《倬彼我系》：「其位雖屈，其言則傳……今我不養，歲月其慆。僶俛從役，豈敢告勞。從役伊何，薄求卑位。告勞伊何，來參卿事。名存實爽，負信愆義。」

《晉書》卷一〇六《載記第六・石季龍上》：「(石)斌怒殺之。欲殺(張)賀度，賀度嚴衛馳白之。」

蔣本卷十五《益州夫子廟碑》：「竭河追日，夸父力盡於楹間；越海陵山，豎亥塗窮於廡下。」參：《隋唐嘉話》卷下：「徐彦伯常侍，睿宗朝以相府之舊，拜羽林將軍。徐既文士，不悦武職，及遷，謂賀者曰：不喜有遷，且喜出軍耳。」

〔五〕「尋轉」四句

《元和郡縣志》卷八《河南道四》：「鄭州(滎陽，雄)。」《唐六典》卷三十《三府督護州縣官吏》：「上州……司功參軍事一人，從七品下。」

《舊唐書》卷四十《志第二十・地理三》：「淮南道。揚州大都督府，隋江都郡……(武德)九年，省江寧縣之揚州，改邗州爲揚州，置大都督……龍朔二年，昇爲大都督府。」

《舊唐書》卷四十二《志第二十二・職官一》：「正第七品上階……大都督大都護府録事參軍事。」

餘鄭、令吴，未詳。

蔣本卷十七《梓州通泉縣惠普寺碑》：「地分彭蜀，嶺對岷峨。」

〔六〕「制□崇巖」四句

《文選》卷五十九王屮《頭陁寺碑文》：「倚據崇巖，臨睨通壑，溝池湘漢，堆阜衡霍。」

榮嵩，未詳。或榮嵩歟。榮或潁字之訛。《水經注》卷二十二《潁水》：「潁水又東，五渡水注之，其水導源崇（一作嵩）高縣。」

《王勃集》卷二十九《祭石堤女郎神文》〔四〕：「陝西舊國，關東奧壤。」

《文選》卷五左思《吴都賦》：「造姑蘇之高臺，臨四遠而特建，帶朝夕之濬池，佩長洲之茂苑。」

正倉院本《江寧縣白下驛吴少府宅見餞序》〔六〕：「昔時地險，爲建鄴之雄都；今日天平，即江寧之小邑。」

〔七〕「君歷踐」二句

《藝文類聚》卷三十三《人部十七・報恩》謝朓《酬德賦》：「君紆組於名邦，貽話言於川渚。」

《龍君墓誌》龍朔元年七月（《隋唐五代墓誌彙編》山西卷第一册）：「君志雖温柔，行乃貞厲，恥居下職，思効深功。」

參：《全唐文》卷二二三張説《爲郭振讓官表》：「臣本書生，幸事先帝，歷踐清職，遂參機密。」

〔八〕「楊子雲」四句

《漢書》卷八十七下《揚雄傳第五十七下》：「哀帝時，丁、傅、董賢用事，諸附離之者，或起家至二千石。時雄方草《太玄》，有以自守，泊如也。」顔師古曰：「泊，安靜也。」又卷一〇〇上《叙傳七十上》：「清虚澹泊，歸之自然。」蔣本卷五《上絳州上官司馬書》：「揚子雲之澹泊，心竊慕之；嵇叔夜之逍遥，真其好也。」

蔣本卷二《馴鳶賦》：「與道浮沈，因時俯仰。」

《三國志》卷三十九《蜀書第九·劉巴》：「凡諸文誥策命，皆（劉）巴所作也。」注：「《零陵先賢傳》曰：（孫）權曰：若令子初隨世沈浮，容悦玄德，交非其人，何足稱爲高士乎。」

《後漢書》卷八十下《文苑列傳第七十下·趙壹》：「字元叔……而恃才倨傲，爲鄉黨所擯……光和元年，舉郡上計到京師，是時司徒袁逢受計，計吏數百人皆拜伏庭中，莫敢仰視，壹獨長揖而已……逢則斂衽下堂，執其手，延置上坐，因問西方事。大悦，顧謂坐中曰：此人漢陽趙元叔也。朝臣莫有過之者……州郡爭致禮命，十辟公府，並不就，終於家。初袁逢使善相者相壹，云仕不過郡吏，竟如其言。」

《北齊書》卷四十五《列傳第三十七·文苑·樊遜》：「（天保五年正月制詔）又問求才審官，遜對曰：……無令桓譚非讖，官止於郡丞；趙壹負才，位終於計掾。」《王無功文集》卷一王績《遊北山賦》：「豈若馮敬生之誹世，趙元淑之尤人，殷憂恥賤，憔悴傷貧。」參：《文苑英華》卷八四五楊炯《遂州長江縣先聖孔子廟堂碑》：「符偉明以都官謝職，逢有道而相推；趙元叔以郡吏從班，見司徒而不拜。」

〔九〕「百年」四句

正倉院本《楊五席宴序》〔三〕：「故有百年風月，浪形丘壑之間；四海山川，投跡江湖之外。」

《三國志》卷四十五《蜀書十五·鄧張宗楊傳第十五·楊戲》：「（楊）戲以延熙四年著季漢輔臣贊……尚書清尚，敕行整身……贊劉子初。」

《北史》卷二十四《列傳第十二·王昕》：「帝愈怒，乃下詔曰：元景本自庸才，素無勳行，早霑纓紱。」

蔣本卷三《懷仙序》：「客有自幽山來者，起予以林壑之事，而煙霞在焉。思解纓紱，永詠山水，神與道超，跡爲形滯，故書其事焉。」

蔣本卷六《秋日游蓮池序》：「人間齷齪，抱風雲者幾人；庶俗紛紜，得英奇者何有。」

正倉院本《秋晚入洛於畢公宅別道王宴序》〔三七〕：「唯恐一丘風月，侶山水而窮年；三徑蓬蒿，待公卿而未日。」

正倉院本《上巳江讌序》〔一三〕：「指林岸而長懷，出汀洲而極睇。」

正倉院本《張八宅別序》〔七〕：「人非庶蒙，道在江湖。」

《玉臺新詠》卷三陸機《爲周夫人贈車騎》：「湛露何冉冉，思君隨歲晚。」

江湖，屢見。

〔一〇〕「桓譚」二句

《後漢書》卷二十八上《桓譚馮衍列傳第十八上・桓譚》：「後大司空宋弘薦譚，拜議郎給事中……譚復極言讖之非經，帝大怒……（譚）出爲六安郡丞，意忽忽不樂，道病卒。」《集注》卷一庾信《竹杖賦》：「潘岳秋興，嵇生倦遊，桓譚不樂，吳質長愁。」

正倉院本《秋日登洪府滕王閣餞別序》〔二六〕：「屈賈誼於長沙，非無聖主；竄梁鴻於海曲，豈乏明時。」

參：《唐故文林郎賈府君墓誌銘》長壽二年十月（《河洛墓刻拾零》一一二）：「既而桓譚不樂，趙壹多傷。」

參：《文苑英華》卷七一〇張九齡《歲除陪王司馬登薛公逍遥臺序》：「以長沙下國，同賈誼之謫居；

六安遠郡，無桓譚之不樂。」

〔一一〕「**密圖**」二句

正倉院本《梓潼南江泛舟序》〔三〕：「艤舟於江潭，縱觀於丘壑，眇然有山林陂澤之思。」

〔一二〕「**總章**」二句

《舊唐書》卷三十九《志第十九・地理二》：「山南道……山南西道……蓬州下。武德元年，割巴州之安固、伏虞，隆州之儀隴、大寅，渠州之宕渠、咸安等六縣，置蓬州，因周舊名。」

〔一三〕「**悲纏厚穸**」

《文選》卷四十六任昉《王文憲集序》：「豈直舂者不相，工女寢機而已哉。故以痛深衣冠，悲纏教義。」

蔣本卷二十《常州刺史平原郡開國公行狀》：「故怨深徹樂，悲纏罷市者乎。」

《魏故齊郡王妃常氏墓誌銘》（《漢魏南北朝墓誌彙編》一三二頁）：「高松煜煜，厚穸曼曼。有鐫金石，肅絶椒蘭。」

參：《大唐故朝議大夫使持節密州諸軍事守密州刺史上柱國元府君墓誌銘序》開元五年正月（《隋唐五代墓誌彙編》洛陽卷第九册）：「嗣子預等，悲纏厚穸，思勤佳城。」

【佐藤道生博士藏斷簡A】

（前闕）

勞罔極，樊生扣地，相見何難〔一四〕。毀骨誓於窮埏，泣血遵乎長路〔一五〕。王戎死孝，庶僶俛□於三年；阮籍神哀，竟□離於一慟〔一六〕。毀卒于次〔一七〕

（後闕）

【考證】

〔一四〕「勞罔極」三句

《毛詩·小雅·蓼莪》：「蓼莪，刺幽王也。民人勞苦，孝子不得終養爾……哀哀父母，生我劬勞……欲報之德，昊天罔極。」蔣本卷十八《廣州寶莊嚴寺舍利塔碑》：「昊天罔極，追懷自遠。」

樊生，未詳。或樊深歟。《周書》卷四十五《列傳第三十七·儒林·樊深》：「樊深字文深，河東猗氏人也。早喪母，事繼母甚謹……魏孝武西遷，樊、王二姓舉義，爲東魏所誅。深父保周、叔父歡周並被害。深因避難，墜崖傷足，絶食再宿。於後遇得一簞餅，欲食之，然念繼母老患痹，或免虜掠，乃弗食。夜中匍匐尋母，偶得相見，因以饋母。」

《宋書》卷九十一《列傳第五十一·孝義·余齊民》：「余齊民，晉陵晉陵人也。少有孝行，爲邑書吏。父殖，大明二年，在家病亡……便歸。四百餘里，一日而至。至門，方詳父死，號踊慟絶，良久乃蘇。問母：父所遺言。母曰：汝父臨終，恨不見汝。曰：相見何難。於是號叫殯所，須臾便絶。」

〔一五〕「毁骨」二句

《世説新語·德行第一》：「王戎、和嶠同時遭大喪，俱以孝稱……（劉）仲雄曰：和嶠雖備禮，神氣不損。王戎雖不備禮，而哀毁骨立。臣以和嶠生孝，王戎死孝。」

蔣本卷四《爲原州趙長史請爲亡父度人表》：「希開淨福，庶補窮埏。」蔣注：「窮埏，猶窮泉。」

《禮記·檀弓上》：「高子皋之執親之喪也，泣血三年，未嘗見齒。」《文選》卷六十任昉《齊竟陵文宣王行狀》：「會武穆皇后崩，公星言奔波，泣血千里。」

《文選》卷二十四曹植《贈白馬王彪》：「收淚即長路，援筆從此辭。」

〔一六〕「王戎」四句

參〔一五〕引《世説新語·德行第一》。

《文選》卷二十一顔延之《秋胡詩》：「孰知寒暑積，僶俛見榮枯。」李善注：「僶俛，猶俯俛也。」

《世説新語·任誕第二十三》：「阮籍當葬母，蒸一肥豚，飲酒二斗。然後臨訣，直言窮矣，都得一號，因吐血，廢頓良久。」

參：《大唐故寧遠將軍郭府君墓誌銘并序》景龍三年十二月（《河洛墓誌墓刻拾零》一五四）：「是

子……等……王戎死孝，庶僶俛於三年，阮籍神傷，竟潺湲於一慟。」

〔一七〕**毁卒于次　（以下闕）**

《北史》卷八十四《列傳第七十二·秦族附榮先》：「榮先亦至孝，遭父喪，哀慕不已，遂以毁卒。」

【佐藤道生博士藏斷簡B】

（前闕）

大道既隱，仁義爲□。□聖人着，禮匡□末〔一八〕。三年之喪，自天子達。夫豈不懷，情爲義割〔一九〕（其一）。嗚呼斯人，不勝其哀。一慟長往，三

【《翰墨城》所收斷簡】

泉不迴〔二〇〕。悠悠蒼天，此何人哉。先王有制，何爲王摧〔二一〕（其二）。昔殷三仁，同謂哲達。士誘物誰，是顧生死〔二二〕。嗟乎弊俗，情變久矣。吾子隕〔二三〕

（後闕）

【考證】

〔一八〕「大道」四句

《禮記·禮運》：「今大道既隱，天下爲家，各親其親，各子其子……禮義以爲紀，以正君臣，以篤父子，以睦兄弟，以和夫婦，以設制度……故謀用是作，而兵由此起。禹湯文成王周公，由此其選也。」《老子》十

八章：「大道廢，有仁義。」

參：《周故靈武軍副使吉公誌文》（《新中國出土墓誌・河南叁》）：「嗚呼，大道既喪，仁義爲記。」

〔一九〕「三年」四句

《禮記・王制》：「三年之喪，自天子達。」鄭玄注：「下通庶人。於父母，同天子諸侯降期。」

《後漢書》卷十九《耿弇列傳第九》：「論曰：……然弇自剋拔全齊，而無復尺寸功，夫豈不懷。將時之度數，不足以相容乎。」蔣本卷三《倬彼我系》：「我瞻先達，三十方起。夫豈不懷，高山仰止。」

《文選》卷二十九棗據《雜詩》：「安得恒逍遥，端坐守閨房。引義割外情，内感實難忘。」

〔二〇〕「嗚呼」四句

《論語・雍也》：「伯牛有疾，子問之，自牖執其手，曰：亡之，命矣夫，斯人也而有斯疾也。」

《韓非子・外儲説左上》：「今臣有與在後中，不勝其哀，故哭。」

《世説新語・傷逝第十七》：「郗嘉賓喪，左右白郗公：郎喪。既聞不悲，因語左右：殯時可道。公往臨殯，一慟幾絶。」

《宋書》卷六十二《列傳第二十二・張敷》：「顔延之書弔（父張）茂度曰：……豈謂中年，奄爲長往，聞問悼心，有兼恒痛。」

《史記》卷六《秦始皇本紀第六》：「穿三泉，下銅而致椁。」蔣本卷十六《梓州飛烏縣白鶴寺碑》：「遂使悲生棄井，堙玉甃於三泉；歎積爲山，移瓊峰於九仞。」

〔二二〕「**悠悠**」**四句**

《毛詩・王風・黍離》：「悠悠蒼天，此何人哉。」

《漢書》卷九十一《貨殖傳第六十一》：「昔先王之制，自天子公侯卿大夫士至於皁隷抱關擊柝者，其爵禄奉養宫室車服棺槨祭祀死生之制，各有差品，小不得僭大，賤不得踰貴。」

參：《白氏六帖》卷四《珮十一》：「先王有制(所以比德)。」

《禮記・玉藻》：「君子無故，玉不去身，君子於玉比德焉。」

「何爲王摧」句王字，或玉字之訛。《文選》卷六十顔延之《祭屈原文》：「蘭薰而摧，玉縝則折，物忌堅芳，人諱明潔。」

〔二三〕「**昔殷**」**四句**

《論語・微子》：「微子去之，箕子爲之奴，比干諫而死。孔子曰：殷有三仁焉。」

哲達，未詳。

《東觀漢記》卷十四《傳九・田邑》：「《邑書》曰：愚聞丈夫不釋故而改圖，哲士不徼幸而出危。」

《呂氏春秋・恃君覽・知分》：「達士者，達乎死生之分。」《後漢書》卷四十九《王充王符仲長統列傳第三十九・仲長統》：「至人能變，達士拔俗。」

《文選》卷三十八任昉《爲齊明帝讓宣城郡公第一表》：「臣知不愜，物誰謂宜。但命輕鴻毛，責重山岳。」

《廣弘明集》卷二十九上梁武帝《淨業賦》：「與恩愛而長違，顧生死而永別。」

〔三〕「嗟乎」三句

《尚書·畢命》：「敝化奢麗，萬世同流。」孔傳：「言敝俗相化。」蔣本卷四《上吏部裴侍郎啓》：「崇大厦者，非一木之材；匡弊俗者，非一旦之衛。」

《文心雕龍·明詩》：「故鋪觀列代，而情變之數可監；撮舉同異，而綱領之要可明矣。」

《左傳·隱公三年》：「光昭先君之令德，可不務乎。吾子其無廢先君之功。」

王勃集卷廿九斷簡

過淮陰謁漢祖廟祭文奉　命作①〔一〕

維大唐上元二年，歲次乙亥，八月壬申朔，十六日丁巳，交州交阯縣令等，謹以清酌之奠，〈敬〉敬②祭漢高皇帝之靈曰〔二〕：承雲命即述職兮，發棹洛陽；聞英風而願謁兮，税舳楚鄉〔三〕。憶龍顏之偉狀，想虵劍之雄芒。俳佪廟廡，慷慨壇場〔四〕。君王與（興）③兮，屬秦氏之亡，顧六合以雷息，横九域而電朔（翔）④〔五〕。雄圖既溢，武力莫當。生爲帝皇兮，没垂榮光〔六〕。振功烈於八極，留精靈於萬方。昔自任以宇宙，今託人以蒸嘗〔七〕。覩椐（簷）⑤宇之隘逼，豈神心之所康，已矣哉〔八〕。伊微生之諒直，委大運之行藏。荷天澤以窮鶩，陵風濤而未央〔九〕。誓沈珠於合浦，恩屏厲於炎荒，杖信順以爲檝，浮忠貞以爲航〔一〇〕。想陵谷以紆軫，憑風雲而感傷。波淫祀以邀吉，與違道而懼殃〔一一〕。匪庸識之敢徇，豈明虛之所臧〔一二〕。所貴君子之曠心兮，處屯否其若昌；所貴神道之正直兮，降禍福其有章〔一三〕。審仁義之在巳

（已）⑥，畏性命之不常〔一四〕。敢陳俎席，敬列壺觴。庶皇神之下照，俾年壽之克長〔一五〕。願假力以弘道，期功遂而効彰〔一六〕。楊（揚）⑦清節於外域，答君思（恩）⑧於此堂〔一七〕。尚饗。

【校記】

① 原目録題作祭高祖文一首。
② 敬敬：敬衍字。
③ 與：當作興字。
④ 朔：當作翔字。
⑤ 椐：或作簷字。
⑥ 巳：當作己字。
⑦ 楊：當作揚字。
⑧ 思：當恩字。

【考證】

〔一〕過淮陰謁漢祖廟祭文奉　命作

《通典》卷一八一《州郡十一·古揚州上》：「淮陰郡（東至海二百十五里，南至廣陵郡三百里，西至臨淮郡一百九十里，北至臨淮郡漣水縣）。」

《太平寰宇記》卷一二四《淮南道二》：「楚州……山陽縣……漢高祖廟，在縣西四十五里。惠帝元年，令郡、諸侯立高祖廟，至今尤存。」

〔二〕「維大唐」七句

據陳垣撰，董作賓增補《增補二十史朔閏表》，上元二年（公元六四五年），歲次乙亥，八月一日壬申，十六日應爲丁亥。

《元和郡縣志》卷三十八《嶺南道五》：「安南（交趾，上都護府）……管縣八……交趾縣（中下，東南至府一十五里）本漢龍編縣地。隋開皇十年，分置交趾縣。武德四年於此置慈州。貞觀元年州廢，縣屬交州。」楊炯《王勃集序》：「父福時，歷任太常博士，雍州司功，交阯、六合二縣令，爲齊州長史。」又《舊唐書》卷一九〇上《列傳第一四〇上・文苑上・王勃》：「時勃父福畤爲雍州司户參軍，坐勃左遷交趾令。上元二年，勃往交趾省父。」

《禮記・曲禮下》：「凡祭宗廟之禮……水曰清滌。酒曰清酌。」正義：「酌者斟酌也。言此酒甚清澈，可斟酌。當爲三酒，未必爲五齊。」王績《王無功文集》卷五《登龍門祭禹文》：「月日。東皋子賤子王績，謹以清酌之奠，敬謁大禹夏王之靈曰。」

〔三〕「承雲命」四句

《史記》卷一《五帝本紀第一》：「官名皆以雲命，爲雲師。」應劭曰：「黄帝受命，有雲瑞，故以雲紀事也。春官爲青雲，夏官爲縉雲，秋官爲白雲，冬官爲黑雲，中官爲黄雲。」張晏曰：「黄帝有景雲之應，因以名師與官。」

《孟子・梁惠王下》：「天子適諸侯，曰巡狩。巡狩者，巡所守也。諸侯朝於天子，曰述職。述職者，述所職也。」正義：「諸侯朝覲於天子，謂之述職。述職者，謂述己之所守職。如春朝以圖天下之事，夏宗以陳天下之謨，秋覲以比邦國之功，冬遇以協諸侯之慮是也。」

《文選》卷二十謝瞻《王撫軍庾西陽集别作》：「分手東城闉，發櫂西江隩。」

《古詩紀》卷二十九《魏第九》阮籍《詠懷詩八十二首》其六十一：「少年學擊刺，妙伎過曲城。英風截雲霓，超世發奇聲。」蔣本卷十八《廣州寶莊嚴寺舍利塔碑》：「皇上纘乾坤之令業，振文武之英風。」

《史記》卷八十六《刺客列傳第二十六・荆軻》：「荆軻曰：微太子言，臣願謁之。今行而毋信，則秦未可親也。」

《文選》卷二十曹植《應詔詩》：「爰暨帝室，税此西墉。嘉詔未賜，朝覲莫從。」李善注：「《毛詩》曰：召伯所税。毛萇曰：税，猶舍也。又曰：墉，城也。」

參：《文苑英華》卷二九〇宋之問《初宿淮口》：「孤舟汴河水，去國情無已。晚泊投楚鄉，明月清淮裏。」

〔四〕「憶龍顔」四句

《史記》卷八《高祖本紀第八》：「高祖爲人，隆準而龍顔，美須髯，左股有七十二黑子。」索隱：「李斐云：準，鼻也。始皇蜂目長準，蓋鼻高起。《爾雅》曰：顔，額也。文穎曰：高祖感龍而生，故其顔貌似龍，長頸而高鼻。」「高祖以亭長爲縣送徒酈山，徒多道亡……（高祖）曰：公等皆去，吾亦從此逝矣。徒中壯士願從者十餘人。高祖被酒，夜徑澤中，令一人行前。行前者還報曰：前有大蛇當徑，願還。高祖醉，曰：壯士行，何畏。乃前，拔劍擊斬蛇，蛇遂分爲兩，徑開。行數里，醉，因卧。後人來至蛇所，有一老嫗夜哭。

人問何哭，嫗曰：人殺吾子，故哭之。人曰：嫗子何爲見殺？嫗曰：吾子，白帝子也，化爲蛇，當道，今爲赤帝子斬之，故哭。人乃以嫗爲不誠，欲笞之，嫗因忽不見。後人至，高祖覺，後人告高祖，高祖乃心獨喜，自負。」

《文選》卷三十五張協《七命》：「爾乃列輕武，整戎剛，建雲髦，啓雄芒。」李善注：「芒，鋒刃也。《漢書》：賈誼曰：解十二牛而芒刃不頓也。」

正倉院本《秋日登冶城北樓望白下序》〔四〕：「徘徊野澤，散誕陂湖。」

《文選》卷十六潘岳《懷舊賦》：「步庭廡以徘徊，涕泫流而霑巾。」李善注：「《說文》曰：廡，堂下周屋。」蔣本卷十八《廣州寶莊嚴寺舍利塔碑》：「立誠斯應，瞻庭廡而時逢；非德不鄰，歷山川而罕致。」

《楚辭》屈原《九章・哀郢》：「憎愠惀之修美兮，好夫人之忼慨。」蔣本卷五《上劉右相書》：「所以慷慨於君侯者，有氣存乎心耳。」

《韓非子・内儲説上》：「齊人有謂齊王曰：河伯，大神也，王何不試與之遇乎？臣請使王遇之，爲壇場大水之上，而與王立之焉。」蔣本卷十七《梓州通泉縣惠普寺碑》：「恒星夜掩，西天銜風霧之悲；夢日宵成，東漢肅壇場之禮。」

〔五〕「君王」四句

《漢書》卷一上《高祖紀第一》：「秦二世元年……高祖曰：天下方擾，諸侯並起……諸父老皆曰：平生所聞劉季奇怪，當貴，且卜筮之，莫如劉季最吉。高祖數讓，衆莫肯爲。高祖乃立爲沛公。」

《山海經・海外南經》：「地之所載，六合之間，四海之内，照之以日月，經之以星辰。」郭璞注：「四方

烈垂於不朽。」蔣本卷十三《九成宮頌》：「仇夷聖宅，姑射神心。」

《楚辭》屈原《離騷》：「亂曰：已矣哉，國無人，莫我知兮，又何懷乎故都。」王逸注：「已矣，絶望之詞。」蔣本卷一《遊廟山賦》：「亂曰：已矣哉，吾誰欺。」

〔九〕「伊微生」四句

參：《箋注》卷六駱賓王《螢火賦》：「彼翾飛之弱質，尚矯翼而淩空，何微生之多躓，獨宛頸以觸籠。」

《論語・季氏》：「孔子曰：益者三友，損者三友。友直，友諒，友多聞，益矣。友便辟，友善柔，友便佞，損矣。」《楚辭》宋玉《九辯》：「私自憐兮何極，心怦怦兮諒直。」

《文選》卷十一何晏《景福殿賦》：「且許昌者，乃大運之攸戾，圖讖之所旌。」注：「《春秋説題辭》曰：大運在五。《雒書摘亡辭》曰：五德之運。杜預《左氏傳注》曰：戾，定也。」蔣本卷一《春思賦》：「感大運之盈虚，見長河之紆直。」

《論語・述而》：「子謂顔淵曰：用之則行，舍之則藏，唯我與爾有是夫。」蔣本卷五《上劉右相書》：「故死生有數，審窮達者繫於天；材運相符，決行藏者定於己。」

《周易・履》：「象曰：上天下澤，履，君子以辯上下，定民志。」《宋書》卷九十二《列傳第五十二・良吏・陸徽》：「敢緣天澤雲行，時德雨施，每甄外州，榮加遠國。」

《文選》卷四十五班固《答賓戲》：「曩者王塗蕪穢，周失其馭，侯伯方軌，戰國横騖。」李善注：「項岱曰：方，併也，軌，轍也。東西交馳謂之騖。七國爭彊，車既併轍，騎復横騖。」

正倉院本《秋日登冶城北樓望白下序》〔一二〕：「灌莽積而蒼烟平，風濤險而翠霞晚。」

《毛詩·小雅·庭燎》:「夜如何其,夜未央。」傳:「央,旦也……箋云:夜未央,猶言夜未渠央也。」蔣本卷二《秋夜長》:「秋夜長,殊未央,月明露白澄清光。」

〔一〇〕「晳沈珠」四句

《後漢書》卷七十六《循吏列傳第六十六·孟嘗》:「孟嘗,字伯周,會稽上虞人也……遷合浦太守。郡不産穀實,而海出珠寶。與交阯比境,常通商販,貿糴糧食。先時宰守並多貪穢,詭人採求,不知紀極,珠遂漸徙於交阯郡界。於是行旅不至,人物無資,貧者死餓於道。嘗到官,革易前敝,求民病利。曾未踰歲,去珠復還,百姓皆反其業,商貨流通,稱爲神明。」《漢書》卷二十八下《地理志第八下》:「合浦郡(武帝元鼎六年開。莽曰桓合,屬交州)……縣五:徐聞、高凉、合浦、臨允、朱盧。」蔣本卷六《上百里昌言書》:「今交阯雖遠,還珠者嘗用之矣。」

《藝文類聚》卷三《歲時部上·夏》夏傅玄《述夏賦》:「清徵泛於琴瑟,朱鳥感於炎荒,鹿解角於中野,草木蔚其條長。」蔣本卷十八《廣州寶莊嚴寺舍利塔碑》:「宜其作鎮一隅,俯炎荒而獨秀;盤基有地,冠終古而長存者乎。」

《後漢書》卷三十一《郭杜孔張廉王蘇羊賈陸列傳第二十一·賈琮》:「賈琮,字孟堅,東郡聊城人也。舉孝廉,再遷爲京兆令,有政理迹。舊交阯土多珍産,明璣、翠羽、犀、象、瑇瑁、異香、美木之屬,莫不自出。前後刺史率多無清行,上承權貴,下積私賂,財計盈給,輒復求見遷代,故吏民怨叛。中平元年,交阯屯兵反,執刺史及合浦太守,自稱柱天將軍。靈帝特敕三府精選能吏,有司舉琮爲交阯刺史。琮到部,訊其反狀,咸言賦斂過重,百姓莫不空單,京師遥遠,告冤無所,民不聊生自活,故聚爲盗賊。琮即移書告示,各使安其資業，招撫荒散，蠲復徭役，誅斬渠帥爲大害者，簡選良吏試守諸縣，歲間蕩定，百姓以安，巷路爲之歌曰：賈父來晚，使我先反；今見清平，吏不敢飯。在事三年，爲十三州最，徵拜儀郎。」

《周易·繫辭上》：「子曰：祐者助也，天之所助者順也。人之所助者信也。履信思乎順，又以尚賢也。」

《尚書·君牙》：「惟乃祖乃父，世篤忠貞，服勞王家，厥有成績，紀于太常。」傳：「言汝父祖世厚忠貞，服事勤勞。王家其有成功，見紀録，書于王之太常，以表顯之。王之旌旗，畫日月，曰太常。」

〔二〕「想陵谷」四句

正倉院本《江浦觀魚宴序》〔三〕：「雖復勝遊長逝，陵谷終移。」

《楚辭》屈原《九章·惜誦》：「背膺牉以交痛兮，心鬱結而紆軫。」王逸注：「紆，曲也。軫，隱也。言己不忍變心易行，則憂思鬱結，胸背分裂，心中交引而隱痛也。」

風雲，屢見。正倉院本《九月九日採石館宴序》〔三〕：「叙風雲於一面，坐林苑於三秋。」

《毛詩·陳風·澤陂》：「澤陂，刺時也。言靈公君臣淫其國，男女相説，憂心感傷焉。」

《漢書》卷九十六上《西域傳第六十六》：「從鄯善傍南山北，波河西行至莎車，爲南道。」顔師古曰：「波河，循河也。」

《禮記·曲禮下》：「非其所祭而祭之，名曰淫祀，淫祀無福。」鄭注：「妄祭，神不饗。」

參：《文苑英華》卷三五二盧照鄰《對蜀父老問》：「飾仁義以干時乎，懷詩書以邀名乎。」

《尚書·大禹謨》：「罔違道以干百姓之譽，罔咈百姓以從己之欲。」孔傳：「干，求也。失道求名，古人賤之。」

《周易・坤》：「積善之家，必有餘慶，積不善之家，必有餘殃。」

〔一二〕「匪庸識」二句

《世説新語・自新第十五》：「戴淵，少時遊俠，不治行檢……（陸）機彌重之，定交，作箋薦焉。」注：「虞預《晉書》曰：機薦淵與趙王倫曰：……夫枯岸之民，果於輸珠；潤山之客，烈於貢玉。蓋明暗呈形，則庸識所甄也。」

《左傳・文公十一年》：「郕大子朱儒，自安於夫鍾，國人弗徇。」杜注：「安，處也。夫鍾，郕邑。徇，順也。」

《尚書・盤庚上》：「邦之臧，惟汝衆。邦之不臧，惟予一人有佚罰。」傳：「有善則衆臣之功。佚，失也。是己失政之罰，罪己之義。」

〔一三〕「所貴」四句

君子，屢見。正倉院本《秋日登洪府滕王閣餞別序》〔二七〕：「所賴君子安排，達人知命。」

《周易・屯》：「屯，剛柔始交而難生。」又《否》：「否，否之匪人，不利君子貞，大往小來，則是天地不交，萬物不通也。」《藝文類聚》卷五十九《武部・戰伐》王粲《初征賦》：「逢屯否而底滯兮，忽長幼以羈旅，賴皇華之茂功，清四海之疆宇。」

《尚書・皋陶謨》：「禹拜昌言曰，俞。」傳：「以皋陶言爲當，故拜受而然之。」

正倉院本《秋夜於綿州群官席别薛昇華序》〔二〕：「夫神明所貴者道也，天地所寶者才也。」

《周易·觀》：「觀天之神道，而四時不忒，聖人以神道設教，而天下服矣。」正義：「神道者，微妙無方，理不可知，目不可見，不知所以然而然，謂之神道，而四時之節氣見矣。」蔣本卷十五《益州夫子廟碑》：「又云聖人以神道設教，而萬物服焉。」

《尚書·洪範》：「無黨無偏，王道平平；無反無側，王道正直。」孔傳：「言所行無反道不正，則王道平直。」

《左傳·襄公二十三年》：「閔子馬見之曰：子無然，禍福無門，唯人所召。爲人子者，患不孝，不患無所。」蔣本卷十一《八卦卜大演論》：「禍福生焉，吉凶著焉。」

《毛詩·小雅·都人士》：「彼都人士，狐裘黄黄。其容不改，出言有章。」鄭箋：「其動作容貌，既有常。吐口言語，又有法度文章。疾今奢淫，不自責以過差。」

〔一四〕「審仁義」二句

《禮記·曲禮上》：「道德仁義，非禮不成。教訓正俗，非禮不備。」蔣本卷九《續書序》：「道德仁義，於是乎明；刑政禮樂，於是乎出。」

《荀子·哀公》：「所謂君子者，言忠信而心不德，仁義在身而色不伐，思慮明通而辭不爭，故猶然如將可及者，君子也。」

《周易·説卦》：「昔者聖人之作《易》也，將以順性命之理，是以立天之道曰陰與陽，立地之道曰柔與剛，立人之道曰仁與義。」蔣本卷九《續書序》：「昔者仲尼之述書也，將以究事業之通，而正性命之理。」

《尚書·伊訓》：「惟上帝不常，作善降之百祥，作不善降之百殃。」

〔一五〕「敢陳俎席」四句

正倉院本《秋日楚州郝司户宅遇餞霍使君序》〔一三〕：「琴歌代起，俎豆駢羅。」《楚辭》王逸《九思・哀歲》：「群行兮上下，駢羅兮列陳。」《文選》卷四十五陶潛《歸去來辭》：「引壺觴以自酌，眄庭柯以怡顏。」蔣本卷十五《益州夫子廟碑》：「臨邛客位，自高文雅之庭；彭澤賓門，猶主壺觴之境。」《國語・楚語下》：「有不虞之備，而皇神相之。寡君其可以免罪於諸侯，而國民保焉，此楚國之寶也。」注：「能媚於神，故皇神相之。皇，大也。相，助也。保，安也。」《晉書》卷四十五《列傳第十五・劉毅》：「上疏曰：……獨不蒙天地無私之德，而長壅蔽於邪人之銓，使上明不下照，下情不上聞，損政之道四也。」《墨子・明鬼下》：「若無鬼神，彼豈有所延年壽哉。」《文選》卷五十二曹丕《典論論文》：「蓋文章經國之大業，不朽之盛事，年壽有時而盡，榮樂止乎其身。二者必至之常期，未若文章之無窮。」

〔一六〕「願假力」二句

《列子・湯問》：「雖怒，不能稱兵以報之。恥假力於人，誓手劍以屠黑卵。」《論語・衛靈公》：「子曰：人能弘道，非道弘人。」蔣本卷十四《乾元殿頌》：「而弘道在人，興亡迭運。」《老子》九章：「金玉滿堂，莫之能守，富貴而驕，自遺其咎，功遂身退，天之道。」

江淹《江文通集》卷九《封江冠軍等詔》：「文仲假等，或成亮艱危，效彰屯誠。」

〔一七〕「揚清節」三句

《漢書》卷七十二《王貢兩龔鮑傳第四十二》：「贊曰：……春秋列國卿大夫及至漢興，將相名臣，懷祿耽寵，以失其世者多矣。是故清節之士於是爲貴。」

《文選》卷五十三陸機《辯亡論》：「乃俾一介行人，撫巡外域。」

附録

楊守敬《日本訪書志》卷十七 光緒二十三年（一八九七）

古鈔王子安文一卷（卷子本）

古鈔王子安文一卷，三十篇，皆序文，日本影照本，書記官巖谷脩所贈。首尾無序跋。森立之《訪古志》所不載，惜當時未細詢此本今藏何處。書法古雅，中間凡天、地、日、月等字，皆從武后之制，相其格韻，亦的是武后時人之筆。此三十篇中不無殘缺，而今不傳者凡十三篇，其十七篇皆見於《文苑英華》。異同之字以千百計，大抵以此本爲優，且有題目不符者，真希世珍也。

（以下有目録及録文。略）

内藤湖南《唐王勃集殘卷跋》(《内藤湖南全集》第十四卷《寶左盦文》作《上野氏藏唐鈔王勃集殘卷跋》)明治四十三年(一九一〇)八月

浪華上野有竹君藏唐鈔文集一卷,卷首題「墓誌下」,卷尾題「集卷廿八」,所收墓誌三首,曰《達奚員外墓誌》,曰《歸仁縣主墓誌》,曰《賀拔氏墓誌》,而《陸(此下蠹蝕,似録事二字)墓誌》,有目無文。審視紙縫,似爲人截去者。其書法近北朝人,仿佛有《敬顯儁碑》《杜文雅造象》遺意。凡寫華字皆缺末筆,乃避則天祖諱,而后制字一無所用,可斷其鈔成於垂拱永昌間矣。此書撰人,從未有考者,嘗觀平安神田香巖君藏唐鈔《過淮陰謁漢祖廟祭文奉命作》一首,首云「維大唐上元二年,歲次乙亥,八月壬申朔十六日丁巳,交州交阯縣令等謹以清酌之奠,敬祭漢高皇帝之靈」。其體式書法全與此墓誌同,其紙縫有「興福傳法」印,紙背寫《大乘戒作法》,亦並同(戒法,凡八百年前我邦僧徒所寫)。據新舊《唐書·文苑傳》,王勃爲虢州參軍時,殺官奴曹達,事覺除名。勃父福時由雍州司功參軍坐勃,故左遷交阯令。上元二年,勃往省父,度海溺水而卒,年二十八。是知《祭漢祖文》勃代其父而作,余因終定此墓誌爲勃集殘卷。按新舊《唐志》及《文苑傳》並有《王勃集》三十卷,《日本現[見]在書目》亦同。楊炯《集序》,宋晁公武《郡齋讀書志》則作廿卷。集已久佚,今本一十六卷,大都搜輯自《文苑英華》諸書。近時吴縣蔣氏注本，又輯補詩文若干首，從楊序卷數，分爲廿卷，雖較稱完善，而遺佚寔多。我南都正倉院祕庫藏慶雲四年（即唐景龍元年）寫勃文一卷三十首，其十三首，宜都楊氏已輯録於《日本訪書志》中，皆今本所無。今復獲此四首，其鈔寫時先於祕庫本二十餘年，距勃死不過十年，勃文之存者，莫此爲舊。聞我舊刊又有勃撰《釋迦如來成道記》，道誠注，近藏經書院活字覆印，皆可以補蔣本之闕矣。至其卷數，已有第廿八卷，則全帙之爲卅卷，無復可疑，固知楊序爲字譌也。此書舊藏灘吉田氏，卷首十一行已影刻於《聆濤閣帖》中（近楊星吾覆刻入《留真譜》）。《經籍訪古志》稱尾張真福寺藏有舊鈔詩集殘本一卷，傳爲《翰林學士集》，終以此書亦爲其殘本，妄矣（真福寺本乃許敬宗編唐初君臣唱和詩，當屬總集，此本乃别集類，豈宜混爲一，但因其卷尾題「集卷第二詩一」，體式與此本相似，所以致誤。《訪古志》又以真福寺本爲已佚，陳衡山、傅懋元皆襲其誤。今其書現存真福寺，首尾完好，並無缺逸，此亦《訪古志》之妄傳也）。

墓誌三首，多可與史互證者。《達奚員外墓誌》祖武、父震，《周書》《北史》並有傳，《墓誌》逸震名，而二人官銜皆與史合。曾祖長，《墓誌》亦逸名，而具書其官銜，則亦史之所略。員外事史失載，僅據此《墓誌》知北方右族之有後耳。《歸仁縣主墓誌》，父前齊大王乃元吉，爲太宗所殺者，史稱其五子皆坐誅，縣主蓋以女子，故獨得存恤，《墓誌》所謂「雖三王絶淮國之封，而（原此下衍立字）五女厚梁園之邑」是也。誌云「縣主出降天水姜氏，即長道公第二子」。參之新舊《唐書·姜謩傳》，謩封長道縣公，子確，字行本，以字顯，征高昌有功，今巴里坤紀功碑，乃其所刊，高麗之役，從至蓋牟城，中流矢卒，陪葬昭陵。豈縣主所降嫁歟。但據史，李勣拔蓋牟在貞觀十九年四月（《册府元龜》貞觀十八年十一月征高麗，各行軍摠管中有右屯衛將軍、金城縣公姜德本，乃行本誤，是月又有遣行軍摠管姜行本、少府少監丘行淹，先督工匠造梯衝於安羅山事，可知行本從征實在十九年），行本之死宜於此時，而《墓誌》云「貞觀廿一祀丁其憂」，是其不合處。史稱謩秦州上邽人，即晉隋天水郡地，《姜遐斷碑》亦云代爲天水著姓，遐乃行本子，史所云柔遠（亦以字行也）以美姿容，善敷奏，事則天爲内供奉者。又史不云行本有兄，惟《遐碑》有伯父太子僕葉九來，《金石録補》因疑以謩尚有子而史遺之，《墓誌》以行本爲謩第二子，適與碑合，可證史文之不備。楊星吾考遐從父兄葬昭陵，非與妻合葬，證以許洛仁陪葬昭陵，其妻宋氏墓誌乃葬於長安龍首原。今縣主窆於少陵之原，乃萬年縣地，不與行本同陪葬醴泉，足加一證。《墓誌》有子，洛州參軍穀，《斷碑》亦有遐，權考洛州及諸縣官屬事，然碑既云「奉制授東宫通事舍人，時春闈肇建，妙選寮寀」，是言立英王哲爲太子事，其時勃死已五年，而遐之權考洛州官屬，又在此後十餘年，且據碑云遐卒於天授二年，春秋五十二（遐享年據《金石録補》，他本止有十二字，十上缺字，以行本卒年推之，終以葉説爲長），其生應在貞觀十五年，先縣主降嫁三年，可知遐非縣主所生，而穀名史亦不載，是足備史之闕文。《賀拔氏墓誌》，祖某，使持節涇州諸軍事、涇州刺史，按《魏書》《周書》並載賀拔岳授都督涇北幽[豳]二夏四州諸軍事、涇州刺史事，似即此，其餘皆與史不合。三首文辭靡豔，使事贍博，唐初體格本自如此。夫勃文之奧僻，自張說、一行既不能盡得其出典，惟蔣敬臣注其集，以十年之力三易其藁，字櫛句梳，精深無比。今龍門墜簡，出者滋多，安得復有淹雅篤嗜如敬臣者，以續其注，憾非吾力所及也已。篇中别字多不勝舉，亦類北碑，衍訛舛奪，洵復匪尠，予别有考文，今不遑録云。

上野君將印行此本，使余書其後。以校語稿成，以示神田香巖君，君慨然出其所藏祭文一首，見許與墓誌同印。嗚呼！捨己以成人美，其義猶近於古矣。

明治卅三年八月廿四日湖南内藤虎。

内藤湖南《容安軒舊書四種序》大正八年（一九一九）十月

平安以海宇奥區，爲帝王神京者千有餘年。自王室式微，公卿大夫皆貧不自給，其文采遠不逮昔日之盛，然流風餘韻，猶有存者。士民能樹立於文藝，表見於當世者，代有其人。以余所及見，有若香巖神田先生焉。先生成家市井之間，而抗志希古，學無所不窺，以善詩著名於時。其藏書之處曰容安軒，所儲多古鈔舊槧，而唐鈔四種最爲驚人祕笈，曰《古文尚書》五篇，曰《太史公河渠書》，曰《世説新書·豪爽篇》，曰《王子安文》一篇。余嘗攷其《古文尚書》爲初唐人手筆，《王子安集》爲武周時書。《世説新書》有香巖先生校語，《河渠書》有先生孫𢠸龕校語，皆定爲李唐舊笈，余審其書法，信然。蓋明治初年，王政維新，世變方亟，巨刹右族所藏舊書善本，往往散落人間，甚或厄於水火，賴先生與其同社諸人夙具精鑒，能收什一於千百，拾已殘之墜緒，以貽後生，其有功於斯文，豈可没哉。先生以戊午歲歸道山，越明年己未，嗣子孟達將以其小祥忌辰脩薦事，展覾先生遺愛舊書數十種，且景印唐鈔四種，以頒海内外同好之士。其所以成先生未終之志，斯亦勉矣。孟達以余與先生有舊，且其子𢠸龕又從余游大學，乃命余序其書云。

大正八年十月内藤虎。

内藤湖南《正倉院本王勃集殘卷跋》大正十一年（一九二二）八月

舊鈔五采牋行書《王勃集》殘卷，今尊藏南都正倉院。天、地、日、月、星、載、人、國等文用則天製字，尾云「慶雲四年七月廿六日，用紙貳拾玖張」，即唐中宗景龍元年，在見存勃集，其寫録之舊，可亞於上野、神田、富岡三氏本。《東大寺獻物帳》不著録，未知何時施入。所收序引類四十一首，其廿首實係今本所佚（《春日序》《秋日送沈大虞三入洛詩序》《秋日送王贊府兄弟赴任別序》《夏日喜沈大虞三等重相遇序》《冬日送閭丘序》《秋晚什邡西池宴餞九隴柳明府序》《江浦觀魚宴序》《與邵鹿官宴序》《夏日仙居觀宴序》《張八宅別序》《九月九日採石館宴序》《衛大宅宴序》《樂五席宴群公序》《楊五席宴序》《登綿州西北樓走筆詩序》《至真觀夜宴序》《秋日登冶城北樓望白下序》《冬日送儲三宴序》《初春於權大宅宴序》《春日送呂三儲學士序》，以上廿首）。今本所存廿一首，亦文多異同。明治十三年，印刷局有石印本，十七年，博物局亦石印之，印刷局本首尾完具，而博物局本頗有闕葉。清楊星吾舍人守敬嘗據博物局本，録佚篇十三首於《日本訪書志》中。迄于近年，羅叔言參事亦據印刷局本，全録今本所無廿首，合上野、神田二氏本，以爲《王子安佚文》，其今本所有廿一首，則作校記，以附録其後，用仿宋活字印行，於是正倉院本滋布于世矣。但叔言校録竟多訛奪，不似平生之精審，未足賴以永其傳。予將欲盡合諸本及道誠注《釋迦成道記》，校勘寫定，以賡蔣刻，恨志長暇乏，未遑下手爾。

集中《三月上巳祓禊序》非勃作，蔣敬臣引宋施宿等撰《嘉泰會稽志》，證其沿譌已久。今此舊鈔距勃死時僅三十餘年，而已有此篇，可知其竄入實自唐初，無論宋時已。又宋葉大慶《攷古質疑》或謂《滕王閣序》「時當九月，序屬三秋」爲病，大慶因以「九月」爲「九日」之譌，然此舊鈔亦作「九月」，則大慶之説未足信也。

《滕王閣序》「家君作宰」，蔣敬臣注曰：「王定保《唐摭言》載勃著序時年十四。蓋福時先爲六合縣令也。辛文房《唐才子傳》乃謂福時坐勃事，左遷交趾令，勃往省親，途過南昌所作。此由辛氏見《新唐書》本傳二事連叙，遂有此謬。實則《唐書》有初字界之，原不相蒙也。」然《唐書》先叙勃往省父，度海溺水而卒，次云「初道出鍾陵」，乃謂省父往路所由，非指十五年前事以爲初，按其辭可知。且序中又有「無路請纓，等終軍之妙日」（刻本「妙日」作「弱冠」）。及「奉晨昏於萬里」等語，參之《江寧縣白下驛吴少府見餞序》「想衣冠於舊國，便值三秋」及「五嶺方踰，交州在於天際」等語，知係一時連作。蓋勃以上元二載八月十六日祭漢祖於淮陰，尋經江寧，以九月九日抵南昌，再出越中踰嶺，而由廣州航海。《滕王閣序》《吴少府見餞序》與《秋日楚州郝司户宅遇餞霍使君序》（刻本「霍」作「崔」）《越州永興李明府宅送蕭三還齊州序》《秋日宴山庭序》《鞶鑑圖銘序》（蔣刻本採由《全唐文》），並皆作于是歲秋冬之際旅次也。楊炯序《勃集》，亦云父福時歷任太常博士，雍州司功，交阯、六合二縣令，爲齊州長史，其叙仕履，豈可故顛倒先後。且唐制太常博士從七品上官，雍州司功參軍正七品下官，而六合唐初爲上縣，其令乃從六品官，不得由六合令升遷太常博士、雍州司功，交阯則中下縣，其令爲從七品上官，其升遷六合令，於事爲順，知福時之令六合，宜在交阯之後，亦不宜在勃十四歲時也。是敬臣偶爾失檢，因爲舉正如此。

内藤湖南《舊鈔本王勃集殘卷跋》（《内藤湖南全集》第十四卷《寶左盦文》作《富岡氏藏唐鈔王勃集殘卷跋》）大正十年（一九二一）十二月

今世流傳王勃集，莫備於清蔣敬臣集注本，乃光緒癸未刻于其家，明治癸卯敬臣子伯斧來游我邦時，齎以贈余。其書蒐羅已力，箋疏竟精，洵稱子安功臣。然其分卷二十，見誤於《文苑英華》所收楊炯序，又《釋迦如來成道記》一首，已知有宋道誠注而未及獲之。信乎，校書之難也。南都正倉院尊藏慶雲四年鈔本題曰《詩序》者一卷。明治初有官板石本二種。清楊星吾得之，知其爲王勃集殘卷，收其佚文十三首於《日本訪書志》中。但星吾所見石本殘缺，實非正倉院詩序足本。既余又覩大阪上野氏所藏古鈔文集一卷，及平安神田氏所藏古鈔《祭漢高祖文》一首，知其係勃集殘帙，明治庚戌，上野有竹君以其本同一帙，合兩本付之玻瓈板，余爲跋之，具論其爲勃集最舊之帙。會余游燕山，舉以贈伯斧及彼地諸碩學。已歸又得續藏本道誠注《成道記》，再寄伯斧。伯斧驚喜，以爲先子一生所不能覯，今皆獲睹矣。未幾伯斧捐館於辛亥年。而羅叔言參事避地平安，歲戊午借石印足本（《盦文》《全集》作足本石印）《正倉院詩序》於神田鬯盦，録其廿首，合上野氏玻瓈印本所收四首，以仿宋活字印行，付以校記。子安佚篇於是滋布於世矣。是歲亡友富岡桃華亦得子安集殘本二卷，與上野、神田二氏本同出一帙，並有「興福傳法」印。蓋東京赤星某君盡售其家藏書畫，目中有題《橘逸勢集》者一卷，桃華檢其影照様本，已識其爲舊鈔子安集，慨然謂余曰：「希世瓌寶，余必獲之矣。」遂以重價購之，有意景印以餉同好，未果，翌年忽歸道山。歲己未，叔言移家津沽，舉其鬻東山寄廬所獲金，捐諸京都大學，請盡景印我邦所存唐鈔本，屬狩野子温博士及《盦文》《全集》作與）余督其事。因請桃華尊甫鐵齋先生先以子安集殘卷，付玻瓈精印。按其書，原二卷合裝爲一卷，乃卷第廿九、第卅也。第廿九卷首有目，行狀一首、祭文五首。行狀乃書張某事，佚名字，中有「武德三年，奉使隰州道行軍司馬，大總管劉師善自稱西漢上將軍，與隰州總管燕詢等，謀爲叛逆。某處其間，運籌制變，元凶折首。」事《舊唐書》《通鑑》皆不載，惟《新唐書・高祖本紀》云：「武德三年二月辛酉，檢校隰州總管劉師善謀反，伏誅。」所謂事增於前，是可見其一端矣。又有「王充以瀍洛未清，弄蚩尤之甲胄」句，王充，即王世充，避太宗諱，猶《隋書・王世充傳》作王充也。《祭石隄山神文》《祭石隄女郎神文》，並代虢州長史王嶷禱雨者。《水經注》柏谷水出弘農縣南石隄山，山下有石隄祠，魏甘露四年建。《太平寰宇記》山在弘農縣西南十七里，西連華山。曹學佺《大明名勝志》引《九州要記》同此。《大清一統志》山在河南陝州靈寶縣西南六十里。女郎山，《大明名勝志》在靈寶縣南五十里，靈泉出焉。唐李德裕有《靈泉賦》。《大清一統志》山在縣南一百餘里。勃廿六七歲爲虢州參軍，二篇蓋作于此時。《祭白鹿山神文》，代九隴縣令柳明獻作，九隴縣，貞觀以後垂拱以前屬益州，即清成都府彭縣地。白鹿山在縣西北。《大明名勝志》引《周地圖記》云：宋元嘉九年，有樵人于山左見群鹿，引弓將射之，有一麚所趣險絶，進入石穴，行數十步，豁然平博。邑屋連接，阡陌周通，問是何所。有人答曰小成都。後更往尋之，不知所在。是也。蔣注本《益州夫子廟碑》云：「九隴縣令柳公諱明，字太易，河東人也。」今此文作柳明獻，未知孰是。正倉院本《夏日仙居觀宴序》云：「咸亨（《盦文》《全集》作亨）二年龍集丹紀，兔纏（《盦文》《全集》作躔）朱陸，時屬陸冗，潤褰恒雨，九隴縣令河東柳易，式稽彝典，應禱名山。爰昇白鹿之峰，佇降玄虬之液。楊法師以烟霞勝集，諧遠契於詞場；下官以書札小能，叙高情於祭牘。」蓋謂代作此祭文。序中有「舞闋歌終，雲飛雨驟。雖惠化旁流，信無慙於響應；而淺才幽讚，亦有助於明祇」等語。知其禱（《盦文》《全集》下有祭字）果有靈應，故設宴仙居觀也。勃時年廿二。《爲虔州諸官祭故長史文》，虔州即清江西贛州府。知此祭文與《滕王閣序》並爲上元二年勃廿七歲時作。敬臣據《唐摭言》，以《滕王閣序》爲十四歲時作，誤矣（説在正倉院本跋語中）。《爲霍王祭徐王文》，霍王元軌，高祖第十四子。徐王元禮，高祖第十子。新舊《唐書》並有傳。元禮薨於咸亨三年，乃勃廿四歲時作。《祭漢高祖文》有録無文。蓋神田氏本，舊在此卷中也。其考文已具上野氏玻瓈板本。第卅卷失目，所收皆非子安文，乃其死後，友朋族人存問，勴、助等兄弟者輯以殿集也。其一《君没後彭執古血[孟]獻忠與諸弟書》，書中所云「王六賢弟」未詳其爲助爲勃。其二《族翁承烈書一首》，乃勃適交州省父日，路經楊府，承烈與勃書，竟未達，及其没後，兄勮於翁處求之。承烈與勮書二首，一叙久闊，一論送與勃舊書事，其三《承烈致祭文》，其四《承烈領勃所著易乾坤注》，謝助書。卷尾署「集卷第卅」，可知子安集實卅卷。楊炯序作廿卷，字訛也。此書一出，子安佚文復增六篇。叔言或將續印以廣其傳。噫，伯斧已(《盦文》《全集》作亡)矣。余與叔言先後摭拾遺佚，以纘敬臣之緒，亦可謂一重翰墨因緣，而子安文在天壤間者，其亦盡於此矣。大正辛酉十二月内藤虎書。

羅振玉《王子安集佚文》序 一九二二年

目録(略)

此編輯於戊午仲秋。又三年，日本京都大學郵寄富岡氏所藏卷廿九及卅殘卷印本至，乃重加校録。先後共補佚文卅篇，附録文五篇，付京師手民再刻之。壬戌十月，羅振玉。(一八年本無此文)

宣統紀元，予再至海東。平子君(尚)來見，與論東邦古籍寫本，平子君謂以正倉院所藏《王子安集》殘卷爲最先，乃寫於慶雲間，中多佚文。且言：君欲往觀者，當言之宫内省，某願爲之導。時以返國迫不克往，而以寫影爲請，平子君諾焉。既歸國，平子君以書來，言寫影事已得請於當道，一二月間必報命，並寄正倉院印刷局印本至。謂：此雖僅十六紙，爲文二十首，尚少於楊氏《日本訪書志》者三之一，才當全卷之半耳。然印本近已難得，姑先奉清覽，可窺見一斑也。予校以今集本，二十篇中佚者五篇，因以贈亡友蔣伯斧諮議，勸刻於其先德敬臣大令（清翊）《王子安集注》後，伯斧欲待正倉院全卷至乃刻之，而逾歲無消息。以詢之東京友人，則平子君者已以病肺卒且數月矣。嗣老友内藤湖南博士來觀我學部所得敦煌卷軸，出《王子安集》古寫殘卷影本爲贈。墓誌三首，乃其國上野氏所藏，祭文一篇，則其國神田氏所藏，皆今集所不載者。於是子安佚文先後得九篇，因勸伯斧速授梓，毋因循。顧伯斧移書，借楊星吾舍人藏本，書函往返者又經歲，則已辛亥之秋矣。伯斧又卒以暴病卒，於是刊刻之事，遂成泡幻。

及予來寓京都，謀影寫正倉院本，則以御府祕藏，禁令森嚴（一八年本作「然」），卒不果。乃大悔往者之在海東，恨不寬歸程三日，一觀此祕笈也。至是，寫影之事遂不復措諸懷。乃今年秋，有神田君（喜）者，香巖翁之文孫，香巖翁者，即藏王子安祭文者也。其文孫篤學嗜古，嘗來予家。一日白予：近得正倉院《王子安集》印本計二十餘紙。予亟請借觀，則爲文四十一篇，不見今集者凡二十篇。惟《送盧主簿序》中間佚數行，餘皆完好。以校《日本訪書志》所載佚文十三篇，其《聖泉詩序》，項刻《王子安集》載於《聖泉詩》之前，實非佚篇。其他十二篇中，若《送王贊府兄弟赴任序》《冬日送閭丘序》《江浦觀魚宴序》《夏日仙居觀宴序》《冬日送儲三宴序》《初春於權大宅宴序》，或佚其半，或僅存數字數句，咸非完篇。楊本佚文，實僅六篇，而此本佚文二十篇，則完好無缺。爲之喜出望外，乃以三夕之力，手自移寫，合以祭文一篇、墓誌三篇，共得佚文二十四首。其見今集之二十一篇，亦手校異同，別爲校記。正倉院本，字多譌別，或有衍脱倒植。其第二十八殘卷，譌誤尤繁。皆一一爲之是正。其不可知者，則守蓋闕之訓。蓋校勘之事，昔人所難，敬臣大令箋注是集，以十年之力，始潰於成。其刊正譌誤，如《上巳浮江宴序》：「茲以上巳芳辰，雲開勝地。」蔣注謂：「雲開殆靈關之誤。」，又「初傳曲路之悲」，蔣注：「疑是曲洛之杯之誤。」《別盧主簿序》：「况乎同得此義。」蔣注：「疑當作同德比義。」《山亭興序》：「粉償芝田。」蔣注：「粉義未詳。」而引《古今記》烏孫國有青田核事爲之注。今校以古寫本，一一隱合，可謂精密矣。然如《遊廟山序》今本譌作「游山廟」，而集中更有《游廟山賦序》，明言「玄武山西有廟山」，則當作「廟山」，非「山廟」明甚，而蔣注未嘗舉正。又《上巳浮江宴序》：「瓊轄乘波，耀錦鱗於畫網。」《文苑英華》及古寫本並是，「瓊轄」蔣注據項本改「瓊舸」，殆謂漁釣（一八年本作「鉤」）之事，無取「瓊轄」。然《江浦觀魚宴序》亦有「瓊轄銀鉤」語，古人釣具，今不可知。嘗見古畫圖中，畫漁者釣竿之上附以小輪，以爲收放絲綸之用。其物殆即所謂轄耶。又有文義不洽而無從校其譌誤者。如《歸仁縣主墓誌》：「貞觀廿一祀丁某（原誤「其」，今改正）憂。」誌稱縣主爲齊王女，下嫁姜氏。又稱：「楊妃以亡姚之重，撫幼中闈，某姬以生我之親，從榮内閤。」是妃乃某姬所生，而齊王誅後，撫於楊妃者。

誌又稱「二尊齊養」，二尊者，謂楊妃與某姬也。則縣主所丁之喪，當爲某姬，或爲楊妃。故又有「爰有中詔，稱哀内府」語，則爲宫中母氏之喪明甚，而誌中乃有「陟（一八年本作「涉」）岵」語，銘文中且再見，齊王既誅，烏得更有喪父之事。此令人疑不能明者也。

此集雖以三夕之力成之，而夢想者且十年。昔之難也如彼，今之易也如此，知古籍之流傳，亦有前數。然微神田君之力，不及此，惜平子君與伯斧竟不及見矣。京都老友富岡君（謙藏），别藏《王子安集》卷廿九及卷三十，與上野氏殘卷同出一帙，予曾披覽，勸君撝影印以傳之，君撝唯唯，意若有待者。今此集刊行，君撝或亦將出其珍祕而傳之藝林乎。企予望之矣。戊午八月，上虞羅振玉校録竟並記（一八年本無「校録」以下五字，有「書」字）。（上虞羅氏貽安堂凝清室《永豐鄉人雜著續編》）

參考書目

經部

《周易正義》（魏）王弼（晉）韓康伯注（唐）孔穎達等正義《十三經注疏》嘉慶二十年重刊宋本影印

《易林》（漢）焦延壽撰　南京：鳳凰出版社　二〇一七年

《尚書正義》（漢）孔安國傳（唐）孔穎達等正義《十三經注疏》嘉慶二十年重刊宋本影印

《尚書大傳疏證》（清）皮錫瑞撰　北京：中華書局　二〇一五年

《毛詩正義》（漢）毛亨傳（漢）鄭玄箋（唐）孔穎達等正義《十三經注疏》嘉慶二十年重刊宋本影印

《韓詩外傳集釋》（漢）韓嬰撰　許維遹校釋　北京：中華書局　一九八〇年

《周禮注疏》（漢）鄭玄注（唐）賈公彦疏《十三經注疏》嘉慶二十年重刊宋本影印

《儀禮注疏》（漢）鄭玄注　唐賈公彦疏《十三經注疏》嘉慶二十年重刊宋本影印

《禮記正義》（漢）鄭玄注（唐）孔穎達等正義《十三經注疏》嘉慶二十年重刊宋本影印

《大戴禮記》（漢）戴德撰　上海：上海書店　一九八九年《四部叢刊》

《春秋左傳正義》（晉）杜預注（唐）孔穎達等正義《十三經注疏》清嘉慶二十年重刊宋本影印
《春秋穀梁傳注疏》（晉）范寧注（唐）楊士勛疏《十三經注疏》清嘉慶二十年重刊宋本影印
《論語注疏》（魏）何晏集解（宋）邢昺疏《十三經注疏》嘉慶二十年重刊宋本影印
《孟子注疏》（漢）趙岐注（宋）孫奭疏《十三經注疏》嘉慶二十年重刊宋本影印
《孝經注疏》（唐）唐玄宗注（宋）邢昺疏《十三經注疏》嘉慶二十年重刊宋本影印
《白虎通疏證》（漢）班固撰集（清）陳立疏證　北京：中華書局　一九九四年《新編諸子集成》
《經典釋文》（唐）陸德明撰　上海：上海古籍出版社　一九八〇年
《爾雅注疏》（晉）郭璞注（宋）邢昺疏《十三經注疏》嘉慶二十年重刊宋本影印
《方言箋疏》（漢）揚雄撰（晉）郭璞注（清）錢繹撰集　北京：中華書局　一九九一年
《釋名》（漢）劉熙撰　上海：上海書店　一九八九年《四部叢刊》
《説文解字繫傳》（南唐）徐鍇撰　北京：中華書局　二〇一七年
《大廣益會玉篇》（梁）顧野王撰　北京：中華書局　二〇一九年《中國古代語言學基本典籍叢書》

史部

《史記》（漢）司馬遷撰（宋）裴駰集解（唐）司馬貞索隱（唐）張守節正義　北京：中華書局　二〇一三年
《漢書》（漢）班固撰（唐）顔師古注　北京：中華書局　一九六二年
《後漢書》（宋）范曄撰（唐）李賢等注　北京：中華書局　一九六五年

《三國志》（晉）陳壽撰　（宋）裴松之注　北京：中華書局　一九八二年
《晉書》（唐）房玄齡等撰　北京：中華書局　一九七四年
《宋書》（梁）沈約撰　北京：中華書局　二〇一八年
《南齊書》（梁）蕭子顯撰　北京：中華書局　二〇一七年
《梁書》（唐）姚思廉撰　北京：中華書局　二〇二〇年
《陳書》（唐）姚思廉撰　北京：中華書局　二〇二一年
《魏書》（北齊）魏收撰　北京：中華書局　二〇一七年
《北齊書》（唐）李百藥撰　北京：中華書局　一九七二年
《周書》（唐）令狐德棻等撰　北京：中華書局　二〇二二年
《隋書》（唐）魏徵等撰　北京：中華書局　二〇一九年
《南史》（唐）李延壽撰　北京：中華書局　一九七五年
《北史》（唐）李延壽撰　北京：中華書局　一九七四年
《舊唐書》（後晉）劉昫等撰　北京：中華書局　一九七五年
《新唐書》（宋）歐陽修　宋祁撰　北京：中華書局　一九七五年
《資治通鑑》（宋）司馬光撰　（元）胡三省音注　北京：中華書局　一九五六年
《國語》（三國吴）韋昭注　北京：中華書局　二〇〇二年
《戰國策》（漢）劉向集録　上海：上海古籍出版社　一九七八年
《山海經箋疏》（晉）郭璞傳　（清）郝懿行箋疏　欒保群點校　北京：中華書局　二〇一九年　《新編諸

子集成》
《竹書紀年》（梁）沈約注　（明）范欽訂　上海：上海商務印書館　一九二九年《四部叢刊》
《穆天子傳匯校集釋》（晉）郭璞注　王貽樑　陳建敏校釋　北京：中華書局　二〇一九年《中國史學基本典籍叢刊》
《晏子春秋集釋》（春秋）晏嬰撰　吴則虞撰　北京：中華書局　一九八二年《新編諸子集成》
《越絶書校釋》（漢）袁康撰　李步嘉校釋　北京：中華書局　二〇一三年《中國史學基本典籍叢刊》
《吴越春秋輯校彙考》（漢）趙曄撰　周生春輯校彙考　北京：中華書局　二〇一九年
《東觀漢記校注》（漢）劉珍等撰　吴樹平校注　北京：中華書局　二〇〇八年《中國史學基本典籍叢刊》
《隋唐嘉話》（唐）劉餗撰　程毅中校　北京：中華書局　一九七九年《唐宋史料筆記叢刊》
《十六國春秋輯補》（北魏）崔鴻撰　（清）湯球輯補　北京：中華書局　二〇二〇年
《唐大詔令集》（宋）宋敏求編　北京：中華書局　二〇〇八年
《漢魏南北朝墓誌彙編》　趙超編　天津：天津古籍出版社　一九九二年
《新出魏晋南北朝墓誌疏證》　羅新　葉煒撰　北京：中華書局　二〇一六年
《隋唐五代墓誌彙編》　周紹良等輯并點校　上海：上海古籍出社　一九九二年至二〇〇一年
《唐代墓誌彙編附考》　毛漢光撰　臺北：「中央研究院」歷史語言研究所　一九八四年
《唐代墓誌彙編·續編》　周紹良主編　上海：上海古籍出社　一九九二年至二〇〇一年
《西安碑林博物館新藏墓誌彙編》　趙力光主編　北京：綫裝書局　二〇〇七年
《新中國出土墓誌》　中國文物研究所編　北京：文物出版社　一九九四年至二〇一五年

《洛陽新獲墓誌續編》 喬棟 李獻奇 史家珍編著 北京：科學出版社 二〇〇八年
《洛陽新獲七朝墓誌》 齊運通輯 北京：中華書局 二〇一二年
《河洛墓刻拾零》 趙君平 趙文成輯 北京：北京圖書館出版社 二〇〇七年
《秦晋豫新出墓誌蒐佚續編》 趙文成 趙君平編 北京：國家圖書館出版社 二〇一五年
《新編唐代墓誌所在總合目録》 〔日〕氣賀澤保規編 東京：汲古書院 二〇一七年
《高士傳》 （晉）皇甫謐撰 厦门：鷺江出版社 二〇一三年 《新編漢魏叢書》
《列女傳補注》 （漢）劉向撰 （清）王照圓撰 上海：華東師範大學出版社 二〇一二年 《歷代文史要籍注釋選刊》
《列仙傳校箋》 （漢）劉向撰 王叔岷校箋 北京：中華書局 二〇〇七年
《神仙傳》 （晉）葛洪撰 厦門：鷺江出版社 二〇一三年 《新編漢魏叢書》
《元和姓纂四校記》 （唐）林寶撰 岑仲勉撰 上海：上海商務印書館 一九四八年
《歲時廣記》 （宋）陳元靚撰 許逸民點校 北京：中華書局 二〇二〇年
《元和郡縣圖志》 （唐）李吉甫撰 賀次君點校 北京：中華書局 一九八三年 《中國古代地理總志叢刊》
《太平寰宇記》 （宋）樂史撰 王文楚點校 北京：中華書局 二〇〇七年
《元豐九域志》 （宋）王存等撰 王文楚 魏嵩山點校 北京：中華書局 一九八四年 《中國古代地理總志叢刊》
《長安志》 （宋）宋敏求撰 （清）畢沅校 北京：中華書局 一九九一年 《叢書集成初編》

《（嘉泰）會稽志》　北京：中華書局　一九九〇年　《宋元方志叢刊》
《華陽國志》（晉）常璩撰　劉琳校注　成都：巴蜀書社　一九八四年
《會稽掇英總集》（宋）孔延之輯　鄒志方點校　北京：人民出版社　二〇〇六年
《合校水經注》（北魏）酈道元撰　（清）王先謙校　北京：中華書局　二〇〇九年
《三輔黄圖校釋》　何清谷撰　北京：中華書局　二〇〇五年
《洛陽伽藍記校釋》（北魏）楊衒之撰　周祖謨校釋　北京：中華書局　二〇一〇年
《佛國記》（晉）法顯撰　臺北：臺灣商務印書館　一九六八年　《國學基本叢書四百種》
《荆楚歲時記》（梁）宗懔撰　（隋）杜公瞻注　北京：中華書局　二〇一八年　《中國史學基本典籍叢刊》
《唐六典》（唐）李林甫等撰　陳仲夫點校　北京：中華書局　一九九二年
《通典》（唐）杜佑撰　北京：中華書局　二〇〇三年
《唐會要》（宋）王溥撰　北京：中華書局　一九六〇年
《杜家立成雜書要略》〔日〕日中文化交流史研究會　東京：翰林書房　一九九四年
《司馬氏書儀》（宋）司馬光撰　上海：商務印書館　一九三六年　《叢書集成初編》
《龍筋鳳髓判》（唐）張鷟撰　（明）劉允鵬注　臺北：新文豐出版公司　一九八〇年　《學津討原》
《金石萃編》（清）王昶撰　臺北：國風出版社　一九六四年
《山左金石志》（清）畢沅　阮元撰　嚴耕望輯　臺北：藝文印書館　一九六六年　《石刻史料叢書》
《山右石刻叢編》（清）胡聘之撰　嚴耕望輯　臺北：藝文印書館　一九六六年　《石刻史料叢書》

《增補二十史朔閏表》　陳垣撰　董作賓增補　臺北：藝文印書館　一九七一年《石刻史料叢書》

子部

《孔子家語校注》（魏）王肅撰　高尚舉　張濱鄭　張燕校注　北京：中華書局　二〇二一年《新編諸子集成續編》
《荀子集解》（唐）楊倞注　（清）王先謙集解　沈嘯寰　王星賢點校　北京：中華書局　一九八八年《新編諸子集成》
《孔叢子校釋》（漢）孔鮒　傅亞庶校　北京：中華書局　二〇一一年《新編諸子集成續編》
《鹽鐵論校注》（漢）桓寬撰　王利器校注　北京：中華書局　一九九二年《新編諸子集成》
《新序校釋》（漢）劉向撰　北京：中華書局　二〇〇九年《新編諸子集成》
《説苑校證》（漢）劉向撰　向宗魯校證　北京：中華書局　一九八七年《中國古典文學基本叢書》
《法言義疏》（漢）揚雄撰　汪榮寶撰　陳仲夫點校　北京：中華書局　一九八七年《新編諸子集成》
《潛夫論箋校正》（漢）王符撰　（清）汪繼培箋　北京：中華書局　一九八五年《新編諸子集成》
《中説校注》（隋）王通撰　（宋）阮逸注　張沛校注　北京：中華書局　二〇一三年《新編諸子集成續編》
《古今注》（晉）崔豹撰　上海：上海商務印書館　一九五六年
《困學紀聞》（宋）王應麟撰　（清）翁元圻等注　上海：上海古籍出版社　二〇〇八年
《顔氏家訓集解》（北齊）顔之推撰　王利器集解　北京：中華書局　一九九三年《新編諸子集成》

《六韜集解》 王震集解 北京：中華書局 二〇二二年 《新編諸子集成續編》
《管子校注》 黎翔鳳撰 北京：中華書局 二〇〇四年 《新編諸子集成》
《商君書錐指》 蔣禮鴻撰 北京：中華書局 一八八六年 《新編諸子集成》
《韓非子集解》 （清）王先慎撰 北京：中華書局 一九九八年 《新編諸子集成》
《書品》 （梁）庾肩吾撰 上海：上海古籍書店 一九八一年
《法書要録》 （唐）張彦遠撰 武良成 周旭點校 杭州：浙江人民美術出版社 二〇一九年
《蘭亭考》 （宋）桑世昌撰 一九六六年 《知不足齋叢書》
《欽定重刻淳化閣帖》 （清）允沁等撰 上海：上海商務印書館景印 一九二一年
《琴操》 （漢）蔡邕撰 厦門：鷺江出版社 二〇一三年 《新編漢魏叢書》
《鶡冠子校注》 （宋）陸佃解 黄懷信校注 北京：中華書局 二〇一四年 《新編諸子集成續編》
《吕氏春秋集釋》 （秦）吕不韋編 許維遹集釋 北京：中華書局 二〇〇九年 《新編諸子集成》
《淮南鴻烈集解》 （漢）劉安撰 （漢）高誘註 北京：中華書局 一九九八年 《新編諸子集成》
《論衡校釋》 （漢）王充撰 黄暉撰 北京：中華書局 一九九〇年 《新編諸子集成》
《人物志》 （魏）劉邵撰 （後魏）劉昞注 臺北：世界書局 一九七四年 《新編諸子集成》
《金樓子校箋》 （梁）蕭繹撰 許逸民校箋 北京：中華書局 二〇一一年
《劉子校釋》 （北齊）劉晝撰 傅亞庶校釋 北京：中華書局 一九九八年 《新編諸子集成》
《風俗通義校注》 （漢）應劭撰 王利器校注 北京：中華書局 一九八一年
《容齋隨筆箋證》 （宋）洪邁撰 凌郁之箋證 北京：中華書局 二〇二一年

《焦氏筆乘》（明）焦竑撰　李劍雄點校　上海：上海古籍出版社　一九八六年　《明清筆記叢書》

《意林》（唐）馬總撰　北京：中華書局　一九九一年

《藝文類聚》（唐）歐陽詢撰　汪紹楹校　上海：上海古籍出版社　一九九九年

《北堂書鈔》（隋）虞世南撰　天津：天津古籍出版社　一九八八年

《初學記》（唐）徐堅等撰　北京：中華書局　二〇〇四年

《白氏六帖事類集》（唐）白居易撰　臺北：新興書局　一九七一年

《太平御覽》（宋）李昉等撰　京都：中文出版社　一九八〇年

《御定駢字類編》（清）康熙五十八年敕撰　北京：北京書店　一九八四年

《西京雜記校注》（晉）葛洪撰　周天游校注　北京：中華書局　二〇二〇年　《新編諸子集成續編》

《世説新語箋疏》（南朝宋）劉義慶撰　（梁）劉孝標注　余嘉錫箋疏　北京：中華書局　二〇一六年　《中國古典文學基本叢書》

《清波雜志校注》（宋）周煇撰　劉永翔校注　北京：中華書局　一九九四年

《海内十洲記》（漢）東方朔　厦門：鷺江出版社　二〇一三年　《增訂漢魏叢書》

《博物志》（晉）張華撰　唐子恒點校　南京：鳳凰出版社　二〇一七年

《搜神記輯校　搜神後記輯校》（晉）干寶　（南朝宋）陶潛撰　李劍國輯校　北京：中華書局　二〇一九年　《中國古典文學基本叢書》

《拾遺記》（前秦）王嘉撰　（梁）蕭綺録　齊治平校注　北京：中華書局　一九八一年

《續齊諧記》（梁）吴均撰　厦門：鷺江出版社　二〇一三年　《新編漢魏叢書》

《日藏慶安本〈遊仙窟〉校注》（唐）張鷟撰　曹小雲校注　合肥：黄山書社　二〇一四年
《幽怪録》（唐）牛僧孺撰　程毅中點校　北京：中華書局　一九八二年　《古小説叢刊》
《太平廣記》（宋）李昉等撰　北京：中華書局　一九八二年
《青瑣高議》（宋）劉斧撰　上海：上海古籍出版社　一九八三年　《宋元筆記叢書》
《妙法蓮華經》（後秦）鳩摩羅什譯　北京：中華書局　一九八四年至一九九六年　《中華大藏經》
《佛説阿彌陀經》（後秦）鳩摩羅什譯　北京：中華書局　一九八四年至一九九六年　《中華大藏經》
《大般涅槃經》（北凉）曇無讖譯　北京：中華書局　一九八四年至一九九六年　《中華大藏經》
《注維摩詰經》（後秦）釋僧肇選　北京：中華書局　二〇二一年
《攝大乘論》（陳）真諦譯　北京：中華書局　一九八四年至一九九六年　《中華大藏經》
《摩訶止觀》（隋）智顗撰　（隋）灌頂編　北京：中華書局　一九八四年至一九九六年　《中華大藏經》
《大唐大慈恩寺三藏法師傳》（唐）釋慧立撰　（唐）釋彦悰箋　〔日〕宇都宮清吉校訂　京都：朋友書店　一九七九年
《高僧傳》（梁）釋慧皎撰　湯用彤校注　北京：中華書局　一九九二年　《中國佛教典籍選刊》
《續高僧傳》（唐）道宣撰　郭紹林點校　北京：中華書局　二〇一四年　《中國佛教典籍選刊》
《弘明集校箋》（梁）僧祐撰　李小榮校箋　上海：上海古籍出版社　二〇一三年
《廣弘明集》（唐）道宣撰　北京：中華書局　一九八四年至一九九六年　《中華大藏經》
《象教皮编》（明）陳士元輯　上海：上海商務印館　一九三六年　《叢書集成初編》
《法苑珠林校注》（唐）釋道世撰　周叔迦　蘇晉仁校注　北京：中華書局　二〇〇三年　《中國佛教典

籍選刊》

《五燈會元》（宋）釋普濟撰　臺北：德昌出版社　一九七六年

《一切經音義》（唐）玄應撰　〔日〕山田孝雄輯　東京：西東書房　一九三二年

《翻譯名義集》（宋）法雲撰　上海：上海書店　一九八九年《四部叢刊初編》

《老子道德經注校釋》（魏）王弼注　樓宇烈校釋　北京：中華書局　二〇〇八年《新編諸子集成》

《列子集釋》楊伯峻撰　北京：中華書局　一九七九年《新編諸子集成》

《莊子集解》（清）王先謙撰　北京：中華書局　一九八七年《新編諸子集成》

《抱朴子内篇校釋》（晋）葛洪撰　王明校釋　北京：中華書局　一九八五年《新編諸子集成》

《抱朴子外篇校箋》（晋）葛洪撰　楊明照校箋　北京：中華書局　一九九七年《新編諸子集成》

《真誥》（梁）陶弘景撰　趙益點校　北京：中華書局　二〇一一年《道教典籍選刊》

《雲笈七籤》（宋）張君房編　李永晟點校　北京：中華書局　二〇〇三年《道教典籍選刊》

集部

《楚辭章句》（漢）王逸撰　黄靈庚點校　上海：上海古籍出版社　二〇一七年《楚辭要籍叢刊》

《蔡中郎集》（漢）蔡邕撰　（清）高均儒輯　上海：中華書局　一九三六年《四部備要》

《嵇中散集》（魏）嵇康撰　上海：上海書店　一九八九年《四部叢刊》

《陸士衡文集校注》（晋）陸機撰　劉運好校注整理　南京：鳳凰出版社　二〇〇七年

《陸士龍文集校注》（晋）陸雲撰　劉運好校注整理　南京：鳳凰出版社　二〇一〇年

《陶淵明集箋注》（晉）陶潛撰　袁行霈撰　北京：中華書局　二〇二二年　《中國古典文學基本叢書》

《謝康樂詩注》（南朝宋）謝靈運撰　黄節注　北京：中華書局　二〇〇八年

《鮑參軍集注》（南朝宋）鮑照撰　錢仲聯增補集説校　上海：上海古籍出版社　一九八〇年　《中國古典文學叢書》

《謝宣城集校注》（南朝齊）謝朓撰　曹融南校注集説　上海：上海古籍出版社　一九九一年　《中國古典文學叢書》

《江文通集彙註》（梁）江淹撰　（明）胡之驥注　李長路　趙威點校　北京：中華書局　一九八四年　《中國古典文學基本叢書》

《華陽陶隱居集》（梁）陶弘景撰　（清）嚴可均輯　一九〇三年　《觀古堂彙刻書》

《何遜集校注》（梁）何遜撰　李伯齊校注　北京：中華書局　二〇一〇年　《中國古典文學基本叢書》

《昭明太子集》（梁）昭明太子蕭統撰　上海：中華書局　一九三七年至一九三一年　《四部備要》

《庾子山集注》（北周）庾信撰　（清）倪璠注　許逸民校點　北京：中華書局　一九八〇年　《中國古典文學基本叢書》

《王無功文集》（唐）王績撰　韓理洲校點　上海：上海古籍出版　一九八七年

《駱臨海集箋注》（唐）駱賓王撰　（清）陳熙晉箋注　上海：上海古籍出版社　一九八五年　《中國古典文學叢書》

《楊炯集箋注》（唐）楊炯撰　祝尚書箋注　北京：中華書局　二〇一六年　《中國古典文學基本叢書》

《張燕公集》（唐）張説撰　上海：上海古籍出版社　一九九二年　《四庫唐人文集叢刊》

《李太白全集》（唐）李白撰 （清）王琦注 北京：中華書局 一九七七年 《中國古典文學基本叢書》
《顔魯公文集》（唐）顔真卿撰 上海：中華書局 一九三六年 《四部備要》
《杜詩詳注》（唐）杜甫撰 （清）仇兆鰲注 北京：中華書局 二〇一五年 《中國古典文學基本叢書》
《劉隨州文集》（唐）劉長卿撰 上海：上海書店 一九八九年 《四部叢刊》
《昌黎先生文集》（唐）韓愈撰 （唐）李漢輯 上海：上海古籍出版社 一九九四年
《白居易集》（唐）白居易撰 顧學頡校點 北京：中華書局 一九七九年 《中國古典文學基本叢書》
《李義山詩集注 李義山文集箋注》（唐）李商隱撰 （清）朱鶴齡注 （清）徐樹穀箋 （清）徐炯注 上海：上海古籍出版社 一九九四年 《四庫唐人文集叢刊》
《劍南詩稿校注》（宋）陸游撰 錢萼孫校注 上海：上海古籍出版社 一九八五年 《中國古典文學叢書》
《文選》（梁）蕭統編 （唐）李善注 上海：上海古籍出版社 一九八六年 《中國古典文學叢書》
《古文苑》 闕名輯 宋章樵注 上海：上海商務印書館 一九二三年 《四部叢刊》
《古詩紀》（明）馮惟訥輯 京都：中文出版社影印 一九八三年
《王荊公唐百家詩選》（宋）王安石輯 上海：復旦大學出版社 二〇一七年 《王安石全集》王水照等輯
《全唐文》（清）董誥等編 北京：中華書局 一九八三年
《唐文拾遺》（清）陸心源輯 臺北：文海出版社景印 一九六二年
《玉臺新詠箋注》（陳）徐陵編 （清）吴兆宜注 （清）程琰刪補 北京：中華書局 一九八五年 《中國

古典文學基本叢書》
《文館詞林》（唐）許敬宗編　東京：古典研究会（影弘仁本）　一九六九年
《樂府詩集》（宋）郭茂倩編　北京：中華書局　二〇一七年《中國古典文學基本叢書》
《唐詩紀事》（宋）計有功撰　中華書局上海編輯所校記　北京：中華書局　一九六五年
《詩品集注》（梁）鍾嶸撰　曹旭集注　上海：上海古籍出版社　二〇一一年《中國古典文學叢書》
《文心雕龍》劉勰撰　上海：上海古籍出版社　一九八四年
《韻語陽秋》（宋）葛立方撰　上海：上海古籍出版社　一九七九年
《敦煌寶藏》黃永武主編　韓國：驪江出版社　一九八九年
附：《敦煌寫本書儀研究》趙和平撰　臺北：新文豐出版公司一九九三年

【電子數據庫】

中國基本古籍庫　北京：北京愛如生數字化技術研究中心
中華經典古籍庫　北京：中華書局

後記

我一直關注南北朝至唐代文學的變遷，尤其對初唐四傑之一的王勃極爲感興趣，原因在於王勃的家族中連續出現了諸如王通、王績、王度（被視爲《古鏡記》作者）等開展了不隨時流的獨特文學學術活動的人物。

王勃文集的版本中以蔣清翊《王子安集注》二十卷爲最佳。該注本廣泛收集了王勃的作品，其所作之注即使到現在也有其價值。而進入明治年代後，以正倉院藏《王勃詩序》爲首的日本傳存的王勃佚文被陸續發現。蔣清翊未曾見過這些佚文，當然也更不可能爲其作注。在日本傳存的王勃作品中，除了代表王勃文學特色的詩序這一文體的作品之外還有墓誌、祭文等文體的作品，而這些文體的作品在中國未有流傳。因此，包括卷二十王勃的親友的文章在内，日本傳存的王勃作品可以説是了解王勃的文學特色和其生涯的極爲重要的作品群。

而進入二十一世紀後，從《王勃集》中截剪的斷簡被發現。關於二十世紀發現的王勃佚文，有羅振玉《王子安集佚文》對其進行録文，又有陳尚君《全唐文補編》將其收録從而廣爲流傳。包括上述著作中尚未介紹的《王勃集》斷簡在内，筆者將日本傳存的王勃作品合爲一書進行彙注與考證，此舉或許能爲王勃文學的研究作出一定貢獻。

關於《王子安集注》一書，蔣清翊在其序文中寫道：「自同治甲子（一八六四）迄光緒甲戌（一八七四）、歲周一紀、稿凡三易。」我是在研究生時期購入的《王子安集注》，當時讀到蔣清翊序文中這一處記述認爲是有所誇張，懷疑其爲王勃的作品作注是否真的花了那麽長的時間。然而在開始閲讀王勃的作品後，我感到蔣清翊所作的注極爲確切詳細，因此確實應當真正花了「一紀」的時間來完成王勃作品的注釋工作。而在我開始嘗試爲日藏王勃作品作注後，更爲蔣清翊僅僅在短短的「一紀」時間之内便完成了這樣困難的工作而感到驚訝。

蔣清翊在爲王勃作品作注時，應當僅使用了以《佩文韻府》爲首的幾種工具書和類書，大多數時候是靠他自己的學識來作注的。我的學識遠遠不及蔣清翊，但在作注之時能使用更多的工具書，以及利用在他的時代難以想像的各種文獻數據庫。客觀上來説，在王勃作品語言的調查上，我擁有遠超蔣清翊的有利條件。但是，在容易地檢索出的大量作品語言的用例中，選擇王勃意識到的合適用例又是極爲困難的。因此在調查作爲王勃作品語義解釋根據的用例這一點上，蔣清翊或许是苦於調查到的用例數量之少，而我則是苦於調查到的用例數量之多。

起初我認爲在參考蔣清翊注釋的基礎上尋找王勃作品中詞彙的相關用例是一項比較簡單的工作，但實際開始進行注釋後却在數據庫顯示的用例「汪洋」中掙扎。後來有一次，我考慮到由於日本傳存的王勃作品除了祭文的一些作品外都是駢文作品，因此不能僅僅關注詞彙本身，更應關注其在句子中的使用，以此來考察王勃作品中的語言表達方式。細想一下，也是理所當然的。單純調查詞彙以往的使用情況，並機械地記録更早的詞彙用例並不是現在需要作注的方式。因此，基於以上的觀點，我着重關注了對句構造中被組合使用的詞彙，並對其重新進行了出典調查。該調查雖未取得極大成果，但是發現了王勃在其他作品中也使用了有同樣語言表現的句子或者對句，由此可以指出王勃在文章創作上的方法和思路。調查過程中還發現，王勃作品中的句子和對句存在被其同時期或其稍後時期的文學作品模仿使用的情況。通過詳細調查詞彙的用例及查明用典來表達自己對作品的理解，這應當是作注釋的目的所在。我雖然苦惱於注出同時期或稍後時期的表現上相似的句子或許會偏離了注釋的目的，但是我認爲該注釋方式不僅能顯示王勃文學流行的情況，還能揭示其與唐代文學的相互影響關係，因此在本書中作爲參考將該類句子一併注出。這一點也是在注釋工作的途中纔注意到的，因而對用例又重新進行了調查。

蔣清翊曾言「稿凡三易」，以表達其注釋在内容上極爲充實。注釋若其能得當便要充實而正確，連易稿多次，費時甚多都有意義的。我則僅是由於未能明確注釋方針且未能仔細考慮注釋體例，因此途中不得不幾度重新開始。由於是使用電腦進行注釋工作，内容的修改和增删都是簡單的操作，雖不至於全面修改書稿，但是包括變更格式在内，途中我有多次都又回到工作最初的起點。與蔣清翊相較起來，我不僅改稿的次數更多，在所花費的時間上，借用蔣清翊的話來説可以是花費了超過「歲周二紀」的時間。只是這個時間也包括了我對自己能力不足感到失望，從而放棄注釋工作的時期。想來本書成稿費時甚多，應僅僅是由於我學識淺薄而不得不進行多次修改的緣故。儘管反覆修改多次，花費如此長的時間，却仍存在未能完全理解王勃作品内容的地方。

目前注釋工作雖暫告一段落，但仍稱不上已經完成。蔣清翊在《王子安集注》刊行後，也對其進行了多次補注並續刻，他應當是獨力完成《集注》的追加修訂及出版的，而我則衷心希望今後能在衆多專家的批評指正中最終完善本書的注釋。

如此怠惰的我能初步完成這項工作，是得益於曾在研究生時期參加興膳宏老師的解讀盧照鄰文章的課程。當時我雖然查明了駢文作品中的用典，却仍然無法理解其作品内容，但課上聽了興膳老師的講解後，使我茅塞頓開，有如撥雲見日。自己一個人讀王勃的時候，並不是總能清晰地理解其作品内容，反而常常感到自己像在雲裏霧裏，而那種最後能清晰地理解作品内容後的豁然開朗之感是支撐我完成本書的動力之一。在成書過程中，我也有多次中斷注釋想放棄本書寫作的時候，但是參加由文學部宇佐美文理教授任幹事、以吉川忠夫老師爲中心的王勃讀書會的經歷使我打消了這個念頭。儘管在參加讀書會的過程中，我感到王勃研究與其駢文作品的讀解存在諸多困難，但同時也體味到了讀解作品的樂趣。因此我參加讀書會後常常心情爲之一振，想着「再稍稍堅持一下王勃佚文的注釋工作吧」。此外，最初嚮我指出日本傳存的王勃集的價值的高田時雄老師也一直給予我各種指導與鼓勵。在此，我僅嚮以上諸位老師一併表示衷心的感謝。

在閲讀王勃的文集並爲其作注的漫長時間中，除了上述諸位老師外還有許多老師給予了我各種熱心的指導，如王曉平老師、佐藤道生老師、後藤昭雄老師、東野治之老師、北京大學中文系與南京大學域外漢籍研究所的諸位老師、駢文學會的諸位老師等，雖無法盡數，但我僅在此一併嚮以上諸位老師表示衷心的感謝。

此外，我的老朋友樊昕老師鼓勵並策劃了本書的出版，京都大學博士生陳錦清、求思圓則負責了書稿的中文翻譯和修改工作。在此我嚮他們致以真摯的歉意和謝意。

最後，要嚮允許本書刊登貴重寫本圖片的宫内廳書陵部、正倉院事務所、東京國立博物館、上野聖二先生、MOA美術館、佐藤道生老師、楊崇和先生、京都大學文學部致以真摯的感謝。

二〇二二年七月二十一日於日本京都

從提交至今已過了二年。花了這麽長時間的理由之一在於，中國和日本的古書注釋習慣存在差異，有必要對已提交的原稿多處進行修改。但是更大的理由是因爲我的原稿内容還不够充分。樊昕老師一向以來都很熱心和詳細地檢查我的原稿，並給予了很多有益的意見。懈怠懶惰的我如果没有樊老師的鼓勵，我可能就把出版計劃放棄了。本書之所以能完成出版，完全是托了樊老師的福，我對樊老師的感激之情一言難盡。

二〇二三年十月十六日我的恩師興膳宏老師去世。老師傾聽了我當初對於本書的寫作計劃，以及注釋的方式和方法，甚至還聽了我對注釋進展不順的抱怨。有一次，老師把他曾經擔任京都國立博物館館長時，上野家贈給他的珂罗版印刷的《王勃集卷廿八》轉送給我了。對於經常偷懶的我而言，這真是一個極大的鼓勵。

大概是二〇二三年春季吧，老師問我：「王勃注釋的進展如何？」我説：「現在正在進行初稿的初次校正。」老師即言道：「能做到這一步的話，以後應該總有一日達到目標的。」在那之後，我還有幾次遇見老師的機會，但是提到本書的那是最後一次了。我並不敢奢望得到老師的褒獎，但還是很想向他報告：「拙著成功出版了！」

二〇二四年八月又記於日本京都